KB273564

김유정과의 산책

필자

곽승숙 (郭承淑, Kwak, Seung Sook) 고려대학교·한성대학교·상명대학교 강사
구자희 (具滋喜, Koo, Za Hee) 가천대학교 국어국문학과 강사
김승종 (金昇宗, Kim, Seung Jong) 전주대학교 교수
박정애 (朴正愛, Park, Jeong Ae) 강원대학교 교수
박혜경 (朴惠�, Park, Hye Kyung) 가천대학교·한국교통대학교 강사
송효섭 (宋孝燮, Song, Hyo Sup) 서강대학교 국제인문학부 교수
안미영 (安美永, Ahn, Mi Young) 건국대학교 글로컬캠퍼스 교양교육원 조교수
오은엽 (吳恩葉, Oh, Eun Yeop) 목원대학교 교양교육원 조교수
우한용 (禹漢鎔, Woo, Han Yong) 서울대학교 국어교육과 명예교수
윤현이 (尹賢伊, Yoon, Hyeon Yi) 춘천기계공업고등학교 교사
이덕화 (李德和, Lee, Duk Hwa) 평택대학교 교수
정현숙 (鄭賢淑, Jung, Hyun Sook) 한림대학교 연구교수
최병우 (崔炳宇, Choi, Byeong Woo) 강릉원주대학교 교수
표정옥 (表正玉, Pyo, Jung Ok) 숙명여자대학교 교수
한승옥 (韓承玉, Han, Seung Ok) 숭실대학교 국어국문학과 명예교수

김유정과의 산책

초판 인쇄 2014년 3월 20일 **초판 발행** 2014년 3월 28일
엮은이 김유정학회 **펴낸이** 박성모 **펴낸곳** 소명출판 **출판등록** 제13-522호
주소 서울시 서초구 서초동 1621-18 란빌딩 1층
전화 02-585-7840 **팩스** 02-585-7848 **전자우편** somyong@korea.com **홈페이지** www.somyong.co.kr

값 30,000원
ⓒ 김유정학회, 2014
ISBN 978-89-5626-979-5 93810

이 도서의 국립중앙도서관 출판시도서목록(CIP)은 서지정보유통지원시스템 홈페이지(http://seoji.nl.go.kr)와 국가자료공동목록시스템(http://www.nl.go.kr/kolisnet)에서 이용하실 수 있습니다.(CIP제어번호: CIP2014008699)

이 책은 춘천시 문화재단의 '2014문화예술지원사업'에 의하여 출판되었습니다.

김유정과의 산책

A Walk with Kim, Youjeong

김유정학회 편

곽승숙 구자희 김승종 박정애 박혜경
송효섭 안미영 오은엽 우한용 윤현이
이덕화 정현숙 최병우 표정옥 한승옥

소명출판

　　3년 전,『김유정의 귀환』이래 우리는『김유정과의 만남』을 가졌고, 이제『김유정과의 산책』을 즐기게 되었다. 이들은 모두 김유정학회에서 해마다 갖게 되는 김유정학술연구발표대회 및 김유정학술세미나에서 발표된 논문들을 모아 엮은 일련의 연구총서 가운데 한 권이다.

　　처음 김유정학회를 조직하면서 김유정 문학에 대한 연구는 물론 김유정의 생애 및 문학을 모태로 한 김유정문화콘텐츠에 이르기까지, 우리들의 연구 범위를 문학으로부터 문화로 확대하겠다고 약속했다. 그때의 약속은 여전히 유효하다.

　　『김유정과의 산책』은 2013년에 발표된 연구논문 13편과 스토리텔링 작품 2편을 모아서 엮은 책이다.

　　최병우 교수의 '김유정 소설의 스토리텔링 연구와 관련'시킨 「스토리텔링 연구의 성과와 반성」은 '제3회 김유정학술연구발표대회'의 기조발제 논문이었다. 최 교수는 인간과 이야기의 관계를 살펴보고, 현대는 스토리텔링의 시대임을 주목, 이제 문학연구가들은 연구의 대상을 문학연구로부터 문화연구로 시각을 조정해야 한다고 충고했다. 이를 위해 최 교수는 오늘날까지 스토리텔링의 연구 성과를 디지털 스토리텔링, 현실공간의 스토리텔링, 문화사업관련 스토리텔링으로 나누어 소개하고 검토했다. 그리고 김유정 문학의 스토리텔링 연구현황을 소개하고 앞으로의 스토리텔링 연구의 과제로 6항목을 제시했다. 첫째 문학연구에서 문화연구로 연구자의 시각 조정의 필요, 둘째 현황중심의 스토리텔링 연구에서 진일보한 문화콘텐츠가 지닌 의미와 가치 연구 지향, 셋째 스토리텔링의 이론화 과정, 넷째 스토리텔링 결과에 따른 상업적 성과중심에서 인문학적 가치 지향으로 전환, 다섯째 스토리텔링에 참여하는 인적자원배양의 필요, 여섯째 스토리텔링의 실제경험을 공유하는 데이터베이스 구축의 필요하다는 것이 그것이다.

한승옥 교수의 「야곱의 데릴사위 모티프와 김유정의 '봄·봄'」은 신화 원형적 비평 차원에서 야곱의 데릴사위 모티프와 김유정의 「봄·봄」에 나온 데릴사위 모티프를 비교해 본 것이다. 한 교수는 '데릴사위 모티프는 가족제도가 성립된 이후 지금까지 지속되고 있는 모티프'로 보고 이 데릴사위 모티프가 반복해서 나타나는 이유에 대해 '혈연의 지속성'과 '경제적인 이득', '가족관계의 해체 방지', 더 나아가 '사회적 관습' 그리고 '그 밖의 특수성이 전제된 상황' 등을 든다.

한 교수는 「봄·봄」에서의 데릴사위 모티프는 성서의 '야곱의 데릴사위 모티프'와 많은 유사점이 있음에 착안, 이들 유사한 모티프들을 비교해보고 이를 신학적, 역사사회학적 입장에서의 해명을 시도했다.

표정옥 교수의 「김유정 소설에 발현되는 아름다움에 대한 삼강적 자의식과 근대적 자의식의 의미작용 연구」에서는 김유정이 그리는 여성 이미지가 「산골」·「소낙비」·「안해」에서 각각 다르게 나타나고 있음에 주목한다. 표 교수는 '여성 내적 자아들이 서로 다른 사회적 대응 기제를 가지는 것의 근본 원인을 아름다움을 인식해가는 서로 다른 구조에 기인한다고 보고 아름다움에 대한 다른 인식체계를 추적한다. 그리하여 「산골」에서 이쁜이의 아름다움은 자연 속에 묻혀버리는 데 비해, 「소낙비」의 춘호 처가 가진 아름다움은 그녀의 주변 상황의 변화에 따라 양가성을 갖게 된다. 그러나 「안해」에 이르면 외모 콤플렉스를 가졌던 아내가 아이를 낳으면서 남편 앞에 적극적이고, 들병이로 나갈 생각을 하면서 사회적 자아관을 갖게 되고 자신의 능력 개발을 위해 적극적 학습자의 모습까지 보여준다.

표 교수는 김유정의 인물들과 신화의 인물들을 연결시켜 보는 신화적 독서를 통해 김유정이 그린 인물들이 전통적 여성 곧 삼강적 인물이면서 또 근대적 가치와 전통적 가치가 충돌하는 양가성을 가진 여성들이었다고 지적한다.

구자희 교수는 「김유정 소설에 나타난 에코페미니즘(Ecofeminism)」에서 에코페미니즘이 생태위기의 본질에 입각해 있으며 이때 생태위기에서 근본이 되는 것은 가부장적이고 지배적인 사고의 결과라고 본다. 따라서 '억압당하는 일체의 것'들을 여성성이라는 범주에 국한시키지 않고, '인종문제와 계급 등의 다양한 것까지 치환해야 한다'고 본다.

구자희 교수는 김유정 소설 전반을 통해 '상처 입은 자아와 파괴된 모럴', '위계적 질서의 생태위기'를 보여주는 작품들을 추적하고, 그럼에도 이들 위기에 처한 상황에서 '돌봄의 윤리로 치유'하는 작품 속 인물들을 찾아낸다. 그리고 김유정 작품의 이면에 나타나는 작가의 트라우마는 그의 개인적 상처에서 온 것도 있지만, 이를 에코페미니즘적 읽기로 보았을 때 가족관계의 붕괴나 위계에 입각한 인간관계가 자리 잡고 있다고 본다. 따라서 김유정 작품에서 보이는 '돌봄의 윤리'에 나오는 인물들은 위기를 극복하는 단초가 된다. 그리고 이와 같은 인물들의 등장은 '김유정 자신의 트라우마 극복의지'에 대한 노력이라기보다는 '작가의 내적 상처와 이를 형성한 무의식 사이에서 형성된 것'이라고 지적한다.

곽승숙 교수는 「김유정 소설의 '아내'와 열린 구조」에서 김유정 소설의 원점회귀 구성이 미해결 상태에서의 결말이라는 점에서 '열린 구조'라고 지적한다. 그리고 김유정 소설에서 보이는 일련의 '열린 구조' 안에 포함된 '상승 구조'와 '하강 구조'를 주목한다. '열린 구조'는 '아내'의 의미와 역할에 따라 결정된다. 특히 농촌배경 소설에서 남성이 주인공일 때 '아내'의 형상화는 소설의 서사를 '열린 구조'로 이끈다.

김유정의 농촌배경 소설 중 「총각과 맹꽁이」, 「산ㅅ골나그내」, 「안해」는 꿈과 꿈의 배신이라는 측면에서 하강 구조에, 「소낙비」는 불완전한 상승 구조에 속한다. 이들 각각의 작품에서 '아내'는 남성인물의 희망, 기표로서의 아내, 욕망의 발현자, 욕망의 대리자로서 형상화된다. 그러나 이들 작품에서 '아내'의 욕망과 목소리가 표면에 드러나고 그 욕망이 발현되는 순간 남편의 욕망 실현의 가능성은 줄어들고, 동시에 남편의 일방적인 지배체제는 무너지게 된다. 이런 면에서 보았을 때 김유정 소설의 서사구조를 추동하는 여성인물의 역할에 의미를 부여해야 한다.

박혜경 교수는 「김유정 소설 속 여성인물이 구현한 성의 양상」에서 소설 속 여성인물의 성 의식을 고찰하기 위해 인물을 둘러싼 현실과, 그 현실에 대한 인물의 대응양식을 분석한다. 그 결과 미혼 여성의 경우 순진 무구한 욕망의 성이 드러남을, 기혼 여성의 경우 본능적 수치심은 지니고 있으나 제도화되고 질서화된 규범으로서의 성 의식은 보이지 않는다. 그런데 이들 기혼 여성에게 있어서 성은 욕망과 쾌락에서 철저히 배제된 타자화된 것으로 보인다. 이에 비해 직업여성으로서 카페 여급이 등장인물이었을 때 이들은 여급이라는 직업인으로서의 모습과 순수한 자연인으로서의 모습이 구분되어 나타났다. 그러나 들병이의 경우는 가난과 생존이라는 상황에 압도된 절박한 모습으로 그려지고 있었다고 지적한다.

김승종 교수는 「김유정 소설의 '열린 결말과 이중적 아이러니」에서 김유정 소설에서 보이는 열린 결말과 이중적 아이러니의 효과에 주목한다. 김 교수는 표면적 차원에서의 수사학적 아이러니는 반전의 효과를 가져와 독자의 흥미를 유발하면서 서사적 긴장을 형성하고 있음을 파악한다. 반면 사회 역사적 차원에서 발생하는 심층적 아이러니는 등장인물의 일탈행위를 통해 당시대의 본질적 모순을 증언하고, 식민 체재 유지를 강요하는 상황에 대한 대안적 윤리를 모색하려는 민중 내부의 시점을 통해 정당성을 획득하게 됨에 따라 이중적 아이러니가 성립된다고 주장한다.

송효섭 교수의 논문 「김유정 '산골'의 공간수사학」에서는, 김유정의 소설 「산골」에서 공간적 지표들과 서사적 요소들 간의 기호학적 관계 및 이에서 비롯되는 공간수사적인 효과를 추적하려고 한다(이 논문에 대한 소개는 송 교수가 직접 작성한 국문초록으로 대신한다).

산, 마을, 돌, 물, 길과 같은 소제목들로 이어지는 이 소설의 구성은 일반적으로 소설에서 나타나는 서사의 플롯과는 거리가 있다. '산골'이라는 공간 안에 존재하는 것으로 여겨지는 '산', '마을', '돌', '물', '길' 사이에는 어떠한 서사적인 연결도 암시되지 않는다. 텍스트에 대한 의미론적 분석을 통해 공간적 지표들이 은유나 환유로 작용함을 밝힐 수 있는데, 이는 이 소설에 내재한 서사의 진행을 지체시킨다. 이와 같은 공간 기호와 서사 기호 간의 충돌은 이 소설에서 중요한 수사적 효과를 발휘한다. (…중략…) 결론적으로 이러한 분석을 통해 우리는 이 소설이 현실 기호와 언어 기호, 공간 기호와 서사 기호 간의 충돌을 통해 다양한 수사적 효과를 발현함을 알게 된다.

안미영 교수의 「아이러니스트의 봄의 수사학」에서는 소설에 나타난 '봄'의 시공간적 특수성이 소설 수사학의 구현에 영향을 미치고 있음을 주목, 봄에 발견되는 아이러니가 타 계절을 배경으로 한 소설에서 어떻게 변주되고 있는가까지 살펴보려고 한다.

안 교수는 김유정의 봄 배경 소설에서 농촌은 생기와 해학이, 도시와 문명에서는 자연의 긍정적인 에너지가 인간 삶과 조응하지 못함을 찾아낸다. 또 여름 배경 소설에서는 아이러니의 구조가 극대화 되고, 가을 배경 소설에서는 농민의 상실감이 아이러니를 강화하여 리얼리즘을 실현하며, 겨울 배경의 소설에서는 척박한 현실을 살아가는 농민과 기층민의 삶에 깊이 개입하고 있음을 찾아낸다.

마지막으로 안 교수는, 김유정 소설에 나타난 봄의 수사학은 '자유주의 아이러니스트로서 작가의 감수성'을 보여주고 '세계에 대한 연대감을 실현'하고 있다고 지적한다.

이덕화 교수는 「김유정 문학의 타자윤리학과 서사구조」에서 김유정의 소설은 물론 수필에 이르기까지 독서의 폭을 넓혀, 김유정이 좋아한 「홍길동전」, 「상호부조론」, 「마르크시즘」 등에 주목한다. 홍길동은 사회부조리 타파에 앞섰으며 가난한 이들의 구제에 힘을 썼다. 김유정은 「상호부조론」과 「마르크시즘」이 자아적 삶에서 타자적 삶으로 영역을 넓혀가는, 민중에 대한 행복추구로 보았다. 김유정 작품에서 보이는 가난한 사람과 약자에 대해서 갖는 김유정의 연민과 동일시에 대해 이덕화 교수는 이것이야 말로 김유정이 민중에 대한 타자윤리학의 메커니즘을 갖고 있기 때문이라고 한다. 이와 같은 타자윤리학의 메커니즘은 김유정 작품에서 특유의 서사구조로 나타난다. 그것은 철저한 민중들의 시선에 입각한 민중들의 언어, 입담 좋은 판소리계 사설의 문체, 계급 사회 이전의 원초적 천진성과 강인한 생명력, 가족을 향한 사랑, 회귀식 서사구조 등으로 드러난다.

정현숙 교수와 윤현이 선생의 논문은 그 주제선정에서 공통성을 갖는다. 정 교수의 「김유정과 서울」 그리고 윤현이 선생의 「김유정 소설에 나타난 1930년대 서울의 모습과 의미」는 유사하면서도 차이가 있는, 그래서 비교하면서 읽기에 좋은 논문이다.

정현숙 교수의 「김유정과 서울」에서는 김유정 소설에서 농촌 / 도시라는 표상적인 공간이 아니라 공간이 담고 있는 내적 메커니즘을 탐구하려고 한다. 정 교수는 1930년대 서울을 어떻게 표출하고 있는지, '도시화의 내적 메커니즘을 어떤 시각으로 바라보고 해석하고 있는지'에 주목한다. 정 교수는 김유정 소설의 핵심은 '농촌과 도시가 교호한다는 것'에 있다고 본다. 농촌 / 도시 모두 절박한 생존 조건을 갖고 있고 농촌에서 살 수 없는 이들이 서울로 몰려들고 있기 때문이다.

정 교수는 김유정의 소설 배경 소설에서 '공간 분할과 전통 파괴, 이에 따른 불균형'의 문제와, '도시화가 초래하는 변화 양상 즈 실직과 주택 부족, 물질주의와 인간관계의 균열'이라는 두 가지 국면의 문제점을 찾아낸다. 동시에 이와 같은 변화 속에서도 무관하게 동요하지 않는 견고한 가치, '도시화에 비순응적인 태도를 내면화'하고 있음도 지적한다.

윤현이 선생은 「김유정 소설에 나타난 1930년대 서울의 모습과 의미」에서 1930년대 서울은 수도라기보다는 '일제식민 통치를 용이하게 하기 위한 일본의 위성도시' 정도로 기능했다고 지적한다. 그 이유는 '일본인이 거주하는 남촌 일대와 조선인이 주로 거주하는 북촌 간에는 서로 극명한 대조를 이루었다'는 데서 찾는다. 결국 당시의 서울은 '일본의 침략 야욕을 구체적으로 실현시키기 위한 방안으로 변모되고, 왜곡'되었고, 이와 같은 서울에서 살아야 했던 한국인은 '근대 문물로부터 소외되어 있었음'을 지적한다.

오은엽 교수는 한국어와 한국문화에 대한 외국인의 관심이 증대되고 있는 즈음, 외국인뿐만 아니라 재외동포와 입양아를 위한 고급스러운 단계에서의 한국문학 교육의 필요성을 절감한다. 이를 위해 오 교수는 교육현장에서 직접 실행할 수 있는 실제적인 교수-학습방안을 제시한다. 그것이 바로 「'봄·봄'에 나타난 웃음문화와 외국인을 위한 문학교육」이다.

오 교수는 이 논문에서 학습자 활동이 강화된 다음과 같은 교수-학습 방안을 제시한다. 그것은 곧 텍스트의 읽기 전 활동과 어휘학습, 「봄·봄」의 이해를 위한 한국의 웃음문화 소개, 내면화 단계(읽기 후 활동)에서 역할극이나 토론을 제시하고, 정리단계(자기화단계)로 문학반응일지를 쓰게 하거나 주인공에게 편지쓰기 등을 제시한다.

다음으로 볼 것은 김유정학회에서 지속적으로 관심을 갖고 있는 김유정관련 스토리텔링작품이다.

우한용 교수는 '만무방後誌'라는 부제를 갖고 있는 창작소설 「찬밥 식은밥」에서 21세기를 살아가는 지식인 사회의 왜곡된 실상과 그에 따른 지식인의 비운을 풍자하고 있다.

액자소설 형식으로 전개되는 이 글에서 주인공 배창대는 독일유학을 가기 전 자신이 학회 블로그에 공개했던 논문들을 '지식 나눔'으로 공표하고 떠난다. 10년에 걸친 각고 끝에 훔볼트연구로 박사학위를 취득하고 귀국한 배창대에게 대학 사회는 학위논문 이 외에 4~5편의 논문을 요구한다. 어렵사리 사립대학에 임용된 배창대는 발전기금이라는 명목으로, 또 교무처장에게는 교제비 명목으로 금품을 요구 당한다. 설상가상으로 프랑스에서 유학한 아우 배창성은 『한국어번역오류사전』을 만들었는데 거기에서 신랄하게 비판받은 번역자가 교무처장이다. 교무처장은 이언행이라는 하수인을 시켜 배창대가 쓴 학위논문을 표절이라고 몰아붙인다. 그러나 이언행이 제시한 저서는 실상, 배창대가 독일 유학가기 전에 '지식 나눔'으로 공개했었던 배창대의 논문들이었다. 결국 배창대는 '지식 나눔'으로 공표한 자신의 논문을 통째로 표절한 사람에게 표절자로 몰려 대학에서 퇴출당하고 만다.

박정애 교수의 「따라지, 2014」는 행복주공아파트 54동 201호와 202호 주거공간을 분절, 201호 아파트에서 일어난 살인사건에 대한 수수께끼를, 이후 202호 현관 쪽방에서 살인사건의 단서를 제시, 독자로 하여금 전체적인 구조 속에서 부분을 연결하여 수수께끼의 답(범인과 그 이유)을 찾도록 한다.

이 작품에서 친정부모에게 행복주공아파트 2채를 상속받은 변기숙은 그것이 철없는 아우를 잘 거두라는 부모의 뜻이라고 생각, 백수건달인 남편과 남매, 역시 백수건달인 친정 아우를 억척스럽게 보필한다. 그러나 자립의지가 보이지 않는 아우를 위해 충격요법을 쓰게 되는데 그것이 아우로 하여금 누나 일가를 살해하는 쪽으로 나가게 한다. 아우는 202호에 같이 살고 있던 세입자들의 손을 빌려 누나의 가족을 살해하게 하는 것이다. 이것은 금전 앞에 핏줄도 아무 소용이 없다는 현대판 인간 망종, 따라지들의 세계를 그려내고 있는 것이다.

『김유정과의 산책』을 위해 귀한 원고를 보내주신 회원여러분께, 그리고 야무진 한 권의 책자로 엮어주신 소명출판 담당 선생님께도 감사드린다.

이제 올 한해 김유정과의 산책을 통해서 우리는 김유정 문학과 그로부터 재생산될 새로운 이야기들을 기다린다. 김유정 문학을 중심으로 모인 김유정학회 회원들의 토론은 더욱 깊이 있게 계속될 것이며, '김유정과의 산책'에서 한 발 더 나아간 '김유정과의 향연'도 기대한다.

2014. 2. 26
김유정학회장 유 인 순

차례

제4부　김유정과 서울

제1부 / 김유정과 스토리텔링

스토리텔링 연구의 성과와 반성

김유정 소설의 스토리텔링 연구와 관련하여

최병우

1. 서사 연구의 패러다임의 변화 　문학에서 문화로

　　인간은 태생적으로 '이야기'를 좋아한다. 어렸을 때부터 어른들에게 옛날이야기를 들으며 자라 동화를 읽고 소설을 읽고 드라마를 보고 영화를 보고 컴퓨터 게임을 한다. 이 모두가 외형은 달리하고 있더라도 일정한 줄거리를 가진 '이야기'들이다. 어렸을 때 동화로 각색된 『장발장』을 읽은 아이들이 커서는 원작 『레미제라블』을 읽고 뮤지컬을 감상하고 영화나 드라마로 보기도 한다. 그들이 이미 알고 있는 '이야기'에 이렇게 열광하는 것은 '이야기'의 힘이다. 사람들은 단순히 재미가 있어서 '이야기'를 읽지만, 독서 과정에서 이야기의 규칙을 익히고, 선과 악을 구분하는 방법을 배우고, 정의가 무엇인지를 깨닫고 나아가 삶이 무엇인지를 터득한다. 이는 서사가 과학적이고 논리적으로 세상을 이해하는 것과는 다른 방식으로 세계를 인식하는 한 방법임을 알게 해준다. 최근 들어 교육계에서 교과에 관계없이 서사를 활용한 교수-학습 방법에 대해 관심을 갖게 되는 것은 서사가 가진 이 같은 힘에 기인한 것일 터이다.

말의 형태로 존재하던 서사에 영상이 덧입혀지고 또 매체의 발전으로 하이퍼텍스트가 실시간으로 소통이 가능해지자 기억과 감동의 형식으로 존재하던 '이야기'는 보다 구체적인 체험으로 다가오게 된다. 더욱이 자신이 알고 있는 '이야기'가 새로운 방식으로 전개되면서 독자들은 더욱 적극적인 소비자로 성장하게 된다. 중고등학교에 다니면서 읽은 김유정의 일련의 단편소설과 이효석의 「메밀꽃 필 무렵」, 황순원의 「소나기」에 대한 기억이 이들을 대상으로 한 테마파크에 사람들이 지속적으로 모여들게 하고, 그들과 관련지은 각종 행사들은 그 작품을 읽은 독자들의 관심을 불러일으키는 역할을 담당하게 한다.

문학과 관련한 테마파크나 각종 행사와 같은 문화콘텐츠에 관객이 모여들게 하는 기본적인 힘은 원콘텐츠이다. 스토리텔링에 있어 콘텐츠의 중요성은 재론할 필요가 없다. 콘텐츠 자체의 인기가 스토리텔링의 결과물인 문화콘텐츠의 성공에 미치는 영향은 절대적이다. 1983년 발표된 만화 〈아기 공룡 둘리〉의 인기에 힘입어 '둘리'가 다양한 문화콘텐츠로 개발되어 문화산업 전반에 엄청난 영향을 미친 사실[1]은 원콘텐츠가 가진 재미와 인기의 중요성을 웅변해 준다. 이와 함께 원콘텐츠의 명성 역시 스토리텔링에 의해 제작된 문화콘텐츠의 성패에 큰 영향을 미친다. 김유정, 황순원, 이효석 등을 테마화한 문학관이나 문학마

---

1 최혜실, 「왜 스토리텔링인가?」, 최혜실 외, 『문화산업과 스토리텔링』, 다홀미디어, 2007, 19~20쪽.

을 그리고 각종 문화 행사는 연간 100만 명이 넘는 관광객을 불러 모은
다. 이들 문화콘텐츠의 성공에는 이들 작품이 한국의 중고등학교 교과
서에 오랜 기간 수록된 데 따른 작가와 작품의 인지도 즉 명성과 깊은
관련이 있다. 이는 셰익스피어나 괴테와 같은 세계적인 문호를 기리는
마을이나 기념관 나아가 베토벤과 고흐와 같은 예술가들을 기리는 기
념관이나 미술관이 누리는 성공과 이들 문화콘텐츠가 가지는 위상에
서도 확인되는 바이다.

　이와 함께 중요한 것은 콘텐츠를 제시하는 방법 즉 스토리텔링이다.
기존의 작품이나 개별적으로 자료들을 모아 충실한 내용을 담고 있는
콘텐츠를 만들고, 그것을 일정한 '이야기'를 담고 있는 구조로 재가공하
여 시각적이고 청각적인 내용으로 제공함으로써 관람객들이 눈앞에서
현현되는 내용과 자신이 알고 있는 내용을 연관 지어 보다 생동감 있는
체험이 되게 하는 것이 스토리텔링의 힘이다. 현실적인 공간에 전시되
든 사이버 공간에서 디스플레이 되든 시청각을 통하여 독자들에게 지
루하지 않고 이해하기 쉽게 콘텐츠가 제공되도록 하는 스토리텔링 방
식은 소설이나 영화와 같은 서사체 연구의 결과 축적된 성과를 기반으
로 심도 있는 연구가 진행되어야 할 것이다.

　최혜실은 스토리텔링을 문화 산업 일반과 관련지어 설명하면서 문화
산업의 컨버전스 현상은 텍스트 콘텐츠, 시청각 콘텐츠, 산업 콘텐츠가
각각의 영역으로 존재하고 이 셋을 각각 일부 공유하는 디지털 콘텐츠
가 존재하는 것으로 설명한 바 있다.[2] 이는 스토리텔링 연구가 문화산
업과 밀접한 관련을 가지며 문화산업에서 차지하는 콘텐츠의 중요성을
인식하고, 이를 학문적으로 논의하기 위하여 문학 작품과 같은 텍스트

2　최혜실, 『문화콘텐츠, 스토리텔링을 만나다』, 삼성경제연구소, 2006, 104쪽.

와 영화와 드라마 같은 시청각 콘텐츠와 같은 층위에서 문화산업의 결과물들을 산업 콘텐츠라는 하나의 범주로 설정한 것은 큰 의의가 있다.

스토리텔링 연구는 학문적이기보다는 산업적 속성이 강하며 그 영역이 광대하여 '이야기'가 개입하는 문화의 전 영역에 관계된다. 기존의 스토리텔링 연구 성과만 살펴보아도 이 분야의 연구 범위가 현대인들이 만들어내는 문화 전반에 걸쳐 있음을 알 수 있다. 스토리텔링에 대한 연구는 전통적인 소설 연구에서 시작되었겠지만 현재 우리가 스토리텔링이라는 용어를 사용하는 것은 예술적 차원에서 이루어진 개인 창작보다는 상업적 관심을 가진 집단의 제작[3]과 관련된다는 점을 고려하면, 영화 산업이 등장한 이후 시작된 영상 서사와 관련한 논의를 스토리텔링 연구의 시발점이라 할 수 있다.

하나의 '이야기'는 매체의 차이에 따라 다른 양상으로 나타나게 되고 매체의 특성을 최대화할 때 소비자들의 흥미를 유발할 수 있다. 누구나 잘 아는 콘텐츠를 다른 매체로 바꿈으로써 소비자들이 쉽게 다가와 즐길 수 있게 해줄 수 있다는 것은 스토리텔링을 통해 문화콘텐츠를 하나의 상품으로 만들 수 있음을 보여준다. 소설이 독자들이 흥미를 가지고 읽을 수 있는 플롯을 개발하였듯이 디지털 공간이나 현실 공간에서 기존의 콘텐츠건 새로운 콘텐츠건 흥미 있는 스토리텔링 기법을 동원하여 상품화해야 하는 것이다. 기존의 것이든 새롭게 창안된 것이든 하나의 콘텐츠는 상업적 의도에 의해 여러 가지 스토리텔링으로 다양한 형태의 작품으로 제작[4]되어 문화상품의 총아가 되고 있는 것이다.

3 　서사물의 생산을 개인의 창작과 집단의 제작으로 나누어 볼 수 있다. 이에 대해서는 최병우, 「서사에서의 작가 위상 변화」, 『다매체 시대의 한국문학 연구』, 푸른사상, 2003, 180~86쪽 참조.
4 　예컨대 이청준의 『남도소리』는 영화 〈서편제〉로 흥행에 성공하고 〈천년학〉으로 새로이 제작되었고 뮤지컬, 창극 등 다양한 장르로 제작되었다. 이같이 하나의 콘텐츠가 다양한 장르나 형태로 변형된 OSMU의 예는 수없이 많다.

이러한 서사 연구의 패러다임 변화는 매체의 변화에 따른 연구 영역의 확대이며 동시에 문학 중심의 서사 연구에서 문화를 바탕으로 하는 서사 연구로의 패러다임 전환을 의미한다. 이스트호프[5]가 지적한 바 있듯이 현대사회로 들어오면서 문학의 대상이 해체되고 문학적 가치가 탈가치화하는 전사회적인 전환을 경험하면서 고급문화와 대중문화의 간격이 무너지고 정전 중심의 전승된 가치를 재구성하는 문학 연구를 벗어나 문화를 분석하기 위한 새로운 패러다임이 요구되고 있는 것이다. 이스트호프가 지적한 현대사회가 갖는 가치의 다양성과 대중문화의 등장에 따른 문화 연구로의 패러다임 전환은 디지털 매체의 보편화, 세계화에 따라 더욱 그 속도와 위력을 강화하고 있다. 소설을 중심으로 한 서사 연구가 언어의 영역을 벗어나 다양한 양상을 보이는 것은 현대사회의 문화가 갖는 다매체적, 다문화적 패러다임의 전환을 잘 드러내 보이는 것이라 하겠다.

2. 스토리텔링 연구 성과 검토

이 장에서는 사이버 공간에서 이루어지는 다양한 형태의 스토리텔링에 관한 연구와 함께 현실 공간에서 이루어지는 스토리텔링 연구의 성과를 검토할 것이다. 논의의 간소화를 위하여 그간의 스토리텔링 관련

---

5 안토니 이스트호프, 임상훈 역, 『문학에서 문화연구로』, 현대미학사, 1994.

연구 성과를 크게 디지털 스토리텔링, 현실공간의 스토리텔링, 문화산업 관련 등 세 분야로 구분하고 각각을 몇 분야로 나누어 살피고자 한다.

1) 디지털 스토리텔링

스토리텔링에 관한 논의를 촉발시킨 디지털 스토리텔링에 대한 연구에서 가장 왕성하게 연구된 분야가 사이버 문학과 디지털 게임 등이고, 이 외에 사이버상에서 구현되고 있는 인터넷 신문, 기업 인터넷 사이트, 인터넷 광고, 웹 뮤지엄, 디지털 에듀테인먼트 등도 왕성하게 연구가 진행되고 있다.

인터넷 공간에서 소통되는 사이버 문학에 대한 연구는 비교적 그 역사가 길며 연구의 성과도 엄청나다. 컴퓨터의 등장으로 하이퍼텍스트 텍스트를 어렵지 않게 가공·복제하여 출력할 수 있게 되자 하이퍼텍스트에 의한 창작 가능성이 시험되었다. 그리고 컴퓨터 통신이 보편화됨에 따라 대형통신망을 중심으로 문학동호회가 탄생하자 학계에서는 그곳에서 소통되는 문학의 특성들이 논의되기 시작했다. 새로운 문학의 등장에 민감하게 반응한 이용욱은 컴퓨터 통신상에서 소통되는 문학을 사이버 문학이라 명명하고, 새로운 패러다임으로 등장하는 사이버 문학에 관한 기존 논의를 정리하고 이에 대한 이론을 소개하고 당시의 사이버 문학작품을 평한 논문들을 모아 책으로 발간[6]하여 이 분야 연구의 방향을 제시하였다.

2000년대에 들어와 통신망이 획기적인 발전을 보이면서 인터넷이

---

6 이용욱, 『사이버 문학의 도전』, 토마토, 1996.

점차 보편화되자 인터넷의 특성인 하이퍼텍스트, 인터렉티브, 멀티미디어 등에 대한 논의와 이들을 사용한 문학의 가능성이 논의되기 시작하였다. 이 시기 하이퍼텍스트를 바탕으로 하는 문학의 특징을 설명하고 외국의 하이퍼텍스트 소설의 예를 통해 이의 가능성을 보여준 류현주[7]에 의해 하이퍼텍스트 문학에 대한 관심이 고조되었다. 이어 번역 출간된 조지 랜도우[8]와 장노현[9]을 비롯한 많은 연구자들이 인터넷 매체의 특성인 하이퍼텍스트를 문학으로 끌어들이는 연구에 몰두하였다. 같은 시기에 소개된 자넷 머레이[10]와 임기대 외[11] 등은 인터넷 매체의 특성인 인터렉티브를 문학 연구에 끌어들이려는 노력의 결과로 이 분야에 대한 연구자들의 관심을 불러 일으켰다.

이러한 원론적인 연구와 함께 사이버 문학 또는 사이버 문화의 특성과 실제에 대한 연구는 여러 학자들에 의해 이루어졌고, 2000년대 초반에 상당한 연구 성과물이 쏟아졌다. 김종회와 최혜실[12]은 사이버 문학과 관련한 여러 연구자들의 성과를 모아 출간하였다. 이 책에서는 디지털 시대와 사이버 문화의 특징을 정리하고 디지털 스토리텔링의 이론을 소개한다. 이와 함께 네트워크 문학의 가능성을 검토하고 하이퍼텍스트 문학과 인터렉티브 영화의 가능성과 컴퓨터 게임의 서사 이론 등을 소개하였다. 이 책은 사이버 문학이라는 이름 아래 인터넷 매체의 특성과 관련하여 생산 가능한 여러 장르의 가능성을 소개하고, 디지털 스토리텔링이라는 개념을 본격화하여 이후 이 분야 연구의 방향을 제시했다. 디지털로의 변화에 따른 문학과 문화의 변화에 관심을 기울인 최혜

---

7 류현주, 『하이퍼텍스트 문학』, 김영사, 2000.
8 조지 P. 랜도우, 여국현 외역, 『하이퍼텍스트 2.0』, 문화과학사, 2001.
9 장노현, 『하이퍼텍스트 서사』, 예림기획, 2005.
10 한용환·변지연 역, 『인터렉티브 스토리텔링』, 안그라픽스, 2001.
11 김상숙, 『양방향 쌍방향의 문화』, 한양대 출판부, 2004.
12 김종회·최혜실, 『사이버 문학의 이해』, 집문당, 2001.

실은 디지털 시대의 문화에 관한 많은 저작물[13]을 발간하여 디지털 시대의 문학 연구와 함께 스토리텔링으로의 전환에 많은 영향을 미쳤다.

김재국[14]은 디지털 시대의 새로운 문학의 가능성을 검토하고 사이버 소설이 새로운 문학적 영토를 마련하고, 주체와 타자의 정체성을 혼돈시키며, 디지털을 통해 리얼리즘을 확장하고, 매체 특성상 독자와 작가의 경계가 무너져 소설의 생산과 소통 방식을 변화시킨다는 점을 지적하여 사이버 소설의 존재 양상과 미학적 특성들을 검토하는 성과를 보여주었다. 김진량은 위의 연구들보다는 사이버 소설의 한 양상인 게시판 소설의 특징과 판타지 소설적 성격을 구명하는 연구 결과[15]를 제시하여 한국의 인터넷 공간에서 가장 많은 독자를 확보하는 게시판 소설의 존재 양태를 구명하였다. 이 외에도 김진기 외 3인[16]은 인터렉티브에 따른 사이버소설에서의 작가와 독자의 관계, 사이버소설의 서술 방식의 특징, 사이버 소설의 주제 특성 등을 세밀하게 밝힌 바 있다.

이후에도 사이버 문학에 대한 관심은 지속적인 연구 성과[17]로 나타난다. 그러나 2000년대 중반을 지나면서 디지털 게임과 디지털 스토리텔링 그리고 문화콘텐츠에로 연구자들의 관심이 이동하면서 사이버 문학에 대한 관심은 약화된다. 그러나 디지털 매체의 특성과 이에 바탕을 둔 사이버 문학과 문화에 대한 관심은 이후 디지털 스토리텔링 연구를 위한 구체적인 연구 방법을 마련해 주었다. 바로 이점이 스토리텔링의 연

13　최혜실, 『모든 견고한 것들은 하이퍼텍스트 속으로 사라진다』, 생각의나무, 2000; 최혜실, 『디지털 시대의 문화 읽기』, 소명출판, 2001.
14　김재국, 『사이버리즘과 사이버소설』, 국학자료원, 2000.
15　김진량, 『인터넷, 게시판 그리고 판타지소설』, 한양대 출판부, 2001.
16　김진기, 『사이버소설의 미적 구조와 세계관 연구』, 박이정, 2004.
17　몇 가지 대표적인 성과로 김재국, 『디지털 시대의 대중소설론』(예림기획, 2002), 김진량, 『디지털 텍스트와 문화읽기』(한양대 출판부, 2005), 이용욱, 『문학 그 이상의 문학』(역락, 2004), 최병우 외, 『다매체 문화와 사이버 소설』(푸른사상, 2002) 등을 들 수 있다. 이 외에도 2000년대 전반기에 사이버 문학과 관련한 적지 않은 논저들이 출간되었다.

구 성과를 정리하면서 사이버 문학에 대한 연구를 언급하지 않는 이유이기도 하다.

다음으로 디지털 게임 스토리텔링에 대한 연구도 폭넓게 진척되고 있다.[18] 디지털 게임에 관한 이론적 연구에 선편을 쥔 연구자는 최유찬이다. 그는 학계에서 디지털 게임에 관심을 갖지 않던 시기에 그에 관한 저서를 출간하고, 이후 디지털 게임에 관한 연구를 지속하여 문제적인 저서들을 출간하였다.[19]

이인화[20]는 디지털 스토리텔링을 창작 과정상의 특징을 살펴 기존의 서사가 시간 중심의 구조임에 비해 디지털 서사는 허구적 공간을 구축한다는 점을 강조하고 있다. 이는 디지털 게임이 한 공간 안에 상황이 주어지고 주어진 과제를 처리하면 다음 공간으로 넘어간다는 점에서 디지털 게임의 형식상 중요한 특징을 정리한 것이다. 이후 많은 연구자들이 그가 지적한 허구적 공간 구조를 디지털 게임의 중요한 특성으로 지적한 바에서 보듯 이 분야에서 이인화의 연구가 준 영향을 짐작하게 한다.[21]

이정엽[22]은 기존의 연구들이 제시한 디지털 게임의 특성들을 요령 있게 정리하여 디지털 게임은 직접 체험하며 스토리를 만들고, 상호작용적이며, 공간 구조의 확장이 근본이 되고, 복합적 플롯을 지니고, 과정 추론적이라는 점 등을 특성으로 하는 서사로 정리하였다. 이정엽은 이후 디지털 게임 서사의 시점 문제에 대한 연구를 진행하고 다양한 디

---

18 이하 디지털 게임 연구에 관한 정리는 최병우, 「디지털 미디어 서사학」(『내러티브』13, 2009. 5), III-3의 내용을 참조하였다.

19 최유찬, 『컴퓨터 게임의 이해』, 문화과학사, 2002; 최유찬, 『컴퓨터 게임과 문학』, 연세대 출판부, 2004; 최유찬, 『문학과 게임의 상상력』, 서정시학, 2008 등.

20 이인화, 「디지털 스토리텔링 창작론」, 이인화 외, 『디지털 스토리텔링』, 황금가지, 2003, 12~33쪽.

21 이인화는 디지털 게임에 관한 이론적 연구와 실제적 연구 결과를 포함하여 『한국형 디지털 스토리텔링』(살림, 2005)을 펴냈다.

22 「컴퓨터 게임 스토리텔링의 원리—놀이와 서사」, 이인화 외, 앞의 책, 81~97쪽.

지털 게임의 실제를 분석하고 있다.[23] 일련의 이정엽의 연구는 디지털 게임 서사의 이론적 연구의 깊이와 폭을 넓히고 있다는 점을 높이 평가할 수 있을 것이다.

한혜원은 보통의 디지털 게임 연구자들이 서사학에서 출발하여 연구의 방향을 확장한 데 비해 연구 초기부터 디지털 매체에 관심을 보였다. 2003년 이인화 외 7인의 작업에 참여 후 디지털 게임에 관심을 지속하여 본격적인 디지털 게임에 관한 책[24]을 출간하였다. 이 책에서 한혜원은 디지털 게임을 게임으로 보는 견해와 서사로 보는 각각의 견해가 갖는 한계를 극복하여 디지털 게임은 다양한 스토리 층위와 상호작용성을 통해 총체적인 체험을 가능하게 한다고 주장했다. 또 디지털 게임 서사의 층위를 기반적 스토리, 이상적 스토리, 우발적 스토리로 구분하여 디지털 게임을 연구할 수 있는 이론적 기반을 마련했다. 그리고 디지털 게임을 다룬 박사논문[25]에서 디지털 게임을 다변수적 서사로 규정하고 디지털 게임의 서사 주체, 공간 구성, 서사 구조 등을 면밀하게 분석하고 체계화하여 그간 디지털 게임 서사와 관련한 이론적 연구를 종합하고 새로운 연구의 방향을 제시하였다.

이와 같은 디지털 게임에 관한 이론적 연구를 바탕으로 디지털 게임 중 특정 장르의 서사 구조에 관한 분석적 연구들도 지속적으로 발표되고 있다. 앞에서 언급하였듯이 이론적 연구를 한 많은 연구자들도 디지털 게임의 한 장르나 각 편의 서사 구조를 분석하기도 하였고, 많은 젊은 연구자들이 최근 인터넷 상에서 엄청난 인기를 끌고 있는 다중접속 게임들의 서사 구조를 분석하는 연구 결과[26]를 보여주고 있다.

---

23 이정엽은 '길드 워'나 '삼국지'와 같은 게임의 분석과 아바타와 같은 디지털 게임을 이루는 요소들을 분석한 글들을 모아 『디지털 게임, 상상력의 새로운 영토』(살림, 2005)를 발간하였다.
24 한혜원, 『디지털 게임 스토리텔링』, 살림, 2005.
25 한혜원, 「디지털 게임의 다변수적 서사 연구」, 이화여대 박사논문, 2009.

이후 디지털 게임 연구는 서사학 이론을 통해 학문적 성격을 강화해 간다. 류철균은 서사학의 성과를 바탕으로 디지털 게임을 분석하는 일련의 논문[27]을 발표하여 디지털 게임 연구에 있어 이론적인 분석틀을 마련하려는 노력을 보여준다. 이정엽[28]은 채트먼의 서사이론 중 서사의 소통 모델을 원용하여 소설과 영화와 컴퓨터 게임의 의사소통 과정과 시점 설정의 차이를 설명하여 디지털 게임에서 사건의 서술은 스크린을 통해 이루어지지만 시점은 사용자의 조작에 따라 바뀌는 사용자 중심 시점이 선택된다는 결론을 얻는다. 그는 이 연구의 결과를 확장하여 에이전시와 다중 시점의 문제를 구체화한 논문[29]을 발표하여 연구의 깊이를 더한 바 있다.

끝으로 디지털 공간에 구현되는 다양한 스토리텔링에 관해 선편을 잡은 연구 결과물[30]로 이인화 외 7인이 편집한 『디지털 스토리텔링』이 있다. 이 책은 스토리텔링을 크게 엔터테인먼트와 인포메이션으로 구분하고, 전자에는 컴퓨터 게임과 에니메이션 그리고 디지털 영화 등을, 후자에는 브랜드 아이덴티티, 웹 뮤지엄, 전자메일과 같은 컴퓨터 매개 커

---

26 오규환, 「MMORPG의 다이나믹 게임 월드」, 『디지털 스토리텔링 연구』 1, 디지털스토리텔링학회, 2006.10, 42~67쪽; 이용욱, 「온라인 게임(MMORPG)의 서사적 지위에 관한 연구」, 같은 책, 127~149쪽; 이동은 · 오인경 · 이진헌, 「MMORPG-CG 동영상의 스토리텔링」, 같은 책, 150~183쪽; 류철균, 「서사 계열체 이론」, 같은 책, 16~21쪽 등.

27 사용자 스토리텔링의 4가지 유발 요인을 분석하면서 그레마스의 의미의 사각형 이론을 원용한 류철균 · 윤현정, 「가상세계 스토리텔링의 이론」,(『디지털 스토리텔링 연구』 3, 디지털스토리텔링학회, 2008.8), 7~35쪽과 '메이플 스토리'라는 인기 있는 게임의 스토리텔링을 분석하기 위하여 그레마스의 행위자 모델을 이용한 류철균 · 서성은, 「온라인게임의 트랜스미디어 스토리텔링 연구-'메이플스토리'를 중심으로」(『어문학』 102집, 어문학회, 2008.12), 439~468쪽 등이 그 대표적인 예이다. 참고로 류철균은 각주20의 필자 이인화의 본명이다.

28 「이야기 예술의 시점과 장르별 차이점」, 이정엽, 앞의 책, 8~27쪽.

29 「디지털 게임의 서사학 이론」, 『디지털 스토리텔링 연구』 2, 디지털스토리텔링학회, 2007.8, 97~122쪽.

30 이하 디지털 공간에 구현되는 스토리텔링 연구에 관한 정리는 최병우, 「디지털 미디어 서사학」(『내러티브』 13, 2009.5), III-2의 내용을 요약하고 일부 보충하였다.

뮤니케이션, 디지털 에듀테인먼트 등을 실례로 삼아 검토하고 있다. 이 책은 디지털 스토리텔링이라는 용어를 일반화시키고, 이 분야의 연구 영역과 연구 방법 등을 제시하여 이후 이 분야 연구 방향을 결정했다.

특히 현실공간의 콘텐츠 전시를 웹상에서 어떻게 구현할 것인가를 다룬 전봉관의 「웹 뮤지엄 스토리텔링의 개념과 영역」[31]은 박물관이나 미술관의 콘텐츠를 웹상에 전시하는 것에서부터 테마파크나 축제와 같은 현실공간의 문화콘텐츠를 웹상에 전시하는 데까지 영역을 확충시킬 수 있을 것으로 판단된다. 이 분야에 대한 연구는 앞으로 매우 심도 있는 연구가 필요할 것으로 예상해 볼 수 있다.

브랜드 아이덴티티를 위한 스토리텔링에 관한 강심호와 배주영의 논문[32]은 디지털 공간에서 이루어지는 상품이나 기업 광고의 효과를 올리고 이미지를 제고할 수 있는 방법으로써 스토리텔링의 필요성을 논의하고 있다. 상품이나 브랜드에 대한 기억을 지속시키기 위해 그 탄생과 관련한 이야기를 창조하거나 에피소드를 연결하는 방법이 갖는 효과가 제기된다. 이 분야에 대한 연구는 브랜드 광고와 관련하여 다양한 논의가 진행되고 있다.[33]

김익현[34]은 인터넷 신문의 스토리텔링 방법에 관한 연구를 진행한 바 있다. 이 책은 새로이 등장한 온라인상에서의 글쓰기를 디지털 스토리텔링이라는 관점에서 바라보고 있다. 애니메이션과 그래픽이 공존하고, 실시간 대화가 가능하고, 새로운 기사의 형식이 등장하고, 뉴스만을 다루는 포털이 등장하며, 블로그에 쓴 개인의 기사가 네티즌 사이

---

31 위의 책, 191~207쪽.
32 강심호, 「브랜드 아이덴티티 스토리텔링 – 웹 CF의 현황과 전략」, 위의 책, 154~169쪽; 배주영, 「브랜드 스토리텔링의 이론적 고찰」, 같은 책, 175~185쪽.
33 일례로 김진한, 『브랜드 상징화 광고와 마케팅』(사상사, 2003), 박재관, 『마케팅 광고 성공 이야기』(두양사, 2007) 등을 들 수 있다.
34 김익현, 『인터넷 신문과 온라인 스토리텔링』, 커뮤니케이션북스, 2003.

에서 큰 반향을 일으키는 등 바뀌어 가는 신문의 환경 속에서 어떠한 스토리텔링을 사용하여야 할 것인가에 대한 고민의 결과를 보여준다. 기사를 검색 빈도에 따라 웹상에 게시하는 전통 신문의 인터넷 판, 여러 신문의 기사를 주제별로 묶어 제공하는 뉴스 포털, 신문별로 핵심 기사 목록을 제시하고 기사 내용과 링크시켜 주는 뉴스 포털 등이 유행하고, 개인이 올린 기사나 동영상을 게시하는 형태의 인터넷 신문도 존재하는 변화된 언론 상황을 생각하면 김익현의 연구는 시의적절한 것으로 이해된다.[35]

강심호[36]는 인터넷을 이용한 교육이 이루어지고 있는 현 상황에서 현실 공간의 수업 내용을 영상물로 만들어 웹상에 올리는 것만으로는 학생들의 흥미를 유발시킬 수 없다고 주장한다. 수업 내용을 전달하는 교육을 벗어나 흥미를 끌 수 있는 교육이 되기 위하여 디지털 매체의 특성을 고려하여 재미있는 놀이를 하면서 자연스럽게 교육이 이루어지는 에듀테인먼트를 지향하자는 것이다. 언제 어디서나 웹상에 접근이 가능한 상황에서 학생들로 하여금 인터넷 수업에 자발적으로 참여할 수 있게 하는 에듀테인먼트를 강조하는 강심호의 주장은 유비쿼터스 환경을 지향하면서 원격교육의 가능성과 필요성이 강조되고 있는 현 상황에서 이 연구는 디지털 미디어 서사 연구의 새로운 한 방향을 보여주었다는 평가가 가능하다. 디지털 매체를 통한 나아가 유비쿼터스 환경에 대비한 디지털 에듀테인먼트에 관한 논의는 한국교육학술정보원(KERIS)을 비롯한 교육 현장과 디지털 환경을 교육산업에 활용하려는 업체들에 의해 그 원론적인 연구와 실제 작업에서 다양한 성과를 보여주고 있다.

---

35 인터넷 신문과 관련한 연구 성과는 매우 많다. 대표적인 업적으로 최낙진, 『인터넷 신문』(세계사, 2000), 신윤진 외, 『한국의 인터넷 신문』(한국언론재단, 2004), 최민재·조영신, 『인터넷 신문의 뉴스 생산과 소비』(한국언론재단, 2007) 등을 들 수 있다.
36 강심호, 『디지털 에듀테인먼트 스토리텔링』, 살림, 2005.

2) 현실 공간의 스토리텔링

기존의 박물관이나 미술관은 물론이고 지역 단체에서 관광객들을 유치하기 위하여 운영되는 여러 형태의 축제와 테마파크는 물론 지역의 예술가를 기리는 기념관 등에서 일정한 기획 아래 다양한 콘텐츠들을 전시하게 된다. 이러한 현실공간에서의 전시는 다양한 자료나 정보를 효과적으로 전달하기 위하여 일정한 기획을 거치게 마련이다. 예컨대 박물관에서 시대별 또는 장르별로 기준을 정하여 소장품을 기획 전시할 경우, 한 공간에 동일한 기준을 지닌 자료가 전시되어 공간을 활용할 수 있고, 관람객들도 전시품을 일정 기준에 따라 감상할 수 있어 효과적이다. 그러나 이 경우 많은 자료가 나열된 경우 관람 시간이 길어지고, 동일한 유형의 작품을 계속 감상하여야 하는 불편을 주기도 한다.

이러한 문제점을 극복하기 위하여 관람객들이 쉽게 다가오고 기억에 오래 남고 전시된 자료에 대한 이해를 높일 수 있는 방안을 모색하게 된다. 이런 전시 효과를 높이기 위한 방안으로 전시 자료를 사용하여 이야기거리를 만드는 스토리텔링의 중요성이 강조되고 있다. 전시되는 자료를 단순 나열하기보다 하나의 이야기를 만들어 전시하면 관람자들이 자료들을 유기적으로 이해할 수 있게 된다는 것이다. 이는 문화콘텐츠와 관련하여 스토리텔링의 중요성을 확인하는 계기가 된다.

최근 들어 다양한 문화콘텐츠의 기획과 관련하여 연구가 진행되고 있다.[37] 이 분야 연구자들은 여러 종류의 전시관에서 이루어지는 기획 전시와 함께 새롭게 만들어지는 축제나 테마파크와 같은 문화콘텐츠

---

[37] 현실 공간의 스토리텔링은 기획 의도에 따라 다양한 구분이 가능하겠지만 이 글에서는 크게 테마파크, 축제 등을 중심으로 살핀다. 이하 이 분야 연구에 관한 정리는 최병우, 「디지털 미디어 서사학」(『내러티브』 13, 2009.5), III-1의 내용을 요약하고 일부 첨가하였다.

의 기획 단계에서부터 의도를 파악하여 이야기 거리를 만들어 전시하고 그 효과를 점검하여 콘텐츠를 개발하고 기획·전시하는 효과적인 방법을 찾으려 노력한다. 최근 문화콘텐츠와 관련한 연구가 하나의 학문 분야로 자리 잡으면서 활발한 연구가 이루어진 결과라 하겠다.

허정아[38]는 신촌 대학문화 아트페스티벌, 광복동 문화의 거리 콘셉트, 광주를 문화중심도시로 바꾸려는 기획 등을 분석하고 나아가 서울, 파리, 바르셀로나, 광주 등 여러 도시들의 문화 정책을 검토하였다. 이 책은 문화가 중심에 놓이는 시대를 맞아 도시 공간을 어떻게 문화 공간으로 가꿀 것인가에 대한 모색의 결과로 도시 공간을 문화격으로 재구축하기 위하여 어떠한 문화콘텐츠를 어떻게 구성할 것인가를 체계화하기 위한 연구로서 의미를 지닌다.

최혜실과 제자들[39]은 디지털 미디어와 현실 공간에 존재하는 문화산업의 콘텐츠를 어떻게 기획하고 전시할 것인가에 관한 연구 결과를 모아 출간하였다. 이 책의 필자들은 다양한 분야의 문화산업 콘텐츠를 스토리텔링의 관점에서 분석하고 있다. 게임, 기업 인터넷, 광고, 텔레비전 프로그램 등 디지털 스토리텔링과 함께 명품, 기념일, 혈액형, 테마파크 등 현실 공간의 스토리텔링에 대해서도 관심을 보인다. 분야에 따라 논의 수준이 이론적 체계를 갖추지 못한 한계가 있지만 문화산업과 관련이 있을 법한 거의 모든 영역을 스토리텔링의 관점에서 살펴 향후 연구에 많은 시사점을 준다.

조태남[40]은 '스토리와 스토리텔링', '스토리텔링의 역사', '스토리텔링 분석'이라는 목차에서 보듯 문화콘텐츠의 스토리텔링과 관련하여 원

---

38 허정아, 『디지털 시대의 문화콘텐츠 기획』, 연세대 출판부, 2006.
39 최혜실 외, 앞의 책.
40 조태남, 『문화콘텐츠와 스토리텔링』, 경남대 출판부, 2008.

론, 역사, 실제를 점검하여 새로운 방향을 모색하고 있다. 특히 이 책에서 신화, 축제, 텔레비전, 영화, 패러디, 박물관, 테마파크 등의 스토리텔링을 분석한 것은 다양한 문화콘텐츠의 스토리텔링을 확인하여 새로운 문화콘텐츠의 스토리텔링을 개발하는데 도움을 줄 수 있으리라는 기대를 갖게 한다. 그러나 각 분야가 갖는 기획이나 스토리텔링의 특성을 분석하고 비교하기보다 내용 설명에 치중한 점은 다소간의 아쉬움으로 남는다.

최혜실[41]은 테마파크 개발 과정에서 스토리텔링 분야를 담당했던 경험을 바탕으로 테마파크와 관련한 스토리텔링 이론을 구축하고 여러 형태의 테마파크에 있어 그 기획 의도와 스토리텔링의 양상과 특성 등을 체계화하고 있다. 이 연구는 도시 공간의 문화적 기획과 관광지나 놀이 공간으로서의 테마파크에 관한 연구로 일관한 기존의 현실 공간의 스토리텔링 연구가 가진 한계를 벗어나 두바이나 헤이리와 같은 도시의 테마파크, 〈겨울연가〉나 〈대장금〉과 같은 영상물의 테마파크, 문학 작품 특히 소설의 테마파크, 국민안전체험 테마파크 등을 꼼꼼히 살피고 있다. 테마파크 스토리텔링의 실제를 보여주고 그 특징과 의의를 해명함으로써 문화콘텐츠의 스토리텔링을 연구할 이론적·실제적 바탕을 마련해 준 점에 이 책의 의의가 크다.

표정옥[42]은 놀이와 축제는 상호 연관을 가지며 양자가 모두 신화와 깊은 관련을 갖는다는 점에 착안하여 기존의 신화 연구에서 벗어나 신화를 바탕으로 한 축제 스토리텔링의 가능성을 연구하고 있다. 표정옥이 이 책에서 살피고 있는 축제들은 신화에 바탕을 두고 있으며 신화는 애초에 이야기를 가지고 있고, 놀이 문화의 한 축을 이루었다는 점에서

---

[41] 최혜실, 『테마파크의 스토리텔링』, 글누림, 2008.
[42] 표정옥, 『놀이와 축제의 신화성』, 서강대 출판부, 2009.

스토리텔링 연구의 중요한 자료가 된다. 이 책은 축제가 신화의 어떠한 요소들을 어떻게 수용하여 놀이의 신화성을 획득하게 되는가를 상세히 밝힘으로써 축제 스토리텔링의 연구가 나아갈 길을 개척하였다. 이러한 연구 결과는 새롭게 만들어지는 축제들의 장에서 스토리텔링이 어떻게 만들어져야 하는지에 대한 아이디어를 제공할 것으로 보인다.

강명혜[43]는 한국고전시가 작품의 스토리텔링화에 관한 논의와 함께 지역 설화의 스토리텔링 방안을 모색한다. 이와 함께 전통 무예를 현대적으로 변용하여 문화콘텐츠로 개발하는 방안이나 북한강을 스토리텔링화하는 다양한 방법을 구안하고, 용산공원을 한강의 근원설화와 관련하여 스토리텔링화 하는 실제적인 작업을 보여준다. 강명혜의 연구는 스토리텔링을 통한 문화콘텐츠의 잠재력을 인식하고 미래 산업으로 발전시키자는 취지에서 고전시가와 설화 등의 모티프들을 스토리텔링화 하는 방안을 마련하려는 시도라는 점에서 또한 문화콘텐츠와 관련한 실제적인 작업으로서의 가치를 지닌다.

3) 문화산업 관련

스토리텔링에 관한 논의는 그 자체가 문화산업과 관련한 상업적 의도가 없지 않다는 점에서 문화산업과 관련한 논의가 다양하게 진행되었다. 스토리텔링과 문화산업과 관련한 논의는 기존의 문학을 어떻게 문화콘텐츠로 제작할 것인가, 문화산업의 정책이 나아가야 할 방향 그리고 문화콘텐츠 개발과 관련 실제적인 연구들로 나누어 볼 수 있다.

---

43 강명혜, 『한국문학, 문화와 문화콘텐츠』, 지식과교양, 2013.

영화나 드라마의 역사와 제작에서 보듯이 문학 특히 신화와 소설과 같은 서사문학은 문화콘텐츠의 대표적인 원콘텐츠가 되고 있다. 이런 연유로 많은 연구자들은 어떤 문학 작품이 얼마나 그리고 어떻게 문화콘텐츠로 제작되었는지에 대한 연구를 진행해 왔다. 예컨대 한국의 대표적인 고전소설이 얼마나 많은 연출자들에 의해 영화로 제작되었으며 그 차이는 어떠했는지를 살핀다거나 기록 서사가 영상 서사로 제작되는 과정에 어떤 변화가 있었는지가 연구되고 그것을 바탕으로 기록 서사와 영상 서사의 장르적 공통점과 차이점을 해명하기도 하였다. 나아가 다양한 디지털 게임이 출시되면서 그 원콘텐츠인 문학 작품이 게임의 서사로 개작되면서 나타나는 차이점들이 논의되기도 하였다.

스토리텔링에 대한 연구가 본격화되면서 이러한 문화콘텐츠로의 변화에 관한 연구 성과를 바탕으로 문학 작품을 문화콘텐츠로 변모하는 과정에 관한 다양한 연구가 이루어지고 있다. 우정권[44]은 문학작품이 문화콘텐츠의 중요한 소재가 된다는 점을 전제하고 고전문학, 현대문학, 사이버 문학 작품이 어떻게 존재하고 있으며 문화콘텐츠로서의 위상이 어떠한가를 세밀하게 검토하였다.

최민성[45]은 디지털 매체에 의해 멀티미디어가 지배하는 시대의 미디어 상상력의 변화를 추적하고, 문자 문화가 멀티미디어적으로 변화할 수밖에 없음을 전제로 멀티미디어에 의해 문화콘텐츠들이 어떻게 변화하는지를 살피고 있다. 이 연구는 멀티미디어에 의해 문학 작품이 어떻게 문화콘텐츠로 스토리텔링할 것인가를 암묵적으로 보여준다는 점에서 시사적이다.

문화 산업의 발전을 위한 정책과 관련한 연구는 정부적인 차원에서

---

44 우정권·이창식, 『한국문학콘텐츠』, 청동거울, 2005.
45 최민성, 『멀티미디어 상상력과 문화콘텐츠』, 논형, 2006.

정책 연구로 활발하게 진행되고 있다.[46] 이에 대한 개인들의 연구 성과
도 출간되는바, 김천영[47]은 문화콘텐츠 기획의 필요성을 강조하고 이
과정에서 인문학을 활용하는 방안을 모색하고 있다. 그는 문화콘텐츠
기획의 이론 배경을 기초로 문화콘텐츠를 기획하고 지원하고 관리하
는 방법 등 실제적인 연구를 진행한다. 그리고 이를 바탕으로 문화콘텐
츠 기획에서 인문학을 활용하는 방법과 이를 위한 인문학의 제도를 개
선하는 방안을 제시하였다. 이 글은 부문별 문화콘텐츠 기획의 유형을
분류하고 각각에 인문학이 어떻게 활용될 수 있는가를 밝혀 문화산업
육성을 위한 정책 연구로서 의의를 지닌다.

김영순 외 6인[48]은 문화산업의 육성에서 문화콘텐츠가 절대적인 점
에 착안하여 문화산업에 있어 문화콘텐츠의 중요성, 문화산업 정책의
현황, 문화콘텐츠 사업의 현황 등을 점검하고 문화산업과 관련한 여러
문제들을 논의하였다. 문화산업 정책의 문제점을 찾아 개선 방안을 모
색하고, 문화콘텐츠 사업의 현황과 기획 방법, 문화산업 현장의 제 문
제는 물론 문화산업이 관광에 미치는 영향 등도 살펴 문화산업의 정책
수립을 위해 고려해야 할 많은 점들을 점검하고 있다.

문화콘텐츠 개발에 필요한 여러 요소들을 점검하고 구체적으로 문화
콘텐츠 개발 방법 모색해보는 실제적인 연구 역시 여러 연구자들에 의
해 이루어졌다. 함복희[49]는 앞의 연구자들에 비해 문학 작품을 스토리

---

46 대표적으로 한국문화관광연구원에서는 문화산업정책과 관련하여 프로젝트팀을 통해 지속
    적으로 연구 성과를 축적하고 있으며 이미 상당한 분량의 단행본을 출간한 바 있다. 한국문화
    관광연구원 홈페이지(www. kcti. re. kr)에서 문화산업 정책에 관한 연구 성과를 확인할 수 있
    다. 이 외에도 한국문화관광정책연구원, 한국건설산업연구원, 한국농촌경제연구원, 산업연
    구원 등 다양한 연구 기관에서도 문화산업 정책과 관련한 연구 성과를 모아 출간하고 있다.
47 김천영, 『문화콘텐츠 기획을 위한 인문학의 활용방안 연구』, 인문사회연구회 · 한국교육개
    발원, 2002.
48 김영순 외, 『문화산업과 문화콘텐츠』, 북코리아, 2010.
49 함복희, 『한국문학의 문화콘텐츠화 방안』, 북스힐, 2007.

텔링하여 문화콘텐츠를 제작하는 구체적인 방법을 모색하고 있다. 이 책에서는 문화콘텐츠 제작을 위해 원천자료를 정리하고 스토리뱅크를 구축하는 방법에서 시작하여 문화콘텐츠 개발의 실제, 한국문학을 문화 콘텐츠로 제작하기 위한 구체적인 방안 그리고 디지털 스토리텔링의 이론과 실제 등 매우 실제적인 작업들을 상세하게 정리하고 있다. 스토리 텔링과 관련한 강의에서 효과적으로 활용할 수 있을 것으로 기대한다.

정수연[50]은 매우 실제적인 작업으로서 문화콘텐츠를 제작할 수 있는 인재를 양성하기 위해 필요한 교재적 성격을 지닌 저서를 출간하였다. 이 책에서는 문화콘텐츠의 성격이 무엇이며 콘텐츠를 개발하기 위한 단계는 물론 문화콘텐츠와 관련된 다양한 직업의 특징을 소개하여 향후 문화콘텐츠 전문가가 되기 위하여 어떤 대비를 하여야 할 것인가 등을 상세하게 보여준다. 이 책은 연구서이기보다는 강의 교재적인 성격이 강하지만 향후 스토리텔링 전문가를 양성하기 위한 교재의 필요성을 생각할 때 일정한 의의를 지닌다 하겠다.

3. 김유정 문학의 스토리텔링 및 그 연구의 현황

김유정과 관련한 문화콘텐츠를 논의하기 위하여 이상진[51]은 콘텐츠의 층위에 따라 작품이나 생애와 같이 작가가 직접 생산한 1차 콘텐츠,

---

50　정수연, 『디지털 시대의 문화콘텐츠』, 정민사, 2011.
51　이상진, 「문화콘텐츠 '김유정', 다시 이야기하기」, 김유정학회 편, 『김유정의 귀환』, 소명출판, 2012.

작가와 관련한 인터뷰, 전기, 실명소설, 논문 등 1차 콘텐츠를 바탕으로 만들어진 2차 콘텐츠, 영화나 연극과 같이 1~2차 콘텐츠를 바탕으로 제작된 시청각 텍스트와 같은 3차 콘텐츠, 1~3차 콘텐츠를 사용하여 만들어진 테마파크나 기념품 같은 비텍스트 콘텐츠와 산업 콘텐츠를 4차 콘텐츠로 구분하고 각각의 콘텐츠 현황을 제시[52]하고 있다. 이에 따르면 김유정 문학콘텐츠는 1차 텍스트가 그리 많지 않고, 김유정에 대한 기록이나 전기 또는 문학적 초상에 해당하는 2차 텍스트도 20편에 이르지 못하나, 문학 작품에 대한 연구 결과물은 상대적으로 매우 많음을 알 수 있다.[53] 1~2차 콘텐츠를 바탕으로 제작된 3차 콘텐츠 역시 그리 많은 편은 아니어서 영화 5편,[54] 텔레비전 드라마 2편으로 일곱 번 영상 장르로 변환되었고, 연극 7편, 오페라 1편, 창작판소리 2편 등 공연 장르로 변환되어 김유정 문학의 명성에 비해 영상이나 공연으로 스토리텔링이 크게 이루어지지 않았다는 평가가 가능하다. 반면 김유정과 관련한 다큐멘터리가 3회 이상 제작되었는데 이는 김유정 문학에 대한 일반인들의 관심을 반영한 것으로 평가할 수 있다. 4차 콘텐츠로는 김유정 문학촌, 김유정 문학제 등을 비롯한 테마파크나 관련 행사와 축제가 잘 진행되고 있다.

김유정은 중고등학교 교과서에 상당히 많은 작품이 수록[55]되어 있어서 국민들에게 매우 익숙한 작가이다. 사실 중고등학교 교과서 수록 여

---

52 위의 글, 267~268쪽.

53 이상진의 조사에 따르면 1차 콘텐츠로는 소설 29편, 수필과 기타 글이 20여 편이고, 설문과 좌담이 몇 편 있다. 그리고 2차 콘텐츠로는 김유정에 대한 기록이 2편 이상, 김유정을 대상으로 한 전기와 소설이 11편 이상 그리고 김유정 문학에 논저가 360편 이상 존재한다. 이들 콘텐츠는 김유정 문학의 스토리텔링을 위한 기본 자료가 된다는 점에서 매우 중요하다.

54 이상진의 연구에는 박운원이 각색하고 이경식이 연출한 〈소낙비〉(1958)가 빠져 있다. 이 영화에는 서춘광, 이민자, 장민호 등이 출연하였다.

55 참고로 제7차 교육과정 '문학' 교과서 18종 중 김유정의 소설은 「동백꽃」(8책), 「만무방」(3책), 「봄·봄」(2책), 「땡볕」(1책)이 수록되어 있다.

부가 일반 독자들에게 작가의 인지도를 높이는데 크게 기여한다는 점을 생각하면 김유정의 작품이 역대 '국어' 교과서에는 「동백꽃」 한 편이 수록되는 정도였지만, 상당수의 작품이 '문학' 교과서에 수록되어 국민들이 학교 교육을 통해 접할 기회가 있어 인지도가 높다는 점이 그의 작품을 영화나 연극 등 타 장르로 개작하는 데 큰 영향을 주었을 것이다. 그러나 김유정 소설이 예술성을 중심으로 한 단편소설뿐이어서 한 작품이 다양한 형태로 제작되거나 게임 서사나 여타 장르의 원콘텐츠로 사용되는 데에는 한계가 있었던 것으로 보인다.

김유정 소설 중에서 가장 많이 개작된 작품은 「봄·봄」이다. 이 작품은 영화로 1회, 텔레비전 드라마로 2회, 연극으로 2회, 오페라로 1회, 창작판소리로 1회, 창극으로 1회,[56] 다큐멘터리 2편 등 다양한 장르로 변화되어 김유정 소설 중에서 대중적으로 가장 잘 알려졌다. 「봄·봄」이 장가를 들고 싶어 하는 사위와 데릴사위로 일만 시키려는 장인 그리고 둘 사이에서 난처한 딸이라는 희극적인 상황이 흥미롭고 그들이 만들어내는 갈등이 두드러진 점에서 김유정 소설 중에서 가장 대중적인 인기를 획득하였고 그만큼 자주 다른 장르로 개작되었다. 김유정의 여타 소설들에 대해 캐릭터와 갈등의 양상을 유형화한다면 앞으로 김유정의 소설 몇 편을 융합하여 새로운 스토리텔링을 만들어낼 가능성이 충분할 것이다. 이러한 노력은 이미 작가들에 의해 다양한 실험이 이루어지고 있어 큰 성과를 기대할 수 있다.

김유정 문학의 스토리텔링에 관한 연구는 최근 들어 몇몇 연구자들에 의해 시도되고 있는 정도로 연구의 시작 단계에 지나지 않는다. 한

---

56 창극 〈봄봄〉(각색·연출 오태석, 작곡 길옥윤, 창 김소희)은 MBC 창사24주년 기념으로 1985년 12월 세종문화회관에서 초연되었고, 이후 약간의 개작을 통해 2012년까지 여러 차례 공연되었다.

명희[57]는 김유정의 생애에서 스토리밸류를 지니는 부분을 드라마틱한 생애 자체, 문우들과 관련된 일화, 직접 경험한 지독한 짝사랑 등을 들며 김유정 삶 자체가 당대의 풍속사를 보여줄 수 있다는 점도 OSMU의 가능성을 높여준다고 지적한다. 또 그의 소설에 나타나는 구체적인 공간, 실존했던 인물들, 민담적인 요소, 그리고 소설 속에 나타난 유머나 향토성과 함께 남녀 간의 애정 문제 등도 스토리텔링할 좋은 원콘텐츠로 지적한다. 이러한 논의를 바탕으로 한명희는 원콘텍스트로서 김유정과 그의 소설이 어떻게 스토리텔링되었는가를 텍스트 콘텐츠, 영상 콘텐츠, 공연 콘텐츠, 체험 콘텐츠로 나누어 세밀하게 정리하고 있다.

이상진[58]은 앞에서 언급한 대로 현재까지의 김유정 문화콘텐츠를 층위별로 나누어 현재까지의 스토리텔링의 성과를 정리하고, 앞으로의 김유정 스토리텔링의 본격적인 연구를 위하여 김유정 소설에 나타난 인물들을 유형화하고, 이를 바탕으로 유형별로 캐릭터를 명명하고 그와 관련된 이야기를 항목화하여 향후 김유정 문학을 문화콘텐츠로 스토리텔링하는데 있어 중요한 기반을 마련하였다.

유인순[59]은 연구의 폭을 좁혀 30편에 가까운 김유정 소설 중에서 가장 많은 스토리텔링 작업이 이루어진 「봄·봄」으로만 대상을 한정하여 원소스로서의 「봄·봄」이 문화콘텐츠로 재생산되는 스토리텔링 과정에서 어떠한 변이가 나타나는지 꼼꼼히 정리하고 있다. 하나의 콘텐츠가 다양한 콘텐츠로 재창조되는 스토리텔링의 과정에서 나타나는 변화는 장르의 차이, 개작자의 의도, 시대적 상황 등 다양한 이유에서 탄생한다. 이 논문은 「봄·봄」이라는 원소스를 대상으로 하여 이를 스

---

57 한명희, 「김유정 문학의 OSMU와 스토리텔링」, 『한국문예비평연구』 27, 한국현대문예비평학회, 2008.12.
58 이상진, 앞의 글.
59 유인순, 「「봄·봄」의 아바타 연구」, 『한국현대소설연구』 50집, 2012.8.

토리텔링한 문화콘텐츠에 나타난 변이의 양상을 유형화하고 그 원인을 추적한 점에서 향후 스토리텔링 연구의 한 방향을 제시해 주고 있다.

4. 스토리텔링 연구의 과제

스토리텔링, 문화콘텐츠, 문화산업 등 일련의 연구는 이제 그 성과가 엄청난 규모로 축적되고 있으며, 디지털 매체가 보편화하고 사이버 문학이 자리를 잡아가던 시기에도 순수문학의 경계를 넘어서지 않으려 하던 문학계에서도 스토리텔링에 대한 관심이 고조되고 있다. 정보화 사회가 일정 정도 성숙하면서 문화산업이 새로운 성장 동력으로 떠오르고 이 분야에 대한 실험적인 현장 작업과 학문적인 연구가 상호 교차하여 상당한 효과를 거두고 있다. 이 장에서는 현재까지의 연구 성과를 바탕으로 앞으로 스토리텔링 연구가 나아가야 할 방향을 검토해 본다. 물론 스토리텔링 연구의 전체적인 상황이 고려되겠지만 특히 인문학 좁게는 문학 연구 차원에서의 과제들을 중심으로 언급하고자 한다.

첫째, 기존 문학연구자들의 연구 시각이 조정되어야 한다. 문학연구자들은 문학 작품으로부터 모든 논의를 시작하고 영상 매체와 디지털 매체 그리고 현실 공간에서 이루어지는 많은 작업들에 대해서는 문학 연구의 영역이 아니라는 고전적인 견해를 견지하고 있는 경우가 많다. 이스트호프가 지적하였듯이 문학 연구가 문화 연구로 전환하기 시작한 것은 오래 전 일이며, 매체의 변화가 급속히 진행되고 문화산업에 대한 관심이 커져 가는 현실에서 연구 영역을 확대하여 문학 연구가 문학 텍스트에서 탈피하려는 의식의 전환이 필요하다.

둘째, 현재까지의 스토리텔링 연구가 현황 중심으로 이루어진 점에 대한 반성이 필요하다. 디지털 매체의 등장 이후 사이버 소설과 디지털 게임에 관한 연구들이 이전의 서사문학에 비해 디지털 서사가 어떠한 차이를 보이는지에 대해 관심을 갖고, 디지털 매체의 특성이 어떻게 드러나는지에 관심을 가졌다. 현재 진행되고 있는 스토리텔링 연구도 원 콘텐츠가 스토리텔링 과정을 거쳐 어떠한 문화콘텐츠가 만들어졌으며 그 과정에서 나타난 변이 양상을 검토하는 연구가 주를 이루고 있다. 이렇듯 스토리텔링에 관련한 연구가 현황이나 외적 현상에 대한 설명으로 이루어지는 중요한 이유는 연구자들이 스토리텔링의 결과 나타나는 문화콘텐츠의 내용이 의미의 해석으로 나아갈 만큼의 가치가 없다고 인식한 결과이다. 스토리텔링 자체가 문화산업적 고려가 포함된 것이기는 하지만 스토리텔링과 그 결과물인 문화콘텐츠를 분석함에 있어 그것들의 외형적 특성이나 상업적 성과에 대한 설명과 함께 이들이 갖는 의미와 가치에 대한 해석과 평가가 이루어져야 할 것이다.

셋째, 스토리텔링과 관련한 일련의 활동과 그 결과물을 분석하는 이론적 틀을 만드는 작업이 필요하다. 어떤 연구 대상이든 그것을 체계적으로 연구할 이론적 틀이 마련되어 있지 않으면 여러 연구자들에 의해 이루어지는 연구가 일관성을 담보할 수 없게 되고 연구의 축적도 어려워진다. 이런 점에서 기존의 서사 연구 방법에서 차용하든 개별 연구자들에 이루어진 연구 성과들을 통합하는 방식이든 스토리텔링에 관한 이론화 작업이 이루어져야 할 것이다. 예컨대 문화콘텐츠에 등장하는 인물이나 갈등 구조의 유형을 분류한다든가 스토리텔링의 플롯 유형을 발견하는 등 다양한 이론화 작업이 가능할 것이다. 스토리텔링의 이론화 작업은 문자 텍스트로만 이루어진 문학과 달리 문자, 영상, 음향은 물론 물리적 공간과 시간 그리고 그것을 향유하는 인간 변인까지 고려되어야 하는 점에서 기존의 서사 이론과는 규모가 되지 않는 방대한 작업이 될 것이므로 여러 분야의 전공자들의 간학문적인 연구가 필요할 것이다.

넷째, 스토리텔링 연구는 문화산업의 발전과 함께 그 필요성에 따라 등장하여 상업적 측면이 적지 않은바, 나타날 수밖에 없는 상업적 성과 중심에서 인문학적 가치 지향으로의 전환이 요구된다. 스토리텔링의 결과물인 문화콘텐츠가 소비자들로부터 대중적 인기를 획득하고 또 그 인기가 오랜 기간 지속되는 힘은 인문학적인 가치와 밀접한 관련을 갖는다. 스토리텔링 연구가 전통 사상이나 신앙, 신화와 전설 같은 전승 문화, 고전과 현대의 문학 작품들로부터 인문학적인 가치를 수용하려는 노력이 필요하다. 마찬가지로 문화콘텐츠가 단순한 흥밋거리나 오락을 넘어 인류보편의 가치가 되고 나아가 문화산업이 지속적인 발전을 이루기 위해서는 스토리텔링의 과정에서 인문학적인 가치를 적극 수용하려는 마음 자세를 갖추어야 할 것이다.

다섯째, 스토리텔링은 학문적 연구이기도 하지만 실제적인 활동의 성격이 강하므로 이에 관한 논의는 연구에서 실제로 이동할 필요가 있다. 스토리텔링으로 문화콘텐츠를 제작하는 과정을 연구하고 체계화하는 데에는 실제 제작 경험이 상당한 힘이 된다. 따라서 스토리텔링 연구가 지속적으로 발전하기 위해서는 이론을 교육하고 연구하는 과정도 필요하지만 스토리텔링에 참여할 수 있는 인적 자원을 배양하는 일이 반드시 필요하다. 이를 위해 스토리텔링과 관련한 인재들을 양성할 수 있는 교육과정의 개발과 교수-학습 자료의 제작이 이루어져야 할 것이다.

　여섯째, 정책적으로 또 국가적으로 스토리텔링의 실제 경험의 공유를 위한 데이터베이스 구축이 반드시 필요하다. 스토리텔링의 성공 사례든 실패 사례든 문화콘텐츠 개발을 위한 기획에서부터 제작의 과정 그리고 그 결과물까지를 데이터베이스화하여 보존함으로써 필요한 경우 검색하여 참고할 수 있게 하여야 한다. 물론 문화산업은 이익을 창출하기 위한 활동이어서 스토리텔링 과정에 숨어 있는 노하우를 모두 공개할 수 없고 또 그것이 문서로 공유될 수 있는 것은 아니겠지만 가능한 한도 내에서 자료를 공유하는 것은 문화산업 전체의 발전을 위해 반드시 필요한 일이다.

참고문헌

1. 논문

최병우, 「디지털 미디어 서사학」, 『내러티브』 13, 2009.5.

2. 단행본

강명혜, 『한국문학, 문화와 문화콘텐츠』, 지식과교양, 2013.

김영순 외, 『문화산업과 문화콘텐츠』, 북코리아, 2010.

김천영, 『문화콘텐츠 기획을 위한 인문학의 활용방안 연구』, 인문사회연구회·한국교육개발원, 2002.

박유희, 『디지털 시대의 서사와 매체』, 동인, 2005.

우정권·이창식, 『한국문학콘텐츠』, 청동거울, 2005.

이용욱, 『온라인게임 스토리텔링의 서사시학』, 글누림, 2009.

이인화 외, 『디지털 스토리텔링』, 황금가지, 2003.

정수연, 『디지털 시대의 문화콘텐츠』, 정민사, 2011.

정창권, 『문화콘텐츠 스토리텔링』, 북코리아, 2009.

조성면, 『한국문학 대중문학 문화콘텐츠』, 소명출판, 2006.

조태남, 『문화콘텐츠와 스토리텔링』, 경남대 출판부, 2008.

차봉희 편, 『디지로그 스토리텔링』, 문매미, 2007.

최민성, 『멀티미디어 상상력과 문화콘텐츠』, 논형, 2006.

최병우, 『다매체 시대의 한국문학 연구』, 푸른사상, 2003.

최혜실, 『문화콘텐츠, 스토리텔링을 만나다』, 삼성경제연구소, 2006.

______, 『테마파크의 스토리텔링』, 글누림, 2008.

______ 외, 『문화산업과 스토리텔링』, 다홀미디어, 2007.

표정옥, 『놀이와 축제의 신화성』, 서강대 출판부, 2009.

함복희, 『한국문학의 문화콘텐츠 방안』, 북스힐, 2007.

허정아, 『디지털 시대의 문화콘텐츠 기획』, 연세대 출판부, 2006.

밀러, 캐롤린 핸들러, 이연숙 외역, 『디지털미디어 스토리텔링』, 커뮤니케이션북스, 2006.

이스트호프, 안토니, 임상훈 역, 『문학에서 문화연구로』, 현대미학사, 1994.

야곱의 데릴사위 모티프와 김유정의 「봄·봄」

한승옥

1. 들어가며

문학이 문학다울 수 있는 큰 이유 중의 하나는 독창성이다. 소설에서 문체가 중요한 이유도 이에 있다. 문체는 독창성을 드러내는 가장 큰 수단이기 때문이다. 문체와는 반대로 주제는 인류 보편성을 전제로 한다. 문체는 인류가 지니고 있는 공통적 인식과 심상을 바탕으로 할 때만이 공감을 얻게 된다. 문학이 문학다울 수 있는 것은 인류에게 감동을 선사할 수 있기 때문이다. 감동을 주지 못하는 문학은 이미 문학이 아니다. 신화적 원형이 문학에서 중요한 것도 이 때문이다.

신화는 인류의 소망과 꿈이 응결된 집합체다. 신들의 이야기지만 인간의 소망을 그에 의탁하였을 뿐, 실제로는 당대를 살아야 했던 인간들의 꿈의 이야기다. 그것이 현대인들에게도 감동을 주는 이유는 그 꿈이 원시 시대에만 통용되는 일시적인 원망이 아니라 인류의 잠재의식에 뿌리 내린 칼 융이 말하는 집단적 무의식 형태를 띠기 때문이다. 노드롭 프라이가 신화 원형을 캐내어 신화비평을 체계화시킨 것도 이런 맥락에서다. 구조주의자들이 인류의 집단적 무의식을 랑그와 빠롤의 관계에서 랑그로 규정하는 것도 같은 이유에서다.

모티프는 인류에게 있어 랑그에 해당한다. 모티프는 일회성으로 그치지 않는다. 모티프는 개인의 것이 아니다. 인류가 보편적으로 지녀온 공공의 것이다. 신화적 원형에 속한다. 인류의 집단적 무의식의 표출이기도 하다. 하기에 모티프는 동서양을 구분하지 않는다. 고금을 가리지도 않는다. 동서고금을 넘나든다. 「흥부전」에서 흥부가 제비 다리 고쳐주고 보은을 받는 이야기는 우리만의 것이 아니다. 베트남에도 있고 중국에도 있고 우리나라에도 있다. 어디서 연원되었느냐는 중요하지 않다. 프레이저의 역저 「황금가지」를 보면 민속적인 행위는 우리만의 전유물이 아님을 실감케 한다. 불과 물이 지니는 상징성은 천지 창조가 이루어진 인류의 태동으로부터 지금까지 연속성을 지니면 그 의미가 지속되고 있다.

해석학에서는 모티프를 주제적인 것으로 본다. 주제는 어느 곳에서나 동일한 의미를 지닌다. 사랑은 인간에게 가장 필요한 양식이다. 사랑이 없다면 인류는 멸망하고 말 것이다. 우리만이 사랑하는 것이 아니다. 원시인에게도 사랑은 있었고, 외계인이 있다면 그들에게도 사랑은 존재할 것이다. 하기에 사랑이란 주제는 인류에게 공통적으로 통용되는 주요 모티프 중에 하나다. 다만 이것이 어떻게 표현되느냐는 상황과 지역에 따라 다르게 나타날 뿐이다. 몸은 하나인데 옷을 바꿔 입는 것이나 마찬가지다. 사랑이라는 주제, 그것을 나타내는 모티프는 인류의 공통 자산이다. 다만 작가나 시인이 그 모티프에 어떤 옷을 입히느냐에 따라 작품은 새로운 모습으로 탄생하게 된다. 작가의 상상력이 중요한 이유가 여기 있다. 작가가 모티프를 만났어도 아무런 감동도 없이 지나치면 그 모티프는 아무런 의미도 지니지 못하게 된다. 항상 거기에 원재료로만 남아 있게 된다. 원료로 남아있어 가공이 안 된 상태로 존재하는 것은 무의미와 다를 바 없다. 김춘수 시인이 읊은 대로 이름을 불러주지 않은 존재는 존재하지 않는 것이나 다름없다.

이 글에서 논구해 보려는 데릴사위 모티프도 이와 같다. 데릴사위 모티프는 가족제도가 성립된 이후 지금까지 지속되고 있는 모티프다. 데릴사위 모티프가 반복해서 나타나는 이유는 혈연의 지속성을 위해서일수도 있고, 경제적인 이득을 위해서 일수도 있고, 가족관계의 해체를 막기 위해서 일수도 있고, 사회적 관습을 거부할 수 없어서 일수도 있고 그 밖의 특수성이 전제된 상황일 수도 있다.

김유정의 「봄·봄」에서도 데릴사위 모티프는 소설 속에 그대로 들어와 주요한 역할을 담당하고 있다. 가족관계의 결속과 결혼적령기 청춘남녀의 혼사를 빙자한 노동력 착취가 주요 주제가 되고 있다. 특히 「봄·봄」에서의 데릴사위 모티프는 성서의 '야곱의 데릴사위 모티프'와 많은 점에서 유사함을 발견된다.

2. 야곱의 데릴사위 모티프

성서에 나오는 야곱의 경우, 여러 가지 모티프가 복합적으로 등장한다. 특히 형제간의 질투와 다툼, 상속권을 둘러싼 암투와 속임수 등, 스토리가 복합적이고 흥미진진하게 전개된다. 야곱은 태어날 때부터 형의 발꿈치를 잡고 태어날 정도로 맏이에 대한 집착이 강했다. 이스라엘의 전통상 장자권은 유산뿐 아니라 모든 것을 누릴 수 있는 기득권의 상징이기에 더욱 그랬을 것이다. 부모의 두 아들에 대한 각각의 편애도 갈등을 부채질한 원인이 된다. 당연히 아버지 이삭은 가독권의 승계를 위해 장자 에사우를 중히 여겼을 것이다. 중히 여기는 정도가 아니라 드러나게 편애했다. 장자 에사우가 마련한 음식만 즐기고 야곱이 가져다주는 음식은 먹지도 않았다. 반면 어머니 리브가는 둘째를 편애하였다. 어머니는 사냥을 일상으로 하는 거친 맏아들보다는 항상 천막에서 어미 곁을 떠나지 않는 온순한 야곱을 더 사랑했다.

야곱은 장자가 아니기에 장자권이 누구보다 부러웠고 탐났으나, 장자인 에사우는 기득권자이기에 그것이 그리 대수로운 것은 아니었다. 그는 들에서 돌아와 배고픈 김에 야곱에게 팥죽 한 그릇에 장자권을 팔아 버린다.

동생 야곱은 형이 배고픈 허점을 이용하여 팥죽 한 그릇으로 장자권을 가로챈다. 야비하기 그지없다. 여기에 어머니까지 합세하여 장자권 쟁탈의 사기극을 연출한다. 사기당한 아버지는 모든 유산을 에사우로 착각한 야곱에게 물려주게 된다. 성서는 이 부분을 소설처럼 흥미 있게 기록하고 있다.

이를 알게 된 형 에사우가 동생을 죽이려 하자 어머니 리브가는 야곱을 피신시킨다. 고향에 남아 있다가는 야곱이 가나안 여자와 결혼하게 될 것이라는 그럴듯한 이유를 내세웠다. 리브가는 야곱을 자기 오빠 라 반에게 보낸다. 야곱은 하란으로 가다가 베텔에서 돌베개를 베고 자다 가 꿈에서 하느님을 만난다. 야곱은 라반의 집에 도착한다.

이때부터 데릴사위 모티프는 시작된다. 라반에게는 레아와 라헬 두 딸이 있었는데, 야곱이 둘째 딸 라헬에게 눈독을 들이는 것을 알고 야 곱의 노동력을 착취하기 위해 조건을 제시한다. 7년간 무보수로 일해 주면 성례를 시켜주겠다는 것이다. 야곱은 라헬을 얻을 욕심으로 7년 간을 뼈 빠지게 일한다. 그러나 막상 혼례 날에는 장인 라반에게 사기 를 당한다. 아름다운 라헬 대신 마음에도 없는 언니 레아를 들여보낸 것이다. 야곱은 다시 7년간 일하는 조건으로 라헬을 취한다. 그러나 레 아는 아들을 낳는데 라헬은 아기를 낳지 못한다. 언니에 대한 질투를 이기지 못해 라헬은 여종을 야곱에게 들여보내 아들을 얻는다. 언니인 레아도 자기의 여종을 들여보내 아들을 낳게 한다. 야곱이 원하는 것은 라헬 한 여인뿐이었다. 그런데 야곱은 본의 아니게 네 여인을 아내로 맞아야 했다. 야곱은 14년 동안 품삯도 받지 못하고 네 여인의 질투와 환시 속에 데릴사위로서의 고달픈 나날을 보낸다. 야곱은 고향으로 돌 아가기 위한 가축을 얻기 위해 또 6년을 보낸다. 그러나 장인은 이를 교 활하게 이용한다. 장인 라반이 야곱의 품삯을 열 번이나 바꿔치며 속이 기를 계속한다. 드디어 야곱은 장인 몰래 고향으로 탈출한다. 야곱이 도망간 사실을 알고 바로 뒤쫓아 온 장인과 만나 야곱은 서로 침해 않기 로 계약을 맺은 후, 자기의 재산인 얼룩무늬 가축을 몰고 고향으로 간 다. 그러나 고향에는 자기를 죽이려는 형이 도사리고 있다. 형에게 보 낼 선물을 가족과 함께 야뽁강을 건너게 한 후 혼자서 잠을 자다가 밤새 도록 정체불명의 사람과 씨름을 한다. 이 싸움에서 야곱은 환도뼈를 다친다. 그 후 야곱은 이스라엘이란 이름을 얻게 되고, 형 에사우의 용서로 고향으로 향한다. 그러나 야곱 일행이 스켐에 다다르자 레아가 낳아준 딸 디나가 겁탈을 당하고 두 오빠가 복수를 한다. 위협을 느낀 야곱은 가나안 땅 베텔로 돌아가 그곳에 정착한다. 하느님은 야곱에게 아브라함과 이사악에게 준 땅을 준다. 야곱은 비로소 정체성을 확립한다.

위의 성서 이야기에서 주요한 포인트가 되는 점은 야곱의 집념과 장인의 교활함이다. 야곱은 사랑하는 여인 라헬을 얻기 위해 14년의 세월을 보냈으며, 재산을 불리기 위해 또 6년의 세월을 보내야 했다. 장인은 야곱의 노동력을 착취하기 위해 두 딸을 이용했고, 재산을 빼앗기지 않기 위해 무늬 있는 양만을 주기로 약속했다. 무늬 있는 양은 아주 희소했고 수적으로도 거의 눈에 안 띌 정도로 극소수였기에 그것을 용인한 것이다. 그런데 야곱은 자기의 집념과 목표를 이루게 된다. 거기에는 하느님의 계시와 뒷받침이 있었기에 가능했다. 장인의 교활함도 하느님의 능력 앞에는 속수무책이었다.

야곱의 데릴사위 모티프에서 어머니의 역할도 중요한 몫을 한다. 어머니와의 공모와 속임수가 없었다면 장자권 탈취는 불가능했을 것이다. 또한 어머니의 친정집으로 피신시킨 것도 어머니의 공이었다. 그러나 야곱의 입장에서는 적수공권으로 타향으로 신붓감 구하러 간 것이기에 모험일 수밖에 없었다. 고향에서 쫓겨 가는 몸에다 그는 지닌 게 하나도 없는 빈털터리였다. 황야에서의 절망과 벧엘에서의 돌베개 취침은 그의 처지가 얼마나 처량한지, 또 의지할 데가 없는 불쌍한 존재인지를 잘 나타낸다. 거기다 라헬에게 장가들려는 야곱을 교묘히 이용하여 맏딸을 신방에 넣어주며 야곱을 속이는 장인의 사기 행각은 상식을 뛰어 넘기에 충분한 것이었다. 교묘한 술수인 동시에 인간적 모욕이었다. 이 속임수로 인해 야곱은 삯도 받지 못하면서 14년간의 노역에 시달려야 했다. 야곱이 이를 견딜 수 있었던 것은 라헬과의 사랑을 쟁취하기 위한 일념이 있었기에 가능했다. 야곱의 라헬에 대한 집념은 그 어떤 시련도 극복할 수 있었다. 이를 위해 그는 사기꾼 장인의 비인간적인 야비한 행위를 참아내야 했고, 정당한 대가인 줄무늬 가축과 가족을 데리고 귀향하는 데도 떳떳치 못하게 도망해야 했다. 귀향 도중 야뽁 강가에서의 정체 모를 존재와의 씨름도 중요한 핵심 포인트가 된다. 환도뼈의 골절로 절름발이가 되어 병신이 되었기 때문이다. 이런 시련을 거친 후에야 그는 아브라함의 혈통을 이어가는 정체성을 획득하게 된다. 야곱이 비로소 시련을 이기고 행복을 찾게 된 것이다.

3. 김유정의 소설적 상상력

김유정의 「봄·봄」도 데릴사위 모티프가 주가 됨은 기지의 사실이다. 이 작품에서 '나'는 점순이를 얻기 위해 데릴사위를 마다하지 않고, 이를 이용하는 장인은 사경을 아끼기 위해 데릴사위를 빙자하여 무임금으로 '나'의 노동력을 착취한다. 나의 집념과 장인의 교활함이 맞아 떨어진 경우다. 장인의 점순이를 이용한 노동력 착취는 사위를 세 번이나 갈아치웠을 정도로 집요하고 교활하다. 그 계약도 터무니없다. 기한을 정한 계약이 아니라 점순이의 키를 빙자하여 노동력을 착취했기 때문이다. 「봄·봄」에서도 '나'는 적수공권으로 신붓감을 구하기 위해 머슴살이한다. 그가 고향으로 돌아갈 것을 언급하는 것을 보면 고향이 있기는 있으나 그것이 별로 의지할 만한 신통한 곳은 아닐 것이라 추정된다.

작품에서 보면 장인은 잠시도 사위가 게으름 피는 것을 용납지 않는다. 사위가 늦잠 잔다고 장인은 돌맹이로 '나'의 발목을 삐게 하였기 때문이다. 발목은 복숭아뼈가 있는 곳이다. 복숭아뼈는 복사뼈다. 아마도 복숭아처럼 둥그렇기에 그렇게 명명한 듯하다. 야곱의 이야기에도 환도뼈가 나온다.

> 바로 그 밤에 야곱은 일어나, 두 아내와 두 여종과 열한 아들을 데리고 야뽁 건널목을 건넜다. 야곱은 이렇게 그들을 이끌어 내를 건네 보낸 다음, 자기에게 딸린 모든 것도 건네 보냈다. 그러나 야곱은 혼자 남아 있었다. 그런데 어떤 사람이 나타나 동이 틀 때까지 야곱과 씨름을 하였다. 그는 야곱을 이길 수 없다는 것을 알고 야곱의 엉덩이뼈(환도뼈 — 필자 주)를 쳤다. 그래서 야곱은 그와 씨름을 하다 엉덩이뼈를 다치게 되었다.[1]

여기 나오는 '엉덩이뼈'는 한자로 '환도뼈'다. 이때의 환도뼈는 복숭아를 뜻하는 환도뼈가 아니다. 환도(環刀)뼈는 허리 아래 고관절 뼈다. 환도란 옛 군복에 갖추어 차던 군도(軍刀)를 말한다. 환도를 허리춤에 차기 때문에 허리께에 있는 뼈를 환도뼈라 하게 된 것이다. 그런데 환도(環刀)뼈 하면 얼핏 환도(環桃), 곧 둥근 복숭아가 떠오른다. 그렇다면 김유정은 환도뼈를 복숭아뼈로 잘못 인식하고 있었던 것은 아닐까? 그러나 이것은 근거 없는 유추에 불과하다. 그 이유는 성경에서 야곱은 하느님과 씨름을 하다가 환도뼈를 다치는 반면, 「봄·봄」에서 '나'는 늦잠을 자다가 장인에게 일방적으로 공격을 당하여 발목뼈를 다치기 때

---

1 '창세기', 32 : 23~27, 한국천주교중앙협의회, 『성경』.

문이다.[2] 발목뼈, 곧 '복사(環桃)뼈'를 다치는 것이다. 말장난일 뿐이다. 야곱의 데릴사위 모티프와는 일치하지 않는다. 다만 해학의 작가인 김유정이고, 희화화하기를 즐겨하였기에 이 모티프를 해학적으로 처리하여 복숭아뼈를 환도뼈로 편해 발목을 삐게 했을 가능성이 크다.

씨름이 주된 모티프라면 작품의 후반부에서 장인과 씨름하는 것이 더 야곱의 모티프에 가깝다.

> 한번은 장인님이 헐떡헐떡 기어서 올라오드니 내바지가랭이를 요롱게 노리고서 담박 웅켜잡고 매달렸다. 악, 소리를 치고나는 그만세상이 다 팽그르 도는것이
>
> "빙장님! 빙장님! 빙장님!"
>
> "이자식! 잡아먹어라 잡아먹어!"
>
> "아! 아! 할아버지! 살려줍쇼 할아버지!" 하고 두팔을 허둥지둥 내절 적에는 이마에 진땀이 쭉 내솟고 인젠 참으로 죽나부다, 했다. 그래두 장인님은 놓질 않드니 내가 기어히 땅바닥에 쓰러저서 거진 까무러치게 되니까 놓는다. 더럽다 더럽다. 이게 장인님인가, 나는 한참을 못 일어나고 쩔 맸다. 그렇다 얼굴을 드니 (눈에 참아무것도 보이지 않았다) 사지가 부르르 떨리면서 나도 엉금엉금 기어가 장인님의 바지가랭이를 꽉 웅키고 잡아나꿨다. (…중략…)
>
> 이때는 그걸 모르고 장인님을 원수로만 여겨서 잔뜩 잡아다렸다.
>
> "아! 아! 이놈아! 놔라, 놔, 놔!"
>
> 장인님은 헛손질을 하며 솔개미에 챈 닭의 소리를 연해 질렀다. 놓긴 웨, 이왕이면 호되게 혼을 내주리라, 생각하고 짖궂이 더 댕겼다. 마는 장인님이 땅에 쓰러저서 눈에 눈물이 피잉도는것을 알고 좀겁도낫다.
>
> "할아버지! 놔라, 놔, 놔, 놔놔"[3]

---

2 「봄·봄」, 『朝光』, 1935.12, 271쪽.

장인과 내가 서로 생식기를 공격하며 상대를 제압하는 장면이 야곱의 모티프와 유사하다. 야곱의 이야기에서 환도뼈는 생식기와 연관 짓는 해석이 많다. 이 점에서 두 모티프는 유사성을 지닌다. 김유정이 성서 모티프를 차용한 것이라 유추 가능하다.

장인이 돌맹이로 '나'의 발목뼈를 삐게 한 것만 보면 장인과 사위의 관계가 선의의 관계가 아님은 분명하다. 적의로 가득 차 있음을 알 수 있다. 적의에 차 있을 뿐 아니라, 장인은 '나'가 점순이와 성례를 시켜달라고 할 때마다 점순이의 키를 빙자하여 이를 거부한다. 이를 통해 그의 얕은 속셈과 사기행각이 드러난다. 희극의 본질답게 '나'만 그것을 알아채지 못하고 있다. 반면 관객이나 독자는 이 모든 것을 인지하고 있다. 이런 희극적 상황은 더욱 발전하여 절대적 권력자인 장인과 속임수를 당하는 바보와의 한 판 씨름판이 전개된다. 야곱의 이야기에서도 씨름은 중요 모티프였다. 야곱은 정체모를 대상과 밤새도록 씨름을 하였고, 그 대상이 야곱을 이길 수 없자 달아나려 할 때, 야곱은 그를 끝까지 붙들고 복을 빌어 달라 한다. 마침내 목적을 이루자 그를 놓아 준다. 하여 그는 정체성을 획득한다.

그러나 「봄·봄」에서 주인공은 환도뼈를 다치지 않는다. 대신 장인과 사위는 생식기를 붙들고 늘어지면서 씨름을 계속한다. 생식기는 점순과의 혼례를 중심으로 보았을 때, 자손을 생산하여 후손을 이어갈 수 있는 중요한 기관이다. 그것을 전면에 부각시킨 것은 재미 그 이상의 의미를 지닌다. 생존의 마지막 투쟁이자, 생명력의 상실까지도 전제된 피나는 전투이다. 장인이 사위의 생식기를 공격한다는 것은 적의의 찬 행동일 수밖에 없다. 적대적 관계가 아니면 있을 수 없는 일이다. 자신

3　「봄·봄」,『朝光』, 1935. 12, 278~279쪽(표기법은 당시 분위기를 살리기 위해 바로잡지 않고 원본대로 인용하였음).

의 딸을 내어줄 딸의 아버지가 자식 생산 수단을 끊어버린다는 것은 멸망을 자초하는 일이다. 사위에게는 가장 심각한 일이 아닐 수 없다. 인간의 원초적 생식 능력을 절단한다는 것은 죽음을 의미한다. 과장된 해석일지 모르지만 일제의 한민족 말살 정책과도 연관되는 의미 있는 행위라고도 볼 수 있다.

사위의 역공도 이런 관점에서 이해되어야 한다. 장인은 지금 모든 것을 소유한 자이다. 마름인데다, 사위를 우롱할 미끼도 지니고 있다. 이런 대상에게 공격을 한다는 것은 자멸을 자초하는 행위다. 그럼에도 불구하고 '나'는 장인의 생식기를 공격한다. '이에는 이'라는 속 시원한 행위다. 약소한 존재가 강력한 존재를 이에는 이로 대응한다는 것은 논리적인 측면에서는 자살행위에 속하나 감정적 측면에서는 속 시원한 복수가 된다. 역시 과도한 해석일지 모르나 우리 민족의 모든 것을 약탈하여 자기 것인 양 거머쥐고 있는 일본 제국주의 권력에게 '이에는 이'로 대항하는 것은 심정적으로 속 시원한 복수일 수 있다. 물론 이성적인 면에서는 더욱 압제를 자초하는 행위일 수도 있다.

그런데 문제는 점순이의 태도다. 점순이는 당연히 아버지와 씨름을 하면 '나'의 편을 들어주어야 한다. 야곱의 경우 라헬은 고향을 탈출 할 때 자기 집에서 수호신까지 훔쳐 함께 탈출하였다. 이와는 반대로 점순이는 어머니와 함께 '나'의 귀를 뒤로 잡아 늘이며 아버지 편을 든다.

이 행위는 '나'를 무력하게 만든다. 점순이는 근본적으로 나를 사랑한 것이 아니다. 아버지 편에 서 있었던 것이다. '나'는 이중으로 배신감을 느낄 수밖에 없다. 점순이와의 혼인은 포기해야 하는 현실에 직면하게 된다. 희망을 잃은 채 외톨이가 되어 전보다도 몇 배의 패배감을 맛볼 수밖에 없게 된다.

야곱의 이야기와 「봄·봄」의 이야기에서 데릴사위 모티프는 같지만 그 모티프가 각각의 이야기에 들어가 구체적인 이야기가 되었을 때는 정반대의 이야기가 된다. 하나는 정체성을 찾는 이야기가 되고, 하나는 정체성을 찾지 못한 채 외톨이가 되는 이야기다. 이것은 야곱의 이야기가 성서적 정체성 찾기의 일환으로 전개된 반면, 「봄·봄」에서는 1930년대가 일제 강점기의 농민의 비참한 실상을 반영하였기 때문으로 풀이 된다. 1930년대는 우리 근대사에서 가장 처참한 비극적 상황이 전개되던 때였다. 그중에서도 「봄·봄」에서처럼 농민들이 자경농에서 경작할 땅을 잃고 소작농으로 전락하였고, 소작농에서 밀려 그나마 빌려 짓던 농토도 떨어져 유리걸식하는 비참한 신세로 전락하였던 비극적인 때였다. 최악의 상황이었다. 일제로 인해 야기된 악이 전방위로 확산되어 자행되던 때였다.

지금까지 논의한 것을 중심으로 성서와 소설의 데릴사위 모티프의 의미와 차이를 살펴보면 다음과 같이 요약된다.

① 야곱의 데릴사위 모티프는 야곱의 인간적 집념과 하느님의 계획이 합일되는 과정을 그렸다는 점이다. 야곱은 종국에는 하느님의 계획대로 라헬을 얻고, 아브라함의 후손으로 요셉을 얻어 정통성을 확립한다. 곧 라반으로 상징되는 사악한 꾀와 속임수가 무력화됨을 나타내고 있다. 곧 악이 정복되는 과정의 이야기다.

② 김유정의 「봄·봄」에서의 데릴사위 모티프는 당시 식민지 사회에서의 땅을 빼앗긴 기층민들의 피폐한 삶을 반영하는 비극적인 이야기다. 노동력만 착취당하고 신붓감 쟁취에 실패하고 이용만 당한 패배한 모습이다. 악이 지속되는 이야기다.

4. 「봄·봄」의 악의 지속 문제

성서에서는 악의 창궐을 최초 인간인 아담과 하와의 타락과 선악과를 따 먹은 행위로부터 시작되었다고 본다. 하느님이 천지를 창조할 때, 인간이 먹어서는 안 될 과실을 배치한 것이다. 인간의 순종을 시험하기 위해서다. 그런데 아담과 하와는 악마 천사의 유혹으로 신과 같아지려는 욕망으로 금단의 과실을 따 먹음으로서 에덴동산에서 쫓겨나 노동을 하지 않고는 먹고 살 수 없게 되었다. 이때부터 아담은 땅을 경작하지 않으면 양식을 구할 수 없었다. 성서에 기대볼 때 인류의 시조 아담은 농부였다. 농토는 인류에게 가장 중요한 생산 수단이었고, 생명의 보루였다. 이것은 지금도 마찬가지다. 지금 한국은 IT로 먹고 살고 있지만, IT는 식량이 아니다.

성서에 보면 창세기 1장에 "한처음에 하느님께서 하늘과 땅을 창조하셨다. 땅은 아직 꼴을 갖추지 못하고 비어 있었는데, 어둠이 심연을 덮고 하느님의 영이 그 물 위를 감돌고 있었다"고 기록되어 있다. 땅은 꼴을 갖추지 않았고, 어둠만이 심연을 덮고 물위를 감돌고 있었다는 것을 볼 때, 처음에는 깊은 물속에 땅이 잠겨 있었음을 알 수 있다. 이것을 천지창조주인 하느님이 물과 분리시켜 땅이 드러나게 하였고, 거기에 식물을 창조한 후 동물을 창조한 것으로 되어 있다. 그 후에야 이 세상을 다스릴 인간을 창조하였다. 그렇게 하여 이것들을 양식으로 사용케 하였다.

독일의 성서학자 레벤손[4]은 악의 지속 문제를 끈질기게 탐구한 유대

---

[4] Levenson, Jon D., *Creation and the Persistence of Evil : The Jewish Drama of Divine Omnipotence*, Princeton : Princeton University Press, 1988.

인 학자다. 그는 하느님께 유태인 학살의 이유를 묻고 또 물었다. 왜? 무슨 죄를 지었다고 그런 집단적 학살을 당해야 하는가? 악의 본질은 무엇일까? 악은 왜 소멸되지 않고 끈질기게 존속하는가에 대한 의문이었다.

레벤손은 하느님이 천지를 창조할 때 무에서 창조하지 않고 선재 물질이 있었다는 전제에서 문제를 풀어간다. 어둠이 있었고, 땅과 물이 있었는데 하느님은 이것을 인간이 살 수 있는 땅을 만들어 질서화시켰다는 것이다. 하느님의 천지창조는 카오스를 질서화시키는 작업이었기에 그 안에는 악, 곧 어둠과 혼돈 세력이 잠재해 있으며, 이 어둠의 세력은 호시탐탐 기회를 노리다가 언제라도 빛을 뚫고 세상에 나타나 악의 본질을 드러낸다는 것이다. 땅도 마찬가지다. 인간이 경작할 수 있게 하느님이 창조하였지만 악의 세력은 이를 언제라도 빼앗아 인간을 악의 구렁텅이로 내몰 수 있다는 것이다.

창세기에서 아담은 흙을 경작하여야만 살아갈 수 있듯이 그 후손들은 땅을 경작하여야지만 살아갈 수 있다. 땅을 빼앗긴다는 것은 죽음을 의미한다. 땅은 악의 세력이 빼앗는 것이다. 이스라엘은 바벨론의 침공을 받아 노예생활을 하면서 자경농들이 땅을 잃게 되었는데, 우리도 일제 강점기에 일제의 노예가 되면서 땅을 빼앗겨 양식을 생산할 경작지를 잃게 되었던 쓰라린 역사가 있다. 일제는 악의 대명사였다. 「봄·봄」은 일제가 악을 자행한 최고 꼭짓점에서 창작된 소설이다.

레벤손은 유태인이 학살된 것은 유태인의 죄 때문이 아니라 인류를 위한 희생제물로 학살된 것이라 해석한다. 마치 그리스도가 무구하면서도 인류의 죄를 대신하여 희생된 것과 같은 맥락이다. 레베손의 관점에서 보면 악은 상존한다. 이것은 천지창조 때부터 지속된 것이다. 다만 하느님은 천지창조 작업을 통해 악이 숨을 죽이게 하고 인간이 낙원에서 살 수 있도록 정지작업을 하였기 때문에 잘 살 수 있었던 것이라 해석한다. 지금도 악은 번창할 수 있다. 사실에 있어서도 온갖 악은 지금도 도처에서 창궐하고 있다. 이것을 오직 하느님이 척결해 주시기를 바라서는 안 된다는 것이 레벤손의 생각이다. 사회적인 구조적인 악에 인간이 얼마나 단결하여 공동체적으로 맞서느냐에 따라 악은 다스려질 수 있다는 견해다.

「봄·봄」도 이제는 해학의 차원에서만 보아서는 안 된다. 악의 지속이란 차원에서 재성찰해야한다. 「봄·봄」에서 김유정은 악의 지속이나 척결에 대해서는 일체 언급을 하지 않았다. 암시도 하지 않았다. 다만 보여주었을 뿐이다. 현상을 희화하여 보여주었기에 심각성이 드러나지 않았다. 그러나 그 내면에는 경작지가 없는 머슴의 비참함이 도사리고 있다. 땅을 부재지주로부터 위탁 받아 전권을 휘두르는 악의 대부 장인과의 대결을 보여줄 뿐이다. 점순이와의 혼례도 중요하지만 당시의 상황으로 보아서는 경작지의 회복이 더 절실한 문제였다. 다만 점순이를 매개로 하여 이를 희화화하였을 뿐이다. 성서와 같은 데릴사위 모티프라도 김유정의 문체와 상상력을 통해 새롭게 태어난 소설이 「봄·봄」이다.

5. 나오며

김유정이 「봄·봄」을 창작하였을 때, 우리 민족은 절망한 채로 숨을 죽이고 살아야 했다. 공동체적인 악의 대결을 펼치기에는 역부족이었다. 그러나 우리는 해방되었다. 일제에게 강점당한 것은 민족적 차원에서는 큰 희생이었다. 지금 일본은 천인공노할 악을 저지르고도 잘 살고 있다. 그러나 우리는 분명히 해야 한다. 악의 지속을 막기 위해 민족이 공동체 의식을 가지고 그를 척결하기 위해 온 힘을 경주해야 한다. 통일 문제도 이런 차원에서 풀어가야 할 것이다. 「봄·봄」에서의 비참한 상황이 다시 반복되어서는 안 된다. 누구나 다 경작할 땅을 가지고 자신의 먹거리를 생산해야 한다. 젊은이들이 경작할 땅, 직장이 없는 현실은 악의 현장이나 다름없다. 주권이 있는데도 「봄·봄」의 상황이 계속된다는 것은 이웃인 우리의 책임이 큰 것이다.

김유정 소설에 발현되는 아름다움에 대한 삼강적 자의식과 근대적 자의식의 의미작용 연구

「산골」, 「소낙비」, 「안해」를 대상으로

표정옥

1. 들어가며

한국의 1930년대는 그 이전의 문학과는 다른 다양한 시도가 있었던 시기였다. 작가들은 관심을 수평적, 수직적으로 그 폭을 넓혀갔고 그런 결과가 문학적으로 다양하게 나타났다고 볼 수 있다.[1] 김유정에게 사회란 '존재하는 것'이다. 따라서 그의 작품에 나오는 모든 인물들은 사회에 항거하기보다는 사회의 부조리를 느끼지 못하면서 인물들끼리 미시적으로 갈등하는 게임의 양상을 지닌다. 그러나 여기에는 사회적

---

1 이재선, 『한국현대소설사』, 홍성사, 1979, 313~315쪽.

놀이의 서사전략이 존재한다. 서술자는 사회현상에 대해서 직접 설법하고 있지는 않지만 인물들의 행동양상과 갈등구조는 사회적인 담론을 이끄는 구조를 취한다. 김유정의 이야기들이 사회적 놀이를 실행시키는 지점이다.

최근 김유정 문학의 스토리텔링에 관한 논의들이 잇따르고 있다. 최병우는 김유정 소설 몇 편의 융합이 새로운 스토리텔링을 만들 수 있는 가능성이 있다고 주장한다.[2] 한승옥은 김유정의 데릴사위 모티프를 야곱의 데릴사위 모티프와 비교하는가[3] 하면 유인순은 김유정 인물의 문화콘텐츠 변용을 새로운 아바타로 보고 있다.[4] 이러한 연장선상에서 우한용은 김유정 소설의 인물 되살리기가 매우 의미 있는 일이라고 말하기도 한다.[5]

김유정의 작품 안에는 먼 신화시대에서 부터 과거를 살다간 사람들의 모습과 현대를 살아가는 인물들의 이야기가 펼쳐지고 있고 따라서 과거 먼 신화 속 인물들의 이야기가 희미하게 그려져 있다. 이러한 상상력을 잘 탁본해서 살펴보면 그것은 우리 민간 신화의 원천적인 재미난 상상력을 담고 있다. 문화 속 여성과 남성의 상상력은 우리의 민간 신화의 인물 상상력의 심층적인 이해를 필요로 한다. 우리 문화 속 주인공들은 그 자체로써 일종의 설화를 가지고 등장한다. 이 설화의 근간적 상상력은 우리의 민간신화와 전통적으로 함께 읽히는 부분이다. 따라서 〈삼공본풀이〉, 〈원천강 본풀이〉, 〈바리데기〉, 〈궁상이굿〉, 〈성주

2　최병우, 「스토리텔링 연구의 성과와 반성 – 김유정 소설의 스토리텔링 연구와 관련하여」, 제3회 김유정학회 학술연구발표회, 2013.4(강원대학교 개최).
3　한승옥, 「야곱의 데릴사위 모티프와 김유정의 「봄·봄」, 「우리의 정조」, 「병상의 생각」을 중심으로」, 제3회 김유정학회 학술연구발표회, 2013.4(강원대학교 개최).
4　유인순, 「김유정 「봄·봄」의 아바타 연구」, 김유정학회 편, 『김유정과의 만남』, 소명출판, 2013.
5　우한용, 「김유정 소설의 언어의식」, 김유정학회 편, 『김유정과의 만남』, 소명출판, 2013.

풀이〉, 〈천지왕 본풀이〉, 〈칠성본풀이〉, 〈세경본풀이〉, 〈관청아기 본풀이〉, 〈삼승할망본풀이〉, 〈제석본풀이〉, 〈이공본풀이〉 등 민간신화의 상상력을 김유정 문학의 인물 상상력에 입각해 다시 읽어볼 필요가 있을 것이다.[6] 이 뿐만이 아니다. 조선시대『삼강행실도』에 등장하는 열녀와 아름다움의 이데올로기가 작품 곳곳에 스며있으며『삼국유사』 속에 등장하는 당돌한 여성들인 도화녀와 수로부인과 같은 양성성의 인물들을 읽어낼 수 있다. 이러한 읽기와 함께 김유정의 소설에 등장하는 아름다움에 대한 관념에 집중해 볼 필요가 있을 것이다. 아름다움에 대한 인식은 근대를 인식하는 하나의 코드이기도 하기 때문이다.

김유정의 작품에 등장하는 남성들은 하나같이 좀 얼뜨기이다. 이는 우리 신화에 등장하는 무수한 남성의 원형적 이미지를 떠올리게 한다. 강력한 유교주의의 전통을 가진 나라에서 이렇게 허술한 남성이미지를 원형으로 제시하는 것은 매우 흥미로운 일이다. 서사의 형성은 현실의 대응으로써 이루어지기도 하고 현실에 대한 반대급부로 허구 서사가 형성되기도 한다. 따라서 대응과 반대응의 유기성을 함께 살펴보는 과정에서 서사의 적절한 해석은 놓일 것이다. 김유정의 작품에 등장하는 남성 주인공들의 원형적 이미지와 더불어 여성들 역시 민간 신화의 원형적 이미지를 많이 따르고 있다. 전체적으로 남성 주인공들의 이미지는 좀 부족하면서 허황되며 소심하고 지극히 운을 지향하고 있지만 여성 주인공들의 모습은 다양한 터주신의 원형적 이미지를 보여주고 있다. 그녀들은 하나같이 붕괴되기 일보직전의 가정을 지탱하는 힘을 발현시키고 있다.

---

6 신동흔,『살아있는 우리 신화』, 한겨레신문사, 2004.
  오세정,『한국 신화의 생성과 소통원리』, 한국학술정보, 2005.
  조현설,『우리 신화의 수수께끼』, 한겨레출판, 2006.
  서대석,『한국 신화의 연구』, 집문당, 2000 등을 활용해 무속신화를 정리한다.

　김유정의 전 작품세계는 「두포전」과 「홍길동전」을 포함하더라도 불과 단편 31편에 지나지 않는다. 특히 그중에서 실내마을을 대상으로 하는 작품은 모두 12편에 해당한다. 이 글에서 대상으로 하는 「산골」, 「소낙비」, 「안해」 등은 모두 산골을 배경으로 하는 비슷한 이야기이고 그 안에 등장하는 여성들의 이미지도 엇비슷하며 일맥상통한다. 이 세 작품에 등장하는 여자들은 모두 산골에 살아가면서 나물을 하거나 집 안 일을 하면서 가계에 도움을 주고 있는 생활과 경제의 여인들이다. 그런데 다소 변별되는 점을 굳이 찾자면 「산골」의 이쁜이는 아직 결혼을 하지 않은 처녀이고 「소낙비」와 「안해」는 결혼한 여자들이다. 다시 이 결혼한 여자들은 세밀하게 들어가 보면 하나같이 남편을 위해 산에서 일을 해야 한다. 더 치밀하게 들어가 보면 여기에서도 약간의 변별점이 존재한다. 「소낙비」의 아내는 아직 아이가 없고 남편을 무서워한다. 그러나 「안해」의 부인은 결혼을 했고 똘똘한 아들까지 낳았다. 그녀의 목소리는 「산골」의 이쁜이와 「소낙비」의 춘호 처와는 다르게 작지 않고 매우 당당하고 구성진 아리랑을 부를 수 있는 사회적 목소리다.

　이 글은 김유정이 그리는 여성 이미지를 서로 다른 세 작품에서 각각 다르게 들여다보려고 한다. 특히 여성 내적 자아들이 서로 다른 사회적 대응 기제를 가지는 것의 근본 원인을 아름다움을 인식해가는 서로 다른 구조에 기인한다고 보고 아름다움에 대한 다른 인식체계를 면밀히 살펴보고자 한다. 첫째, 「산골」이라는 작품을 통해 '예쁘다'는 관념이 삼강적 이데올로기와 어떻게 결부되고 있는지 살펴보고자 한다. 주인공 이쁜이는 주인집 도련님을 사모하지만 이쁜이에게 허용되는 공간은 산골뿐이다. 「산골」 속에서 어떠한 힘도 되지 못하는 예쁘다는 관념은 삼강적 이데올로기를 대변하는 사회를 대변해준다. 「산골」의 이쁜이 엄마, 석숭이, 마님 등은 이쁜이의 세계를 삼강적 질서에 묶어주는 지표들이다.

둘째, 「소낙비」에서는 예쁘다는 것이 돈을 벌 수도 있다는 생각을 하기도 하고 그것이 일종의 지조에 대한 죄의식과 충돌하기도 한다. 춘호 처는 자신이 예쁘다는 것을 인식하지 못했지만 이주사라는 외부 사회적 인식에 의해 상품화되고 일종의 미적 자존감을 느낀다. 이는 미에 대한 죄의식과 미에 대한 상업화된 가치가 추동하는 단계를 보여주는 것이다. 이러한 장치 속에 삼강적 가치관이 충돌하는 쇠돌엄마와 쇠돌이 집이 등장한다. 이 공간은 춘호 처가 삼강적 질서를 내려두는 공간이며 자신의 삼강적 자의식이 소용돌이치는 공간이다. 쇠돌엄마 역시 삼강적 질서에서 벗어나 자본적 질서로 나아가게 하는 인물로 등장한다.

셋째, 「안해」라는 작품에서 아내는 「산골」과 「소낙비」의 주인공들과는 다르게 매우 못생겼다. 그녀는 남편을 피할 만큼 외모 콤플렉스를 심하게 가진 여성이다. 그러나, 아내는 잘생긴 아들 똘똘이를 낳더니 매우 자신감을 얻게 된다. 그녀에게 예쁘다는 관념은 새롭게 재구성된다. 사회적 자아로서 나아가지 못하던 아내는 아들을 얻고부터 적극적 여성으로 진화해 간다. 더불어 그녀는 사회적 자아관도 생기고 자신의 능력을 개발시킬 용기도 얻는다. 그녀는 급기야 노래를 부르고 들병이를 자처한다. 자신이 노래만 잘하면 자신의 가족을 위해 돈을 벌어올 수 있다고 생각하는 적극적 근대성을 가진다.

이 글은 미에 대한 세 작품의 변별적인 인식차이를 미시적으로 접근함으로써 근대를 경험하는 김유정의 미의식과 사회적 가치의 변화과정을 공간과 인물 등 입체적 방법으로 읽어볼 것이다. 한 작가의 작품 속에서 변별된 미의식은 그대로가 근대의 다양한 가치관을 보여주는 만화경과 같은 역할을 담당한다. 특히 근대 작가들의 작품에 등장하는 아름다움에 대한 가치는 죄의식을 수반하고 있는 경우가 많다. 김동인의 경우 「광화사」, 「감자」, 「배따라기」 등에서 아름다움에 대한 욕망을 죄악시하고 있음을 볼 수 있다. 김동인의 여자 주인공들은 아름다움에 대한 자의식이 형성되는 것 자체가 차단되어 버린다. 「광화사」의 '소경 처녀', 「감자」의 '복녀', 「배따라기」의 '아내'는 모두 아름다움이라는 가치와 연루되어 죽음을 맞이하는 비운의 여성들이다. 자신이 여자임을 느끼는 소경 처녀는 솔거에게 죽음을 당하고, 왕서방의 사랑을 빼앗긴 복녀는 질투 때문에 죽음을 맞이하고, 쥐를 잡다가 옷고름이 풀어진 아내는 부정한 여자로 낙인찍혀 자살을 하고 만다. 김동인이라는 작가에게 여성의 아름다움과 자의식은 허용되지 않는 철저한 삼강적 세계였다. 하지만 김유정에게 아름다움은 죽음이라는 담론과는 거리가 멀다. 아름다움에 대한 김유정의 생각들이 근대와 어떻게 충돌하면서 조우하는지 살펴볼 것이다.

2. 「산골」에 재현되는 아름다움에 대한 삼강적 자의식과 신화적 독서

공자는 『논어(論語)』 「술이편(述而篇)」에서 "나는 나면서부터 알게 된 사람이 아니라 옛것을 좋아해 민첩하게 그것을 구한 자이다"[7]라고 말한다. 우리는 여기에서 공자의 현실인식이 과거를 좋아해서 현실을 되짚어보고 미래를 생각하는 힘이라는 것을 이해하게 된다. 우리에게 김유

---

7   공자, 박종연 역, 『논어』, 을유문화사, 2006. 「述而篇」: 子曰 我非生而知之者, 好古敏以求之者也.

정의 글 읽기가 당대의 담론 구조에서만 바라볼 것이 아니라 과거를 통해 읽을 수 있는 근거를 제공한다고 하겠다. 김유정의 이야기들을 보면서 먼 과거에서 내려오던 우리의 신화상상력과 삼강적 상상력을 살펴볼 수 있을 것이다. 김유정의 여주인공들은 전체적으로 터주신의 이미지이다. 반대로 김유정의 남 주인공들 「노다지」의 꽁보와 더펄이는 금을 캐서 인생을 바꾸어보고자 하고 「만무방」의 응칠이는 그저 세월가는 대로 먹고 살려고 부인과도 헤어져 인생을 노니는 인물이다. 「솥」의 근식은 마을에 온 들병이에게 빌붙어 살아가려고 하고 「소낙비」의 춘호 역시 부인에게 매매춘을 요구해서 돈을 얻으려 한다. 「금따는 콩밭」의 영식은 수재의 말을 믿고 멀쩡한 콩밭을 모조리 파서 농사를 망쳐버린다. 무책임한 남성 주인공들을 가정이라는 곳에서 지키고자 하는 인물은 하나같이 터주신의 현현된 모습인 여성주인공들이다.

김유정의 「산ㅅ골나그내」의 나그네는 자신의 남편을 구하기 위해 일부러 산골 주막에서 떠돌이처럼 생활하면서 거짓 결혼까지 한다. 자신의 남편을 위해 덕돌이 아끼는 귀한 옷가지를 가지고 도망 나와 결국 자신의 남편에게 입혀 길을 떠난다. 김유정의 여성주인공은 가정을 지키기 위해 많은 희생을 치른다. 「땡볕」에서 덕순 처는 죽은 아이를 배 속에 13개월째 가지고 있다. 당장 수술을 해야만 살 수 있다. 그녀에게 아이를 꺼낸다는 것은 자신의 가정이 사라지는 것과 같다. 「솥」의 근식은 마을 들병이에게 살림살이를 모두 가져다주고 그녀에게 얹혀서 무위도식할 것을 꿈꾼다. 급기야 자기 집의 솥까지 가져다주는 일을 저지른다. 그러나 근식 처는 솥을 가지고 떠나는 들병이에게 솥을 돌려달라고 달려든다. 들병이 역시 자신의 아이와 가정을 지키는 또 하나의 터주신의 반향된 역할을 담당한다. 산골 나그네, 덕순 처, 근식의 처, 근식을 속인 들병이 모두 가정을 위해 자신을 희생시키면서 가정이라는 세계를 지키고자 하는 삼강적 질서를 구축하는 현현체들이다.

여기에서 우리는 「산골」이라는 작품에 등장하는 이쁜이를 집중해서 볼 필요가 있을 것이다. 그녀는 주인집 도련님과 사랑하는 사이이지만 결코 도련님을 따라나서지 못하는 삼강적 질서의 지배를 철저하게 받고 있는 여성이다. 그녀에게 주어진 공간은 산, 마을, 돌, 물, 길 등이 놓여있는 산골뿐이다. 산골 안에서도 그녀는 마을의 질서를 매섭게 느끼는 인물이다. 마치 자기의 정경이 소설 「산골」에는 정물화처럼 놓인다. 산에서 도련님은 "너 나하고 멀리 도망가지 않으련"이라고 과감히 제안한다. 그러나 마을에서는 마님의 회초리와 엄마의 머리채와 3~4일간의 감금이 존재한다. 마을의 질서에 따르면 종은 상전과는 못사는 법이다. 즉 종에게 주어진 것은 심한 처벌만이 남는다. 마님과 이쁜이 엄마처럼 이쁜이를 좋아하는 비슷한 신분의 석숭이는 "너 데련님하구 그랬대지"라고 비아냥거릴 뿐이다. 그들은 모두 삼강적 질서를 구체화하는 인물들이다. 산에서와 다르게 마을에서 이쁜이와 도련님은 사랑하는 사이가 될 수 없고 오로지 삼강적 질서를 어긴 제도의 이단아들일 뿐이다. 돌, 물, 길 등의 장에서도 이쁜이와 도련님의 사랑은 삼강적 질서에 위배되는 것으로 이 안에서 이쁜이 기다림과 사랑은 체념하는 것으로 마무리된다.

이쁜이의 아름다움나 사랑은 이 산골에서만 의미를 가진다. 도시로 나간 주인집 도련님은 산골을 벗어나면 이쁜이를 금방 잊어버리는 것이다. 그러나 그녀 스스로도 이것을 부당하다고 느끼지 않고 순응하고 인내하는 삶을 산다. 그녀는 자신에게 맞는 석숭이를 더 이상 거부하지 않고 받아들이기로 하고 석숭이와 거래를 한다. 이쁜이는 석숭이에게 부탁해서 도련님께 편지를 쓰게 한다. 삼강적 질서를 따르는 이쁜이는 석숭이의 대리편지의 대가로 석숭이의 구혼을 받아들인다. 신분에 맞는 짝을 받아들이는 것으로 이 작품은 끝난다.

이쁜이의 사랑은 삼강적 질서를 유지하는 범위 안에서만 의미를 가진다. 그렇다면 삼강적 여성이란 도대체 무엇인가. 삼강적 인물이란 『삼강행실도』에 등장하는 여성들의 이데올로기를 실현시키는 소설 속 인물들이라 말 할 수 있다. 주영하는 삼강적 지식과 삼강적 인물이 근대적 인쇄 기술을 통해 삼강의 지식확산이 가속화되었다고 평가한다. 즉 근대성과 과학주의를 내세운 근대에 조선총독부는 조선의 혈연주의와 가문주의의 성리학을 공개적으로 부정하면서도 유림들을 포섭해서 봉건사유의 핵심인 삼강적 지식체계를 확산시켰다고 주장한다.[8] 그러나 여성의 열녀 되기는 열녀라는 허울 속에서 벌어지는 간접 살인이라고 주장하는 비판적 목소리도 있다. 즉 삼강적 지식은 수용자에게 내면화를 유발하지만 그 실천이 위해적이라는 것이다.[9] 『삼강행실도』[10]의 「열녀편」에는 예의범절을 지키다 불에 타 죽은 여인, 남편을 따라 치수에 몸을 던져 죽은 여인, 시어머니 도둑질을 대신 누명쓰고 죽은 며느리, 왜구에게 팔과 발이 잘리지만 굴하지 않고 죽음을 선택한 여인 등 끔찍한 살인의 현장들이 여과 없이 드러나 보인다. 이는 가정의 터전을 지키기 위해 자신의 목숨을 초개처럼 버리는 여인들을 미화시키는 유교적 이념화의 과정이며 자신의 안위보다는 가정과 사회라는 테두리를 더 중요하게 바라보게 하는 파쇼적 이데올로기이다.

김유정의 「솥」에서도 우리는 근식의 부인이 지키고자 하는 가정의 근간이 솥이 되고 있음을 볼 수 있다. 가정의 가장 근간이 되는 것이 부

---

8   주영하, 「근대적 인쇄 기술과 '삼강'의 지식 확산」, 『조선시대 책의 문화사』, 휴머니스트, 2008, 198쪽.
9   이정원, 「'삼강'의 권위적 지식이 판소리문학에 수용된 양상」, 『조선시대 책의 문화사』, 휴머니스트, 2008, 160~161쪽.
10 설순 외, 윤호진 역, 『삼강행실도』, 지식을만드는지식, 2011, 115~156쪽.

억의 솥이라는 것은 조왕신을 섬기는 터주신의 현현된 모습일 것이다. 또한 다른 가정을 파괴하는 것에는 아랑곳 하지 않고 유유히 길을 떠나는 들병이의 태도 역시 자신의 근간인 가정 지키기의 한 양상으로 바라볼 수 있다. 또 다른 작품 「산ㅅ골나그내」에서 나그네 역시 자신의 병든 남편을 위해 거짓 결혼을 감행하고 덕순의 옷을 훔쳐 가지고 나와 물레방앗간에 있는 자신의 남편을 부추겨 길을 떠나는 모습을 보인다. 산골 나그네의 행위는 위장결혼과 도둑질에 해당하지만 삼강적 지식 체계 안에서 보면 그녀는 자신의 남편과 자신을 둘러싼 가정을 위해 그런 일을 감행한 것이다. 「땡볕」에서 덕순은 자기 부인의 부푼 배가 연구거리가 될 것이라고 좋아한다. 그러나 그녀는 죽은 아이를 배 안에 가지고 있을 뿐이다. 당장에 아이를 꺼내서 아내를 살려야 하지만 그에게는 당장 돈이 없다. 또한 완강하게 수술을 거부하는 아내에게 아이는 자신의 가정을 지키는 근간으로 작용한다. 그녀에게 아이를 꺼내기 위해 배를 째는 일은 죽음과 가정의 파괴를 의미한다. 따라서 수술을 거부하는 그녀는 자신의 행위가 가정을 지키는 일이라고 여긴다. 김유정의 작품 속 여성들은 그대로가 가정이라는 이데올로기를 지키려는『삼강행실도』의 재현된 모습처럼 보인다.

김유정 작품들 속에서 아내들은 가정을 지키기 위해 싸움을 불사하고 남을 속이는 것을 감행하고 위장 결혼을 하며 심지어 도둑질을 하기도 하고 죽음을 맞이하는 희생정신을 발휘한다. 이는『삼강행실도』에서 끔직한 죽음을 감행한 열녀들의 모습에 다름 아니다. 터주신의 이데올로기는 주로 여성에게 강요된 측면이 강했다. 이는 문학의 형상화로 보자면 사회의 불합리에 어찌할 수 없는 남성들의 무능함을 상징적으로 그리는 것일 수도 있고 삼강적 여성되기를 그림으로써 당시의 여성의 불합리를 그대로 그려내려는 의도일 수도 있다. 혹은 그러한 의식과는 별개로 민간에 내려오는 원천적 상상력을 무의식중에 자연스럽게 그려놓고 그것을 통해 사회의 불합리를 읽게 하는 것일 수도 있다. 앞에서 김유정에게 사회는 "존재하는 것"이라는 표현을 했다. 김유정은 삼강적 인물을 작품 안에 살게 함으로써 당시의 불합리한 것을 유머와 해학으로 그려내고 있다.

소설 「산골」에 등장하는 이쁜이를 삼강적 여성으로 읽는 과정은 그대로가 신화적 독서의 결과라고 할 수 있다. 신화적 독서는 독자들이 경험하는 독서를 통해서 고대 사회의 구성원들이 경험하는 신화적 요소를 발견하는 것을 말한다. 즉 독서를 통해 고대 사회의 신화와 만난다는 것인데, 독서는 대단한 장관을 보여주기 보다는 시대를 초월하게 하고 새로운 세계로 우리를 이끈다. 독서는 과거의 이야기를 독자가 읽는 시점에서 이해하고 반영하게 함으로써 오늘날의 역사에 영향을 끼친다는 것이다.[11] 소설 「산골」 속에 등장하는 이쁜이는 삼강적 여성의 상상력을 읽어내게 하며 일제시대 사회의 근간을 이루는 가정지키기의 험난함을 읽어내게 한다. 이 과정은 그대로가 신화적 독서의 여정이라고 할 수 있다.

---

11 미르치아 엘리아데, 강응섭 역, 『신화·꿈·신비』, 도서출판 숲, 2006, 18~34쪽.

3. 「소낙비」에서 충돌하는 아름다움에 대한 양가적 의식

근대의 형성은 인간의 자의식과 긴밀한 연관성을 가진다. 김유정의 작품에서 등장하는 전통적 이데올로기를 표상하는 삼강적 여성과는 다소 다른 여성군이 등장하는데 「소낙비」에 등장하는 춘호 처와 같은 인물이다. 사회적 규범이 그녀에게 매우 중요하지만 변화하는 가치관을 결코 무시하지는 못하는 여성들이다. 그러나 이는 동시대 작가인 김동인의 「광화사」와 「감자」의 여주인공들인 소경 처녀와 복녀와는 다소 다른 행보를 보인다. 소경 처녀와 복녀는 자신의 자존에 대한 내적 인식이 이루어지는 인물들이었다. 소경 처녀는 솔거와 하룻밤을 보내고 처음으로 여성이었음을 자각하였고 복녀는 왕서방에게 사랑을 받으면서 자신이 예쁜 여성이라는 자존적 인식을 했다. 그러나 그녀들은 그러한 여성의 자의식 형성을 허락받지 못하고 죽음에 이른다. 이는 삼강적 질서가 매우 지배적으로 작용하고 있는 구조이다.

근대초기 『신여성』과 『부인』 등의 잡지를 통해 근대적 여성에 대한 문화적 수용이 일어나고 있었지만 김유정의 주인공들은 그러한 문화적 영향을 받지 못하는 시골 출신들이다. 이는 앞 절에서 논의한 삼강적 여성과는 좀 다른 심리적 양성성을 가진 양가적 가치체계를 가진 존재들이다. 「소낙비」의 주인공 춘호 처는 김동인 소설 「감자」의 복녀처럼 자신의 아름다움이 경제적 가치로 활용될 수 있음을 자각한다. 그러나 복녀처럼 죽음을 맞이하지는 않는다. 삼강적 질서가 여전히 작품 안을 지배하고 있지만 동시에 그 세계만이 견고한 질서가 될 수 없다는 것을 보여준다. 춘호 처는 자기 대신 행운을 차지한 쇠돌엄마에게 묘한 경쟁심을 가진다. 쇠돌엄마는 마을의 지주인 이주사에게 잘 보여서 팔자를 바꾼 여인네이다. 춘호 처는 그녀를 부정하다고 욕하면서도 그녀가 가진 행운을 자기의 것을 빼앗긴 것처럼 느낀다.

쇠돌엄마에게서 느끼는 이러한 심리적 양성성은 선과 악의 기로에 선 인간을 이야기한다. 심리적 양성성에 대한 논의는 종교 학자이자 철학자이며 문학자인 미르치아 엘리아데(Mircea Eliade)에게도 주된 관심사였다. 엘리아데[12]는 심리적 양성성을 이야기하면서 메피스토펠레스에게 영혼을 판 파우스트를 이야기한다. 미르치아 엘리아데의 양성성의 개념을 두 가지로 살펴보면 심리적 양성성과 신체적 양성성으로 나뉜다. 심리적 양성성의 예를 살펴볼 때 성자와 마녀의 남매관계, 혹은 선과 악의 혈연관계 등을 생각해볼 수 있다. 예로서 이집트의 오시리스와 세트가 선과 악을 상징하는 형제로 등장하고 인도신화의 데바와 아수라 역시 천지창조 이전에는 동일한 존재였음을 들 수 있겠다. 동일한 사물이 선의 매개체가 되기도 하고 악의 매개체가 되기도 하는 것은 오래된 신화의 공식이라고 할 수 있다. 재미있는 것은 문학이 바로 악이 될 수 있다는 논의를 펼치고 있는데, 문학이란 것이 일상적인 한계를 벗어나고 법의 외부에 존재하려고 하고 기존의 규범 질서에 도전하려고 한다는 점에서 악의 파괴적인 속성과 궤를 같이한다는 논리는 공감을 얻을 만하다.

「소낙비」의 서술자는 공간적인 면에서 볼 때 조감자의 위치에 있다. 따라서 초점화자는 지각대상보다 높은 곳에 위치해 있음을 알 수 있다. 시간 역시 범-시간적이어서 작중인물들의 과거와 현재를 모두 통관할 수 있는 외적 초점화자인 것이다.[13] 독자는 작품 안의 상황에 처음부터

12　미르치아 엘이아데, 이재실 역, 『메피스토펠레스와 양성인』, 문학동네, 2006.
13　S. 리몬 캐넌, 최상규 역, 『小說의 詩學』, 문학과지성사, 1992, 117~124쪽.
　　초점화의 국면-지각적 국면
　　〈공간〉 초점화자의 외적 / 내적 위치를 공간적 용어로 '번역'하면 조감자 / 제한적 관찰자의 형

개입해서 인물들 사이에서는 알지 못하는 것을 관찰하거나 인식할 수 있다. 이것은 작품 안에 자유롭게 개입해서 인물들의 속임을 관망하는 위치에 서 있기 때문인데 상호 작용성이 작용하는 것도 이 때문이다. 상호 작용성을 통해서 속고 속임을 당하는 인물들 사이에 진실과 기만이 어떻게 병행해서 드러나는지 텍스트 속의 문맥으로 꼼꼼히 따져보고자 한다. 춘호의 처가 벌이는 심리적 양가성과 속임의 언술을 살펴봄으로써 진실과 기만을 읽어낼 수 있을 것이다. 여기에는 춘호 처의 용인된 속임수가 드러난다. 그런데 이 속임수는 모두 쇠돌엄마와 쇠돌엄마의 공간과 관련되는 것을 확인할 수 있다. 즉 춘호 처에게 쇠돌엄마와 쇠돌엄마의 공간은 삼강적 질서와 자본적 질서가 충돌하는 공간이다. 춘호 처는 죄의식을 가지고 이주사를 만나지만 그 공간에서 쇠돌엄마의 행운을 자신도 잡게 된 것에 안도하기도 한다. 「산골」에서 이쁜이를 좋아했던 석숭이는 자신의 신분에 자족하면서 도련님을 원망하거나 미워하지 않고 이쁜이를 제자리에 돌려오기 위해 애를 쓰는 삼강적 질서와 주종관계에 순응적인 인물이다. 그러나 「소낙비」의 춘호 남편은 자신의 부인에게 오히려 삼강적 질서를 깨뜨리고 돈을 벌어오도록 종용하는 아노미적 인물이다. 춘호는 부인의 심리적 양가성을 더욱 부채질하면서 돈을 벌어오게 하는 인물로 부인이 이주사에게 돈을 얻어오도록 공을 들인다. 춘호 처가 이주사를 만나러 쇠돌엄마 집에 간 장면을 살펴보자.

식을 취하게 된다. 첫째 경우에 있어서 초점화자는 지각대상보다 훨씬 높은 곳에 위치해 있다. 이것은 화자─초점화자의 고전적 위치로서 파노라마식의 개관이나 초점화를 제시할 수 있다. 〈시간〉 외적 초점화는 인칭화되지 않은 초점화자의 경우에는 범─시간적이고, 한 사람의 작중인물이 자신의 과거를 초점화하고 있는 경우에는 회상적이다. 또 내적 초점화는 초점화에 의해 조절되는 정보와 동시적이다. 다른 말로 표현한다면, 외적 초점화자는 스토리의 모든 시간적 차원을 마음대로 다룰 수 있지만, 내적 초점화자는 작중인물들의 현재에만 제한적이다.

"쇠돌엄마 말인가? 왜 지금 막 나갔지. 곧 온댔으니 안방에 좀 들어가 기다렸으면……" 하고 매우 일이 딱한 듯이 어름어름한다.

"이 비에 어딜 갔어유?"

"지금 요 밖에 좀 나갔지, 그러나 곧 올 걸……"

"있는 줄 알고 왔는디……"

춘호 처는 이렇게 혼잣말로 낙심하며 섭섭한 마음으로 머뭇거리다가 그냥 돌아갈듯이 봉당 아래로 내려섰다. 이주사를 쳐다보며 물치는 제비같이 산드러지게, "그는 요담에 오겠어유, 안녕히 계시유" 하고 작별의 인사를 올린다.

"지금 곧 온댔는데, 좀 기다리지……"

"담에 또 오지유"

"아닐세, 좀 기다리게. 여보게, 여보게, 이봐!"

춘호 처가 간다는 바람에 이주사는 체면도 모르고 기가 올랐다.

허둥거리며 재간껏 만류하였으나 암만 해도 안 될 듯싶다. 춘호 처가 여기에 찾아 온 것도 큰 기적이려니와 뇌성벽력에 구석진 곳이것다.

이렇게 솔깃한 기회는 두 번 다시 못 볼 것이다. 그는 눈이 뒤집히어 입에 물었던 장죽을 쭉 뽑아 방안으로 치뜨리고는 계지의 허리를 다짜고짜 끌어 안아서 봉다 위로 끌어올렸다.

계집은 몹시 놀라며,

"왜 이러서유, 이거 노세유" 하고 몸을 뿌리치려고 앙탈을 한다.

"아니 잠깐만."

이주사는 그래도 놓지 않으며 헝겁스러운 눈짓으로 계집을 달래 (29쪽)[14]

우리는 서술자의 서술방식에 의해서 이미 춘호 처의 양가적 의중을

---

14 김유정, 「소낙비」, 『동백꽃』, 문학사상사, 1997(이하 김유정 작품은 이 책에서 인용하며, 인용문 말미의 쪽수는 이 책의 것임).

알고 있었기 때문에 이주사와의 대화에서 어렵지 않게 진술과 기만을 읽어낼 수 있다. 춘호 처는 이미 쇠돌엄마가 없다는 것을 확인하고 난 후에 물어본다. 그러나 이주사의 태도를 보고 또 한 번 확실한 거짓말을 하고 있다. 그녀의 목적이 쇠돌엄마가 아니기 때문에 "이주사를 물차는 제비같이 산드러지게 쳐다보는" 행위를 보여준다. 돈 2원을 위해서 이주사는 춘호 처에게 확실한 목표물인 것이다. 춘호 처는 작별 인사를 하는 장면에서 매우 아쉽게 말을 하고 있다. 같은 말을 두 번이나 반복하고 있다. 즉 "담에 오지유", "그럼 요담에 오겠어유"는 '얼른 잡아주서요'를 대신해 주는 말처럼 들린다. 이는 삼강적 질서가 더 이상 의미를 가지지 못함을 보여주는 것이다. 이러한 양가적 심리를 가진 춘호 처의 계략에 걸려든 이주사는 봉당까지 나와 그녀의 허리를 붙잡는다. 그녀는 자신의 의중이 성공을 거두었으므로 다시 한 번 거절을 해 본다. 이는 표면적 산강적 질서이자 형식적 표현에 지나지 않는다.

남편 춘호는 그의 관심이 돈 2원에 있기 때문에 어디서 되느냐 어떻게 구했느냐는 절대 물어보지 않는다. 「소낙비」에서 삼강적 질서를 무너뜨리게 하는 매개체로 쇠돌엄마만큼이나 남편 춘호의 역할이 크다고 하겠다. 그는 스스로 속임을 당하고 싶은 인물이다. 따라서 춘호 처는 또다시 남편을 속이는 반삼강적 인물이다. 춘호 처가 보여주는 삼강적 질서와 반삼강적 질서의 충돌과 경계에는 쇠돌엄마, 춘호, 이주사가 등장한다. 이들은 춘호 처의 양가적 심리에 작용해서 아름다움에 대한 이중적 잣대를 제시해 준다. 즉 춘호 처의 아름다움은 삼강적 질서에 묻혀있지는 않는다. 앞 작품 「산골」에서 이쁜이의 아름다움이 마을 속에서 묻혀버리는 것과는 대조적이다. 춘호 처의 아름다움은 그녀를 둘러싼 세계의 변화와 함께 양가성을 가지며 등장하는 것이다.

4. 「안해」에서 그려지는 아름다움과 근대적 자의식의 의미작용

아름다움에 대한 인식과 근대 주체의식은 근대 초기에 가장 왕성한 논의가 될 수 있을 것이다. 근대 초기에 등장하는 잡지 『신여성』과 『부인』 등을 통해 근대 여성의 아름다움과 자의식 표출의 상관성도 살펴볼 수 있을 것이다. 이 당시 문학 작품에 등장하는 여성들은 화장이라는 외적 미의 기법을 활용해 자신을 표현하는 기회를 만든다. 잡지 『부인』, 『향흔』, 『미용강화』, 『미용문답』 등을 보면 아름다움이라는 것이 단순히 표현하는 것에 그치지 않는다는 것을 알 수 있다. 여성의 아름다움에 대한 인식은 근대 시대를 읽는 문화적 지표이자 아이콘으로 작용할 수 있다. 또한 미와 추에 대한 상반된 개념 역시 당시 근대문학에 등장하는 요소이다. 김동인의 「광화사」와 「감자」에서도 여성의 아름다움의 인식이 근대 여성의 자의식과 어느 정도 상관성을 가지고 있는지를 보여주고 있다. 이 역시 가치관과 아름다움의 관계에서 근대를 맞이하는 의미의 기호체계로 받아들여질 수 있을 것이다. 이 장에서는 김유정의 「안해」에 제시된 미와 추의 개념이 어떻게 자의식과 연결되는지 살펴보고자 한다. 김유정 작품 「안해」의 미의식과 자의식의 관계는 근대적 자의식의 원천적 상상력과 연결된다. 그렇다면, 「안해」의 인용 부분을 따라가면서 미추의 인식과 자의식의 변화가 어떤 관련성을 가지는지 살펴보자.

우리 마누라는 누가 보든지 뭐 이쁘다고는 안 할 것이다. 바로 계집에 환장된 놈이 있다면 모르거니와. 나도 일상 같이 지내긴 하나 아무리 잘 고쳐 보아도 요만치도 예쁘지가 않다. 하지만 계집이 낯짝이 이뻐 말이냐. 제기랄 황소 같은 아들만 줄대 잘 빠져 놓으면 고만이지. 사실 우리 같은 놈은 늙어서 자식가지 없다면 꼭 굶어 죽을 밖에 별 도리 없다. (89쪽)[15]

이마가 훌떡 까지고 양미간이 벌면 소견이 탁 틔었다지 않나. 그럼 좋기는 하다마는 아기자기한 맛이 없고 이조로 둥글넓적히 내려온 하관에 멋없이 쑥 내민 것이 입이다. 두툼은 하나 건순 입술, 말 좀 하려면 그리 정하지 못한 윗니가 부질없이 뻔질 드러난다. 설혹 그렇다치고 한복판에 달린 코나 좀 뚝뚝히 생겼다면 얼마큼 낫겠다. (90쪽)

이러던 년이 뚤뚤이는 내놓고는 갑자기 세도가 댕댕해졌다. 내가 들어가도 네놈 언제 봤냔 듯이 좀체 들떠보는 일 없지. 눈을 스스로 내려깔고는 잠자코 아이에게 젖만 먹이겠지. 내가 좀 아이의 머리라도 쓰담으며, (90~91쪽)

"들병이가 얼굴만 이뻐서 되는 게 아니라던데, 얼굴은 박색이라도 수단이 있어야지―"

"그래 너는 그거 할 수단 있겠니?"

"그럼 하면 하지 못할 게 뭐야?"

년이 이렇게 아주 번죽좋게 장담을 하는 것이 아니냐. 들병이로 나가서 식성대로 밥 좀 한 바탕 먹어 보자는 속이겠지. (94쪽)

그러나 아무리 생각해 봐도 년의 낯짝만은 걱정이다. 소리는 차차 어지간히 돼 들어가는데 이놈의 얼굴이 암만 봐도 영 글렀구나. 경칠 년, 좀만 얌전히 나왔다면 이판에 돈 한몫 크게 잡는 걸. 간혹가다 제물에 화가 뻗치면 아무 소

---

15 「안해」(강조 ― 필자).

리 않고 년의 배때기를 한두어 번 안줘박을 수 없다. (96쪽)

진정 이뻐졌다, 하고 나서도 능청을 좀 부리면 년이 좋아서 요새 분때를 자주 밀었으니까 좀 나졌겠지, 하고 들병이는 뭐 그렇게까지 이쁘지 않아도 된다고 또 구구히 설명을 늘어 놓는다. 경을 칠 년, 계집은 얼굴 밉다는 말이 칼로 찌르는 것보다도 더 무서운 모양이다. (…중략…) 계집이 얼굴이 이쁘면 제값 다하니까. 그렇게 생각하면 년의 낯짝 더러운 것이 나에게는 불행 중 다행이라 안 할 수 없으리라. (97쪽)

국으로 주는 밥이나 얻어먹고 몸 성히 있다가 연해 자식이나 쏟아라. 뭐 많이도 말고 굴때 같은 아들로만 한 열 다섯이면 족하지. 가만 있자, 한 놈이 일년에 벼 열 섬씩만 번다면 열 다섯 놈이니까 일백 오십 섬. 한 섬에 더도 말고 십 원 한 장씩만 받는다면 죄다 일천 오백 원, 일천 오백 원, 사실 일천 오백 원이면 어이구 이건 참 너무 많구나. 그런 줄 몰랐더니 이년이 뱃속에 일천 오백 원을 지나고 있으니까 아무렇게 따져도 나보담은 낫지 않은가. (99쪽)

아름다움은 매우 문화적이고 사회적이고 근대적인 개념이다. 미개하고 전통적인 사회일수록 여성의 아름다움은 과소평가되었다고 한다. 여성이 아름다운 성으로 인식되게 된 것은 역사적 흐름에 따라 형성된 현상이며 사회적 제도이다. 그것은 비교적 현대의 담론이었다. 미의 대중화가 시작된 시대에 미용은 모든 사회 계층으로 확산되었으며 여성의 자의식도 함께 발달했다.[16] 삼강적 여성 진술에서 여성의 외모에 대한 진술은 거의 찾아볼 수 없는 담론이다. 아름다움에 대한 이야

16　질 리포베츠키, 유정애 역, 『제3의여성』, 도서출판 아고라, 2007, 82·102쪽.

기는 문화가 발전하는 것에 따라 함께 발전해온 담론일 것이다. 김유정 작품에서는 삼강적 여성들의 모습이 보이기도 하고, 양성성을 보이는 적극적인 여성들이 존재하기도 하며, 심리적 양가성을 보여주는 존재들이 있는가 하면 아름다움을 추구하고자 하는 문화적이고 근대적인 존재들도 함께 보인다. 신동흔은 아름답고 씩씩한 자청비를 보면서 아름다움이란 문화적인 것이라고 말한다.[17] 〈세경본풀이〉의 곡모신인 자청비는 스스로 자신의 사랑을 찾아가는 주체적 여성의 표본이기 때문이다. 그녀는 자기의 인생에서 모든 일을 스스로 자청해서 하는 여인이다. 사랑과 결혼 및 자신의 진로까지도 모두 스스로 주체적으로 자청하는 여성이다.

김유정의 「안해」는 보기 드물게 미추에 대한 사회문화적 인식과 근대 미의식의 담론을 보여주고 있다는 점에서 주목된다. 지금까지 김유정의 인물들을 향토적이고 해학적인 지표로 활용해왔기 때문에 상대적으로 미의식과 근대의식에 관련해서는 거의 연구된 바가 없다. 소설 「안해」의 주인공은 아내의 추한 모습을 기술하면서 아내가 매우 비사회적인 존재임을 기술한다. "우리 마누라는 누가 보든지 뭐 이쁘다고는 안 할 것이다. 바로 계집에 환장된 놈이 있다면 모르거니와. 나도 일상같이 지내긴 하나 아무리 잘 고쳐 보아도 요만치도 예쁘지가 않다"라고 말한다. 계집에 환장한 사람이 아니고서야 라고 표현할 만큼 아내는 매우 추한 얼굴이다. 그녀는 남편이 말을 걸어주는 것에도 감동을 받을 만큼 스스로에 대한 자존감이 없는 인물이다. 그녀의 추한 외모는 자식 똘똘이를 낳으면서 사회적 존재로 점점 나아간다. 인용문에서처럼 자식 똘똘이를 낳으면서 그녀는 나에게 매우 당당해지기 시작하고 말도

---

17   신동흔, 『살아있는 우리 신화』, 한겨레신문사, 2004, 222쪽.

걸지 못했던 남편에게 싫은 소리도 거뜬히 할 정도가 된다. 인간의 자존적 인식이 외면의 아름다움에 국한 하지 않는다는 자각의 시작이다.

인용에서처럼 급기야 못생긴 아내는 들병이가 될 수 있을 것이라는 황당한 자신감까지 가진다. 더 나아가 스스로 자기의 가족을 위해 경제적 활동을 할 수 있다는 생각을 하고 있는 근대적이고 사회적인 존재가 된다. 이는 자신의 미에 대한 자존감을 가지기 시작한 데서 오는 현상이다. 그녀는 미의 단편적인 기능을 폄하하면서 예쁘다는 것보다는 "수단" 즉 능력이 새로운 미의 창출 기준이 될 수 있음을 주장한다. "들병이가 얼굴만 이뻐서 되는 게 아니라던데, 얼굴은 박색이라도 수단이 있어야지―"라고 말할 정도이다. 여기에서 그녀가 주장하는 "수단"이란 경제적, 근대적, 사회적 자의식과 연관된다. 그러나 남편은 "아무리 생각해 봐도 년의 낯짝만은 걱정이다"라고 서술하지만 아내는 아리랑을 배우고 글씨도 배우고 점점 사회적인 존재가 되어간다. 여기에서 노래와 글씨는 능력을 기르는 근대성을 보인다. 즉 아름다움이란 주어진 것이 아니라 스스로 능력을 만들어가는 당당한 여성임을 자각하는 것이다. 자신의 내면적 성장이 곧 아름다움으로 이어진다는 생각을 하고 있는 것이다.

아내는 급기야 "진정 이뻐졌다, 하고 나서도 능청을 좀 부리면 년이 좋아서 요새 분때를 자주 밀었으니까 좀 나졌겠지, 하고 들병이는 뭐 그렇게까지 이쁘지 않아도 된다고 또 구구히 설명을 늘어 놓는다". 아내는 분을 바르면서 미에 대한 인식을 적극적으로 바꾸어가는 근대적이고 사회적인 인물이다. 그녀는 급기야 들병이가 그렇게 예쁘지 않아도 된다는 열린 의식으로까지 진화한다. 그녀의 미의식은 작품 처음 부분과는 매우 다르다. 예쁘지 않아서 남편이 걸어주는 말에도 감동받던 소극적인 여성이 더 이상 아니다. 그녀는 자신의 능력을 키우면서 자신감을 얻어가고 그것이 곧 아름다운 것이 된다는 진리를 얻게 되는 것이다, 이는 바탕이 아름다워야 진정한 아름다움이 성취된다는 공자『논어』의 열린 생각을 대변해주는 것과 같다. 공자는 「팔일편(八佾篇)」에서 진정한 아름다움이란 바탕이 하얗게 마련된 후에 그려지는 것이라 말한다.[18] 이러한 아내의 미의식은 '장자'의 상대적 미의식과도 연관되는 것이다.『장자』「변무편(騈拇篇)」에는 학의 다리가 길다고 학의 다리를 자르지 말라는 이야기가 나온다.[19] 이는 미의 상대성을 지조하는 말이라고 볼 수 있다. 즉 아름다움이라는 것이 절대 기준이 아니라 상대적 가치의 소산임을 알게 되는 사회적 존재가 된다.

아름답지 못한 아내는 비사회적인 인물이었지만 아들을 낳으면서 자존감을 회복하고 점점 사회적 자아로 발전해 간다. 급기야 들병이로 나아가기 위해 자신의 능력을 개발하는데 적극적이고 남편에게 아리랑을 배우고 글자도 배운다. 그녀는 분을 바르면서 들병이가 반드시 아름다울 필요는 없다고 주장한다. 화장을 통한 미의 대중화가 엿보이는 서사 담론이자 미의식의 확산이 자존감을 증가시키는 모습을 엿볼 수 있다. 「안해」에서 나는 삼강적 질서가 무너지고 근대적 자아로 나아가게 하는 매개체가 된다. 즉 아내의 능동적인 변화에 거부감을 드러내지는 않는다. 그러나 아내는 들병이가 되겠다고 주막에 가서 친구 뭉태에게 술을 팔고 노래를 부른다. 나는 아내의 그간의 노력이 가져온 결과에 당황하게 되고 아내를 사회적 존재로 내보내지 않기로 결단을 내린다. 결국 아내를 사회적이고 근대적인 존재로 성장하게 독려하지만 결국 그 변화된 세계를 받아들이지는 못하는 삼강적 질서의 구시대적 인물이다.

남편은 변화해 가는 아내의 모습을 보면서 아내의 가치를 다시 인식

18　공자, 「팔일편(八佾篇)」, 김형찬 역, 『논어』, 홍익출판사, 2005.
19　장자, 「제물론편(齊物論篇)」·「변무편(騈拇篇)」, 김학주 역, 『장자』, 연암서가, 2010.

하게 된다. 나의 아내의 가치가 단순히 보여지는 외모의 '예쁘다'에 있는 것이 아니라 '자식'을 생산하는데 있다고 스스로를 자위한다. 나는 "이년이 뱃속에 일천오백 원을 지나고 있으니까 아무렇게 따져도 나 보담은 낮지 않은가"라고 갈무리하고 그녀에게 들병이를 못하게 하려고 한다. 그녀가 들병이를 하지 않아도 자식을 낳기만 하면 돈이 된다는 계산인 것이다. 작품 초입에서 자기의 아내는 누구도 거들떠보지 않는다고 말하면서 자신이 매우 우위에 있는 것처럼 이야기하지만 작품 말미에는 능력을 얻어가면서 자신의 미의식과 자의식을 성취하는 아내를 보면서 불안한 마음을 가진다. 근대 여성의 미의식의 형성이 자의식과 어떠한 관계를 가지는지 보여주는 생각의 단초라고 할 수 있다. 근대 여성의 미의식을 보여주는 작품은 삼강적 질서 속에서 일종의 죄의식을 수반하는 경향이 강하다고 볼 수 있다. 아름다움이 자의식의 강한 표출이 되는 작품도 찾아보기 힘들다. 미인박명이나 삼강적 질서라는 유교적 이데올로기는 우리의 근대 문학에서 뿌리깊게 자리하고 있었기 때문이다.

5. 나오며

이 글은 김유정 문학에 나타난 스토리텔링의 원천을 작가 고유의 기능으로 보기 보다는 전통적 담론과 신화적 담론의 연장선에서 아름다움이라는 담론을 살펴보았다. 근대라는 공간에서 김유정이라는 작가

가 그려놓은 아름다움의 다양한 세계를 분절화하고 세분화시켜 보고
자 하였다. 김유정의 작품은 매우 독특하지만 그 수가 지나치게 적기
때문에 다양한 읽기가 진행되어야 한다. 전통적 여성을 보여주는 유형
을 삼강적 인물로 보여주고자 했고, 근대적 가치와 전통적 가치가 충돌
하는 과정에서 가치의 양가성을 가진 여성을 보여주고자 했으며, 근대
미의식의 형성이 사회적이고 근대적인 자의식과 어떤 상관성을 가지
는지 살피고자 하였다. 김유정 작품의 인물 원형은 현대를 살아가는 우
리들의 모습과 겹친다. 현대를 살아가는 여성들의 모습을 김유정의 인
물들과 연결시켜 보고 더 멀리는 신화의 인물들과 연결시켜 보는 과정
은 신화적 독서의 한 과정이라고 하겠다. 신화적 독서를 통해서 한 작
품은 독자를 과거로 이어주고 현재를 살피게 하며 미래를 읽게 한다.
김유정 문학의 신화적 다시읽기를 통해 우리는 과거와 현재와 미래를
이어볼 수 있다.

참고문헌

1. 논문

우한용, 「김유정 소설의 언어의식」, 김유정학회 편, 『김유정과의 만남』, 소명출판, 2013.

유인순, 「김유정 「봄·봄」의 아바타 연구」, 김유정학회 편, 『김유정과의 만남』, 소명출판, 2013.

윤현이, 「김유정 소설에서 여성인물들이 겪는 수난의 양산과 그 의미」, 서준섭 외, 『김유정과 동시대 문학연구』, 소명출판, 2013.

이상진, 「문화콘텐츠 '김유정', 다시 이야기하기―캐릭터성과 스토리텔링을 중심으로」, 김유정학회 편, 『김유정의 귀환』, 소명출판, 2012.

이수자, 「농경기원신화 〈세경본풀이〉의 특징과 의의」, 『동아시아 여성신화』, 집문당, 2003.

이정원, 「'삼강'의 권위적 지식이 판소리문학에 수용된 양상」, 『조선시대 책의 문화사』, 휴머니스트, 2008.

주영하, 「근대적 인쇄 기술과 '삼강'의 지식 확산」, 『조선시대 책의 문화사』, 휴머니스트, 2008.

최병우, 「스토리텔링 연구의 성과와 반성―김유정 소설의 스토리텔링 연구와 관련하여」, 김유정학회, 『제3회 김유정학회 학술연구발표집』, 2013.

최성윤, 「김유정 소설의 여성인물과 '정조'」, 김유정학회 편, 『김유정의 귀환』, 소명출판, 2012.

최창헌, 「소설 속 여자 주인공에 나타난 성의식의 세 가지 지층―이효석, 김유정, 이태준 소설을 중심으로」, 서준섭 외, 『김유정과 동시대 문학연구』, 소명출판, 2013.

표정옥, 「현대문화와 소통하는 김유정 문학의 놀이 상상력」, 김유정학회 편, 『김유정의 귀환』, 소명출판, 2012.

한승옥, 「야곱의 데릴사위 모티프와 김유정의 「봄·봄」, 「우리의 정조」, 「병상의 생 각」을 중심으로」, 김유정학회, 『제3회 김유정학회 학술연구발표집』, 2013.

2. 단행본

공 자, 김형찬 역, 『논어』, 홍익출판사, 2005.

김열규, 『한국 여성 그들은 누구인가』, 한국학술정보, 2001.

김유정,『동백꽃』, 문학사상사, 1997.

김정숙,『자청비, 가믄장아기, 백주또』, 도서출판 각, 2002.

동아시아고대학회,『동아시아 여성신화』, 집문당, 2003.

설　순 외, 윤호진 역,『삼강행실도』, 지식을만드는지식, 2011.

신동흔,『살아있는 우리 신화』, 한겨레신문사, 2004.

오세정,『한국 신화의 생성과 소통원리』, 한국학술정보, 2005.

이재선,『한국현대소설사』, 홍성사, 1979.

일　연, 김원중 역,『삼국유사』, 을유문화사, 2002.

장　자, 김학주 역,『장자』, 연암서가, 2010.

전신재 편,『김유정전집』, 한림대 출판부, 1987.

조현설,『우리 신화의 수수께끼』, 한겨레출판, 2006.

차옥승,『동아시아 여신 신화와 여성 정체성』, 이화여대 출판부, 2010.

표정옥,『양성성의 문화와 신화』, 지식과교양, 2013.

게오르크 헤겔, 서정혁 역,『미학강의(베를린, 1820 / 1821)』, 지식을만드는지식, 2013.

리포베츠키, 질, 유정애 역,『제3의여성』, 도서출판 아고라, 2007.

S. 리몬-캐넌, 최상규 역,『小說의 詩學』, 문학과지성사, 1992.

암스트롱, 카렌, 이다희 역,『신화의 역사』, 문학동네. 2005.

에드먼드 버크, 김동훈 역,『숭고와 아름다움의 이념의 기원에 대한 철학적 탐구』, 마티, 2006.

엘리아데, 미르치아, 강웅섭 역,『신화・꿈・신비』, 도서출판 숲, 2006.

＿＿＿＿＿＿＿＿＿＿, 이재실 역,『메피스토펠레스와 양성인』, 문학동네, 2008.

울프, 버지니아, 이미애 역,『자기만의 방』, 민음사, 2006.

존슨, 로버트 A, 고혜경 역,『신화로 읽는 여성성She』, 동인, 2006.

칸트, 임마누엘,『아름다움과 숭고함의 감정에 대한 고찰』, 책세상, 2012.

킨들런, 댄, 최정숙,『알파걸』, 시대의창. 2007.

Calinescu, Matei, *Rereading*, Yale University Press, 1993, Preface.

Goffman, Erving, *Frame Analysis : An Essay on the Organization of Experience*, Northeastern
　　　　University press, 1988.

Hilis Miller, J., *Fiction and Repetition*, Basil Blackwell Oxford, 1982.

제2부
/
김유정 소설 속의 여성들

김유정 소설에 나타난 에코페미니즘(Ecofeminism)

구자희

1. 에코페미니스트 화법(Ecofeminismist Dialogics)으로 소통하기

캐롤 길리건(Carol Gilligan)은 지난 세기말, 사뭇 "다른 목소리(in a different voice)"로 남성중심의 사회구조 속 언어의 여성의 위치와 권리에 대해 말하기 시작했다.[1] 페미니즘이 다양한 수식어를 동원하여 가부장적 사회의 위상과 모순을 지적하고 그 극복 대안에 대한 논란을 거듭한 지 한 세기만에 실로 본질적인 문제해결의 숙고가 비롯된 순간이다. 길리건은 여성의 자아계발과 다양한 경험의 확대가 새로운 억압의 고리를 끊을 수 있는 시작이라 주장한다. 물론 이때의 여성의 개념을 성(gender)의 문제로만 보기보다는 캐런(Karren, J. Warren)이 지적한 바[2]대로 "자연화된

---

[1] Carol Gilligan, *In a Different Voice*, Havard University Press, 1993.

여성(naturalization of women)" 혹은 "여성화된 자연(feminization of nature)"의 양태로 간주한다는 전제가 필요하다. 캐런은 에코페미니즘을 논하는 자리에서 지배적인 어떤 것으로부터 억압을 당하는 일체의 것을 가부장적 지배 구조에 억압당하는 여성의 문제와 동일시해야한다고 강조한다.

에코페미니즘을 논의하는 자리에서 만나는 난감한 문제는 자연의 문제와 여성의 문제를 구분하려는 시각들과의 충돌이다. 페미니즘에서 문제 삼는 여성학대의 문제와 생태주의가 구가하는 생태위기의 문제를 동일시하는 역사적이고 이론적인 근거가 미약하다는 이유로 에코페미니즘은 폄하되어 페미니즘의 연장으로 이해되는 경우가 많다. 이러한 시각에 대해 카렌은 에코페미니스트 화법(Ecofeminismist Dialogics)을 통해 에코페미니즘이 단지 페미니즘적인 문학, 언어, 사고 등의 철학적인 응용을 의미하는 것이 아니라 이들의 변증적 통합에 의한 것임을 강조한다. 즉 대화법을 통해 기존 이원론이 노정해 놓은 인간 / 자연, 남성 / 여성, 감성 / 지성, 의식 / 무의식 등의 변증적 수용이 에코페미니즘적 발상의 시작이라는 것이다.

캐런이 추구하는 이러한 대화법은 에코페미니즘이 생태주의적 발상의 본질에 제일 근접해 있다는 사실을 방증한다. 즉 일원론적 시각으로 자연과 이를 구성하는 만물의 연결과 그 관계망에 집중하는 생태적 발상은 페미니즘이 주목하고 있는 억압당하는 여성의 문제 역시 그 관계망에 의해 통찰하고 해결해야 하는 생태위기의 한 국면인 것이다. 따라서 에코페미니스트들은 작가들이 자연을 소재로 언급하고 자연의 위기나 문제를 언급하는 것이 생태문학이라는 듯이 떠드는 작위적인 태도에 대해 비판한다. 진정한 생태문학적 태도는 생태위기에 대한 소재

---

2 Karren, J. Warren,, *The Power and Promise of Ecological Feminism : Ecological Feminist Philosophies*, Indiana University Press, 1996, pp. 28~33.

적 태도가 아니라 인식론적으로 생태위기의 본질과 그 맥락에 입각해야 한다는 것이다.

에코페미니즘이 여성과 자연의 연관을 주장하게 된 것은 이러한 생태위기의 본질에 입각하기 때문이다. 인간 사회의 위계적 차원을 고려해 보면 인종, 계급, 그리고 성(gender)의 문제로 집약된다. 이러한 위계적 사고가 노정한 생태위기에 근본이 되는 것은 가부장적이고 지배적인 사고의 결과이다. 따라서 억압당하는 일체의 것들을 여성성이라는 범주에 국한시키지 않고, 인종문제와 계급 등의 다양한 것까지 치환해야 한다는 것이다.[3]

특히 인도의 '칩코 운동(The Chipko)'의 시작을 고려해 보면 나무를 베서 땔감을 만들어야 하는 여성의 힘든 노동의 문제가 나무를 보호하기 시작한 여성의 각성에 의해 그 의미를 결정하는 것에 주목한다. 단지 벌목자로서의 여성은 자연을 남획하는 파괴자에 불과하지만 이러한 여성을 억압하는 가부장적 제도가 궁극적으로 숲 훼손의 원인이 되고 있다는 사실에 집중해야 한다는 것이다. 나아가 에코페미니즘은 이러한 인도 여성이 자연을 대하는 태도를 인도문화의 가부장적 상황의 맥락을 통하지 않고는 이해할 수 없다고 지적한다.

에코페미니즘의 이러한 다원적이고 맥락적인 소통방식[4]으로 김유정

3　캐런은 이러한 관점을 특별히 '비판적 생태페미니즘'이라 명명한다(졸저, 『한국 현대 생태담론과 이론 연구』, 새미, 2003, 42쪽).
4　캐런은 생태페미니즘의 속성은 다음의 8가지로 집약하여 정리하고 있다.
　① 에코페미니즘은 어떠한 '～주의'나 지배적 이념을 형성하지 않는 것에 그 목표를 둔다.
　② 에코페미니즘은 특정 원리, 규칙, 권리에 대한 중심적인 규정은 없다. 다만 구성원들간의 '관계'에 대한 규정이다.
　③ 에코페미니즘은 구조적으로 인간과 모든 생태공동체의 다양성을 존중한다.
　④ 에코페미니즘은 여성과 자연을 지배관계에 의한 피해자로 전제하고, 자연의 파괴와 여성의 억압의 관계 를 확대하여 이해한다.
　⑤ 에코페미니즘은 자연과 여성의 문제 이 외에도 도시의 소외 계층이나 노인 등 억압당하는 것에 대한 고려를 확대해야 한다.

소설 읽기를 시도한다는 것은 사뭇 의미 있는 도전이다. 김유정의 소설은 방대한 연구 업적 속에서 주로 아이러니, 폭력성, 여성성, 해학성에 대한 고찰과 농촌 배경 소설적 입지를 다루거나[5] 서사기법에 대한 연구가 진행되어 왔다. 연구목록이 입증하듯이 김유정은 다양한 시각으로 조망이 가능한 작가로 평가된다.[6] 또한 연구자들은 김유정이 1933년에서 1937년에 이르는 4년에 30여 편의 다작을 가능하게 한 것은 그의 불우한 어린 시절과 파란만장한 성장기에 기인한다는 점을 지적한다.[7] 김유정의 삶 자체가 어린시절 아버지의 사망, 형의 폭력적인 가부장적 태도, 누나의 변덕스럽고 히스테릭한 성격, 연상의 기생 박녹주에 대한 사랑과 좌절로 집약된다고 할 때, 김유정 자신은 억압당한 상처와 그 트라우마로 인한 모럴의 손상을 입었을 것이다.

굳이 김유정의 소설을 에코페미니즘적 시각으로 투시하지 않아도 이러한 작가의 내적 상처가 고스란히 등장인물을 통해 반영되고 있다는 사실은 이미 구명된 바 있다.[8] 그러나 에코페미니즘적 시각으로 이러한 김유정의 상처를 고찰해 보면 지배적인 사고와 억압적인 사회구조가 이러한 상처의 원인임을 확인함으로써 그 트라우마의 실체가 규명되고, 나아가 김유정 소설에 노정된 생태위기의 본질이 확인될 수 있

---

⑥ 에코페미니즘은 자연과 여성의 억압을 사회적 문제에 기초를 둔 것으로 이해한다.

⑦ 에코페미니즘은 돌봄 / 사랑 / 우정 / 신뢰의 가치를 우선시 하는 상호의존적이 가치관에 입각해 있다.

⑧ 에코페미니즘은 인간의 윤리행위를 재 개념화하여 대자연의 일부인 개인이 전 우주와의 관계에서 유기적인 존재로서 작용한다(Warren, J. Karren, op.cit., pp.32~33).

5 전혜자는 특히 김유정 소설을 농촌 소설에 한정하기 보다는 도시와 농촌을 대비하면서 도시에 대한 동경에 빠진 인물 유형의 연구 분석을 통해 그 의미를 조망한 바 있다(전혜자, 『현대소설사』, 새문사, 1987, 205~208쪽).

6 전신재 편, 『원본 김유정 전집』(이하 『전집』), 도서출판 강, 2012, 663~679쪽. 김유정학회 편, 『김유정의 귀환』, 소명출판, 2012에 반영된 다양한 연구 흔적은 21세기적 시각으로 김유정을 조망하려는 새로운 시도가 의미 있게 표명되어 있다.

7 조남현, 「김유정 소설과 동시대 소설」, 김유정학회 편, 『김유정의 귀환』, 소명출판, 2012, 15쪽.

8 조남현, 『한국현대소설사』 2, 문학과지성사, 2012, 487~501쪽; 조남현, 위의 글, 16쪽.

다. 또한 이러한 상처가 김유정으로 하여금 가난하고 소외된 등장인물들의 도덕성 해체와 비정상적인 가족관계로 점철된 양상을 만들어 낸 것임을 파악할 수 있다. 더불어 사회적 관계가 억압과 폭력의 근원으로 작용하여 약자나 소외된 자의 상처를 노정하는 경우를 통해 동일한 맥락에서 에코페미니즘이 환기하는 생태적 위기를 포착할 수 있다. 한편 이러한 위기가 어떠한 전망을 통해 극복되어야 하는지에 대한 에코페미니즘의 고려를 확인할 수 있다. 즉 등장인물들의 약자에 대한 돌봄과 사랑을 통해 구현되고 있는 '돌봄의 능력'이 각기 다른 모습을 통해 구현되는 실체를 만날 수 있다는 것이다.

이렇듯 에코페미니즘적 시각으로 김유정 소설과의 대화를 시작해 보면, 폭발적인 다작으로 자신의 내적 상처를 표명한 작가의식의 근원을 에코페미니즘이라는 새로운 안목으로 투시할 수 있으며, 나아가 작가의 치유방식을 통해 새로운 세기의 문학적 전망을 확보할 수 있을 것이다.

2. 상처 입은 자아와 파괴된 모럴

김유정 소설[9]에서 포착되는 생태위기를 변별해 보면 크게 이분해 볼 수 있다. 우선 가족관계 내에서 가부장적 사고에 의해 가족을 억압하고 학대하는 경우를 들 수 있다. 그 하나는 비정상적인 가족관계에 입각해

---

9 김유정 소설 텍스트는 전신재 편, 『원본 김유정 전집』과 유인순 편, 『동백꽃』(문학과지성사, 2012(이하『동백꽃』))을 기초로 하였다.

형제나 남매 그리고 부녀간의 학대와 억압을 반영하고 있는 「떡」, 「야생」, 「안해」, 「노다지」, 『생의 반려』, 「애기」, 「형」이 이에 해당한다. 다른 하나는 아내를 학대하는 모티프로는 「금따는 콩밭」, 「슬픈 이야기」, 「소낙비」, 「솥」, 「가을」이 있다. 다음으로 사회적 관계의 위계적 질서로 인해 약자가 일방적으로 억압당하거나 상처를 입는 경우인 「산골」, 「따라지」, 「두꺼비」, 「옥토끼」가 있다.

1) 비정상적인 가족관계와 생태위기

김유정은 춘천 실레마을의 천석지기이며 서울에 100여 칸이나 되는 집을 가진 아버지를 둔 부유한 가정 출신이다. 그러나 7세에 아버지를, 9세에 어머니를 여의고 폭력적인 형의 억압 속에서 불우한 유년을 보낸다.[10] 이러한 폭력적인 형은 가산을 독식하여 김유정은 물론이고 여동생들에게도 전혀 분배하지 않고 오히려 폭언과 폭행을 일삼았던 것으로 추정된다. 「형」은 이러한 김유정의 어린 시절을 고스란히 반영하고 있다. "아버지가 형님에게 칼을 던진 것이 정통을 때렸으면 그 자리에 엎디어질 것을 요행 뜻밖에 몸을 비켜서 땅에 떨어질 제 나는 스르르 떨었다"[11]는 표현에서 알 수 있듯이 「형」에서 어린 시절 '나'는 아버지와 형의 칼부림을 보고 성장하고 있다. '나'가 열 살이 채 못 된 어린아이 시절에 목도한 이러한 폭력은 '내가 자란 가정을 저주할 때, 제일 처음 나의 몸을 쏘아 드는 화살'로 작용한다. 수전노이지만 당대에 이름난 재력가인 아버지는 아내도 없는 상황에서 병이 들자 효자인 형의 병수발

---

10 『동백꽃』, 454쪽.
11 「형」, 『동백꽃』, 356쪽.

에 의존하여 살아간다. 그런데 형이 난봉이 나면서 아버지의 돈을 횡령하고 아버지를 돌보는 일에 소홀해지고, 심지어 조강지처와 이혼하고 새살림을 차리려 하자 아버지는 형과 의절한다. 하지만 형은 어린 나를 시켜 아버지의 통장을 훔쳐 오게 하는 등 집안의 돈을 수시로 탐낸다. 심지어 누이동생들을 때리고 그들의 용돈까지 가져가는 파렴치한의 모습을 보인다.

이러한 형의 모습은 폭력적 가학성과 이기적 탐욕으로 점철되어 있다. 에코페미니즘에서 강조하는 당대의 모럴은 사회적 맥락 속에서 그 당위와 부침이 결정된다.[12] 이 작품의 창작 배경이 1930년대라는 것을 고려할 때 더없이 효성스러웠던 형이 '난봉'이 나자 급작스럽게 가학적인 인간형으로 변모한다는 것은 다소 개연성이 떨어지는 플롯 설정이다. 그러나 이러한 설정을 한 김유정의 인식은 다분히 필연적이다. 어린 시절 상대적임 힘을 지니고 있는 형으로부터 받은 억압과 공포는 김유정의 자아형성에 치명적인 상처로 남아 폭력적인 가장의 이미지를 창출하게 된 것이다. 「형」의 결말은 아버지의 죽음으로 아버지의 재산을 온전히 가로챈 형이 동생들을 폭력으로 제압하며 한 푼의 돈이라도 동생들에게 가게 될까 여동생을 고문하는 것이다. 이러한 '형'의 모습이 김유정의 가족사를 반영한 것으로 볼 때, 작품에 등장하는 '나'가 느끼는 위기와 공포는 폭력적인 가장이라는 비정상적인 가족관계에서 비롯된 것이며, 이 부분은 에코페미니즘이 견지하는 지배와 억압관계가 노정하는 생태위기를 반영한다고 볼 수 있다.

『생의 반려』의 '명렬' 역시 「형」에서 '나'의 모습을 그대로 형상화하고 있다. "그는 술을 마시면 집안 세간을 부시고 도끼를 들고 기둥을 패었

---

12 Warren, J. Karren, *What Are Ecofeminist Saying : Ecofeminist Philosophy*, Rpwman & Littlefield Publishers, 2000, pp.33~36.

다. 그리고 가족을 일일이 잡아 가지고 폭행을 하였다"[13]는 서술에 등장
하는 '그'는 역시 형이다. 이러한 형에 대해 명렬이 품는 생각은 "은제나
저 자식이 죽어서 매를 안 맞나" 하는 것이다. 『생의 반려』에 등장하는
형 역시 탐욕적인 가부장적 사고의 소유자이다. "가족이 앓아누워도 약
한 첩 없고, 아이들이 신이 없어도 순순히 사 주지 않으면서" 오로지 자
신의 주색잡기에만 달아 있는 인물이다. 결국 자신의 향락에 빠져 재산
을 탕진하자 명렬을 과부가 된 누이에게 위탁하고 낙향한다. 이 누이 또
한 형에게 동일한 방식으로 학대를 당하고 재산을 한 푼도 받지 못한 상
태에서 공장노동으로 생계를 이어가는 인물이다. 그로 인해 발생하는
스트레스는 온전히 명렬의 몫이다. 살갑게 굴며 저녁을 준비하다가도
"너를 왜 먹여야 하느냐"며 분을 터뜨린다. 이러한 변덕과 히스테리는
「따라지」의 누이에게도 발견된다. 실상 「따라지」의 누이와 톨스토이
는 명렬과 그 누이를 다시 한 번 형상화 한 것으로 보인다. 유사한 성격
을 지닌 등장인물들의 반복되는 이러한 설정은 김유정 자신의 상처의
깊이를 반영한다. 정상적인 형제와 남매관계를 해체한 이러한 가족관
계는 김유정에게 자리잡고 있는 트라우마이자 가부장적 권한이 장남에
게만 있던 당대의 모순을 통해 생태위기의 한 양상을 반영하는 것이다.
　「떡」에 등장하는 부녀관계 역시 정상적인 부녀관계로는 이해하기
힘든 심리적 기제를 형상화하고 있다. "떡이 사람을 먹은 이야기"라며
시작되는 이 작품은 옥이라는 7세 난 아이가 폭력적이고 이기적인 아버
지 덕희가 아침을 먹을 때마다 깨어나 그 죽을 먹고 싶은 충동을 억제한
다는 이야기로 시작한다. "배고픈 생각이 불현듯 일어나 궁둥이까지 들
먹거려 보아도 아버지 주먹. 커다란 주먹이 무서워 색색 생코를 골지

13　『생의 반려』,『전집』, 259쪽.

않을 수 없는 것"[14]이지만 도저히 못 참아 이러나 앉아 울기라도 한다면 "죽지도 않고 말썽이라"며 아버지는 옥이를 구타한다. 옥이는 "망할 새끼 저만 처먹으려고 얼른 죽어버려라 염병을 할 자식"이라며 속으로 욕을 되씹는다. 이러한 장면은 『생의 반려』에서 명렬이 "누님을 영원히 재우고자, 무서운 동기를 가졌던" 적이 있음을 회고하는 부분과 「형」에서 형이 죽어서 매를 안 맞기를 바라는 '나'의 독백이 연상된다. 가족이라는 명분조차 사라진 채, 서로에 대한 적의와 살의만이 남아 있는 이러한 인물들은 당대의 파괴된 모럴을 노정하고 있다. 문제는 이러한 파괴된 모럴의 원인이 모두 생존의 문제만은 아니라는 것이다. 미숙한 인격의 인물들이 당대의 모럴을 파괴하고 이러한 파괴된 모럴이 비정상적인 가족관계를 노정하는 생태위기를 표면화하는 것이다. 이러한 미성숙한 인격의 문제는 이 작품의 주변 인물들에게도 발견된다. 「떡」의 옥이를 불쌍히 여긴 주인 아가씨가 "하얀 이 밥에 국을 말아주자" 옥이는 순식간에 먹어버린다. 이를 본 동리 여인들은 깔깔거리고 소곤대며 놀려댄다. 배고픔에 주린 아이의 게걸스런 식탐이 그들에게 놀림거리인 것이다. 옥이의 위험을 감지하고 이를 제재하는 어른의 모습은 보이지 않는다. 이러한 현실 또한 약자를 배려하지 못하는 심각한 모럴의 손상이 가져온 생태위기의 한 측면을 반영한다.

「노다지」의 꽁보 역시 시집간 누이를 자신의 소유물로 착각하면서 더펄이에게 자신의 목숨을 구해준 대가로 누이를 주고자 한다. 더펄이 역시 "그런데 살림을 하는 사람을 그리 되겠나"라며 은근히 기대하는 눈치를 보인다. 일제강점의 모순이 극에 달한 1930년대는 아내나 딸을 재화의 수단으로 매매하는 것이 그다지 새삼스러운 상황 설정은 아니다.

---

14 「형」, 『동백꽃』, 166쪽.

그러나 이작품의 경우 당대의 시각으로 정당화될 수 있는 부분을 넘어
선다. 이 작품에 반영된 생태위기는 일본의 강제 침탈로 인한 억압적인
기제에 의한 것이 아니라 오빠인 꽁보가 자신의 명분을 위해 시집간 누
이를 주고 팔 수 있는 대상으로 인식하고 있다는 것이다. 꽁보의 파괴된
모럴 역시 지배적 사고에 입각한 생태위기를 반영하고 있는 것이다.

이렇듯 가족관계 중 형제나 남매의 관계가 개인적인 욕망으로 인해
변질되어 노정되는 생태위기는 곧 아내에 대한 학대와 왜곡된 부부관
계로 이어진다. 「소낙비」의 춘호는 2원의 노름 밑천을 마련해 오라며
"지게막대기로 연한 허리를 모지게 후리치고 아내의 발뒤축을 얼러 볼
기를 갈긴다."[15] 그러나 춘호의 처는 기본적인 모럴을 가진 여인으로서
이주사의 첩이 되어 모양을 내고 편히 사는 쇠돌엄마를 멀리하려 한다.
춘호의 처는 최소한의 정조관념을 지니고 있다는 것이다. 그러나 남편
의 거듭되는 폭언과 폭행에 밀려 결국 이주사에게 몸을 팔고 그 대가로
2원을 약속 받는다. 이러한 춘호 처의 타락은 오로지 그 남편의 이기적
인 욕망으로 인한 억압에 기인한다. 미성숙한 인격을 지닌 남편의 억압
과 폭력에 못이겨 정상적인 모럴을 지닌 춘호 처의 희생이 강요당한 것
이다. 에코페미니즘이 문제삼는 전형적인 생태위기를 반영하고 있는
부분이다.

「솥」의 근식 역시 멀쩡한 아내와 아이들이 있는 가정을 버리고 들병
이 계숙의 남편이 되어 편히 살고 싶어 한다. 이는 절실한 생계의 문제
라기보다는 모럴 파괴에서 오는 편의주의적 태도에 입각해 있다. "뭇사
람의 품으로 옮아 안기며 애쓱거리는 들병이가 말은 천하다 할망정 힘
안들이고 먹으니 얼마나 부러운가. 침들을 게게 흘리고 덤벼드는 뭇놈

<hr>

15 「소낙비」, 『동백꽃』, 42쪽.

을 이 손 저 손으로 맘대로 후무르니 그 호강은 바히 고귀하다 할지라"[16]는 근식의 발화는 생존의 문제로 아내를 들병이로 만들기보다는 편한 돈벌이를 위해 아내를 들병이로 두는 것이 최선이라 믿는 근식의 의식을 반영한다. 이는 계숙의 남편이 근식과 계숙이 동침하고 있는 장면을 보고도 "어여들 편히 자게유"라며 윗목으로 자리를 피하는 모습과도 연관된다. 이러한 파렴치한 남편들의 모습은 부부관계의 파괴된 모럴은 반영하는 것으로 에코페미니즘적 생태위기의 심각한 측면을 확인하게 하는 부분이기도 하다.

「안해」의 '나' 역시 살림이 찌들자 아내에게 들병이를 권유한다. 거칠고 투박한 아내 역시 이를 흔쾌히 허락한다. "들병이로 나가서 식성대로 밥 좀 한바탕 먹어보자는 속"으로 아내를 이해하는 '나'의 태도로 보아 들병이는 농촌에서 가난을 탈출하는 가장 현실적인 대안이기는 하다. 하지만 '나'가 아내에게 들병이 영업을 위해 부를 노래를 가르친다거나, 아내가 창가를 연습하러 야학에 다니느라 아들을 돌보지 않는다거나, 심지어 뭉태의 꼬임에 빠져 술과 담배를 배우느라 집안일을 방기하는 등의 태도는 아내의 모럴에 문제를 제기해야 한다. 아무리 남편의 종용이 있었다 하더라도 부부관계의 모럴을 붕괴해 가며 들병이를 꿈꾸는 아내의 도덕성 역시 생태위기의 단면을 반영하고 있는 것이다.

「정조」는 주인 양반이 술이 취한 기운을 이용하여 정조를 판 행랑어멈과 그 부부의 몰염치한 행각을 그리고 있다. 주인 양반에게 정조를 판 이후, 행랑어멈은 자신의 본분을 잃고 일을 태만히 하고 거만하게 굴어 아씨의 속을 끓인다. 가부장적인 남편은 기생 첩, 여학생 첩을 두고도 술기운에 행랑어멈의 정조를 버려놓은 후, 이를 후회하는 속앓이

는 할지언정 부인 앞에서 큰소리를 치는 허세에 가득찬 인물이다. 즉 전형적인 가부장적 인물로 권위와 부를 지니고 있지만 행랑어멈이 놓은 덫에 걸린 이후, 그는 금전적으로 200원의 손해를 본다. 하지만 행랑 부부는 "고뿌 술집 할 테니까 한 이백 원이면 되겠지요. 더는 해 무얼하게요? 하고 내 보란 듯 토심스레 내뱉고 구루마의 뒤를 따라 골목 밖으로 나아가"[17]며 정조의 대가로 횡재한 사실에만 의기양양이다. 그들이 상실한 정조, 즉 파괴된 부부관계의 모럴은 아랑곳하지 않는다. 부부가 공모한 듯한 이러한 정황은 모럴의 파괴로 인한 생태위기의 극점을 형성한다.

「가을」 역시 복만 부부가 소장수를 상대로 가짜 혼인 매매 문서를 작성하고 이를 공증 선 '나'까지 어려운 상황에 처하게 한 후 도주한 이야기를 소재로 하고 있다. 술장사를 하자고 돈을 주고 복만의 아내를 산 소장사의 모럴 역시 파괴된 상태이지만 이러한 소장사를 이용하여 돈을 챙기고 도망간 부부사기 사건 역시 부부관계의 파괴된 모럴이 노정한 생태적 위기의 심각한 단면인 것이다.

한편 「슬픈이야기」에는 전차회사의 감독이 되어 나름의 성공을 거둔 후, 아이까지 낳은 아내를 못생기고 무지하다며 폭행하면서 이혼을 강요하는 남편의 모습을 그려내고 있다. "시골서 조촐히 자란 게집은 여필종부의 매운 절개를 변치 않을려고 애초부터 남편 노는 대로 맡겨두고 조금씩 끽끽 할 뿐이나 어린 아들은 즈 아버지가 어머니를 잡는 줄 알고 빡빡 울어대는 것"[18]이 작품에 반영된 붕괴된 부부관계의 한 단면이다. 아내는 고전적 모럴을 갖춘 여인으로서 남편의 폭력을 감내한다. 하지만 이런 아내를 "대천지원수나 되는 듯" 대하는 남편은 이기적인 가장이

---

17 「정조」, 『동백꽃』, 344쪽.
18 「슬픈이야기」, 『전집』, 295쪽.

다. '여학생 장가'를 들어보겠다고 시골뜨기 아내가 자신의 위신을 깍는다면서 아내를 학대하는 것이다. 이러한 부부관계의 모순은 가부장제의 모순이자 일방적인 지배 억압의 관계에 입각한 왜곡된 관계가 그 원인이 된다. 자신의 새장가를 위해 아내를 버리겠다는 남편의 파괴된 모럴이 형성한 생태위기는 이러한 관계의 모순을 통해 노정되고 있다.

이에 비해 「애기」는 임신한 채 시집온 신부가 오히려 시집식구들에게 가학적으로 구는 상황을 통해 신부를 포함한 주변 인물들의 탐욕이 가져온 모럴의 붕괴와 해체 상황을 여실하게 형상화하고 있다. 신부의 아버지이자 아기의 외조부는 살만한 경제력을 지니고 있음에도 불구하고 딸을 더 나은 집으로 시집보내 재화를 불려 보고자 과년한 딸을 집에 두고 지내다가 딸이 정분이 나 임신을 하자 낭패를 본다. 이후 그는 딸을 땅 오십 석을 걸고 데릴사위를 구한다. 인쇄소 직공으로 있다가 떨려난 필수는 호재라고 생각하여 가짜 의사노릇을 하고 필수네는 빚을 얻어 혼인을 한다. 쌀 오십 석에 눈이 먼 필수의 가족은 모두 모럴을 상실한 채 온통 가짜인 상태의 혼인을 한다. 하지만 이렇게 시집온 신부는 며느리로서의 본분을 잃고 시부모를 하인 대하듯 한다. 이러한 뻔뻔함을 뒤로 하더라도 자신이 낳은 아이를 귀찮아 하고 심지어 유기해 달라고 필수에게 부탁한다.

"여보, 우리 애를 내다 버립시다" 하고 안해가 맞우 처다보며 눈을 깜짝입니다.

(…중략…)

안해는 낯이 후꾼한지 어색한 표정으로 어물어물합니다. 실상이지 딸은 제 딸이로되 요만치도 귀엽진 않습니다. 이것 때문에 걸려서 시부모에게 큰 체를 못해서요. … 전날에 부정했던 제죄로 말미암아 찔끔못하고 꺽여버립니다.[19]

시부모를 공경하는 대신 그 앞에서 '큰 체'를 하고 싶어 하는 신부의 모럴 상실과 나아가 자신의 아이를 자신의 체면을 위해 버리는 행위는 모럴의 상실을 넘어선 심각한 인간성 훼손을 의미한다. 자신의 잘못을 책임지기보다는 회피함으로써 자신의 위상을 지키려는 이러한 심리적 기제야 말고 심각한 생태위기를 반영하는 것이다. 에코페미니스트의 입장에서 이러한 신부의 태도를 고찰해 보면, 지나친 이기적 자아에 천착되어 주변과의 관계성을 상실한 고립된 개인의 모습을 보여주는 것이다.

이렇듯 전술한 작품들의 인물들이 반영하고 있는 모럴의 상실과 붕괴의 문제는 인물들의 유년기의 훼손된 상처에 기인해 인물들의 자아가 균열되어 있거나 왜곡된 부부관계 혹은 친족관계에 입각해 있음을 확일할 수 있다. 이것은 김유정 자신의 자전적인 트라우마가 반영된 것이기도 하지만 당대가 노정하고 있는 왜곡된 인간관계에 입각한 것으로 에코페메니즘에서 강조하는 관계성의 맥락으로 이해할 때 심각한 생태위기의 단면인 것이다.

2) 위계적 질서와 생태위기

에코페미니스트의 윤리는 기본적으로 다원성을 인정하는 것이다. 정신 / 육체, 이성 / 감성, 남성 / 여성, 등의 우열에 인한 지배 피지배 관계에 대해 문제를 제기하고, 관계간의 다원성을 인정해야 한다고 주장한다. 이른바 '에우다이모니아(eudaimonia)'에 입각한 다양하고 행복한 삶을 지향한다. 즉 개인과 사회적 혹은 문화적 윤리가 유기적으로 소통

---

19 「슬픈이야기」, 『전집』, 405쪽.

할 수 있는 상태야 말로 인간이 가장 행복한 삶을 영위할 수 있는 조건
이라는 것이다. 동일한 관점으로 자연과의 관계를 형성해야 하는데, 자
연의 질서야말로 철학자와 이론가들의 거울이 될 수 있기 때문이다. 단
이때의 자연은 유형화된 자연이 아닌 일원론에 입각한 우주의 한 부분
으로서 다양한 유기체와 관계를 맺고 있는 자연을 고려해야 한다는 것
이다.[20] 간단히 말해 다원론적이고 선택적이며 독립적인 자연에 대한
인식론적 관점이 에코페미니스트들이 지향해야 하는 윤리적 관점이
다. 따라서 이들의 논의는 개인주의를 거부하는데서 시작된다. 자연의
일부로서의 개인은 전 우주와의 관계성에 집중해서 논의되어야 하며
이때의 '관계'는 인간사회나 우주에 얹어진 존재가 아니라 전 우주를 움
직이는 힘이어야 한다.

이러한 관점에서 에코페미니스트가 문제 삼는 생태위기의 본질은
존재간의 관계성의 맥락에서 이해될 수 있는데, 가장 심각한 위기는 남
성보다 열등한 존재로서의 여성의 문제만이 아니라 사회적이고 문화
적인 위계에 의해 일방적으로 한쪽이 억압당하는 일체의 상황이다. 김
유정의 소설은 이러한 위계에 입각한 생태위기의 모습들이 상당히 구
체적으로 확인된다. 농촌을 배경으로 한 소설에 등장하는 마름과 소작
농의 일방적 관계, 상전과 노예, 약삭빠른 모사꾼과 무지한 농민이 그
러하다. 한편 도시 배경 소설 역시 집주인과 세입자, 성공한 남편과 무
지한 아내, 나약한 지식인과 콧대 높은 기생, 난봉꾼과 순진한 어린 기
생 등이 이러한 모습을 보인다.

「산골」은 농촌의 순박한 처녀 이뿐이가 주인 도련님의 구애를 받아
들이고 순정을 바치지만 지배적인 위치에서 이뿐을 농락한 도련님의

---

20 Warren, J. Karren, *What Are Ecofeminist Saying : Ecofeminist Philosophy*, Rpwman & Littlefield
Publishers, 2000, pp.33~36.

태도로 인해 절망에 빠지는 스토리를 근간으로 하고 있다. 이 과정에서 이뿐은 도련님과의 관계를 눈치 챈 마님에게 "너 요년 바른대로 말해야 지 죽인다"라는 폭언과 폭행을 당한다. 하지만 이뿐이의 순정은 식을 줄 모른다. 이를 본 이뿐의 어머니는 "이렇게 늙었으나 자기도 색시때 에는 이분이만치나 어예뻤고 얼마나 맵시가 출중났던지 노나리와 은 근히 배가 맞았으나 몇 달이 못가 노마님이 이걸 아시고 하루는 불러 세 우시고 때리시"[21]던 일을 들려준다. 주인과 하녀의 지배 복종관계로 인 한 억압이 대를 이어 진행되고 있는 모습이 확인된다. 일반적으로 이 과정에서 억압당하는 대상인 하녀는 그 신분적인 제약으로 인해 이중 적인 고통을 감수하게 된다. 주인에게 당하는 육체적인 유린 이 외에도 주인 마님에게 당하는 또다른 폭력과 주변의 냉대를 동시에 받게 되는 것이다. 이뿐이 역시 도련님이 자신을 농락했다는 사실과 주인마님에 게 심리적이고 육체적인 폭행을 동시에 감내해야 했다. 나아가 석숭에 게 "너 데련님하구 그랬대지?"라는 비난을 당하면서 그와의 혼인을 수 용해야 하는 이중적인 아픔에 시달려야 했다.

　궁극적으로 이 작품에서 확인되는 생태위기는 이러한 위계관계에 입각한 지배와 복종의 관계에서 비롯한다. 잣나무 아래서 옷고름까지 건네며 구애하던 도련님의 배신을 이해할 수 없는 이뿐은 석숭의 아내 가 되는 조건으로 도련님에게 자신의 기다림을 알리는 편지를 쓰고 우 체부를 기다린다. 한편 편지를 써 주고 이뿐이가 자신의 아내가 될 사 실에 들떠 있던 석숭이의 "그러나 오늘은 웬일인지 어제와 같이 날도 맑고 산의 새들은 노래를 부르건만 이뿐이는 아직도 나올 줄을 모른 다"[22]라는 마지막 독백을 집중해 보면 이뿐의 절망이 자살이라는 극단

21　「산골」, 『동백꽃』, 185쪽.
22　「산골」, 『동백꽃』, 197쪽.

적인 선택으로까지 귀결되었을지는 미지수이지만 이뿐이 겪는 절망의 깊이를 반영한다. 억압적인 지배와 복종의 위계질서가 개인의 삶을 침윤하는 과정과 여기서 확인되는 모럴의 파괴와 이로 인한 생태위기를 투시할 수 있다.

「두꺼비」 역시 지배적인 위치에 있는 기생의 오라버니 두꺼비가 예비기생들을 대상으로 연애행각을 벌여 어린 기생들의 순정을 유린하는 이야기이다. 잘나가는 기생 옥화를 동생으로 둔 두꺼비는 이를 빌미로 '나'에게 금전을 갈취한다. 두꺼비는 옥화에게 연정을 느끼는 '나'의 마음을 이용하여 결국에는 금반지를 선물하면 밤 9시에 옥화와 만남을 갖게 해 준다고 약속한다. 그러나 옥화의 집에 도착한 '나'는 예비기생 채선과 동반 자살을 시도한 직후의 두꺼비를 만나게 된다. 안잠자기의 전언에 의하면 두꺼비가 "모처럼 수양딸로 데려오면 놈이 꾀꾀리 주물러서 버려놓고 하길 이렇게 일곱" 번째라는 것이다. 이번의 경우 채선과 같이 약을 먹기는 했으되 "먹긴 좀 먹은 듯하나 원체 알깍쟁이가 돼서 죽지 않을 만큼 먹었을 테니까 염려없다"는 안잠자기의 덧붙이는 말에 '나'는 어안이 벙벙해 할 뿐이다. 이 상황을 전해 듣고 달려온 옥화는 또한 '나'가 연모하던 여인의 모습은 아니다.

정분이란 어따 정해 놓고 나는 것도 아니련만 앙칼스러운 음성으로 이놈이 어디 계집이 없어서

조카딸하고 정분이나, 하고 발길로 두꺼비의 허구리를 퍽지르고 나서 돌아서더니 이번에는 채선의 머리채를 휘어잡는다. 이년 가랑 머리를 찢어놓을 년, 하고 그 머리채를 들었다 놓았다 몇 번

그러니 제물 콧방아에 코피가 흐르는 것은 보기에 좀 심한 듯 싶어 얼김에 달려들어 강선생 좀

참으십쇼.하고 손을 확 잡으니까 대뜸 당신은 누구시오하고 눈을 똑바로 뜬다.[23]

뿐만 아니라 반지를 받고 "실례롭다"고 말했다던 두꺼비의 말은 모두 거짓이고 다만 이제껏 두꺼비에게 연애편지를 건네고 선물을 건넨 자신이 있었음을 확인하게 된다. 두꺼비가 옥화를 이용해 '나'를 농락해 왔음을 깨닫는 장면이다. 나아가 주목해야 할 것은 이 장면에 노정된 옥화의 폭력이다. 아무리 무능한 오라비라지만 자살을 시도해서 누워 있는 사람에게 폭언과 폭행을 가하고, 심지어 어린 기생에게 코피가 날 정도로 구타를 한다는 것은 옥화의 모럴의 붕괴가 심각한 수준에 임박해 있음을 보여준다. 이른바 가장의 명분을 지니고 있는 옥화가 생활력이 없는 두꺼비와 신분적으로 옥화의 아래에 있는 예비기생에게 가하는 이러한 폭력의 실체는 분명 위계에 입각한 생태위기이다. 에코페미니즘에서 강조하는 이러한 생태위기의 본질은 작품에서 확인한 바처럼 남성과 여성의 문제만이 아니라 이러한 위계에 따라 여성이 남성을 혹은 여성이 여성을 억압하는 것이다. 나아가 두꺼비처럼 자신의 이익을 위해 자신보다 열세에 있는 '나'를 이용하고 금전을 갈취하는 행위 역시 동일한 맥락의 생태위기인 것이다.

「봄·봄」의 장인은 데릴사위라는 명분으로 '나'에게 머슴살이를 강요한다. 점순과의 혼례는 "딸이 자라는 대로 혼례시켜" 준다는 장인의 막연한 계약조건을 수용한 나의 어리석음으로 인해 요원할 뿐이다. 이러한 상황이 억울한 '나'는 구장에게 가서 혼례에 대한 담판을 지으려 하지만 장인에게 소작을 부치고 있는 구장이 장인편을 들자 무산된다.

---

23 「두꺼비」, 『동백꽃』, 291쪽.

"암 나이가 찼으나까 아들이 급하다는 게 잘못된 말은 아니야, 하지만 농사가 한창 바쁠 때 일을 안 한다거든가 집으로 달아난다든가 하면 손해죄로 징역에 간다"[24]며 오히려 협박을 한다. 하지만 구장도 처음엔 "그럼 봉필씨! 얼른 성롈 시켜주구려"라고 말했던 참이다. 그러나 장인의 눈치가 심상치 않음을 보고 태도를 바꾼 것이다. 마름과 소작농의 억압관계를 직시할 수 있는 부분이다. 실상 이 작품에서 장인은 전형적인 악덕 마름으로 등장한다. "조그만 아이들까지 그를 돌라세워 놓고 욕필이, 욕필이 하고 손가락질을 할 만치 두루 인심을 잃었다. 본디 마름이란 욕잘하고 사람 잘 치고"[25]하기 마련이지만 장인은 더욱더 못된 축에 든다. 애벌논 때 농사를 좀 덜 도와준다거나 뇌물로 닭마리를 보내지 않는다면 다음해부터는 영락없이 땅을 소작할 수 없게 만든다. 이른바 마름의 횡포를 극악스럽게 부려대는 것이다. 이로 인해 구장도 장인의 '나'에 대한 횡포를 눈감을 수밖에 없는 것이다. 도리어 스물 하나가 되어야 법적인 성년이라 혼인을 할 수 있다는 사실을 들어 위협을 가한 후, 장인의 인품과 배려로 올가을에는 성례시켜 주실거라며 '나'가 군말 없이 일을 할 수 있도록 회유할 뿐이다. 이러한 구장의 상황 역시 신분상의 위계에 입각한 행동으로 생태위기의 한 부분을 브여주고 있는 것이다.

한편 점순의 충동질로 장인에게 꾀병을 부리며 저항하던 '나'도 점순의 변덕과 장인의 회유에 태도를 바꾼다. 장인과 실랑이 끝에 다친 상처를 치료해 주며 "올가을엔 꼭 성례를 시켜주마"라는 장인의 말에 감동한 '나'가 지게를 들고 일터로 가는 장면은 폭력적인 억압만이 위계적 질서로 인한 생태위기를 노정하는 것이 아니라는 사실을 보여준다. 물

---

24 「봄·봄」,『동백꽃』, 207쪽.
25 「봄·봄」,『동백꽃』, 201쪽.

론 이 작품의 경우 어리숙한 '나'의 성격적 결함으로 인해 억압적인 위계질서에 지배당하고 있는 것이 사실이다. 그러나 이러한 '나'의 모순 이면에는 사회적으로는 '마름'이라는 신분을 이용하여 개인적으로는 '장인'이라는 위치를 이용하여 자신의 이익을 달성하려는 봉필의 파괴된 모럴이 있다. 또한 이러한 위계적 관계를 분별없이 수용하는 '나'의 모순 또한 생태위기의 한 단면이라 볼 수 있다.

「동백꽃」의 경우 마름의 횡포보다는 인간적인 마름의 모습이 돋보이는 경우로 평가되고 있는 작품이다. '나'의 가족이 이 동네에 정착하게 된 것은 전적으로 점순네의 도움이다. '나'의 부모는 농사 때 양식이 부족하면 점순네에게 가서 "부지런히 꾸어먹으며 인품 그런 집은 다시 없으리라고 입에 침이 마르도록 칭찬하고 하는 것이다."[26] 이러한 점순네의 모습은 「봄·봄」에 등장하는 마름 봉필이의 모습과는 대조가 된다. 그러나 이는 가시적인 것일 뿐, 작품의 배면에는 마름과 소작농의 신분적인 한계가 내재해 있다. 이는 '나'의 어머니가 점순네의 인품을 칭찬하면서도 '나'가 점순과 불순한 일을 저지르는 순간 "점순네가 노할 것이고 그러면 우리는 땅도 떨어지고 집도 내쫓기고 말 것"이라 경고하는 장면에서 확인할 수 있다. 마름과 소작농의 신분적 한계와 위계는 분명히 존재하는 것이다. 점순이는 나에게 애정을 표현하는 방법으로 "더운 김이 홱 끼치는 감자 세 개"를 주며 "느 집엔 이거 없지"라는 생색 있는 소리를 하여 '나'의 자존심을 건드린다. 또한 '나'가 점순이 우리집 닭을 못살게 굴자 점순네 닭을 홧김에 죽이고 나자 "뭐, 이 자식아 누집 닭인데!"라며 신분적 위계를 이르집는다. 분하고 무안하지만 땅이 떨어지고 내어 쫓기게 될까 두려워진 '나'는 점순의 명령에 무조건 따른다.

---

26 「동백꽃」, 『동백꽃』, 299쪽.

"다음엔 안 그럴 것이지?"라는 점순의 물음에 무엇을 '다음부터 안그럴 것인지'에 대해서 고민조차 하지 않는다. 다만 점순이 하라는 대로 무조건 "그래!"라고 대답한다. 물론 점순과 '나'의 관계는 조숙한 점순이 어리숙한 '나'에게 자신의 연정을 고백하는 상황에서의 해학미에 집중해 보는 것이 일반적인 관점이다. 그러나 조금 다른 시각으로 점순의 내면을 투시해 보면 점순은 마름의 딸로서 소작농의 아들인 '나'에게 연정을 강요하고 있는 측면이 있다. 이러한 부분을 점순이의 모럴파괴로까지 확대해석 하자는 것은 아니다. 다만 점순의 무의식에 내포된 신분적인 위계의식이 '나'가 점순에게 무조건 굴복하게 되고, 작품 말미 점순 어머니가 점순을 찾자 각기 "점순은 겁을 잔뜩 집어 먹고 꽃 밑을 살금살금 기어서 산 알로 내려간 다음 나는 바위를 끼고 엉금엉금 기어서 산위로 치빼지 않을 수 없는" 상황을 노정하게 하는 것이다. 두 주인공의 내면을 지배하는 이러한 신분적 한계는 궁극적으로 위계로 인한 생태위기의 한 측면을 반영하는 것이다.

특별히 위계나 억압, 지배나 복종이라는 작위적인 시각을 갖지 않아도 「옥토끼」는 옥토끼의 죽음을 둘러싼 등장인물들의 다양한 반응과 태도로 인해 인간과 동물사이에 내재하는 근본적인 모순이 발견되는 작품이다. 나의 집에 어느 날 들어온 옥토끼를 숙이에게 선물한 '나'는 그녀가 옥토끼를 잘 키워 새끼를 낳게 될 것이라는 희망에 들떠 있었지만, 숙이가 쇠약해진 것을 염려해 옥토끼를 잡은 숙이 아버지의 행위로 인해 좌절된다. 연초회사에 다니는 숙이를 위한 아버지의 마음은 응당 존중되어야 하지만, 자신도 모르게 자신이 키우던 토끼를 먹게 한 숙이 아버지의 행위는 반생태성을 내포한다. 숙이에게 옥토끼는 '나'와의 사랑을 반영하는 생명체이고, 옥토끼의 생명은 이미 숙이와 '나'의 관계로 매개되어 있는 상태이기 때문이다. 하지만 문제가 되는 것은 이 상황에

난감해하는 숙이에게 "인제는 틀림없이 너는 내거다"라고 속으로 쾌재를 부르는 '나'의 모습이다. 옥토끼의 죽음을 미끼로 숙이와의 관계에서 우위를 차지했다고 믿는 '나'의 위계의식이야 말로 또다른 생태위기의 한 측면을 그대로 노정하고 있는 것이다.

3. '돌봄의 윤리(an ethic of care)'로 치유하기

여성과 자연에 대한 억압을 사회적 문제에 기초를 둔 에코페미니즘은 전술한 바 지배적 가치와 피지배적 가치의 관계성과 상호의존성에 입각해 있다. 돌봄, 우정, 사랑, 신뢰를 우선시하는 에코페미니스트는 등산할 때 홀로 위기에 처했을 때 "누구없습니까"를 외치고, 누군가 자신의 소리를 듣고 돌보기 위해 달려와 주었을 때의 심정을 예로 들면서 대상 간의 관계에 주목한다. '돌봄의 윤리'는 이러한 관계성이라는 다소 모호한 심정적이고 사적인 시각에 의존한다. 이는 지나치게 직관적인 호소이어서 생태위기에 대한 구체적이고 정책적인 대안으로서도 철학적 가치관으로서도 추상적이라는 비난을 면하기 어렵다. 하지만 디안(Deane Curtin)은 비교적 명분 있는 '돌봄의 윤리'를 통해 이러한 문제를 합리적인 방향으로 극복하려는 시도를 한다.[27]

우선 디안(Deane Curtin)은 '돌봄'을 한 가정의 아내가 남편에게 헌신하

---

27 Curtin, Deane, "Toward an Ecological Ethic of Care", ed. by Warren, J.Karren, *Ecological Feminist Philosophies*, Indiana University Press, 1996, pp.71~74.

는 종류의 극도로 사적인 개념에서 벗어나 에코페미니스트의 구체적인 정책으로 적용해야 한다고 주장한다. 일반적으로 '돌봄'이라는 정서가 내포하는 자아와 개인과의 관계에서 벗어나 세계와 자연에 대한 공적이고 맥락적인 윤리로 확대되어야 한다는 것이다. 자신이나 가족을 돌보는 차원이 아니라 사회적인 약자나 돌봄을 필요로 하는 자연의 일체의 것들로 그 대상을 확대하자는 것이다. 막연한 연민이나 동정이라는 감정에 입각한 정서로써의 '돌봄'이 아니라 에코페미니즘이 감지하는 생태위기에 대한 급진적인 정책으로 '돌봄의 윤리'를 접근해야 한다는 사실을 강조한다. 그러나 이러한 정책이나 윤리로 작용하는 '돌봄'이 구체적으로 어떠한 대안이나 실천적인 행동강령을 제시하지 못하는 한계는 여전히 문제로 남는다.

다음으로 디안(Deane Curtin)은 일반적이고 획일화된 시선으로 '돌봄의 윤리'를 강요해서는 안 된다고 주장한다. 그는 정책의 획일적인 잣대가 지니는 모순의 예로 인도와도 같은 가부장적인 나라의 경우를 든다. 인도의 경우 여성이 아침 장만을 위해 연료로 사용하기 위한 나무를 벌목해야 하고, 동일한 맥락으로 물의 오염을 자행하는 경우가 일반화된 일이라는 사실에 주목한다. 이 경우 인도의 여성이 아침 장만을 위해 벌목하는 나무와 오염시키는 물의 모습을 과연 생태위기로 보아야 하는지에 대해 고민해야 한다는 것이다. 그는 정책적인 '돌봄'의 대상은 벌목된 나무와 오염된 물 자체가 아니라 아침 장만을 위해 이러한 노동을 위해 희생을 강요받는 여성이라고 주장한다. 서구적인 시선으로 일반화되어 있지 않은 이러한 인도 사회의 종교나 관습에 의한 억압이 '돌봄'의 대상인 것이다. 디안의 입장을 에코페미니즘적으로 이해해 본다면 단순히 자연의 파괴와 여성의 억압을 획일화하기 보다는 그 사회와 문화적 입장을 고려한 후, 정책을 결정해야 한다는 것이다. '돌봄의 윤리' 역시 본질적으로 '돌봄'이란 각 사회의 역사와 문화적 맥락에 맞게 상대적으로 결정되어야 한다는 것이다.

마지막으로 '돌봄'의 잣대는 오히려 전술한 바처럼 돌봄을 당하는 대상에게는 또다른 억압이 될 수 있다고 디안은 강조한다. 서구의 중산층 백인 여성이 아침식사를 준비하는 과정과 인도의 가난한 가정의 여성이 아침을 준비하는 과정을 동일한 잣대로 재단해서는 안 된다는 것이다. 만약 이를 동일시 할 경우 인도 여성은 서구의 잣대로 인해 새로운 억압의 상황에 직면해야 한다. 그래서 '돌봄의 윤리'는 획일화된 강령이나 구체적인 실천 대안을 설정하기 어려운 것이다. 다만 누구에게나 획일화되는 돌봄의 윤리를 강요하기보다는 '돌볼 수 있는 능력'에 그 기준을 두어야 한다. 이때 '돌봄의 윤리'는 인간관계와 다른 대상과의 관계를 연결 짓는 강력한 힘을 형성하게 되는 것이다. 나아가 디안(Deane Curtin)은 노딩(Nel Nodding)의 주장을 수용하여 인간이 아닌 동물과 자연의 일체의 것들에게도 이러한 '돌봄'의 시각을 견지해야 한다고 주장한다. 문학에 언급된 여성과 자연에 대한 학대와 억압에만 관심을 기울이지 말고 이러한 생태위기를 치유할 수 있는 대안으로 각자가 그 사회와 제도에 맞는 '돌볼 수 있는 능력'을 고양해야 한다는 것이다. 다만 이러한 능력을 조율하는 문제가 각각의 다른 사회구조를 이해해야하는 선행문제부터 이에 대한 기준을 마련해야 한다는 어려움을 노정하는 한계는 별도의 문제로 남게 된다.

김유정의 대부분의 소설은 상술한 바처럼 작가의 유년기의 트라우마로 인해 손상된 모럴들이 노정하는 생태위기로 점철되어 있다. 그러나 일련의 작품들에서는 '돌봄의 윤리'를 구현하는 등장인물들로 인해 이러한 위기에 대한 치유 가능성을 보여준다. 김유정 자신이 이러한 치유의지를 지니고 있었는지의 문제보다는 그의 무의식에 내재하는 치유에 대한 '돌봄'적인 시선을 감지해 냄으로써 작가가 보여준 '돌볼 수 있는 능력'에 대한 가능성을 확인해 보고자 한다.

「산ㅅ골나그내」의 '계집'은 작정을 하고 덕돌네 주막에 들어 와서 덕돌과 혼인 후, 덕돌의 옷을 챙겨 야반도주한다. 김유정 소설에서 흔히 발견되는 들병이 모티프인 것은 틀림이 없으나 작품 말미에서 발견되는 거지 남편의 등장은 '계집'의 타락이 손쉽게 돈을 벌어 브부가 편히 먹고 살기 위한 것이 아니라는 사실을 방증한다. 이로 인해 병든 남편을 위해 혼인 빙자 사기극을 벌이지 않을 수 없는 '계집'의 입장에 연민과 동정을 불러일으킨다. 특히 혼수로 받은 은비녀는 그대로 남겨 둔 채, 병든 남편의 추위를 걱정하여 덕돌의 겹옷을 버선까지 가져 나오는 그녀의 행동은 병든 남편을 배신하지 않고 책임을 지려는 다내의 진정성이 그대로 반영되어 있다. 이는 좀 더 쉽게 돈을 벌어 보려는 다른 들병이들의 모습과는 거리가 있다. 그녀가 은비녀를 두고 간 것을 그녀의 양심으로 이해한다면 그녀가 들병이 일을 한다거나 혼인을 빙자하여 덕돌을 유린한 것이 자신의 안위를 위해서가 아니라 병든 남편을 '돌보기' 위해서임을 확인할 수 있다. 방법론의 모순은 인정하더라도 "아 얼른 좀 오게유"라며 남편의 "손목을 겹겹히 잡아끄는" 모습은 남편과 함께 하려는 그녀의 의지를 보여주는 것이다. 병든 남편에 더한 이러한 그녀의 배려와 책임의식은 분명 그녀의 방식으로 남편을 들보고 있는 것이고, 이것이야말로 '돌보는 능력'이 고양되어야 한다는 디안(Deane Curtin)의 의식의 단초를 확인시켜 주는 부분이다.

「떡」은 가부장적이고 폭력적인 아버지와 대비되는 어머니의 모성을 주목하게 하는 작품이다. 아버지 덕희는 자신의 아침 식사를 방해하는 딸 옥이를 학대하고 억압하는 반면 옥이의 어머니는 옥이를 가련하게 여기며 모성으로 옥이를 돌본다. '깡좁쌀죽'이나마 아버지가 나간 후에 어머니와 아침상을 마주하게 되면 옥이는 "쉴새 없이 숟가락을 퍼 들이지"만 어머니는 "반쯤 먹다가 숟가락을 내려놓"는다. 그리고 "두 손을 다리 밑에 파묻고" 묵묵히 옥이를 응시한다. 딸의 허기 앞에 침묵할 수밖에 없는 어머니의 마음은 '두 손을 다리 밑'에 묻을 수밖에 없는 무기력한 상황이다. 이는 옥이가 과식 후에도 식탐을 못이겨 떡을 먹고 기지사경에 빠진 모습을 보고 폭언을 퍼붓는 아버지 덕희와 대조를 이루며 옥희를 간호하며 눈물 짓는 모습으로 이어진다. 모성에 필수적으로 수반되는 희생적인 면모는 물론이고 기본적으로 아이를 대하는 어른의 입장을 견지해 보더라도 아버지의 폭력적이고 가학적인 모습은 오히려 무능하지만 자신의 방식으로 최선을 다하는 어머니의 모습은 '돌봄'의 윤리가 지니는 의미를 강화시키다. '돌보는 능력'은 부족하지만 이러한 모성 역시 디안(Deane Curtin)이 강조하는 '돌봄의 윤리'의 본질에 다가서 있다.

이러한 어머니의 모성이 아버지의 따스한 부정으로 연계되어 '돌봄의 윤리'가 확대 강화되는 작품으로 「애기」가 있다. 「애기」의 필수는 남의 아이를 임신한 채 시집온 아내로부터 아이가 자신의 위신을 떨어뜨리는 존재라며 아이를 버려달라는 부탁을 받는다. 필수는 기생이나 첩들이 모여 사는 다방골에 아이를 유기하기로 결심하고 "젖먹이라도 구하여 적적한 한평생의 심심소일을 하고자" 하는 이들이 아이를 잘 기를 것이라 생각하고 소슬대문의 위상이 자못 위엄있는 집 앞에 아이를 두고 온다.

그러나 팔짱을 끼고 덜덜 떨으며 얼나쯤 오다보니 다리가 차차 무거워집니다. 저게 울었으면 다행이지만 울기 전 얼어 죽으면 어떡합니까. 팔자를 고쳐준다고 멀쩡한 딸만하나 얼려 죽이는 셈이지요. 그는 불현듯 조를 부비며 그곳으로 다시 돌쳤습니다. 악아는 맹모르고 잠잠합니다. 다른이가 볼까바 가랑이가 켕겨서 얼른 집어들고 얼른 나왔습니다.[28]

필수는 아내의 부탁을 받고 아이를 좋은 집에 보낸다는 명분으로 부잣집 대문 앞에 버리지만 곧 양심의 가책으로 다리가 무거워 지는 것을 느낀다. '팔자를 고쳐준다는' 명분으로 딸을 잃을 수 없다는 필수의 생각은 어느덧 아내의 아이를 자신의 딸로 여기고 있다는 사실을 알려 준다. 또한 아이가 추위를 버티지 못할 걱정에 다시 아이를 버린 곳으로 서둘러 돌아온다. 이는 필수가 아버지로서의 부성을 통해 '돌봄의 윤리'를 실현하고자 하는 능력을 고양하는 장면이다. 다른 이가 볼까봐 부끄러워하는 장면 역시 필수의 내면에 자리 잡은 부성이 아이에 대한 미안함으로 표명된 부분이다. 생명을 유기한다는 것 자체가 생태위기를 반영하는 것이지만 부모가 아이가 걸림돌이라 하여 양육을 포기하면서 팔자를 고쳐준다는 명분을 내세우는 것은 '돌봄'에 대한 왜곡된 인식과 모럴의 부재가 가져온 생태위기를 반영한다. 그러나 필수가 확보하고 있는 부성에 대한 인식은 비록 남의 아이이지만 생명을 방기할 수 없다는 기본적인 양심과 함께 '돌보는 능력'의 입각한 돌봄의 윤리를 구현하고 있는 것이다.

「땡볕」의 무지한 남편인 덕순은 기지사경을 헤매는 아내를 걱정하다가 대학병원에서 희귀병인 경우, 연구 대상자가 되면 공짜로 병을 치료해 주고 일정액수의 월급을 준다는 이야기를 듣고는 아내를 데리고 무작정 대학병원에 간다. 하지만 진단결과 사산한 아이로 인해 아내가 위독하다는 사실과 수술을 지체하면 일주일 안에 아내가 죽는다는 냉정한 의사의 말만 듣고, 절망에 빠진다. 월급을 못 받는 것은 고사하고 아내의 임종에 직면한 덕순은 아내를 진 지게가 무겁기만 하다. 김유정 소설에 등장하는 남편은 대부분 아내에게 위압적이고 폭력적인데 반

---

28 「슬픈이야기」, 『전집』, 407쪽.

해 이 작품의 덕순은 비록 무지하고 가난하지만 아내에 대한 애정이 깊고 책임의식 또한 강한 인물로 등장한다. "아내를 가만히 내려다보니 그동안 고생만 시키고 변변히 먹이지도 못하였던 것이 갑자기 후회가 되며, 동네집 닭이라도 훔쳐다 먹였던 걸"[29] 싶어 아내에게 참외를 권해보기도 하고 아내가 원하는 얼음 냉수와 왜떡을 사다주기도 한다. 병든 아내에 대한 이러한 배려와 돌봄은 김유정 소설에서 좀처럼 발견하기 어려운 경우이다. 지게 위에서 눈물의 왜떡을 먹으며 읊어대는 아내의 유언을 들으며 "덕순이는 그 유언이 너무 처량하여 눈에 눈물이 핑 돌아가지고는 지게를 도로 지고 일어선다. 얼른 갖다 눕히고 죽이라두 한 그릇 더 얻어다 먹이는 것이 남편의 도릴"[30] 것이라며 서둘러 귀가한다. 가난과 무지라는 억압적인 상황이 덕순을 지배하지만 덕순은 자신이 처한 상황에서 최선을 다해 아내를 돌보며 남편의 도리를 다하여 애쓴다. 땡볕이 내려쬐는 한 여름의 더위는 덕순과 그 아내가 처한 지난한 삶의 고통을 반영하지만 덕순이 아내를 위하는 마음은 '돌보는 능력'의 고양이라는 디안의 인식을 확보한다. 죽어가는 아내에 대한 덕순이 생각하는 남편의 도리야 말로 '돌봄의 윤리'의 충실한 반영인 것이다.

---

29 「땡볕」, 『동백꽃』, 354쪽.
30 「땡볕」, 『동백꽃』, 355쪽.

4. 트라우마의 극복을 위하여

김유정의 소설을 생태페미니즘으로 읽는 다는 것은 이상의 논의에서 본 바처럼 새로운 읽기의 한 방법론이라는 측면에서 낯선 시도인 것은 틀림이 없다. 그러나 작품 배면에서 발견한 김유정의 트라우마가 기존 연구에서 규명한 바대로 작가 자신의 불우한 가족사에 기인한다는 것 외에도 그 트라우마의 본질에는 가족관계의 붕괴나 위계에 입각한 인간관계가 자리잡고 있다는 사실을 확인할 수 있었다. 나아가 이러한 붕괴와 왜곡된 인간관계가 모럴의 파괴에 입각해 있고 그것이 개인의 미성숙한 인격에 기인한 경우도 있지만 사회구조가 이를 조장하고 있다는 사실도 고찰해 보았다.

무엇보다 에코페미니즘적 시각으로 김유정 소설을 읽어 냄으로써 확보한 생태적 전망은 '돌봄의 능력'을 고양하는 다양한 인물의 양태이다. 병든 남편을 수발하는 아내, 남의 아이를 부성으로 돌보는 아버지, 가난과 무지하지만 병든 아내를 돌보는 남편, 아이에게 무한정 희생하고자 하는 어머니는 디안(Deane Curtin)이 강조하는 '돌봄의 윤리'의 궁극적인 대안의 단초를 보여준다. 전술한 바 이러한 인물들의 설정이 김유정 자신의 트라우마 극복의지에 대한 노력이라기보다는 작가의 내적 상처와 이를 형성한 무의식 사이에서 형성된 것으로 보인다. 아울러 이러한 전망이 그의 의식에 내재하고 있음에 주목할 때 새로운 읽기의 의미는 그 자체로 생태적 전망을 획득하는 것이다.

참고문헌

1. 기본자료

유인순 편,『동백꽃』, 문학과지성사, 2012.
전신재 편,『원본 김유정 전집』, 도서출판 강, 2012.

2. 논문

Curtin, Deane, "Toward an Ecological Ethic of Care", ed. by Warren, J. Karren, *Ecological Feminist Philosophies*, Indiana University Press, 1996.
Warren, J. Karren, "The Power and Promise of Ecological Feminism", *Ecological Feminist Philosophies*, Indiana University Press, 1996.

3. 단행본

김유정학회 편,『김유정의 귀환』, 소명출판, 2012.
전혜자,『한국현대소설사연구』, 새문사, 1987.
조남현,『한국현대소설사』, 문학과지성사, 2012.

Gillgan, Carol, *In a Different Voice*, Havard University Press, 1993.

김유정 소설의 '아내'와 열린 구조

곽승숙

1. 김유정 소설의 '아내'

「총각과 맹꽁이」(『신여성』, 1933.9)는 주인공 덕만이의 결혼과 관련된 실패담이다. 이 실패담의 주인공, 어수룩하며 순진한 덕만이는 김유정 소설에서 전형적인 유형의 남성 인물이다. 그러나 덕만이의 '성격'보다는 '아내'라는 대상에 따른 그의 심리 변화에 초점을 맞추면 이 소설의 상승/하강의 서사 구조에 주목할 수 있다. 노총각 덕만이는 마을에 들병이가 방문했다는 이야기를 듣고 그녀를 '아내'로 맞고자 한다. 그러나 들병이는 덕만이를 결혼의 대상으로 생각하지 않으며, 덕만이의 결혼을 도와주기로 한 뭉태 역시 들병이를 들병이로서 대할 뿐이다. 이 소설에서 들병이를 '아내'의 위치로 자리매김하고자 하는 것은 덕만이가 유일하다. 그렇다면 덕만이가 '아내'를 통해서 원하는 것은 무엇일까.

> 그는 무거운 숨을 돌랏다. 닭을 여페 감추고 나는 듯 튀여 나왔다. 그리고 뭉태집으로 내달리며 그의 머리에 공상이 한 두 가지가 아니엇다. 뭉태가 입부달 째엔 어지간히 출중난게 집일게다. 이런 걸 데리고 술장사를 한다면 그 박게 더 큰 수는 업다. 뒤해만 잘하면 소한바리쯤은 락자업시 떨어진다. 그리고 아들도 곳 나야할텐데 이게 무엇보다 큰 걱정이엇다.[1]

인용문은 들병이를 '아내'로 맞은 뒤에 펼쳐질 새로운 생활에 대한 덕만이의 기대가 서술된 부분이다. 덕만이는 '아내'와 함께 술장사를 하여 소를 마련할 수도 있고, 아들을 낳을 수도 있다고 생각한다. 소를 마련한다는 것은 농촌 생활에서 자산을 마련한다는 의미이고, 아들을 낳는다는 것은 대를 이어 노동력을 확보한다는 의미이다. 덕만이에게 결혼은 '아내'를 통해 현재의 궁핍한 농촌 현실에서 절실하게 필요한 경제력과 노동력을 확보할 수 있는 가능성을 열어주는 것이다. 미래의 새로운 생활을 꿈꿀 수 있을 뿐만 아니라 현실을 타개할 수 있는 희망을 제시한다는 점에서 덕만이에게 '아내'는 의미 깊은 존재이다.[2] 덕만이에게 현재와 미래의 희망은 '아내'를 통하여 이루어지는 것으로 인식된다.

「총각과 맹꽁이」는 덕만이의 이러한 희망과 기대가 좌절하는 과정

---

1 「총각과 맹꽁이」, 전신재 편, 『원본 김유정 전집』, 도서출판 강, 2012, 33쪽(이하 김유정 작품은 이 책에서 인용하며, 작품 인용 시 제목과 쪽수만 표기함).
2 김유정의 소설 속 들병이에 대한 남성 인물의 태도에 대해 취처(娶妻)가 목적이 아니라 술장사를 통한 이윤 얻기가 목적이라고 보는 견해도 있다(김양선, 「1930년대 소설과 식민지 무의식의 한 양상―김유정 소설에 나타난 향토의 발견과 섹슈얼리티를 중심으로」, 『한국근대문학연구』 5(2), 한국근대문학회, 2004. 10, 161쪽). 「솟」이나 「가을」에서는 남편이 아내를 들병이로 나서게 하여 돈을 벌도록 하기도 한다. 그러나 미혼인 덕만이에게 우선시되는 것은 들병이를 통한 이윤 추구보다는 그녀와의 결혼을 통해 '아내'를 맞이하는 일이다. 덕만이의 기대는 들병이를 들병이로 대하지 않는 그의 태도에서도 확인된다.

에 따라 상승과 하강의 구조로 이루어져 있다. 소설의 서두는 덕만이를 비롯한 농촌 젊은이들의 고된 품앗이 현장에 대한 묘사로 시작된다. '가혹한 도지'에도 불구하고 "오히려 안 되는 콩을 탓할쑨 올에는 조로 바꾸어 심은"(30쪽) 덕만이의 밭이 이들의 생활 터전이다. 덕만이는 미래의 생활을 꿈꿀 여지가 없는 노동의 현장에서 남편이 없는 들병이의 방문 소식을 통해 '아내'라는 새로운 희망을 갖게 된다. '아내'에 대한 기대 심리가 고조되면서 이 소설의 서사는 진전된다. 그러나 들병이를 '아내'로 삼겠다는 것은 덕만이의 바람일 뿐이다. 뭉태의 집에서 벌어진 술자리에서부터 덕만이의 기대는 어그러지다가 "내가 술 팔너 왔지 당신의 안해가 되러온 것이 아니라"(37쪽)는 들병이의 말을 듣고 덕만이는 들병이를 '아내'로 맞으려던 계획을 단념하게 된다. 소설의 끝부분에서 "살재두 나는 인전 안 살터이유—"(37쪽)라는 덕만이의 말은 그가 '아내'에 대한 기대를 버리게 되었음을 드러낸다.

「총각과 맹꽁이」는 들병이를 '아내'로 맞기 위해 노력하는, 다소 어리석은 남성 인물이 겪는 에피소드로 읽힐 수 있다. 그러나 남성 인물이 처한 현실의 핍진성은 이 소설을 한 편의 촌극으로 읽히도록 하지 않는다. 특히 소설 안에서 과거와 현재의 절망적인 상황과 그에 대비되는 미래의 희망을 따라서 남성 인물의 심리가 변화되고, 그에 따라 소설의 서사 구조 역시 변화되는 측면을 고려한다면 이를 좌우하는 대상으로서의 '아내'에 주목할 필요가 있다. 「총각과 맹꽁이」는 이렇듯 남성 인물의 기대 심리가 고조되었다가 절망으로 바뀌는 서사의 중심에 '아내'라는 대상이 위치하고 있는 대표적인 소설이다. 김유정의 소설에서 무기력한 남성 인물과 대조되는 생활력이 강한 여성 인물에 대해서는 기존의 연구에서 이미 주목한 바 있다. 이 글에서는 농촌을 배경으로 하고 있는 김유정 소설의 여성 인물 중에서 희망의 기표로서의 '아내'에

대해서 살펴보고자 한다. '아내'의 모습이 중점적으로 드러난 작품인
「산ㅅ골나그내」, 「소낙비」, 「안해」를 대상으로 하여 서사에서 구심점
이 되는 '아내'의 역할과 의미를 밝혀본다면 김유정 소설의 여성 인물과
서사 구조 사이의 연관성에 대해서 논의할 수 있을 것이다.

2. '아내'의 퇴장과 미완의 서사

「산ㅅ골나그내」(『제일선』, 1933.3)는 소설의 시작과 끝이 나그네의 등
장과 퇴장으로 이루어진다. 소설의 서두에서 깊은 밤 산골의 술집에 홀
연히 등장한 나그네는 덕돌이 모자와 함께 생활하다가 '아내'의 자리에
서 갑자기 사라진다. 정착하지 못하고 떠돌아다니는 나그네의 위치는
'젊은 갈보'에서 '딸'을 거쳐 '며느리'이자 '아내'가 되며 안정을 찾는 듯
한 양상을 보인다. 짧은 시간 안에 나그네가 '며느리'이자 '아내'가 될 수
있었던 이유는 그녀가 덕돌이 모자에게 결핍된 존재를 대체하는 역할
을 맡았기 때문이다. 나그네의 방문은 처음에는 덕돌이의 모친에게 교
환가치의 의미를 지닌다.[3] 그러나 나그네는 덕돌이의 모친으로 하여금
며느리를 맞이하고 싶다는 소원을 환기시켜 주는 대상으로서 기능한
다. 즉 덕돌이의 모친은 나그네를 통해 과거 덕돌이와 결혼하기로 약속

---

3 「산ㅅ골나그내」에서 초점주체로서 덕돌이의 어머니에 대해 주목한 연구 결과를 참고할 수
  있다. 초점주체인 덕돌의 어머니에 의해 나그네는 '작부', '딸', '며느리'로 대상화되는데 이는
  나그네가 교환가치로서 여겨지기 때문이라고 보았다(최성윤, 「김유정 소설의 여성 인물과
  貞操」, 『한국문학이론과비평』 53, 한국문학이론과비평학회, 2011.12, 273~274쪽).

했던 '색씨'를 떠올리며 덕돌이의 결혼이라는 이상을 꿈꾸는 것이다. 경제적 이유로 실현되지 못했던 이상이 실현 가능한 것으로 여겨지면서 덕돌이 모친의 욕망은 나그네를 매개자로 하여 더욱 커지게 된다.[4]

"어머님! 진지 잡수세유."

새댁에게 이런 소리를 듯는 다면 쓸쩍이 구여우리다. 이것이 단 하나의 그의 소원이엇다.

"다리 압흐지유? 너머 일만시켜서……."

주인은 저녁좁쌀을 쓸어 넛타가 방아다리에 쌉신대는 나그내를 걸삼스럽게 처다본다. 방아가 무거워서 썹적이며 잘 오르지 안는다. 간얄핀 몸이라 상혈이 되여 두 볼이 샛밝아케 색색어린다. 치마도 치마려니와 명지저고리는 어찌 삭앗는지 억개께가 손빠닥 만하게 척 나갓다. 그러나 덕돌이가 왜 포다섯 자를 박궈오거든 첫 대사발화통 된 속곳부터 해 입히고 차차 할 수 박겐 업다.

"갓치 찝시다유."

주인도남저지 방아다리에 올라섯다. 그러고 찌쌍우에 노힌 나그내의 손을 눈치 안 채게 슬며시 쥐여보앗다. 더도 들도 말고 그저 요만한 며누리만 어더도 조으련만! 나그내와 눈이 고만마주치자 그는 열적어서 시선을 돌렷다.[5]

나그네를 "걸삼스럽게" 처다보다가 "열적어서 시선을 돌"리는 덕돌이

---

4 르네 지라르의 '욕망의 삼각형'으로부터 시사점을 얻을 수 있다. 지라르는 인간은 자발적으로 어떤 대상을 욕망하는 것이 아니라 매개자의 욕망을 모방함으로써 욕망을 가지게 된다고 본다. 주체는 매개자의 욕망을 모방함으로써 주체-매개자-대상의 '욕망의 삼각형'이 성립된다고 하였다(르네 지라르, 김치수·송의경 역, 『낭만적 거짓과 소설적 진실』, 한길사, 2001). 그러나 이 소설에서 나그네의 욕망은 표출되지 않았고, 덕돌이 모자는 그녀의 욕망을 알 수 없는 상태로 제시되어 있어서 덕돌이 모자가 나그네의 욕망을 모방하였다고 보기는 어렵다. 여기에서는 나그네를 덕돌이 모자로 하여금 그들의 욕망을 떠올릴 수 있는, 욕망을 부추기는 매개자의 위치에 있는 인물로 생각할 수 있다.

5 「산ㅅ골나그내」, 23쪽.

모친의 모습에서 나그네를 '며느리'로 삼고 싶어 하는 그녀의 욕망을 알수 있다. 이 장면은 욕망의 매개자였던 나그네가 곧 욕망의 대상으로 변화하는 것을 보여준다. 덕돌이 모친의 욕망은 나그네가 등장하기 전에는 표면으로 드러나지 않았으나 나그네를 통해서 "단하나의 그의 소원"으로 대두되는 것이다. 나그네는 욕망의 매개자가 아니라 욕망의 대상 그 자체가 되어 덕돌이 모자에게 '가족 구성'을 통한 새로운 생활을 꿈꾸게 한다. 덕돌이 모친으로부터 촉발된 욕망은 곧 덕돌이에게도 전이되면서 나그네는 '아내'이자 '며느리'의 위치에 이르게 된다. 나그네는 덕돌이 모자의 욕망 실현을 이루도록 하는 대상이 되면서 덕돌이 모자의 욕망 실현이 이루어지기까지 소설은 '희망'의 서사로 이어지게 된다.

나그네의 등장으로 고조되던 '희망'의 서사는 나그네가 '아내'가 되는 것을 기점으로 하여 '아내'가 사라지는 급작스러운 결말로 이어진다. 이 결말은 '아내'를 맞이한 덕돌이의 활기찬 생활 뒤에 제시되어 더욱 충격적이다. '아내'를 통해 가정을 이루기까지 고조되던 상승 곡선은 '아내'의 도주라는 결말에 이르면서 소설의 서사는 '절망'적 상태로 수렴된다. 덕돌이 모자에게 '아내'가 사라진다는 것은 '아내'이자 '며느리'라는 존재를 통한 미래의 희망이 사라지고 그들이 다시 절망적 상황에 빠지는 의미를 띠게 된다.

'아내'의 등장과 퇴장이 희망과 절망의 서사 구조를 결정짓는다고 할 때 다시 '아내'에게 초점을 맞출 필요가 있다. 이 소설의 서사 구조를 희망과 절망의 구조로 파악한다면 그것은 '아내'가 아닌 덕돌이 모자의 욕망이 실현되는 과정을 통해서이다. 그런데 여기에는 '아내' 즉 나그네의 욕망이 간과되어 있다. 그렇다면 '아내'의 욕망은 무엇인지, 그것이 소설 속에서 발현되어 있다면 어떠한 양상으로 드러나 있는지 살펴보아야 할 것이다.

이 소설에서 초점화의 대상은 덕돌이 모자로, 이들의 심리는 자세히 묘사되어 있다. 심지어 덕돌이 모친이 초점화자의 위치에 서서 나그네를 관찰하기도 한다. 그러나 나그네에 대해서는 '관찰'의 시선만이 드러나 있다. 덕돌이 모친에 의해 초점화된 것은 나그네의 외양인데 외양 묘사가 구체적인 것에 비해서 나그네의 내면은 거의 드러나 있지 않다. 외양 묘사를 통해 그녀에 대한 정보는 최소한으로 제시되면서 나그네의 비밀이 밝혀지는 마지막 장면에 이르기까지 그녀는 미지의 존재로 표현되어 있는 것이다. 나그네의 내면 묘사가 드러나 있지 않기 때문에 그녀의 욕망에 대해서도 파악하기 어렵다. 전형적인 인물인 덕돌이 모자에 비해서 나그네가 모호하게 제시된 이유는 무엇일까.

나그네는 집을 떠나서 유랑하는 과정 속에 놓인 기표로서의 '아내'이다. 덕돌이 모자가 당대의 궁핍한 현실을 대변한다면 그들의 집에 도착한 '아내'는 희망을 주는 기표이다. 나그네는 덕돌이 모자에게 '아내'이자 '며느리'의 귀환으로 여겨지면서 가족을 구성할 수 있게 한다. 가족 구성은 현재의 절망적인 상태를 넘어서는 미래의 가능성을 꿈꾸게 하는 토대가 된다. 이러한 상황에서 '아내'가 사라지는 결말은 구성된 가족이 해체되면서 덕돌이 모자의 희망을 다시 사라지도록 한다. 덕돌이 모자가 '아내'를 찾아다니는 소설의 마지막 장면은 이 가족의 복원이 지연될 것이라는 점을 암시한다. 아울러 남편과 다시 유랑을 시작하는 '아내'의 모습을 통해서 그녀가 '아내'이자 '며느리'의 자리로 귀환할 것이라고 예측하기 어렵다. 덕돌이 모자의 측면에서 '아내'의 행방을 찾기 전에, 그리고 '아내'의 정체를 확인하기 전에 이 서사는 완료될 수 없다. '아내'의 측면에서도 집이라는 목적지에 도착하여 정착하기 전에는 서사가 완료될 수 없다. 집을 떠나온 '아내'가 또 다른 장소로 떠돌아다니면서 욕망의 매개자에서 욕망의 실현 대상이 되며 텅 빈 기표로서 기능하는 한, 이 소설의 서사는 미결의 상태로 남게 되는 것이다.[6] '아내'를 찾아다니는 덕돌이 모자와 다른 곳으로 유랑하는 '아내'는 순환 과정에 놓여 있다. 이렇듯 궁핍한 사회로의 귀환할 수 없는 희망을 다루고 있기에 이 소설은 미완의 서사로 남게 된다.

「산ㅅ골나그내」의 '아내'는 여성 인물로서의 형상화가 뚜렷하지 않다. '아내'는 남성 인물의 욕망 실현과 좌절에 있어서 매개자의 역할을 하는 것으로 보이기도 한다. 따라서 이 소설은 남성 인물의 욕망이 서사 구조를 이루는 중심축을 담당하는 것처럼 보이기도 한다. 그런데 남성 인물의 욕망을 추동하는 중심에는 '아내'의 자리가 존재한다. 이 소설에서 덕돌이가 처한 상황은 처음과 끝이 동일하다. 그러나 '아내'라는 희망을 접한 덕돌이는 이전의 좌절보다 깊은 절망 상태에 빠지게 될 것이다. '아내'를 매개로 한 덕돌이의 희망과 절망은 이후로 낙관적인 전망을 기대할 수 없도록 한다는 점에서 문제적이다.[7] 결국 이 소설의 서사가 미완된 것에는 '아내'의 부재와 관련이 있다고 볼 수 있다. '아내'를 얻기 위해 노력했던 희망의 서사는 사라진 '아내'를 찾으러 다니는 절망의 순간으로 이어지면서 소설은 미완의 서사로 남는다. 이러한 면에서 '아내'는 서사 구조를 이끌어 가는 중심적 역할을 담당한다. '아내'의 욕망이 보다 뚜렷하게 드러나 있는, '아내'를 적극적으로 형상화하고 있는 「소낙비」와 「안해」를 통해서 서사 구조를 이루는 중심축으로서의 '아내'에 대해 살펴볼 수 있다.

---

6 처음과 끝이 동일한, 김유정 소설의 원점회귀(原點回歸)에 대해서는 기존의 연구에서 정리되어 있다(김용구, 「회귀와 순환의 연속」, 전신재 편, 『김유정 문학의 전통성과 근대성』, 한림대 아시아문화연구소, 1997, 229~245쪽 참고).

7 이 글에서는 김유정 소설의 서사 구조를, 문제 상황을 환기시키는 서두와 그것을 해결하지 못한 결말을 아울러 '열린 구조'로 보았다. 이와 관련하여 김승종은 김유정의 소설을 '열린 결말'의 관점으로 분석하면서, 김유정 소설의 결말이 처음의 상태로 되돌아가거나 악화되는 경우가 대부분임을 지적하고 있다(김승종, 「김유정 소설의 '열린 결말' 연구」, 『현대문학이론연구』 53, 현대문학이론학회, 2013, 8쪽).

3. 욕망의 대리자로서의 '아내'와 상승 구조

김유정의 소설에서 「산ㅅ골나그내」의 모호한 '아내'와 달리 '욕망'을 지닌 존재로, 구체적인 인물로 형상화된 '아내'를 발견할 수 있다. 이 경우에는 '아내'가 드러내는 욕망과 남편의 욕망 사이의 관계에 따라서 소설의 서사가 진행된다. 남편의 욕망과 '아내'의 욕망이 함께 드러나는 소설을 통해서 이를 살펴보기로 한다.

「소낙비」(『조선일보』, 1935.1.29~2.4)에는 '아내'의 매춘이 주요한 모티프로 제시되어 있다. 춘호의 아내는 궁핍하고 절박한 상황어서 벗어나기 위해서 '매춘'을 시도한다. 그녀를 둘러싸고 있는 상황은 경제적 궁핍함과 남편의 폭력으로 형성된 것이다. 그녀의 매춘은 자발적인 것으로 보이지만 도박에 필요한 돈을 얻기 위해 아내에게 매춘을 강요하는 춘호의 욕망에 의해서 비롯된 것이기도 하다.[8] 춘호가 추구하는 욕망의 대상은 '서울'이다. 춘호는 서울로 가기 위해 도박 자금 2원이 필요하고, 그것을 '아내'가 구할 수 있다고 본다. 춘호의 욕망을 실현하기 위해서 '아내'는 어떠한 역할을 도맡아야 하고, 그 역할을 수행하기 위허 집 밖으로 나가야만 한다. 이 소설의 첫 장면은 자신의 욕망을 실현하기 위해서 '아내'를 집 밖으로 내모는 춘호의 폭력으로 시작된다. 근근이 생활해 나가는 '아내'의 현실에서 남편의 욕망을 실현할 수 있는 방법을 찾기는 쉽지

8　'아내'의 욕망에 대해서는 다음의 관점을 참고하여 주체로서의 춘호 아내가 지닌 욕망에 대해 살펴보고 '아내'의 욕망이 서사의 구조에 어떠한 영향을 미치게 되는지를 논의해 보고자 한다. 김혜영은 이 소설에는 춘호의 욕망과 함께 춘호의 욕망을 실현시킬 수 있는 대상으로 존재하던 춘호 처 역시 욕망의 주체가 된다고 분석한다(김혜영, 「김유정 소설에 나타난 욕망의 의미」, 『현대소설연구』17, 한국현대소설학회, 2002.12, 169~170쪽). 홍혜원은 춘호 처의 욕망을 쇠돌엄마와 남편에 대한 모방욕망이라고 지적하였다(홍혜원, 「폭력의 구조와 소설적 진실」, 『현대소설연구』47, 한국현대소설학회, 2011.8, 401~402쪽).

않다. 다음은 집 밖으로 나온 '아내'의 생각이 서술된 부분이다.

> 만약 돈 이 원을 돌린다면 아는 집에서 보리라도 뀌어 파는 수 박게는 다른 도리가 업다. 그리고 윗동리의 안악네들이 치맛바람에 팔짜 고첫다고 쑥덕어리며 은근히 시새우는 쇠돌엄마가 아니고는 노는 버리를 가진 사람이 업다. 그런데 도적이 제발 저리다고 그는 자기 꼴 주제에 제불에 눌려서 호사로운 쇠돌엄마에게는 죽어도 가고 십지 안엇다. 쇠돌엄마도 처음에야 자기와 가티 천한 농부의 계집이련만 어쩌다 하눌이 도아동리의 부자양반 이주사와 은근히 배가 맞은 뒤로는 얼골도 모양내고 옷치장도 하고 밥 걱정도 안 하고 하야 아주 금방석에 딩구는 팔자가 되엇다. 그리고 쇠돌아버이도 이게 웬떵이냔 듯이 안해를 내어 논채 눈을 술적 감아버리고 이주사에게서 나는 옷이나 입고 주는 쌀이나 먹고 년년히 신통치 못한 자기 농사에는 한손을 떼고는 히짜를 뽑는 것이 아닌가![9]

'아내'가 돈을 빌리고자 하는 대상은 "노는 버리를 가진" 쇠돌엄마이다. 인용문은 쇠돌엄마에 대한 '아내'의 생각이 변모하는 과정을 드러내고 있다. 그동안 '아내'가 돈을 빌리기 위해 쇠돌엄마를 찾지 않았던 것은 '아내'의 윤리의식 때문이다. 남편에 대한 '정조'를 지켜야 한다는 생각에 이주사와 가까이 지내는 쇠돌엄마를 꺼렸던 것이다. 그러나 남편에 의해 집에서 내몰린 상태의 '아내'가 집으로 돌아갈 수 있는 방법은 남편의 욕망을 실현하는 일에 조력하는 것뿐이다. 그러려면 '아내'의 정조에 대한 의지는 꺾여야 한다. 이런 상황에서 떠올린 쇠돌엄마의 일상, '아내' 자신에게는 결핍된 그것에 대한 선망의 감정은 '아내'의 윤리

---

9 「소낙비」, 41쪽.

의식을 저버리게 한다. 의식주가 부족하지 않은 생활, 남편과 의좋게 지낼 수 있는 생활은 곧 '아내'의 욕망으로 자리잡게 되면서 '아내'는 욕망의 주체 자리에 서게 된다. 이제 쇠돌엄마는 피해야 할 대상이 아니라 '아내'의 욕망을 투영할 수 있는 매개자가 되고, 쇠돌엄마에 대한 모방욕망은 '아내'가 매춘을 결심하도록 하는 계기가 된다. 이주사가 있는 쇠돌엄마의 집으로 들어가는 '아내'의 모습에서는 자신의 욕망을 실현하고자 하는 주체로서의 결연한 의지를 확인할 수 있다. 그런데 쇠돌엄마의 집을 나서서 자신의 집으로 향하는 '아내'에게서는 주체로서의 욕망이 아닌, 다른 욕망이 발견된다.

> 그러나 의외로 아니 천행으로 오늘일은 성공이엇다. 그는 몸을 소치며 생긋하였다. 그런 모욕과 수치는 난생 처음 당하는 봉변으로 지랄중에도 몹쓸 지랄이엇으나 성공은 성공이엇다. 복을 받을려면 반듯이 고생이 따르는 법이니 이까짓거야 골백번 당한대도 남편에게 매나 안 맞고 의조케 살수만잇다면 그는 사양치 안흘 것이다. 이주사를 하눌가티 은인가티 여겻다. 남편에게 부쳐먹을 농토를 줄테니 자기의 첩이되라는 그 말도 죄송하엿스나 더욱이 돈 이 원을 줄께니 내일이맘때 쇠돌네집으로 넌즛이 만나자는 그 말은 무엇보다도 고마웟고 벅찬 짐이나 풀은 듯 마음이 홀가분하엿다. 다만 애키는 것은 자기의 행실이 만약 남편에게 발각되는 나절에는 대매에 마저 죽을 것이다. 그는 일변 기뻐하며 일변 애를 태우며 자기집을 향하야 세차게 쏘다지는 비쏙을 가븐가븐 나려달렷다. [10]

매춘의 상황을 '모욕'과 '수치', '봉변'으로 인식하는 것은 '아내'의 입

---

10 「소낙비」, 46~47쪽.

장에서이다. 그런데 '아내'는 자신을 모욕한 이주사를 '은인'처럼 생각하고 매춘을 성공한 일이라고 여기고 있다. 모욕과 수치와 고마움은 대등하게 놓일 수 없는 감정이다. 그럼에도 불구하고 모욕과 수치가 고마움으로 전이될 수 있는 것은 이주사가 약속한 대가, 농토와 돈 2원 때문이다. 이 대가는 모두 남편이 소유하게 될 것이고, 그것을 통해 남편은 욕망을 실현할 수 있게 될 것이다. '모욕'과 '수치'가 '기대'로 전환된 과정 속에는 남편의 욕망에 종속되며 흔적도 없이 사라진 '아내'의 욕망이 "남편에게 매나 안 맛고 의조케 살수" 있기를 바라는 굴절된 형태로 드러나 있다. 이 부분에서는 남편의 욕망을 실현시키는 일에 도움이 되었다는 욕망의 대리자로서 '아내'가 자신의 역할을 다한 것에 만족을 느끼고 있는 태도를 확인할 수 있다.

이주사와의 매춘을 계기로 하여 '아내'는 본격적으로 남편의 욕망을 대리하는 존재로서 기능한다. 이는 '아내'의 매춘을 짐작하고도 그것을 묵인하고 조장하는 남편을 통해서 더욱 부각된다. 남편이 "시골물정에 능통하니만치 난 데 업는 돈 이 원이 어데서 어떠케 되는 것까지는 추궁해 무를랴 하지안"(48쪽)은 이유는 돈 2원이 매춘의 결과임을 알고 있기 때문이며, 그것이 아내에 대해서 "나히 젊고 얼골 똑똑하겟다 돈 이 원쯤이야 어떠케라도 될 수 잇겟"(39쪽)다고 생각했을 때부터 자신이 의도한 바였기 때문이다. '아내'의 매춘은 남편의 욕망을 실현시킬 수 있는 수단으로 인식되면서, 남편의 욕망이 본격적으로 발화되는 과정 속에서 '아내'는 그의 욕망의 대리자로서 위치하게 된다.

'아내'가 집으로 돌아온 뒤 소설의 서사는 남편의 욕망이 곧 '아내'의 욕망으로 전이되는 과정을 제시한다. 집으로 돌아온 '아내'는 남편의 태도 변화를 통해서 자신의 역할을 인지하게 되고, 이 역할을 받아들이면서 남편의 욕망과 자신의 욕망을 동일시하게 되는 것이다. 남편의 욕망

인 '서울에서의 삶'을 '아내'가 모방하면서 남편의 욕망이 곧 '아내'의 욕
망이 된다. 그런데 남편에 의해 발화되는, 앞으로 펼쳐질 서울에서의
생활에서도 '아내'의 어떠한 역할이 요구된다. 서울에서 '집'이라는 기
반을 얻으려면 '아내'가 안잠자기가 되어야 한다.[11] 안잠자기가 집주인
의 마음에 들어 집을 마련하는 일은 매춘의 대가일 것이다. 남편이 자
신의 욕망을 대리하는 위치에 '아내'를 두기 위해서는 '아내'를 집 밖으
로 내보내야 한다. 남편의 욕망의 대리자로서 '아내'는 현재에도 미래에
도 '집' 밖으로 내보내져야 하는 것이다. 이렇듯 '아내'를 대리자로 내세
우면서 남편은 미래를 꿈꾸는데, 남편의 기대 심리가 고조되면서 서사
의 진행은 점점 상승 구조를 보이게 된다.

소설의 마지막 장면은 욕망 실현을 눈앞에 둔 남편의 기대감을 보여
준다. 소설의 첫 장면에서 '아내'는 남편의 폭력을 피해 집 밖으로 내쫓
기지만 마지막 장면에서 남편의 환송을 받으며 집을 나선다. '아내'를
자신의 욕망의 대리자로서 내보내는 남편의 태도를 확인할 수 있다. 그
러나 그의 욕망이 실현될 수 있을지에 대해서는 알 수 없다. 남편이 받
고자 하는 돈 2원은 '약속'으로 남아 있을 뿐 그가 현재 돈을 소유하고
있는 것은 아니다. 따라서 2원으로 노름을 하여 돈을 벌어 서울로 가겠
다는 그의 욕망이 실현될 수 있을지 예측하기 어렵다. 게다가 그의 욕
망의 대리자로서 집을 나선 '아내'가 이후로도 그의 욕망을 대리할지 확
신할 수 없다. '아내'가 남편의 대리자가 아니라 자신의 의지에 따라 집
밖으로 나설 가능성도 예측할 수 있다. 혹은 이 부부가 김유정의 다른
소설에 등장하는 '들병이 부부'가 되어 이곳을 떠날 수도 있다. 즉 이 소

---

11 시골녀자가 서울에 가서 안잠을 잘 자주면 몃 해 후에는 집까지 엇어갓는 수가 잇는대 거기
에는 얼골이 어여뻐야한다는 소문을 일즉 드른배잇서 하는 소리엇다. "그래서 날마닥 기름
도 바르고 분도 바르고 버선도 신고해서 쥔마음에 썩들어야……"(「소낙비」, 49쪽)

설의 서사는 '아내'를 욕망의 대리자로 내세우는 남편의 기대 심리에 따라 상승 구조를 향하는 것처럼 보이지만 부부의 욕망이 실현될 가능성이 유예되는 결말로 끝을 맺는다.

이처럼 유예된 결말을 통해서 김유정의 비관적 현실 인식을 확인할수 있다. 이 소설에서 등장인물의 욕망은 미래에 대한 희망과 관련이있다. 욕망은 허황된 것이나 혹은 일상적인 것이나 모두 '미래'로 향해있다. 그런데 이 욕망에 대한 기대가 고조되는 시점에 결말이 유예되는것은 전망을 낙관할 수 없다는 김유정의 현실 인식에서 비롯된 것이다. 「소낙비」의 등장인물에 대해서 작가는 중립적인 입장으로 그들을 '관찰'하고 현실적인 인물을 '재현'하지만 적극적으로 가치를 평가하지 않는다. 작가가 이들을 어떤 결말로 이끌지 않은 이유는 결말이 비극이되리라는 것을 예측하고 있기 때문일 것이다. 희망을 갖기 이전의 인물들이 가까스로 희망을 갖게 되었으나 그것이 바로 눈앞에서 사라지게될 때 그들의 절망은 더욱 깊어지리라고 작가는 파악한 것이다. 유예된결말은 춘호 부부로 대변되는 당대의 궁핍한 현실에 대한 작가의 비관적 시선을 암시한다.

「소낙비」의 '아내'는 남편의 욕망을 대리하는 존재로 등장하였다가욕망의 주체자가 되었다가 다시 남편의 욕망의 대리자로서의 역할을담당한다. '아내'의 욕망은 곧 남편의 욕망과 동일한 것으로 바뀌게 되면서 부부는 동일한 욕망의 실현을 꿈꾸게 된다. 그런데 유예된 결말을통해서 부부의 욕망이 실현될 수 있는 전망이 밝지 않음을 확인할 수 있다. '아내'의 욕망이 남편의 욕망과 분리되어 '아내'가 욕망의 주체자로서의 위치에 서게 될 때 소설의 서사 구조가 변하게 되는 것을 「안해」를통해 확인할 수 있다.

4. '아내'의 욕망 발현과 하강 구조

「안해」(『사해공론』, 1935.12)는 남편인 화자의 시점에서 '아내'를 관찰하는 소설이다. '나'는 아내를 응시하는 관찰자이자 서사를 주도하는 주체로서 등장한다. 남편의 관찰자적 시선에 포착된 '아내'의 욕망과 남편의 욕망 사이의 대립이 소설의 서사를 진행시키고 있다. '아내'의 욕망이 직접 표현된 것은 아니지만, 남편의 시선에 의해 제시되는 '아내'의 모습에서 '아내'의 욕망을 발견할 수 있다.

> 이러든 년이 똘똘이를 내놓고는 갑작이 세도가 댕댕해젓다. 내가 들어가도 네놈 은제 봤난듯이 좀체 들떠보는 법없지. 눈을 스르르 나려깔고는 잠잣코 아이에게 젖만 먹이겟다. 내가 좀 아이에 머리라도 씨담으며
> "이자식, 밤낮 잠만 자나?"
> "가만 둬, 웨 깨놓고 싶은감" 하고 사정없이 내 손등을 주먹으로 갈긴다. 나는 처음에 어떻게 되는 셈인지 몰라서 멀거니 천장만 한참 처다보았다. 내 자식 내가 만지는데 주먹으로 때리는 건 무슨 경오야. 허지만 잘 따저보니까 조금도 내가 어굴할 것은 없다. 년이 나에게 큰체를 해야 될 권리가 있는 것을 차차 알았다. 그래서 그때부터 내가 이년, 하면 저는 이놈, 하고 대들기로 무언중 게약되었지.[12]

'아내'는 자신을 생산의 수단으로 여기며 무자비한 폭력을 남발하는 남편에게 종속되어 있는 상황이다. 이러한 상황에서 아들을 낳아 '어머

니'가 된 '아내'는 이전과 다른 당당한 태도를 보인다. 가부장적 질서 아래에서 아들은 생산의 수단이 되는 잠재적인 노동력으로, 이를 소유하고 있는 것은 '아내'이기 때문이다. 남편이 '아내'의 권리에 대해 수긍을 하자 '아내'는 점점 자신의 욕망을 드러내기 시작한다. '아내'의 욕망은 일상생활에서 남편과 동등하게 혹은 좀 더 많이 가지려는 소유욕으로 표출된다. '아내'의 욕망은 남편의 욕망과 대립하면서 충돌을 일으킨다. 그러나 '아내'의 욕망이 집 밖을 향하면서 남편은 '아내'의 욕망을 욕망하기 시작한다. 집 밖을 향한 '아내'의 욕망은 바로 들병이가 되겠다는 결심이다.

'아내'의 욕망은 남편에 의해 주입되거나 남편의 욕망을 대리하는 것이 아니라 '아내'의 자발적인 의지의 소산임을 주목해야 한다. "이깐 농사를 지어 뭘 하느냐, 우리 들병이로 나가자"(174쪽)라는 '아내'의 제안에 남편은 "따는 내 주변으로 생각도 못했던 일이지만 참 훌륭한 생각이다. 미찌는 농사보다는 이밥에, 고기에, 옷 마음대로 입고 좀 호강이냐"(174)라고 적극적으로 동의한다. '아내'의 제안에 남편이 따르는 형식에서 '아내'의 주도적인 역할이 드러난다. 이는 두 사람이 들병이가 되기 위해 준비하는 과정에서 더욱 두드러지게 나타난다. '아내'는 남편이 가르쳐주는 아리랑타령 이 외에 신식창가를 배워오거나 곰방대로 담배 피우는 연습을 하는 등 욕망을 실현하기 위해 적극적으로 나선다.

이 소설의 서사는 동일시했던 '아내'의 욕망에 대해 남편이 거리를 두기 시작하면서 '아내'가 좌절하게 될 것을 암시하는 방향으로 나아간다. 서사의 끝은 '아내'의 욕망과 '남편'의 욕망이 균열된 지점을 제시하고 있다.

얼른 가서 밥 한 그릇 때려뉘고 년을 데리고 앉어서 또 소리를 아르켜야지.
이런 생각을 하고 술집 옆을 지나다가 뜻밖에 깜짝 놀란 것은 그 밖 앞방에서 년의 너털우슴이 들린다. 얼른 다가서서 문틈으로 들여다보니까 아 이 망할

년이 뭉태하고 술을 먹는구나.[13]

인용문은 집으로 돌아가던 남편이 뭉태와 '아내'가 술집에 있는 것을 목격한 장면이다. 이 장면을 통해서 '아내'의 욕망은 이미 남편의 욕망과 분리되어 집을 떠나고 있음을 알 수 있다. 따라서 '아내'의 욕망을 실현하는 데 남편의 조력은 더 이상 필요치 않다. 여기에서 남편이 휘두르는 폭력은 뭉태에 대한 질투가 아니라 '아내'의 욕망이 자신의 통제 밖에 있다는 사실을 확인한 것에서 비롯된다. '아내'에 의해 촉발된 욕망이더라도 가부장의 입장에서 그것을 통제해야 한다는 의식은 '아내'를 자신의 '소유'로 여기기 때문이다. 이러한 상황에서 남편은 '아내'의 욕망 대신 자신의 욕망을 다시 추구한다. 아래의 인용문은 새롭게 대두된 남편의 욕망이 서술된 부분이다.

너는 들병이로 돈 벌 생각도 말고 그저 집안에 가만히 앉었는 것이 옳겠다. 구구루 주는 밥이나 얻어먹고 몸 성히 있다가 연해 자식이나 쏟아라. 뭐 많이도 말고 굴 때 같은 아들로만 한 열다섯이면 족하지. 가만있자, 한 놈이 일년에 벼 열섬씩만 번다면 열 다썸이니까 일백오십 섬. 한 섬에 더도 말고 십 원 한장식만 받는다면 죄다 일천 오백원이지. 일천오백원, 일천오백원, 사실 일천오백원이면 어이구 이건 참 너무 많구나. 그런줄 몰랐더니 이년이 배속에 일천오백원을 지니고 있으니까 아무렇게 따져도 나 보담은 났지 않은가.[14]

'아내'를 들병이로 나가게 하겠다는 욕망을 포기하고 자식을 낳게 한다는 것이 남편의 새로운 욕망이다. 아들은 대를 잇는다는 의미보다는

---

13 「안해」, 178쪽.
14 「안해」, 179쪽.

노동력으로서 인식된다. 아내를 통해서 '돈'을 벌겠다는 욕망은 '아들'을 통한 생산의 욕망으로 바뀐 것이다. 남편의 욕망 속에서 '아내'와 아들은 돈의 가치로 환산되어 있다. 그런데 남편의 계산법은 지나치게 이상적이다. 이 계산법에 따르면 아내가 자식을 낳는 것은 '일천오백 원'으로 환산되어 가치 있게 여겨진다. 그러나 남편의 욕망에서 희망을 발견하기는 어렵다. 아들 열다섯 명을 낳기도 어려울 뿐만 아니라 아들들이 계산법대로 쌀을 생산해 낼지 단정할 수 없다. 무엇보다도 남편의 욕망이 실현되기 어려운 이유는 그의 욕망을 '아내'가 욕망하지 않을 가능성이 높기 때문이다.

이 소설에서 제시된 '아내'의 욕망과 남편의 욕망은 상대방에 의해 부정되면서 실현 가능성을 예측할 수 없다. '아내'가 발현한 욕망은 남편에 의해서 부정되었고, 남편의 새로운 욕망을 '아내'는 모방욕망으로 삼으려 하지 않을 것이다. 이에 따라서 문제적 상황을 극복할 수 있는 전망을 모색할 수도 없다. 결국 소설의 서사는 등장인물의 욕망이 좌절되는 것을 형상화하여 결말을 하강 구조로 이끈다.

이러한 하강 구조는 '아내'의 욕망이 좌절되는 측면에서 더욱 주목할 필요가 있다. 이 소설의 '아내'는 앞에서 언급한 김유정 소설의 '아내'들과 달리 자신의 욕망을 발현시킨다. 이 과정에서 화자인 남편의 시선에 의해 그녀의 생각이나 행동이 전달되어 '아내'의 욕망이 다소 제한적 의미로 제시되기도 한다. 그러나 자신의 욕망을 실현하고자 하는 '아내'의 노력은 아내에 대한 지배 상태를 공공연하게 드러내는 가부장적 질서 안에서 균열을 일으킨다는 점에서 의미가 있다. 남성이 여성을 지배한다는 가부장제의 기본적인 구도 안에서 '아내'의 욕망을 오히려 모방하여 그것을 자신의 욕망으로 삼는 남성 인물의 희화화된 모습을 통해 가부장제의 일방적인 지배체제에 대한 김유정의 비판 의식을 발견할 수 있다.

5. 나오며

김유정 소설의 원점회귀 구성은 미해결 상태의 결말로 가무리된다는 점에서 '열린 구조'로 볼 수 있다. 문제 상황을 환기시키는 서두로 시작하여 갈등이 해결되지 않은 채 정점에서 끝나는 일련의 소설들의 '열린 구조'는 그 안에 '상승 구조'와 '하강 구조'를 포함하고 있다. 소설의 '열린 구조'는 여성 인물의 역할, 그중에서도 '아내'의 의미와 역할에 따라 결정되는 양상을 보인다. 특히 농촌을 배경으로 하는 남성 인물이 주인공인 소설에서 '아내' 의 형상화는 소설의 서사를 '열린 구조'로 이끄는 데 기여한다.

김유정의 소설에서 농촌에 거주하는 남성 인물과 그들 앞의 궁핍한 생활은 곧 피폐한 당대 현실로 그려지고 있다. 「총각과 맹꽁이」, 「산ㅅ골나그내」, 「소낙비」, 「안해」는 남성 인물의 희망이 '아내'를 매개로 혹은 '아내'를 통해 표출되는 소설이다. 네 편의 소설은 '아내'의 형상화를 통해 현실에 대한 낙관적인 전망이 어떻게 유지 / 발전 / 좌절되는지에 초점을 맞추고 있다. 「총각과 맹꽁이」는 남성 인물의 기대 심리가 고조되었다가 절망으로 바뀌는 서사의 중심에 '아내'라는 대상이 위치하고 있는 소설이다. 이 소설에서 여성 인물로서의 '아내'는 '아내'의 자리에서 형상화된 것이 아니라, '아내'가 될 수 있는 '희망'으로 제시된다. 이 소설에 비해서 「산ㅅ골나그내」, 「소낙비」, 「안해」 속 '아내'는 보다 구체적으로 형상화되어 있는데, 각각의 '아내'는 기표로서의 아내, 욕망의 대리자로서의 아내, 욕망의 발현자로서의 아내로 그려지고 있다. 「산ㅅ골나그내」의 '아내'는 '나그네'로 명명된다. '아내'는 집을 떠나서 유랑하는 과정 속에 놓인 기표로서의 '아내'이다. 희망의 기표였던 '아내'

는 집에 정착하지 못한 채 다시 유랑을 시작하고, 그녀가 '아내'이자 '며느리'의 자리로 귀환하지 않은 상태에서 소설은 미완의 서사로 끝을 맺는다. 「소낙비」와 「안해」의 '아내'는 '욕망'을 지닌 여성 인물로 형상화되어 있다. 「소낙비」의 '아내'는 남편의 욕망의 대리자로서 역할을 맡지만, 그녀의 역할이 남성 인물의 '희망'을 실현시킬 수 있는 것으로 그려지지는 않는다. 이 소설은 남편인 춘호의 기대가 정점인 지점에서 끝나지만 그의 욕망이 실현될 수 있을지의 여부를 결말에서 제시하지 않는다. 즉 남성 인물의 욕망을 대리하는 '아내'를 통해 기대 심리가 고조되는 '상승 구조'를 따르고 있지만 결말에서 독자는 희망의 실현 여부를 예측하기 어렵다. 한편 「안해」의 '아내'는 욕망을 발현하는 대상으로 형상화되어 있다. 남편인 '나'는 '아내'의 욕망을 모방욕망으로 삼다가 '아내'의 욕망과 '나'의 욕망이 서로 분리되면서 각각의 욕망의 좌절을 겪는다. 이 소설은 '나'의 기대가 어긋나는 지점이 곧 결말로 이어지면서 '하강 구조'를 그린다.

　「총각과 맹꽁이」, 「산ㅅ골나그내」, 「소낙비」, 「안해」의 '아내'는 '희망', '기표로서의 상징적인 존재', '욕망의 대리자', '욕망의 발현자'로서 점점 뚜렷한 여성 인물로 형상화되어 있다. '아내'의 욕망과 목소리가 표면에 드러날수록, 남편의 욕망이 실현될 수 있는 여지가 줄어들면서 소설의 결말은 파국에 가까워진다. '아내'의 형상화가 뚜렷해질수록 가부장의 권력으로부터 균열하는 '아내'의 모습을 발견할 수 있다. '아내'의 욕망이 발현되는 순간 남편의 일방적인 지배체제는 무너질 수밖에 없는 것이다. 이렇듯 '아내'의 욕망이 발현되면서 소설의 서사 구조는 정점에서의 정지 상태가 아니라 대단원을 향해 좀 더 나아간다. 이를 통해 김유정의 소설에서 서사 구조를 추동하는 여성 인물의 역할에 대해 의미를 부여할 수 있을 것이다.

참고문헌

1. 기본자료
전신재 편, 『원본 김유정 전집』, 도서출판 강, 2012.

2. 논문
김승종, 「김유정 소설의 '열린 결말' 연구」, 『현대문학이론연구』 53, 현대문학이론학회, 2013.7.
김양선, 「1930년대 소설과 식민지 무의식의 한 양상―김유정 소설에 나타난 향토의 발견과
　　　　섹슈얼리티를 중심으로」, 『한국근대문학연구』 5(2), 한국근대문학회, 2004.10.
김용구, 「회귀와 순환의 연속」, 전신재 편, 『김유정 문학의 전통성과 근대성』, 한림대 아시아문
　　　　화연구소, 1997.
김혜영, 「김유정 소설에 나타난 욕망의 의미」, 『현대소설연구』 17, 한국현대소설학회, 2002.
장소진, 「김유정의 소설 '소낙비'와 '안해' 연구」, 『한국문학이론과비평』 11, 한국문학이론과
　　　　비평학회, 2001.6.
최성윤, 「김유정 소설의 여성 인물과 貞操」, 『한국문학이론과비평』 53, 한국문학이론과비평
　　　　학회, 2011.12.
홍혜원, 「폭력의 구조와 소설적 진실―김유정소설을 중심으로」, 『현대소설연구』 47, 한국현
　　　　대소설학회, 2011.8.

3. 단행본
김유정학회 편, 『김유정의 귀환』, 소명출판, 2012.
　　　　　　 편, 『김유정과의 만남』, 소명출판, 2013.

지라르, 르네, 김치수・송의경 역, 『낭만적 거짓과 소설적 진실』, 한길사, 2001.

김유정 소설 속 여성인물이 구현한 성의 양상

박혜경

1. 들어가며

김유정은 30년대 가난한 농민들의 피폐한 삶의 모습을 해학과 풍자의 수법으로 형상화한 독특한 작가로 평가받고 있다. 대략 5~6년이라는 작품 활동 시기 동안 농민의 삶에 밀착하여 곤궁하고 황폐한 삶의 모습을 형상화하였다. 현재까지 밝혀진 바에 의하면 김유정 소설은 미완 장편소설 1편, 번역소설 2편, 단편소설 30편(동화 2편 포함)이다.[1]

일제의 식민지 수탈정책이 가장 노골적으로 그리고 철저하게 자행된 곳이 바로 농촌이라고 한다면, 이때 토지는 일제의 경제침탈과 착취, 그리고 농민과 농촌의 피폐화를 표상하는 가장 구체적인 상징물이 된다. 일제의 토지조사사업으로 인한 전통적인 경작권의 상실, 동양척식

---

1 유인순,『金裕貞文學 硏究』, 강원대 출판부, 1988, 23쪽.

회사의 조직적인 농민수탈과 토지강점, 지주의 토지소유권의 비대화에 따른 고율의 소작료 및 빈번한 이동 등은 농민들을 농노적인 빈민층으로 몰락시켰고 그들의 삶의 붕괴를 촉진하였던 것이다.[2]

김유정은 궁핍한 식민지 농촌 현실을 부부 내지는 어린 아이를 둔 가정을 중심으로 다루었다. 대체로 남편들은 무기력하고 무능력하다. 생계는 점점 곤궁해지고 남편은 아내에게 매춘을 시키거나 아예 직업적 매춘여성으로 나서게 한다. 성은 인간의 원초적인 욕망이며 본능으로, 가장 숭고하고 귀한 것인데 김유정 소설 속 기혼 여성의 성은 물질적 수단이 되고 때로는 협박과 회유의 도구가 되기도 한다. 「봄·봄」, 「동백꽃」 등에서 미혼 여성의 성은 순진무구할 뿐만 아니라 자유분방하고 대담하다. 하지만 유독 결혼 후 기혼 여성의 성은 매춘, 들병이 등 비도덕적이고 일탈적인 양상으로 나타난다. 더욱더 문제시되는 것은 도덕적 수치심이나 윤리적 지각이 나타나지 않는다는 점이다. 이 글은 미혼 여성과 기혼 여성의 성의 구현 양상이 극단적으로 대비되어 나타난다는 점에 주목하였다.

따라서 이 글은 김유정 소설의 여성 인물의 성 의식을 고찰하고자 한다. 이를 위해 인물을 둘러싼 현실을 살피고 그 현실에 대한 인물의 대응양상을 분석한다. 또한 이를 통해 김유정 소설 속 여성 인물의 성의 문제도 해명할 수 있으리라고 본다.

면밀한 연구를 위해 김유정 소설 속 여성 인물을 미혼과 기혼, 매춘을 직업으로 하는 여성으로 나누어 연구할 것이다. 이러한 분류는 여성 인물의 성의 양상이 결혼을 기점으로 확연히 달라지기 때문이다. 기혼 여성의 불구적인 성의 면모를 해명하기 위해 김유정 소설 속 여성의 성

2　변정화, 「1930년대 한국 단편소설 연구」, 숙명여대 박사논문, 1987, 26쪽.

에 대해 전반적으로 관심이 확대된 것을 부인할 수 없다. 또한 기혼 여성의 일회성 매춘과 직업적인 면모를 보이는 들병이와는 분명히 차이점이 있기 때문에 기혼 여성과 직업여성은 나누어 고찰한다. 생계형 매춘부인 들병이와 직업으로서의 카페 여급을 비교 설명하는 것도 의의가 있으리라고 본다.

미혼 여성은 「봄·봄」, 「동백꽃」, 기혼 여성은 「아내」, 「소낙비」 「정조」, 직업여성은 「솥」, 「따라지」를 분석대상으로 한다.

2. 순진무구한 욕망의 성

김유정 소설에서 미혼 여성의 사랑과 성의 문제를 다루는 작품은 「봄·봄」, 「동백꽃」이 있다. 이 작품에는 젊은 남녀의 성에 대한 동경과 자유롭고 적극적인 표현이 나타난다. 우선 「봄·봄」은 26살 나와 16살 점순이의 사랑이야기를 다룬다. 나는 3년 7개월째 데릴사위를 하고 있다. 이제 그만 결혼해서 가정을 이루고 아들을 낳고 싶지만 장인은 차일피일 결혼을 미루기만 한다. 어수룩하고 착하기만 한 나는 사경 안주는 머슴으로 날마다 더 부려먹고자 하는 장인의 의중도 모른 채 속수무책으로 당하기만 한다. 장인은 점순의 키가 덜 자랐다며 혼인을 미루고 있지만 이미 점순은 나의 육체적 욕망을 자극할 정도로 성숙한 몸을 가졌다. 또한 나는 꽃과 벌의 교합처럼 점순과의 결혼을 간절히 원하고 있다.

이러한 나의 욕망을 더욱 자극하는 것은 점순의 적극적인 구애와 표현이다. "밤낮 일만 하고 말텐가" "성례 시켜달래야지" "쉼을 잡아채지 그냥 둬, 이 바보야!"라는 말로 나를 자극하는 점순의 적극적이고 대담한 구애는 결국 나를 자극해 장인과 우스꽝스러운 장면을 연출하며 한바탕 소통을 벌이게 만든다. 점순은 남녀 간에 서로를 쳐다보는 것조차 '내외해야' 하는 시절에 그 누구보다 자신의 성적 욕망과 애정을 드러내는데 적극적이다. 「봄·봄」은 봄[3]이라는 계절적 배경과 청춘남녀의 사랑이 결합되어 싱그러움과 생명력이 넘치는 작품이다.

「동백꽃」은 「봄·봄」과 비슷한 분위기의 작품으로 젊은 남녀의 사랑을 다룬다. 노란동백꽃이 흐드러지게 핀 농촌의 봄은 나와 점순이가 사랑을 나누기에는 제격의 장소이다.

점순이는 "걱실걱실히 일 잘하고 얼굴 예쁜 계집애"로 "너, 얼른 시집을 가야지?" 하고 동네 어른이 물으면 "염려 마세유. 갈 때 되면 어련히 갈라구……?"라고 되받아치는 자기 표현이 확실하고 자신감 넘치는 여자이다. 이에 반해 나는 점순이가 애정을 표현하기 위해 준 감자를 자존심 때문에 받지 않는 소심하고 어리숙한 남자다.

"에이 더럽다! 더럽다!"

"더러운 걸 널더러 입때 끼고 있으랬니? 망할 계집애년 같으니" 하고 나도 더럽단 듯이 울타리께를 힝 하게 돌아내리며 악이 오를 대로 다 올랐다. 라고 하는 것은 암탉이 풍기는 서슬에 나의 이마빼기에다 물찌똥을 찍 갈겼는데 그걸 본다면 알집만 터졌을 뿐 아니라 골병은 단단히 든 듯싶다.

---

3 봄은 흔히 탄생, 재생, 청춘, 환희, 사랑, 상응, 희망 및 생리적인 발정의 의미를 지닌 계절이다. 봄은 죽음과도 같은 긴 겨울 동안 얼어붙었던 찬 대지를 녹이고, 마르고 움츠렸던 모든 생물들로 하여금 새로운 생명의 꿈틀거림을 시작하게 한다. 또한 벌나비가 날고 온갖 새들의 울음 소리가 서로의 애정을 교신하는 사랑과 발정의 계절이다. 말하자면 대지의 지모신이 생성의 여성을 갱신하는 계절이다(이재선, 『한국문학주제론』, 서강대 출판부, 2006, 413쪽).

그리고 나의 등뒤를 향하여 나에게만 들릴 듯 말 듯한 음성으로,

"이 바보 녀석아!"

"얘! 너, 배냇병신이지?"

그만도 좋으련만,

"얘! 너, 느 아버지가 고자라지?"[4]

갈등의 주된 양상은 닭을 매개항으로 전개되는데 이때 닭[5]은 성적 상상력을 유발하는 동물이다. 위의 인용은 나에게 사랑을 거절당한 점순이가 앙심을 품고 우리 집 암탉을 괴롭힌 후 던져버리는 장면이다. 하지만 아이러니하게도 "아주 알도 못 낳으라고 그 볼기짝께를 주먹으로 콕콕 쥐어 박"힌 것은 나에게 거절당한 점순이 자신을 의미한다. 닭을 던지며 "더럽다!"를 두 번이나 연발하는 것은 점순의 사랑을 좌절시킨 나에 대한 분노이면서 동시에 거절당한 분한 마음을 거칠게 표현하는 것이다. 특히 나를 향해 바보, 배냇병신, 고자 등의 자극적이고 원색적인 비난을 점층적으로 쏟아내는 것은 점순의 숨겨진 욕망을 역설적으로 드러낸다.

두 사람을 극적으로 결합시키는 계기가 되는 큰 수탉과 작은 수탉의 싸움도 점순이의 계획과 의도에 의한 것이다. 이때 괴롭힘을 당하는 작은 수탉은 나와 동일시되고, 그에 대한 앙갚음으로 내가 점순네 큰 닭을 죽이는 것은 두 사람 사이의 장애물을 제거하는 것과 같다. 그것은 두 집안 간의 마름과 소작농이라는 신분의 차이 혹은 점순이와 혼담이 오고가는 뭇 남성을 의미할 수 있다. 두 사람 사이의 장애물을 직접 제거함으로써 점순이를 향한 나의 욕망도 본격화된다.[6]

---

4 김유정, 「봄·봄」, 『김유정 전집』 1, 가람기획, 2010(이하 『전집』 1), 299쪽.

5 계간(鷄姦)이란 말이 있다. 남색(男色)을 일컫는 말이지만, 원래는 닭의 생리에서 연유하였다. 닭은 암탉의 모정이 모성애의 대리이기도 하지만, 일부일처제의 관계가 아니라 근친상간은 물론 혼교의 짐승이기도 하다(이재선, 앞의 책, 397쪽).

"그럼 너, 이담부턴 안 그럴 테냐?" 하고 물을 때에야 비로소 살 길을 찾은 듯싶었다. 나는 눈물을 씻고 뭘 안 그러는지 명색도 모르건만,

"그래!" 하고 무턱대고 대답하였다.

"요담부터 또 그래 봐라, 내 자꾸 못살게 굴테니."

"그래 그래, 인젠 안 그럴 테야."

"닭 죽인 건 염려 마라. 내 안 이를 테니."

그리고 뭐에 떠다밀렸는지 나의 어깨를 짚은 채 그대로 퍽 쓰러진다. 그 바람에 나의 몸뚱이도 겹쳐서 쓰러지며 한창 피어 퍼드러진 노란 동백꽃 속으로 폭 파묻혀버렸다. 알싸한 그리고 향긋한 그 냄새에 나는 땅이 꺼지는 듯이 온 정신이 고만 아찔하였다.

"너, 말 마라."

"그래!"[7]

성적 상상력을 유발하는 위의 장면은 점순이와 나의 화해장면인데 점순이의 "너, 말 마라"와 "그래!"라는 알듯 말듯한 다짐과 약속 속에는 청춘 남녀의 사랑의 시작을 암시한다. 이때 노란 동백꽃은 두 남녀의 사랑이 펼쳐지는 배경이면서 성적 매력과 욕망이 만개한 점순이를 상징한다. 나는 노란 동백꽃 속에 파묻혀 '알싸하'고 '향긋한' 점순이의 체취를 느끼는 것이다. 「동백꽃」은 제목에서부터 섹슈얼리티를 드러내면서 여성 인물의 적극적이고 대담한 원초적이고 본능적인 성적 욕망을 보여주는 작품이다.

지금까지 살펴본 「봄·봄」, 「동백꽃」은 청춘 남녀를 대상으로 농촌의

---

6 유인순은 「동백꽃」을 공간의 의미의 변이 과정으로 설명하면서 '산위'에서 나는 점순에 대한 강력한 대응책을 세우게 되고 이는 산이 지닌 남성적인 힘을 제유적으로 나누어 받은데 기인한다고 분석한다(유인순, 앞의 책, 56쪽).

7 「동백꽃」, 『전집』 1, 303~304쪽.

아름다운 자연을 배경으로 그들의 순수하면서도 거침없는 사랑의 욕망을 보여준다. 간략하게 남자 주인공들의 입장을 정리하자면 「봄·봄」의 나는 점순이의 부추김을 받고 나서야 혼례를 성사시키겠다고 나섰다가 또 제자리 걸음을 걷게 된다. 「동백꽃」의 나는 점순이의 적극적인 구애로 사랑의 결실을 맺는 듯 보이지만 그 특유의 우유부단함과 소심함으로 선뜻 믿음이 가지 않는다. 이처럼 김유정은 애정 문제에 있어 남성보다는 여성 인물의 성격을 좀 더 적극적이고 대담하게 형상화한다.

3. '밥'의 문제와 타자화된 성

매춘이나 들병이 모티프는 김유정 소설 중 많은 작품에서 나오고, 김유정 문학의 특징을 설명하는 중요한 단서이기도 하다. 아내의 성이 상품화되어 '밥'의 수단이 되고 '돈'을 벌기 위한 도구가 되는 것은 당대 현실의 비극성[8]을 드러낸다. 30년대 일제의 식민지 수탈정책이 가장 노골적으로 자행된 곳이 농촌이다. 농민은 토지를 빼앗기고 빈민층으로 추락하고 결국 농촌사회는 몰락한다. 이는 부권의 몰락으로 이어지고 아내의 몸은 물질적 가치로 전락하여 상품화된다. 굶주림은 인간의 윤

---

8   1930년을 기준으로 하는 경우, 조선인 전체인구 1,969만 명 중 약 80%인 1,556만 명이 농업인
     구였고 그 가운데 120만 명의 화전민을 제외한 절반정도가 자기 소유를 거의 가지지 못한 농
     촌빈민이었으며 이밖에 10만 명이 넘는 토막민과 그보다 훨씬 많은 공사장 막일꾼이 있었고
     또 전체 남자인구의 10%가 넘는 실업자가 있었다고 하는 사실만으로 써도 그 실태를 추정해
     볼 수 있다(변정화, 앞의 글, 12쪽).

리를 황폐화시키고 인간의 정상적인 삶의 척도와 정서를 도착화시킨
다. 인간의 상품화현상, 즉 돈은 목적계열로 격상되며 인간은 수단계열
로 전락한다.[9] 이때 가장 소외되고 힘없는 농촌의 여성이 희생자가 될
수밖에 없다.

본 장에서 다루게 될 「아내」, 「소낙비」, 「정조」는 일제 식민지 피폐
해진 농촌 현실을 적나라하게 드러내는 문제작이다. 작품에 따라 조금
씩 다른 양상을 나타내지만 무능력하고 무기력하고 때로는 염치도 양
심도 없는 남편들은 집안에서 유일하게 돈의 가치가 되는 '아내'를 팔아
생계를 유지하고자 한다. 이때 '젊고 예쁜' 아내는 상품으로서의 가치가
더 높기 때문에 그 반대의 경우에는 심지어 아내를 구박하고 폭행한다.

「아내」의 남편은 현실에 대한 울분을 아내를 때리는 것으로 풀지만
아내의 못생긴 외모가 늘 유감이다. 아내는 못생긴 외모 때문에 자격지
심이 있고 늘 남편의 눈치를 살핀다. 당시 '예쁘고 젊은 여자'는 들병이
를 할 때 훨씬 유리했기 때문에 아내는 자신의 외모를 구박하는 남편에
게 '얼굴'보다는 '수단'이 있어야 함을 보여주고자 했다. 하지만 남편은
결국 아내의 들병이 짓을 그만두게 하고 대신 아들을 열다섯이나 낳게
하는 것으로 마음을 바꾼다. 여기서 남편이 두려워하는 것은 아내가 들
병이를 하다가 자신과 아들을 버리고 도망가는 일이다. 가난한 식민지
농촌의 현실에서 아내는 남편의 유일한 재산이다. 그러니 아내가 떠나
버리면 경제적 손실뿐 아니라 가정이라는 친밀한 집단도 해체되는 것
이니 두려움이 클 수밖에 없다.

「소낙비」에는 남성 인물에 종속된 여성 인물의 삶이 더욱더 심화되
어 나타난다. 「소낙비」는 고향을 떠나 산골 마을로 들어온 춘호 부부의

---

[9]　우찬제, 「한국서사문학에 나타난 '돈'의 의미지」, 서강대 석사논문, 1986(변정화, 앞의 글, 재
인용).

극단적 빈곤과 사면초가의 상황을 통해 1930년대 유랑 농민의 피폐한 현실을 보여준다. 당시 농민들에게 소작권의 상실은 신분상의 해체는 물론 삶의 뿌리를 박탈하고 고향 상실의 고통을 가져온다. 이들의 뿌리 뽑힌 삶은 새로운 삶이나 그 회귀를 약속할 수 없는 불확실한 길이며 그 상황은 더욱더 악화될 뿐이다. 이러한 현실 속에서 '예쁘고 젊어서' 상품 가치가 높은 춘호 처는 생활 전선에 나설 수밖에 없다. '춘호 처'라는 명명을 통해서도 알 수 있듯이 그녀는 춘호에게 소속된 비주체적 존재라고 할 수 있다.

춘호 처의 매춘 행위는 그야말로 밑천이라고는 '몸'밖에 남지 않는 식민지 농촌의 궁핍함을 드러내는 동시에 여성의 비극적 삶의 문제를 나타낸다. 30년대 농촌사회에서 하층민 여성은, 「가을」에서 마치 소를 팔듯 '매매계약서'를 쓰고 아내를 파는 것에도 드러나듯 비인격적이고 물질적 대상으로 전락한다.

> 그러나 의외로, 아니 천행으로 오늘 일은 성공이었다. 그는 몸을 숫치며 생긋하였다. 그런 모욕과 수치는 난생처음 당하는 봉변으로, 지랄 중에도 몹쓸 지랄이었으나 성공은 성공이었다. 복을 받으려면 반드시 고생이 따르는 법이니 이까짓 거야 골백번 당한대로 남편에게 매나 안 맞고 의좋게 살 수만 있다면 그는 사양치 않을 것이다. 이주사를 하늘같이, 은인같이 여겼다. 남편에게 부쳐먹을 농토를 줄 테니 자기의 첩이 되라는 그 말도 죄송하였으나 더욱이 돈 2원을 줄 테니 내일 이맘때 쇠돌네 집으로 넌지시 만나자는 그 말은 무엇보다도 고마웠고 벅찬 짐이나 풀은 듯 마음이 홀가분하였다. 다만 애키는 것은 자기의 행실이 만약 남편에게 발각되는 나절에는 대매에 맞아죽을 것이다. 그는 일변 기뻐하며 일변 애를 태우며 자기 집을 향하여 세차게 쏟아지는 빗속을 가분가분 내려 달렸다.[10] (강조—인용자)

춘호 처는 이주사에게 몸을 팔고 '죄송하고' '고맙고' '홀가분'해 했다. 이주사의 첩이 될 수 없는 것은 죄송하고 돈을 받는 것은 고맙고 그 돈 덕분에 더 이상 남편으로부터 모진 매를 맞지 않는 것은 홀가분하다. 춘호 처는 몸을 파는 것에 대해 본능적 수치심은 있으나 '복'을 위해 이 까짓 '고생'쯤은 아무 것도 아니라고 여긴다. 춘호 처가 가장 두려워하는 것은 아내에게 매춘을 강요하는 남편에게 오히려 '자기의 행실'이 알려지는 것이다. 그녀의 육체와 정조는 남편에게 소유된 것이기 때문에 남편의 뜻을 잘 따르고 가정을 돌보는 것이 정조를 지키는 일보다 우선이다.[11] 남편에게만 용인된다면 밥을 위해 몸을 파는 것쯤은 윤리적 죄책감이나 모멸감 등은 느낄 필요가 없는 것이다.

성의 상품화와 윤리적 타락은 「정조」에서 더 심각하게 나타난다. 정조가 지켜지기는커녕 '200원'이라는 물질적 가치에 의해 이용되고 가치가 전도되는 모순된 상황을 전개한다. 정조에 대한 일반적인 상식을 깨는 반어적이고 역설적인 상황 전개를 통해 작가의 문제의식과 비판정신을 엿볼 수 있다.

「정조」는 춘호 내외의 성공적인 서울 정착기가 전개되는 듯한 인상을 주는 작품이다.[12] 하지만 「소낙비」의 춘호 처와 비교하여 달라진 점

---

10 「소낙비」, 『전집』 1, 75쪽.

11 장현숙은 이들이 가난 때문에 어쩔 수 없이 매춘을 할 수밖에 없는 비극적 현실속에서 돈을 벌기 위한 하나의 수단으로 매춘을 이용한다고 하면서 그럼에도 불구하고 남편에게 다시 돌아가는 '여필종부형 여인상'이라고 분석했다(장현숙, 「도덕의식과 현실인식」, 『현실인식과 인간의 길』, 16쪽).

12 아내가 몸을 팔아 번 돈을 밑천으로 서울 갈 기회를 만들고자 하면서 춘호는 아내와 서울생활에 대한 꿈을 꾼다. "시골여자가 서울에 가서 안잠을 잘 자주면 몇 해 후에는 집까지 얻어 갖는 수가 있는데, 거기에는 얼굴이 이뻐야 한다는 소문을 일찍 들은 바 있어 하는 소리였다"는 이후 「정조」에서 그대로 나타난다.
   윤지관은 김유정의 소설들이 가지고 있는 배경의 동일성과 등장인물의 유사성을 들어 김유정의 소설들은 연작소설로 보자는 견해를 제시한 바 있다(윤지관, 「민중의 삶과 시적 리얼리즘」, 『세계의 문학』, 1988 여름, 258쪽(전신재, 「농민의 몰락과 천진성」, 『김유정 문학의 전통성과 근대성』, 한림대 아시아문화연구소, 1997, 314쪽, 재인용)).

은 여성 인물이 좀 더 노골적이고 뻔뻔해졌다는 점이다. 「소낙비」의 춘
호 처는 이주사를 만나러 갈 때 쭈볏쭈볏대고 멈칫대며 드러내 놓고 이
주사를 유혹하지는 않았다. 물론 이주사가 넘어올 것을 알고 그 길목을
지키는 꼴이었지만. 하지만 「정조」의 행랑어멈은 한층 더 적극적이고
능동적으로 주인을 유혹하고, 뿐만 아니라 원하는 돈을 얻기 위해 주인
내외를 농락한다. 춘호 처와 행랑어멈을 비교하자면 이미 돈의 위력을
알게 되고 자신의 몸의 교환가치를 확인한 행랑어멈이 한층 더 노골적
으로 상대를 치밀하게 이용하면서 자신의 가치를 조정하는 것이다.

이때 정조는 거래와 협박의 수단으로 이용되고 행랑어멈은 최소한
의 수치심이나 죄의식도 느끼지 않는 부도덕한 존재로 전락한다. 정조
의 대가로 더 많은 돈을 받기 위해 상대를 압박하고 마침내 협상에 성공
하는 모습은 30년대판 부부 사기극처럼 보인다. 「소낙비」의 춘호 처는
하룻밤 매춘으로 돈 '2원'을 받았는데 「정조」의 행랑어멈은 술집 차릴
돈으로 '200원'을 요구했다. 물론 이때 남편은 아내가 주인을 유혹하고
돈을 요구하고 합의를 이끌어내는 모든 과정을 뒤에서 조정하는 '숭악'
한 인물이다. 이처럼 「정조」는 육체적 정조를 잃은 아내와 정신적 정조
를 잃은 남편을 통해 식민지 시대 하층민들의 이중상실현상을 드러낸
다. 「정조」에서 흥미로운 점은 매춘 후 행랑어멈과 서방님의 태도의 극
명한 대비이다. 행랑어멈은 '정조'를 잃은 후에도 태연하게 자신의 몸값
을 흥정하는데 주인영감은 '귀신'이라도 달라붙은 것처럼 어쩔 줄 몰라
하고 누군가 알게 될까 봐 전전긍긍한다. 결국 목적한 대로 돈 200원을
챙긴 후 유유히 사라지는 행랑어멈과 달리 방에서 나오지도 못하고
"끙!끙!" 앓는 소리만 내는 주인영감의 모습은 '정조'에 대한 상하 계층
의 인식의 차이를 드러낸다. 행랑어멈은 정조를 잃는 것에 대해 도덕적
수치심이나 윤리적 제약 없이 돈을 받아내기 위해 처음부터 계획한 일

을 했던 것이고 주인은 "어쩌자구 글쎄 행랑걸!"을 건드려서 "낯을 들고 문 밖 못 나설" 일을 만든 것이다. 결국 행랑어멈은 스스로 들병이 짓을 하겠다고 나서는 「아내」의 아내나 몸 파는 것을 복을 받기 위해 치러야 할 '고생'쯤으로 여기는 「소낙비」의 춘호 처와 마찬가지로 문명화되고 질서화된 정조나 순결에 대한 생각을 가지고 있지는 않다. 다만 이들에게 중요한 것은 '여필종부'의 삶과 밥을 굶지 않는 생존의 문제이다.

결혼 후 여성 인물의 성의 문제에 있어서 가장 큰 변화는 여성의 성이 남편에게 귀속된다는 점이다. 정조에 대한 가치 판단의 기준은 윤리나 도덕의 절대적인 기준이 아니라 남편의 의지에 기인한다. 이는 남편의 윤리적·도덕적 타락과 아내의 육체적 타락이 비례한다는 점에서도 확인할 수 있다. 이처럼 기혼 여성의 육체나 성은 욕망과 쾌락의 문제가 아니라 철저하게 남편에게 소유된 타자적 대상이며 물질적 도구에 다름아니다.

김유정 소설에서 매춘이나 들병이 모티프는 본능적 욕망도 이성적인 도덕과 윤리도 벗어난 새로운 영역이다. 바로 이것이 식민지 농촌현실에서 김유정이 찾아낸 여성의 성이 지닌 의미이다. 물톤 여기서 왜 하필 여성의 성이었는가 하는 의문이 제기될 수 있다. 이는 힘들고 폭력적인 세상일수록 가장 나약하고 소외된 인물의 가치가 쉽게 훼손될 수밖에 없는 현실과 한편으로는 가장 마지막까지 지켜야 할 것마저도 타락했다는 반어적인 현실 속에서 그 해답을 찾을 수 있을 것이다.

여성 인물의 공통점은 무지하고 순박하며 바보에 가깝다는 점이다. '바보열전'[13]이라 불릴 만큼 무지한 인물의 거친 세상살이는 결국 바보들의 끈질긴 생명력과 역설적인 불굴성을 부각시킴으로써 사악한 시

---

13 이재선, 「희화적 감각과 바보열전」, 『김유정 문학의 전통성과 근대성』, 한림대 아시아문화
    연구소, 1997, 99쪽.

대 속에서 약자들이 살아남을 수 있는 방법을 모색했던 것으로 보인다. 정공법으로는 결코 이겨낼 수 없는 세계를 언어 속에서 이겨내고 있는 것이다. 바보 문학의 미학체계 속에서 패러디의 대상이 되고 있는 것은 바보가 아니라 사실은 비정하고 강대한 세계인 것이다.[14]

4. 노동화된 성과 욕망

김윤식은 김유정 문학의 출발점에 놓인 것이 바로 들병이 사상이 아니었을까 지적하면서 이는 "아내를 내놓고 그리고 먹는 것"이라고 분석한다.[15]

> "밥! 밥! 이렇게 부르짖고 보면 대뜸 신성치는 못한가 보다. 마치 이 사회에서 구명도생하는 호구가 그리 신성치 못한 것과 같이 ― 거기에는 몰자각적 복종이 필요하다. 파렴치적 허세가 필요하다. 그리고 매춘부적 애교아첨도 필요할는지 모른다. 그렇지 않고야 어디 제가 감히 사회적 지위를 농단하고 생활해 나갈 도리가 있겠는가.[16]

위 인용은 김유정이 들병이의 삶을 압축적으로 제시해 놓은 부분이다.

---

14 변정화, 앞의 글, 87쪽.
15 전신재 편, 『김유정전집』, 한림대 출판부, 1987, 392쪽(김윤식, 「들병이 사상과 알몸의 시학」, 전신재 편, 『김유정 문학의 전통성과 근대성』, 한림대 출판부, 1997, 283쪽, 재인용).
16 김유정, 「조선의 집시―들병이 철학」, 『김유정 전집』 2, 가람기획, 2010, 217쪽.

들병이는 '밥'을 위해 몸을 파는 생계형 매춘부이다. 그야말로 존재론적으로는 수직적인 운명의 추락[17]을 드러낸다고 볼 수 있다. 김유정 소설 중 들병이를 다루는 작품은 「산ㅅ골나그내」, 「총각과 맹꽁이」, 「솥」 등이 있다. 그중에서도 본격적으로 들병이의 삶의 양식과 행동을 보여주는 작품은 「솥」이다. 「솥」의 주인공은 남편과 갓난아이를 둔 평범한 여자이다. 하지만 그녀는 생계를 위해 교태와 아양과 웃음으로 술과 몸을 팔고 그 대가로 함지박, 맷돌, 좁쌀, 보리쌀 심지어 속곳까지 받는다.

들병이는 30년대 농촌경제의 피폐함과 곤궁함을 극단적으로 보여준다. 가난한 사람에게 남은 유일한 재산이라고 할 수 있는 몸을 내세워, 먹고 살기 위해 술과 몸을 팔 수밖에 없다. 「아내」의 아내, 「소낙비」의 춘호 처에 비해 「솥」의 계숙은 고유의 이름을 가지고 있으며 이는 주체적이고 독립적인 그녀의 삶을 대변한다. 계숙은 가정의 생계를 책임지는 가장의 위치에 있을 뿐만 아니라 오히려 자신을 비난하는 사람을 향해 당당한 태도를 드러낸다. 심지어 매춘 행위를 하는 방에 남편이 들어와도 전혀 거리낌 없이 행동하는 모습에서도 「아내」나 「소낙비」와는 전혀 다른 양상을 보인다. 이러한 여성 인물의 의식의 변화는 매춘 행위가 일회성에 그치는 것이 아니라 직업화되어 노동의 영역으로 전환되었기 때문이다.

뭇 사람의 품으로 옮아 안기며 에쓱거리는 들병이가 말은 천하다 할망정 힘 안들이고 먹으니 얼마 부러운가. 침들을 게게 흘리고 덤벼드는 뭇 놈을 이 손 저손으로 맘대로 후물르니 그 호강이 바이 고귀하다 할지라.[18]

---

17 변정화, 앞의 글, 26쪽.
18 「솥」, 『전집』 1, 200쪽.

들병이란 더러운 물건이다. 남의 살림을 망쳐놓고 게다 가난한 농군들의 피를 빨아먹는 여우다, 하고 매우 쾌쾌히 생각하였다.[19]

하지만 들병이에 대한 사람들의 태도는 이중적이다. 근식이는 아내와 아들을 버리고 들병이를 따라 나서서 고생 안하고 편히 살고자 마음먹었다. 그러면서도 한편으로는 농촌 경제를 망치는 '더러운 물건'이라고 들병이를 비난한다. 근식이의 이중적인 태도를 통해서 들병이의 비극적 현실을 짐작할 수 있다. 온갖 수모와 고통을 감수하며 남편을 대신해 가정 경제를 책임지지만 도덕적·윤리적으로 비난을 면할 수는 없다. 무능력한 남편을 대신해 집안의 생계를 책임지는데도 그 비난의 몫은 고스란히 여성에게 돌아온다는 점에서 모순적이며, 여성의 삶이 비극적인 수난의 연속임을 확인할 수 있다. 한편 계숙을 바라보는 근식의 이중적 태도에서 확인할 수 있듯이 들병이를 바라보는 남성들의 이중적 시선과 이율배반적 태도는 훼손된 여성의 성을 더욱 비참하게 만든다.

김유정 소설 중 카페 여급을 다루는 작품은 「야앵」과 「따라지」가 있다. 그중 「따라지」는 사직동 근처의 허름한 집에서 세들어 살고 있는 카페 여급, 버스 걸, 공장 계집 등 '따라지' 같은 인생을 묘파한다. 당시 카페 여급을 향한 남성들의 이중적인 시선은 들병이를 바라볼 때와 같다. 여급과 들병이의 공통점은 성을 수단으로 해서 생계를 이어간다는 것이고 즉 성의 노동화를 의미한다.

「따라지」의 아끼꼬는 '여자고보를 중도에 퇴학'한 카페 여급이다. 낮에는 술을 팔고 밤에는 매춘을 하지만 같은 집에 살고 있는 톨스토이를 사랑하게 되면서 여급이라는 직업에 자격지심을 느낀다. 당시에 여급

---

19 「솥」, 『전집』 1, 201쪽.

은 여성들이 흔히 선택할 수 있는 직업이었다. 식민지적 경제의 모순으로 인해 여성들이 선택할 수 있는 직업이 많이 없었을 뿐 아니라 그 급여도 너무 낮아 자연히 생계의 수단으로 여급을 선택하는 경우도 많았다. 하지만 순수한 여성으로 한 남성을 사랑할 때는 "카페서 구는 여급이라고 넘보는 맥인지 조선말로 부르면 숭해서 아끼꼬로 행세는 하지만 영영 아끼꼰 줄 아나보다"처럼 부끄러움과 자격지심을 느낀다. 이것이 들병이와 가장 큰 차이점인데 들병이는 자신들의 매춘에 대해 부끄러움이나 수치심을 느끼지 않는다. 물론 그 이면에 순수한 욕망도 거세된 상태이다. 하지만 아끼꼬는 매춘을 통해 경제활동을 하지만 그 이면에는 순수한 욕망으로서 사랑에 대한 동경이 있다. 이것은 같은 여급인 영애를 통해서도 확인할 수 있다. 영애는 '뚱뚱하고 못생겨서' 아끼꼬만큼 인기가 없는 것을 안타까워하면서도, 누군가에게 받은 연애편지를 귀하게 여기고 "정신으로만 허는 연애"를 꿈꾸는 순수한 모습을 보인다.

이를 통해 볼 때 들병이와 카페 여급은 매춘을 수단으로 돈을 벌고 이것이 노동화된 공통점을 보이지만 여급의 경우 애정에 대한 욕망을 여전히 지니고 있다는 점에서 그 차이를 보여준다.

5. 나오며

지금까지 김유정 소설 속 여성 인물의 성의 문제를 미혼, 기혼, 직업여성을 통해 살펴보았다. 우선 미혼 여성의 경우 성에 대한 순진무구한 욕망의 성이 드러남을 알 수 있었다. 오히려 여성 인물이 남성 인물보다 사랑의 표현에 있어서 적극적이고 능동적이다. 여성은 적극적으로 자신들의 욕망을 솔직히 드러내는데 반해 남성인물들은 머뭇거리거나 망설이거나 소극적이다. 1930년대라는 시대적 상황을 떠올릴 때 여성 인물의 적극적이고 대담한 사랑에 대한 욕구나 표현은 특이한 점이며, 이는 농촌의 오염되지 않은 건강하고 생명력 있는 자연과 어우러져 그 의미를 더한다.

둘째는 기혼 여성의 성의 문제이다. 여성 인물은 30년대 식민지 농촌의 피폐한 경제상황에서 경제적으로 무능력하고 무기력한 남편과 함께 살고 있다. 가난으로 인해 삶의 궁지에 몰린 남편은 아내에게 매춘을 강요하거나 아예 들병이라는 직업여성으로 나서게 한다. 이때 아내들은 본능적 수치심은 지니고 있으나 제도화되고 질서화된 규범으로서의 성 의식은 가지고 있지 않다. 또한 기혼 여성의 성은 욕망과 쾌락은 철저히 배제된 타자화된 대상이다.

마지막으로 직업여성인 들병이와 카페 여급을 비교하였다. 이들의 공통점은 성을 수단으로 하여 생계를 유지하는 노동화된 성의 양상을 지닌다는 점이다. 차이점은 '직업여성'으로서의 카페 여급은 직업과 일상생활을 분리한다는 것이다. 카페 여급은 성적 대상으로 전락한 매춘부가 아닌 '직업여성'[20]으로서의 모습을 지니고 있다. 따라서 여급이라는 직업인으로서의 모습과 순수한 자연인으로서의 모습이 구분된다. 하지만 들병이의 삶은 사랑에 대한 동경이나 욕망은 찾아볼 수 없는, 그야말로 가난과 생존이라는 상황에 압도된 절박한 모습으로 나타난다.

---

20 1930년대 카페 여급의 양적인 증가는 하나의 직업군으로 카페 여급을 인정하게 되는 제도적인 장치들, 여급세 징수, 여급의 월급화 등의 결과를 낳았다(이성은, 「식민지근대 카페 여급의 정치경제학적 위치성과 정체성에 관한 연구」, 『한국여성학』 제23권 2호, 한국여성학회, 2007, 60쪽).

　살펴본 바와 같이 김유정이 형상화한 대부분의 여성 인물은 윤리나 규범으로서의 성이 아닌 순수한 본능으로서의 성을 내재화하였다. 하지만 이것이 식민지적 현실이나 개인을 둘러싼 삶의 조건으로 인해 변질되고 거세되었던 것뿐이다. 특히 기혼 여성의 성은, 순수한 쾌락으로서의 욕망은 거세된 채 가치중립적인 물질적 대상으로만 존재하여 '밥'의 수단이 되고 생계의 도구로 전락하였다는 점에서 그 비극성을 더한다. 한편 무능력하고 무기력했던 남성 인물들의 도덕적·윤리적 타락도 그 한 요인으로 기인한다.

　당시에 경제력을 상실한 무능력한 남편과 이를 대신하기 위한 아내의 매춘이 김유정 작품에만 나타나는 모티프는 아닐 테지만 이것이 그의 문학에 지속적으로 드러나고 있다는 점에서 의미 있는 것만은 분명하다. 김유정 소설에 나타나는 여성 인물의 성을 해명하는 데 있어서 작품 외적인 요소 즉, 작가의 자전적 요소와 여성상의 문제와 연관지어 살피지 못한 점은 아쉬움으로 남는다.

참고문헌

1. 기본자료

김유정, 『김유정 전집』 1, 가람기획, 2010.
김유정, 『김유정 전집』 2, 가람기획, 2010.

2. 논문

변정화, 「1930년대 한국 단편소설 연구」, 숙명여대 박사논문, 1987.

3. 단행본

김영기, 『김유정, 그 문학과 생애』, 지문사, 1992.
김유정문학촌, 『김유정 문학의 재조명』, 소명출판, 2008.
김유정학회 편, 『김유정의 귀환』, 소명출판, 2012.
김유정탄생100주년기념사업추진위원회 편, 『한국의 웃음문화』, 소명출판, 2008.
박세현, 『김유정 소설연구』, 인문당, 1990.
유인순, 『金裕貞文學 硏究』, 강원대 출판부, 1988.
______, 『김유정을 찾아가는 길』, 솔과학, 2003.
이재선, 『한국문학주제론』, 서강대 출판부, 2006.
장현숙, 『현실인식과 인간의 길』, 한국문화사, 2004.
전신재 편, 『김유정 문학의 전통성과 근대성』, 한림대 아시아문화연구소, 1997.

제3부 / 김유정의 소설미학

김유정 소설의 '열린 결말'과 이중적 아이러니

김승종

1. 들어가며

김유정의 소설들은 "강원 농촌을 배경으로 땅에 뿌리박은 원시적 생명력, 토착적 방언의 구사, 특유의 해학성, 반어성 등을 지니고 있고 당대 농촌 사회의 물질적 배경과 생활상, 그리고 무지하면서도 우직한 아이러니 모드의 작중 인물들의 내면에 대한 섬세한 묘사를 통해서 당대 농촌 현실에 대한 구체적인 파악과 이해를 제공하고 있다"라는 평가와[1] 김유정 소설들이 "인간이 극한 상황에서 취하게 되는 보편적 행동 유형을 잘 포착하여 보여준다"라는 지적[2] 등은 모두 김유정의 소설들이 '소

---

[1] 한상무, 「김유정 소설에 나타난 부부 윤리」, 김유정학회 편, 『김유정의 귀환』, 소명출판, 2012, 109쪽.
[2] 전신재, 「김유정 소설의 설화적 성격」, 위의 책, 229쪽.

유와 분배'를 둘러싼 당대 현실의 문제를 극한적 상황에 처한 민중들의 모습을 통해 적절히 제기하고 있을 뿐만 아니라 식민지 근대에 대응되는 '대안적 윤리'를 치열하게 모색하고 있는 작품들임[3]을 시사한다.

김유정은 29년의 짧은 생애 중 채 5년도 안 되는 기간에 작품 활동을 하였고 장편소설 없이 단편소설로만 31편 정도의 작품(콩트 및 소년소설 포함)을 남긴 작가임에도 불구하고 그의 이름을 사용하는 다양한 시설물(김유정역, 김유정문학촌, 김유정문학관, 김유정로 등)들이 들어서 있고, 다양한 학술 행사 및 '김유정문학제'와 같은 문화 행사가 매년 개최되고 있으며, 김유정의 소설을 원작으로 하는 드라마, 영화, 뮤지컬, 패러디 소설 등이 21세기에 이르러서도 끊임없이 재생산되고 있다.[4]

홍혜원은 김유정이 "어린 시절의 폭력 경험이 그의 무의식 속에 상흔"으로 남아 있으며, 김유정에게 있어 '소설 쓰기'란 "그 상처의 드러냄과 치유과정"이라고 한 바 있다.[5] 김유정은 어린 시절에 부모를 잃고 맏형에게 정신적·육체적 상처를 심각하게 입었으며 둘째 누나에게도 심하게 구박을 당한 것으로 알려져 있다. 그는 농촌 생활과 도회 생활을 길지 않은 생애 속에 모두 경험하였는가 하면, 이태준, 이상, 안회남과 같은 지식인들과 교류하면서도 들병이나 소작농들에 대한 깊은 관심과 애정을 지녔고, 집안의 몰락, 궁핍, 실업자 생활, 짝사랑, 늑막염과 결핵 등 끊임없이 다가오는 고통을 죽음에 대한 공포와 함께 겪었던 것

---

3 이경, 「자본주의보다 먼저 온 실패의 예후와 대안적 윤리」, 김유정학회 편, 『김유정과의 만남』, 소명출판, 2013, 188쪽.

4 김유정학회가 편찬한 『김유정의 귀환』(소명출판, 2012)에 수록된 표정옥의 「현대문화와 소통하는 김유정 문학의 놀이 상상력」과 이상진의 「문화콘텐츠 '김유정', 다시 이야기하기」 및 『김유정과의 만남』(소명출판, 2013)에 수록된 유인순의 「김유정의 「봄·봄」의 아바타 연구」와 같은 논문들은 모두 김유정 소설들이 새로운 문화콘텐츠로 다양하게 활용되고 있는 양상을 살핀 논문들이다.

5 홍혜원, 「김유정 소설에 나타난 폭력의 구조와 소설적 진실」, 김유정학회 편, 앞의 책, 2012, 95쪽.

으로 알려져 있다. 이처럼 일반인이 감내하기 어려운 고통과 슬픔을 문학적으로 승화하고 극복하는 과정에서 그의 소설이 창작되었기 때문에 그의 소설들이 끊임없이 되살아나는 강한 생명력과 시대를 뛰어넘는 보편적 가치를 획득하게 된 것으로 보인다.

독자들은 소설의 끝부분에 도달할 때쯤이면, 작중인물, 사건, 주제에 대해 충분한 정보를 이미 지니게 된다. 독자가 독서를 끝마치고 그 이야기의 결말을 작가와 공유하게 되면, 시작 부분에선 전혀 활용할 수 없었던 이런저런 정보들이 독자의 마음속에서 다시 기능하게 되는 것이다. 헬무트 본하임(Helmut Bonheim)은 이에 대해 "시작 부분에선 이전 사건에 지식이 독자에게 결여되어 있고 서술자만이 그와 같은 정보를 독점하기 때문에 작가들이 이전 일들에서의 변화들을 연결짓는 데 있어서 수많은 방식을 동원할 수 있지만, 결말은 이보다 훨씬 다양해서 분류하기가 더 어렵다"고 하였다.[6]

김유정 소설들은 대부분 열린 결말의 형식을 취하고 있으며 이러한 결말 방식은 그의 소설이 지닌 핵심적인 특질이라 할 수 있는 이중적인 아이러니와 밀접한 연관성을 지니고 있다. 김유정 작품에서의 수사적 아이러니는 독자나 등장인물들이 예기치 못했던 사실이나 행동이 결말 부분에서 새롭게 제시됨에 따라 발생한다. 또는 독자나 등장인물의 기대에 어긋나는 결과가 아이러니 효과로 이어지기도 한다. 수사적 아이러니는 독자의 흥미와 해학적 효과를 유발하고 소설에서 제기된 문제가 현실적으로는 해결되지 않았음에도 불구하고 소설이 구조적으로 완결될 수 있게 한다.

김유정 소설에서의 심층적 아이러니는 독자가 등장인물의 일탈행위

---

6 헬무트 본하임, 오연희 역, 『서사양식—단편소설의 기법』, 예림기획, 1998, 199쪽.

들을 역사·사회적 문맥을 통해 파악하되 외부적 시각이 아닌 민중 내부의 시각으로 바라볼 때 부각된다. 생존 자체가 위협당하는 절박한 상황 하에서 불가피하게 등장인물들이 벌이는 절도, 도박, 매춘 등은 기존 체제를 유지시키려는 속성을 지닌 지배자 중심의 윤리를 해체하고 민중적 생활 감각과 생존 방식에 바탕을 둔 대안적 윤리를 지향한다. 이처럼 일탈행위를 저지르지만 순박한 내면과 타자 지향적 성향을 지닌 등장인물들의 삶을 그들 내부의 시점으로 바라볼 때 김유정 소설에서의 심층적 아이러니 효과가 발생한다. 이 글에서는 김유정의 소설들을 소작제도의 모순에 희생된 농민들을 다룬 농촌소설, 금광 및 들병이 소재 농촌소설, 해학적 농촌소설, 도시 배경 소설 등으로 나누어 열린 결말 방식과 이중적으로 아이러니 효과가 발생하는 양상에 대해 고찰해 보고자 한다.

2. 농촌 사회의 구조적 모순과 이중적 아이러니

소설의 열린 결말에서는 작품에서 제기된 문제가 해결되지 않은 가운데 주인공의 행동이나 대화가 마지막까지 계속된다. 만일 갈등이 존재하는 경우엔 그것도 마지막까지 해결되지 않은 채로 혹은 매듭지어질 수 없는 '인생의 한 단면'으로 남겨진다. 행동은 끝맺어지기보다는 단지 지연될 뿐이다. 헬무트 본하임에 의하면 소설이 열린 결말을 취할 경우, 플롯 시간은 마지막 순간까지 똑딱거리며, 이야기의 과정에서 암

시된 가능성들은 아직 현실화되지 않은 채로, 또는 적어도 실현되지 않은 채로 남아 있게 된다.[7]

　김유정 소설의 결말 부분은 처음의 상태로 되돌아가거나 악화되는 경우가 대부분이다. 김유정 소설의 결말 부분에서 보여주는 등장인물들의 경제적·사회적 처지가 시작 부분보다 악화되어 가는 작품이 절대 다수를 차지하는 이유는 농민들이나 도시 빈민들이 자신의 처지를 자신들의 힘만으로 개선하는 것이 원천적으로 불가능하였기 때문이다. 1930년대에 이르러 소작 제도의 모순은 날로 심화되어 가고 민중들의 삶은 피폐해져 가는 가운데 등장인물들은 당대 지배 세력이 강요하는 윤리적 규범에만 얽매일 수 없었던 것으로 보인다. 이에 따라 김유정 소설의 등장인물들은 '들병이', '금광', '도박', '매춘' 등과 같은 비정상적 수단을 동원해서라도 가족들과 더불어 끈질기게 삶을 이어나간다.[8]

　　"아 얼는 좀 오게유"

　똥끝이 마르는 듯이 게집은 사내의 손목을 겁겁히 잡아끈다. 병들은 몸이라 끌리는 대로 뒤툭어리며 거지도 으슥한 저편으로 가치 사라진다. 수은ㅅ빗 갓흔 몰방울을 품으며 물ㅅ결은 산벽에 부다뜨린다. 어데선지 지정치 못할 넉대 소리는 이산 저산서 와글와글 굴러 나린다. (「산ㅅ골나그내」, 28쪽)[9]

7　위의 책, 200쪽.
8　김유정의 작품에 대개 정상적인 일상생활에서부터 벗어난 도둑질, 매음, 도박, 아내 팔기와 같은 비정상적인 사건이 자주 등장하는 것에 대해 서준섭은 "정상적인 생활을 영위할 수 없을 정도로 삶의 극한에 내몰린 극도로 가난한 농민들이 벌이는 생존의 드라마"의 성격을 지니고 있기 때문이라고 지적한 바 있다. 곧 김유정의 소설은 "농민으로서 정상적인 삶이 해체된 이후의 고단한 생존의 이야기"라는 것이다. 이와 같은 견해는 등장인물들이 보이는 일탈적 행위들을 당대 사회의 구조적 모순에 대한 민중 계층의 정당한 대응임과 동시에 민중 계층의 실상과 생활 감각에 바탕을 둔 대안적 윤리를 모색하고자 한 작품들임을 증명하고자 하는 이 글의 목적과 뜻을 같이 하는 것으로 보인다(서준섭, 「몰락 농민─유랑인의 삶의 애환과 통념을 넘어선 생존 전략 이야기」, 서준섭 외, 『김유정과 동시대 문학연구』, 소명출판, 2013, 13쪽).
9　전신재 편, 『원본 김유정 전집』(개정증보판), 도서출판 강, 2012(이하 김유정 작품은 이 책에

위의 인용문은 김유정 의 등단작으로 알려진 「산ㅅ골나그내」의 끝 부분이다. 이 작품의 끝 부분은 위에서 보는 바와 같이 묘사 위주의 열린 결말의 형식을 취하고 있으며 등장인물들은 작품이 시작되기 이전의 상태로 되돌아간다. 작품 서두에 초라한 행색으로 나타난 나그네 여인은 산골 마을 술집에서 일을 돕다가 그 집 아들 덕돌과 혼례를 치른다. 그러나 독신인 줄 알았던 여인은 작품의 결말 부분에서 유부녀인 것으로 밝혀지면서 수사적 아이러니가 발생한다. 주막집 주인과 덕돌은 끝내 여인의 정체를 알지 못하지만, 독자는 서술자가 제공하는 정보에 의해 그녀가 병든 남편을 둔 유부녀임을 알게 된다.

술집에 남아 있는 것이 여인 자신을 위하여 조금은 더 유리하였음에도 불구하고 그녀는 사회적으로 더욱 열악한 처지에 놓여 있는 본 남편에게 돌아온다. 값비싼 패물은 그대로 놓아두고 남성용 겨울옷만 챙겼기 때문에 덕돌과의 결혼을 통해 여인 자신이 얻은 것은 전혀 없다. 이처럼 이 작품의 결말 부분은 나그네 여인과 같이 절박한 처지에 놓인 유랑 생활을 하던 민중들이 살아남기 위해 윤리적 규범에만 매어 있을 수 없었던 열악한 현실을 드러냄과 동시에 그럼에도 불구하고 최소한의 인간적 존엄성을 지키고 약자를 보호하고자 하는 민중계층 고유의 타자 지향적인 윤리성을 드러낸다.

이와 같은 여인의 선택은 병고와 가난에 시달리던 유랑민들이 밥과 옷을 위하여 성을 상품화하는데 그치지 않고 혼인까지 교환가치화해야 했던 당대 현실의 모순과 한계를 아울러 드러낸다. 나그네가 안정된 삶을 뒤로하고 본 남편에게 돌아간 것과 또 그 남편에게 밥과 옷을 마련해주기 위해 덕돌과 혼인해야 했던 피치 못할 사정을 이 작품은 역사·사

서 인용하며, 작품 인용 시 제목과 쪽수만 표기함).

회적 층위에서 발생하는 심층적 아이러니를 통해 드러냄으로써 기존의 윤리를 해체하는 한편 타자 지향적인 대안적 윤리를 지향하게 된다.[10]

1930년대 농촌의 현실을 탁월하게 그려낸 작품의 하나로 인정받고 있는 김유정의 「만무방」 역시 수사적 아이러니를 수반한 열린 결말의 형식을 취하고 있으면서도 역사·사회적 차원에서의 심층적 아이러니 효과를 거두고 있다.

> 대뜸 몽둥이는 들어가 그 볼기짝을 후려갈 것다. 아우는 모루 몸을 꺽드니 시납으로 찌그러진다. 대미처 압정강이를 때럿다. 등을 팻다. 일지 못할 만치 매는 나리엇다. 체면을 불구하고 땅에 엎드리어 엉엉 울도록 매는 나리엇다.
>
> 홧김에 하긴 햇으되 그 꼴을 보니 또한 마음이 편할 수 업다. 침을 퇴 배타 던지곤 팔짜 드신 놈이 그저 그러지 별 수 잇나. 쓰러진 아우를 일으키어 등에 업고 일어섯다. 언제나 철이 날는지 딱한 일이엇다. 속 썩는 한숨을 후— 하고 내뿜는다. 그리고 어청어청 고개를 묵묵히 나려온다. (「만무방」, 120~121쪽)

이와 같이 소를 함께 훔치자는 제안을 거부하는 아우를 때리고 마음이 불편한 상태로 내려오는 형의 모습을 묘사하는 것으로 끝나는 이 작품은 자신이 경작한 벼를 자신이 가질 수 없는 반봉건적 식민지 토지소유제의 모순을 절묘하게 그린 작품으로 평가받고 있다. 고향을 떠나 가족들과 헤어진 후 도박과 절도를 일삼는 응칠과 늘어나는 빚과 아내의

---

10 물론 여인의 모습은 여러 연구자가 지적한 바와 같이 가부장적 윤리에 속박된 결과이기도 하다. 「솟」, 「가을」 등의 작품에서 들병이 생활을 하면서도 남편과 아이를 버리지 않는 모습을 보이거나 「소낙비」에서 매춘을 해서라도 남편의 요구에 응하는 모습 역시 여인들이 가부장적 윤리에 얽매어 있음을 보여준다. 이는 작가의 한계라기보다는 당대 여인들이 지닌 한계였을 것으로 추정된다. 작가는 이들 작품에서 여인들이 비록 정상적 윤리의 틀에서 다소 벗어나 있지만 자신보다는 가족을 위해 희생하는 모습을 그림으로써 그들이 지닌 순박한 내면과 그들 나름의 대안적 윤리의식을 그리고자 한 것으로 보인다.

중병으로 인해 극한 상태에 몰려있는 응오의 모습을 통해 이 작품은 살아남는 것조차 쉽지 않았던 당시 농민들의 현실을 입체적으로 조명하고 있다.

성실한 농군으로 살아가던 응오는 가혹한 소작료를 요구하는 지주와 병든 아내 때문에 극심한 고통을 겪고 있다. 그러던 차에 애써 경작한 벼까지 도난당하였다는 소식을 들은 응칠은 동생의 벼를 훔친 도둑을 반드시 잡고자 한다. 성팔을 비롯한 몇 사람을 의심하지만 확신이 서지 않자 응칠은 잠복을 시도한다. 벼를 훔쳐 가는 도둑을 현장에서 잡고 보니 그는 다름 아닌 그 벼를 경작한 응오였다. 이 순간에 놀라운 반전이 일어나며 이중적 아이러니 효과가 발생한다. 독자의 기대와 위배되는 결말을 통해 수사적인 아이러니 효과를 거둘 뿐 아니라, 자신이 경작한 벼를 어둠 속에서 남몰래 훔쳐야만 하는 사건 설정을 통하여 소작제도의 본질적 모순을 날카롭게 드러내는 심층적 아이러니가 형성된다.

시간이 흐를수록 이들 형제의 사회·경제적인 처지는 날로 악화되어 가며 미래에도 개선될 여지가 없어 보인다. 흉년이 들었거나 집안에 환자가 발생한 경우에도 예년과 동일한 소작료를 지주가 요구하는 부조리한 상황 속에서 농민들은 급속도로 늘어나는 빚에 시달릴 수밖에 없다. 절도, 도박과 같은 이들의 행위는 극한 상태에 몰리다 못해 이들이 불가피하게 선택한 방법들이다. 응칠은 모아 놓은 재산도 없고 가족과도 이미 헤어졌다. 어렵게 장가를 든 응오가 한사코 지키려고 하는 가정도 붕괴 직전에 놓여있다. 이처럼 이들의 처지가 날로 악화되어 가는 데에는 '일제 강점기 소작 제도의 모순'이 작동하고 있다.[11]

---

11 연남경은 「만무방」이 추리 서사 기법을 창의적으로 활용하여 궁극적으로 "만무방이 생겨날 수밖에 없는 사회 구조를 탐색하고 어떻게 새로운 만무방이 탄생하는지의 과정을 전개하는 서사이자 도적을 파악하게 하는 서사"라고 하였다. 김유정이 당대 시대적 배경 하에 농민이 몰락하여 하층계급으로 변모해 가는 과정을 주목하며, 독자에게도 서사를 재구성하게 함으

이 작품의 결말 부분은 자기가 경작한 농산물을 자신이 가져오지 못하는 데에서 오는, 곧 지주의 소유권만 인정하고 소작인의 경작권은 인정하지 않았던 사회·역사적 차원에서의 심층적 아이러니를 통해 일깨워 준다. 또한 이경의 지적처럼 이 작품은 "사적 소유와 분배에 대한 이의 제기와 대안적 윤리에 대한 탐색"을 보여 주는 작품으로 볼 수도 있다. 절도, 도박, 폭력 등의 방법을 통하여 응칠이보다 적극적으로 '소작제도'로 대변되는 '사적 소유와 분배'에 대해 적극적으로 문제제기를 하고 있다면, 응오는 나름대로 민중적 순박함과 가부장적 윤리의식의 경계 내에서 식민지 자본주의 체제의 균열을 시도하고 있다는 것이다.[12]

김유정의 1935년 『조선일보』 신춘문예 당선작인 「소낙비」에 등장하는 소작농 출신 유랑민인 춘호는 도박 밑천으로 쓸 2원을 구해오라며 아내에게 폭력을 행사한다. 가혹한 매질을 일단 피해야 하고 남편과 함께 서울로 가고 싶기도 했던 춘호 처는 동네 부자 이주사의 성적 요구를 받아들인다. 춘호 처는 돈 2원을 준다는 말에 이주사와 다음날 만날 것을 약속한다. 다음 날 돈 2원을 얻어오겠다는 아내를 남편이 직접 머리 단장까지 시켜주는 결말 부분에서 수사적 아이러니는 발생한다. 정조를 지키지 못한 아내를 질타해야 할 상황에서 오히려 남편이 아내의 불륜을 조장이라도 하는 듯한 태도를 보여 주기 때문이다.

안해가 꼼지락어리는 것이 퍽으나 갑갑하엿다. 남편은 안해 손에서 얼개빗을 쑥 뽑아들고는 시운스리 쭉죽 나려빗긴다. 다 빗긴뒤 엽헤 노힌 밥사발의 물을 손바닥에 연실 칠해가며 머리에다 번지를 하게 발라 노앗다. 그래 노

로써 내적 진실을 함께 목도하도록 유도하고 있다"는 것이다. 연남경이 여기서 지적한 내적 진실은 이 글의 '심층적 차원에서의 아이러니 효과'와 상통하는 것이다(연남경, 「김유정 소설의 추리 서사적 기법 연구」, 김유정학회 편, 『김유정의 귀환』, 소명출판, 2012, 79쪽).
12 이경, 앞의 글, 186쪽 참조.

코 위서부터 머리칼을 재워가며 맵씨잇게 쪽들 딱 찔러주드니 오늘 아츰에
한사코 공을 드려 삶아 노앗든 집석이를 안해의 발에 신기고 주먹으로 자근
자근 골을 내주엇다.

　"인제 가봐!"

하다가

　"바루 곳와, 응?"

하고 남편은 그 이 원을 고이 밧고자 손색업도록 실패업도록 안해를 모양내
어 보낸다. (「소낙비」, 51쪽)

　빗에 몰리어 고향을 떠나온 춘호 부부는 3년간 표랑 생활을 하다가 한 마을
에 정착하였으나 그들의 경제적 처지는 더욱 나빠진다.

　그러나 우정 찾아든 것이 이 마을이나 살속은 역시 일반이다. 어느 산골엘
가 호미를 잡아보아도 정은 조그만치도 안 붓헛고 거기에는 오즉 쌀쌀한 불
안과 굶주림이 품을 벌려 그를 맛을 뿐이엇다. 결국엔 그는 피폐하야 가는 농
민사이를 감도는 투기심에 몸이 달떳다. (「소낙비」, 47쪽)

　위의 인용문에서 알 수 있듯이 춘호가 고향인 인제에서 "빚쟁이들의
위협과 악마구니"를 못 이겨 야반도주하지 않았던들, 혹은 3년간 유랑
하다가 정착한 이 마을에서 "쌀쌀한 불안과 굶주림에 시달리지 않고"
소작지라도 제대로 얻을 수 있었던들 도박에 집착하거나 가난으로부
터의 탈출을 상징하는 '서울'이라는 허황된 목표에 무턱대고 매달리지
않았을 수도 있다. 이들이 막연하게 동경하고 있는 '서울' 역시 도박과
마찬가지로 이들의 삶을 나아지게 하기는 고사하고 더욱 피폐하게 만
들 가능성이 높은 '비어 있는 기표'일 뿐이다. [13]

이 작품의 수사적 아이러니는 아내의 불륜을 눈감아 주는 춘호의 태도와 행동에서 빚어진다. 이와 같은 행동은 기존의 윤리에 익숙한 독자들의 기대에 어긋나는 것이기 때문이다. 그러나 문제의 핵심은 당대의 농촌 현실이 정조와 같은 기존의 윤리를 춘호 내외에게 요구할 자격을 갖추고 있지 않은 데 있다. 춘호가 원래부터 허랑방탕하거나 아내를 착취하는 사악한 인물이었던 게 아니라 도저히 헤어날 길이 없는 가난과 부채가 그로 하여금 도박에 매달리게 하고 아내의 매춘 행위를 조장하기에 이르렀기 때문이다.

따라서 이 작품에서의 심층적 아이러니는 '정조를 요구해야 할 세상이 그것을 요구할 자격을 상실함'에 따라 춘호 내외가 극한적 상황 하에서 취할 수밖에 없는 자기들 나름의 생존 방식인 도박과 매춘을 선택함에 따라 발생한다. 춘호의 처가 자신의 이익을 위해서 매춘을 하는 것이 아니라, 남편을 위하여 혹은 '서울 생활'로 대변되는 부부의 꿈을 위하여 혐오감을 느끼면서도 이주사와 관계하는 것이기 때문에, 그녀의 행위는 기존의 윤리를 지킬 수 없는 상황 하에서 부득이하게 선택할 수밖에 없는 타자 지향적 행위이며 기존 윤리의 한계를 드러내고 또 그것을 해체하는 행위라 할 수 있다.

---

13 김유정의 도시 배경 소설인 「정조」에 등장하는 행랑어멈이나 「땡볕」에 등장하는 아내로 미루어 볼 때 고향을 떠나 서울로 이주해온 농민들이 행복하게 살 가능성은 매우 낮다 하겠다.

3. 금광 및 들병이 소재 소설들의 이중적 아이러니

「노다지」, 「金따는 콩밧」, 「금」 등과 같은 작품은 모두 금광을 배경으로 전개되는 작품들이다. 「노다지」에서 구덩이에 매몰되어 죽어가는 동료를 구하지 않고 혼자 빠져나와 금을 챙겨 달아가는 잠채꾼의 모습을 그리고 있고, 「금」에서는 자신의 다리에 심각한 상처를 입혀가면서까지 금을 몰래 반출하는 광부의 모습을 그리고 있다. 또한 「금따는 콩밧」에서 영식은 친구 수재의 호언장담에 넘어가 멀쩡한 콩밭을 갈아엎었지만 끝내 그가 장담했던 금은 나오지 않는다. 더 이상 버틸 수 없다고 판단한 수재는 영식에게 '금맥이 터졌다고' 거짓으로 이야기하고 도망칠 궁리를 한다. 이처럼 금을 소재로 하고 있는 세 작품은 모두 '금'으로 상징되는 물질적 가치에 맹목적으로 매달리는 민중들의 모습을 그리고 있다.[14]

더펄이의 형체는 보이지 안는다. 침침한 어둠속에 단지굴근 돌맹이만이 짝 허터졋다. 이쪽 마구리의 타다 남은 화로불은 바야흐로 질듯질듯 껌벅어린다. 그리고 된바람이 애, 하고는 굿문께서 모래를 좌륵, 쪼락, 드려 뿜는다. (「노다지」, 63쪽)

---

14 이경은 "콩밭에서 금줄을 욕망하는 것은 도박, 미신성을 중핵으로 삼은 자본주의라는 신화에 대한 지적이자 비틀기"로 해석하였다. 등장인물들의 어리석거나 비정상적으로 보이기도 하는 기괴한 행위들은 "계획, 합리, 근면, 절제에 바탕한 풍요와 평등이라는 자본주의 명제를 균열시킨다"는 것이 이경의 「금따는 콩밧」에 대한 견해이다. 이경의 지적처럼 이 작품은 콩 농사만으로는 아무런 희망을 가질 수 없었던 농민의 불가피한 선택과 그로 인해 사태가 더욱 악화되어 가는 모습을 통해 금으로 대변되는 자본주의적 모순과 자본에 대한 공허한 욕구 및 '폐허화된 콩밭'으로 대변되는 농촌의 비참한 현실을 탁월하게 그린 작품으로 평가된다(이경, 앞의 글, 174쪽).

"네 한 포대에 오십 원씩 나와유—" 하고 대답하고 오늘밤에는 꼭 정연코 꼭 다라나리라 생각하엿다. 거즛말이란 오래 못간다. 뽕이 나서 백따구도 못 추리기 전에 훨훨 벗어 나는게 상책이다. (「金따는 콩밧」, 76쪽)

얼마후 이마를 들자 목성을 돋우며
"아프지 않어?" 하고 뾰로지게 쏘아박는다.
"아프긴 뭐아퍼, 인제 났겠지."
바루 히떱게스리 허울 좋은 대답이다. 마는 그래도 아픔은 참을 기력이 부치는 모양. 조금있드니 그 자리에 그대로 쓰러지며
"아이구!"
참혹한 비명이다. (「금」, 83쪽)

　이들 작품의 결말 역시 열린 결말의 형식을 취하고 있으면서 기대했던 것과 이루어진 결과가 어긋나면서 가치의 전도 현상이 일어나는 이중적 아이러니 기법이 사용되고 있다. 「노다지」에서의 '형 같은 동료'나 「금」에서의 '자신의 신체', 「금따는 콩밧」의 '콩밭' 등이 지닌 진정한 가치는 타락한 가치를 상징하는 금의 가치와 전도되어 있다. 금을 차지하든, 못하든 물질적 가치보다 더 중요한 본질적 가치를 외면하고 살아가는 이들이 행복하게 살아가기란 사실상 불가능하다. 그럼에도 불구하고 이들은 금을 위해 모든 것을 버린다. 생존 자체가 위협받는 상황 하에서 금이 지니고 있는 유혹은 그만큼 치명적이었기 때문이다.[15]

---

[15] 이경은 또한 김유정의 금 소재 소설들이 '인간의 동물화' 과정을 보여 준다고 하였다. 또한 이러한 '동물화'는 인간관계의 분열로 이어지는데 이는 "자신의 이익을 극대화하는 자본주의적 기율을 그대로 모방한 결과"라는 것이다. 곧 이들 작품은 "자본제하의 노동과 물신화가 가져오는 인간의 전락과 가치전도"를 뚜렷이 예시한다는 것이다. 이와 같은 이경의 견해는 김유정의 작품이 표면적으로는 윤리적으로 타락한 모습들을 보여주지만 심층적으로는 이러한 가치의 전도를 강요하는 당대 사회에 대한 비판과 민중 계층의 실상과 내부적 요구에 바탕을

김유정이 살았던 실레마을 뿐만 아니라 금 열풍은 당시 전국적으로 일고 있었던 광풍이었으며, 정상적인 방법으로는 생존 자체가 불가능했던 민중들은 단순한 투기심에 의해서라기보다는 절박한 상황이 주는 압박에 못 이겨 금을 훔치기도 하고 콩밭을 갈아엎는가 하면, 신체의 일부를 훼손한다. 농촌의 궁핍상을 소재로 한 작품들과 마찬가지로 이들 금광 소재 농촌소설들 역시 당대 사회가 요구하는 윤리적 규범을 지켜가며 살아가기 어려웠던 민중들의 처지를 이중적 아이러니 기법을 통해 그리고 있다.

이들 작품의 수사적 아이러니는 '의형을 구하지 않고 금만 챙겨서 도망치는 결말'(「노다지」)과 '멀쩡한 콩밭만 망치고 친구에게 배신당하고 금은 결국 캐내지 못하는 결말'(「금따는 콩밧」), 그리고 '몸만 상하고 금을 결국 차지하지 못할지도 모르는 결말'(「금」)을 통해 발생한다. 이에 비해 역사·사회적 차원에서의 심층적 아이러니는 '친구간의 우정을 지킬 수 없게 만드는 현실'과 '콩밭에서 나는 콩만으로는 가난에서 벗어나기 힘든 현실', 그리고 '자신의 몸을 훼손시켜야만 경제적으로 살아남을 수 있는 현실'과 등장인물들의 비정상적인 행동들 사이에서 발생한다. 곧 이들 작품에서의 심층적 아이러니는 '민중들이 정상적인 방법으로 생계 문제를 해결할 수 있는 사회'를 꿈꾸는 작가의 내면적 이상과 '민중들로 하여금 궁극적으로 육체적·정신적·경제적 손실과 몰락을 가져다 주는 투기 열풍에 휩쓸리게 만드는 당대 현실' 사이의 대조를 통해 발생한다.

들병이를 소재로 삼고 있는 「총각과 맹꽁이」, 「솟」과 같은 작품과 아내를 팔아서 돈을 취하는 「가을」도 금을 소재로 하고 있는 작품들과 유

둔 대안적 윤리를 모색하고자 했던 작품들이라는 이 글의 견해와 같은 맥락을 지닌다(이경, 앞의 글, 187쪽).

사한 성격을 지니고 있다. 이들 작품의 결말은 다음과 같다.

"살재두 나는 인전 안 살터이유—" 하고 소리를 끌어올린다. 골창에서 가장 비웃는 듯이 음충맞게 "맹—" 던지면 "꽁—" 하고 간드러지게 밧아 넘긴다. (「총각과 맹꽁이」, 37쪽)

"왜 남의 숏을 빼가는거야 도적년아—"
하고 연해 발악을 친다.
　그러지 마는 들병이 두 내외는 금세 귀가 먹엇는지 하나는 짐을 하나는 아이를 둘러 업은채 언덕으로 늠늠히 나려가며 한번 돌아보는 법도 업다.
　안해는 분에 복바치어 고만 눈 우에 털썩 주저 안즈며 체면모르고 울음을 놋는다.
　근식이는 구경군 쪽으로 시선을 흘낏거리며 쓴 입만 다실 따름— 종국에는 두 손으로 눈우의 안해를 잡아 일으키며 거반울상이 되엇다.
　"아니야 글세, 우리 숏이 아니라니깐 그러네 참—" (「숏」, 155쪽)

"덕냉이 큰집이 어딘지 아우?"
"우리 삼촌댁도 덕냉이 있지유"
"그럼 우리 오늘은 도루 나려가 술이나 먹고 낼 일즉이 가치 떠납시다"
"그러기유"
더 말하기가 싫여서 나는
코대답으로 치우고 먼 서쪽 하늘을 바라보았다. 해가 마악 떨어지니 산골은 오색 영농한 저녁노을로 덮인다. 산봉우리는 수째 이글이글 끌는 불덩어리가 되고 노기 가득한 위엄을 나타낸다. 그리고 낮윽이 들리느니 우리 머리 우에 지는 낙엽소리—

소장사는 쭈그리고 눈을 감고 앉엇는 양이 내일의 계획을 세우는 모양이
다. 마는 나는 아무리 생각하여도 복만이는 덕냉이 즈 큰집에 있을 것 같지
않다. (「가을」, 199∼200쪽)

「총각과 맹꽁이」, 「솟」 등의 작품에서 주인공 남성은 들병이에게 장
가들거나 들병이 덕에 편안하게 살아갈 것을 꿈꾸지만 그들의 기대에
어긋나는 결과가 주어지면서 수사적 아이러니가 발생한다. 들병이는
오로지 돈을 벌 목적으로 여러 남성들을 상대하는 직업적 여성이면서
대개는 남편과 자식이 있는 여성들이다. 따라서 들병이 덕에 팔자를 고
쳐 보겠다는 꿈은 '금'을 통해 곤궁한 처지에서 벗어나고자 하는 시도만
큼이나 근본적으로 허망한 것이다. 그럼에도 불구하고 이들이 들병이
를 이용해 편안하게 살아가고자 했던 것은 정상적인 노동 행위만으로
는 인간다운 삶을 보장받기 어려웠기 때문이다.

　「총각과 맹꽁이」의 덕만이와 「솟」의 근식은 들병이와 결혼하고자
하지만 결과적으로 실패한다. 덕만은 들병이를 차지할 목적으로 술값
을 도맡아 내고 집안의 닭까지 잡아온다. 근식 역시 아내의 만류에도
불구하고 집안에 있는 함지박, 속곳, 솥 등 돈이 될 만한 집안 물건들을
닥치는 대로 들병이에게 가져다주면서 환심을 사려하지만 결국 들병
이를 따라가지 못한다. 이처럼 자신의 의도와 바람대로 결과가 이루어
지지 않기 때문에 수사적 아이러니가 발생한다.[16]

　덕만과 근식이 들병이를 자신의 배우자로 삼으려 하거나 미래의 행

16　홍혜원은 "소유할 수 없음이 전제된 여성을 소유하겠다는 의지는 좌절될 수밖에 없다. 들병
이와의 결혼이라는 기표는 의미 기의를 상실한 비어 있는 대상이기 때문이다. 이는 기표가
기의에 닿지 못하고 그 표면에서 미끄러져 안정적 의미를 산출하지 못하는 것과 마찬가지다.
의미의 불안정성은 곧 대상의 결여를 상징한다"라고 하면서 들병이를 따라나서는 근식의 행
위가 매우 '반어적'임을 지적한 바 있다(홍혜원, 앞의 글, 97쪽).

복을 담보해 줄 존재로 여기는 것은 여성의 매춘 이상으로 정상적 윤리 감각으로부터 벗어난 것이다. 특히 「솟」은 아내가 있는 남성이 남편이 있는 여성과 돈을 목적으로 함께 살고자 한다는 점에서 기존의 윤리 의식을 전복시킨다.[17] 민중 외부의 시점으로 볼 때, 이들의 행위는 윤리 의식도 없고 어리석기까지 한 것이지만 농사만으로 살아갈 수 없었던 민중들 내부의 시점으로 바라볼 때 이들의 행위는 나름대로의 정당성을 획득하게 된다.

이처럼 들병이 소재 농촌소설들의 표면에 나타난 수사적 아이러니는 남자 주인공들의 의도와 주어진 결과 사이의 차이로 인해 발생한다. 「총각과 맹꽁이」의 덕만은 들병이와 결혼하고자 하나 들병이는 뭉태를 비롯한 뭇 남성들의 노리개 역할만 충실히 수행한다. 또한 「솟」의 근식 역시 본처를 버리고 들병이와 함께 살아갈 것을 꿈꾸었지만 들병이에게는 이미 남편과 아이가 있었고 그 가족들 사이에 근식이 끼어들 틈은 전혀 없었다. 이에 비해 사회·역사적 맥락에서의 심층적 아이러니 효과는 "콩을 심으면 입나기가 고작이요 대부분이 열지를 않는 밭"에서 가혹한 도지를 물며 "덕만이가 사람이 병신스러워" 소리를 들어야 했던 덕만과 "솥을 사며 예측하였던 달가운 꿈이 몇 달 안에 깨어지고 툭하면 지지리 고생만 하였던" 근식으로 하여금 농사에 전념할 수 없게 만들었던 당대 농촌사회를 지배하던 구조적 모순으로 말미암아 발생한다. 가혹한 도지와 늘어나는 빚은 이들이 농촌 남성들이 정상적으로 배우자를 맞이하는 것과 결혼 생활을 유지하는 것을 어렵게 만들었고, 그들은 남편과 아이가 있음에도 불구하고 술과 몸을 팔아야 하는, 어쩌면 자신들보다 더 곤궁한 처지에 놓여 있는 들병이에게 자신의 운명을

---

17 이경, 앞의 글, 180쪽.

맡기고자 하는 것이며, 바로 이 지점에서 이들 작품의 심층적 아이러니
가 발생하는 것이다.

「가을」의 이중적 아이러니는 위의 작품들보다 더 입체적이며 의미심
장하다. 이 작품의 수사적 아이러니는 아내를 지켜야 할 남편이 계약서
까지 작성하며 자신의 아내를 팔아넘기는 복만의 행위와 돈을 주고 샀
을망정 마음에 쏙 드는 배우자를 얻어 행복했던 소장수 황거풍이 불과
닷새 만에 그 아내를 잃어버리는 데에서 발생한다. 세상의 윤리와 복만
이 아내를 파는 행위는 서로 어긋나며, 소장수가 아내를 돈으로 샀지만
바로 그녀를 잃어버림에 따라 기대와 결과가 어긋나는 수사적 아이러니
가 발생하는 것이다. 이에 비해 사회・역사적 차원에서의 심층적 아이
러니는 "나두 일즉이 장가나 들어 두엇으면 이런 때 팔아먹을 걸" 하며
부질없는 후회를 하는 작중 화자 '나'의 태도로 말미암아 발생한다.

> 기껏 한해동안 농사를 지엇다는 것이 털어서 쪼기고 보니까 나의 몫으로
> 겨우 벼 두 말 가웃이 남았다. 물론 털어서 빗도 다 못 가린 복만이에게 대면
> 좀 날는지 모르지만 이걸로 우리식구가 한겨울을 날 생각을 하니 눈앞이 고
> 대로 캄캄하다. 나두 올겨울에는 금점이나 좀 해볼까 그렇지 않으면 투전을
> 좀 배워서 노름판이나 쫓아다닐까, 그런대도 미천이 들터인데 돈은 없고 복
> 만이같이 내팔을 안해도 없다. (「가을」, 193쪽)

아내를 소장수에게 팔아넘기는 복만의 행위가 비난의 대상이 되는
것이 아니라 부러움의 대상이 됨으로 말미암아 수사적 아이러니뿐만
아니라 사회・역사적인 차원에서의 아이러니가 발생하는 것이다. 가
혹한 도지와 감당할 수 없는 빚은 농민들로 하여금 농사일을 통해 보람
을 느낄 수 없게 만들고 금점이나 도박판을 기웃거리게 만들거나 그럴

만한 밑천이 없는 경우 아내를 팔아버리도록 하기까지 하였다. 아내를 잃어버린 황거풍이 그녀를 되찾으려 하는 것도 단순히 돈 때문만은 아니며, 닷새 동안일망정 복만의 처가 아내로서의 역할에 충실했기 때문이었던 것으로 밝혀진다. 곧 이들의 행위는 표면적으로는 비난의 대상이 될 만하지만, 그들을 그렇게 행동하도록 만든 당대 현실을 고려할 때 이들의 행위는 모두 정당성을 획득하며, 나아가 독자로 하여금 기존의 윤리를 해체하고 타자 지향적인 대안적 윤리를 모색하게 유도한다.

4. 해학적 소설과 도시 배경 소설의 이중적 아이러니

1) 해학적 소설의 이중적 아이러니

김유정을 대표하는 소설로 널리 알려져 있는 「봄·봄」의 작중 화자 '나'는 데릴사위라는 명목으로 자신의 노동력을 착취하는 봉필에게 번번이 넘어가는 순박하고 어리숙한 인물이다. 다른 등장인물들이나 독자는 모두 알고 있는 봉필의 의도를 '나'만이 모르고 있기 때문에 이 작품에서의 수사적 아이러니와 해학적 효과가 발생한다. '나'는 약혼녀인 점순으로부터 얼른 혼례를 치르도록 하라는 압력을 받는다. 또한 뭉태로부터는 장인 봉필의 야비한 전력과 얄팍한 속셈에 대한 정보를 얻는다. 그럼에도 불구하고 '나'는 자신이 "터진 머리를 불솜으로 손수 짖어주고, 호주머니에 히연 한 봉을 넣어주며", "올갈엔 꼭 성례를 시켜주마"

라고 약속하는 봉필의 말을 믿고 오히려 그에게 고마워한다.

그러나 독자는 봉필이 과연 그 약속을 지킬 것인지에 대해 여전히 의구심을 갖지 않을 수 없다. 그 이유는 독자는 적어도 뭉태 수준 이상의 지적 수준과 봉필에 대한 정보를 지니고 있기 때문이다. 그동안 여러 명의 데릴사위를 갈아치우고 소작인들에게 모질게 굴었던 전력에 비추어 볼 때 봉필이 '나'와의 약속을 지킬 가능성은 상대적으로 적다. 그럼에도 불구하고 쉽게 감격하는 순박한 '나'는 장인을 무조건 신뢰한다. 전반적으로 이 작품은 짙은 향토성과 해학성을 지니고 있으며 상대적으로 아이러니 효과는 미약한 편이다. 이 작품의 수사적 아이러니는 '나'의 기대와 점순의 행동이 불일치하는 데에서 발생하며 사회·역사적인 차원에서의 심층적 아이러니는 사위마저 착취의 대상으로 삼으려 하는 소작제도의 모순과 언제든지 내쳐질 수 있는 '나'의 불안한 운명 사이에서 발생한다.[18]

「동백꽃」의 '나' 역시 「봄·봄」의 화자처럼 어리숙하고 순박하지만 '점순이가 자신을 좋아하고 있다'는 정도의 사태 파악은 나름대로 정확하게 하고 있다. 다만 마름의 딸에 대한 유랑민 출신 소작인 아들로서의 위축감이나 자격지심 때문에 점순의 애정 공세를 모르는 척한다. 점순네 닭을 죽이고 약점을 잡힌 다음에야 '나'는 마지못한 듯 점순의 사랑을 받아들인다. 이에 따라 이 작품에서의 열린 결말은 「봄·봄」의 열린 결말에서보다 사회적인 성격이 짙게 드러난다.

「봄·봄」의 주인공과 독자 사이의 지적 낙차에 비해 「동백꽃」의 주

---

18 이 작품의 결말은 이야기상의 결말과 담론상의 결말이 다르다. 이야기상의 결말은 봉필이 '나'의 상처를 치료해 주면서 올가을에는 성례시켜 주겠다고 약속하는 장면이지만, 담론상의 결말은 결혼시켜달라고 장인과 다투는 과정에서 자신을 부추기던 점순이 오히려 장인 편을 드는 장면이다. 두 장면 모두 두 사람이 혼례를 치르기 전 장면이므로 이 작품 역시 열린 결말을 취하고 있다 하겠다.

인공과 독자 사이의 그것은 적은 편이다. 「봄・봄」에서는 봉필의 의도를 미처 파악하지 못하는 주인공에 대해 독자는 답답함을 느끼면서 웃음을 짓게 된다. 하지만 「동백꽃」에서 독자는 주인공에 대하여 답답함을 느끼기보다는 오히려 연민을 느낀다. 증오심을 못 이겨 점순네 닭을 죽인 후 점순에게 이끌려 동백꽃에 파묻히는 모습은 웃음을 자아내지만, 점순 어머니의 소리를 듣고 산으로 도망치는 '나'의 모습은 애처롭게 느껴진다. 앞으로 두 사람이 신분적 장벽을 극복하며 애정 관계를 발전시켜 나가는 일이 결코 만만해 보이지 않기 때문이다.

이 작품의 해학적 효과와 수사적 아이러니는 점순의 요구에 '나'가 역으로 반응하는 데에서 발생한다. 점순은 감자와 닭을 이용해서 선심도 쓰고 자극도 가하면서 애정 공세를 벌인다. '나'는 이러한 점순의 의도를 모르지 않으면서도 감자를 받지 않거나 점순에 맞서 닭싸움을 벌인다. 점순의 의도와 나의 반응 사이의 격차에 의해 수사적 아이러니가 이루어진다면, 사회・역사적 차원에서의 심층적 아이러니는 '나'의 반응과 '나'가 점순의 애정 공세를 선뜻 받아들일 수 없는 사정 사이에서 발생한다. '나'는 모자라거나 무신경해서가 아니라 "내가 점순이 하고 일을 저질렀다는 점순네가 노할 것이고 그러면 우리는 땅드 떨어지고 집도 내쫓길 것"을 염려하여 그녀의 뜻을 짐짓 묵살하였던 것이다.

'나'의 집안은 떠돌던 끝에 이 마을에 정착하였고 점순네의 호의에 의해 소작지도 얻고 집지을 터도 얻었기 때문에 "일상 굽실거릴 수밖에 없었고 안 좋은 소문을 두려워할 수밖에 없었던 것"이다. 심층적 아이러니는 이 작품의 결말 부분에서 보다 분명하게 드러난다. 어머니의 부름 소리를 듣고 '나'와 점순은 사랑을 나누다가 서로 반대 방향으로 흩어진다. 여기서 어머니의 목소리는 늘상 '나'의 집안을 일상 굽실거릴 수밖에 없게 만들던 점순네의 '마름으로서의 권력과 권위'를 상징하는 것으로 볼 수 있다. 지주를 대신하여 소작권 이동권을 실질적으로 행사하던 마름의 권력은 젊은 남녀가 나누는 순수한 사랑을 가로막는 장애 요인으로 작동하고 있었음을 알 수 있다.

「안해」는 언뜻 「숏」처럼 들병이를 통해 보다 편안하고 풍족한 삶을 바라는 농촌 사내를 해학적으로 그린 작품처럼 보이지만 결말은 다르다. 「숏」에서는 주인공이 끝까지 들병이에 대한 미련을 버리지 못하지만, 「안해」에서는 뭉태와 아내가 수작하는 모습을 보자마자 들병이 덕을 보려던 생각을 떨쳐버리고 '나'는 아내가 앞으로 아이나 많이 낳기만을 바란다. 이 작품의 해학적 효과와 수사적 아이러니는 아내가 들병이가 되려 하였으나 결국 실패하게 되는 과정에서 드러난다.

이에 비해 심층적 아이러니는 아내가 "이깐 농사를 지어 뭘 하느냐, 우리 들병이로 나가자"라고 선언한 이후 남편이 아내에게 노래를 가르쳐 주는 장면에서 발생한다. 수사적 아이러니에서는 아내를 독점하고자 하는 '가부장적 윤리'가 작동하고 있다면, 사회·역사적 차원에서의 심층적 아이러니에서는 아내에 대한 남편의 권리를 사실상 포기하도록 강요하는 부정적 현실의 모순이 작동되고 있다. 비어를 빈번하게 사용하는 구어체 언술을 통해 제시되는 미모보다 생산성을 중시하는 '나'의 사고와 아이들마저 영리의 수단으로 삼고자 하는 '나'의 어이없는 셈법 등은 남편과 아내 사이의 정조를 중시하는 기성 윤리와 합리적 사고를 해체하고 민중 계층의 생활 감각과 생명력에 기반한 대안적 윤리를 제시하고 있다.

2) 도시 배경 소설들의 이중적 아이러니

김유정의 소설 중 도시 배경 소설은 12편이고 이 중 4편은 자전적 소설이며 나머지 소설은 대체로 걸인이나 백수, 여급, 노동자, 버스 걸 등과 같은 도시 하층민들의 삶을 소재로 하고 있다. 농촌 소재 소설들이 비교적 유기적인 짜임새를 보여 주고 있다면, 도시 배경 소설들은 대체로 느슨한 짜임새를 보여주고 있다. 특히 자전적인 소설들은 에피소드를 나열하는 방식을 취하고 있다. 『생의 반려』와 「두꺼비」는 박녹주를 짝사랑했던 작가의 실화를 중점적으로 다루고 있으며, 「따라지」에서는 누나에게 학대당하는 작가의 분신인 톨스토이의 모습과 함께 세입자와 집 주인 간의 갈등이 해학적으로 그려지고 있다.

『생의 반려』의 명렬 역시 김유정을 연상케 하는 인물로서 기생 명주에게 끝없이 편지를 보내지만 답장을 받지 못한다. 이를 불쌍히 여긴 1인칭 관찰자 ‘나’는 누이동생을 시켜 가짜 답장을 보낸다. 이에 고무된 명렬은 더욱 열심히 편지를 명주에게 보내지만 다시 편지가 반송되어 오자 크게 실망한다. 「두꺼비」에서는 두꺼비라는 기생 오래비가 자신을 옥화와 맺어줄 것으로 기대하지만 결국 두꺼비가 자신을 이용만하고 편지조차 제대로 전해 주지 않았음이 드러난다.

이들 자전적 작품으로 미루어볼 때 김유정은 박녹주에 대한 자신의 사랑에 대해 객관적으로 인지할 능력이 충분히 있었던 것으로 보인다. 그럼에도 불구하고 그는 형의 폭력과 누이의 학대, 그리고 어려서 돌아가신 어머니에 대한 그리움 때문에 맺어질 수 없는 상대에게 더욱 집착한 것으로 추정된다.[19] 이들 자전적인 세 작품의 시작 부분과 결말 부분

19　이러한 주인공의 기생에 대한 비정상적인 짝사랑은 김유정 농촌소설의 주인공들이 도박, 금광, 들병이 등과 같은 ‘텅 빈 기표’에 집착한 것과 대응한다. 농촌소설의 주인공들이 최후의

의 상태는 거의 동일하다고 볼 수 있으며 농촌소설들에서와 같은 사회·역사적 차원에서의 아이러니는 찾아보기 어렵다. 이들 자전적 작품은 짝사랑과 누이의 학대, 가난 등과 같은 김유정의 자전적 사실을 반영하고 있으면서 「따라지」의 아끼꼬와 같이 강한 생명력과 정의감을 지닌 '도시형 들병이'를 제시하고 있기도 하다.

「야앵」은 창경원에 꽃구경 나온 여급들이 그려진다. 딸을 잃어버린 줄 알았으나 알고 보니 전 남편이 데려다 키우고 있는 사실을 정숙이라는 여급이 알게 된다는 점에서 수사적 아이러니는 발견할 수 있지만 농촌 소재 소설처럼 극한적 상황을 돌파하고자 하는 의지나 기존의 윤리의 한계를 드러내거나 대안적 윤리를 모색하려는 모습도 찾아보기 어렵다. 「슬픈 이야기」는 남편의 폭력에 시달리면서도 생계 문제 때문에 남편으로 못 벗어나는 여인의 이야기를, 「심청」은 걸인들의 비참한 삶을 수사적 아이러니를 동원하여 해학적인 필치로 그리고 있을 뿐 사회·역사적인 차원에서의 아이러니를 발견하기 어렵다.

이에 비해 「정조」, 「애기」, 「땡볕」 등은 도시 소재 소설이지만 결말 부분에서 수사적 아이러니는 물론 사회·역사적인 차원에서의 아이러니가 비교적 강하게 드러나는 작품들이다. 「정조」는 술김에 건드린 행랑어멈 때문에 주인댁 내외가 큰 망신을 당하고 곤욕을 치른 끝에 거액을 뜯긴다는 내용을, 「애기」는 논 50석지기를 준다는 약속을 믿고 임신 8개월째 되는 여인과 결혼하였으나 논을 받기는커녕 날로 빚만 늘어가고 막무가내인 아내 때문에 곤욕을 치르는 내용을 담고 있다.

「정조」에서는 어리숙해 보이던 행랑어멈과 주인집 내외의 처지가

방책으로 그런 것들에 집착하지만 상황이 그대로이거나 오히려 악화되는 경우가 많았듯이 자전적 소설의 주인공의 짝사랑 역시 상황의 변화가 주어지지는 않기 때문이다. 이와 같은 양상은 결국 희망과 가능성이 폐색된 비정상적 상태에서 비정상적인 대상에게 집착한 결과로 보이며, 이러한 집착은 아이러니 효과를 산출한다.

뒤바꿈으로써, 「애기」에서는 부유한 처가 집 덕을 보려다가 오히려 콧대 높은 아내 때문에 곤욕을 치르고 금전적으로도 손해만 보는 사태를 통해 수사적 아이러니가 드러난다. 또 「정조」에서는 행랑어멈의 뻔뻔한 태도와 악착같이 돈을 뜯어내는 그녀의 반윤리적인 태도가 '정조와 임신마저 교환가치의 수단이 되어야 하는 현실'과 대비되면서, 「애기」에서는 '아이가 동사할 것을 염려하여 차마 버리지 못하고 다시 데려오는' 필수의 순박한 마음과 '전처가 도망칠 정도로 가랑이가 찢어질 정도로 가난한 필수네의 살림'이 대비되면서 사회·역사적 차원에서의 아이러니도 미약하게나마 드러난다.

「땡볕」은 김유정의 농촌소설 못지않게 열린 결말과 이중적 아이러니 방식을 통해 민중들의 순박한 내면과 강한 생명력에 바탕을 둔 타자 지향적 윤리성을 드러내고 있다. 덕순은 아내의 병이 희귀병인 줄 알고 병원에서 무료로 치료받을 수 있을 뿐만 아니라 월급까지 받을 것으로 기대하였으나 오히려 아내의 병은 돈이 없이는 나을 수 없는 병(태아의 사산)임이 드러난다. 이 순간 표층적인 차원에서 수사적 아이러니가 이루어진다. 덕순이 잘못 알고 있는 사실과 의사의 진단 사이의 차이 때문에 수사적 아이러니 효과가 발생한다면, 심층적으로는 '병원'으로 상징되는 이성적·과학적·근대적 세계가 덕순과 그의 아내가 보여주고 있는 순박하고 건강한 민중적 내면의식에 의해 해체되는 순간 사회·역사적 차원에서의 아이러니가 성립된다.

덕순은 비록 가난하고 무지하여 아내의 죽음을 막지 못하지만 인간으로서의 존엄성을 잃지 않는다. 남편과 아내가 서로를 위하여 타자 지향적 윤리성을 보여주는 이 작품의 열린 결말은 이들이 근대의 타자로서 식민지 근대성의 세계에게 제대로 적응하지 못하고 패배당하지만, 순박한 내면과 타자 지향적 윤리 의식을 통해 정신적으로는 '병원'으로

상징되는 식민지 근대가 내세웠던 합리성의 세계에 굴하지 않는 모습을 그리고 있다.[20]

5. 나오며

이상으로 김유정 소설의 일반적 특징이라 할 수 있는 열린 결말과 이중적 아이러니를 분석해 보았다. 그의 소설들은 미완성 소년소설인 「두포전」을 제외하고 모두 열린 결말의 형식을 취하고 있다. 문제의 해결보다는 문제 제시 자체를 중시하며, 현실적으로 패배하더라도 정신적·윤리적으로 승리하는 문제적 주인공을 통해 부정적 전망을 제시하는 소설이 지배적인 근대소설의 양식을 고려할 때 1930년대 중반에 창작된 김유정의 소설이 열린 결말의 형식을 취하고 있는 것은 당연하다.

중요한 것은 그의 소설이 취하고 있는 열린 결말이 대부분 이중적으로 아이러니 효과를 빚어내고 있는 점이다. 표면적인 차원에서의 수사적 아이러니는 김유정 소설에 등장하는 인물들의 행위가 무지하거나 자신이 기대하는 바와 일치하지 않는 결과를 얻는 데서 발생한다. 「산골ㅅ나그내」의 덕돌은 나그네 여인과 어렵게 결혼에 성공하였으나 그

---

20 이경은 이 작품에서 "죽음을 목적에 둔 아내가 자신에 앞서 타자를 우선시키며, 타자에 대한 염치로 일관하는 것, 곧 자신의 죽음보다 사촌에게 진 사소한 빚과 남편에게 지운 사소한 짐을 더 앞세움으로써 개인주의와 이윤을 골자로 하는 자본제의 기율을 낯설게 비추어낸다"고 하였는바, 이경의 이와 같은 지적은 이 작품이 농촌 배경 소설 이상으로 '타자 지향적 윤리성'이나 민중의 순박한 내면을 전경화하고 있는 작품임을 말해준다(이경, 앞의 글, 392쪽).

여인에게는 이미 남편이 있었던 것으로 밝혀지며, 「만무방」에서 벼를 훔친 이는 그 벼를 경작해 온 당사자인 응오로 밝혀진다. 반전 효과를 수반하는 수사적 아이러니는 소설에 독자의 흥미가 결말 부분까지 유지되게 하는 한편, 문제가 현실적으로는 해결되지 않았음에도 불구하고 작품이 구조적 완결성을 가질 수 있도록 한다.

이에 비해 사회·역사적인 차원에서 발생하는 심층적 아이러니는 등장인물이 행하는 절도, 도박, 매춘과 같은 일탈행위들을 당대 사회를 지배하던 모순과의 연관성 속에서 파악하되 민중들 내부의 시각으로 그러한 행위들을 바라볼 때 성립된다. 생존 자체가 위협당하는 절박한 상황 하에서 불가피하게 행해지는 등장인물들의 일탈행위는 체제 유지를 목적으로 하는 지배자 중심의 기성 윤리의 한계를 드러내며 그것의 해체를 시도한다. 그리고 민중적 생활 감각과 생존 방식에 바탕을 둔 타자 지향적인 대안적 윤리가 모색되기 시작한다. 이처럼 등장인물들의 일탈행위가 민중 내부의 시점을 통해 정당성을 획득하는 순간 사회·역사적 차원에서의 심층적 아이러니 효과가 발생하는 것이다.

참고문헌

1. 기본자료

전신재 편, 『원본 김유정 전집』(개정증보판), 도서출판 강, 2012.

2. 논문

권채린, 「김유정 문학의 향토성 재고」, 『현대문학의 연구』 41집, 한국문학연구학회, 2010.
최유찬, 「채만식의 창작기법 연구」, 『현대문학의 연구』 41집, 한국문학연구학회, 2010.

3. 단행본

김유정학회 편, 『김유정의 귀환』, 소명출판, 2012.
__________ 편, 『김유정과의 만남』, 소명출판, 2013.
유인순 외, 『김유정과 동시대 문학』, 소명출판, 2013.
이상섭, 『아리스토텔레스의 『시학』 연구』, 문학과지성사, 2002.
최유찬, 『채만식의 항일문학』, 서정시학, 2012.

본하임, 헬무트, 오연희 역, 『서사양식』, 예림기획, 1998.

김유정 「산골」의 공간수사학

송효섭

1. 공간수사학의 이론적 전제

김유정의 「산골」은 제목이 암시하는 바와 같이 공간적인 지표기호를 유표화시킴으로써 수사적 효과를 거두고 있는 소설이다. 이 글은 「산골」에서 드러나는 공간적 지표들이 인물들의 행위로 이루어진 서사적 요소들과 맺는 기호학적 관계를 살핌으로써, 이 작품이 갖는 공간수사적인 효과를 기술할 것이다. 이를 위해 먼저 공간수사학[1]과 관련한 몇 가지 이론적 가설들을 설정하기로 한다.

일반적으로 텍스트에서 의미론과 문체론, 그리고 수사학은 각기 다

---

[1] 이 글에서 쓰는 '공간수사학'이라는 용어는 일반적인 수사학을 토대로 하되, 공간적 요소에 초점을 맞추어 텍스트를 분석하는 방법을 지칭하기 위해 고안된 것이다. 이 소설에는 다양한 기호들 간의 상호작용이 드러나지만, 특히 그중에서도 공간 기호가 갖는 중요성이 강조될 필요가 있기에, 이러한 용어를 굳이 사용하였음을 밝힌다.

른 영역으로 간주되었다. 그러나 기호학적 관점에서 이들이 드러내는 요소들은 서로 연계되어 있다. 텍스트의 의미론에 대한 대표적인 성과로 그레마스의 의미생성행로 모델[2]을 꼽을 수 있는데, 이러한 모델에서 의미론은 그 안에 문체론과 수사학을 담화적 구조로 수용하여 기술한다. 그런가 하면, 옐름슬레우는 표현과 내용 간의 관계를 통해 드러나는 외연기호학에 덧붙여 다양한 내포소들을 드러내는 내포기호학의 모델[3]을 제시하는데, 이때 이러한 내포소를 다루는 것이 문체론과 수사학이다. 텍스트에 일정한 의미가 있다고 가정하는 것은 일종의 형이상학적 가설에 불과하고, 텍스트가 의미를 생성하는 과정에 필연적으로 개입하는 다양한 내포소들의 작용을 의미라 할 수 있는데, 이를 드러내기 위해서는 이러한 문체론과 수사적 분석이 필요한 것이다. 다시 말해 소설과 같은 문학 텍스트를 포함하여 모든 텍스트는 필연적으로 내포적인 의미를 가질 수밖에 없는데, 이에 따라 이러한 내포성을 규정하는 데 필수적인 문체론과 수사학은 곧 의미론을 구성하는 요소가 되어야 하는 것이다.

그러나 이 글은 「산골」이 갖는 공간수사학을 다루는 것인 만큼, 수사학에 초점을 맞출 것이며, 그런 점에서 의미론과 문체론과의 관련성을 이론적으로 설정할 것이다. 이를 위해서는 문화기호학자인 로트만의 입론이 매우 유용하다. 로트만은 의미론과 문체론, 그리고 수사학의 관계를 음악에서의 음계에 비유하여 설명한다.[4] 하나의 음계에 '도'라는 음이 있고, 또다른 음계에 역시 '도'라는 음이 있다면, 이들 '도'는 모두

2 A. J. Greimas, *Du sens*, Seuil, 1970, pp.135~136 참조.

3 Louis Hjelmslev, trans. by Francis J. Whitfield, *Prolegomena to a Theory of Language*, University of Wisconsin Press, 1969, pp.114~125 참조.

4 Yuri M. Lotman, trans. by Ann Shukman, *Universe of the Mind*, Indiana University Press, 2000, pp.36~53 참조.

음계 안에서 '도'라고 하는 동일한 위치를 갖는 소리를 나타낸다. 이러한 동일한 요소가 바로 의미론에서 밝히는 의미이다. 그런데 같은 '도'라 하더라도 음계가 달라지면 '도'는 다른 소리로 나타난다. 이와 같이 음계에 따라 달라지는 '도'의 소리를 규정하는 요소가 이른바 문체론에서 말하는 문체이다. 같은 의미가 다르게 표현될 수 있는 것은 바로 이러한 문체의 효과 때문이다. 그런데 수사는 이러한 다른 음계들 간의 충돌에서 발생한다. 문체는 음계가 비록 위계적이기는 하지만, 그것이 유동적이지 않음을 가정하고 생겨나는 것인데 반해, 수사는 이러한 음계들 간의 위계가 상대적이어서 언제든지 변할 수 있고 그런 점에서 서로 충돌할 수 있음을 가정할 때 생겨난다. 요컨대 소리가 음계 내에서 발현하는 효과가 문체적이라면, 그것이 음계들 간에 발현된다면 수사적 효과가 되는 것이다. 이를 텍스트의 의미론과 관련하여 말한다면, 일정한 의미가 어떠한 내포소를 통해 모호하고 함축적으로 나타났을 때, 여기에서 찾아지는 기호들 간의 충돌은 수사적 효과를 내는 것이다. 이러한 로트만의 입론의 특징은 의미론에서의 의미나 문체론에서의 문체는 일정한 고정성을 띠는 것이지만, 수사학은 양립할 수 없는 요소들 간의 역동적 작용으로 인해, 의미나 문체 모두에서 새로운 의미가 생성되는 기제로 작용한다는 것이다.[5] 예컨대, 「산골」이 구현하는 외연적 의미와 같은 것이 있고, 또한 김유정 특유의 문체와 같이 김유

---

5 이를 로트만은 다음과 같은 도식으로 나타낸다(ibid., p.53).

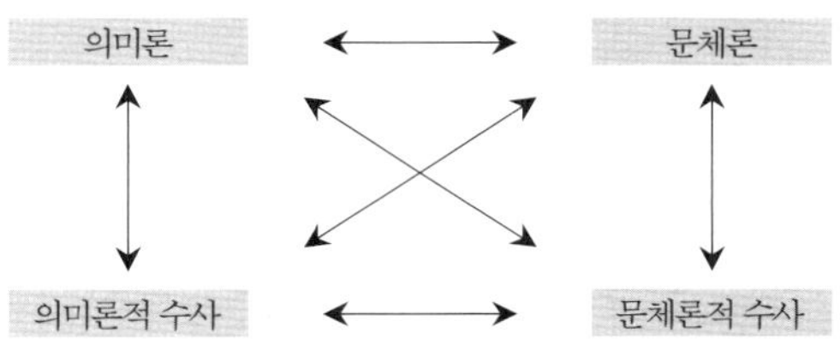

정 소설에 일반적으로 나타나는 문체가 있다고 가정할 때, 이것이 보다 의미 생성의 효과를 발휘하기 위해서는 수사적 작용이 필연적으로 덧붙여져야 한다. 이러한 수사를 밝히는 일은 따라서 소설 텍스트를 일반적인 주제 범주나 문체 범주로 환원시키는 것이 아니라, 텍스트의 독해 과정에서 드러나는 미적 효과와 함께, 그것이 갖는 문화 코드로서의 역할을 밝히는 것이다. 모든 것을 코드의 작용으로 보는 기호학의 관점에서 기호의 충돌이 야기하는 수사적 효과 역시 단지 일회적인 것이 아닌 일정한 기제를 갖는 보편적인 것으로 나타난다. 우리가 수사적 장치를 코드로 기술할 수 있는 것은 이러한 수사적 장치가 코드로 작용하면서, 텍스트에서 미시적 혹은 거시적으로 동일하게 관찰될 수 있기 때문이다. 이는 하나의 메타수사와 같은 형태로 나타나면서, 「산골」과 같은 소설 텍스트를 그보다 큰 문화적 텍스트와 연결시키는 고리의 역할을 한다. 이는 소설 텍스트가 단지 하나의 작품이 아니라, 그것이 놓인 맥락과 기호학적 관련성을 유지하는 담론이 될 수 있음을 말하는 것이다. 이와 같이 수사는 텍스트를 장식하는 요소가 아니라, 텍스트의 의미를 규정하는 문화코드의 기능을 갖고 있기 때문에, 「산골」을 공간수사적으로 분석함으로써, 보다 넓은 담론의 망 속에서 수사가 코드로서 수행하는 역할을 밝혀낼 수 있을 것이다.

2. 논항기호로서의 텍스트 — 본문과 제목의 추론적 관계

「산골」에 대한 수사적 단서는 제목 '산골'에서 찾아진다. '산골'이라는 지형적 공간이 암시하는 것은 이 소설에서 일어나는 사건이 산골이라는 공간에서 벌어지는 것임을 나타낸다. 이는 중요한 기호학적 단서가 된다. 다시 말해 설정된 공간이 갖는 기호학적 의미가 이 텍스트에 주도적으로 작용하면서 특수한 수사적 효과를 발휘하게 됨을 말하는 것이다.

소설에서 제목은 본문과 기호학적 관계를 갖는다. 제목이 없는 소설을 상상해보라. 그것이 비록 어느 정도 소설적 코드에 의거한 것이라 할지라도, 독자로 하여금 그것을 논리화할 근거를 제공하지 않는 셈이 된다. '산골'이라는 제목은 「산골」이라는 소설을 논리적으로 완성시킨다. 퍼스는 이를 논항기호[6]라 한다. 이와 같이 논항기호로서의 텍스트는 텍스트 안에 있는 모든 요소들이 논리적으로 설명될 수 있음을 말하고, 특히 가장 분명한 분절 단위라 할 수 있는 제목과 본문 간의 기호학적 관련성이 추론될 수 있음을 보여준다.

앞서 말했듯, 제목 '산골'은 일정한 지형적 공간을 나타내며, 따라서 이는 본문 역시 이러한 지형적 공간과 관련됨을 암시한다. 그런데 「산골」은 일반적인 소설들과는 달리 본문 역시 분절되어 있으며, 분절된 단위마다 제목을 달고 있다. '산골'이라는 제목이 본문 전체와 기호학적

6　논항기호(Argument)란 그것의 해석소에게 법칙의 기호로 나타나는 기호를 말한다. 이 소설 텍스트를 논항기호라 할 때 우리는 이 소설의 본문이 일정한 논리적 과정을 거쳐 제목 '산골'이라는 해석소에 도달함을 가정한다. 다시 말해, 제목은 본문의 논리에 따라 붙여진 것으로 가정되는 것이다. 이는 이 소설에서 공간적 지표들로 나타나는 제목과 소제목들이 갖는 기호학적 역할을 보여주는 것이다(eds. by Charles Hartshorne & Paul Weiss, *Collected Papers of Charles Sanders Peirce* II, Harvard University Press, 1965, pp.144~146).

관련을 갖듯, 본문의 '산', '마을', '돌', '물', '길'과 같은 소제목 역시 본문의 각 절들과 기호학적 관련을 갖는다. 말할 것도 없이 이 경우도 각 절의 제목들은 논항기호의 해석소 역할을 한다. 각각의 절들 안에서 추론될 수 있는 논리적 의미들이 모여, '산골'이라는 제목의 더 큰 해석소를 형성한다. 우리는 여기에서 「산골」을 읽는 두 가지 방향을 생각할 수 있다. 하나는 더 큰 해석소를 통해 더 작은 해석소를 산출하는 것이고, 다른 하나는 더 작은 해석소를 통해 더 큰 해석소를 추론하는 것이다. 이러한 두 개의 방향은 따로 떨어질 수 없는 것이다. 따라서 우리는 이들 간의 추론을 순환적 추론법, 이른바 가추법[7]에 의거해야 할 필요가 있음을 알게 된다. 우리가 '산골'이라는 제목이 암시하는 바를 떠올리고, 그것을 통해 각각의 절들을 읽어가지만, 이러한 절들에 대한 독해를 통해 우리는 다시금 '산골'이 갖는 의미를 생각하게 된다. 이 소설의 제목 '산골'은 이 소설 각 절의 제목들과 위계적 관계를 갖는 것으로, '산골'이 갖는 의미의 포괄성을 유추하게 하지만, 한편으로는 이러한 '산골'은 또한 각 절을 읽어 가는데, 단지 참조적 맥락으로만 작용할 수도 있다. 이러한 것은 모순되어 보이지만, 앞서 말한 가추적 논리에 의해 얼마든지 정당화될 수 있는 것이다.

　이 소설은 공간적 지표를 나타내는 소제목이 붙은 몇 개의 절들로 구성되어 있는데, 이러한 특이한 구성이 이 소설에서 독특한 수사적 효과를 발휘한다. 일반적으로 소설은 서사로 이루어진다. 서사는 사건의 연결로 이루어지며, 그 연결은 소설이 갖는 리얼리티와 직결된다. 소설은 허구이지만, 이러한 그럴듯함의 효과는 그것이 마치 허구가 아닌 사실인 것처럼 여기게 한다. 이러한 구성을 소설 장르가 일반적으로 갖는

7　ibid., p.374.

것이라 한다면, 「산골」은 이러한 그럴듯함의 효과를 의도적으로 깨뜨리고 있다. 산-마을-돌-물-길와 같은 제목들이 이어지는 이 소설의 구성은 일반적으로 소설에서 나타나는 서사의 플롯과는 거리가 있다. '산골'이라는 공간 안에 존재하는 것으로 여겨지는 '산', '마을', '돌', '물', '길' 간에는 어떠한 서사적인 연결도 암시되지 않는다. 그렇다면 이들 각각은 비록 공간적으로 연결된 지표들이라 하더라도, 적어도 서사적으로 연결지점들을 드러내지는 않는다. 소설 「산골」에서 시간적으로 연결된 사건들이 보여주는 서사 기호들과 그러한 사건들이 일어나는 공간 기호들은 병행하거나 상응하지 않는데, 이것이 바로 이 소설이 이들 기호들 간의 충돌에 의해 수사적 효과가 발현됨을 보여주는 것이다. 논항 기호로서의 소설 「산골」에서 '산골'이라는 공간적인 지표는 이 소설에서 일어나는 사건들의 단순한 배경이 아니라, 적어도 이 사건들과 대등한 독자적인 의미를 생성하는 기호이며, 이는 각 절에 붙여진 소제목의 공간적 지표들에서도 마찬가지라 할 수 있다. 따라서 소설 「산골」은 하나의 공간 기호가 지배적인 하나의 독자적 세계이면서, 그 안에 몇 개의 다른 공간 기호들이 각기 지배하는 여럿의 독자적 세계들을 품고 있는 구조를 보여준다고 하겠다.

그렇다면, 이들 공간적 지표들은 어떤 기호작용을 하고 있으며, 어떤 수사적 효과를 발현하고 있을까? 이를 논의하기 위해서는 필연적으로 이들 공간적 지표들이 이 소설에서 드러나는 서사적 요소, 즉 인물에 의해 이루어지는 사건과 맺는 관계를 살펴볼 필요가 있다.

3. 공간의 지표성 – 은유와 환유

　제목 '산골'은 이 소설에서 일어난 사건의 배경을 나타낸다. 이를 기호학적으로 말하면 '산골'은 어떤 사건을 지표적으로 나타내는 것이다. 그러나 소설에서 어떤 사건이 있다고 할 때 분명히 그 사건과 관련되어 유표화되어야 할 요소가 있을 터이지만, 그것은 꼭 이 소설처럼 '산골'이 되어야 할 필연성은 없다. 만일 사랑을 다룬 소설이라면 '사랑'이나 '비련'과 같은 제목을 붙일 수 있을 터인데, 굳이 '산골'과 같은 공간적 배경을 지표기호로 드러낸 것은 이러한 공간적 지표성이 유표성을 가져야 하기 때문이다. 이 소설이 공간수사학적으로 다루어져야 할 첫 번째 이유가 바로 여기에 있다.

　그렇다면 '산골'이라는 기호는 무엇을 의미하는 것일까? 산골과 대립되는 장소로 우리는 도시를 설정할 수 있다. 이 소설 속에 등장하는 도련님은 산골을 떠나 '서울'이라는 도시에 사는 것으로 나타난다. 또한 이 소설에 등장하는 이쁜이는 이러한 '서울'이라는 도시에 가서 살기를 욕망한다. 그렇다면, 우리는 이 '산골'이라는 공간적 지표가 '도시'라는 공간적 지표와 대립을 이루고 있음을 알 수 있다. 그리고 이들 대립되는 지표기호들을 변별하는 의소[8]를 찾는다면, /토착성/ : /외래성/, /전통성/ : /근대성/, /궁핍성/ : /풍요성/ 등이 추론될 수 있을 것이다. 공간적 지표기호는 그것이 나타내는 기호들을 지표적으로 규정하는데,

---

8　'의소'란 야콥슨이 말한 '변별적 자질'이라는 개념을 의미론에 도입하여 그레마스가 도출한 의미 분석 단위이다. 예를 들어 소년과 소녀를 구분하는 자질은 남성 대 여성이라는 성적 자질인데, 바로 이러한 자질이 분석 단위가 될 때 의소가 성립한다. 의소는 보편적인 것이어서 가령 소년과 소녀를 구분할 뿐 아니라, 신사와 숙녀, 암컷과 수컷 등을 구분할 때도 사용될 수 있다(A. J. Greimas, *Sémantique structurale*, Larousse, 1966, pp. 22~23).

가령 '산골'이라는 기호는 산골에 사는 이쁜이나 석숭이를 규정한다. 따라서 이쁜이나 석숭이는 토착적이고 전통적이고 궁핍한 가치를 나타내는 존재로 나타나며, 서울에 사는 도련님은 외래적이고 근대적이고 풍요로운 가치를 나타내는 존재로 나타난다. 이들 간에 어떤 관계가 존재한다면, 그 관계는 단지 서사적인 사건을 불러일으킬 뿐만 아니라, 그들이 표상하는 가치들 간의 위계나 지향성을 표출하기도 한다.

이 소설에서 서사적 사건은 그리 복잡하지도 않고, 또 극적으로 전개되지도 않는다. 그저 간단하게 정리한다면, 이 소설은 이쁜이라는 주인공이 서울에 간 도련님을 사모하며 기다리는 줄거리를 갖는 이야기일 뿐이다. 그러나 여기서 '사모하며 기다리는' 행위는 매우 강력한 가치의 지향성을 나타낸다. 이쁜이와 석숭이는 같이 산골에 살면서 산골이라는 공간적 지표기호가 나타내는 가치를 갖고 있지만, 그 가운데 이쁜이는 이러한 가치에서 벗어나 도시라는 공간적 지표가 나타내는 가치를 지향한다. 그러나 이러한 지향성이 곧바로 행위로 이어지고 그리하여 그 지향성이 실현되는 것은 아니다. 이 소설의 다음과 같은 결말은 이러한 지향성이 주인공의 인지적 차원에 머물러 있음을 보여준다.

> 그러나
> 오늘은 웬일인지
> 어제와 같이 날도 맑고 산의 새들은 노래를 부르건만
> 이쁜이는 아직도 나올 줄을 모른다.[9]

이와 같은 사건의 미완성성은 이 소설의 제목 '산골'이 의미하는 바와

---

9 김유정, 「산골」, 『김유정 전집』 1(이하 『전집 1』), 가람기획, 2003, 155쪽.

일맥상통한다. 앞서 산골이 함축한 /토착성/, /전통성/, /궁핍성/과 같은 의소들은 모두 정체성을 나타내는 것으로, 실천적 행위를 통해 상황을 변화시키는 역동성을 구현하지 못한다. 이는 주인공의 정체된 행위에서 그대로 나타난다. 그렇다면 우리는 이 소설의 제목 '산골'이 주인공 이쁜이가 처해있는 상황과 이에 대처하지 못하는 무능력을 나타내는 하나의 은유임을 알 수 있다. 은유란 두 개의 충돌하는 관념을 결합시키는 것이다. 은유가 갖는 효과는 이와 같이 두 개의 충돌하는 관념이 갖는 모순과 그럼에도 불구하고 이들이 유사한 것으로 유대할 수밖에 없는 필연성에서 비롯된다. '산골'이라는 공간적 지표가 그것과 유사한 인물들의 상황이나 그것이 함축한 가치를 은유적으로 나타낼 때, 바로 그 공간적 지표들과 인물 그리고 가치들이 각기 독자적으로 존재하는 담론의 공간이 형성되고, 그 안에서 이들이 서로 충돌함으로써 이 소설의 수사적 효과가 발현된다. 무작정 기다려야 하는 주인공의 정체된 상황이 산골이라는 공간에서 일어나지만, 그러나 그 산골은 또한 생생한 자연의 움직임이 존재하는 곳이기도 하다. 가령 다음과 같은 묘사는 이러한 자연의 모습을 잘 보여준다.

하늘은 맑게 개이고 이쪽저쪽으로 뭉글뭉글 피어오른 흰 꽃송이는 곱게도 움직인다. 저것도 구름인지 학들은 쌍쌍이 짝을 짓고 그 새로 날아들며 끼리끼리 어르는 소리가 이 수퐁까지 멀리 흘러내린다.[10]

여기에서의 자연의 모든 형상들은 이 소설의 사건에서 찾아지는 '산골'이 함의한 의소들과는 다른 의소들을 나타낸다. /역동성/, /상호성/,

---

10 위의 책, 138쪽.

/침투성/과 같은 의소들은 이 소설에서 일어나는 사건과는 무관한 듯이 보이는 '산골'의 함축적 의미를 나타낸다. 서사적 사건에서 공간적 지표기호로서의 '산골'과 그것과 무관한 듯이 독자적으로 존재하는 자연으로서의 '산골'은 전혀 다른 의미를 갖는 것으로 이 소설의 맥락에서 서로 상충하는 기호로 나타난다. 앞서 말했듯, 수사적 효과는 기호들 간의 충돌에서 비롯되는데, 이 소설의 제목 '산골'이 드러내는 수사적 효과가 바로 그러한 것이라 할 수 있다.

공간적 지표와 사건과의 기호학적 관련성을 좀 더 미시적으로 관찰하기 위해 소제목으로 분절된 각각의 절들에서 발현되는 수사적 효과를 살펴보기로 하자.

'산'이라는 소제목이 붙은 절에서 '산'은 산에서 일어나는 사건의 지표기호로 나타난다. 산에서 일어나는 사건이란 이쁜이와 도련님 간의 밀고 당기는 사랑의 유희와 같은 것이다. 산은 이쁜이에게는 노동의 공간이지만, 도련님에게는 남의 눈을 피해 이쁜이를 유혹할 수 있는 사랑의 공간이다. 그런 점에서 '산'은 /은폐성/의 의소를 갖는다. 이는 공공의 장소인 '마을'과 변별되는 속성을 보여준다. 이러한 의소는 '산'이 서로를 욕망하지만 신분상의 차이로 사랑이 금지된 두 주인공의 은밀한 만남을 은유적으로 나타내는 공간임을 보여준다. '산'은 마을로부터 떨어져 있으며, 또한 나무들로 인해 모든 것이 가려지는 공간인데, 이는 이들 두 주인공이 갖는 욕망의 속성과 유사하다. 그것은 주인공의 심리와 행위로 표출되는데, 다음 예문에서 그러한 것을 살필 수 있다.

> 그 모양이 하도 수상하여 이쁜이는 눈을 똥그랗게 뜨고 바라보니 도련님은 좀 면구쩍은지 낯을 모로 돌리며 그러나 여일히 싱글싱글 웃으며 뱃심 유한 소리가,

"난 지팡이 꺾으러 왔다."[11]

이쁜이는 그 꼴이 보기 가엾고 죄를 저지른 제 몸에 대하여 죄송한 자책이 없던 바도 아니었지마는 다시 손목을 잡히고 이 잣나무 밑으로 끌릴 제에는 온 힘을 다하여 그 손깍지를 버리며 야단친 것도 사실이 아닌 건 아니나 그러나 어딘가 마음 한편에 앙살을 피면서도 넉히 끌리어가도록 도련님의 힘이 좀 더 좀 더 하는 생각이 전혀 없었다면 그것은 거짓말이 되고 말 것이다.[12]

도련님이 이쁜이를 유혹하기 위해 은폐된 공간인 산으로 찾아왔지만, 그것은 떳떳한 일이 아니기에, 지팡이 꺾으러 왔다고 거짓말을 한다. 이는 도련님과 이쁜이 사이의 사랑이 아직 은폐되어야 할 어떤 것이기에 나오는 행동이며, 이에 대한 서술은 '산'이라는 /은폐성/의 의소를 갖는 공간과 은유적으로 연대하게 된다. 이는 이쁜이의 도련님에 대한 심리상의 양가성 내지는 모순에서도 보이는 것이다. 도련님을 욕망하지만, 또한 뿌리치는 행동을 하는데, 그에 대한 이쁜이의 심리상태가 위의 예문에 잘 표출되고 있다. 이것 역시 '산'이라는 은폐된 공간에서 모든 행동은 비밀스러울 수밖에 없기에, 그러한 /은폐성/에서 비롯되는 심리적인 머뭇거림이 잘 드러나고 있는 것이다. 소설 「산골」은 어쩌면 이러한 머뭇거림으로 이루어진 소설이라 할 수 있다. 도련님은 그저 이쁜이를 소극적으로 유혹할 뿐이며, 이쁜이는 그 유혹을 흔쾌히 받아들이지 못한다. 그러면서도 이쁜이는 도련님에 대한 미련을 버리지 못하고 끝없이 기다릴 뿐이다. 기다리는 것은 도련님과 만나거나 같이 사는 것일 터인데, 그러한 사건은 지금 일어나는 것이 아니며 무기한 유

---

11 위의 책, 141쪽.
12 위의 책, 142쪽.

예된 사건일 뿐이다. 이와 같이 머뭇거리고 기다리는 행위는 서사를 진행시키기보다는 지체시키는 것이며, 산골의 /은폐성/은 이러한 서사의 지체를 집약적으로 드러낸다. 이 소설의 제목이 '산골'임을 감안하면, 이러한 특성은 단지 '산'이라는 소제목을 달은 절의 문제가 아니라 이 소설 전체의 문제임을 짐작할 수 있다.

'마을'이라는 제목을 단 절에서는 이쁜이와 그 어미, 그리고 석숭이가 등장한다. 앞서 산이 /은폐성/의 의소를 갖는다면, 마을은 /개방성/의 의소를 갖는다. 마을은 사회적 공간이며, 거기에서 주도적인 가치는 신분적 위계에 의해 결정된다. '도련님'은 귀한 집 자식으로 /지체 높음/의 의소를 갖는 반면, 이쁜이와 그 어미, 그리고 석숭이는 종의 신분으로 /지체 낮음/의 의소를 갖는다. 마을이 /개방성/의 의소를 갖는다는 것은, 이러한 신분적 위계가 분명히 드러나고, 거기에는 일종의 사회적 질서가 실현됨을 말한다. 당연히 여기에서 이쁜이와 도련님의 사랑은 명백하게 금지된 것이지만, 이쁜이와 석숭이의 결합은 사회적 질서에 의해 허용된다. '마을'이라는 제목을 단 이 절에서는 이와 같은 금지되거나 허용된 관계에 관한 서사가 전개된다. 은폐된 공간에서 일어난 사건은 은폐되어야 마땅하지만, 완전한 은폐란 존재하지 않음으로써, 이에 대한 '검증'[13]이 일어난다. 이쁜이의 비밀이 탄로남으로써, 그녀는 매를 맞거나 아랫방에 구금되는 징벌을 받는다. 이러한 검증 역시 서사를 진행시키는 데 도움이 되는 것은 아니다. 매를 맞는다고 해서 그리고 아랫방에 가두어진다고 해서 이쁜이가 품은 사랑의 감정이 없어지

---

13 '검증'(Sanction)은 그레마스가 제시한 서사 프로그램의 마지막 단계에 해당한다. 여기에서 행위주체에 의해 수행된 행위에 대한 양태주체의 인식적 능력이 드러나는데, 기호학적으로 진위판정의 양태성과 같은 모습으로 나타난다. 서사에서 이는 서사가 지향하는 가치를 가장 뚜렷하게 드러내는 부분이기에 중요한 의미를 갖는다(A.J. Greimas, *Du sens* II, Seuil, 1983, pp.74~75 참조).

는 것이 아니고, 또 그녀의 기다림이 중단되는 것도 아니다. 이쁜이와 석숭이는 일종의 허용된 관계이다. 석숭이 이쁜이를 욕망하지만, 이쁜이는 이를 거부한다. 이쁜이는 사회적으로 허용된 관계를 거부하고 사회적으로 금지된 관계를 욕망하는 것이다. 사회적 규율이 존재하는 곳이 마을이기에, 이쁜이에게는 산이야 말로 그녀가 가진 욕망을 실현할 수 있는 공간이다. 산에서와 마찬가지로 마을에서도 인물들 간에 일어나는 서사적 사건이 진척되는 기색은 없다. 사회적 규범을 실현하기 위해 이쁜이를 징계하지만, 이와 같은 징계가 효과를 거두지는 않는다. 이러한 소극적 징계로서 상황이 바뀌지는 않는 것이다. 석숭이가 이쁜이를 유혹하지만 이것 역시 이쁜이가 도련님을 기다리는 것처럼 소극적이다. 이쁜이가 석숭이의 유혹에 넘어올 리 없는 것이다. 마을 역시 산처럼 서사가 진행되기보다는 지체되는 공간이며, 인물들은 산에서와 마찬가지로 유예된 사건을 기다리는 존재들로 나타날 뿐이다.

'돌'이라는 소제목은 앞서의 소제목들과는 다른 기호학적 성격을 보여준다. 우선 그것이 지형적이거나 지리적인 공간을 나타내지 않는다. '돌'이라는 사물은 이쁜이와 석숭이의 관계를 드러내는 하나의 지표기호인데, 여기에서 굳이 '돌'이 함축한 의소를 찾는다면 /도구성/이 될 것이다. 돌은 이쁜이가 석숭이에 대해 가하는 폭력의 도구이지만, 그러한 폭력이 완전히 실현되지 않는 것은 이쁜이와 석숭이가 갖는 양가적 심리상태 때문이다.

이쁜이는 거기다 석숭이를 세워놓다 밭고랑에 널려진 여러 돌 틈에서 맞아 죽지 않고 단단히 아플만한 모리 돌멩이 하나를 집어들고 그 옆 정강이를 모질게 후려치며,[14]

그러나 석숭이는 미움보다 앞서느니 기쁨이요 전일에는 그 옆을 지내도 본
둥만둥하고 그리 대단히 여겨주지 않던 그 이쁜이가 일부러 이리 끌고와 돌
로 때리되 정말 아프도록 힘을 들일 만치 이쁜이에게 있어는 지금의 저의 존
재가 그만치 끔찍함을 그 돌에서 비로소 깨닫고[15]

　돌이 갖는 /도구성/의 의소는 담화적으로 완전히 실현되는 것은 아
니다. 이쁜이가 석숭이를 후려치기 위한 돌은 '맞아죽지 않을' 만한 돌
이며, 그 돌에 맞은 석숭이도 아프기보다는 기쁜 마음을 갖는 것은 '돌'
이 이쁜이와 석숭이 간의 적대적 관계뿐만 아니라 친화적 관계를 암시
할 수도 있음을 보여주는 것이다. 이것은 '돌'이 의미하는 도구성이 서
사를 진행시키기보다는 오히려 이쁜이와 석숭이의 양가적 감정을 드
러냄으로써, 서사를 지체시키는 지표기호임을 말하는 것이다.
　'물'이라는 소제목 역시 지형적이고 지리적인 공간을 나타내는 것으
로 보이지 않는다. '돌'이 이쁜이와 석숭이의 관계를 나타내는 지표기호
였다면, '물'은 이쁜이와 도련님의 관계를 나타내는 지표기호이다. 돌
이 /도구성/의 의소를 갖는 것이었다면, 여기서의 물은 /본질성/의 의
소를 갖는다. 본질적이라 함은 물 자체의 속성이 강조됨을 말하고, 그
속성으로 인하여 다양한 기호학적 함의가 덧붙여짐을 말하는 것이다.
이 절은 이 소설의 어느 부분보다도 시적인데, 이는 이러한 물이 다양
하게 다른 방식으로 형상화되기 때문이다. 다시 말해 물을 매개로 은유
의 연대가 이루어지는 것이다. 먼저 물은 이쁜이가 자신을 비추는 거울
로 나타난다.

14　『전집』 1, 148쪽.
15　위의 책, 148～149쪽.

맥을 잃고 다시 내려오다 이쁜이는 앞에 우뚝 솟은 바위를 품에 얼싸안고 그 아래를 굽어보니 험악한 석벽 틈에 맑은 물은 웅성 깊이 충충 고이었고 설핏한 하늘의 붉은 노을 한쪽을 뚝 떼들고 푸른 잎새로 전을 둘렀거늘 그 모양이 보기에 퍽도 아름답다. 그걸 거울삼고 이쁜이는 저 밑에 까맣게 비치는 저의 외양을 또 한번 고쳐 뜯어보니 한때는 도련님이 조르다 몸살도 나셨으려니와 의복은 비록 추레할망정 저의 눈에도 밉지 않게 생겼고 남 가진 이목구비에 반반도 하련마는[16]

여기서 물은 이쁜이가 자신의 모습을 비추는 거울 즉 이쁜이의 아름다움을 나타내는 환유이지만, 앞서의 묘사로 보아 물은 또한 이쁜이의 아름다움은 나타내는 은유이기도 하다. 그런가 하면, 물은 이쁜이의 도련님에 대한 안타까운 마음을 나타내는 환유로 작용하기도 한다.

이쁜이는 얼빠진 등신같이 맑은 이 물은 가만히 들여다보노라니 불시로 제 몸을 풍덩, 던지어 깨끗이 빠져도 죽고 싶고, 아니 이왕 죽은진댄 정든 님 품에 안겨 같이 풍, 빠지어 세상사를 다 잊고 알뜰히 죽고 싶고, 그렇다면 도련님이 이 등에 넓죽 엎디어 뺨에 뺨을 비벼대고 그리고 이 물을 같이 굽어보며,[17]

여기서 물은 /죽음/의 의소를 갖는데, 이는 죽음만큼 도련님을 사랑하는 이쁜이의 마음을 나타내기도 하고, 또한 도련님과 함께 빠져죽거나 아니면 현실에서 도련님과 함께 굽어 바라보는 대상이 되기도 하는데, 이는 모두 이 절에서 '물'이 갖는 환유적인 작용을 보여주는 것이다. 물은 도련님이 말한 설화에서 /금지/의 의소를 갖는 물이 되기도 하는

---

16 위의 책, 150쪽.
17 위의 책, 151쪽.

데, 이러한 설화에서의 물이 현실에서의 물로 전이되면서, 허구와 현실 간의 충돌에서 빚어지는 수사적 효과를 빚어내기도 한다. 아울러, 이쁜 이의 눈물이 물과 결합하여 은유와 환유라는 양가적인 수사적 작용을 드러내면서, '물'이 갖는 함의는 더욱 풍부해지고, 이로써 시적 효과는 극대화된다.

앞서 '돌'의 소제목이 붙은 절은 '물'의 소제목이 붙은 이 절과 대립관 계를 이루는데, 이는 '물'이 '돌'에 비해 훨씬 더 깊은 함의를 드러내기 때문이다. 이는 이쁜이가 석숭이와 도련님 각각과 갖는 관계와 등가적 인 것으로, 이러한 절의 구성 자체가 인물들 간의 관계를 은유적으로 드러내고 있음을 보여주는 것이다.

이 소설의 마지막 절인 '길'은 이 소설이 갖는 의미의 모호성을 가장 잘 드러낸 부분이다. 길이란 공간적 지점을 이어주는 것으로, 그 자체 로 /소통성/의 의소를 갖는다. 공간을 이어주는 길이지만, 갈 수 없다면 그것의 소통성은 소거된다. 실제로 이 소설의 서사는 이러한 소거된 소 통성을 보여준다. 각 인물들은 지향성을 갖고 있지만, 그 지향성이 실 현되지 않는 것은 이와 같은 소통성이 소거되었기 때문이다. 도련님이 이쁜이를 욕망하거나 이쁜이가 도련님을 욕망하는 것 모두 순조롭게 이루어지지 않는 것은 이들 사이의 길이 막혀있기 때문이다. 석숭이가 이쁜이를 욕망하는 것 역시 마찬가지다. 그런 점에서 '길'은 이러한 소 통의 상황을 드러내는 은유로 작용한다. 그런데 이 절에서는 보다 축약 적으로 이러한 소통의 단절을 보여준다. 도련님에게 보낼 이쁜이의 편 지를 써준 석숭이는 한없이 이쁜이를 기다린다. 이러한 상황 자체가 매 우 아이로니컬한데, 여기서 편지는 또한 소통을 드러내는 은유이면서 환유이기도 하다. 편지는 전달될 수 있을지 불확실하고, 여전히 이러한 불확실성 속에서 이쁜이는 한없이 도련님을 기다린다. 이와 같이 '길'은

서로 간의 소통이 이루어지지 않은 공간을 축약적으로 나타내는 것이
며, 미래로 유예된 사건을 기다리는 인물들의 행위는 이와 같이 뒤얽혀
불확실하기만한 현재의 상황을 은유적으로 나타낸다.

이와 같이 다섯 개의 소제목으로 나누어진 절들에서 각각 해석소를
추론할 수 있지만, 이는 또한 소설 전체를 논항기호로 삼아 더 큰 '산골'
이라는 해석소를 만들어내기도 한다. 우리가 이 소설에서 공간수사적
효과를 기술하는 것도 이러한 위계적인 논항기호들 간의 관계를 살핌
으로써 가능하다.

4. 기호들의 충돌과 그 수사적 효과

앞서 말했듯, 수사적 효과는 전혀 다른 기호들 간의 충돌이 일어남으
로써 가능하다. 은유와 환유가 수사적일 수 있는 까닭은 나타내는 것과
나타내어지는 것이 다른 것이기 때문이다. 이러한 것은 단지 낱말 차원
뿐만 아니라, 텍스트 차원에서의 다양한 분절 단위들 간에 이루어짐으
로써, 다양한 효과를 발휘할 수 있다. 이러한 관계가 복합적일수록 소
설의 수사적 효과는 증대된다.

소설 「산골」에서는 공간이 유표화되어 있다. '산골'이라는 제목과 함
께 각 절마다 붙여진 제목이 이러한 공간적 유표성을 보여준다. 이는
이 소설에서 공간의 기술이 다른 요소들과 기호학적 관계를 맺으며, 독
특한 수사적 효과를 발휘함을 말한다. 이러한 수사적 효과가 일어나는

소설의 언어에서 공간은 분절되어 있다. 모든 언어는 대상을 분절하는 것이지만, 이 소설은 특히 이러한 분절을 분명히 유표화하고 있다. 이러한 언어의 세계는 현실의 공간 세계와는 분명히 다르다. 이 소설에서 제시된 공간은 서로 이어져 있으며, 일종의 지표적 관계를 갖고 있다. 다시 말해, '산골' 안에 산, 마을, 돌, 물, 길이 있으며, 이들은 자연 속에서 서로 이어져 있는 것이다. 일반적으로 이러한 것들이 하나의 배경에 머물 경우, 굳이 이 소설에서처럼 텍스트의 분절 단위로 작용하지 않는다. 그러나 이 소설은 이러한 분절을 통해 독특한 수사적 효과를 발휘한다. 이것은 현실 기호와 언어 기호 간의 충돌을 보여주는 것이다.[18]

그런데, 이러한 충돌은 소설의 공간에서만 드러나는 것이 아니다. 소설은 공간의 기술만으로 구성될 수 없다. 소설에서 중요한 것이 이른바 서사이다. 이 소설 역시 서사를 품고 있다. 이쁜이와 도련님, 그리고 석숭이 간의 욕망의 관계로 요약할 수 있는 이러한 서사가 현실에서는 진행적으로 일어날 수밖에 없다. 현실에서의 시간은 흐르지만, 이것이 소설의 언어에서는 다양한 방식으로 지체된다. 앞서 보았듯, 인물들은 어떤 행위를 하기보다는 머뭇거리며, 끊임없이 기다린다. 기다림은 다음 행위나 사건에 대한 일종의 유보이다. 이러한 양상은 이 소설이 서사적 차원에서도 현실 기호와 언어 기호 간의 충돌이 있음을 보여주는 것이다.

어느 소설이든 거기에서 현실은 언어를 통해 표현되기 때문에, 그 과정에서 일어나는 간극이 빚어내는 수사적 효과는 필연적이다. 그러나 이 소설은 공간의 분절과 서사의 지체라는 보다 적극적인 방식을 활용하여, 수사적 효과를 극대화하고 있다.

---

[18] 현실 기호와 언어 기호 간의 충돌은 언어예술뿐 아니라, 모든 언어 기호에서 일반적으로 일어나는 작용이라 할 수 있다. 그러나 이 소설에서 이러한 충돌은 구조 안에서 일정한 수사적 역할을 수행한다. 이 소설이 사용하고 있는 독특한 분절의 방식은 이러한 충돌이 촉발하는 이 텍스트 특유의 미학을 보여준다.

수사적 효과는 현실 기호와 언어 기호의 충돌에 의해서만 일어나는 것이 아니다. 보다 중요한 것은 이 소설에서 공간 기호와 서사 기호 간의 충돌에서 비롯되는 수사적 효과이다. 앞서 말했듯, 소설이 갖는 일반적인 서사적 특성에 비한다면, 이 소설은 그 서사성이 많이 위축되어 있다. 다시 말해, 서사의 지체가 드러난다는 것이다. 이는 달리 말하면, 서사 기호 대신 공간 기호가 증대될 가능성을 말해준다. 그리하여 공간 기호는 서사 기호와 대립하면서, 그것이 갖는 의미생성의 기제를 발휘한다. 이에 대해서는 앞서의 분석에서 밝혀진 바 있다. 분명히 이 소설에서 공간의 언어적 분절과 서사의 언어적 지체, 그리고 공간의 현실적 연결과 서사의 현실적 진행 간에 각각 유사성이 있으며, 이는 이 소설을 갖는 리얼리티를 증대시킨다. 공간이 분절되어 장면화됨으로써, 서사는 이어지지 않고 단절된다. 그러나 그 이면에 존재하는 현실적 공간은 조화로운 자연의 공간을 이루고, 인간의 삶은 느리게나마 진행된다. 이러한 리얼리티를 깨뜨리고, 이 소설의 새로운 의미를 생성하는 기제로 수사가 작용하는 것은 언어로 분절된 공간과 현실 속의 진행적 서사, 그리고 언어로 지체된 서사와 현실 속의 연결된 공간 간의 충돌을 통해서이다. 인간의 삶은 묵묵히 진행되지만, 그것이 장면화되면서, 거기에서의 삶의 징후들이 보다 뚜렷이 유표화되며, 또한 '산골'이라는 공간에 자리 잡은 여러 공간적 지표들은 서로 연결되어 있지만, 거기에서 인간의 삶은 소통의 부재를 통한 지체에 시달린다. 이러한 것은 이 소설이 서사에만 초점을 맞춘 것이 아니라, 공간을 보다 유표화시켜 기호화한 독창적인 기법을 활용함으로써, 독특한 수사적 효과를 발현함을 보여주는 것이다.

지금까지 논의한바 이 소설이 갖는 공간수사적 효과는 다음과 같은 도식으로 요약할 수 있다.

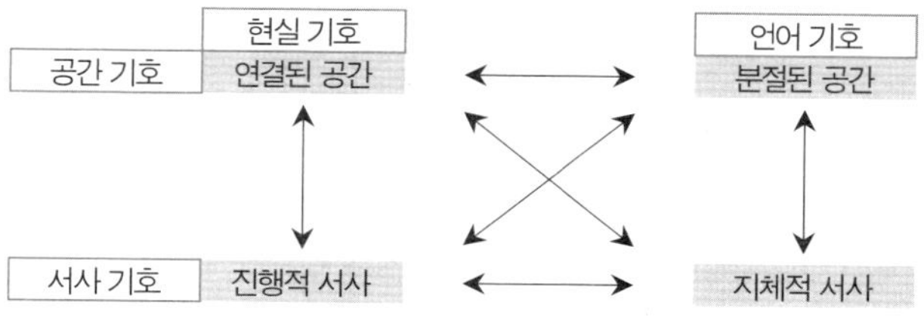

5. 수사적 코드에서 문화적 코드로

지금까지 소설 「산골」이 갖는 공간수사적 효과에 대해 살폈다. 수사적 효과는 적어도 단순히 기법의 차원에서 논의될 것은 아니다. 수사는 특정 시스템에서 비롯되는 것인데, 그것은 보편적으로 확대될 수 있는 것이어서, 이 소설의 수사적 코드가 김유정 소설 일반 혹은 한국 소설 일반으로 확대될 가능성을 보여준다. 이 경우, 이러한 수사적 코드는 또 다른 새로운 수사적 코드를 찾아내는 출발점이 될 수 있다. 가령, 이와 같은 공간 기호가 강조되지 않은 다른 소설에서 그 공간 기호를 대체할만한 유표적인 기호학적 요소를 찾아볼 수도 있을 것이다. 수사적 효과는 그것이 효과를 발휘할 수 있는 특정 맥락에서 발휘된다. 그런 점에서 우리는 이 소설이 그 당대에 왜 특별한 수사적 효과를 발휘할 수 있었는지를 탐구해볼 수 있다. 이는 그 당시 산골로 상징되는 농촌과 근대의 지표로 받아들여지는 도시라는 공간에 대한 사회학적이고 역사학적인 고찰을 통해 논의해볼 수 있다. 이는 이 글의 범주에서 벗어난 것으로 앞으로의 과제로 삼을 만하다.

이 글이 주로 의미론적 수사에 초점을 맞추었지만, 이 소설의 보다 완전한 수사적 연구는 문체론적 수사의 연구에 의해 보완되어야 할 것이다. 이러한 점들까지 고려한다면, 우리는 이 소설에서 제기된 수사적 논점들을 김유정의 다른 소설들은 물론 소설 장르를 넘어서 문화 코드의 일반적 연구로 확대시킬 수도 있을 것이다.

참고문헌

1. 기본자료
김유정, 「산골」, 『김유정 전집』 1, 가람기획, 2003.

2. 단행본
김유정학회 편, 『김유정과의 만남』, 소명출판, 2013.
유인순 외, 『김유정과 동시대 문학 연구』, 소명출판, 2013.

Greimas, A. J., *Sémantique structurale*, Larousse, 1966.
__________, *Du sens*, Seuil, 1970.
__________, *Du sens* II, Seuil, 1983.
eds. by Hartshorne, Charles & Weiss, Paul, *Collected Papers of Charles Sanders Peirce* II, Harvard University Press, 1965.
Hjelmslev, Louis, trans. by Francis J. Whitfield, *Prolegomena to a Theory of Language*, University of Wisconsin Press, 1969.
Lotman, Yuri M, trans. by Ann Shukman, *Universe of the Mind*, Indiana University Press, 2000.

아이러니스트의 봄의 수사학[*]

김유정 소설 연구

안미영

1. 들어가며 — 아이러니스트의 재서술

　김유정은 생장하는 '봄'이 지닌 계절적 효과에 민활한 작가이다. 소설 뿐 아니라 수필에서 그는 산골에 찾아 온 봄을 예찬하며 생기를 진작한다.[1] 그의 소설을 일별해 보면, 산골에서 '봄'은 인물의 삶과 상생을 보이는데 비해, 도시에서 '봄'은 인물의 삶과 배리되고 있다. 농촌에서 봄은 인물과 친연성을 맺으며 인물의 삶에 생기를 주는 반면, 도시에서

---

*　이 글은 2013년 4월 20일 김유정학회 제3회 학술연구발표회에서 발표한 후 수정보완하여, 『한국근대문학연구』 28(2013)에 게재한 것으로 재수록임을 밝힌다.

1　김유정의 수필에는 봄을 예찬하는 수필이 다수 있다. 「五月의 산골작이」(『朝光』, 1936.5)와 「네가 봄이런가」(『여성』, 1937.4)가 있으며, 「닙이 푸르러 가시든 님이」(『조선일보』, 1935.2.28)에도 봄에 대한 단상이 나타나 있다.

봄은 인물과 배리되어 삶의 신고(辛苦)를 부각시킨다. 그 결과 소설배경
이 되는 다른 계절들은 농촌과 도시소설 양자 모두에서 비교적 단일 형
태의 수사학을 실현하는데 비해, 배경이 봄인 경우 농촌소설과 도시소
설이 다른 수사학을 선보인다. 김유정 소설의 아이러니는 도시의 봄에
발생한다. 그것은 도심 속에서 김유정이 상처받은 또 하나의 자연, 인
간의 고통과 굴욕감에 주목하기 때문이다.

민중의 고통과 굴욕을 읽어 들인다는 점에서, 김유정은 리처드 로티
가 제시한 자유주의 아이러니스이며 그의 소설은 '자유주의 아이러니스
트'의 재서술(redescription)이다.[2] 로티의 관점에서 아이러니스트는 "자신
의 가장 핵심적인 신념과 욕구들의 우연성을 직시하는 사람"으로서, 자
유주의 아이러니스트는 "괴로움이 장차 감소될 것이며, 인간들이 다른
인간들에 의해 굴욕당하는 일이 멈추게 되리라는 자신들의 희망을, 그
렇듯 근거지울 수 없는 소망 속에 포함시키는 사람"이다.[3] 로티는 기성
철학자들의 로고스 중심주의가 아니라 작가(지식인)들의 문학적 문화를
통해 잔인성의 문제를 구체적으로 보여주어야 한다고 보았으며, 그것이
곧 자유주의 아이러니스트들이 연대감을 실현하는 방식으로 보았다.[4]

연대성은 다른 사람의 고통과 굴욕을 동일시할 수 있는 감수성에서
기인한 것으로, 철학이 아니라 고통과 굴욕에 대한 소설 수사학이야 말

---

2 로티는 철학의 보편적 규준이 아니라 문학의 상상력이 자유와 연대를 가능하게 한다고 보았
   다. 로티의 아이러니 이론에 의하면, 문학자들은 "계승된 우연성에서 벗어나서 그 자신의 우
   연성을 만들고, 낡은 마지막 어휘에서 벗어나서 그 자신의 것이 될 어휘를 만들어" 내는 사람
   들이다(리처드 로티, 김동식·이유선 역, 「아이러니즘과 이론─사적 아이러니와 자유주의
   의 희망」, 『우연성 아이러니 연대성』, 민음사, 1996, 185쪽).
3 위의 책, 22~23쪽.
4 이유선, 「자유주의 아이러니스트」, 『아이러니스트의 사적인 진리』, 라티오, 2008, 127~138
   쪽 참조. "지식인들이 할 일이란 폭력의 이론적 부당성을 입증하는 일이 아니라, 일상적인 폭
   력에 길들여져 고통에 무감각해져 있거나 지나친 고통으로 인해 자신의 고통스런 상황을 전
   달할 수 없는 처지에 있거나, 아니면 무관심으로 인해 스스로가 타인에게 고통을 주고 있다
   는 사실을 깨닫지 못하는 사람들을 일깨우는 일이다."(같은 책, 132쪽)

로 근대 지성의 도덕적 진보를 보여주었다.[5] 김유정은 주변에 있는 인간들을 '그들'이 아니라 '우리 가운데 하나'로 보게 하는 과정에서 우리 자신을 재서술했다.[6] 그는 '우리'라는 감각을 확장시키려는 노력을 끊임없이 기울이면서, 주변화 된 사람들 '그들'의 고통과 굴욕을 소설로 형상화 했다. 김유정은 그가 있는 장소-산골 농촌에서 출발하여, 새롭게 출몰한 근대적 공간 도시에서 우리가 동일시해야 하는 공동체의 '우리-의식(we-intentions)'을 환기시켰다.[7] 이 환기의 수사학의 중심에 아이러니가 자리 잡고 있다.

이 글에서는 김유정 소설에 나타난 '봄'의 시공간적 특수성이 소설 수사학의 구현에 영향을 미치고 있음을 주목하려 한다. '봄'이라는 시간과 그것이 실현되는 공간(농촌과 도시)을 대상으로, 작가가 인물의 삶과 주제 실현에 개입하는 방법과 정도를 살펴보려는 것이다. 나아가 봄에 발견되는 아이러니가 여름·가을·겨울을 배경으로 한 소설에서는, 다양한 수사학적 변주를 보이는 양상에 주목하려 한다. 이러한 논의는 소설의 창작순서에 따른 변화 추적이 아니라, 김유정 문학세계 전반에 걸친 계절성에 대한 인식이 수사학적 성과와 어떻게 직결되는지 탐색하려는 것이다. 일련의 논의는 아이러니스트 김유정이 소설에 실현한 봄의 시학이 거둔 성과와 특징을 확인할 수 있는 계기가 되리라 본다.

---

5 리처드 로티, 앞의 책, 349쪽 참조.
6 위의 책, 24~25쪽 참조.
7 위의 책, 355~358쪽 참조.

2. 아이러니에서 풍자, 해학 간의 거리

문학에서 아이러니는 보통 가능한 적게 말하면서 가능한 한 많은 것을 의미하는 기법을 지칭한다. 직접적인 진술이나 그 진술의 표면상의 의미를 피하게끔 말을 배열하는 것이다. 작가는 완전한 객관성을 유지하며, 모든 자명한 도덕 판단을 억제한다. 아이러니의 작가는 도덕을 입에 담지 않고 이야기를 꾸며대며, 자기가 설정한 주제를 말하는 것 이외의 어떤 목적도 갖고 있지 않다. 그 결과 공포와 연민은 인물이 아니라 작품을 통해 독자에게 반사된다.[8] 김유정 소설의 아이러니는[9] 풍자 및 해학과 함께 검토될 때 그 성격이 분명해진다. 인물에 대한 묘사, 현실에 대한 작가의 태도의 측면에서 일련의 수사학을 살펴보면 다음과 같다.

우선 풍자와 비교해 볼 때, 아이러니는 표면과 이면이 대조된다는 점에서 풍자와 유사한 원리를 지닌다. 김유정 소설에서 아이러니는 두 가지 측면에서 풍자와 구분된다. 첫째, 대상의 변형보다 객관적인 재현의 원리를 따르고 있다. 둘째, 비극적 아이러니가 그러하듯, 등장인물을 희롱하려는 의도가 없고 단지 비극의 영웅적 측면과 구별되는 '너무나 인간적인' 측면을 분명하게 드러내 놓는다.[10] 풍자가 대상을 변형하는

8　노스럽 프라이, 임철규 역, 『비평의 해부』, 한길사, 2000, 110~111쪽. 프라이는 아이러니를 소박한 아이러니와 세련된 아이러니로 구분하는데, 세련된 아이러니에서 작가 자신은 단순히 서술만 할 뿐 독자로 하여금 스스로 참가시킬 수 있도록 유도한다.

9　김유정 소설에 나타난 아이러니는 일찍부터 연구자들의 주목을 받아왔다. 이에 대해서는 한만수, 「김유정 소설의 아이러니 분석」, 한양대 석사논문, 1985; 김춘용, 「김유정 소설의 아이러니 연구」, 부산대 석사논문, 1985; 한만수, 「김유정 소설의 아이러니 분석」, 『한국어문학연구』 21, 1986, 231~270쪽; 정영호, 「김유정 소설의 아이러니 연구」, 경남대 석사논문, 1991 참고.

10　노스럽 프라이, 앞의 책, 454~455쪽.

등 인물을 희롱함으로써 작가의 개입이 직접적이라면, 아이러니는 휴머니티에 역점이 놓이며 상황 및 사건의 파국에 대해 제의적인 불가피성이 아니라 사회적 심리학적 설명을 준다.[11]

다음으로 해학은 김유정 소설에서 아이러니와 더불어 빼놓을 수 없는 요소이다. 소설 속 인물들은 부정한 세계에서 부정한 방식으로 생존을 모색하고 있음에도, 해학을 선보인다.[12] 해학의 웃음은 풍자의 웃음과 다르다. '풍자'가 어이없는 현실이 부정적 인물과 환경에 의한 것임을 '폭로'한다면, '해학'은 오히려 왜곡된 환경에서 고통 받는 인물을 '동정'한다.[13] 풍자의 작가는 부정적 인물과 상황을 '공격'하지만, 해학의 작가는 잘못된 환경을 희화화 하면서 근본적인 잘못이 없는 인물에 '공감'한다. 동일한 웃음일 지라도 '풍자'가 부정적 인물과 환경을 공격하는 웃음이라면, '해학'은 부정적 환경에 놓인 순박한 인물을 동정하는 웃음이다.

김유정 소설의 해학은 부정적 환경에 대한 공격보다 그에 처한 순박한 인물에 대한 동정에서 기인한다.[14] 이러한 해학성은 한(恨)과 같은 비애의 감정이 부재한 것으로도 설명할 수 있다. 김지하는 한(恨)을 일컬어 생명의 발전이 장애에 부딪쳐 좌절을 반복하면서 발생하는 독특한 정신 형태, 비애의 덩어리로 보았다.[15] 부연하자면 "민중에 대한 표

---

11 위의 책, 458쪽.

12 나병철, 「김유정 소설의 해학성과 현실인식」, 『비평문학』 8, 한국비평문학회, 1994.9, 155~182쪽; 유인순, 「김유정 소설의 웃음 그리고 그 과녁―〈총각과 맹꽁이〉·〈봄·봄〉·〈두꺼비〉를 중심으로」, 『현대소설연구』 38, 한국현대소설학회, 2008, 201~222쪽; 김명숙, 「김유정 소설미학의 블랙유머적인 특징」, 『한국학연구』 28, 인하대 한국학연구소, 2012, 1~46쪽.

13 나병철, 『소설의 이해』, 문예출판사, 2006, 294~295쪽.

14 위의 책, 294~300쪽 참조. 그들은 그 스스로가 모순된 환경의 피해자이지만 부정적 환경의 논리(친일지주 / 소작인)에 맞서지 못하는데, 그들의 내면에는 타락하지 않은 순박함이 남아 있기 때문이다. 작가는 인물들이 처해 있는 터무니없는 상황을 희화화 하면서도, 그 상황에 놓인 인물은 오히려 동정한다.

15 김지하, 「풍자냐 자살이냐」, 『시인』, 1970.6~7(김종회 편, 『한국문학 명비평』, 2009, 499쪽

현에 있어서는 해학을 중심으로 하고 풍자를 부차적·부분적인 것으로 배합하는 것이며, 민중의 반대편(적대적 대상—인용자)에 대한 표현에 있어서는 풍자를 전면적·핵심적으로 하고 해학을 극히 특수한 부분에만 국한하여 부수적으로 독특하게 배합"[16]해야 한다고 보았다.

김유정의 아이러니는 부정적인 인물의 상황을 객관적이고 인간적으로 재현하려는 데서 출발하고 있으며, 그 상황에서 작가는 순박한 인물에 대해 동정의 태도를 견지하고 있다. 김유정은 민중의 반대편(적대자)이 아니라 민중의 눈높이에 시선을 맞추고 있다. 그것은 그가 무엇보다도 민중의 '생리'에 주목한 때문이다. 생리란 생물체가 살아 나아가는 원리, 생활하는 습성이나 본능을 의미하는데 이는 넓은 범주에서 '자연성'과 동일하다. 김유정의 소설에서 순박한 주인공은 생장하는 자연물과 상응한다. 김유정 소설은 계절성이 강한 것으로 알려져 있거니와,[17] 그것은 작가 자신이 자연의 생리에 민감하기 때문이다. 그런 까닭에, 그는 소설 전면에 인물의 성격창조 못지않게 자연 묘사에 심혈을 기울였다. 그는 자본주의, 식민주의, 봉건주의 등을 표적으로 삼는 대신, '민중' 그리고 그와 나란히 '살아 숨 쉬는 자연'을 소설의 전면에 배치한다.

재인용). 삶이 불가사의한 괴물처럼 보일 때, 불가사의한 삶을 지배하는 물신의 폭력이 고통을 줄 때, 작가의 가슴에는 비애가 응결되는데 그 무한한 비애 경험의 합을 한(恨)이라 보았다(같은 글, 503∼505쪽). 김지하는 작가에게 비애는 공고한 저력으로서, 그 미는 힘에 의거하여 시인은 시적 폭력에 도달할 수 있고 그러한 시적 폭력으로 물신의 폭력에 항거할 수 있다고 본다. 그는 치열한 비애와 응어리진 한을 바탕으로 비극적 표현을 흡수하는 한편, 해학을 광범위하게 배합하면서도 강력한 풍자를 주된 핵심으로 삼는 고양된 희극적 표현을 강조했다.

16 김지하, 위의 글, 506쪽.

17 전신재는 일찍이 다음과 같이 지적했다. "김유정 소설 30편 중에서 10편이 봄을 배경으로 하고 있다. 그의 소설의 배경은 시대성보다 계절성이 강하다. 제목 자체가 계절 이름으로 되어 있는 것이 많다."(전신재 편, 『김유정전집』, 한림대 출판부, 1987, 138쪽(이하 김유정 소설 텍스트는 이 책에서 인용하며, 인용문 말미에 쪽수만 표기함)).

3. 두 개의 봄, 아이러니의 발생

1) 농촌, 봄과 삶의 합일의 공간

김유정 소설에서 봄은 다른 계절에 비해 나른한 기쁨과 평온한 분위기를 연출한다. 농촌소설에서 '봄'은 독자적인 개성, 희극미를 구현해 낸다. 노스럽 프라이에 의하면, 희극에서 자주 일어나는 사건은 젊은 남자가 젊은 여인과 결혼하고 싶어 하나 어떤 장애에 부딪치게 되며, 이때의 장애는 대개의 경우 양친의 반대라는 형식으로 나타난다. 그러나 결말에 이르면 어떤 역전이 일어나 주인공은 결국 그 젊은 여성을 아내로 맞이한다. 이러한 희극의 움직임은 어떤 한 종류의 사회에서 다른 종류의 사회로의 움직임을 시사한다. 주인공과 여주인공이 서로 결합하는 결말은 작중 인물들에게 있어서 새로운 사회를 시사한다.[18]

「봄 · 봄」(『조광』, 1935.12)과 「동백꽃」(『조광』, 1936.5)도 젊은이들의 이야기이다. 이들의 윗세대는 '마름'이라는 봉건적인 계급 구조 속에 고착되어 있으나, 다음 세대의 젊은이들은 사회 제도보다 그들의 자연스러운 감정과 생리에 집중한다. 그 결과 이들의 이야기는 남녀 간의 긍정적인 결말로 귀결된다. 이때 '봄'이라는 시간은 작중 인물들에게 있어서 구제자로서 역할을 한다.[19] 작중에서 봄이라는 시간은 산골에 찾아드는 자연의 개화와 더불어 긍정적인 생장의 기운을 제공한다. 희극에서 주인공의 애정관계와 사회관계는 마지막에 이르면 결합하여 하나가 된다. 작중 인물들은 사랑을 확인하며, 그것은 자연의 생장과 조응한다.

---

18 노스럽 프라이, 앞의 책, 323쪽.
19 위의 책, 412쪽.

「봄・봄」에서 나는 마름 봉필영감의 집에서 아내를 얻기 위해 3년이 넘도록 농사일을 했다. 4년째 봄에 접어들자, 나는 장가를 빌미로 노동력을 착취하는 봉필영감에게 울화가 치미는가 하면 나른한 봄기운에 승하여 점순에 대한 애틋한 감정을 쏟아낸다.

그 전날 왜 내가 새고개 맞은 봉우리 화전밭을 혼자 갈고 있지 않았느냐. 밭 가생이로 돌적마다 **야릇한 꽃내**가 물컥물컥 코를 찌르고 머리 우에서 벌들은 가끔 붕, 붕, 소리를 친다. 바위 틈에서 샘물소리밖에 안 들리는 산 골짜기니까 **맑은 하늘의 봄볕은 이불속같이 따스하고** 꼭 꿈 꾸는 것 같다. 나는 **몸이 나른하고 몸살(을 아즉 모르지만 병)이 날라구 그러는지** 가슴이 울렁울렁하고 이랬다. (141~142쪽, 강조 — 필자)

산골에 찾아온 봄기운 때문에, 나는 농사일을 하면서도 몸살이 날 것 같다. 야릇한 꽃내, 그 꽃을 찾는 벌의 소리, 이불 속 같이 따스한 봄볕 속에서 봄기운은 나에게도 스며든다. 봄기운은 나에게 그치지 않고 점순에게도 영향을 미친 탓에, 나를 향한 점순의 사랑도 무르익는다. 봉필영감은 나와 점순이 서로 내외해야 한다며 가까이 어울리지 못하게 했지만, 머슴 산지 4년째 봄에 접어들어 점순은 자신의 속내를 은근히 내비치기 시작한다.

"밤낮 일만하다 말텐가!" 하고 혼자서 쭝알거린다. 고대 잘 내외하다가 이게 무슨 소린가, 하고 난 정신이 얼떨떨했다. 그러면서도 한편 무슨 좋은 수나 있는가 싶어서 나도 공중을 대고 혼잣말로

"그럼 어떻게?" 하니까

"성예 시켜달라지 뭘 어떻게" 하고 되알지게 쏘아붙이고 얼굴이 발개져서 산으

로 그저 도망질을 친다. 나는 잠시동안 어떻게 되는 심판인지 맥을 몰라서 그 뒷모양만 덤덤히 바라보았다.

봄이 되면 온갖 초목이 물이 올르고 싹이 트고한다. 사람도 아마 그런가 부다, 하고 며칠 내에 붓적(속으로) 자란 듯 싶은 점순이가 여간 반가운 것이 아니다. (142~143쪽, 강조 — 필자)

"구장님한테 갔다 그냥온담 그래!" 하고 어끄제 산에서와 같이 되우 쫑알거린다. 딴은 내가 더 단단히 덤비지 않고 만 것이 좀 어리석었다. 속으로 그랬다. 나도 저쪽 벽을 향하야 외면하면서 내 말로

"안 된다는걸 그럼 어떻건담!" 하니까

"쇰을 잡아채지 그냥둬, 이 바보야?" 하고 또 얼굴이 밝애지면서 성을 내며 안으로 샐죽하니 튀들어가지 안느냐. 이때 아무도 본 사람이 없었게 망정이지 보았다면 내 얼굴이 에미 잃은 황새새끼처럼 가여웁다 했을 것이다. (146~147쪽, 강조 — 필자)

인용문에서 확인할 수 있듯이, 나에 대한 점순의 사랑도 무르익어 갔다. 점순도 더 대담하게 나와 결혼하려는 의지를 표출한다. 나아가 더 적극적으로 아버지와 구장에게 나서서 결혼의사를 보이지 않은 것을 타박하기까지 한다. 나는 점순의 애정을 확인하고 적극적으로 장인님과 맞서기 시작한다. 나른한 봄의 기운이 지피는 산골에서 나는 장인이 될 봉필영감과 몸싸움을 벌인다. 엎치락뒤치락 하는 두 사람의 대립에도 불구하고 이 작품이 해학을 동반하는 이유는 작품의 배경이 봄이며, 그 봄이 단순히 계절적 배경에 그치지 않고 인물의 내면에까지 영향을 미치고 있기 때문이다.

작품의 희극성은 인물의 성격에 있다기보다, 산골 농촌에 찾아온 따

뜻한 봄으로부터 기원하고 있다. '자라는' 것은 키 만이 아니라 산골에 있는 청춘과 사랑도 함께 자라난다. 그런 의미에서 주인공은 작품의 표제처럼 나와 점순이 아니라, 산골에 번지는 '봄'이다. 내 안에 있는 생의 기운과 자연 안에 생장하는 기운이 상생하면서, 청춘의 사랑이 한 편의 해학을 탄생시켰다. 소설에서 해학은 청춘 남녀 속에서 돌연히 발산되는 사랑의 싹이 현실과 조율하지 못하는 상황에서 발생하는데, 제멋대로 발산되는 청춘남녀의 사랑은 봄의 자연성에 상응한다.

봄의 자연성이 작중 인물의 기운과 상생하는 작품으로 「동백꽃」(『조광』, 1936.5)을 빼놓을 수 없다. 마름집의 점순이 나를 좋아한다. 동백꽃이 무르익는 봄 날, 점순의 감정은 더욱 고조된다.

> "이 바보녀석아!"
>
> "얘! 너 배냇병신이지?"
>
> 그만도 좋으련만
>
> "얘! 너 느아버지가 고자라지?" (202~203쪽, 강조 — 필자)

혼기에 이른 점순은 봄날에 개화하는 꽃처럼 청춘의 생기도 한껏 고조되어 대담해 진다. 점순의 생기는 나에게도 전이된다. 점순이 수탉들을 싸움질 시키는데 화가 난 나는, 점순의 수탉을 단매에 때려 죽게 만들었다. 점순 네로부터 집과 땅을 얻어먹는 처지에서, 이제 나는 점순에게 고분고분해 지는데 그 과정에서 나는 자신의 은밀한 내면과 조우한다. 나는 점순에게 이끌려 "한창 피여 퍼드러진 노란 동백꽃 속으로 푹 파묻혀 버"리는데, 그 속에서 "알싸한 그리고 향긋한 그 내움새"에 "땅이 꺼지는 듯이 왼정신이 고만 아찔"해 진다. (206쪽)

산골에 찾아온 '봄'은 청춘 남녀의 생기를 북돋우며, 물오른 봄꽃처럼 그들의 사랑도 영글게 한다. 작중에서 봄은 시공간적 배경으로 그치지 않고, 인물과 동화되어 작품을 밝고 해학적으로 만들어 준다. 노스롭 프라이의 지적처럼, 희극의 결말은 그 사회의 이념이 아니라 도덕적 규범이나 현실로부터 자유로운 사회를 표상한다. 독자들은 작중 두 사람의 결합과 행복을 기원하는데, 그것은 해피엔드가 독자들에게 '바람직한 것'이라는 인상을 주기 때문이다. 그것은 윤리적 판단이라기보다 사회적인 성격을 띠고 있으며, 이러한 희극적인 사회는 배척하기보다 포용하는 경향이 있다.[20]

노스롭 프라이는 희극의 형식을 전개하는 두 가지 방법으로 '방해꾼들에게 역점을 두는 방법'과 '발견과 화해의 장면'을 가져오는 데 역점을 두는 것, 두 가지를 소개한 바 있는데[21] 소설에는 이 두 요소가 구조적으로 맞물려 있다. 「봄·봄」과 「동백꽃」에서 방해꾼은 '불평등한 계층구조(마름과 소작인)'와 '궁핍'으로 자리 잡고 있으며, 발견과 화해는 봄의 생리를 호흡하여 발견한 남녀의 '사랑'으로, 후자가 전자를 압도하게끔 구성되었다. 그 결과 방해꾼에 대한 저항보다는 생동하는 봄기운을 수용하고 발산하는 것으로 작품이 귀결된다. 얼핏 보기에는 적극적인 발견과 화해에 도달하지 않은 듯하나, 「봄·봄」과 「동백꽃」 모두 두 남녀가 서로에 대한 사랑을 확인한 데 있어서 이미 방해꾼의 방해를 초월해 있다.

「봄·봄」과 「동백꽃」은 '반복의 원리'와 '인물의 미숙한 성격'이라는 두 가지 희극의 조건도 만족시킨다. 희극에서 '반복의 원리'는 "쓸모없는 행동을 반복하는 것", "의식적인 속박을 문학적으로 모방하는 일"로

---

20 위의 책, 334~336쪽 참조. 이러한 희극미로 말미암아 「봄·봄」과 「동백꽃」은 대중의 관심과 사랑을 받아오고 있다.
21 위의 책, 329쪽.

나타나는데, 이는 우스꽝스러움을 자아낸다. 어느 곳으로 갈지 모를 정도로 방향성 없는 반복은 희극의 영역에 속한다. 왜냐하면 웃음은 얼마간의 반사운동이며, 다른 반사운동처럼 단순히 반복되는 퍼턴에 의해서 조장될 수 있기 때문이다.[22] 미숙한 반복은 인물의 내부 에너지와 외부 조건의 부조화에서 기인된다는 점에서, 제멋대로 생장하는 자연, 봄과 상응한다.

김유정은 「봄·봄」과 「동백꽃」에서 '반복의 원리'를 효과적으로 실현하고 있다. 작중 주인공과 방해인물의 만남, 주인공과 상대 여성인물의 만남은 반복적 형태로 나타난다. 「봄·봄」에서는 두 가지 양태의 만남과 갈등이 반복적으로 드러나는데, '나와 장인영감' 그리고 '나와 점순'의 만남과 갈등이다. 나는 점순과의 결혼을 위해 장인영감과 반복적으로 부딪히며 갈등한다. 동시에 나는 점순과의 관계에서 애정과 결혼 문제를 사이에 두고 반복적으로 부딪히며 갈등한다. 두 가지 갈등은 작중 결말까지 해결을 보지 못하지만, 갈등의 반복적인 진행과정을 통해 나의 마음이 점순에게 전달되고, 점순의 마음이 나에게 전달되는 긍정의 기운에 도달한다.

「동백꽃」에서 반복은 점순과 나의 만남과 갈등에 집중되어 있다. 점순은 나와 만날 때마다 나의 마음을 불편하게 만든다. 점순은 자신의 속내를 직접 드러내는 대신, 나의 닭들을 못살게 군다. 그 결과 점순과 나의 갈등은 점순 닭과 나의 닭 간의 갈등이라는 전이의 형태를 보이기도 한다. 일련의 만남과 대립에서 점순의 닭이 우세하고 나의 닭이 일방적으로 당하기만 했으나, 작품 말미에 이르러 내가 점순의 닭에 제재를 가함으로써 양자 간 갈등의 추는 어느 한 쪽으로 쏠리기코다 평형의

---

22 위의 책, 332쪽.

관계를 유지하게 된다. 작품 말미에서 점순의 고백과 그에 대한 나의 호응은 모든 반복적인 갈등과 대립을 종식한다.

소설 결말부분에서 보인 주인공 성격의 미숙성은[23] 진정한 생활은 극이 끝난 곳에서 시작되기 때문에 인물이 겉으로 나타나는 것보다 실제로는 더 재미있는 인물이 될 수 있을 것이라 믿음을 준다.[24] 「봄·봄」에서 나는 장인님에게든 구장님에게든 똑 부러지게 자신의 입장을 전달하지 못한 채, 속앓이를 한다. 작품 말미에서 나는 장인님과의 몸싸움에서 장인님 편을 드는 점순을 보고 어찌할 바를 모른다. 「동백꽃」에서도 나는 점순의 반응에 대해 미숙하다. 점순과 한데 어우러져서도 부모의 눈을 피해 달아나는 등, 소심하고 순박한 모습으로 등장한다.

이와 같이 봄을 배경으로 한 두 작품은 희극미를 실현하고 있으며, 여기에는 김유정의 내면에 존재하는 봄에 대한 생래적인 친밀성이 반영되어 있다. 그것은 그가 강원도 산골 태생이라는 점과 불가분의 관계에 있다.[25] 그가 산골을 떠나 도시로 나오는 순간, 그는 아이러니스트가 되어 산골과 도시, 그리고 세계에 대한 관찰자의 시선을 갖춘다. 적어도 김유정은 농촌소설의 봄을 묘사하는 동안은, 근대 문명의 영향을 받지 않으며 친자연적인 자기 본성을 노출하고 있음 알 수 있다. 주지하

---

23 주인공 성격의 미숙성은 다음과 같은 두 가지 의의를 지닌다. 첫째, 순박한 시골 청년의 성품 재현이라는 점에서 인물의 성격 창조에 기여한다. 둘째, 독자의 연민을 자아냄으로써 사건과 상황에 대한 독자의 참여와 동화를 유도한다.

24 노스롭 프라이, 앞의 책, 334쪽 참조.

25 고향 산골에 대한 김유정의 애틋한 정서는 다음과 같은 수필에 잘 나타나 있다. "나의 故鄉은 저 江原道 산골이다. (…중략…) 山에는 奇花異草로 바닥을 틀었고, 여기저기에 쫄쫄거리며 내솟는 藥水도 맑고 그리고 우리의 머리우에서 골골거리며 까치와 是非를 하는 노란 꾀꼬리도 좋다. 周圍가 이렇게 詩的이니만치 그들의 生活도 어데인가 詩的이다. 어수룩하고 꾸물꾸물 일만하는 그들을 對하면 딴 世上사람을 보는듯하다."(「五月의 산골작이」, 『朝光』, 1936.5 (전신재 편, 『김유정전집』, 한림대 출판부, 1987, 401쪽에서 재인용)) "산 한중턱에 번듯이 누어 마을의 이런 生活을 나려다보면 마치 그림을 보는듯하다. 勿論 理知없는 無識한 生活이다. 마는 좀 더 有心히 觀察한다면 理知없는 생활이 아니고는 맛볼 수 없을 만한 그런 純潔한 情緒를 느끼게 된다."(같은 책, 405쪽)

다시피, 근대의 출발은 농촌이 아니라 도시였으며 근대가 초래한 삶의 방식은 인식의 전환을 야기했다.[26] 도시에서 그는 인간과 사물에 어떤 근본적인 모순이, 이성적으로 바로잡을 수 없는 부조리가 있음을 발견한 것이다.[27]

2) 도시, 봄과 삶의 배리의 공간

산골 농촌에서 봄은 희극미를 구현하는 데 비해, 도시에서 봄은 아이러니를 야기한다. 표면적으로는 봄이 왔는데, 실제 삶 속에 봄은 도래하지 않은 것이다. 「심청」·「봄과 따라지」·「봄 밤」·「야앵」 등의 도시소설은 봄을 배경으로 하고 있다. 김유정의 도시소설에서 봄은 아이러니의 양태를 구조화 한다. 작중인물들은 만물이 개화하는 봄, 도시의 현란한 문명과 대조되는 도시의 부랑아, 따라지들이다. 벚꽃이 만개해 있고, 소비와 문명이 흥성한 곳에서 그들은 소비의 주체 흑은 문명의 주체가 되지 못한다. 도시 속에 편입되어 있지만 존재감은 없다. 김유정은 벚꽃이 만개해 있는 봄의 광경을 도시소설의 배경으로 설정함으로써, 도시의 부랑아와 따라지들의 삶은 결코 만개할 수 없는 한계를 지니고 있음을 환기시킨다.

아이러니는 리얼리즘과 냉혹한 관찰에서부터 출발한다.[28] 비극의 장

---

26 김유정은 처녀작으로 알려져 있는 「산ㅅ골나그내」(『제일선』, 1933.3)으로브터 1935년까지 줄곧 농촌과 산골을 배경으로 한 작품을 쓴다. 1936년 「심청」(『조선중앙일뇨』, 1936.1)을 시점으로 도시를 배경으로 한 작품을 발표하기 시작한다(안미영, 「김유정 소설의 문명비판 연구」, 『현대소설연구』 11, 한국현대소설학회, 1999, 143쪽).

27 아이러니는 '형이상학적'이고 일반적일 수 있다. 아이러니스트는 인류 전체를 인간조건에 내재해 있는 아이러니의 희생자로 보기 때문이다(D. C. Muecke, 문상득 역, 『아이러니』, 서울대 출판부, 1986, 107쪽).

려함과 고양감이 작중 인물의 영웅성을 통해 실현된다면, 아이러니의 주인공은 유별나게 예외적인 주인공을 필요로 하지 않는다. 아이러니 자체가 목적이 되는 경우에는 주인공이 초라하면 초라할수록, 아이러니는 더욱 통렬한 것이 된다.[29] 비극에서 파국은 주인공이 비극적 상황에 대한 발견과 인지로 귀결되는데 비해, 아이러니의 경우 주인공에게 닥치는 사건은 그의 성격과 무관하게 어떤 인과관계도 없다.[30] 도시소설에서 소외와 상실감은 그들의 성격에서 기인된 것이 아니라, 그의 의지와 무관하게 이미 사회구조로부터 계층화되고 배제의 골이 깊어진데 있다.

「심청」(『중앙』, 1936.1)에서 화창한 봄날, 종로 거리의 기독교신자가 구걸하는 거지를 매몰차게 쫓아낸다. 나는 기독교신자를 자청하는 친구가 거지를 물리치는 광경을 목도하며, 조소의 마음을 감출 수 없다. 기독교 신자와 그의 무자비한 행동, 그리고 도심의 화창한 봄날과 거지의 봉변은 각각 대비되면서, 작품 전체를 아이러니의 구조로 만든다('기독교신자 ↔ 무자비', '화창한 봄날 ↔ 거지의 수치와 봉변'). 이 때 '봄'은 인물의 초라한 상황을 극대화하는데 일조한다.

「봄과 따라지」(『신인문학』, 1936.1)에서도 "지루한 한 겨울동안 꼭 옴츠러졌던 몸뚱이가 이제야 좀 녹고 보니 여기가 근질근질 저기가 근질근질"(166쪽)하던 봄 날, 따라지는 세 사람에게 구걸했으나 매를 맞고 쫓겨간다. 쫓기는 따라지가 우미관에서 본 영화주인공과 자신을 동일시하는 광경은, 도심의 봄날을 배경으로 아이러니를 연출한다. 산골의 봄과 달리, 도시에서 봄은 비애를 조장하는가 하면 동시에 작중 인물로 하여

---

28 노스럽 프라이, 앞의 책, 113쪽.
29 위의 책, 405~406쪽.
30 위의 책, 111~112쪽.

금 비애의 실태를 불투명하게 인식하게끔 만든다. 주인공의 순박함에 비례하여, 그들은 현란한 문명의 실체에 대한 실감이 흐릿하다.

콩트 「봄 밤」(『여성』, 1936.4)에서도 영화를 보고 나오던 영애와 옥녀는 금시계인 줄 알고 주웠다가 그 안에서 똥을 발견한다. 재미있게 본 '영화'와 달리, '봄 밤'은 뜻대로 연애도 안 되는 '현실', '똥'을 '황금'으로 착각하는 현실의 이중 구조를 보여준다. 도시에서 '봄'은 작중 인물들에게 위로와 생기를 주지 않으며, 오히려 그들에게 상대적인 박탈감과 냉소를 부추긴다. 만물이 생동하게 하는 '봄'에 비해, 도시 기층민들의 '삶'에는 생동과 환희가 부재하기 때문이다. 「야앵」(『조광』, 1936.7)도 마찬가지이다. 벚꽃 만개한 봄의 화사함에 비해, 작중 여급들은 이 사회에서 초라하다. 벚꽃 흥취 가득한 봄 밤은 그들의 초라한 삶과 대비되어 현실의 아이러니를 고조시킨다. 이 작품은 까페여급의 벚꽃구경에서부터 시작된다.

향기를 품은 보드라운 바람이 이따금식 볼을 스처간다. 그럴적마다 꽃닢새는 하나, 둘, 팔라당팔라당 공중을 날으며 혹은 머리우로 혹은 옷고름고름에 사쁜 얹이기도 한다. 가지가지 나무들 새에 킨 전등도 밝거니와 그 광선에 아련히 빛이어 연분홍막이나 버려논 듯, 활짝 피어버러진 꽃들도 곱기도 하다. (…중략…)

"애! 이 꽃좀 맡아봐" 하고 옆에서 영애의 코ㅅ밑에다 디려대이고

"어지럽지?"

"어지럽긴 메가 어지러워, 이까진 꽃냄새좀 맡고!"

"그럴테지"

경자는 호박같이 뚱뚱한 영애의 몸집을 한번 훔처보고 속으로 저렇게 디룩디룩하니까 코청도 아마, 하고는

"너는 꽃두 볼 줄 모르는구나!"

혼잣말로 이렇게 탄식하지 않을 수 없었다.

"그래 내가 꽃볼 줄 몰나, 얘두 그럼 왜 이렇게 창경원엘 찾아왔드람?" 하고 눈을 똑바로 뜨니까

"얘! 눈 무섭다 저리 치어라" 하고 경자는 고개를 저리 돌리어 웃음을 날려 놓고

"눈만 있으면 꽃보는 거냐, 코루 냄새를 맡을줄 알아야지"

"보자는 꽃이지 그럼, 누가 애들같이 꺽어 들고 그러듸"

"넌 아주 모르는구나, 아마 교양이 없어서 그런가부다, 꽃은 이렇게 맡아보고야 비로소 존줄 아는거야!" 하면서 경자는 짓꾸지 아까의 그 꽃송이를 두 손바닥으로 으깨여 가지고는 다시 맡아보고

"아! 취한다, 아주 어지럽구나!"

그러나 영애는 거기에는 아무 대답도 아니하고

"얘! 쥔놈이 또 지랄을 하면 어떻거니?" 하고 왁살스러운 대머리를 생각하며 은근히 조를 부빈다. (207~208쪽)

아름답고 평화로운 봄의 정취는 까페여급의 현실적 입지와 대조를 이룬다. 아름다움을 완상하기보다 그 앞에서, 아름답지 못한 그들의 처지를 환기하게 된다. 대화에서 알 수 있듯이, 그들은 아름다운 봄을 목전에 두고 그것을 코로 냄새 맡을 줄 알아야 한다는 쪽과, 눈으로 보자는 쪽으로 의견을 달리하며 그들에게 부재해 있는 '교양'을 운운한다.

또 다른 여급은 벚꽃 나들이 나온 가족 일행을 보면서, 자신에게 부재한 아이와 남편 그리고 가정을 떠올린다. 아이들을 동반한 가족들을 보면서, 이혼하고 떠난 남편과 잃어버린 딸에 대한 상념에 젖는다. 많은 인파 속에서 정숙은 벚꽃 나들이 나온 남편과 딸을 만나지만, 남편

은 냉담하고 아이는 엄마의 얼굴을 기억하지 못한다. 김유정의 도시소설에서 봄은 도시 하층민의 삶 속에 스며들지 못한다. 아름다운 봄은 아름답지 못한 그들의 삶과 대조를 이루어, 비애를 조장하고 상황의 아이러니를 실현한다.

『생의 반려』(『중앙』, 1936, 8~9)에서 가슴 아린 주인공 명렬의 사랑도 봄을 배경으로 소개된다. '이루어지지 않는 사랑'과 '봄'은 대조를 이루어, 인물의 비애를 가중시킨다. 도시를 배경으로 한 「따라지」(『조광』, 1937, 2)에서 '봄'은 '인물들의 비루한 처지'와 대조를 이루고 있다. 봄은 벚꽃을 피웠고 까치들은 나무에 집을 짓는데 비해, 도시에 세 들어 사는 작중 인물들의 형편은 나아지지 못한다.

> 인제는 봄도 늦었나부다. 저 건너 돌담 안에는 사구라꽃이 벌겋게 벌어졌다. 가지가지 나무에는 싱싱한 쌌이 폈고 새침히 옷깃을 핥고드는 요놈이 꽃샘이에겠지 까치들은 새끼칠 집을 장만하느라고 가지를 입에 물고 날아들고—
> 이런 제길헐, 우리집은 은제나 수리를 하는겐가. 해마다 고친다, 고친다, 벼르기는 연실 벼르면서 그렇다고 사직골 꼭대기에 올라붙은 깨웃한 초가집이라서 싫은 것도 아니다. (282쪽, 강조 — 필자)

작품 말미에서 주인 영감내외는 세입자들을 내쫓으려 하고, 세입자들은 그에 맞서는 것으로 작품이 종결된다. 도시의 봄은 이중성을 지닌다. 현란한 도시에서 벚꽃의 만개는 아름다움을 발하지만, 그 기운이 기층민의 삶에까지 전이되지 않는다. 오히려 그들의 상실과 비애를 부각시키는데, 이처럼 '봄'은 삶과 배리된다. 봄은 왔으나 도시 기층민의 삶에는 봄이 도래하지 않았다는 박탈과 상실의 정서를 보여줌으로써, 아이러니한 현실 구조를 반영한다.

　김유정 소설에서 '봄'은 생동하는 순박한 인간의 정서를 표출한다. 김수영이 시에서 '풀'을 통해 끈질긴 민중의 저력을 표상하고 있다면, 김유정은 그의 소설에서 '봄'을 통해 민중을 표상했다. 민중의 힘은 농촌을 배경으로 할 때 온전한 희극미를 실현할 수 있는데 비해, 도시를 배경으로 할 때 오히려 본래의 힘을 박탈당한다. 여기에서 아이러니가 발생한다. 소설에 나타난 아이러니는 김유정의 균형 잡힌 넓은 시야의 성취, 인생의 복잡성과 가치의 상대성 등 인식의 심화와 확장을 시사한다.[31] 봄은 농촌소설에서 민중의 건강한 희극미를 보인데 비해, 도시에서 아이러니의 구조를 연출한다. 아이러니의 구조는 여름, 가을, 겨울을 배경으로 한 일련의 소설에서는 다양한 수사학적 변주를 보인다. 여름을 배경으로 한 소설에서 민중의 힘은 엉뚱한 방향으로 뻗어나가는가 하면, 가을을 배경으로 한 소설에서는 민중 자신에게 가해하기도 한다. 나아가 겨울에 이르면 민중의 실체를 극단으로 몰고 가서 죽거나 새로운 삶의 가능성을 시사한다. 다음 장에서는 '도시의 봄'에서 발생한 아이러니가 여름, 가을, 겨울을 배경으로 어떤 수사학적 변모를 보이는지 살펴보도록 하겠다.

31　D. C. Muecke, 앞의 책, 44쪽 참조. 루카치에 의하면, "아이러니는 하나의 진정한 총체성을 창조하는 객관성을 위한 유일한 가능한 선험적 조건일 뿐만 아니라, 그것은 또한 이러한 총체성이 구현되고 있는 소설을 우리 시대의 대표적인 예술 형식으로 만들고 있"다(게오르그 루카치, 반성완 역, 『소설의 이론』, 심설당, 1985, 120쪽).

4. 아이러니의 변주로서 계절 수사학

1) 여름, 아이러니의 미학

김유정은 여름을 배경으로 한 소설에서 핍진한 현실을 배경으로, 아이러니의 구조 미학을 선보인다. 특히 「소낙비」(『조선일보』, 1935, 1.29~2.4)의 여름 풍경은 인물이 처한 상황과 사건의 긴박성을 부여한다. "음산한 검은 구름이 하늘에 뭉게뭉게 모여드는 것이 금시라도 비한줄기 할듯하면서도 여전히 짓구즌 햇발은 겹겹 산속에 뭇친 외진 마을을 통재로 자실 듯이 달구고 잇엇다."(23쪽) 이 작품에서 춘호와 춘호 처는 흉작에 빗쟁이를 피해 산골마을로 도주해 왔다. 춘호는 노름질 밑천을 마련해 오라고 아내를 윽박지른다. 남편은 아내를 매질하고 돈을 채근하고, 매질이 무서운 아내는 몸을 팔아 노름 밑천을 마련하면서 부부관계는 돈독해 진다. 아내의 매음이 남편에게 기쁨을 주는 아이러니는 소설의 배경이 되는 여름 절기와 어우러져, 주제와 계절의 수사적 상호성을 극대화 시킨다.

박게서는 모친 빗방울이 배추입에 부다치는 소리 바람에 나무 떠는 소리가 요란한다. 가끔 양철통을 나려굴리는 거푸친 천동소리가 방고래를 울리며 날은 점점 침침하엿다

얼마쯤 지난 뒤엿다. 이만하면 길이 들엇스려니, 안심하고 이주사는 날숨을 후— 하고 돌른다. 실업시 고마운 비 때문에 발악도 못치고 앙살도 못피고 무릅 앞헤 고븐고븐 느러저 잇는 게집을 대견히 바라보며 빙끗이 얼러 보앗다. (30쪽)

천둥을 동반한 거센 소나기가 몰아치는 여름을 배경으로, 19살의 춘호 처는 이주사에게 고분고분 몸을 맡긴다. 거친 소나기와 일기상황이 이주사를 더 동요하게 하는가 하면, 춘호 처를 온순하게 만든다. 가난과 남편의 노름밑천 등이 아내를 매음 현장으로 몰고 갔다. 소설에서 아이러니의 구조에 일조하는 것이 여름철 소나기이다. 남편은 아내에게 도시로 떠날 것을 시사하면서, '매춘'이 여름 한철 지나가는 '소나기'처럼 생활을 위한 일시적인 방편에 지나지 않음을 암시한다.

'여름'은 기층민의 가혹한 삶에 내재한 아이러니를 미학적으로 정제시킨다. 「땡볕」(『여성』, 1937.2)에서 덕순이는 열달이 넘어도 출산하지 못하는 무거운 아내를 지게에 메고 도심의 병원을 찾아간다. "더위에 익어 얼골은 벌건히 사방을 둘러본다. 중복허리의 뜨거운 땡볕이라 길 가는 사람은 저편 처마 끝으로만 배앵뱅 돌고 있다. 지면은 번들번들이 닳아 자동차가 지날 적마다 숨이 탁 막힐 만치 무더운 먼지를 풍겨 놓는 것이다."(303쪽) 덕순과 그의 아내는 뱃속에 아이가 사산한 줄도 모르고, 큰 병원에 가면 아내의 상황을 연구할 거리로 여겨 먹여주고 돈까지 준다는 희망에 부풀어 있다. 그러나 그들의 기대와 대조적으로, 오히려 수술을 받지 못하는 아내는 죽음을 목전에 둔 상황으로 돌변한다.[32] 김유정의 소설은 사건을 통해 상황의 아이러니를 보여줄 뿐 아니라, 운명의 아이러니까지 내포하고 있다. 「소낙비」에서 '매춘'이라는 상황은 오히려 부부관계를 돈독히 하는데 기여한다. 「땡볕」에서 아내의 '연구가치가 있는 질병'은 아내의 임박한 죽음으로 상황이 역전된다. 일련의 소설에서 여름의 계절성은 인물이 처한 상황과 긴밀히 상응하여, 그들

---

[32] 한 가지 문제를 푼다는 것은, 나아가 생각지 못했던 다른 문제들을 발견하는 가장 확실한 수단이 된다. 작중 인물을 비롯하여 우리가 신뢰했던 과학은 실상 문제의 끝없는 증가임을 확인할 수 있다(D. C. Muecke, 앞의 책, 115쪽 참조).

이 처한 현실과 정서를 생생하게 구조화 한다. 봄에 비해, 여름은 현실의 핍진성과 개연성을 구비함으로서 아이러니 구조에 기여한다.[33]

2) 가을, 아이러니의 강화로서 리얼리즘

농민들에게 가을은 슬픔의 기운이 지피는 시기이다. 수확기로서 결실에 대한 충만한 기쁨을 나누어야 함에도, 부채가 늘고 당면한 생계문제를 고뇌해야 하기 때문이다. 「金따는 콩밧」(『개벽』, 1935.3)에서도 결실의 기쁨은 온데간데없다. 금을 파려다가 콩밭의 농사마저 망치고 말았다. 간신히 콩밭을 부쳐 먹는 처지에, 익어가는 콩을 엉망으로 만들어 버린 것이다. "볕은 다스러운 가을 향취를 풍긴다. 주인을 잃고 콩은 무거운 열매를 둥글둥글 흙에 굴린다. 맞은 쪽 산밑에서 벼들을 비이며 기뻐하는 농군의 노래"(58쪽)와 대조되어 영식은 억장이 무너진다. 결실과 수확이 없는 가을은, 농민에게 비애와 고통을 가중시킨다.

「만무방」(『조선일보』, 1935.7.17~30)에서 응오는 제 손으로 농사지은 벼를 남몰래 도둑질해 먹는다. 그는 병든 아내의 병구환으로 생활고에 찌들어 있었다. 수확기 농민의 절박함을 김유정은 다음과 같이 설명한다.

한해 동안 애를 조리며 홋자식 모양으로 알뜰이 가꾸든 그 벼를 거더드림은 기쁨에 틀림업섯다. 꼭두새벽부터 엣, 엣, 하며 괴로움을 모른다. 그러나 캄캄하도록 털고나서 지주에게 도지를 제하고, 장이쌀을 제하고 색초를 제하고 보니 남는 것은 등줄기를 흐르는 식은 땀이 잇슬따름. 그것은 슬프다 하니보다 끗업

---

33 농촌과 도시 배경 소설 간에, 차이가 있다면 농촌에서는 부부간 일말의 희망이 잔존하지만, 도시에서는 척박한 삶이 더욱 고착되어 현실의 냉혹함이 고조된다.

시 부끄러웠다. 가치 털어주든 동무들이 뻔히 보고섯는데 빈지게로 덜렁거리
며 집으로 들어오는 건 진정 열없기 짝이없는 노릇이엇다. 참다참다 웅오는
눈에 눈물이 흘럿든 것이다. (84쪽)

형은 동생네 벼를 훔친 놈을 잡았는데, 그것이 동생임을 알고 깊은
회한에 잠긴다. "내걸 내가 먹는대 — 그야 이를 말이랴, 허나 내걸 내가
훔쳐야 할 그 운명도 얄궂거니와 형을 배반하고 이즛을 버린 아우도 아
우이럿다."(102~103쪽) 결실의 기쁨으로 고조되어야 할 가을, 농민들은
더욱 시름에 빠진다. 김유정은 가을을 배경으로 한 일련의 소설에서 상
실의 실체를 사실적이며, 나아가 사회적인 시각으로 표출한다. 「노다
지」(『조선중앙일보』, 1935, 3.2~9)에서 꽁보는 잠채하면서 행여 그것을 잃
을 세라 지금까지 함께 해 온 더펄이가 암굴에 매장되는 것을 보고 혼자
길을 나선다. 산골에 가을이 깊어지면서, 농민은 수심이 깊어지고 인심
을 잃는다.
　「가을」(『사해공론』, 1936.1)에서, '가을'은 남편과 아내가 이별하는 시간
이다. 복만이는 소장수에게 아내를 팔았다. 소장수는 새 아내에게 사랑
을 느끼기 시작했는데, 그녀는 집을 나가고 말았다. 소장수는 아내를
찾기 위해 매매계약서를 대서해 준 나와 함께 복만이를 찾으러 나선다.
김유정은 이들의 상실감을 다음과 같이 가을 일몰로 묘사하고 있다.
"해가 마악 떨어지니 산골은 오색 영농한 저녁노을로 덮인다. 산봉우리
는 수째 이글이글 끌는 불덩어리가 되고 노기 가득찬 위엄을 나타낸다.
그리고 낮윽이 들리느니 우리 머리우에 지는 낙엽소리 —"(180쪽) 저녁
노을과 깊어가는 가을 풍경은 작중 인물의 근심과 회한을 시사한다. 산
과 낙조 그리고 낙엽 등은 아내를 잃고 속이 타는 소장수 그리고 그것을
지켜보는 나의 서글픈 심사를 대변한다.[34]

가을을 배경으로 한 도시에서도 인물의 상심은 증폭된다. 「슬픈 이야기」(『여성』, 1936.12)에서 나는 세를 살면서 이웃 남자의 행패로 잠을 이루지 못한다. "요즘 같은 쓸쓸한 가을철에는 웬 셈인지 자꾸만 슬퍼지고, 외로워지고, 이래서 밤잠이 제대로 와주지 않는 것이 결코 나의 죄는 아니다."(273쪽) 이웃남자는 전기회사 감독이 되자, 여학생 아내를 얻으려는 심사에 매일 밤 아내를 매질한다. 나는 남자의 부도덕성을 지적하지만, 오히려 그것이 화근이 되어 남자는 더 거칠게 아내를 매질하고 급기야 내가 짐을 싸야하는 상황에 이른다. 도시의 가을도 산골의 가을과 마찬가지로 비정하다.

조락의 가을이라는 계절의 정조는 비정한 현실을 사실적으로 조명한다는 점에서, 가을 배경 소설들은 자본주의사회에 대한 비판적 기능을 담당하는 리얼리즘을 구현해 낸다. 금 따는 콩밭인줄 알았다가 콩 농사는 물론 모든 것을 잃는가 하면, 내가 거둔 벼를 훔쳐 먹어야 하는 현실, 모두 자본주의 현실의 아이러니를 반영하고 있다. 일련의 소설들은 플롯의 전개과정에서 아이러니가 나타나며, 작중 인물들은 자신을 패배시킨 현실을 부정하면서 부정적 전망의 본질을 투사한다.[35] 김유정이 주목한 1930년대 산골 농민의 경제적 박탈감과 비감은 가을이라는 계절성과 어우러져 아이러니를 강화하고 리얼리즘 수사학을 실현한다.

---

[34] 농촌의 깊어가는 가을 풍경 묘사에는 상심의 골이 깊어가는 산골 농촌사람들의 서글픈 심사가 투사되어 있다. 「산ㅅ골나그내」에서 산골의 가을은 다음과 같이 묘사되어 있다. "산ㅅ골의 가을은 왜 이리 고적할싸! 압뒤 울타리에서 부수수하고 썰닙은 진다. 바로 그것이 귀미테서 들리는 듯 나즉나즉 속삭인다. 더욱 몹쓸건 물ㅅ소리 골을 휘돌아 맑은 샘은 흘러 나리고 야릇하게도 음율을 읊는다. 퐁! 퐁! 퐁! 쪼록 퐁!"(3쪽)

[35] 리얼리즘(특히 비판적 리얼리즘)은 부정적 현실에 내면적으로 반응하는 인물을 그림으로써 '역동성'과 '(부정적) 전망'을 획득한다(나병철, 앞의 책, 261~263쪽 참조).

3) 겨울, 아이러니의 확장으로서 풍자

　겨울을 배경으로 한 소설에서 김유정은 부정적 상황을 극대화하여 대상에 대한 풍자의 태도를 보인다. 김유정은 인물에 대한 동정보다 '상황의 극대화'를 통해 '어이없는 부정적 현실'을 폭로한다. 일련의 소설에서 폭로의 대상은 '아이'와 '아내'이다. 김유정은 아이와 아내를 대상으로 삼되, 모진 계절 겨울을 배경으로 이들이 놓여 있는 부정적 현실 정황에 초점을 맞추어 그들이 처한 상황을 끝까지 몰고 간다. 김유정은 「떡」(『중앙』, 1935.6)에서 겨울을 배경으로 주림에 겨운 어린 아이의 부정적 상황을 구체적으로 묘사한다. 인용문에서 주린 아이의 내면은 겨울이라는 계절의 정황과 상응한다.

　배가 아프다고 쓰러지드니 아이구 아이구 하고는 신음만 할뿐이다. 냉병으로하야 잇다금 이러케 앓는다. 옥이는 가망이 아주 없는걸 작고 일어나서 방문을 열엇다. 눈은 첩첩이 쌓이고 눈이 부신다. 윙 윙하고 봉당으로 몰리는 눈송이, 다르르 떨면서 마당으로 나려간다. 북편 벽 밑으로 솥은 걸렷다. 뚜껑이 열린다. 아닌게 아니라 어머니말대루 죽커녕 네미나 찢어먹으라, 다. 그러나 얼뜬 눈에 띠는 것이 솥바닥에 얼어붙언 두 개의 쓰레기 줄기 그 놈을 손톱으로 뜯어서 입에 넣고는 씹어본다. 제걱제걱 얼음 씹히는 그 맛 밖에는 아무 맛이 없다. (71쪽, 강조 ― 필자)

　주림에 찌든 아이는 늘 앓는다. "윙윙 하고 봉당으로 몰리는 눈송이, 다르르 떨면서 마당으로 나려가"는 눈송이는 시름없이 앓다가 죽으려는 아이의 운명을 상기시킨다. 굶주림에 지쳐 먹을 것만 찾는 철없는 아이는 "죽커녕 네미나 찢어먹으라"는 어머니의 말을 그대로 좇으며 먹을 것을 찾아 헤맨다. 서술자는 아이의 내면을 초점화 하여, 아이의 심리를 적나라하게 드러낸다. 도시에서 겨울은 아이의 주림과 기층민의 가난을 극대화 시킨다. 아이러니한 것은 아이의 고통이 굶주림이 아니라 배를 채운 데서 발생한다는 점이다. 작품 중반에 이르면, 오랫동안 주린 아이는 주는 대로 한꺼번에 많은 음식을 먹은 결과 탈이 나서 죽을 지경이다. 이 작품은 아이의 죽음에 임박한 고통을 통해 굶주림이라는 정황을 극대화함으로써, 가난을 가속화시키는 현실에 대한 풍자가 돋보인다.

아이가 등장하는 또 다른 작품으로 사후(死後) 발표된 「애기」(『문장』, 1939.12)가 있다. 작중 화자는 사랑받아야 할 '애기' 혹은 '아가'가 부정적인 '악아'로 멸시받는 전모를 풍자하고 있다. 화자는 막 태어난 아기에 대해 다음과 같이 설명한다. "허나 이런 악아는 턱이 좀 달습니다. 어머니가 시집온 지 뒤달 만에 심심히 빠친 악아요, 그는 바루 개밥의 도토립니다. 뉘라고 제법 다정스러운 시선 한번 돌려주는 이 없습니다."(366쪽) 이유인즉 '악아'의 외조부가 딸을 부잣집에 보내 한밑천 잡으려했으나, 그 사이 딸은 임신을 해 버렸고, 지금 '악아'의 아버지는 친아버지가 아니다. 부자는 딸을 치우려는 마음에, 땅 오십석 붙여준다며 가난한 태수에게 시집보낸다. 부자는 딸의 임신을 숨겼고, 결혼 후에도 땅을 주지 않는다. 태수도 땅 오십 석에 혹하여, 의사라 속였다. 그들이 서로 속고 속이는 가운데 '악아'가 태어났다. 시어머니가 '악아'를 죽이라고 시아버지를 종용하는가 하면, 애엄마 역시 '악아'를 내 버리라고 '태수'를 종용한다. 작가는 부정적 인간들 틈에 순진무구한 '아가'가 악의 화신 '악아'로 취급되는 부정적 상황을 폭로한다.

농촌에서 겨울은 '아내'에 대한 남편의 물신화의 폭로한다. 「솟」(『매일신보』, 1935.9.3~14),[36] 「안해」(『사해공론』, 1935.12)에서 김유정은 남편의 시각을 극단적인 형태로까지 끌고 나간다.[37] 남편은 아내를 버리고 돈벌이 가치가 있는 들병이와 도주하려는가 하면, 아내를 들병이로 만들거나 아들 낳는 기계로 생각한다. 겨울이라는 계절성은 기층민 삶의 절박함을 대변하는가 하면, 궁핍과 물신화의 심각성이 강조된다. 농촌에서 물신화와 궁핍은 부부간의 정리로 극복될 여지를 남기고 있으나, 도시에서는 가족의 정리만으로는 해결하기 어려운 심각성을 시사한다. 소설에서 '아이'와 '아내'는 순박하고 악의 없음에도 불구하고, 그들이 처한 부정적 현실이 그들을 부정적 정황으로 몰고 간다. 김유정은 각 인물이 처한 부정적 정황을 치밀하게 그리고 끝까지 몰고 감으로써, 아이러니를 풍자로 확장시켰다. 겨울을 배경으로 한 소설에서 김유정은 인물이 처한 고통과 굴욕적인 정황에 대해 더 동요하고 개입했던 것이다.

계절에 민감한 작가 김유정은 비언어적 능력으로서 고통을 느낄 수 있는 능력 요컨대 고통에 대한 감수성, 굴욕에 대한 감수성을 지닌 작가이다.[38] 잔인성의 희생자들, 고통을 겪고 있는 사람들은 언어에 관해서 할 일이 많지 않다. 왜냐하면, 억압받는 자의 목소리나 희생자의 목소리는 현실에서 존재할 수 없기 때문이다. 희생자들이 한 때 사용했던 언어는 더 이상 작동하지 않으며, 그들은 새로운 낱말들을 결합시킬 수 없을 만큼 너무나 많은 고초를 겪고 있다. 그래서 그들의 상황을 언어로 표현하는 일은 그들을 위하는 누군가 다른 사람에 의해 행해져야 할 몫이다.[39] 김유정은 인간 존재들을 고통에 대한 책임의 측면에서 평등

---

36 「정분」, 『朝光』, 1937.5(「솟」과 동일하므로 제목만 언급).
37 이러한 행위는 아내에 대한 애정이 아니라 남편의 소유욕을 반영하고 있다. "남편의 이러한 행동은 다른 남자에 대한 질투심에서라기보다는 '들병이로 나갔다가는 넉넉히 딴 서방 차고 달아날 걱정' 즉 자신의 소유물을 잃을 것에 대한 걱정 때문이다."(노지승, 「성(sexuality)과 농촌, 근대적 가부장제의 외부」, 『김유정과의 만남』, 소명출판, 2013, 270쪽 참조).
38 리처드 로티, 앞의 책, 178쪽.
39 위의 책, 180쪽.

하게 할 막중한 의무를 인지한 '자유주의 아이러니스트'[40]이다. 그는 계절성에 주목하여 아이러니 수사학의 완급을 조절했다.

5. 나오며

　김유정 소설에서 자연(自然)은 작중 인물이 차지하는 비중보다 높다. 김유정은 계절에 대해 민감한 의식을 지니며 소설 수사학으로 구현했다. 특히, 봄에 대한 수사학은 다른 작품에 비해 고전적 수사학이라 할 수 있는 희극을 수용하여 대중의 사랑을 받았다. 농촌과 산골에 도래한 봄은 건강한 생동미를 발하면서, 인물의 로맨스를 부추긴다. 봄을 배경으로 한 농촌은 생기와 해학이 넘치는 공간이다. 「봄·봄」과 「동백꽃」에서 청춘 남녀의 사랑이 여물어 가는 과정은 건강한 희극미를 연출한다. 김유정은 '봄'에서 농민(민중)의 생기를 발견했다. 그에게 봄은 농민으로 대변되는 민중 본연의 에너지이다. 산골과 농촌은 자연의 운행과 삶의 방식이 상응하는 공간으로서, 봄이라는 생성의 시간에는 양자가 조화를 이루어 낸다.

　반면, 자연의 긍정적인 에너지는 도시와 문명에서는 인간의 삶과 조응하지 못한다. 「심청」, 「봄과 따라지」, 「봄 밤」, 「야앵」에서 도시의 기층민들은 도시의 봄기운을 만끽하지만 그 기운이 삶 속에서 실현되지

40　위의 책, 170쪽.

는 못한다. 농촌과 달리, 도시와 새로운 삶의 조건은 민중으로 하여금
생기를 건강하게 발산시킬 수 없도록 했으며, 이에 아이러니가 탄생했
다. 소설에 나타난 아이러니는 객관성의 확보로서, 김유정의 현실에 대
한 균형 잡힌 시야의 성취를 보여준다. 그러므로 김유정 소설의 가치와
미학은 근대적 양식으로서 아이러니가 탄생하고, 그것이 다양한 형태
로 변주되는 도시소설, 여름과 가을 그리고 겨울을 배경으로 한 소설이
다. 도시의 봄에서 시작된 아이러니는 여름과 가을, 겨울 배경 소설에
서 다양한 형태로 변주되었다.

여름을 배경으로 한 소설(「소나기」, 「땡볕」)에는 아이러니의 구조가 극
대화 될 뿐 아니라, 미적으로 정제되었다. 가을을 배경으로 한 소설에
서 농민의 상실감은 아이러니를 더욱 강화하여 리얼리즘을 실현한다.
농민들은 동료를 버린다거나 아내를 버리며 밭을 버린다.(「노다지」, 「가
을」, 「金따는 콩밧」) 내 논의 벼를 훔쳐서 먹어야 할 지경이다.(「만무방」) 봄
부터 뿌린 노고가 결실로 돌아와야 함에도, 오히려 부채만 늘어나는 농
민의 정황은 농민들의 아이러니한 실제 상황이다. 가을 배경 소설에서
김유정은 아이러니한 현실구조에 주목하여 농촌을 잠식하기 시작한
자본주의에 대해 비판적 리얼리즘을 선보였다.

겨울에 이르면, 김유정은 척박한 현실을 살아가는 주인공들에 대해
깊이 개입한다. 김유정은 가난한 농민과 기층민이 처해 있는 고통과 굴
욕을 직시하고, 인물과 사건에 대해 깊이 관여한다. 예컨대 주린 아이
가 무리하게 먹어 죽을 지경이라든가 불행한 태생의 아기가 유기되기
에 이르는 것, 남편이 아내를 돈벌이 수단으로 내몰기까지 인물이 처한
문제적 상황을 극한까지 몰고 간다.(「떡」, 「애기」, 「솟」, 「아내」) 김유정은
인물과 상황을 극단까지 치닫게 함으로써, 부정적 현실과 부정적 정황
에 대해 풍자의 수사학을 보인다. 작품에서 배경으로 자리 잡은 겨울은

인물이 처한 열악한 상황과 어우러져 파괴된 인물의 극단적 정황을 보여주든가 그렇지 않으면 새로운 가능성을 시사한다.

도시의 봄에 발생한 아이러니는 여름 배경 소설에서 고조되는가 하면, 가을에 이르면 사실적 리얼리즘으로, 겨울에 이르면 풍자로 전환된다. 이러한 수사학의 변주는 현실에 대한 작가, 김유정의 개입과 입장의 전환을 대변한다. 자연의 생리를 관조할 수 없는 현실에서, 김유정은 자연의 생리 대신 인간의 생리에 대해 깊이 관찰하고 탐색해 나갔다. 자연 대신 문명이 현실에 잠식하면서, 현실은 이제 자연의 질서가 자리 잡지 못하고 인간은 새로운 힘에 조정 당한다. 이에 김유정은 현실에서 고통 받고 굴욕당하는 인물의 생리를 적극적으로 읽어내기 시작한다. 김유정 소설에 나타난 봄의 수사학은 자유주의 아이러니스트로서 작가의 감수성을 보여줌과 동시에 세계에 대한 연대감을 실현한다. 그는 도심의 문명 속에서 다시 꽃 피어 낼 수 있는 새 봄을 갈망했다.

참고문헌

1. 기본자료

전신재 편, 『김유정전집』, 한림대 출판부, 1987.

2. 논문

김명숙, 「김유정 소설미학의 블랙유머적인 특징」, 『한국학연구』 28, 인하대 한국학연구소, 2012.

김춘용, 「김유정 소설의 아이러니 연구」, 부산대 석사논문, 1985.

나병철, 「김유정 소설의 해학성과 현실인식」, 『비평문학』 8, 한국비평문학회, 1994.9.

노지승, 「성sexuality과 농촌, 근대적 가부장제의 외부」, 『김유정과의 만남』, 소명출판, 2013.

안미영, 「김유정 소설의 문명비판 연구」, 『현대소설연구』 11, 한국현대소설학회, 1999.

유인순, 「김유정 소설의 웃음 그리고 그 과녁-〈총각과 맹꽁이〉·〈봄·봄〉·〈두꺼비〉를 중
　　　심으로」, 『현대소설연구』 38, 한국현대소설학회, 2008.

이유선, 「자유주의 아이러니스트」, 『아이러니스트의 사적인 진리』, 라티오, 2008.

정영호, 「김유정 소설의 아이러니 연구」, 경남대 석사논문, 1991.

한만수, 「김유정 소설의 아이러니 분석」, 한양대 석사논문, 1985.

＿＿＿, 「김유정 소설의 아이러니 분석」, 『한국어문학연구』 21, 한국어문학연구학회, 1986.

3. 단행본

김종회 편, 『한국문학 명비평』, 2009.

나병철, 『소설의 이해』, 문예출판사, 2006.

게으로그 루카치, 반성완 역, 『소설의 이론』, 심설당, 1985.

노스럽 프라이, 임철규 역, 『비평의 해부』, 한길사, 2000.

D. C. Muecke, 문상득 역, 『아이러니』, 서울대 출판부, 1986.

리처드 로티, 김동식 이유선 역, 『우연성 아이러니 연대성』, 민음사, 1996.

김유정 문학의 타자윤리학과 서사구조

이덕화

1. 들어가며

  김유정 문학을 한 마디로 표현한다면 민중에 대한 사랑이라 할 수 있다. 김유정이 「병상의 생각」[1]이라는 수필에서 민중을 하나로 꿸 수 있는 위대한 사랑을 역설하였고, 두 번씩이나 홍길동전을 거론하며 최고의 문학적 모델로 잡은 것을 보면[2] 그의 작품은 바로 민중에 대한 사랑의 표현이라 할 수 있다. 여기에서 위대한 사랑은 신과 같은 사랑을 세계와 민중을 통해 실현하려는 데에서 의미가 있으며, 사랑을 통해 민중을 축복하고 구원하려는 데 목적이 있다. 김유정이 "위대한 사랑을 찾고 못

---

1 김유정, 「병상의 생각」, 전신재 편, 『원본 김유정 전집』, 도서출판 강, 2012(이하 김유정 작품은 이 책에서 인용하며, 작품 인용 시 제목과 쪽수만 표기함).
2 김유정은 「병상의 생각」에서는 홍길동전을 최고의 예술 모델로, 또 독서설문에서 가장 감명 깊게 읽은 책을 홍길동전으로 답하고 있다(「독서설문」, 495쪽).

찾고에 우리 전 인류의 여망이 달려있음"을 역설한 것은 바로 문학을 통해 유토피아의 미래, 새로운 비전을 제시하려는 목적이 있었다고 할 수 있다. 그렇다고 민중에 대해 이광수류의 교육과 학습이 필요한 계몽의 대상이 아니라, 민중적인 천진하고 따뜻한 인간애 그것이 바로 전 인류를 하나로 꿸 수 있는 위대한 사랑이며 미래의 비전으로 본 것이다.

레비나스는 인간에게 사랑은 메시아적인 심성을 표현하는 것이며, 메시아는 인간의 역사를 사랑에 의해 완성시키는 인격적인 구원자로서 인간의 실천적인 의지를 그 역사에 동참하도록 이끌어내는 도덕적인 축의 역할을 한다고 했다.[3] 이런 메시아는 타자의 얼굴을 통해서 드러난다는 것이다. 김유정은 민중을 통하여 메시아적인 것을 보았으며, 자신을 대신하여 일본 제국주의의 수탈로 빚어진 왜곡된 민중의 인간성, 그들로 인해 빚어지는 모욕과 잘못을 자신이 실제 형과 누나를 통해 받은 박해와 동일시하며 그들에 대한 책임감을 통감했던 것이다.

김유정의 작품은 김유정의 민중에 대한 완벽한 사랑의 표현이다. 철저히 민중의 시선으로 그려진 입담 좋은 판소리계 사설식 문체, 계급이 생성되기 이전의 원초적 천진한 인간형, 일본의 제국주의의 수탈에도 끝까지 살아남으려는 강인한 생명력, 따뜻한 가족애를 향한 회귀식 서사구조, 이 모든 것은 민중에 대한 철저한 분석과 그에 대한 실제의 체험이 없으면, 구현하기 힘든 문학적 성취이다. 이러한 문학적 성취 뒤에는 김유정의 민중에 대한 사랑과 책임감이 매개되어 있다. 김유정은 민중을 향하는 자신의 욕망과 그들에게서 메시아적인 생명력을 보았다고 할 수 있다. 민중에 대한 사랑과 책임감으로 문학적 성취를 이루어 낸 것이다. 김유정이 자신을 떠나서 대상화하고 감각화한 존재, 즉

3　윤대선, 「신의 부재와 메시아니즘」, 『레비나스와 타자철학』, 문예출판사, 2004, 84쪽.

그 민중은 김유정이 근원적인 낯섬을 가지지 않은 대상이다. 김유정의 작품은 민중에 대한 타자윤리학의 메커니즘을 통해 드러나는 서사구조를 보여준다. 이 연구에서는 그런 민중적 요소들이 작품 속에서 어떻게 구현되는가를 분석해보려고 한다.

2. 김유정 문학에서 나타난 타자윤리학의 배경

김유정의 『생의 반려』, 「연기」, 「형」[4]은 김유정 자신의 실재 삶을 소재로 허구적 형식을 빌려 서사화한 단편소설들이다. 이 세 작품을 통해서 보면 김유정은 가족들, 특히 형이나 누나로부터 엄청난 박해를 받는 가운데, 자신을 민중과 동일시하게 된다.

김유정은 천석꾼 집안의 8남매 중 일곱째로 태어나 어릴 적에 가족의 귀여움을 독차지했다. 맏아들 다음으로 다섯 딸을 낳고 얻은 유정은 부모님의 사랑을 독차지했다. 그러나 부모는 일찍이 작고하고 형의 난봉으로 재산은 거덜 나고, 형의 폭행과 재산 분규 불화로 경제적으로 의지 할 곳 없는 외톨이였다. 김유정은 누이에게 얹혀사는 천덕꾸러기로, 금광을 떠도는 떠돌이로 비참한 삶을 살게 된다. 거기다 작가의 생활을 시작한 즈음은 폐병과 치질의 악화로 건강상 가장 힘든 시기였다.

『생의 반려』는 화자 친구의 입을 빌려 김유정 자신을 소재화한 작품

---

4 이 세 소설은 다 김유정의 실제 누나와 형을 모델로 한 작품이다.

이다. 명렬군으로 지칭된 김유정을 비롯한 가족은 가장인 형에게 "순전
히 잔인무도한 주정군의 주정받이로 태어난 일종의 작난감"에 지나지
않는 존재였고, 그 가정에는 따뜻한 애정도 취미도 의리도 없고 형의
폭력만이 난무한 가정이었다. 그런 분위기의 가정에서 김유정은 천덕
꾸러기 외톨이로 자랐다. 가정에서의 아버지의 죽음 이후 당해야 했던
김유정의 어린 시절의 재앙과 고통에 의한 자아 비우기는 겸손이 지나
쳐 굴욕의 상태로까지 간다. 또 작품에서 보면 형이 얻어준 방 두 칸에
맡겨 놓은 명렬군, 즉 유정을 박봉의 공장 생활로 벌여먹어야 하는 누
나는 자기 설움에 시시때때로 괴롭힌다. 그런 괴롭힘을 통해서 유정은
자신을 심부름하는 아이 선이와 동일시하며. 선이의 괴롭힘조차 자신
에게로 전이된다. 선이의 아픔은 곧 자신의 아픔이 되는 것이다. 이것
은 바로 선이를 집의 하녀가 아닌, 자신과 동일한 선상의 인간으로 살
아있는 생명으로 보호하려는 타자에 대한 책임감에서 나오는 것이다.

> 명렬군은 아직도 성치 못한 몸으로 병석에 누워있었다. 밖에서 나는 시끄
> 러운 울음소리에 가뜩이나 우울한 그 얼골에 잔뜩 찌프렸다.
> 그리고
> "음! 음!"
> 하고 신음인지, 항거인지 분간을 모를 우렁찬 소리를 내는 것이다. 실토인즉
> 그는 선이가 누님에게 매를 맞을적만치 괴로운 건 없었다.[5]

　명렬군의 이런 의식은 취직 못한다고 누나에게 구박받고, 비난받고,
빌어먹는다고 내쫓기는 자신의 처지와 자신이 돌보아야하는 대상으로

5　『생의 반려』, 280쪽.

서의 선이를 바라보는 이중의식이 상충되어 있다. 언어로조차 표현되지 못하는 극심한 고통은 자신의 처지와 다를 바 없는 선이와의 동일선상에서 또 좀 더 인간적인 차원에서 선이를 따뜻하게 배려해주지 못하는 누나와의 동일시에서 나오는 고통이다. 단순히 선이의 처지에 대한 동정만으로 극심한 고통을 느끼지 못한다. 선이에 대한 동일시와 함께 자신이 선이의 고통을 덜어 줄 수 없는 선이에 대한 책임감이 더 큰 고통을 안겨준다. 즉 명렬군의 의식은 선이를 향해 열려 있으며 선이의 고통이나 불행에 대해 책임감을 느끼고 "음! 음!"이라는 자신의 깊은 내면에서 우러나오는 신음 소리를 내는 것이다.

이런 명렬군의 타자와 동일선상에서 박해받는 자로서의 정체성은 박녹주라고 알려진 명주와의 관계에서도 마찬가지다. 명주에 대한 묘사를 보자.

> 화장 안한 얼굴은 창백하게 바랬고 무슨 병이 있는지 몹시 수척한 몸이었다. 눈에는 수심이 가득히 차서, 그러나 무표정한 낯으로 먼 하눌을 바라본다. 흰 저고리에 흰 치마를 훑여안고는 땅이라도 꺼질까봐 이렇게 찬찬히 걸어 나려오는 것이었다. 그 모양이 세상고락에 몇 벌 씻겨나온, 따라 인제는 삶의 흥미를 잃은 사람이었다.[6]

이 인용문은 읽으면, 화려한 기생의 이미지보다는 마치 그 당시 폐병을 앓고 있던 김유정을 바라보는 듯하다. 명주 속에서 자신을 바라 본 것이다. 명주를 통해서 육친과 같은 사랑을 느낀 것이다. 애정에 주린 명렬은 자신보다 연상의 여인 명주에게서 '어머니'와 같은 연인을 찾았

6　『생의 반려』, 252쪽.

고, 그것은 명주에게서 자신이 보호해주고 싶은 열망과 보호받고 싶은 육친과 같은 사랑을 동시에 느낀 것이다. 그러나 명주로부터도 박해를 받는다. 명렬의 편지에 답장은커녕 편지를 돌려보내기 일쑤고, 한 번만 만나달라는 대신 보낸 친구를 따돌릴 뿐만 아니라 마치 명렬군의 편지 자체를 무시하는 멸시를 받는다.

여기에서 형이나 누나, 명주는 명렬군으로 하여금 고통을 받게 하는 타자들이다. 그들은 명렬군에게 정신적 육체적으로 고통을 준다. 그들은 이방인처럼 낯설 정도로 명렬군과 다른 모습을 하고 있으며 주체의 생명과 지위를 위협할 정도로 명렬군에게 치명적인 대상이기도 하다. 그러나 이들을 혈연이나, 연인 관계 등의 강력한 구속력으로 인해서 떨쳐버릴 수 없으며 오히려 이러한 관계를 글쓰기를 통해서 극복함으로써 자신의 자존을 세워나간다. 조남현은 김유정 소설과 동시대 소설을 비교하면서 김유정의 농촌배경소설이나 도시배경소설은 약자나 피해자를 주인공으로 내세웠다는 공통점을 가지고 있다고 지적했다. 또 김유정 소설에서는 동시대 다른 작가들의 작품들에서 자주 나타나는 지식인귀농이라든가 야학 활동이라든가 고상한 행동은 찾기 어렵다고 했다. 그것을 작중인물들에 대한 작가적 시선의 문제로 보고 있다.

김유정의 도시배경소설에도 여급, 기생, 소설가가 등장하고 거지, 행랑어멈, 지게꾼, 전차운전수 등과 같은 존재도 등장하고 있지만 기생이라고 해서 부정적인 존재로 그리고 있지도 않고 행랑어멈이나 전차운전수나 거지라고 해서 연민의 시선을 보내고 있지도 않다. 김유정은 작중인물에 대해 예상외의 작가적 시선을 보낸 편이라고 할 수 있다.[7]

---

7   조남현, 「김유정 소설과 동시대 소설」, 김유정학회 편, 『김유정의 귀환』, 소명출판, 2012, 33쪽.

조남현이 지적한 약자나 피해자에 대한 김유정의 작가적 시선은 레비나스에 의하면 이들에 대한 윤리적 책임감에 의한 것이다.

> 본질적으로 타자에 대한 책임감은 자신의 의지에 따른 선택이 아니라 자신의 근본적인 본성에 의해 외부세계에 자신을 개방하는 행위다. 타인에 대한 전시는 외연성이며 근접성이며 이웃에 의한 사로잡힘 즉 본의 아니게 사로잡히는 것, 말하자면 아픔이다. 즉 전적으로 타자에게 전시되는 주체의 본성은 본의 아니게 타자로 향하는 것에 있고 이런 타자성을 주체의 사유와 행위를 결정하여 존재의 가장 원초적인 것을 구성한다.[8]

위의 인용문에서 보는 것처럼 김유정의 민중에 대한 책임감은 "자신의 근본적인 본성"에 의한 것이다. 김유정은 사랑하는 대상조차 자신과 운명적으로 닮은 사람을 선택, 박녹주와의 사랑을 작품화했지만, 타자에 대한 사랑도 그들과 자신을 동일시, 그들을 통해 김유정은 위로 받고 고통을 함께 했다. 약자나 피해자들에 의한 사로잡힘에 의해서 김유정의 욕망은 그러니까 민중을 통해서만 활동하고 민중을 통해서만 대상을 포착한다.

김유정의 작품은 그 당대의 가장 빈한한 빈농 출신의 농부나 농사로 변변히 가족을 부양하기 힘들자 도시 노동자로 전락한 그 시대의 암울한 타자들에 대한 초상이다. 김유정은 타자들에 대한 책임감을 작품을 통하여 드러낸 것이다. 벌거벗고 고통스러운 얼굴로 나타난 낯선 타자의 얼굴은 자기중심적인 이기적인 삶에서 벗어날 수 있게 해주는 윤리적인 책임감을 가지게 한다.[9] 윤리적인 책임은 약자나 피해자와 같은

---

8 윤대선, 앞의 책, 222쪽.
9 강영안, 『타인의 얼굴―레비나스의 철학』, 문학과지성사, 2009, 30~35쪽.

타자의 죄까지도 대속한다. 대속은 타인에 대한 책임, 또는 죄책감을 내가 대신 짊어지고 고통 받음으로써 그것을 대신 속죄 받는다는 뜻이다. 김유정은 여기서 계급적인 면에서는 형이나 누나와 같은 지주 집안의 자손이라는 면에서 가해자이면서, 한편 형과 누나로부터 박해를 받아 왔다는 측면에서 보면 피해자이기도 한다. 김유정은 가해자이면서 피해자의 입장에서 민중의 죄를 대신 짊어지고 그들과 같은 길을 가고자 한다는 측면에서 대속의 의미를 가진다.

이 부분에서 레비나스는 '전환'이라는 단어를 사용하는데, '전환'이란 것은 자기의 이해관계에 사로잡히지 않는 존재, 타자로부터 오는 윤리적 절박성을 받아들이는 것, 박해받는 사람들에 대한 관심과 책임으로 향하는 것, 다른 사람의 고통을 돌아보고 타자의 고통에 대해 책임을 완수하는 것이라고 말한다.[10] 이 때 주체가 김유정처럼 박해의 고통을 당했다면 이로 인해 더 많은 타자들에게 공감을 보이며 그들에 대한 책임감을 확대한다는 것이다.

김유정 문학에서 드러나는 원초적 천진한 인물형, 강인한 생명력, 입심 좋은 판소리식 사설, 회귀적 사사구조는 김유정이 그 당대 민중과의 자기 동일시를 통해서 윤리적 책임감을 보여주는 서사적 특징들이다.

---

10 김연숙, 『타자윤리학』, 인간사랑, 2001, 226쪽.

3. 타자윤리학에 의한 서사구조

1) 원초적 천진한 인물형[11]

김유정의 농민이나 농민 출신의 노동자를 소재로 한 대부분의 작품
에서는 김유정의 타자윤리학에 의한 타자에의 열망이 타자에의 요구
에 응답하는 것으로 드러나며 그 책임에 응하는 응답이 원초적 천진한
인물형, 강인한 생명력, 입담 좋은 판소리계 사설, 회귀적 서사구조로
나타난다.[12] 김유정이 농민이나 농민 출신의 노동자를 소재로 작품화
했다는 것은 타자에의 요구에 응답하는 것이며, 그 응답은 철저히 민중
적 세계관으로 그리며 그 세계관에 맞는 전형적인 인물형과 상황을 그
려내는 것이다. 민중적세계관에 맞는 인물형은 세상 물정에 무지할 정
도의 원초적 천진한 인물형으로 드러난다. 김유정이 민중에 사로잡힘
에 의해서 민중에 대한 윤리적 책임감을 가지고 민중의 생리를 꿰뚫어
보고자 하는 의욕이 없었으면, 민중이 가지고 있는 생리적 특질을 그렇
게 정확하게 집어내기가 힘들었을 것이다. 이것은 민중에 대한 사랑으
로 드러난 것이며, 이는 바로 민중과 자신을 동일시한 자기 자신에 대
한 사랑에 의해 가능한 것이다.

전신재는 「산골」과 「춘향이야기」를 분석하며 몇몇 작품에 한정시켜

---

11 전신재는 김유정 소설과 설화적 성격을 연구하면서 김유정 문학에 나타나는 순박한 인물형
은 「산골」, 「춘향이야기」를 비교하면서 계급 사회가 형성되기 이전의 원초적 천진성을 보여
준다고 했다. 전신재는 몇몇 작품에만 한정시켰지만 실제 김유정 소설에서 나타나는 순박한
인물형은 모두 전신재가 지칭한 원초적 천진한 인물형이다. 그래서 이 용어를 그대로 사용
하기로 한다(「김유정 소설과 설화적 성격」, 김유정학회 편, 앞의 책).
12 여기에서 입담 좋은 판소리계 사설은 분석을 생략하겠다. 이 부분에 관한 많은 연구가 진행
되어 있어, 새로운 분석이 필요 없을 것 같다.

계급 사회 이전의 원초적 천진한 인물형으로 분석했지만, 김유정의 대부분의 작품에서 나타나는 순박한 인물형은 계급 사회 이전의 원초적 천진한 인물형이다. 「산ㅅ골나그내」에 나오는 나그네인 아낙네는 거지생활보다 나은 덕돌이와 단란한 가정을 꾸밀 수 있음에도 거지 남편을 돌보기 위해 떠난다. 덕돌이와 결혼할 때 받은 은비녀조차 빼놓고 거지 남편의 옷으로 입힐 덕돌이 옷만 훔쳐 달아나는 인물이다. 덕돌이의 엄마도 근거 없이 떠돌아다니는 나그네의 "남편 없고 몸부칠 곳 없다"는 말만 믿고 아들과 결혼을 시키는 남을 의심할 줄 모르는 순박한 인물형이다. 아들 덕돌이 역시 마찬가지다. 남루한 나그네의 모습이나 행색은 아랑곳 하지 않고 출처를 모르는 나그네에게 20년 가까이 닦지 않던 이빨까지 닦으며 나그네의 마음을 얻으려 하는 인물이다. 이런 인물들은 산업 사회의 경쟁 체제가 들어서면서 보여준 변덕 많고 이기적 욕심으로 가득찬 인간보다는 자연과의 소통으로 인해 있는 그대로 믿는 소박한 심성의 소유자, 자연적 심성을 간직한 원초적 인물형이다.

「총각과 맹꽁이」에서 홀어머니 밑에서 살면서 가난에 찌들어 결혼을 생각조차 할 수 없었던 뭉태가 마을에 들병이가 왔다는 소문을 듣고 결혼을 꿈꾸는 것도 친구들이 자신과 들병이와의 결혼을 도와줄 것이라는 순박한 믿음이 깔려있기 때문이다. 즉 뭉태는 자신의 마음과 친구들의 마음을 동일시한다. 그러나 친구들 역시 자신과 같은 욕망의 소유자라는 것을 알지 못하는 무지한 인물이다. 친구들은 뭉태의 부탁 같은 것은 아랑곳없이 뭉태가 내는 술턱만 얻어먹고 자신들의 각자의 욕망을 채운다. 들병이 역시 욕망의 소유자라는 것을 인식하지 못하는 뭉태는 세상물정에 어두운, 모든 사람들의 마음이 자신의 의식에 동의 할 것이라는 순진하면서도 인간에 대한 무지한 의식으로 인해 이 작품은 해학이 발생한다. 「금따는 콩밭」에서 밭이 있는 가까이 금맥이 발견되었다는 친구말만 믿고 농사지어 놓은 콩밭을 추수할 생각은 않고 금을 캐기 위해 땅을 파헤치는 인물 역시 같은 인물 유형이다. 금맥이 지나 간다는 콩밭에서 금이 나올 수 있다는 친구의 말만 그대로 믿는 이 인물 은 금을 캐지 못했을 후의 일을 자신의 이익과 따지고 분석하는 이성적 인 인물이 아니고, 단순히 금을 캘 수 있다는 말만 믿는 숙맥과 같은 천 진한 인물형이다.

「땡볕」의 남편이나 아내는 아이를 임신해 사산, 배속에서 죽을 때까 지 그 사실을 모를 정도로 무지한 인물이다.

> 시골서 올라 온지 얼마 안 되는 그로써는 서울일이라 호욕 알 수 없을 듯 싶 어 무료진찰권을 내온데 더 되지 않았다. 그렇다 하드라도 병이 괴상하면 할 스록 혹은 고치기가 어려우면 어려울수록 월급이 많다는 것인데 영문모를 안해의 이 병은 얼마짜리나 되겠는가, 고 속으로 무척 궁금하였다. 아히가 십 원이라니 이건 오십 원쯤 주겠는가.[13]

이 인용문에서 볼 수 있는 것은 남편 덕순이 아직 시골에서 올라온 지 얼마되지 않았다는 것을 작가는 강조하고 있다. 시골의 순박한 정서 를 그대로 간직하고 있는 인물이라는 것이다. 이웃 할아버지의 말을 그 대로 믿고 아내의 임신 후 사산을 희귀병이라 혹 병원에서 월급까지 주 며 고쳐주지 않을까 생각하는 인물이다. 병원을 가면서 왜떡 세개 정도 밖에 살 돈이 없는 덕순이로서는 이웃 할아버지의 희귀병 운운은 아내 의 병을 희귀병으로 믿고 싶은 덕순이의 안타까운 마음을 드러내는 것 이다. 그러면서도 수술을 하면 낳을 수 있는 길이 있는데도 아내의 수

---

13 「땡볕」, 326쪽.

술을 않겠다는 말을 그대로 따라 죽음을 맞기 위해 집으로 되돌아가는 덕순이의 모습에는 처량함을 지나 안타까움을 동반한다. 그러면서 마지막 길이라 생각하고 가진 돈 전부를 털어 왜떡을 사 먹인다. 감동을 받아 눈물 범벅이 되어 왜떡을 먹던 아내가, "저 사촌형님께 쌀 두 되 꿔다 먹은 거 부대 잊지 말고 갚우" 하는 말에 그것이 마지막 유언이라 남편이 생각하고, "그래 그건 염녀말아" 한다. 죽음에 대한 공포로 히스테리나 세상 혹은 가난에 대한 원망은커녕, 아내는 자신이 죽은 후 이웃에게 남편의 옷근사를 부탁하는 인물이다.

위의 인물들의 공통적인 정서는 남의 말을 있는 그대로 믿는다는 것이다. 자신의 편견이나 왜곡된 시선에 의한 자기 논리 없이 모든 것을 본대로 들은 대로 믿는다는 것이다. 이런 순박한 정서는 전신재가 분석한 계급 사회 이전의 원초적 인간성이 그대로 살아있는 인물형이다. 자연의 심성을 가진 원초적 천진한 인물형은 자신의 심성대로 타인도 그대로 믿고 신뢰하는 훼손되지 않은 인물이다. 김유정은 정직한 자연과의 교섭을 통해 심성이 자연을 그대로 닮은 민중의 가장 중요한 특징을 인물들의 핵심으로 잡은 것이다. 또 이 인물들은 하나 같이 가정을 가지려하고, 그 가정의 따뜻한 가족애를 통해 살아가려는 소박한 인물들이다. 이런 원초적 인물형은 문명에 오염되지 않은 원시 상태의 이상형을 추구한 인물형이다.

2) 강인한 생명력

이런 원초적 천진한 인물형은 일본 제국주의의 수탈에 의해서 일자리를 잃고, 열심히 일해도 가족을 먹여 살릴 수 없는 절대적 빈곤 속에서 타개할만한 능력이나 지혜를 갖고 있지 않기 때문에 뒤틀린 인물형으로 변한다.

김현준은 「김유정 단편의 '반소유' 모티브와 1930년대 식민수탈구조의 형상화」라는 논문에서 식민지 사회였던 1930년대 조선이 이러한 물신적 전도 상황을 더욱 두드러지게 나타내고 있음은 분명하다며, 식민지 시대의 미두장, 도박장 뿐 아니라 시장 자체가 수탈의 장(場)으로서 작용했다는 것이다. 당대의 전근대–식민지적 근대로 이어지는 과도기적 소유의 양상 변화와 수탈 상황을 소설의 구조에 옮기는 중요한 모티프로 작용했다는 것이다.[14]

김영택, 최종순의 「김유정 소설의 근대적 특성」에서도 일본 제국주의에 의해서 행해진 토지조사사업 후 토지가 상품화됨에 따라 초기 자본주의의 현상을 보이며, 우리나라 식민지 시대의 모든 관계는 계약에 의해 정하여졌고, 흉년이든지 풍년이든지 계약에 정한대로 이행하여야만 했다는 것이다. 이에 따라 농촌인심은 과거의 인간 중심 가치관이나 온정주의가 사라지고 이 인물들이 보여주는 것은 오직 '돈'의 집착뿐이라는 것이다.[15]

김유정의 작품의 대부분이 짧은 단편 양식을 선택하고 있어, 양식의 특징상 총체적 현실을 담기에는 역부족이다. 그러나 그나마 「만무방」은 다른 작품보다 호흡이 긴 단편으로 총체적 현실을 보여준다. 다른 작품에서 드러나지 않는 현실인식의 문제가 좀 더 심화되어 있다.

삼십여 년 전 술을 빗어노코 쇠를 울리고 홍에 질리어 어깨춤을 덩실거리

---

14 김준현, 「김유정 단편의 '반소유' 모티브와 1930년대 식민수탈구조의 형상화」, 『현대소설연구』 28, 한국현대소설학회, 158쪽.
15 김영택·최종순, 「김유정 소설의 근대적 특성」, 『비교한국학』 16집 2호, 2008.

고 이러든 가을과는 저 딴쪽이다. 가을이 오면 기쁨이 넘처야 될 시골이 점점 살기만 띠어옴은 웬일인고. 이렇게 보면 재작년 가을 어느 밤 산중에 낫으로 사람을 찍어죽인 강도가 문득 머리에 떠오른다. 장을 보고 오는 농군을 농군이 죽였다. 그것두 만이나 되엇으면 모르되 빼앗은 것이 한꿋 동전 네닙에 수수 일곱되. 게다 흔적이 탈로 날가 하야 낫으로 그 얼골의 껍질을 벅기고 조깃대강이 이기듯 끔찍하게 남기고 조긴망난이다.[16]

위의 인용문에서 드러나는 것처럼 30년 전과 일본 제국주의 하에서의 시골 현실을 비교, 동전 네 닙과 수수 일곱 되에 농군이 농군을 죽이고 그것도 흔적이 탈로 날까봐 얼굴의 껍질을 벗길 정도로 흉악한 현실임을 역설한다. 반면 삼십 여 년 전은 술을 빚어 놓고 쇠를 울리고 어깨춤을 덩실거릴 정도로 흥겨운 시절이었음을 보여준다. 김유정은 일본 제국주의 하의 현실에서 농촌에서의 극빈으로 떨어져 가족과 함께 살지 못하고 거렁뱅이로 전락하고 있음을 「만무방」뿐만 아니라 여러 작품에서 형상화했다.

김유정의 왜곡된 뒤틀린 인물에 의해서 빚어지는 왜곡된 상황 역시 절대적 빈곤이라는 현실에 의해 매개된 것이라 할 수 있다. 그런 대표적인 작품이 「안해」, 「만무방」, 「소낙비」, 「솟」, 「금」 등의 대부분의 작품들이다.

「안해」에서의 남편은 「땡볕」이나 「총각과 맹꽁이」의 뭉태, 「봄·봄」의 데릴사위처럼 세상물정에 어두운 인물과는 다른 세상물정에 밝은 인물이다. 한편 대부분의 김유정의 소설에서 자식이나 아내를 소유물로 생각하는 가부장적 가장이다. 「안해」에서 남편은 계집이 낮짝이

이쁘면 뭐하냐며, 아들만 줄대 같이 잘 빠져 놓으면 고만이라는 가부장적 사고구조를 가지고 있는 인물이다. 아내의 이깐 농사를 지어 뭘 하느냐며 우리 들병이로 나가자는 말에 혹해 아내가 외양이 없느니만치 들병이로 만들기 위해 노래를 가르친다. 그러다 아내가 들병이 노릇하려면 술 먹는 연습도 해야 한다며 동네 남편의 친구와 어울려 술을 먹는 꼴을 보자, 들병이 만들려다 아내까지 빼앗기겠다고 아내의 들병이 만들기를 포기한 서사이다.

> 이년하고 들병이로 나갔다가는 넉넉히 나는 옆에 재워놓고 딴서방 차고 다라날 년이야. 너는 들병이로 돈 벌 생각도 말고 그저 집안에 가만히 앉었는 것이 옳겠다. 구구루 주는 밥이나 얻어먹고 몸 성히 있다가 연해 자식이나 쏟아라.[17]

위의 인용문에서 보여주는 것처럼 남편은 아내나 자식을 돈으로 환산하는 물신화된 자본주의 의식을 가지고 있지만 한편으로는 아내나 자식을 소유물로 생각하는 가부장적 가장이다. 그렇기 때문에 반자본주의 의식에 의한 어정쩡한 태도로 물화된 세계를 감당하기 어렵다. 열다섯 명의 아이들이 일 년에 벼 열섬만 번다면 열다섯 섬이니까 일백 오십 섬으로 계산하는 물신화된 인물이기에 모든 것을 돈으로 환산하지만 결국 자식을 농사군으로 환산하는 어쩔 수 없는 가부장적 가장에 지나지 않는다. 그러나 농사로는 자식이나 아내를 제대로 먹여 살릴 수 없다고 판단, 아내를 들병이로 만들기 위하여 노래를 가르친다. 즉 들병이에 필요한 학습을 아내에게 하는 것이다. 가난 속에서드 끝까지 가

---

17 「안해」, 179쪽.

족을 지켜내려는 가장의 강인한 생명력이 돋보인다. 이 작품 「안해」에서 남편은 아들까지 돈으로 환산하는 교환가치에 익숙한 인물이지만, 철저한 자본주의 속성을 지녔다기보다는 어설픈 흉내내기를 하는 얼 꾼이다. 즉 이면에는 가부장적 가족주의가 자리잡고 있어, 들병이 세계에서는 의례히 감안해야하는 다른 남자와의 술대작을 참지 못한다. 결국 아내를 들병이로 만드는데 성공하지 못한다. 「금」 역시 광부의 임금으로 빈곤한 생활을 면하기 힘들자 덕순이 자신의 발을 돌로 찍어 자해행위까지 하면서 금덩이를 훔쳐 나오는 참혹한 현실을 그린 작품이다. 이 작품에서도 "쓰러져가는 낡은 초가집, 고자리 쑤시듯 풍풍 뚫어진 방문, 두 자식과 계집을 데리고 무진장 고생하는 현실"에서 목숨까지 버릴 수도 있는 자해행위를 하지 않으면 안 되는 안타까운 현실과 죽음을 불사하면서 가족을 따뜻하게 먹여 살리려는 가부장적 가장이면서 누구로부터 보호를 받을 수 없는 철저히 버림받아 매달릴 것은 자신의 몸밖에 없는 민중들이 가지고 있는 강인한 생명력을 보여준다.

　「만무방」에서 형 응칠이는 5년 전에는 사랑하는 아내와 아들과 집을 가진 따뜻한 가정의 주인공이었지만 농사를 열심히 지어도 남은 것은 빚밖에 없자 아내와 헤어져 각자 빌어먹기로 하고 떠돌이 생활을 하는 인물이다. 그러다 보니 아무 걱정이 없다. 아내 걱정, 자식 걱정, 집 걱정이 없으니 떠돌아다니며 손에 걸리는 것은 다 자기 것이다. 그래서 감옥에 가기도 했지만 마음은 편하다. 반면 동생 응오는 진실한 농사군으로 3년간 머슴을 산 끝에 아내를 겨우 얻었다. 그런데 결혼 한지 2년도 되지 않아 아내가 중병을 앓아 다 죽어간다. 가을 논농사를 마쳤지만 빚쟁이들이 몰려 올까봐 무서워 타작을 못하고, 아내의 미음을 끓이기 위해 자신이 농사를 한 벼를 훔쳐야 하는 현실을 통해서, 그 당시의 현실이 얼마나 열악했는가를 보여주고 있다.

위의 작품들이나 김유정의 대부분의 작품을 관통하는 것은 빈곤과
그 빈곤을 타개하기 위해 모든 수단과 방법을 다 동원해보지만 결국 현
실은 달라지지 않는다는 것이다. 정상적으로 문제를 타개하는 것보다
편파적인 수단과 방법을 가리지 않지만, 거기에는 상황을 타개할 능력
이나 지혜를 가지지 못한 농민이나 광부들, 노동자들이 오직 할 수 있
는 일이, 자신을 자해하거나, 남의 땅이라도 금을 캐기 위해 땅을 파는
수밖에 없다. 혹 아내의 병이 희귀병이라 월급을 받으면서 치료가 가능
하지 않을까하는 요행을 바라는 것이나, 기껏 자신이 농사지은 벼를 자
신이 훔친다든가, 그런 방법밖에 없기 때문이다. 그것은 또 자신들의
비참하고 현실적인 고통을 잊기 위해 편파적인 수단을 속는 줄 알면서
도 새로운 희망에 기대를 걸고, 조금이라도 희망에 의지하여 행복을 꿈
꾸는 서글픈 현실을 보여준다고 할 수 있다.

幸福의 本質은 믿음에 있으리라. 속으면서 그래도 믿는, 이것이 어쩌면 幸
福의 하날지도 모른다.[18]

위의 인용문처럼 속으면서도 믿음 속에서 자그마한 행복을 꿈꾸며
현실을 포기하지 않고 살아가려는 강인한 생명력을 보여준다. 작품 인
물들이 이런 강인한 생명력을 보여주는 내면에는 가족이 자리잡고 있
다. 「만무방」에서 떠돌이로 돌아다니며 갖은 나쁜 짓을 하고 다니는 응
칠이와 진실한 농사꾼으로 살아가는 응오의 차이는 바로 가정이 있느
냐 없느냐의 차이이다. 역설적으로 응칠이나 응오를 통해 작가는 그렇
게 진실하게 농사꾼으로 살아갔지만, 그 가정조차 지킬 수 없는 열악한

18　「幸福을 등진 情熱」, 438쪽.

현실에서 결국 거지가 되어 빌어먹는 방법밖에 없음을 보여준다.

3) 회귀적 서사구조

이선영은 김유정의 작품에서 농민이거나 혹은 농촌 출신의 도시 막벌이꾼인 주인공들은 절망적인 상황 속에서도 각자의 소망 성취를 시도하지만 현실은 언제나 그것을 조금도 용납하지 않고 좌절시킨다며, 김유정의 이런 비관적 현실인식으로 회귀적 서사구조를 가진다고 했다.[19] 회귀적 서사구조에 대한 이런 해석은 김유정의 작가적 전망과 관련해서 가능한 해석이다. 그러나 회귀적 서사구조에는 일본 제국주의의 수탈구조가 매개된 현실의 완강함으로 현실을 타개하려고 하나 현실은 전혀 변화되지 않고 원점으로 회귀한다. 이런 회귀적 서사구조는 김유정의 비관적 현실인식이라기 보다는 자본주의 초기 현상으로 인물들이 물신화되었지만, 아직도 전 농본제의 가부장적 가족주의 의식이 그대로 남아 있어 아직은 자본보다는 따뜻한 가정을 중시하는 인물들이기 때문이다.

「봄·봄」에서 데릴사위 '나'는 자신의 사정 따위는 어떻게 계산하든 점순이를 아내만 만들면 된다. 점순이 역시 '나'가 밤낮 일만하지 말고 왜 아버지를 설득하지 않느냐고 조른다. 순박한 '나'는 여기에 점순이를 오해한다. 즉 그렇게 결혼을 강요하는 점순이는 자신의 편이라고 오해한다. 그러나 점순이 아버지는 점순이 키를 핑계 삼아 어떻든 '나'에게 일을 더 시켜야 한다. '나'는 핑계만 있으면 장인될 점순이 아버지에게 달려들다 결국 장인을 궁지에 몰리게 한다. 이때 점순이는 장인의 역성을 들

---

19 이선영, 「해설」, 『동백꽃』, 창작과비평사, 1995, 261쪽.

어 오히려 자신을 궁지에 빠뜨린다. '나'는 자기편이 되어 자신과 한편으로 장인을 몰아야 할 점순이 오히려 아버지 편을 들어 장모와 함께 자신을 궁지에 몰아넣은 것을 이해하지 못한다. '나'는 무지할 정도의 순박한 인물이다. 그러기 때문에 가부장적 질서 속에서의 가족의 위계질서를 모른다. 그러기에 왜 점순이가 장인 역성을 드는지 이해하지 못한다. 여기에서 해학이 발생한다. 이 작품 역시 서사의 중심에는 가부장적 위계질서가 자리잡고 있다. 서사구조 역시 점순이 장인 될 아버지에서 '나'를 이동된 듯 하다 다시 아버지로 돌아가는 회귀적 서사구조를 보이고 있다.

「솟」의 초점 화자인 근식이는 잠시 들병이에게 미쳐 자신의 집에 있는 맷돌, 솟 등의 가재도구와 아내의 솟곡까지 가져다주며 들병이에게 사랑을 바친다. 그것은 오직 들병이를 따라가면 앞으로 굶지 않고 맘 편히 살고 싶은 욕망 때문이다. 그런데 들병이가 "이사 가서 살림을 하려면 가재도구가 있어야 하는데"라는 말에 자신의 집에서 아내 몰래 솟을 뽑아 도망을 하기로 한날 들병이 남편이 나타나 세 명이 함께 떠나자며 채비를 서두를 때는 뒤로 발을 뺀다. 이 작품에도 서사는 근식이 아내에게서 들병이로 다시 아내로 돌아가는 서사구조로 되어 있다.

「안해」의 서사구조가 안해를 들병이로 내보내려다 다시 딴 남자와 정분이 날까봐 도로 가정에 앉히는 회귀적 서사구조이다. 「산ㅅ골나그내」에서도 나그네가 거지 남편에서 산골 덕돌이에게로 왔다 다시 거지 남편에게로, 「가을」에서 '아내'는 아내를 판 복만에게서 아내를 산 소장사에게로 그러나 행방불명 후 다시 남편 복만에게로 가는 회귀 구조이다. 또 「금따는 콩밭」, 「만무방」 등의 작품에서도 빈곤으로 일을 저지르지만, 결국 성공을 못하고 다시 가난한 현실로 돌아오는 구조로 되어 있다. 김유정은 이런 농촌 현실에서의 들병이의 역할을 강조한 글 「조선의 집시」에서 다음과 같이 말하고 있다.

시골의 총각들이 娶妻를 한다는 것은 實로 容易한 일이 아니다. 結婚當日의 費用은 말고 于先 先綵金을 調達하기가 어렵다. 적어도 四十五圓의 現金이 아니면 賣婚市長에 출마할 자격부터 업는 것이다. 이에 늙은 총각은 三四年間 머슴살이 苦役에 不得已 堪耐한다.

그리고 한편 그들의 後日의 家庭을 가질만한 扶養能力이 잇느냐하면 그것도 한 疑問이다 現在 妻子와 同樂하는 者로도 猝地에 離別되는 境遇가 업지 안다. 모든 事情은 이러케 그들로 하여금 獨身者의 생활을 강요하고 따라서 情熱의 飽滿狀態를 招來한다. 이것을 週期的으로 調節하는 緩和作用을 卽 들병이의 役割이라 하겠다.[20]

김유정의 작품은 결국 이런 농촌 현실을 반영한 작품이라고 할 수 있다. 이런 구조에는 일본 제국주의의 수탈정책이 매개되어 있다. 일본은 토지조사사업을 통하여 근대적 소유권을 확립하는 과정에서 한국농업에 반봉건적 생산관계를 유지시켰다. 즉 진정한 의미의 근대적 토지소유제도였다면 종전의 봉건적 착취자의 관계를 깨끗이 정리하고 한국농업과 농민의 자유로운 발전 방향으로 새롭게 합리적으로 제도화하였어야 했다. 그러나 종전의 지주는 그대로 지주로 그들에게 공납을 바치던 농민들은 자연스럽게 소작인이 되도록 만들어버렸다. 즉 토지조사 사업을 통하여 토지를 상품화하는 과정 속에서 폭력적 근대화가 이루어졌다. 그래서 여전히 봉건적 신분관계는 유지되었고 근대화 봉건적 특권계급과 비특권 계급과의 관계는 있는 자와 없는 자로 바뀌고 몰락한 많은 소농들은 도시로 흘러 들어가게 만들었다.

김유정의 소설은 이와 같은 일제의 폭력적 근대화에 의하여 우리나

---

20 「朝鮮의 집시」, 417~418쪽.

라 농민계층이 근대사화의 새로운 하층계급 내지 도시 서민계층으로 분화되기 시작하는 당대 사회를 적극적으로 반영하고 있으며, 유정의 작중인물들은 바로 이러한 역사적 상황과 근대적 변화에 적응해 가는 당대인들을 대변하는 인물들이다.[21]

김유정의 작품들 속의 인물들은 물신화되어 모든 가치를 돈으로 환산하는 교환가치에 익숙해 있지만 여전히 전근대적 가부장적 가족주의에 연연하는 인물들이다. 이 지점에서 모순이 발생하고 유정 작품의 해학이 일어난다. 김유정 작품들의 원형적 인물은 순박한 인물형이다. 그러나 원초적 천진한 인물형이 일제의 수탈 과정 속에서 빈곤층으로 떨어져 강인한 생명력에 의해 갖은 고생 속에도 가난을 벗어나려고 별해괴한 노력을 다 해보지만 결국 원점으로 회귀한다. 이것은 원초적 천진한 인물들이 철저하게 자본주의 교환가치에 의해 인간성까지 물신화되어야 함에도 인간성은 전근대 가부장적 가족주의에서 오는 따뜻한 가족애를 그리워하는 순박한 인간으로 그대로 남아 있기 때문에 다시 가족에게로 돌아가는 회귀적 서사구조를 띤다.

4. 나오며 ─ 글쓰기를 통한 삶의 향유

김유정의 수필 「病床의 생각」은 김유정의 세계관과 창작에 관한 많은

21　김영택·최종순, 「김유정 소설의 근대적 특성」, 『한국현대소설』 28, 101쪽.

것을 드러내고 있다. 요약을 해 보자면 김유정은 이 수필에서『홍길동전』을 봉건 시대의 소산이지만 예술적 가치가 뛰어나다고 극찬하고, 둘째는 크로보토킨의『상호부조론』과 마르크스의『자본론』이 새로운 운명을 가졌다며 이 사상에 공감하고 있다. 세 번째는 위대한 사랑에 대해 역설하며, 사랑은 어느 사회에나 좀 더 많은 대중을 하나로 통합할 수 있는 위대한 생명을 가지기 때문이라 했다. 위대한 사랑이 없으면 옳은 예술이라 할 수 없다고 했다. 또 표현이란 전달의 결과를 예상하고 계략하여 가는 그 과정이라는 것이다. 마지막으로 자신이 문학을 함은 천성적인 고질병 염인증(厭人症)을 고치기 위함이요, 문학을 함은 내가 밥을 먹고 산보를 하는 일상생활과 같은 생활의 과정이라는 것이다.

위의 요약문에서 추론할 수 있는 것은 홍길동을 거론하고『상호부조론』과『자본론』을 중시한 것을 보면 김유정은 그 당시의 민중을 꿰뚫을 수 있는 사랑을 위대한 사랑으로 보고 있다고 할 수 있다. 염인증에서 오는 고독에서 벗어나기 위해 자신의 존재 바깥에 있는 자신의 실존을 민중에게서 발견하고, 그 실존으로서 근원적인 생명에 대한 교감을 글쓰기를 통해서 향유하겠다는 것이다. 김유정이 자신을 떠나서 존재하는 것은 김유정의 감각을 통해서 대상화한 존재, 즉 민중이며 그 민중은 근원적인 낯섬을 가지지 않은 대상이다. 김유정이 일찍이 부모를 잃고 형과 누나로부터의 받은 박해와 경제적인 궁핍은 그 대상들과 일체감을 가지게 한 요건으로 충분하다. 또 김유정 작품에서 드러나는 민중의 언어적 폭력이나 신체상의 위해는 형이나 누나의 폭력으로 받은 박해로 인한 존재의 불안으로 자기 자신, 지주의 아들이나 지식인이라는 정체성으로부터 도피, 민중과의 일체감을 통해 극복된다.[22]

---

[22] 조남현은 '언어 폭력이든 신체상의 위해이든 형이나 누나가 구사하는 폭력은 김유정의 글쓰기가 트라우마의 폭로나 극복에 있음을 입증해 준다'고 했다(조남현, 앞의 글, 21쪽).

김유정의 작품에서 드러나는 원초적 천진한 인물형, 강인한 생명력, 가부장적 가족을 향한 따뜻한 인간애에 대한 집착으로 인한 회귀적 서사구조, 판소리 사설식 문체 등은 김유정이 그들과 감각적으로 일체감을 가지지 않으면 형상화하기 힘든 작품들이다. 카프 작가였던 이기영이나 김남천 등의 작품들이 빈한한 가정 출신이었던 강경애조차 김유정처럼 민중들의 의식과 생리적 체질, 그들의 감각을 그대로 형상화하기보다는 지식인의 시선으로 비쳐진 부정적인 측면이 더 부각되고 있다.

이것은 김유정이 지식인이라는 정체성에서의 도피이며 자신과의 단절이기도 하다. 자기 자신이 놓여진 현실성을 떠난다는 것은 존재의 안일한 평화 상태와 그 만족을 거부하고 나와 다른 것을 찾아나가는 존재의 본질적인 욕구를 민중들에게서 발견한 것이다. 도피는 존재 실현을 주는 존재론적인 이탈행위이다. 이런 욕구는 일종의 즐거움이며 자기 자신의 포기와 상실, 자신 바깥으로의 탈피, 엑스타시를 의미한다.[23] 향유의 삶은 김유정 문학에서 글쓰기를 통해 드러나는 세속적인 것에 대한 사랑이며 김유정의 본질이 그것을 통해 타자의 관심으로 확대되며 거기에서 김유정은 존재의미를 획득한 것이다.

---

23 윤대선, 「새로운 주체성, 주체 바깥으로」, 앞의 책, 103쪽.

참고문헌

1. 논문 및 작품

김유정, 「병상의 생각」, 전신재 편, 『원본 김유정 전집』, 도서출판 강, 2012.

김준현, 「김유정 단편의 '반소유' 모티브와 1930년대 식민수탈구조의 형상화」, 『현대소설연구』 28, 한국현대소설학회, 2005.

김영택·최종순, 「김유정 소설의 근대적 특성」, 『Comparative Korean Studies』 16권 2호, 국제비교한국학회, 2008.

이선영, 「해설」, 『김유정 단편선 동백꽃』, 창작과비평사, 1995.

전신재, 「김유정 소설과 설화적 성격」, 김유정학회 편, 『김유정의 귀환』, 소명출판, 2012.

조남현, 「김유정 소설과 동시대 소설」, 김유정학회 편, 『김유정의 귀환』, 소명출판, 2012.

2. 단행본

강영안, 『타인의 얼굴-레비나스의 철학』, 문학과지성사, 2009.

김연숙, 『타자윤리학』, 인간사랑, 2001.

윤대선, 『레비나스와 타자철학』, 문예출판사, 2004.

제4부 / 김유정과 서울

김유정 소설과 서울[*]

정현숙

1. 들어가며

김유정이 발표한 소설은 총 31편이다.[1] 창작소설 29편 중 14편은 농촌을, 15편은 도시를 배경으로 삼고 있다. 도시를 배경으로 한 소설 중 11편은 구체적인 서울 공간을 중심으로 사건이 전개된다. 사실 김유정은 서울의 도시화를 문제 삼으면서 작가 활동을 시작하였다. 그가 처음으로 탈고한 소설은 「심청」이다. 이 소설은 종로거리를 배회하는 룸펜 인텔리의 시선을 통해 서울의 도시화가 내재한 파행적 국면을 담아내고 있다. 이 작품은 1936년 1월 『중앙』에 발표되었지만, 실제로 탈고된

---

[*] 이 글은 『현대소설연구』 제53호(한국현대소설학회, 2013.8)에 게재된 논문을 수정한 것이다.

[1] 지금까지 알려진 김유정 소설은 총 31편이다. 31편은 「숯」과 「정분」을 동일 작품으로 보고, 고전을 재창작한 「홍길동전」과 「두포전」까지 포함한 것이며, 이 중 순수 창작 소설은 29편이다. 번역소설 「귀여운 여인」과 『잃어진 보석』 두 편도 있다.

것은 1932년 6월 15일이다. 첫 작품으로 알려져 있는 「산ㅅ골나그내」의 탈고일이 1933년 1월 13일인 것을 고려하면,[2] 「심청」은 이보다 일곱 달 정도 앞서 탈고된 사실상 김유정의 첫 소설에 해당한다. 「심청」은 습작기의 작품으로 처녀작이라고 보기에 부족하다[3]는 견해가 있지만, 김유정 소설의 출발점을 잘 알려주고 있다는 점에서 주목할 필요가 있는 작품이다.[4] 그런데 지금까지 「심청」을 포함하여 서울을 배경으로 하는 김유정 소설에 대한 논의는 활발하지 않다. 그것은 김유정 소설에 대한 다소 고정된 시각에서 비롯된다.

김유정 소설은 1930년대 농촌의 구체적인 현실을 독특한 시각과 문체로 담아내는 데에 있어서 독보적이라는 평가를 받고 있다. 따라서 오랫동안 농촌과 빈궁은 김유정 문학을 논의하는 중요한 관점이 되어 왔다. 그러나 근래에는 이러한 견해에 대한 비판과 함께 김유정 소설에 대한 새로운 논의가 제기되고 있다. 이 논고들은 분석 대상을 농촌 소설뿐만 아니라 도시를 배경으로 한 작품까지 확대하고, 다양하고 깊이 있는 시각으로 김유정 소설을 분석해내고 있다. 요컨대 지금까지 김유정 소설에 대한 논의는 크게 두 관점으로 나누어 볼 수 있는데, 하나는 농촌, 향토성, 빈궁, 전통 등이고, 다른 하나는 근대, 도시, 자본주의, 모더니즘 등이다.[5] 이러한 논의들을 통하여 김유정 소설의 고유한 특징과 성과가 상당 부분 규명되어 왔고, 특히 후자의 논점은 김유정 소설에 대한 심도

2　전신재 편, 『원본 김유정 전집』, 도서출판 강, 2000, 17쪽.

3　위의 책, 180쪽.

4　이에 대한 상세한 논의는 정현숙, 「김유정 소설의 전통과 근대」『최웅교수정년퇴임기념논총』, 북스힐, 2013, 503~524쪽 참조.

5　후자에 대한 논문으로는 「김유정을 다시 읽자」, 『한국근대문학을 찾아서』, 인하대 출판부, 1999; 이호림, 「김유정 소설의 영화적 독법은 가능한가」, 『친일문학은 없다』, 한강, 2006; 김영택·최동순, 「김유정 소설의 근대적 특성」, 『Comparative Korean Studies』 Vol. 16, No. 2, 국제비교한국학회, 2008; 김화경, 「김유정 문학의 근대자본주의 경험과 재현양상」, 김유정학회 편, 『김유정의 귀환』, 소명출판, 2012 등이 있다.

있는 해석을 제시하고 있다는 점에서 시사하는 바가 크다. 하지만 김유정 소설에 대한 연구는 여전히 한정적이라는 아쉬움이 있다. 그것은 아직도 많은 논고가 주로 「만무방」, 「산ㅅ골나그내」, 「소낙비」 등 대표작을 대상으로 삼고 있으며, 전자와 후자의 관점들이 각각 김유정 소설의 일면에만 주목함으로써 논의의 폭을 넓히지 못하고 있기 때문이다.

그런데 정작 김유정 소설의 핵심은 전자와 후자, 두 지점이 크게 상이하지 않고, 오히려 교호하고 있다는 점에 있다. 김유정 소설에서 농촌과 도시는 이질적인 공간이 아니라 봉건주의 사회에서 근대자본주의 사회로 이행하는 과정에 놓인 생존의 조건이라는 점에서 동질적인 공간이다. 김유정 소설은 일제 강점기 계층의 분화와 가치관의 변화에 대응하는 부박한 삶을 특유의 시각으로 조명하면서, 당시 농촌과 도시가 지닌 역학관계를 적확하게 담아내고 있다. 따라서 김유정 소설에서 주목해야 할 것은 단순히 농촌과 도시라는 표상적인 공간이 아니라 공간이 담고 있는 내적 메커니즘이다. 이 글은 이러한 문제의식으로부터 출발한다.

이 글에서 특별히 살펴보고자 하는 것은 김유정 소설이 1930년대 서울을 어떻게 표출하고 있는가 하는 점이다. 좀 더 정확하게 말하면 도시화의 내적 메커니즘을 어떤 시각으로 바라보고 해석하고 있느냐 하는 문제이다. 당시 서울은 제국주의 자본이 농촌으로 침투함에 따라 수많은 이농민들이 고향을 떠나 살 곳을 찾아 몰려드는 생존의 공간이었고, 식민자본주의의 도시화가 가속화되고, 식민주의 체제가 뿌리를 내리는 혼란과 갈등의 현장이었다. 그리고 도시화에 따라 개발이 집중된 지역과 그로부터 소외된 지역 간에 공간적 차별화와 양극화가 더욱 심각한 문제로 대두되었다.[6] 김유정 소설은 이러한 서울의 도시화 과정을 예민하게 관찰하고 이를 특유의 반어적 기법으로 담아내고 있다.

2. 서울의 도시화, 공간 분할과 불균형

서울에 대한 도시계획은 일제 식민 통치가 시작되면서부터 추진되었다.[7] 서울의 도시화는 1912년부터 1936년까지 단계적으로 시행되었는데, 이는 단순히 물리적인 환경 변화에 그치는 것이 아니라 식민 정책을 효율적으로 시행하기 위한 사회적 실체를 구체화하는 데에 궁극적인 목적이 있었다. 따라서 서울 공간은 식민 통치에 원활하도록 분할, 재편되었다. 을지로, 충무로 등 이른바 남촌 일대는 신흥 상업지역으로 개발되고, 광화문에서 남대문 일대에는 식민정책을 수행하는 관청가가, 용산 일대에는 군사령부와 철도국이 각각 들어섰다. 영등포 일대는 신흥공업지대로 조성되었고, 동숭동 일대에는 경성제국대학, 경성고등공업학교 등 관립 고등교육기관이 집중 배치되었다.[8]

또한 일제는 도시 전체를 식민지 수도로 개조하려는 의도 아래 서울의 상징적 건축물과 가로를 전면 재조정하였다. 광화문을 해체하고 경복궁 근정전 앞을 가로 막고 조선총독부 신청사를 새로 짓고, 환구단 자리에는 조선호텔을,[9] 덕수궁 앞에 경성부청사를, 남대문 앞에 경성역을 각각 신축함으로써 문명의 힘, 일본의 힘을 과시하였다.[10] 그리고 교

---

6 김백영, 「제국의 스펙터클 효과와 식민지 대중의 도시경험─1930년대 서울의 백화점과 소비문화」, 『사회와 역사』 75집, 한국사회사학회, 2007, 93쪽.

7 조선총독부는 1912년 시구 개정에 관한 훈령을 발표하고 같은 해 경성부시구개수예정 계획 노선을 고시하였다. 1913년에는 시가지 건축물 취제 규칙을 발표하였고, 이후 1926년, 1928년, 1930년 세 차례에 걸쳐 도시 계획안을 수립하고, 1934년에 조선 시가지 계획령을 공포하였다.

8 장규식, 「일제하 종로의 문화공간」, 『서울학연구』 13, 서울시립대 서울학연구소, 2001, 168쪽.

9 조선호텔은 1914년 조선총독부가 옛 환구단(圜丘壇)을 헐고, 그 자리에 건립한 순수 서구식 근대건축물이다. 환구단은 천자(天子)가 하늘에 제사를 드리는 제천단(祭天壇)을 말하는 것으로 1898년(고종 34년)에 설립되었으며, 이 자리는 대대로 왕실의 저택자리였다(손정목, 『일제강점기 도시 사회상 연구』, 일지사, 1996, 530쪽).

10 정우용, 「근대 종로의 상가와 상인」, 『서울학연구』 13, 서울시립대 서울학연구소, 2001, 15

통 체증을 이유로 남대문 성곽을 헐고 광화문-경성부청 사이의 대로인 태평로를 남대문 정거장(경성역)과 용산으로 연결되는 큰 도로와 이어 붙였다. 원래 서울의 전통 도로망은 광화문에서 황토현 광장(광화문 사거리) 길과 서대문-종로의 길이 만나는 T자형 도로를 중심으로 자연 주거지를 따라 형성된 미로 형태의 자잘한 길들이 뒤섞여 있었다. 그러나 남촌과 용산 쪽에 새로운 근대식 시가지가 형성되면서 전통적인 가로망은 허물어졌고, 북촌의 전통 시가지는 남촌 즉 진고개와 용산의 신도심과 대립되는 형태로 가로망이 재편되었다. 뿐만 아니라 남촌에서 북촌 쪽의 세종로와 종로 쪽으로 파고드는 방사형 모양의 장곡천정길(소공로)을 신설하여 일본 상인들에게 편의를 제공하였다.[11] 도심 곳곳에 거대한 건축물이 들어서고 도로망이 신설되면서 서울은 식민지 수도로서의 위용을 갖추어 나가는 동시에 식민지 체제도 뿌리를 내려갔다.

서울의 도시화에서 가장 두드러진 특징은 청계천을 경계로 조선인 거주지와 일본인 거주지, 이른바 북촌과 남촌이 분할되고 그 지역적인 차이가 커졌다는 점이다. 그것은 일제가 조선의 전통적인 상업지역인 종로 일대를 도외시하고 본정(충무로), 황금정(을지로) 일대를 새로운 상업지역으로 집중 개발하면서부터 시작되었다. 당시 근대건축물이 남촌은 160개, 북촌은 73개로 남촌이 북촌에 비하여 약 2.3배 많이 신설되었고, 상업, 업무, 문화 시설물들도 남촌에 집중되었다.[12] 충무로, 을지로, 남대문로 일대에는 동양척식회사, 조선식산은행, 조선은행, 미쓰코시 백화점 등 금융기관과 거대자본이 그 위용을 과시하고, 불야성을 이루었다.[13] 반면 북촌은 도시계획에서 배제되고, 수많은 이농민들이 몰

1~152쪽.
11 노형석, 『한국 근대사의 풍경』, 생각의 나무, 2005, 79~83쪽.
12 김기호, 「남촌-일제 강점기 도시계획과 도시구조의 변화」, 『서울학연구』 14, 서울시립대 서울학연구소, 2003, 3~15쪽.

려들면서 주택이 부족하여 토막(土幕)과 다리 밑에 거주하는 극빈층이 증가하면서 생활환경이 지극히 열악해졌다.[14]

이에 따라 전통적으로 서울의 중심지였던 북촌 특히 종로는 명동에 비하여 크게 낙후되었다. 종로는 예부터 양반 관료들의 거주지였고, 1900년에는 종로 네거리에 가로등이 세워지기 시작하였으며, 일제 강점기 이전까지 가장 번화한 거리였다. 그런데 일제의 도시계획에 따라 서울의 중심지가 종로에서 명동으로 옮겨가면서 전통의 큰 거리, 종로가 있던 북촌 쪽은 1930년대가 되도록 도로 부설의 구체적인 혜택에서 소외되었고, 종로는 지린내와 차량들의 가솔린 냄새가 뒤섞인 허접한 거리, 애증이 교차하는 대상으로 변하였다.[15] 식민지 정책의 중요한 방법 중에 하나는 피지배 민족들로 하여금 열등의식을 갖게 하는 것이다. 이 열등감은 식민지 지배에 자발적으로 순응하는 기재로 악용되고 식민 통치를 견고하게 하는 요인으로 작용한다. 서울의 도시화에도 이 정책이 십분 활용되었다. 일제는 도시화 계획에서 종로 일대를 의도적으로 배제시킴으로써 퇴락의 이미지를 강화시켜 나갔다. 또한 대한제국 시대까지 2～3년에 한 차례씩 준설하던 청계천을 10여 년 동안이나 손대지 않은 채 방치해 두었다. 1917년 종로경찰서에서 종로 관내 지주들을 불러 도시미관을 해치지 않는 건물을 짓도록 훈시한 사실이 있는데, 이것은 종로의 미관을 종로 상인 스스로 책임지려는 의도로 보이지만 실상은 신식 건물을 새로 지을 수 없다면 일인에게 넘기라는 암시이기도 하였다.[16] 즉 서울의 도시화는 의도적인 공간 분할을 통하여 가시적인 차별을 강화하면

13　장규식, 앞의 글, 168쪽.
14　차종천·유홍준·이정한, 『서울시 계층별 주거지역 분포의 역사적 변천』, 백산서당, 2004, 52～54쪽.
15　노형석, 앞의 책, 79～83쪽.
16　정우용, 앞의 글, 148～149쪽.

서 도시화의 정당성을 확보하려는 치밀한 계획 아래 전개되었다.

일제가 북촌 개발에 관심을 기울이기 시작한 것은 1925년 경복궁 조선총독부 신청사의 준공을 전후한 시기부터이다. 종로 도로에 대한 정비 사업이 결정된 것은 1924년이고 공사가 진행된 것은 1925년부터였다. 1928년경에는 2~3층짜리 신축 상점이 종로 요지에도 들어서기 시작하였다.[17] 북촌 개발과 더불어 청계천 이남 지역에 국한되어 있던 일본인들의 북부 진출이 두드러지기 시작하였다. 도로 시설도 식민정책을 효율적으로 시행하도록 용의주도하게 설계되었다. 본디 서울은 동서 연결 도로가 주축이었으나 일제는 남북연결 도로를 신설하였다. 이것은 일제가 식민 통치 관련 시설을 남산 아래 집중 배치하고 있었고, 일본인 거주지를 본정에 두고 있는 상황에서 북촌에 식민지 관련 시설을 계획하거나 건설하며 이들과의 연결을 원활히 하려는 의도에서 출발한 것이다. 또한 1925년 이후 총독부의 이전과 경성부청의 이전 그리고 관사의 설치로 서측에도 하나의 일본인들의 권력 및 주거축이 형성되면 남산 아래의 일인 거주지와 연결되도록 계획하고 있었다. 이는 북촌에 대한 간접적 침투의 수단이라고 볼 수 있다.[18]

이처럼 서울의 도시화는 일제에 의해 주도면밀하게 전개되었다. 신시가지 개발을 통하여 남촌과 북촌의 불균형을 초래하고, 이를 빌미로 일제는 북촌 개발의 필연성을 확보하면서 점진적으로 서울 전체를 식민지 지배 체제에 용이하도록 재편하여 나갔다. 따라서 당시 서울은 식민지 지배 메커니즘이 강력하게 작용하는 동시에 이에 대한 반감과 탈식민주의를 향한 은밀한 발걸음도 분주하던 공간이었다.

---

17 위의 글, 151~152쪽.
18 김기호, 앞의 글, 18쪽.

3. 김유정 소설과 서울의 도시화

1) 북촌, 소외된 경계

김유정은 서울의 도시화 과정에 주목하면서 식민자본주의가 생성하는 내적 메커니즘을 세심하게 읽어내고, 이를 소설화하였다. 그가 우선 눈여겨본 것은 서울의 도시화에 따른 공간 분할의 문제이며, 이는 북촌에 대한 집요한 관심으로 표출된다. 전술한 바와 같이 당시 북촌은 남촌 중심의 도시계획에 따라 상대적으로 낙후되었으며 식민자본주의에 의한 불균형이라는 서울 도시화의 실상을 극명하게 담고 있는 공간이었다. 김유정 소설 29편 중 15편은 도시의 삶을 그리고 있다. 「심청」, 「봄과 따라지」, 「두꺼비」, 「이런 음학회」, 「봄밤」, 「야앵」, 「옥토끼」, 『생의 반려』, 「정조」, 「슬픈 이야기」, 「땡볕」, 「따라지」, 「연기」, 「형」, 「애기」 등이 그것이다. 이 중 11편은 종로 일대, 관철동, 사직동, 연건동 등 북촌을 배경으로 사건이 전개된다. 「심청」, 「봄과 따라지」, 「이런 음악회」는 종로 일대, 「두꺼비」는 청진동과 관철동, 『생의 반려』는 사직동과 돈의동, 「옥토끼」와 「슬픈 이야기」는 신당리, 「땡볕」은 연건동, 「따라지」는 사직동, 「야앵」은 창경원을 각각 주요 배경으로 삼고 있다. 요컨대 서울을 배경으로 하는 김유정 소설은 도시화에서 소외된 구역을 집중적으로 담아내고 있다. 그의 소설에는 서울 도시화의 중심이었던 명동, 충무로, 을지로 등 이른바 남촌은 아예 등장하지 않고, 예외 없이 북촌 일대를 그리고 있다. 일제 강점기 서울의 도시화에 각별한 관심을 기울인 박태원이 남촌과 북촌을 오가면서 시대적 변화와 세태를 세밀히 관찰한 것과는 달리 김유정의 시선은 줄곧 북촌에만 머물러 있었다. 이는 김유정이 일제에 의해 주도된 도시화에 전혀 동조하지 않았거나 혹은 아예 무시하였다고 해석할 수 있는 여지를 제공한다.

필자가 지금까지 확인한 바로는 김유정 소설 중에 남촌이 등장하는 것은 『생의 반려』에서 '나'와 명렬이가 '남산'에 올라가서 잠깐 대화를 나누는 장면이 유일한 것으로 보인다. 이 부분은 에피소드의 일부분이고, 『생의 반려』의 중심 배경은 사직동과 돈의동이다. 그런데 이 에피소드에서 주목할 것은 남산이라는 공간과 이들이 나누는 대화의 내용이다. 소설에서 나와 명렬이는 학교에 결석하고 남산에 올라가서 이야기를 나누는 도중에 명렬이가 마적단이 되고 싶다는 의중을 내보인다.[19] 남산은 예부터 토속신을 모셨던 국사당이 있었던 곳이다. 그런데 일제는 국사당을 인왕산으로 옮기고 1925년 그 곳에 조선신궁을 세웠다. 이후 조선신궁은 조선총독부와 함께 식민주의를 공고히 하는 위협적인 공간으로 자리 잡았다. 일제는 북악산 자락에 위치한 경복궁 자리에 조선 총독부를 짓고, 북악산과 마주보는 남산 자락에 조선신궁을 배치함으로써 서울을 공간적으로 제압하는 상징이 되도록 설계하였던 것이다. 이 조선신궁은 일본의 천조대신과 명치천황을 모신 관폐대사로 일본인들의 정신적인 구심점이 되는 곳이었고,[20] 남산 아래에는 일제 통치 관련 기구들과 일본인 거류지들이 집중 배치되어 있었다. 이러한 남산에 올라 주인공 명렬이는 마적단에 대한 동경을 내비친다. 당시 만주의 마적단은 일정 부분 독립 운동과 연계되어 있었다는 점을 감안하면 이 부분은 좀 더 세심한 독해가 요구된다.[21] 그런데 소설은 이 장

19　김유정, 『생의 반려』, 전신재 편, 앞의 책, 257~258쪽.
20　목수련, 「'남촌'문화—식민지 문화의 흔적」, 『서울학연구』 14, 서울시립대 서울학연구소, 2003, 242쪽.
21　지금까지 『생의 반려』는 「두꺼비」와 함께 김유정의 자전적인 경험이 많이 반영된 작품으로 이해되어 왔다. 기생 이명주(박녹주)에 대한 짝사랑, 파락호인 형과 이혼한 누이의 비정상적인 행태 등 소설의 상당 부분은 김유정의 사생활이 그대로 서술되어 있다. 그런데 이 작품이

면 이후 곧바로 명렬이의 불행한 가족관계에 대한 서술로 이어지고 또한 이 소설이 미완이기 때문에 명렬이의 의지는 더 이상 구체적으로 전개되지 않고 에피소드로 그치고 만다. 하지만 이는 당시 현실에 대한 비순응적인 면모를 드러내는 것만은 분명하다.

이러한 시선은 북촌, 그중에서도 특히 종로 일대에 대한 세심한 관심을 통하여 보다 선명하게 드러난다. 앞에서 밝힌 바와 같이 종로는 전통적으로 대표적인 상업 지역이었지만 남촌 중심의 도시화에 따라 상권이 명동 일대로 이동함에 따라 퇴락 일로에 놓여 있었다. 또한 종로 근처 청계천은 몇 년 동안 준설 작업을 하지 않고 방치하여 불결하기 짝이 없었으며, 그 일대는 서울로 살 길을 찾아온 이농민들이 토굴이나 토막을 짓고 모여살기 시작하면서, 가난과 더러움의 온상이었던 곳이다.[22] 무작정 상경한 이들 중 상당수는 구걸로 생계를 이어갈 수밖에 없었기 때문에 종로 일대는 거지들로 넘쳐났다. 당시 종로는 근대와 전통, 자본과 빈곤이 명징하게 교차하는 혼란과 갈등의 현장인 동시에 서울 도시화의 진면목이 고스란히 담겨 있는 공간이었다. 김유정 소설은 이러한 종로의 풍경을 핍진하게 담아냄으로써 서울 도시화의 파행적 국면을 단적으로 드러내고 있다. 그의 첫 작품인 「심청」에는 이러한 종로에 대한 불편한 심기가 반어적으로 표출된다.[23]

고백록이 아니라 소설이라고 할 때, 그 독법은 다층적이다. 소설의 핵심 사건은 첫 눈에 반한 기생에 대한 짝사랑인데, 사랑에 빠지게 되는 동기는 그녀가 흰 저고리와 흰 치마를 입고 삶의 흥미를 잃은 모습에서 비롯된다. 그녀를 향한 나의 사랑은 맹목적이며 그것은 단순한 연정이라기보다는 돌아가신 어머니에 대한 그리움을 내포하고 있다. 백의는 우리 민족의 상징이며, 어머니는 생명의 근원을 상징한다고 볼 때, 이 부분은 단순한 짝사랑으로만 볼 수는 없다.

22 토굴 토막이 하나의 주거로서 정착화 되기 시작한 것은 1910년대 후반기부터였다. 토지조사 사업의 결과로 한 일 지주계급이 제도화되자 이것은 곧 한인농민의 토지상실 유랑의 항상화를 초래하였다. 가진 것도 없고 의지할 것도 없으니 겁날 것도 걱정될 일도 없었다. 사실상 혼자 몸일 것 같으면 집도 방도 필요가 없었다(손정목, 앞의 책, 251~252쪽).

23 이 글은 전신재 편, 앞의 책을 텍스트로 삼는다. 이후 인용문은 끝부분에 인용 쪽수만 넣는다.

그러나 종로가 항상 마음에 들어서 그가 거니느냐, 하면 그런 것도 아니다. 버릇이 시키는 노릇이라 울분할 때면 마지 못하야 건숭싸 다닐뿐 실상은 시끄럽고 더럽고 해서 아무 애착도 없었다. (…중략…) 대도시를 건설한다는 명색으로 웅장한 건축이 날로 늘어가고 한편에서는 낡은 단청집은 수리좇아 허락지 않는다. 서울의 면목을 위하여 얼른 개과천선하고 훌륭한 양옥이 되라는 말이었다. 게다 각 상점을 보라. 객들에게 미관을 주기 위하야 서루 시새워 별의별짓을 다해가며 어떠한 노력도 물질도 아끼지 않는 모양 같다. 마는 기름때가 짜르르한 헌 누데기를 두르고 거지가 이런 상점 앞에 떡 버티고 서서 나리! 돈 한푼 주— 하고 어줍대는 그 꼴이라니 눈이시도록 짜증 가관이다. 이것은 그 상점의 치수를 깍을 뿐더러 서울이라는 큰 위신에도 손색이 적다 못할지라. 또는 신사숙녀의 뒤를 따르며 시부렁거리는 깍쟁이의 행세좀 보라. (…중략…) 거지를 청결하라. 땅바닥의 쇠똥말똥만 칠게 아니라 문화 생활의 장애물인 거지를 먼저 치우라. 천당으로 보내든, 산채로 묶어 한강에 띄우든…… 머리가 아프도록 그는 이러한 생각을 하면 어청어청 종로 한복판으로 들어섰다. (181쪽)

'대도시 건설을 위하여' 속속 들어서는 '웅장한 건축'과 '수리조차 허락하지 않은 낡은 단청집', '노력도 물질도 아끼지 않는 상점'과 '헌 누데기를 두른 거지'의 대조를 통하여 도시화의 실상을 밝히고 있다. '나'는 대도시 건설을 위하여 웅장한 건물들이 속속 늘어가는 반면에 재래식 낡은 단청집은 수리조차 허락하지 않은 현실 즉 근대식 건축물을 통한 은밀한 지배의 현장을 냉소적으로 바라본다. 건축물은 본질적으로 권력의 산물인 바, 서울의 도시화는 단순히 근대적 건축물과 대도시를 건설하는 데에 목적이 있는 것이 아니라 궁극적으로 조선의 고유한 전통을 파괴하고 식민지 메커니즘을 견고히 하면서 식민 지배 체제를 강화하려는 의도가 강하였다. 조선총독부청사를 경복궁 안에, 경성부청사를 덕수궁 바로 앞에, 경성역을 남대문 앞에 각각 건축하였다는 사실은 이를 잘 반증한다. 이러한 도시화 정책에 따라 단청집은 고의적으로 수리를 허용하지 않고 퇴락하도록 방치하였던 것이다. 또한 도시화는 현실이 내재한 문제를 해소해 줄 것 같은 기대를 조장하였지만, 그것은 오히려 식민자본의 독점과 참담한 빈곤 등 새로운 차별과 불균형을 가져올 뿐이었다. 화려한 상점 옆에 서 있는 거지는 이를 극명하게 보여주고 있다.

「따라지」, 「야앵」은 도시화 과정에서 조선의 상징적 건물들이 상당부분 파괴 또는 훼손되고 있는 상황을 잘 담아내고 있다. 「야앵」은 창경원을 배경으로 꽃놀이 나온 카페 여급들의 일상과 카페 여급인 정숙이 헤어졌던 가족과 재회하는 과정을 그리고 있다. 일제는 도시화 과정에서 창경궁 안의 전각들을 헐어버리고 동물원과 식물원을 설치하였으며, 궁원을 일본식으로 변모시키고, 창경원으로 격하시켰다. 그리고 창경궁과 종묘를 잇는 산맥을 절단하여 도로를 설치하였으며, 궁 안에 일본인들이 좋아하는 벚꽃을 심어놓고 밤 벚꽃놀이를 시작하였다. 이 작품에서는 곱고 향기로운 꽃과 예기치 않은 곳에서 갑자기 만난 무서운 짐승의 기괴한 울음소리를 대조시킴으로써, 현란한 꽃놀이 이면에 내재된 침탈의 현장을 상징적으로 제시하고 있다.[24]

쪽대문을 열어놓으니 사직원이 환히 나려다 보인다.

인제는 봄도 늦었나부다. 저 건너 돌담 안에는 사구라꽃이 벌겋게 벌어졌다. 가지가지 나무는 싱싱한 쌌이 폈고 새침히 옷깃을 핥고드는 요놈이 꽃샘

---

[24] 인적이 드문 외진 이 구석 게다가 그게 무슨 놈의 즘생인지 바루 언덕우에서 이히히히 하고 기괴하게 울리는 울음소리에 고만 왼전신에 소름이 쪽 끼치는 것이다. 그들은 정숙이에게로 힝하게 따라가며 '아 무서워! 얘 그게 무어냐?'"글세 뭘까— 아주 징그럽지?"(234쪽)

이겠지 까치들은 새끼칠 집을 장만하느라고 가지를 입에 물고 날아들고—

  이런 제길헐, 우리집은 은제나 수리를 하는겐가 해마다 고친다, 고친다 벼르기는 연실 벼르면서 그렇다고 사직골 꼭대기에 올라붙은 깨웃한 초가집이라서 싫은 것도 아니다. 납작한 처마 끝에 비록 묵은 이영이 무데기무데기 흘러 나리건말건, 대문짝 한짝이 삐뚜루 배기건말건 장뚝 뒤의 판장이 아주 벌컥 나자빠져도 좋다. 참말이지 그놈의 벽 옆에 뒷간만 좀 고쳤으면 원이 없겠다. 밑둥의 벽이 확 나가서 어떤게 벽이고 뒷간인지 분간을 모르니 게다 여름이 되면 벽바닥으로 구데기가 슬슬 기어들질 않나, 이걸 보면 고대 먹었던 밥풀이 고만 곤두스고만다. (302∼303쪽)

  위 인용문은 「따라지」의 시작 부분으로 사직원과 주변 거주지를 묘사하고 있다. 사직원은 사직단이 있던 곳이다. 사직단은 조선시대부터 성역으로 보호되던 신성한 장소였으나 일제가 그 격을 낮추고 일대를 공원으로 조성하면서 사직원이 되었다. 또한 부지를 분할하여 학교를 짓고 우회도로를 개설하면서 그 존엄성을 크게 추락시켰다.[25] 당시 사직원 주변은 조선의 정통성과 전통성 훼손이 단적으로 드러나는 공간이었다. 「따라지」는 이를 배경으로 가난한 인물들의 비루한 일상을 서술하고 있는데, 인용문에서 보듯이 사직원 안에 활짝 핀 벚꽃과 퇴락하고 불결하기 짝이 없는 초가집은 도시화의 실상을 선명하게 보여준다.

  일제가 서울의 도시화에서 역점을 둔 것은 조선인 거주지에 불결과 낙후의 이미지를 덮어씌우고, 그 대극에 청결하고 발전된 일본인 거류지를 창출함으로써 야만의 조선과 문명의 일본을 같은 공간 아래서 극명하게 대조시키는 일이었다. 일제는 조선인이 점유한 공간이 더러우

---

25 사직단은 임금이 백성을 위하여 토신인 사(社)와 곡신인 직(稷)에게 제사 지내던 제단으로 태조가 한양 천도 후 종묘와 함께 가장 먼저 지은 신성한 장소이다

면 더러울수록 불결한 조선인의 이미지가 고정될 것이고, 그런 만큼 민족적 열등감을 전제로 한 동화에는 유리하게 작용하리라고 예상하고 있었던 것이다.[26] 「심청」, 「따라지」는 발전과 퇴락, 화려함과 더러움의 대조적인 공간을 통하여 당시 도시화의 실체를 정확하게 읽어내고 있다. 특히 이 소설들은 불결하고 퇴락한 공간을 반어적 시선으로 두드러지게 묘사함으로써 도시화가 의도한 공간 분할과 불균형의 실상을 분명히 밝히고 있다.

2) 계층의 분화와 인간관계의 균열

김유정 소설에서 또 하나 주목해야 하는 것은 도시화가 초래하는 실직과 주택 부족, 물질주의와 인간관계의 균열 등이다. 도시화는 본질적으로 끊임없이 욕망을 강화시키고 새로움을 추구하도록 종용한다. 새로운 직업들이 생겨나고, 물신주의가 팽배해지면서 도덕과 윤리도 이전과 다른 양상을 나타낸다. 김유정 소설은 이러한 변화와 배후의 진실을 다양한 삶을 통하여 담아내고 있다. 그의 소설에는 룸펜, 거지, 카페 여급, 기생, 버스 걸, 운전사, 회사원, 공장 직공, 행랑어멈 등 다양한 직업의 인물들이 등장하는데, 이들은 도시화와 더불어 새롭게 등장하거나 변화에서 낙오된 인물들이다. 또한 이들은 폭력과 사기, 협박과 폭언 등 부도덕하고 비윤리적인 태도를 자주 보인다. 「두꺼비」는 짝사랑을 이용하여 기생오라비가 돈을 뜯어내고 향응을 강요하고, 「애기」는 신랑과 신부가 서로 속고 속이면서 결혼하는 이야기이다. 「정조」에서

---

26 정우용, 앞의 글, 148~149쪽.

는 성관계를 빌미로 주인집 남자에게 돈을 받아내고, 「이런 음악회」에
서는 상을 받기 위해 관객을 동원하고 매수하며, 「슬픈 이야기」에서는
전기회사 감독이 된 남편이 여학생과 재혼하기 위해 조강지처에게 폭
력을 일삼고 이혼을 강요하며, 「따라지」는 세입자를 쫓아내려는 주인
과 버티려는 세입자 사이의 반목과 갈등이 폭력으로까지 이어지는 비
인간적인 세태를 진솔하게 그려내고 있다. 이러한 그릇된 행동을 하는
인물들의 이면에는 물질주의가 자리하고 있으며, 이는 도시화가 가져
온 가치관의 변화를 반영한다.

　「슬픈 이야기」는 신당리 토막촌을 배경으로 폭력과 몰염치가 난무
하는 일상을 그리고 있다. 소설에서 신당리는 '푼푼치 못한 잡동산이
만이 옹기종기 몰킨 곳'이라고 묘사되고 있는데, 이곳은 당시 도시빈민
들이 모여 살던 집단 거주지였다. 즉 신당동 남산 끝자락인 시구문(광희
문)과 신당리 근교에는 근대화의 낙오자인 도시 빈민들이 지은 누더기
토막촌이 있어 피로와 허기에 지친 이들의 보금자리가 되었는데, 일제
는 1930년대에도 동양척식주식회사의 고급주택지 개발을 니세워 남산
동쪽 기슭 신당리와 장충동에 살던 도시 토막민들을 강제로 내쫓았
다.[27] 소설은 여학생과 결혼하고 싶어서 아내에게 무자비한 폭력을 행
사하면서 이혼을 강요하는 남편과 가혹한 행위에도 한마디 저항도 못
하는 우매한 아내를 통하여 일상 깊숙이 스며드는 이기주의와 인간관
계의 균열을 문제 삼고 있다.

　　이 노파의 말을 들어보면 저놈이 십삼 년 동안이나 전차운전수로 있다가
　　올에서야 겨우 감독이 된 것이라는데 그까짓 걸 무슨 정승판서나 한것같이

27　노형석, 앞의 책, 232쪽.

곤내질을 하며 동리로 돌아치는 건 그런대로 봐준다 하드라도 갑작스리 무슨 지랄병이 났는지 여학생 장가좀 들겠다고 안해보고 너같은 시골띠기 하구 살면 내낯이 깍인다, 하며 어여 친정으로 가라고 줄청같이 들볶는 모양이니 이건 짜정 괘씸하다. 제가 시골서 처음 올라와서 전차운전수가 되어가지고 지금 사람이 온체 착실해서 돈도 무던히 모였다고 요 통안서 소문이 자자하게 난 그 저금 팔백원이라나 얼마라나를 모으기 시작할 때 (…중략…) 엄동에 목도리 장갑 하나 없이 그리고 겹저고리로 떨면서 아츰저녁 격금내기로 변또를 부치러 다니든 그 안해의 피땀이 안들고야 그 칠팔백 원돈이 어디서 떨어지는가 (297쪽)

남편은 돈과 사회적 지위가 확보되자 오랜 세월 함께 고생한 조강지처를 쫓아내려고 갖은 폭행을 일삼는 비열한 인물이다. 소설에서는 아내와 아내의 동생이 계속되는 폭행에 한마디 저항도 하지 못한다. 이는 도시화에 따라 전통적인 인륜보다는 돈과 이기적인 욕망이 인간관계를 결정하는 중요한 요소로 자리 잡아 가는 상황을 대변한다.

「정조」는 성관계를 빌미로 행랑어멈이 불손하게 행동하면서 결국은 주인남자로부터 200원을 받아내어 독립해나가는 이야기이다. 행랑살이는 주인집 행랑채를 빌려 살면서 최소한도의 주생활이 해결되는 대가로 가구주는 비상시적 머슴살이를 하고 주부는 거의 상시적 가정부 노릇을 하면서 끼니도 해결하는 상태를 말한다. 이 행랑살이는 조선시대 동거노예제도의 유물이지만 일제 강점기 당시에는 구직난과 주택난이 초래한 도시하층민 생활의 한 형태로 고정되어 있었다. 1930년대 서울에만 행랑살이가 4~5만 명에 이르렀다고 한다.[28] 이들은 주인과

---

28 1930년 당시 조선총독부 통계에 의하면 경성부내 136,728명의 유업자 중 첫 번째 직업은 주인가구에 고용된 가사사용인으로 12,094명이었다. 실제 전유업자 중 8.9%에 해당하며, 행랑

종속관계에 놓여 있는 것이 일반적인 형태이지만 「정조」에서는 이러한 관계가 와해되고 있다.

> "저는 뭐 행낭사리만 밤낮 하는 줄 아서요?" 하고 그전 붙어 눌려왔든 그 아씨에게 주짜를 뽑는 것이다.
> "그럼 삭을세루?"
> "삭을세는 왜또 삭을세야요? 장사하러 가는데요!" 하고 나도 인제는 너만 하단 듯이 비웃는 눈치이다가
> "장사라니 미천이 있어야 하지 않나?"
> "고뿍술집 할테니까 한 이백 원이면 되겠지요. 더는 해 뭘하게요?" 하고 네보란 듯 토심스리 내뺄고는 구루마의 뒤를 딿아 골목밖으로 나아간다. (292쪽)

인용문은 「정조」의 말미 부분으로 행랑어멈이 서방님으로부터 돈을 받아내어 장사를 하러 떠나는 장면이다. 그동안 억눌렀던 감정을 쏟아내면서 주인아씨에게 당당하게 맞서고 있다. 사건의 발단이 된 주인과 행랑어멈의 충동적인 성관계는 사실상 오랜 세월동안 하나의 인습으로 용인되어 왔다. 가부장적 사회에서 남성들은 가부장적 권력과 물질적 부를 이용해 자신의 아내는 정조라는 이념적 족쇄로 묶어 놓고 자신은 마음껏 아내 외의 여성들과 성적 쾌락을 추구했으며, 이는 역사적 사회적으로 공공연하게 용인되는 관습의 일부를 이루어 왔다.[29] 계층적으로 주종 관계에 놓인 여성들은 성적으로도 예속되어 있었던 것이다. 그런데 「정조」에서는 이러한 인습이 더 이상 용인되지 않고, 전통

어멈이 주축을 이룬다(손정목, 앞의 책, 248~250쪽 참조).
29 한상무, 「고상한 여성상 타락한 여성상」, 서준섭 외, 『김유정과 동시대 문학연구』, 소명출판, 2013, 98쪽.

적인 계층 질서도 효력을 잃고 있다. 계층적인 주종관계는 평등관계로 이행되고 성은 거래의 수단이 되는 세태를 통해 사회변화의 일면을 보여주고 있다.

「따라지」는 세입자를 쫓아내려는 주인과 버티려는 세입자 사이의 심한 반목을 다룬 소설이다. 소설의 배경인 사직동 집에는 톨스토이로 불리는 소설가와 누나, 버스 걸과 병든 아버지, 카페 걸 아끼꼬와 영자가 세 들어 살고 있는데, 이들은 늘 월세가 밀려 있다. 이 소설의 핵심 사건은 방세를 받아내려는 주인과 방세를 내지 않으려는 세입자들과의 치열한 갈등이다. 주인여자는 공갈과 협박으로 세입자들을 쫓아내려고 하고 세입자들은 이에 거짓말과 폭력으로 맞선다. 이들 양자에게는 전통적인 인정이나 온정주의는 전혀 찾아볼 수 없고, 몰염치와 이기심만이 남아 있을 뿐이다.

이러한 작품들을 통하여 도시화는 단순히 물리적인 공간 변화에 그치는 것이 아니라 인간의 의식과 일상생활에 직접적인 지각변동을 수반한다는 사실을 밝혀낸다. 도시화가 가져온 가치관의 변화 양상 즉 전통적인 질서가 와해되고 물질주의가 새로운 질서로 자리 잡는 사회상과 인간관계의 균열을 보여주고 있는 것이다.

3) 도시화, 포섭되지 않은 풍경

김유정 소설에서 무엇보다 주목할 것은 그의 소설이 도시화가 배태하는 다양한 국면을 문제 삼고 있기는 하지만, 외부적인 변화와는 무관하게 흔들리지 않는 견고한 가치의 중요성을 내면화하고 있다는 점이다. 김유정 소설의 인물들은 물질주의 가치관의 소유자인 동시에 전도

된 가치관에 포섭되지 않으려는 의식도 함께 드러내는 경우가 종종 있다. 즉 그의 소설들은 부도덕하고 비윤리적인 동기로부터 사건이 시작되지만 종국에는 도덕적이고 윤리적인 결말을 맺거나, 표면적인 행동과는 달리 이면에 진실을 담고 있는 인물들이 주제의식을 드러내는 경우가 빈번하다.

「애기」는 돈 때문에 양가부모와 부부가 서로 속이면서 결혼하는 이야기이다. 아내는 혼전에 다른 남자의 아이를 임신한 채 결혼하는데, 이 사실이 밝혀지고 그 아이 때문에 불행해지자 부부가 공모하여 딸을 유기하기로 작정하고 남편이 아이를 다옥정 골목에 버리고 돌아온다. 하지만 아이가 얼어 죽을까 걱정하며 결국에는 다시 돌아가 딸을 데려온다. 또한 「따라지」에서 카페여급 아끼꼬는 겉으로 보면 방탕하고 '씨알이 될 것 같지 않은 계집애'로 보이지만 사실은 속이 깊은 여성이다. 그녀가 '아끼꼬'라는 이름만 쓰는 것은 카페여급이라고 얕잡아 보는 손님들에게 조선이름으로 불리는 것이 싫기 때문이다. 그녀는 여자고보를 중퇴하고 카페 여급으로 일하고 있지만 함께 사는 친구 영애와 깊은 우정을 나누고 건넌방 소설가 톨스토이를 사모하며 악덕한 집주인에 맞서서 세입자들을 지켜내는 용기 있는 여성이다. 주인집 여자는 경성부청 직원인 조카를 불러들이고, 경찰서에 신고까지 하면서 세입자를 쫓아내려고 하지만, 그녀는 이에 위압당하지 않고, 오히려 이에 당당하게 대응한다.

"난 그런지 몰루!"
아끼꼬는 땅에 침을 탁뱉고 아주 천연스리 대답한다. 그리고 사직원의 문간쯤에 와서
'이담 또 만납시다'

제멋대로 작별을 남기고 저는 저대로 산쪽으로 올라간다.

활텃길로 올라오다 아끼꼬는 궁금하야 뒤를 한번 돌아본다. 너머 기가 막혀서 벙벙히 바라보고 있다가 다시 주먹으로 나른한 하품을 *끄는 순사.* (323쪽)

이는 아끼꼬가 경찰서로 연행되는 도중에 자신의 불법적인 행위에 대하여 거론하는 순사에게 맞서서 이를 단호히 무시하고, 제멋대로 작별 인사를 남긴 채 가버리는 장면이다. 도시화에 따라 전통적인 인륜보다는 근대적 법이 새로운 통치 질서로 자리 잡았다. 또한 당시 식민주의는 강력한 법을 통하여 개인과 사회를 억압하고 식민 체제를 강화하여 나갔다. 그런데 아끼꼬는 순사의 책망에 동의하지 않고 고의적으로 무시함으로써 사회적 통치 질서에 순치되지 않으려는 의식을 내보인다.

또한 김유정 소설들은 일제에 의해 은밀하게 통제되는 다양한 국면을 담아내는 동시에 이러한 정책에 포섭되지 않는 일면을 드러냄으로써 통제에 대한 부정의식을 나타낸다. 「봄과 따라지」는 종로 일대에서 배회하는 어린거지의 일상을 통하여 전통적인 온정주의는 증발하고 제도와 통제라는 근대적 규칙이 자리 잡는 상황을 그리고 있다. 거지는 양복쟁이, 뾰족구두, 신여성 등을 차례로 쫓아다니면서 구걸을 하지만 동정은커녕 오히려 멸시와 심한 구타를 당하고 만다. 그리고 결국에는 거리 단속에 나온 관리에게 귀를 붙잡힌 채 끌려간다.

동무들은 큰길에서 밥통을 뚜드리며 날뛰고 있고, 우두커니 보고 섰다가 결리는 등어리도 있고 배고픈 생각도 스르르 사라지니 예라 나두 한 몫 끼자, 불시로 기운이 뻗히어 야시에서 큰길로 나려선다. (…중략…) 처음에는 꽤도 겁도 집어먹었으나 인제는 하도 여러 번 겪고난 몸이라 두려움보다 오히려 실없는 우정까지 느끼게 된다. (…중략…) 오늘은 또 무슨 일을 시킬려는가,

유리창을 닦느냐, 뒷간을 치느냐, 타구쯤 정하게 부셔주면 그대로 나가라 하겠지. 하여튼 가자는 건 좋으나 온체 잔뜩 찝어 댕기는 바람에 이건 너무 아프다. (189~190쪽)

당시 거지들은 파행적 근대화가 양산한 사회적 약자이었지만 보호는커녕 거리 정화를 위해 제거되어야 할 대상일 뿐이었다. 일제는 거지들이 도시 미관을 해치고, 위생과 풍기 등 사회 문제를 일으킨다는 이유로 이들을 수시로 통제하였으며, 경찰의 임무 중 하나는 부랑자 단속이었다. 경찰의 단속에 의해 부랑자는 시 외곽으로 쫓겨나거나 수용소에 감금되어 노동에 복무하여야 하였다. 그리고 이들 부랑자들은 사회로부터 배제되면서 더러움과 공포, 모든 악의 온상으로 낙인 찍혔다.[30] 소설에서도 이들은 모든 사람들에게 경계의 대상으로 비쳐진다. 사회적 질서 유지라는 명분으로 시행되는 이들에 대한 단속은 사실상 조선인 약자들을 강력한 사회적 통치 질서 안에 가두려는 의도가 강했다. 그런데 소설에서는 이러한 상황에 아랑곳하지 않고 거지들이 오히려 나름대로 즐거운 시간을 보내는 모습을 생생하게 묘사하고 있다. 또한 인용문에서 보는 바와 같이 어린거지는 경찰 단속에 두려워하지 않고 오히려 희화화함으로써 단속 정책 자체를 부정하고 있다.

이처럼 김유정 소설들은 도시화에 따른 가치관의 변화에 동조하지 않는 면모를 드러내거나, 새로운 통치 질서를 자발적으로 무시함으로써, 당시 시행되던 일방적인 통제에 포섭되지 않으려는 비순응적인 의지를 표명하고 있다.

---

30 서울 사회과학연구소 편, 『근대성의 경계를 찾아서』, 새길, 2002, 193~199쪽 참조.

4. 나오며

　지금까지 이 글은 김유정 소설이 1930년대 서울을 어떻게 표출하고 있는가 하는 점을 살펴보았다. 이러한 논의는 김유정 소설을 좀 더 깊이 이해하고 논의의 폭을 넓힌다는 면에 의의가 있을 것으로 기대된다. 김유정 소설의 핵심은 농촌과 도시가 교호한다는 점에 있다. 그의 소설에서 농촌과 도시는 이질적인 공간이 아니라 식민자본주의가 뿌리 내리는 과정에 놓인 절박한 생존 조건이라는 점에서 동질적인 공간이다. 그의 소설에서 서울은 농촌에서 살 수 없는 이들이 새로운 삶을 찾아 가는 곳이다. 「소낙비」의 춘호가 아내의 몸을 팔아서라도 가야하는 곳이 '서울'이다. 그러나 서울은 모든 고통이 해소되는 곳이 아니라 생소한 혼란을 목도해야 하는 낯설은 곳이며, 「땡볕」의 덕순 부부가 겪는 것처럼 오해로 점철된 당혹스러운 곳이다. 대학병원에서 돈도 주고 병도 고쳐주는 것이 아니라, 유언으로 '사촌형님께 쌀 두되 꿔다먹은 거'를 갚으라고 당부해야 하는 질곡의 현장이다.

　김유정 소설이 문제적인 것은 당시 농촌과 도시가 지닌 역학관계를 정확하게 파악하고 이를 특유의 반어적 기법을 통하여 비판적으로 담아내고 있다는 점이다. 서울을 배경으로 하는 김유정 소설이 문제 삼는 것은 크게 두 가지 국면이다. 하나는 공간 분할과 전통 파괴, 이에 따른 불균형의 문제이고, 다른 하나는 도시화가 초래하는 변화 양상 즉 실직과 주택 부족, 물질주의와 인간관계의 균열 등이다.

　김유정 소설이 우선 주목하는 것은 서울의 도시화 과정에서 초래되는 의도적인 공간 분할과 불균형, 전통과 정통성 훼손의 현장이다. 당시 서울은 도시화에 따라 청계천을 경계로 북촌과 남촌이 분할되고 지역적인 편차가 커졌으며, 이 과정에서 전통적으로 서울의 중심지였던 종로는 명동에 비하여 크게 낙후되었다. 김유정의 시선은 줄곧 도시화에서 소외된 북촌에만 머물러 있고, 그의 소설은 예외 없이 종로를 포함한 북촌 일대를 중심으로 전개된다. 이는 김유정이 당시 도시화 정책에 동조하지 않았거나 무시하였다고 해석할 수 있는 여지를 제공한다. 그리고 그의 소설은 도시화, 문명화와는 대극에 놓인 퇴락하고 불결한 공간을 집중적으로 담아냄으로써 도시화의 실상과 파행적 국면을 정확하게 보여주고 있다.

또한 김유정 소설은 물질주의와 이기적인 인간관계 등 도시화에 따른 다양한 국면의 변화 양상에도 주의를 기울인다. 그의 소설은 룸펜, 거지, 카페 여급, 기생, 버스 걸, 운전사, 회사원, 공장 직공, 행랑어멈 등 다양한 직업의 인물들이 등장하며 이들은 이전과는 다른 가치관과 생활 방식 속에 살아간다. 이들은 폭력과 협박 등 부도덕하고 비윤리적인 태도를 자주 보인다. 이를 통하여 도시화가 단순히 물리적인 공간 변화에 그치는 것이 아니라 일상 깊숙이 새로운 질서로 자리 잡아 가고 있음을 비판적으로 반영하고 있다.

그런데 무엇보다 주목할 것은 김유정 소설이 이러한 도시화의 다양한 국면을 문제 삼고 도시화의 실상을 밝히면서 동시에 외부적인 변화와는 무관하게 동요하지 않는 견고한 가치 또는 도시화에 비순응적인 태도를 내면화하고 있다는 점이다. 그의 소설은 도시화에 따른 변화와 새로운 통치 질서에 동조하지 않거나, 자발적으로 무시하는 경우가 종종 있다. 이를 통하여 식민주의의 통제와 일방적인 도시화에 포섭되지 않으려는 면모를 내보인다.

참고문헌

1. 기본자료
전신재 편, 『원본 김유정 전집』, 도서출판 강, 2000.

2. 논문

김기호, 「남촌-일제 강점기 도시계획과 도시구조의 변화」, 『서울학연구』 14, 서울시립대 서울학연구소, 2003.

김백영, 「제국의 스펙터클 효과와 식민지 대중의 도시경험-1930년대 서울의 백화점 과 소비문화」, 『사회와 역사』 75집, 한국사회사학회, 2007.

목수련, 「'남촌'문화-식민지 문화의 흔적」, 『서울학연구』 14, 서울시립대 서울학연구소, 2003.

장규식, 「일제하 종로의 문화공간」, 『서울학연구』 13, 서울시립대 서울학연구소, 2001.

정우용, 「근대 종로의 상가와 상인」, 『서울학연구』 13, 서울시립대 서울학연구소, 2001.

한상무, 「고상한 여성상 타락한 여성상」, 서준섭 외, 『김유정과 동시대 문학연구』, 소명출판, 2013.

3. 단행본

노형석, 『한국 근대사의 풍경』, 생각의 나무, 2005.

서울사회과학연구소 편, 『근대성의 경계를 찾아서』, 새길, 2002.

손정목, 『일제강점기 도시 사회상 연구』, 일지사, 1996.

차종천·유홍준·이정한, 『서울시 계층별 주거지역 분포의 역사적 변천』, 백산서당, 2004.

김유정 소설에 나타난
1930년대 서울의 모습과 의미

윤현이

1. 들어가며

    우리는 김유정이라는 작가를 떠올릴 때, 주로 시골을 배경으로 토속적인 정취가 나는 작품을 주로 생각한다. 「봄·봄」, 「동백꽃」, 「산ㅅ골나그내」, 「만무방」, 「떡」, 「소낙비」, 「안해」, 「솟」, 「가을」, 「노다지」 등의 작품이 그러한 것들이다. 그러나 김유정의 단편소설 30편 중, 도시 특히 서울을 배경으로 한 작품이 무려 15편이나 된다는 점을 고려하면, 그의 작품에서 서울은 결코 간과해서는 안 될 장소라 생각된다. 또한 김유정이 유년기와 청년기를 서울 종로 일대에서 보냈고, 춘천 실레마을로 내려와 지낸 것은 1930년부터 1932년까지 1년 7개월이라는 점을 주목하고, 그가 서울에서 구인회 일원으로 그들과 교류하며 활동했다는 점 등을 고려해 보면, 김유정에게 서울은 고향인 춘천 못지않게 중요한 장소로서의 의미를 가진다고 할 수 있다.

이 글은 이러한 점에 주목하여, 서울을 배경으로 한 김유정의 작품을 대상으로, 그의 작품 속에 드러난 1930년대 서울의 모습을 조명해 보려 한다. 1930년대 당시 구인회 일원인 박태원은 『소설가 구보씨의 일일』에서 지식인의 눈으로 바라본 서울의 모습을, 『천변풍경』에서는 다양한 인물들의 모습을 통해 당시 서울의 일상을 파노라마적으로 보여주고 있다. 박태원의 작품 속에 나타난 서울의 모습과 의미에 대해서는 이미 여러 연구자들의 연구가 있었고, 최근에는 서울의 청계천 일대 문화행사에 그의 작품이 거론되면서 많은 이들의 관심을 불러일으키고 있다.

장소와 작가를 결부시켜 문학작품을 이해하고 장소의 의미를 살피는 이러한 논의를 진전시켜, 이 글에서는 김유정 작품과 종로·청계천 일대를 연관지어 살펴보려 한다. 김유정은 그의 작품 속에서 서울을 어떻게 구현해 놓았을까? 이 문제를 해결하기 위해 먼저, 1930년대 자료를 통해, 서울의 모습이 어떠했는지 살펴볼 것이다. 일제 강점하의 서울의 외형적인 모습과 서민들의 생활상, 사회문화적 분위기 등을 다루어 보려 한다.

그러기 위해서 먼저, 서울을 배경으로 하는 김유정의 15편의 작품을 살펴보았다. 「심청」, 「봄과 따라지」, 「두꺼비」, 「봄밤」, 「이런 음악회」, 「야앵」, 「옥토끼」, 『생의 반려』, 「정조」, 「슬픈 이야기」, 「따라지」, 「땡볕」, 「연기」, 「형」, 「애기」가 그것이다. 이들 작품 중 「형」은 서울의 특성이 드러나지 않으므로 제외하기로 한다.

이들 작품이 실지 서울을 배경으로 하였으며, 등장인물들의 생활상 등을 통해 당시의 모습과 관련성이 있는지, 이를 통해 작가가 말하려고 하는 것은 무엇이었는지 등을 조명해 보고자 한다. 결국 김유정이 인식한

1930년대 서울의 모습이 작품 속에서 어떻게 구현되었으며, 그것을 통해 말하려고 했던 것은 무엇이었는지 살펴보는 것이 본 글의 목표이다.

2. 1930년대 서울의 모습

1930년대 서울은 수도로서의 기능보다는 일제강점하의 일본의 지방 도시로서의 기능을 다할 뿐이었다. 일제는 대한제국을 병합한 후 한성부를 경성부로 명칭을 바꾸고, 구역을 축소하면서 일본 제국 내 하나의 지역으로 만들어 버렸다. 그리하여 서울은 수도로서의 기능보다는 일제가 식민지 통치를 편리하게 하기 위해 기능적으로 개편한 지방 도시로 전락하고 만다. 명칭도 서울이 아닌 경성이었다.

식민지 시기 서울에서 일제 식민권력에 의해 실행된 도시계획은 크게 두 가지로 나뉜다. 1912년 공포된 시구 개정령에 근거한 '경성 시구 개수 사업'과 1934년 공포된 '조선시가지 계획령'에 입각한 '경성시가지 계획 사업'이 그것이다.[1] 일반적으로 이 시기 도시 계획을 연구하는 학자들은, 1910년대 경성부 시구 개수 사업은 총독부의 정치적·군사적 목적과 재경성(在京城) 일본인들의 사회적·경제적 목적을 위한 전통의 파괴와 남촌 편중적인 도시 인프라 구축사업으로 보고 있고, 1930년대 경성 시가지 계획은 시가지 확장과 '도시 정화'를 빌미로 토막민들의 최소한

---

1 김백영, 『지배와 공간』, 문학과지성사, 2010, 386~387쪽.

의 생존권마저 박탈하는 폭력적인 구획 정리 사업으로 정리하고 있다.[2]

1910년대 경성부 시구 개수 사업에서는 청계천을 경계로 하여 일본인들이 주로 거주하는 청계천 남부와 용산일대를 중심으로 개발하기 시작하였다. 이 당시 서울은 청계천을 경계로 북촌과 남촌을 나누어졌는데, 청계천 북쪽에는 주로 조선인들이 거주했고, 남쪽으로는 일본인들이 거주했다. 일본의 도시계획은 다분히 일본인들의 편리성에 의해 재구성되었다. 전차 노선 확대, 도로의 개설과 증설은 일본인 거주 지역을 따라 그리고 일본인 지역의 확대 방향에 따라 이루어졌고, 상·하수도 시설이나 각종 제반시설들과 각종 편의시설 등도 일본인이 거주하는 남촌 위주로 편성되었다. 그 결과 경성은 문명의 남촌과 전근대적인 북촌으로 명확히 대비되는 이중적인 도시가 되었다.[3] 조선인들이 거주하는 북촌은 상대적으로 개발에서 소외된 지역이 되고, 일본인들이 주로 거주하는 청계천 남쪽 일대에는 상업, 문화시설들이 집중되어, 동양척식주식회사. 조선식산은행, 조선은행, 미쓰코시 백화점 등이 들어서 있어 북촌과 극명하게 대조를 이루었다.

그러다가 1920년대로 넘어오면서 일제는 북촌에도 눈을 돌려 일본인들의 생활영역을 남촌에서 북촌까지 확대하려는 의도하여 북촌인 종로 일대에도 일대 개발을 시작하게 되는데, 조선 총독부 청사, 경성역, 경성부청, 경성운동장, 경성제국대학 등을 신축하고 도로망을 정비하게 된다. 이를 통해 북촌도 일본인의 거리를 만들어보려는 의미로 볼 수 있다. 일제는 1912년과 1919~1930년대까지 1, 2차에 걸쳐 '경성시구개수'라는 이름으로 서울의 전통적인 도로망을 무시해 버리고, 곧고 넓게 바꾸고 행정구역을 개편하여 서울을 근대 도시의 외양으로 만들어주기는 하

---

2 김백영, 앞의 책, 387쪽.
3 최병택·예지숙,『경성 리포트』, 시공사, 2009, 230~231쪽.

였지만, 도시에 전통적인 공간을 급속히 붕괴시키는 계기가 되었다.

일제는 서울의 도시 축을 훼손하는가 하면, 조선총독부 청사를 1925년에 경복궁 근정전을 가로 막는 위치에 건설하였고, 덕수궁 앞에 경성부청사, 남대문 앞에 경성역을 신축하였다. 1929년에는 경복궁내에서 박람회를 개최하여 궁궐 전각 대부분을 훼손시키고 가건물들을 신축하여 궁궐의 격을 떨어뜨렸다. 이보다 앞서 창경궁은 벚꽃을 심고, 그 안에 동물원과 식물원을 만들어 공원으로 개방하여 궁궐로서의 기능을 상실하게 해 버렸다. 이리하여 서울은 500년 고도(古都)로서의 모습은 점차 파괴되고, 왜곡되어 갔으며, 일제의 식민권력을 상징하는 건축물들이 위압적으로 자리잡은 식민도시로서 변모해갔다.

남촌이 근대적인 문물들이 들어서 근대적인 면모를 갖춘 도심의 모습이라면, 북촌은 일제의 식민권력을 상징하는 건축물이 들어서고, 도로망이 일제의 편의에 따라 정비되었으나, 옛 수도 한성부를 상징하는 문화재와 건축물들은 철저히 왜곡되고, 파괴되었으며, 조선인들이 실제 거주하는 지역에는 제반시설에 대한 정비가 이루어지지 않았다. 한마디로 일제 강점하 한반도에서 이루어진 일제의 도시계획은 "전적으로 일인(日人)들의, 일인(日人)들에 의한, 그리고 일인(日人)들을 위한 도시계획"[4]이었다. 빈민가나 일반서민들이 거주하는 지역은 '정화'라는 측면에서 외곽으로 내몰리고, 방치되어 개발에서 낙후되고 소외된 모습으로 조선인 거주지역과 일본인 거주지역이 서로 대조적인 모습을 띠게 되었다. 이러한 일제의 식민정책의 일환으로 서울은 재편성되고 재구성되기에 이르렀다.

4　손정목, 『일제강점기 도시계획 연구』, 일지사, 1990, 175쪽(김백영, 앞의 책, 387쪽에서 재인용).

3. 김유정 소설에 드러나는 1930년대 서울의 모습

서울을 배경으로 하는 김유정의 소설 15편을 정리해 보면, 서울의 종로 일대와 신당리 주변으로 집약되고 있다. 이것은 작가 김유정이 실지 거주했던 곳과 거의 일치한다고 볼 수 있다. 김유정은 진골(지금의 종로구 운니동)에서 100여 칸 되는 집에서 생활했고, 이후 가세가 기울자 관철동, 숭인동, 관훈동, 청진동 등으로 집을 줄여 옮겨 갔고, 그가 20세 되던 해에는 봉익동 삼촌댁에 얹혀 지냈고, 21세 때에는 사직동에 있는 둘째누이 댁에서 생활하게 된다. 23세 되던 1931년에서 1933년 사이에는 춘천 실레마을에서 금병의숙을 세워 교육에 전념하다가 1933년 사직동 누이 댁에 얹혀 지내다가, 1934년 26세 되던 해 혜화동 개천가에 셋방을 얻어 지내게 된다. 1936년 신당동에서 셋방살이 하는 형수 댁 등을 비롯해 여러 곳을 전전하며 생활하다가 1937년 경기도 광주 상산곡리에 있는 다섯째 누이 집에서 생을 마감한다. 이렇게 보면, 김유정의 서울 생활의 반경은 종로와 신당동 일대로 집약할 수 있다. 그가 살아왔던 종로 일대와 신당리는 그대로 작품 속에 반영되어 나타난다.

그가 살았던 운니동, 관철동, 숭인동, 관훈동, 청진동, 사직동은 모두 현재 종로구에 속해 있는 법정동 명칭에서 찾아볼 수 있다. 그는 종로 일대에서 생활하다가 혜화동 근처 개천가에 셋방살이를 했고, 이후 신당동에서 잠시 생활하게 되는데 이러한 그의 거주지는 작품 속에 공간적 배경으로 설정되어 나타난다. 서울을 배경으로 하는 김유정의 소설 속에서 이러한 모습을 찾아볼 수 있다.[5]

---

5 김유정 소설에 등장하는 주인공과 인물, 공간적 배경을 정리하여 표로 작성해 보면 다음 쪽과 같다.

　김유정 소설 중, 서울의 구체적인 지명이 드러나지 않은 작품 「연기」, 「정조」, 「형」을 제외하고 정리해 보면, 종로 주변과 신당리 일대로 집약됨을 알 수 있다. 이곳은 김유정 자신이 직접 살았던 동네로 이곳에서의 체험을 바탕으로 작품이 창작되었음을 짐작할 수 있다. 이들 작품의 주인공으로는 카페여급이나 거지, 신당리 일대의 토막민, 농촌에서 이주한 도시 빈민, 지식인 실업자, 학생 등이 설정되었다. 특히 지식인 실업자나 학생은 김유정의 자전적인 모습을 드러낸다고도 할 수 있다.

　이러한 김유정의 작품을 토대로 한 서울의 모습을 크게 세 가지 측면으로 다루어 보려 한다. 외형적인 서울의 모습은 어떠했고, 그곳에 살고 있는 사람들의 생활모습은 어떠했으며, 그리고 그들이 어떤 생각을 하며 살고 있었는지를 살펴보려 한다. 외형적인 서울의 모습은 왜곡된 도시의 외형과 훼손된 문화유산에서, 사람들의 모습은 궁핍한 도시 빈민의 생활상에서, 당시 사람들의 사고와 가치관은 황금광 열풍과 극단적인 생존전략이라는 제목으로 다루어보기로 하겠다.

작품 제목	공간적 배경	주인공
심청	종로일대	실업자 지식인
봄과 따라지	종로일대, 우미관 옆골목	거지(깍쟁이)소년
봄밤	다옥정 근처	카페여급
야앵	창경원(혜화동)	카페여급
이런 음악회	종로일대, '부민관'으로 추정됨	학생
생의 반려	종로일대 (사직동, 돈의동, 수은동, 봉익동)	학생
따라지	사직동, 단성사, 창경원	실업자 지식인
두꺼비	광화문통 네거리, 청진동	학생
연기	-	실업자 지식인
옥토끼	신당리 일대	가난한 소년
슬픈 이야기	신당리 일대	실업자 지식인
애기	다옥정 근처	젊은 부부
정조	-	행낭어멈
땡볕	혜화동, 연건동 대학병원	덕순, 덕순의 처

1) 왜곡된 도시의 외형과 훼손된 문화유산

김유정의 작품「심청」,「야앵」에는 일제 강점 하에 식민지 정책으로 인해 왜곡된 도시의 외형과 훼손된 문화유산의 모습을 드러내고 있다.

(1)「심청」—'경성시구개수사업'으로 왜곡된 도시의 외형

김유정 작품「심청」에는 일제의 도로개수 사업에 대한 불편한 심기가 그대로 드러나 있다. 일제는 1912년과 1919∼1930년대까지 1, 2차에 걸쳐 '경성시구개수사업'이라는 이름으로 서울의 전통적인 도로망을 정비하여 곧고 넓게 바꾸고 행정구역을 개편하여 서울의 근대 도시의 외양을 만들어주기는 하였지만, 동시에 전통적인 공간 구조를 급속히 붕괴시키는 계기가 되었다.

일제가 추진한 도로 개수 사업은 주로 청계천 남쪽에 집중되었다. 오늘날의 중구 남대문로와 을지로 및 충무로 일대에는 일본인들이 집중적으로 모여 살았기 때문에 제일 먼저 도로가 포장되고 보도와 차도의 구별이 생겼다. 반면에 한국인이 다수 거주하는 종로 북쪽 일대는 변화가 없었다. 비포장도로에서는 여전히 먼저가 풀풀 나리고, 길가에는 썩은 하수가 흘러넘쳐 악취가 코를 찔렀다.[6]

작품「심청」에는 이와 같은 일제의 도로 개수 사업에 대한 불편한 심기가 드러나 있다.

거반 오정이나 바라보도록 요때기를 들쓰고 누엇든 그는 불현듯 몸을 일으

---

6 서울특별시사편찬위원회 편,『서울 토박이의 사대문 안 기억』, 서울특별시시사편찬위원회, 2010, 268쪽.

키어 가지고 대문밖으로 나섯다. 매캐한 방구석에서 혼자 볶을만치 볶다가 열벙거지가 벌컥 오르면 종로로 튀어나오는 것이 그의 버릇이었다.

그러나 종로가 항상 마음에 들어서 그가 거니느냐, 하면 그런 것도 아니다. 버릇이 시키는 노릇이라 울분할 때면 마지 못하야 건승 싸다닐 뿐 실상은 시끄럽고 더럽고 해서 아무 애착도 없었다.[7]

이 부분을 주목해서 보면, 주인공인 '그'가 마음에 울화가 치밀었을 때 달려가는 곳이 종로인데, 종로가 특별히 좋아서 그런 것이 아니라, 그렇게 하는 것이 습관처럼 되어버렸기 때문이다. 오히려 종로는 시끄럽고 더럽고 아무 애착도 없는 곳이라고 말하고 있다.

여기에서 일제의 도로 개수 사업을 연상해 볼 수 있다. 앞서 살폈듯이 일제는 청계천을 중심으로 하여 남쪽은 일본인 거주 지역으로 깨끗하게 정비해 놓고, 종로 일대 북쪽은 조선인 거주 지역으로 개발을 소홀히 하였다는 것이다. 이러한 사정을 알고 있는 당시 서울에 살고 있던 지식인은 울화가 치밀어 올랐을 것이다. 「심청」에 바로 이와 같은 심정이 드러나 있는 것이다.

1930년대 경성 시가지 계획은 '시가지의 확장'과 '도시 정화'를 빌미로 토막민들의 최소한의 생존권마저 박탈하는 폭력적인 구획 정리 사업이었다. 당시 도로개수 사업으로 경성(서울)은 고층화되고 대형화된 건물이 늘어가며 근대적 도심의 모습은 갖추었지만, 전통적인 건물을 오히려 헐리고, 도시 빈민층들은 오히려 외곽지역으로 밀려나는 현상이 나타나게 되었다. 당시 서울은 이중적이고 불균형적인 모습을 띤 식민도시의 모습 바로 그것이었다. 다음의 자료는 이러한 모습이 단적으

---

7 김유정, 「심청」, 전신재 편, 『원본 김유정 전집』, 도서출판 강, 1997, 180쪽(이하 김유정 작품은 이 책에서 인용하며, 작품 인용 시 제목과 쪽수만 표기함).

로 드러내고 있다.

> 최근 경성은 한마디로 하면 자본주의 도시인 경성으로 변하여가는 것이다. 모든 봉건 유물을 쫓기고 자본주의의 제요소가 번화스럽게 등장한다. 고아한 조선식 건물은 하나씩 둘식 헐리고 2, 3층 4, 5층의 벽돌집, 돌집이 서게 된다. 서울의 거리에는 날마다 건축하는 빛이요, 아스팔트 깐 길이 나날이 늘어가고, 이 길 위에는 자동차, 자전차, 오토바이 등이 현대 도시의 소음을 지르며 지나간다. 이 반면에 자본주의 그것이 낳아 놓은 대량의 빈민도 늘어간다. 이 빈민들은 경성의 한복판에서는 생존경쟁에 밀리어 문밖에나 현저동 돌사닥다리 산언덕에 서너 칸의 구식집을 수천 호씩이나 짓고 모여 산다. 기왕에 주택지로는 거의 돌아보지도 않던 산언덕에 (이제는) 어디든지 수천 호의 집이 새로 생긴다.[8]

위 글은 당시 도로개수사업과 관련하여 변해가는 경성의 모습과 더불어 그 이면에 전통적인 건축물들이 파괴되고, 빈민들이 내몰리는 상황을 제시하고 있다. 김유정의 「심청」에서는 당시의 이와 같은 상황을 바라보는 지식인의 심정을 표현하고 있다.

> 대도시를 건설한다는 명색으로 웅장한 건축이 날로 늘어가고 한편에서는 낡은 단청집은 수리좇아 허락지 않는다. 서울의 면목을 위하야 얼른 개과천선하고 훌륭한 양옥이 되라는 말이었다.[9]

여기서 웅장한 건축물은 일제가 지은 건축물들을 의미하고, 낡은 단

---

8 「大京城의 點景」, 『사해공론』 1권 6호, 1935.10(최병택·예지숙, 앞의 책, 232쪽에서 재인용).
9 「심청」, 181쪽.

청집은 우리의 문화유산을 의미한다고 볼 수 있다. 결국 이 작품의 '대도시 건설'이라는 말은 서울의 도심을 일제의 편의에 따라 왜곡하고 변조시키는 과정이었음을 알 수 있다. 김유정은 작품 「심청」에서 실업자 지식인인 주인공 '그'를 통해 일제의 '경성 시가지 계획'에 대한 불편한 심기를 토로한 것으로 짐작할 수 있다.

(2) 「야앵」―놀이공원으로 전락한 창경궁

「야앵」에서는 창경궁이 궁궐로서의 권위가 실추되고, 밤 벚꽃 놀이가 행해지는 유원지로 전락한 모습을 보여주고 있다. 「야앵」은 카페 여급인 세 여자 경자, 영애, 정숙이 창경궁에서 밤 벚꽃놀이를 하다가 벌어지는 일들을 다룬 이야기이다. 그중 정숙은 그곳에서 이혼한 남편과 우연히 상봉하고, 2년 전에 잃어버린 줄 알았던 딸아이가 남편의 손에서 잘 자라고 있음을 확인하게 된다. 당시 도시 하층민으로 살아가는 인물들이 벚꽃향기가 풍기는 퇴락한 궁궐에서 다시 만나게 된다는 이야기이다. 이 단순한 이야기를 자세히 살펴보면, 창경궁이 궁궐로서의 기능을 완전히 상실하고, 많은 사람들이 즐기는 유흥의 장소, 일종의 놀이 공원으로 전락한 사실을 발견할 수 있다.

창경궁은 원래 창덕궁과 담 하나를 사이에 두고 있어 이 두 궁궐을 함께 동궐이라 불렀다. 1907년 순종황제가 창덕궁으로 옮기면서 창경궁의 파괴는 시작되었다. 일본은 순종황제를 위로한다는 명목을 내세워 1909년 11월 창경궁 안에 동물원과 식물원을 만들었다. 그리고 1911년 4월 이름조차 창경원으로 바꿨다. 이어 조선총독부는 창경원에 일본을 상징하는 수천 그루의 벚나무를 심었다. 그리고 창경원을 일반인들의 꽃 놀이터로 개방하고, 1924년부터 밤 벚꽃놀이도 시작했다. 그리하여 창경궁은 왕이 거처하는 궁궐로서의 위상을 잃어버리고, 일반인

이 즐기는 유원지로 전락하고 말았다.[10]

1924년부터 창경궁은 궁궐로서의 권위를 상실하고 유원지로 사람들의 놀이터가 되어버렸는데, 「야앵」이 창작된 1930년대 중반은 이미 유원지로 기능하는 창경궁에 대한 거부감마저도 차츰 사라진 상태라 볼 수 있다. 이 작품에 등장하는 인물들은 밤 벚꽃놀이에 대해 아무런 거부감도 없이 받아들이고 있다. 이들에게 창경궁의 밤 벚꽃놀이는 단지 기분전환을 위한 오락거리로 기능하고 있다. 창경궁에서 살아야 할 왕족들은 간 곳 없고, 하류인생을 살고 있는 카페여급들이 기분전환을 위해 가볍게 들어와서 웃고 떠들다가, 식당에서 사이다와 설고 같은 간식을 사먹으며 놀다 갈 수 있는 곳이 되어 버렸다. 금단의 영역인 구중궁궐이 아닌 그 누구도 거리낌 없이 들어갈 수 있는 유원지로 전락해 버린 것이다. 아래의 제시문은 기괴하게 우는 짐승소리를 통해 동물원이 들어선 창경궁의 훼손된 모습을 비극적으로 일깨워주고 있다.

인적이 드문 외진 이구석 게다가 그게 무슨 놈의 즘생인지 바루 언덕우에서 이히히히. 하고 기괴하게 울리는 그 울음소리에 고만 왼전신에 소름이 쭉 끼치는 것이다.

그들은 정숙이에게로 힝하게 따라가며

"아 무서워! 얘 그게 무어냐?"

"글세 뭘까— 아주 징그럽지?"[11]

「야앵」에서는 벚꽃 구경을 하다가 식당에서 쉬는 모습과 이들이 연못가를 돌아 나오다가 썰매 타는 아래의 대목이 나온다.

<hr>

10 서울시사편찬위원회 편, 『시민을 위한 서울역사 2000년』, 경인문화사, 275~276쪽.
11 「야앵」, 234쪽.

정숙이는 아까부터 고만 나가고 싶었으나 경자가 같이 가자고 굳이 붙잡는 바람에 건숭 다라만 다녔다. 이번에도 경자가 하자는 대로 붐비는 식당으로 들어가 자리를 잡았을 때 골머리가 아찔하고 아무생각도 없었으나

"우리 사이다나 먹어볼까?" 하고 묻는 그대로

"아무거나 먹지" 하고 좋도록 대답하였다.

그들은 사이다 세 병과 설고 세 개를 시켜 놓았다.[12]

영애는 있속없이 경자에게 가끔 쪼여지내는 자신을 생각할 때 여간 야속하지 않다. 연못가로 돌아나오다 경자가 굳이 유원지에 들어가 썰매한번 타보고 가겠다하므로 따라서 들어가긴 하였으나 그때까지 말 한마디 건네지 않았다. (…중략…) 유원지 안에는 여러 아이들이 뛰놀며 이리 몰리고 저리 몰리고 하였다. 부랑꼬에 매여 달렸다가는 그네로 옮겨오고 그네에서 흥이 지이면 썰매우로 올라온다.[13]

식당과 썰매는 창경궁이 유원지로 기능함을 드러내는 단적인 표지이다. 밤 벚꽃놀이가 행해지는 곳에 연못이 있었고, 이곳을 돌아 나오면 유원지에 썰매, 그네 등이 있는 놀이터임을 알 수 있다. 어린 아이들을 위해 놀이터까지 마련된 것이다. 여기를 지나오는 길에 연못이 나오는데 바로 창경궁 안에 있는 '춘당지'를 연상케 한다. 이 소설의 마지막 부분을 보면 이곳이 창경궁이라는 확신이 선다.

문간 쪽에서는 고만 나가라고 종소리가 댕그렁댕그렁 울리기 시작하였다.[14]

---

12 「야앵」, 234쪽.
13 「야앵」, 235쪽.

창경궁의 밤 벚꽃놀이의 마감을 알리는 시각으로 모두 밖으로 나가라는 소리임을 알 수 있다. 「야앵」에서는 밤 벚꽃놀이가 행해지는 장소가 창경궁이라는 직접적인 언급은 나와 있지 않다. 하지만 앞에서 제시된 내용들을 미루어 짐작해 보면, 이 작품의 배경이 되는 곳은 창경궁임을 짐작할 수 있다.

이 작품을 통해 당시 창경궁에는 많은 사람들이 방문했음을 짐작할 수 있다. 작중인물 정숙이 헤어져서 연락이 끊긴 남편과 상봉하게 되고, 잃어버린 줄 알았던 딸이 남편에게서 잘 자라고 있음을 확인하는 장소가 창경궁이다. 잃어버린 사람도 찾을 수 있고, 헤어졌던 사람도 다시 만날 수 있을 만큼 창경궁은 많은 사람들이 오고 가는 유원지(놀이공원)로 전락했음을 알 수 있다.

실지로 당시 창경궁은 전차나 버스 같은 대중교통수단을 이용하여 쉽게 갈 수 있었다. 1932년에 일제는 '경성 유람 버스'라는 것을 만들었는데, 노선이 경성역을 출발하여 남대문, 조선신궁, 경성신사, 장충단, 박문사, 동대문, 경학원, 창경원, 파고다 공원, 조선총독부 청사, 조선총독부 박물관, 덕수궁 돌아보는 코스였고, 여기에는 창경원이 포함되어 있었다. 창경궁은 이같은 관광코스로 개발되어 경성을 찾은 일본인들에게는 식민 지배자로서의 우월감을 눈으로 확인하고 느끼게 하는 유희 장소가 되었고, 조선인들에게는 박물관학적인 지식을 습득하고 근대적 생활 방식의 감수성을 체험하는, 그래서 식민 지배의 정당성을 내면화하는 공간으로 활용되었다.[15] 창경궁 관람은 점차 식민지 조선인들에게는 스트레스를 해소하고 즐기는 해방구의 장소가 되어갔다.

일제의 문화재 파괴와 왜곡으로 왕실의 자존심을 추락시킨 이 굴욕

---

14 「야앵」, 240쪽.
15 이경민, 『경성, 카메라 산책』, 아카이브 북스, 2012, 184쪽.

적인 궁궐의 모습을 이 작품 속의 누구도 인식하지 못하고 있다. 작가 김유정이 이 작품을 탈고하고 발표한 시기가 1936년이라는 점을 감안한다면, 창경궁이 일반에게 개방된 시기가 1909년이므로 창경궁이 개방된 지 27년이 지난 상황이므로 일제가 우리 궁궐을 유원지로 왜곡시켜 놓은 이러한 상황을 아무런 문제의식 없이 받아들이고, 그 속에서 익숙해져 가는 인물들의 모습을 보여주고 있다. 작가는 그 당시 모습을 그대로 작품 속에서 보여주고 있다.

2) 궁핍한 도시 빈민들의 생활상

김유정의 작품 「봄과 따라지」, 「심청」에는 깍쟁이들의 생활상이, 「옥토끼」, 「슬픈 이야기」에는 신당리 일대의 토막민들의 생활이, 「이런 음악회」, 「두꺼비」, 『생의 반려』, 「따라지」에는 김유정의 자전적인 일상과 더불어 가난한 하층민들의 생활이 여실히 드러나고 있다. 「땡볕」에서는 대학병원이라는 근대 의료시설에서 오히려 더 비참해지는 도시 빈민의 모습을 다루고 있다.

(1) 「봄과 따라지」, 「심청」－종로거리의 넘쳐나는 깍쟁이들

김유정 소설에서 자주 등장하는 단어 중 '깍쟁이'가 있다. '깍쟁이'는 표준국어대사전에 '이기적이고 인색한 사람', '아주 약빠른 사람'을 가리키며, 강원도와 평안남도에서는 '갈퀴'의 방언으로 쓰이고 있다. 서울을 배경으로 하는 김유정 소설에서 '깍쟁이'는 '거지'라는 의미로 쓰이고 있다. 김유정의 소설이 강원도 농촌을 배경으로 한 작품에서는 강원도 방언이 쓰이면서 토속적인 분위기를 자아냈는데, 서울을 배경으로 한 소설에서 '깍쟁이'는 강원도 방언인 '갈퀴'의 의미가 아니라, 서울에서 쓰이는 '거지'의 의미로 쓰였다.

'깍쟁이'는 원래 서울의 땅꾼·뱀장수들을 일컫는 말이었다. 원래 이들은 청계천 다리 밑이나 그 개울가에 움막을 짓고 살며, 엄격한 집단생활을 하면서, 저잣거리에서 어리숙한 사람을 속이기도 했다. 그래서 시골 사람들이 "서울에 가면 눈뜬 채 코 베어간다"는 말도 새겨났던 것이다. 따라서 '서울깍쟁이'라는 말은 도시 분위기가 몸에 밴 사람들을 뜻하였으며, 시골사람들에게는 경계와 두려움의 대상이었다.[16]

깍쟁이 즉 거지를 다룬 김유정의 소설로 「심청」과 「봄과 따라지」가 있다. 종로일대를 다니는 어린 거지의 시각에서 사람들에게 접근하여 구걸하는 일상이 「봄과 따라지」에 묘사되어 있고, 그런 거지들이 종로에 너무 많아 다니기에 불편함을 드러내는 고학력 실업자의 심정이 「심청」에 드러나 있다.

전차길을 건너서 종각 앞으로 오니 졸찌에 그는 두 다리가 멈칫하였다. 그가 행차하는 길에 다섯간쯤 앞으로 열 댓살 될락말락한 한 깍쟁이가 벽에 기대여 앉엇는데 까빡까빡 졸고 잇는 것이다. 얼골은 뇌란게 말라빠진 노루가 죽이 되어 화루전에 눈 녹듯 개개풀린 눈매를 보니 필야 신병이 있는데다가 얼마 굶기까지 하였으리라. 금시로 운명하는 듯 싶었다. 거기다 네 살쯤 된 어린 거지는 시르죽은 고양이처럼. 큰놈의 무릎우로 기어오르며, 울 기운 좋아 없는지 입만 벙긋벙긋, 그리고 낯을 째프리며 튀정을 부린다. 꼴을 봐 한즉 아마 시골서 올라온 지도 불과 며칠 못되는 모양이다.[17]

---

16 서울특별시사편찬위원회 편, 앞의 책, 285쪽.

종로주변을 걷고 있던 '그'가 병들고 굶주린 깍쟁이 아이들의 참상을 지켜보고 있는 내용이다. 1930년대에는 농촌에서 토지를 잃고 도시에 와서 빈민가를 형성하며 사는 사람들이 많았다. 이들이 주로 모여 살던 곳은 종로일대 청계천 주변이나 외곽의 변두리 지역으로 위생 상태나 주거환경이 매우 불량하였다. 청계천을 중심으로 이남 지역은 일본인 거주지라 하여 일제가 의도적으로 개발을 함에 비해 청계천 이북 지역은 방치해 두는 경향이 많았다. 이북은 개발에서 낙후되고 소외되어 있었는데, 이곳에 도시 빈민층, 깍쟁이들이 들끓게 된 것이다.

큰길에는 동무 깍쟁이들이 가루뛰며 시루뛰며 낄낄거리고 한창 야단이다. 밥통들은 한손에 든 채 달리는 전차 자동차를 이리저리 호아가며 저이깐에 술래잡기, 봄이라고 맘껏 즐긴다. 이걸 멀거니 바라보고 그는 저절로 어깨가 실룩실룩 하기는 하나 근력이 없다. 따스한 햇볕에서 낮잠을 잔것도 좋기는 하다마는 그보담 밥을 좀 얻어 먹었더면 지금쯤은 가치 뛰고 놀고 하련만. 큰 길로 나려서서 이럴가 저럴가 망서릴즈음 갑자기 따르르응 이 자식아. 이크 쟁교로구나 등줄기가 선뜩해서 기급으로 물러서다가 얼결에 또 하나 잡았다. 이번에는 트레머리에 얕은 향내가 말캉말캉 나는 뾰죽구두다.[18]

「봄과 따라지」에서 거지소년이 여러 사람에게 구걸을 시도하지만, 모두 실패하는 비정한 모습을 보여주고 있다. 하지만 이 작품은 종로일대에서 행인들의 모습을 살피며 구걸하는 거지소년의 심정을 '봄'이라는 계절과 맞물려 활기차게 묘사하고 있다. 힘들고 지친 거지들에게도 봄은 찾아오고, 실망하지 않고 살아가는 '질긴 생명력'을 보여주고 있다.

---

17 「심청」, 182쪽.
18 「봄과 따라지」, 187쪽.

「심청」에서는 실업자인 '그'가 마음의 울분을 달래려고 종로를 거닐다가 귀찮게 따라다니는 깍쟁이를 쫓아내지 못해 곤혹스러워하는데, 마침 고등학교 때 예수를 믿었던 친구가 이제는 예수와는 조금도 닮지 않은 모습으로 깍쟁이를 쫓는 무서운 '나리'가 되어 있었던 것이다. 이처럼 당시 서울에는 달라붙는 것이 귀찮아서 외출하기가 불편할 정도로 거지가 많았던 것으로 볼 수 있다. 서울의 도시화와 더불어 생겨난 도시 빈민층의 생활을 깍쟁이를 통해서 보여주고 있다.

1930년대 서울에는 농촌에서 서울로 올라와 일자리를 찾지 못한 도시 빈민들이 제방이나 하천가 또는 다리 밑에 땅을 파고 거적때기로 바람을 가리는 움집에서 살았다. 이들은 토막민(土幕民)이라 불렀다. 김유정 소설에 등장하는 깍쟁이가 바로 이런 사람들로부터 생겨난 것으로 보인다. 깍쟁이를 통해 1930년대의 어려운 경제 상황에 처한 서울의 단면을 보여주고 있다.

(2) 「옥토끼」, 「슬픈 이야기」─신당리 일대의 궁핍한 토막민의 생활

김유정의 서울을 배경으로 소설에는 도시 빈민들이 주로 등장한다. 김유정이 사직동에서 둘째 누이댁에 살던 시절과 신당동에서 셋방살이 하는 형수댁 등을 전전하던 시절을 소설 속의 공간으로 설정하고 있다. 도시 빈민들의 생활모습이 드러나고 있다. 신당동을 배경으로 한 소설로 「옥토끼」와 「슬픈 이야기」를 들 수 있다.

신당리는 1930년대 당시 토막촌이 형성되었다고 한다. '토막'이란 집 없는 빈민들이 빈터에 만들어 사는 움막이나 움집을 이르는 말이다. 일제 강점기 경성 주변에는 이러한 토막이 곳곳에 들어서 토막촌을 형성하고 있었다. 유명한 토막촌으로 동부의 충인동, 창신동, 신당리 일대와 마포의 도화동과 지금의 용산 청파동인 청엽정을 들 수 있다. 이들

지역의 토막민들은 행상, 인력거꾼, 공사장 인부, 지게꾼 등으로 생업을 이어가는 편이었는데 동부 신당리 일대에는 특히나 넝마주이와 '무직'이 직업인 걸인도 많았다고 한다. 신당리 부근에 토막촌이 들어선 것은 인근 대현산에 있던 경성부 오물처리장에서 악취가 풍기는 까닭에 거주하는 이도 드물 뿐 아니라 공동묘지까지 자리 잡고 있어서 토막을 짓고 살아도 땅주인이 달려와 시비를 거는 경우가 적었기 때문이라[19]고 한다. 이렇듯 토막민들은 하루 벌어서 하루 먹고 사는 극빈의 삶을 살았는데, 이들 토막민들은 식민지 시기 경성부민들 사이에 불어 닥친 '문화주택 열풍'으로 그나마 살고 있던 집마저 철거되고, 또 다른 곳으로 내몰리는 신세가 되었다.

일제는 경성주변의 모습을 근대적으로 바꾼다며 '문화주택'을 제시하였다. 일제는 조선사람들이 사는 집은 공간의 낭비가 많고 불결하며 후진적이라며 일본인들이 이상적이라고 내어놓은 것이 '문화주택'이다. 문화주택 붐이 일면서 헐값에 땅을 매입해 문화주택을 지어 파는 '집장사'가 유행하였다. 일본인들이 이런 일로 돈을 벌게 되었는데, 일본인 이와후치라는 사람도 그런 사람 중에 하나였다. 이와후치는 경성부로부터 신당리 일대의 땅을 사들여 문화주택을 지어 돈을 벌어보려는 심사였다. 그리고는 토막민들을 불러 문화주택을 세워야 하니 토지를 내어달라고 통보했다. 이에 그 일대 많은 토막민들의 반발했으나, 일본인들은 사람을 시켜 강제로 이 일대 토막을 철거하는 사태가 발생했다. 1931년 5월에 신당리 251번지에서 일대 철거사건이 일어났다. 토막민들 때문에 땅값을 제대로 받을 수 없게 되자, 경성부는 이곳을 사전 예고도 없이 철거해 버린 것이다. 이리하여 이 일대 토막민들은 다

---

19 최병택 · 예지숙, 앞의 책, 186~187쪽.

른 곳으로 내몰리게 되었다.[20]

　김유정 소설 「옥토끼」는 신당리가 공간적 배경이다. 앞서 살펴보았듯이 당시 신당리는 어려운 사람들이 모여 사는 토막촌이었다. 작품 속에서도 이를 확인할 수 있다.

> 어머니는 얼은 두 손을 화루우에서 부비면서 무척 기뻐하셨다. 그 말씀이 우리가 이 신당리로 떠나온 뒤로는 이날까지 지지리지지리 고생만 하였다. 이렇게 옥토기가 그것도 이집에 네 가구가 있으련만 그중에다우리를 찾아왔을 적에는 새해부터는 아마 운수가 좀 필랴느거나 아닐가 하며 고생살이에 찌들은 한숨을 내쉬고 하시었다.[21]

　토끼 한 마리가 집으로 왔다고 그렇게 좋아하며 운수가 필 것이라 얘기하는 어머니의 말은 신당리 일대 사람들의 곤궁하고 힘든 삶을 여실히 말해주고 있다. 이 작품의 내용이 주인공인 '나'가 집에 들어온 옥토끼를 여자 친구인 '숙희'에게 길러 보라고 선물로 주는데, 숙희네 아버지가 이 토끼를 잡아서 허약한 숙희에게 몸보신을 시킨다는 내용이고, 이 말을 듣게 된 '나'는 토끼를 잡아먹었으니, 숙희는 꼼짝없이 자신에게로 시집을 오게 될 것이라고 생각하는 내용이다. 짧고 단순한 내용이지만, 신당리 일대 사람들의 곤궁한 삶의 모습이 여실히 드러나고 있다.

> 실상은 이 때 숙희가 한 사날동안이나 밥도 안 먹고 대단히 앓고 있었다. 연초회사에 다니며 벌어드리는 딸이 이렇게 밥도 안 먹고 앓으므로 그 아버지가 겁이 버쩍 났다. 그렇다고 고기를 사다가 몸보신시킬 형편도 못되고 하야

20　위의 책, 187~188쪽.
21　「옥토끼」, 242쪽.

결국에는 딸도 모르게 그 옥토끼를 잡아서 먹여버리고 말았든 것이다.[22]

숙희의 경우도 연초공장에 다니며 가족을 부양하는데 너무 무리하게 일을 하여 병이 난다. 이에 놀란 숙희 아버지는 숙희가 연초공장에 못 다니면 생계가 막막해지므로 숙희의 몸을 추스르게 하려고 토끼를 잡아 몸보신을 시킨 것이다. 숙희같이 미성년 여성도 연초공장이라는 값싼 노동현장으로 내몰려야만 하는 궁핍한 시대였음을 짐작할 수 있다.

「슬픈 이야기」는 실업자 지식인인 내가 신당리에 세들어 살면서 옆방 부부의 싸움을 목도하고 남편의 폭력성과 속물성을 비판하나 오히려 엉뚱한 소문('나'와 옆방 아낙이 서로 연애한다는 소문)에 휩싸여 '나'가 신당리를 떠난다는 이야기이다. 「슬픈 이야기」에서 옆방 부부는 밤마다 남편이 아내를 구타한다. 남편은 13년 동안 전차 운전수로 있다가 감독으로 승진을 했는데 집안 형편이 나아지자 여학생에게 장가를 들겠다며 아내를 구타한다. 남편이라는 사람은 본래 시골에서 상경하여 전차 운전수가 되어 착실히 돈을 모아 800원이나 저금했다고 한다. 그리고 나서 아내와 이혼하겠다고 밤마다 아내를 구타한다. 신당리라는 가난한 동네에서 노력해서 돈을 벌어서는 건전하지 못한 생각을 하는 인물의 모습을 보여주고 있다. 이 작품은 신당리 주민들의 경제적 궁핍뿐 아니라, 정신적 궁핍함까지 보여주고 있다.

이 신당리라는 데는 번시라 푼푼치 못한 잡동산이 만이 옹기종기 몰킨 곳으로 점잖한 짓이라고는 전에 한 번도 해본일 없이 오즉 저 잘난 놈이 태번일진댄 감독 됐으니까 여학생 장가 좀 들어보자고 번처더러 물러서 달라는 것

이 별루 이상할 게 없고, 또 한편 거리에서 말동만 굴너도 동리로 돌아다니며 말을 드는 수다쟁이들이매 밤마다 내가 벽틈으로 눈을 디려넣고 정신없이 서 있어서 저 남의 게집 보고 조갈이 나서 저런다는 것쯤 노해서는 아니 되겠지만 그래도 조곰 심한 것 같다.[23]

'나'는 아내를 구타하는 옆집 남편을 설득해 보려 하였으나, 실패하고 엉뚱한 오해만 사고 신당리를 떠날 결심을 하게 된다.

「옥토끼」가 신당리 사람들의 경제적인 궁핍한 일상을 보여주었다면, 「슬픈 이야기」는 이 일대 사람들의 경제적인 차원을 넘어 정신적 차원의 궁핍함을 보여주고 있다. 신당리 일대가 사람들의 경제적 궁핍함이 정신적 면에서까지 궁핍하고 왜곡된 모습으로 치달을 수 있음을 보여주고 있다.

(3) 「이런 음악회」, 『생의 반려』, 「두꺼비」, 「따라지」에 반영된 김유정의 곤궁한 서울 생활

「이런 음악회」, 『생의 반려』, 「두꺼비」, 「따라지」에는 김유정이 서울에서 지내던 모습이 드러나 있다. 그의 학창시절과 누이에게 얹혀 지내던 모습이 작품 속에 드러나 있다.

「이런 음악회」의 경우, 학생들이 새로 건축한 넓은 대강당에서 음악 콩쿨대회를 하는데, 주인공이 다니는 학교의 학생이 참가하게 되어 응원을 간 이야기이다. 황철이라는 응원대장이 만두를 사준다며 아이들을 꼬셔서 응원에 동원한 것이다. 정작 응원하러 간 학생의 바이올린 솜씨는 신통치 않았고, 그곳에서 감동적인 연주를 한 사람에게 큰 박수를 보낸 주인공은 응원대장에게 핀잔을 듣고는 만두를 안 먹으면 된다

---

23 「슬픈 이야기」, 297쪽.

고 맞서는 내용이다.

이 작품에서 주인공이 종로거리를 나와 새로 건축한 넓은 대강당에 도착하는데 이곳이 '부민관'으로 추정된다. 부민관은 1934년 7월30일에 기공하여 1935년 12월 10일에 준공된 1,800석 규모의 대공연장이다. 이 작품이 발표된 시기가 1936년에 『중앙』 4월호임을 감안하면 '부민관'일 가능성이 높다.

이곳에서 벌어지는 우스꽝스런 상황을 보여주고 있다. 음악 콩쿨에 응원부대를 데리고 간다는 설정자체도 어울리지 않고, 음악회 도중 주인공이 앞사람의 의자 뒤에 고개를 틀어박고 코를 골며 자는 모습, 박수를 칠 때가 아닌데 박수를 치는 모습, 연주를 잘 못한 사람에게 '재청'을 외치는 모습 등은 모두 음악회라는 낯선 문화를 잘 이해하지 못한 상황에서 나타날 수 있는 현상을 우스꽝스럽게 묘사하고 있다. 그러나 음악에 문외한이라도 훌륭한 연주는 감동하게 됨을 보여준다. 그리고 음악회 같은 예술 활동은 강제로 사람을 동원해서 응원을 하는 운동경기와는 다른 것임을 보여주고 있다.

『생의 반려』와 「두꺼비」는 김유정이 누이와 함께 사직동에서 기거할 때를 배경으로 하고 있다. 누이는 양복 직공으로 일하고 김유정은 학생으로 있을 당시이다. 기생 박녹주를 짝사랑하여 그 주변을 맴돌고, 편지를 보내던 모습이 공통적으로 반영되어 있다. 『생의 반려』에서는 김유정이 어렸을 때부터 지내온 가정사가 간략하게 제시되어 있다. 가세가 기울어 누이와 곤궁하게 살아가는 모습, 기생 박녹주를 짝사랑하며 마음 졸이는 모습 등이 종로일대를 배경으로 전개되고 있다. 종로일대의 사직동, 사직공원, 돈의동, 수은동, 봉익동 등이 제시되어 있다.

「따라지」에는 누이와 함께 사직원 근처에서 곤궁하게 살아가는 모습이 드러나 있다. 사직원 근처에서 셋방살이하는 모습은 당시 도시 하층민의 생활의 반영하고 있다.

> 이런 제길헐 우리 집은 은제나 수리를 하는 겐가 해마다 고친다, 고친다, 벼
> 르기는 연실 벼르면서 그렇다고 사직골 꼭대기에 올라붙은 깨웃한 초가집이
> 라서 싫은 것도 아니다. 납작한 처마 끝에 비록 묵은 이영이 무데기무데기 흘
> 러 나리건말건, 대문짝 한짝이 삐뚜루 배기건말건 장뚝 뒤의 판장이 아주 벌
> 컥 나자빠저도 좋다. 참말이지 그놈의 벽 옆에 뒷간만 좀 고쳤으면 원이 없겠
> 다. 밑둥의 벽이 확 나가서 어떤게 벽이고 뒷간인지 분간을 모르니 게다 여름
> 이 되면 벽바닥으로 구데기가 슬슬 기어들질 않나. 이걸 보면 고대 먹었던 밥
> 풀이 곤두스고만다.[24]

사직동 꼭대기에 초가집이 있는 빈민촌의 모습이다. 토막민들의 삶
의 모습으로 추정된다. 주거상태가 지극히 불량함을 알 수 있다. 이런
초가집에 카페 여급인 아끼꼬와 영애, 영감과 버스 걸인 그의 딸, 소설
쓰는 톨스토이와 공장에 다니는 누이 등이 세들어 산다. 모두 보잘 것
없는 사회적 약자들의 모습을 다루고 있다.

(4) 「땡볕」에 나타난 도시빈민의 모습과 대학병원의 비인간성

당시 농촌에서 높은 소작료를 견디지 못하고 간도나 연해주로 떠나거
나 도시로 이주한 사람들이 많았다. 「땡볕」에 덕순과 그의 아내는 농촌
에서 서울로 올라온 사람들이다. 이들은 서울로 왔지만 마땅한 근거지를
찾지 못해 도시 빈민가에 살게 되는데 이들이 대부분 토막민이 되었다.

이 작품의 배경은 대학병원이다. 대학병원은 연건동, 혜화동에 있었

으므로 전차노선도를 보면 전차를 타도 쉽게 갈 수 있는 곳으로 보인다. 그런데 덕순이 병든 아내를 지게에 지고, 가는 것으로 보아 그만큼 가난한 것으로 볼 수 있고, 또 한편 덕순의 일이 지게꾼이라는 짐작을 해볼 수 있다. 농촌에서 이주해 온 도시 하층민의 모습을 그대로 드러내고 있다. 농촌과 달리 바쁘게 돌아가는 도시생활 속에서 길을 물어도 좋을 만큼 여유 있는 사람을 찾기기 쉽지 않다. 결국 깍쟁이에게 대학병원을 묻는데, 덕순이 가장 편하게 물어본 상대가 깍쟁인데 이마저도 덕순을 얕잡아보는 것 같다. 도시 사람들의 각박한 인심과 냉정한 세태가 드러난다고 볼 수 있다. 덕순 부부가 도시에서 생활해 나감이 녹록하지 않음을 보여주고 있다.

덕순은 아무리 찾아보아도 자기가 길을 물어 좋을만치 그렇게 여유 있는 얼골이 보이지 않음을 알자, 소맷자락으로 또 한번 땀을훝어본다. 그리고 거북한 표정으로 벙벙히 섰다. 때마침 옆으로 지나는 어린 깍쟁이에게 공손히 손짓을 한다.

"애! 대학병원을 어디루 가니?"

"이리루 곧장 가세요."

덕순이는 어린 깍쟁이가 턱으로 가르킨대로 그 길을 북으로 접어들며 다시 내걷기 시작한다. 내딛는 한 발작마다 무거운 지게는 어깨에 박이고 등줄기에서 쏟아져 나리는 진땀에 궁둥이는 쓰라릴만치 물었다.[25]

더운 날씨에 힘들지만, 대학병원에서 아내가 걸린 이름 모를 병도 고치고, 돈도 받을 요량으로 희망을 안고 찾아간다. 그렇게 찾아간 대학

---

25 「땡볕」, 324～325쪽.

병원은 아내에게 병을 치료할 수 있다는 믿음과 희망을 주는 공간이 아니라, 충격과 공포만을 심어준다.

> 덕순이는 허둥지둥 안해를 떨처업고 진찰실로 들어갔다.
> 간호부 둘이 달겨들어 우선 옷을 벗기고 주물를제 안해는 놀랜 토끼와 같이 조고맣게 되어 떨고 있었다. 코를 찌르는 무더운 약내에 소름이 끼치기도 하려니와 한쪽에 번쩍번쩍 늘려 놓인 기게가 더욱이 마음을 죄이게 하는 것이다. 안해가 너머 병신스리 떨므로 옆에 섰는 덕순이까지도 제면적지 않을 수 없었다.[26]

현대의학의 총집결지라 할 수 있는 대학병원은 사람을 인간적으로 존중하며 치료하는 곳이 아니라, 단지 병에 걸린 대상을 치료하는 곳에 불과하다. 환자는 인격을 갖춘 사람으로서 대우받기보다 병에 걸린 대상으로 취급받는다. 간호부들이 환자를 대하는 비인간적인 행동, 소름 끼치는 약냄새, 번쩍번쩍 늘려 놓인 의료기구들은 오히려 사람을 압도하고 불안감을 주고 있다. 현대문명의 비정함과 냉혹함 등을 보여주고 있다. 의사의 성의 없는 진료와 진단결과는 덕순 부부에게 희망보다는 더 큰 좌절감을 안겨주고 만다. 뱃속에 죽은 아이를 수술을 해서 꺼내야 하고 자칫 잘못 하여 결과가 안 좋더라도 관계없다는 승낙을 해야만 한다는 것이다. 덕순의 아내는 불치병에 걸린 것이 아니기에 병원측에서 환자에게 월급을 주어 가며, 실험 대상으로 삼을 만한 것도 아니다.

또한 대학병원이 인간의 질병을 치료해주어 궁극적으로 인간의 삶의 질을 높여주어야 하는데, 작품 속의 대학병원은 환자를 인간으로 대

---

26 「땡볕」, 327~328쪽.

하기보다는 병든 대상으로 여기고 있으며, 희귀병자를 생체실험의 대
상으로 삼아 의학적 지식을 얻어내려고 했음을 알 수 있다. 작품 속의
의사가 '이등박사'라고 한 것으로 보아 일본인 의사임을 짐작할 수 있
고, 일제 강점 하에 대학병원이라는 곳이 병을 고치고, 새로운 의학지
식을 발견해 나간다는 미명하에 얼마나 생체실험과 비인간적인 의료
행위를 했음을 짐작하게 한다. 또한 작품의 등장인물 덕순은 대학병원
에서 실험대상이 되어 병도 치료하고 생활비도 벌어보려 했으나, 아내
의 병은 희귀병이 아니라 복중의 아이가 죽은 것이며, 이를 수술한 비
용이 없어서 결국 아내는 삶을 포기해야하는 상황에 이른다. 대학병원
이 가난한 사람들은 치료받을 수 없는 곳이고, 오히려 이곳은 사람들의
희귀병을 생체 실험하는 냉혹하고 잔인한 면모를 보이고 있다. 도시 빈
민들의 처참한 삶의 단면을 이곳에서도 엿볼 수 있다.

3) 황금광 열풍과 극단적인 생존전략

「연기」와 「봄밤」에서는 1930년대를 풍미했던 황금광 열풍의 한 단면
을 보여주며 그것이 얼마나 허망한 것인지를 동시에 지적하고 있다. 세
계경제 공황과 일제의 식민정책으로 극도로 궁핍해진 시기에 사람들은
살아남기 위해 일확천금을 꿈꾸기도 하고, 극도로 영악해진 모습으로
세상을 살게 된다. 「애기」와 「정조」에 그러한 모습이 드러나고 있다.

(1) 황금광 열풍의 허망함을 보여주는 「연기」, 「봄밤」

1930년대 우리나라는 황금열풍이 불었던 시기이다. 1933년에 개발
된 금광만도 3,000여 곳에 달한다고 하니, 세간에는 "웬만한 양복쟁이

로 금광꾼 아닌 사람이 없고, 또 예전에는 금점꾼이라 하면 미친놈으로 알았으나 지금은 금광 아니하는 사람을 미친놈으로 부르리만치 되었다"라는 말이 여기저기서 나돌고 있다.[27]

「봄밤」에서 영애와 옥녀라는 두 여인이 극장에서 영화를 보고 돌아가다가 다옥정 골목에서 시계상자 하나를 줍게 된다. 그 안에 물건이 금시계가 들었으리라 잔뜩 기대를 하고 열어 보았으나 황금이 아닌 똥이 가득 들었다. 누군가가 장난을 치려고 일부러 그렇게 한 것이다. 짤막한 작품 속에서 황금을 향한 인간의 욕심을 드러내고 있다.

> 쓸쓸한 다옥정 골목으로 들어스며 영애는 날씬한 옥녀가 요즘으로 부적 더 자란 듯 싶었다. 인젠 머리를 틀어올려야 되겠군 하고 생각하다 옥녀와 거반 동시에 발이 딱멍추었다. 누가 사가주가다가 떨어쳤는가 발팜에 네모 번듯한 갑 하나가 떨어저 있다.
>
> 옥녀는 걸쌈스러운 시눈으로 사방을 돌아보고 선뜻 집어들었다. 그리고 흙을 털며 그 귀에 가만히
>
> "영애야! 시겐게지?"
>
> "글세 갑을 보니 아마 금시겔걸!"
>
> 그들은 전등 밑에 바짝 붙어서서 어깨를 맞대었다. 그리고 불야살야 갑이 열리었다. 그 속에서 나오는 물건은 또 반질반질한 종이에 몇 겹 싸이었다. 그놈을 마자 허둥지둥 펼치었다. 그러나 짜정 그 속알이 나타나자 그들은 기급을 하야 땅으로 도루 내던지며 퉤, 퉤, 하고 이방이나 하듯이 침을 배앝지 않을 수 없다. 그 보다더 놀란건 골목 안에 사람이 없는 줄 알았드니 이구석 저구석에서 작난꾼들이 불쑥불쑥 빠져나온다. 더러는 재밋다고 배를 얼싸안고 껄껄거리며
>
> "똥은 왜 금이 아닌가"[28]

---

27 강응천 외, 『근현대사 신문—근대편』, 사계절, 2010, 156쪽.

「연기」에서는 주인공 '나'가 공중변소에서 기둥에 황금이 있는 것을 발견하고 긁어 모아오면서 이젠 누님에게 얹혀사는 일도 이제 끝이라 생각하고 기뻐했는데, 알고 보니 꿈이었다는 것이다. 황금은 연기처럼 사라진다는 내용이다. 황금을 향한 인간의 허망한 욕망을 드러내고 있다.

공중변소에서 일을 마치고 엉거주춤이 나오다 나는 벽께로 와서 눈이 휘둥그랬다. 아 이게 무에냐. 누리끼한 놈이 바루 눈이 부시게 번쩍버언쩍 속가락을 펴들고 가만히 꼬옥 찔러보니 아치 갓군은 엿조각처럼 쭌둑쭌둑이다. 애 이눔 참으로 수상하구나 설마 뒤깐기둥을 엿으로 빚어놨을 리는 없을 텐데. 주머니칼을 꺼내들고 한번 시험쪼로 쭈욱 나리어 깎아보았다. 누런 덩어리 한쪽에 어렵지 않게 뚝 떨어진다. 그놈을 한테 뭉처 가지고 그 앞 댓돌에다 쓱 문태보니가 아 아 이게 황금이아닌가. 엉뚱한 누명으로 끌려 가 욕을 보든 이 황금. 어리다는 이유로 연홍이에게 고랑땡을 먹든 이 황금. 누님에게 그 구박을 다 받아가며 그래도 얻어먹고 있는 이 황금---[29]

황금을 발견하고 좋아하다가 누이에게 보여주려고 갔는데, 알고 보니 꿈이었다는 것이다. 위 두 작품 모두 똥을 황금으로 착각한다는 데서 같은 발상이다. 황금광 시대의 허망함을 드러내기도 하고, 살기 어려웠던 1930년대 궁핍에서 벗어나고 싶은 인간의 소망이 황금에 대한 집착으로 이어지고, 결국 그것은 이루기 힘든 연기 같은 꿈으로 사라져 버리고 만다.

등장인물들 모두 가난한 사람들이다. 「봄밤」의 영애와 옥녀, 돈이 없어 연애가 뜻대로 되지 않음을 괴로워하는 옥녀의 모습에서 가난이 문

---

28 「봄밤」, 212~213쪽.
29 「연기」, 332쪽.

제가 됨을 알 수 있다. 그 가난은 쉽게 벗어날 수 없는 것 같다. 황금은 가난을 쉽게 벗어날 수 있게 해 주는 물질이다. 황금을 기대하는 인간의 욕망과 기대를 여지없이 무너뜨려버린다. 그런 기대의 허망함을 알려주고 있다.

「연기」는 『생의 반려』나 「두꺼비」와 함께 김유정의 자전적 소설이라 할 수 있다. 「연기」 역시 「봄밤」고 마찬가지로 황금을 바라는 인간의 욕망이 연기처럼 허무하다는 것을 말해주고 있다. 이 소설에서는 가난의 문제뿐만 아니라, 실업 문제까지 다루고 있다. 이 작품의 주인공인 '나'는 누나의 집에 얹혀살고 있다. 누나의 잔소리로부터 해방되는 방법은 취직을 하여 돈을 벌어야 가능하다. 그러나 당시 상황으로 취직은 그리 녹록하지 않았다. 특히 대학을 졸업한 지식인들이 취직할 곳은 더 없었다. 고등정신능력을 필요로 하는 자리에 조선인을 뽑지 않았기 때문이며, 조선인이 취직할 수 있는 것은 사범학교나 실업학교를 졸업하는 것이 취직하기에는 더 수월했다. 당시도 실업문제가 지금 만큼이나 심각했던 것으로 보인다. 「연기」는 황금에 대한 욕망과 더불어 실업 문제의 심각성까지도 제시하고 있다.

(2) 「애기」, 「정조」에 나타난 서울 사람들의 영악한 생존 전략

1930년대 서울은 일제강점하의 경성이었고, 일제의 식민지 통치를 용이하게 한다는 전략 하에 서울을 일본 본토에 딸린 부속 도시로 기능하게 만들었다. 식민지 통치를 원활하게 하기 위해 근대적인 인프라를 구축해 놓았고, 조선에 사는 일본인들의 생활에 편리함을 위해 각종 시설들을 정비해 놓았다. 일본인이 주로 살았던 남촌은 일본의 도시지역과 크게 다를 바 없이 화려하고 근대적인 모습을 띄게 되었다.

일본에서 들어온 근대 산물들 카페, 백화점, 극장 등이 건설되어 소

비문화가 유입 확산되었고, 도서관에서 책을 보고, 박람회에 구경 가고, 사이다, 맥주, 설고, 왜떡, 우동 등의 먹을거리 등도 나타나게 되었다. 그러나 정작 조선인들의 삶이 녹록하지 않았다. 도시의 다수를 차지하는 빈민들은 하루하루 살아가기가 힘들었다.

이러한 상황에서 살아남기 위해 사람들은 과년한 딸을 부잣집에 시집보내 딸에게서 경제적인 이득을 보려는 사람들이 있었다. 「애기」가 그런 내용이다. 「정조」에는 도시로 온 들병이의 모습이 연상된다. 시골에 있던 들병이들이 서울에 와서 살아남기 위해 부잣집 행랑을 얻어 살면서 주인을 유혹하여 돈을 뜯어내는 모습이 그려져 있다. 두 작품 모두 살아남기 위해 '성'을 거의 상품화시키는 전 단계쯤에 해당한다고 하겠다.

「애기」에서 애기의 외할아버지는 딸을 돈 많은 사람에게 시집보내 한 밑천 잡으려 했는데, 딸이 엉뚱한 사람과 연애하여 임신까지 하자, 속이 상해 딸의 애인을 잡아내어 늘씬하게 두들겨 팬다. 그래서 딸의 애인은 도망가고, 딸의 배는 불러온다. 할 수 없어서 아무에게나 오십 석지기 땅을 준다고 하며 혼처를 알아오게 한다. 땅 오십 석지기를 준다는 말에 솔깃해서 필수라는 사람이 결혼을 하기로 한다. 원래 필수는 인쇄소 직공이었는데, 불경기로 해고되고 실업자로 지낸다. 그러나 신부 집에는 의사라고 속이고 결혼을 한다. 결혼해 보니 신부는 임신한 상태였고, 신랑은 의사가 아니었음이 들통 난다. 서로 속고 속이면서 자신의 이익을 위해 결혼을 한 것이다. 살아남기 위해 그들이 선택한 방법인 것이다. 아기가 태어나는데, 시댁에서는 며느리가 남의 집 아이를 낳았음에도 땅 오십 석 지기를 받기 위해 묵인해 준다.

이렇게 서로의 실속을 차리기 위해 한 결혼이지만, 이 부부는 살아가면서 정이 생기게 된다. 한편 이들 부부는 천덕꾸러기로 태어난 여자 아기를 가난한 삶에 키우기가 힘들어 다옥정 근처 부잣집 대문 앞에 버리고 오기로 한다. 그러나 차마 버리지 못하고 돌아온다.

「정조」에서는 행랑어멈 부부는 마치 「솥」에 등장하는 들병이 가족이 서울에 와서 영악하게 살아가는 모습으로 연상된다. 행랑에 기거하며 허드렛일을 하다가 주인집 남자가 술에 취해 들어올 때, 행랑에서 유혹하여 동침을 하고는 임신을 했다고 말하면서 돈을 뜯어내는 내용이다. 행랑어멈은 주인남자에게서 200원을 받고 고뿌집을 차릴 요량으로 떠난다는 내용이다.

김유정의 「산ㅅ골나그내」, 「소낙비」에 나오는 여성 주인공들이 남편을 위해 매춘을 하는데 돈 자체가 목적은 아니다. 「산ㅅ골나그내」에서는 남편을 위한 바지저고리 한 벌이면 족하고, 「소낙비」에서는 돈 2원을 남편에게 가져다주어 매를 맞지 않으면 그것으로 된다. 결코 돈에 욕심이 있어서 그런 것은 아니다. 그러나 「정조」에서는 돈 자체가 목적이고, 생존을 위해서는 무슨 수단을 써서든 돈을 벌어야 한다는 생각이 앞선다. 시골에서는 욕심내지 않고, 필요한 만큼의 물질만 있으면 되지만, 도시에서는 그렇지가 않다. 보고, 듣고, 느끼는 것이 많기에 물질에 대한 욕구는 강해지고, 상대적인 빈곤감도 더 커지게 된다. 시골과 달리 근대 문물이 총집산한 서울 즉 전차가 다니고, 백화점엔 엘리베이터가 오르락내리락하고, 극장에선 영화가 상영되고, 창경궁에선 벚꽃놀이가 한창이고, 종로의 야시가 열리고, 카페에선 커피를 마시는 근대 자본주의적 도시의 모습을 보이고 있는 경성에서 살아남기 위해서는 무엇보다 돈이 필요했다.

이 시기 농촌에서 올라온 이주민들은 도시의 빈민층으로 대개 토막민으로 살거나 깍쟁이가 되거나, 허드렛일을 하게 된다. 도시에서 살아남기 위해 영악해질 대로 영악해진 사람들의 모습을 「애기」와 「정조」에서 확인할 수 있다.

4. 나오며

이 글에서는, 김유정 작품에 나타난 1930년대 서울의 모습을 살펴보았다. 서울은 김유정이 유년 시절부터 줄곧 생활해 온 삶의 터전이었다. 그는 종로일대와 신당리 등지에서 살았는데 그의 작품 속에서 이 일대 당시의 생활모습을 엿볼 수 있다.

1930년대 서울은 수도라기보다는 일제식민 통치를 용이하게 하기 위한 일본의 위성도시 정도로 기능했다. 명칭도 경성으로 바뀌었고, 철저히 왜곡되고, 변형되어 있었다. 일본인이 거주하는 남촌일대와 조선인이 주로 거주하는 북촌간에는 서로 극명한 대조를 이루었다. 일본인 거주지가 정돈되고, 깨끗했다면, 조선인 거주지인 북촌일대는 낙후되고 퇴락한 것들이 많았다. 초기 일제는 일본인들이 거주하는 남촌을 중심으로 개발하였으나, 방향을 북촌으로까지 확장하였는데 여전히 일본인들 위주로 개발이 이루어져, 일반조선인 거주자들에게는 이러한 것들이 이루어지지 않았다.

1930년대 서울은 야시장이 불야성을 이루고, 백화점에는 엘리베이터가 오르내리고, 거리엔 전차가 다니고, 봄에 창경궁에서는 밤 벚꽃놀이가 행해지며, 맥주와 커피, 사이다를 마시면서 설고나 왜떡을 먹는 사람에, 대학병원에서 치료를 받는 사람에 극장에서는 영화 필름이 돌아가고 활기찬 모습을 보이고 있다. 하지만, 그 이면에 1930년대 일제 강점하의 서울의 모습은 일본의 침략 야욕을 구체적으로 실현시키기 위한 방안으로 변모되고, 왜곡되었다. 이 때문에 실질적으로 서울에 사는 사람들은 근대화된 문물에 혜택을 누리기보다는 그것으로부터 소외되는 현상이 나타났다. 정작 한국인이 사는 곳은 개발이 덜 된 낙후된 모습을 보이고, 궁궐은 유원지로 전락하였고, 깍쟁이들이 넘쳐나고, 황금만능주의가 팽배해 남녀간의 애정과 결혼에도 돈이 개입하였고, 대학병원과 같은 근대화된 의료기관이 있었음에도 정작 돈이 없으면 치료도 받을 수 없는 곳이었다. 서울시민들은 이런 근대 문물로부터 소외되어 있었음을 알 수 있었다.

김유정의 작품 중 서울을 배경으로 한 작품들을 대상으로 살펴보았더니 이러했다. 「심청」에서는 일제의 '경성시구개수사업'에 대한 지식인의 불편한 심리를, 「야앵」에서는 놀이공원으로 전락한 창경궁의 모습을, 「봄과 따라지」, 「심청」에서는 종로거리의 넘쳐나는 깍쟁이들의 모습을, 「옥토끼」, 「슬픈 이야기」에서는 신당리 일대의 궁핍한 토막민의 생활을, 「연기」, 「봄밤」에서는 황금광 열풍의 허망함을, 「애기」, 「정조」에서는 나타난 서울사람들의 영악한 생존 전략을, 「땡볕」에서는 농촌에서 이주한 도시빈민의 모습과 대학병원의 비인간성을, 「이런 음악회」, 『생의 반려』, 「두꺼비」, 「따라지」에서는 김유정의 서울 생활을 보여주고 있었다.

김유정 작품에서 서울은 주로 종로와 신당리 일대로 집약되는데, 이는 주로 조선인들이 거주했던 '북촌'에 해당하고, 일본인들이 거주했던 '남촌'과 비교해 볼 때, 낙후되고 개발에서 소외된 곳이었다. 김유정은 1930년대 경성의 화려한 모습보다는 '대경성개발계획'이라는 미명하에 오히려 낙후되고 소외된 북촌지역을 주목하여 그들의 삶의 실상을 그려내고 있다.

김유정 자신이 오래도록 종로일대에서 곤궁하게 지내면서 지켜본 빈민층들의 삶의 모습을 여실히 담아낸 것이다. 박태원의 눈에 비친 서울이 '산책자'의 시점에서 둘러보는 조망적 차원이라면, 김유정은 서울 종로일대의 외형적으로 왜곡된 서울의 모습과 그 속에서 살아가는 도시 빈민층의 생활상을 그려내었고, 그 속에서 그들과 함께 곤궁하게 살아가면서 자신의 일상 뿐 아니라, 그 당시 황금광 열풍, 그리고 살아남기 위해 영악해질 대로 영악해진 사람들의 모습을 작품 속에 그려냈던 것이다.

참고문헌

1. 기본자료

전신재 편, 『원본 김유정 전집』, 강, 1997.

2. 논문

권   은, 「경성모더니즘 소설 연구」, 서강대 박사논문, 2012.

박성창, 「모더니즘과 도시―박태원 소설에 나타난 산책자 모티브 재고」, 『구보학보』 5집, 구
　　　　보학회, 2010.

유인순, 「김유정의 소설 공간」, 이화여대 박사논문, 1985.

최혜실, 「경성의 도시화가 1930년대 한국 모더니즘 소설에 미친 영향」, 『서울학연구』 9집, 서
　　　　울시립대 서울학연구소, 1998.

3. 단행본

김백영, 『지배와 공간』, 문학과지성사, 2010.

박상하, 『경성상계』, 생각의 나무, 2008.

서울특별시사편찬위원회, 『시민을 위한 서울역사 2000년』, 경인문화사, 2009.

서울특별시사편찬위원회, 『서울 토박이의 사대문 안 기억』, 서울특별시사편찬위원회, 2010.

손정목, 『일제 강점기 도시 사회상 연구』, 일지사, 1996.

심승희, 『서울 시간을 기억하는 공간』, 나노미디어, 2014.

어효선, 『내가 자란 서울』, 대원사, 2003.

유길상, 『세종로의 비밀』, 중앙 북스, 2007.

이경민, 『경성, 사진에 박히다』, 산책자, 2008.

______, 『경성 카메라 산책』, 아카이브북스, 2012.

이경재, 『한양 이야기』, 가람기획, 2003.

이순우, 『광화문 육조 앞길』, 하늘재, 2012.

임덕순,『600년 수도 서울』, 지식산업사, 1994.
최병택·예지숙,『경성리포트』, 시공사, 2009.
최종현·김창희,『오래된 서울』, 동하, 2013.

제 5 부 / 김유정과 문학교육

김유정의 「봄·봄」에 나타난 웃음문화와 외국인을 위한 문학교육[*]

오은엽

1. 들어가며

한국어와 한국문화에 대한 관심이 증가하고 외국인을 위한 한국어 교육의 수요가 늘어남에 따라 국내 대학원의 한국어 전공 과정이나 대학 기관의 교원 양성과정을 통해 배출되는 한국어 교사의 수 역시 크게 증가하고 있다. 또한 세계 각국의 한국어 교육기관에서도 자국인 출신의 한국어 교사가 많이 양성되고 있다. 이러한 현상은 한국어 교사가 점차 다양화, 세분화되어 가고 있음을 의미하며 교사의 '전문성(Profession-alism)'[1]과 한국어 교육 관련 연구의 수준 또한 크게 향상되고 있음을 의

미한다. 그러나 한국어 교육 현장에서 이루어지는 문학교육에 대해서
는 여전히 이론적인 논의[2]가 주를 이루고 있다. 외국인을 위한 한국어
교수법과 관련된 연구가 비약적으로 발전한 것에 비해 문학교육 연구
가 미흡한 것은 문학으로부터 출발한 한국어 교육자가 별로 없고 실제
교육 현장에서 문학교육이 차지하는 위상이 매우 낮으며, 한국어 문학
교육의 목표나 교수법에 대한 논의 역시 활발하지 못한 것과 관련이 있
다. 또한 한국어 교육의 문학 내용 분류 및 선정 작업이 이루어지지 않
았다는 점, 문학 작품을 포함한 한국어 교수요목이 정리되지 않았다는
점[3]도 중요한 원인으로 꼽을 수 있다.

현재 외국인을 위한 국내의 문학교육은 주로 외국인 학습자들이 한
국문화를 수용함으로써 한국 사회를 이해하고 자기 문화와 목표 문화
인 한국문화를 세계 문화적 차원에서 이해하는 방향에서 이루어지고
있다. 이처럼 국내에서의 문학교육이 문학 자체를 위한 교육보다는 언
어교육이나 문화교육을 위한 자료로 다루어지는 반면, 해외 대학 한국
어학과에서 이루어지는 한국문학교육은 문학 작품 자체를 위한 문학
교육[4]에 초점이 맞추어지는 경향이 있다. 그러나 해외에서 이루어지는
한국문학교육 현장 연구에 의하면 교재에 수록할 제재를 포함하여 풍
부한 교수 자료들(teaching resources)과 개발에 필요한 재원 확보[5]가 시급

---

1 김중섭, 『한국어교육의 이해』, 한국문화사, 2004; 강승혜, 「한국어 교사의 전문성」, 『국제한
국어교육학회 국제학술대회 발표자료집』, 국제한국어교육학회, 2009, 33~52쪽.

2 한국어 교육과 관련된 문학교육 연구는 문학교육 관련 석사 논문이 매년 10편 이상 나오고
있어 규모만으로는 연구의 주된 흐름을 이루고 있다. 그러나 이들의 연구는 실제 교수현장
의 필요성을 충분히 반영한 것이라기보다 한국어 교육 전공 과정 이수를 위한 연구라는 한계
를 갖는다(황인교, 「한국문화 및 한국문학교육 연구」, 『이중언어학』 제47호, 이중언어학회,
2011, 567쪽).

3 황인교, 「한국어교육의 문학 연구 방향」, 『한국어교육』 18-3, 국제한국어교육학회, 2007, 294~
295쪽.

4 유홍주, 「해외 대학 한국어학과의 한국문학 교수 방안―헝가리 엘테 대학교를 중심으로」, 『새
국어교육』 제91집, 한국국어교육학회, 2012, 153쪽.

하다고 한다. 언어교육에서 우선시되는 목표가 실용적인 의사소통 능력의 함양이라는 점은 부인할 수 없다. 그러나 고급스러운 한국어 능력을 함양하려는 목적이나 학문 목적 등 특수 목적으로 한국어를 학습하는 국내외 학습자들, 그리고 정체성 문제에 직면하게 되는 재외 동포나 입양아들의 경우 문학교육은 반드시 필요하며 이를 위해 한국어 교사들은 다양한 교수-학습 방법을 모색할 필요가 있다.

한국어 교육에서 문학교육의 방법은 문학을 활용한 한국어 의사소통 교육, 문학을 통한 사회 문화 교육, 한국문학에 대한 교육[6] 등이 가능하다. 이 글에서는 특수 목적의 한국어 학습자를 비롯하여 재외 동포 등 해외에 거주하는 학습자들을 대상으로 문학교육을 담당하고 있는 한국어 교사를 위해 문학교육의 실제 방안을 제시하고자 한다. 한국어 교사의 경우 문학을 활동(活動, activity)으로 보는 시각이 필요하다. 이 관점은 문학이 어떻게 활동함으로써 성취되며 그것이 인간에게 어떤 의의를 지니는가를 살핌으로써 문학의 특성을 설명[7]한다. 이 관점에서 문학교육에 접근하게 되면 생활로서의 문학 이해와 이해 능력의 증진을 위한 교수 방안을 모색하게 되고 문학적인 글쓰기 등 표현 능력에도 주력하게 된다. 또한 활동 중심의 문학관은 개인의 성장, 성인적 필요, 문화 분석[8]과 관계가 깊기 때문에 학습자의 자기실현과 지속적 성장을 이루어내는 데 큰 역할을 할 수 있다. 따라서 이 글에서는 김유정의 소설 「봄 · 봄」[9]을 대상으로 교수-학습 현장에 기초한 활동 중심의 수업

---

5 최지현, 「영어권 한국어 교재 편찬에 활용되는 한국문학의 범위와 과제」, 『국어교육연구』 제14집, 서울대 국어교육연구소, 2004, 360쪽.
6 윤여탁, 『외국어로서의 한국문학교육』, 한국문화사, 2007, 102쪽.
7 김대행 외, 『문학교육원론』, 서울대 출판문화원, 2000, 18쪽.
8 위의 책, 152쪽.
9 외국인을 위한 한국어교육과 관련하여 「봄 · 봄」을 연구한 논문으로는 변신원, 정미숙 등의 연구가 있다. 변신원은 김유정 소설의 해학적 웃음을 중심으로 전통적인 수사의 미학을 고

방안을 모색해 보겠다.

문학교육은 언어 교육 일반의 차원에서 더 나아가 상위 수준의 문학적 특성을 고려한 교수-학습 활동을 요구한다. 이때 문학교육을 통한 개인의 성장이 이루어지려면 사고 활동의 주체인 '자신의 세계'에 근거하여 교수-학습을 전개할 필요가 있다. 김대행은 활동 중심 문학 교수-학습의 절차로 ① 반응·기술하기, ② 비교·확장하기, ③ 분석·심화하기, ④ 대화·자기화하기[10]를 제시하였다. 블룸(B. Bloom) 역시 학습위계 피라미드를 6가지 인지학습 영역(① 지식, ② 이해, ③ 적용, ④ 분석, ⑤ 종합, ⑥ 평가의 항목)으로 구성[11]하였다. 이 글에서는 김대행과 블룸의 항목들을 각 활동 항목에 분산 적용한다. 또한 학습자들이 인지적이고 정서적인 다양한 방법을 통해 문학을 읽고 문학 텍스트에 반응하는 등 적극적인 참여와 표현이 가능할 수 있도록 수업의 단계와 전략을 구성할 것이다. 이와 관련하여 브라운(Brown)이 문학 반응 모델에서 제시하는 문학 반응 접근법, 즉 시작하기, 연계하기, 내면화하기, 공유하기 등도 참고하도록 하겠다.

찰하고 있고, 정미숙은 「봄·봄」에 나타난 비언어적 의사소통 표현을 분석하고 있다(변신원, 「문학 속에 드러난 민족문화의 자취와 외국인에 대한 문학교육」, 『외국어로서의 한국어교육』 제25집, 연세대 언어연구교육원 한국어학당, 2001; 정미숙, 『한국어문화교육에서의 비언어적 의사소통 표현연구』, 한국외국어대 석사논문, 2008).

10 김대행 외, 앞의 책, 2000, 427~450쪽.
11 Patrick R. Moran, 정동빈 외역, 『문화교육』, 경문사, 2004, 56~62쪽.

2. 정전(正典)으로서의 김유정 소설과 웃음문화

외국인 학습자를 대상으로 한 문학교육에서 작품 선정의 기준[12]으로 논의되는 것은 주로 학습자의 필요와 흥미, 문화적 배경, 언어 수준 등이다. 콜리(J. Collie)와 스레이터(S. Slater)는 외국어교육에서 문학 작품이 지닌 장점에 대해 가치 있고 실제적인 자료(valuable), 문화적 풍요화(cultural enrichment), 언어적 풍요화(language enrichment), 개인적 연관(personal involvement)[13]으로 설명한 바 있다. 한국어교육 현장에서 다루는 문학 작품은 다양한 언어 활용을 보여줄 뿐 아니라 목표 언어가 통용되는 사회의 문화를 잘 보여 주어야 한다. 또한 외국인 학습자들이 문학 작품을 통해 의사소통 능력과 문학 능력을 기를 수 있으며 더 나아가 개인의 성장이나 개인적 연관과 관련된 활동을 할 수 있는 기회[14]를 마련할 수 있어야 한다.

이를 고려할 때 1930년대 식민지 농촌의 현실을 해학적 수사의 전통으로 형상화한 「봄·봄」은 인간의 고통과 비애를 따뜻하게 감싸 안는 우리의 정서적 요소를 생동감 있는 언어를 통해 감상할 수 있는 작품이다. 「봄·봄」은 한국인을 대상으로 하는 문학 교과서의 정전으로 인정받은 작품일 뿐 아니라 번역을 통해 외국 문단의 집중적인 관심[15]을 받았으며 최근에는 외국인을 대상으로 한 문학교육[16] 수업에서도 다루지

---

[12] Gillian Lazar, *Literature and Language Teaching*, Cambridge University Press, 2000, pp.53~56.

[13] J. Collie, & S. Slater, *Literature in the Language Classroom : A Resource Book of Idea and Activities*, Cambridge University Press, 1987, pp.3~6.

[14] 윤여탁, 앞의 책, 144쪽.

[15] 변신원, 앞의 글, 404쪽 참고.

[16] 고려대학교 한국어문화교육센터 교재인 『재미있는 한국어』 6에는 '한국의 소설' 단원에 「봄·봄」 전문이 게재되어 있고 인물 간의 갈등 구조 분석이 중심 활동으로 설정되어 있다(고려대 한국어문화교육센터, 『재미있는 한국어』 6, 교보문고, 2010, 94~102쪽).

고 있다. 김유정의 다른 작품처럼 「봄·봄」은 질곡의 역사를 견디고 살아온 생존의 웃음과 감성적인 웃음의 힘이라 할 만한 애이불비(哀而不悲)의 생명력[17]을 다양한 문학적 수사로 형상화하고 있다. 억압의 상황 속에서 웃음으로 탈출구를 찾는 어리석은 인물군상에 대한 작가의 따뜻한 시선에 공감하다 보면 우리 고전의 해학 속에 담긴 철학적 성찰을 만나게 된다. 해학은 단순히 우스꽝스러운 대상에 대한 웃음이 아니라 플라톤이 요구하는 바람직한 삶의 모습을 만나게 하는 문학적 수사이다. 즉 지혜로움, 예리함, 그리고 의미 있는 내용을 무해하고 순수한 웃음과 즐거움으로 융합[18]하여 수준 높은 경지를 일구어낸다. 해학 속의 지혜는 삶을 긍정하는 잠재된 힘을 내포한다. 이러한 힘은 한스러운 삶의 현실을 초탈하게 함으로써 인간을 승화시키기기도 하지만 인간으로 하여금 평범함과 소박함 속에서 행복을 찾도록 이끌어 가기도 한다. 해학적 미학이 지닌 이러한 복합성과 양면성 때문에 해학은 인생을 온화하고 유쾌하게, 그리고 관대하고 슬기롭게[19] 살도록 해 준다. 해학 속에는 이처럼 여유와 따뜻함, 삶의 멋이라는 의미가 들어 있다는 점에서 단순한 웃음이나 서구의 희극 개념[20]과는 차이가 있다.

「봄·봄」을 비롯한 김유정의 여러 작품들은 화합하고 조화하며 품위가 있는 해학적 웃음과 행위를 통해 고통스러운 삶을 넉넉히 견디어낼 수 있는 웃음문화[21]의 면면을 풍부하게 생산해낸다. 「봄·봄」은 학

---

17 변신원, 앞의 글, 401쪽.
18 윤병렬, 『한국 해학의 예술과 철학』, 아카넷, 2013, 382쪽.
19 위의 책, 49쪽.
20 윤병렬은 해학을 한국인의 독특한 삶의 양식으로 간주하고 그 철학적 의미를 밝히면서 호이 징하의 호모루덴스, 아리스토텔레스의 웃는 동물, 서구의 희극과 코미디, 유머, 개그, 엔터테 인먼트 등과의 확연한 차이를 설명한다. 해학은 품위 있고 멋있으면서 기지와 재치로서 지 성과 슬기 및 교양을 일깨우는 마력을 겸비하고 있을 뿐 아니라 타자와 화합하고 어울리며 조화하는 특성을 갖는다(위의 책, 49쪽).
21 김대행은 한국의 웃음문화를 '웃음으로 눈물 닦기'로 표현한다. 이것은 슬픔이 웃음에 의해

습자에게 흥미와 관심을 불러일으킬 수 있고 확장적 읽기와 관련하여 지속적인 동기 유발에 기여할 수 있는 작품이다. 또한 분량이 비교적 짧고 등장인물이 적으며 구성도 그다지 복잡하지 않다. 물론 문체적 측면에서 관용표현과 사투리가 많은 편이나 현대 표준어로의 이행이 용이하며, 원전 텍스트를 대상으로 하더라도 재외 동포나 고급 학습자의 경우 문맥을 추론함으로써 이해하는 데 큰 어려움이 없을 것이다.

김유정 소설이 갖는 또 하나의 수사학적인 특성은 일상적인 음성 언어에 밀착되어 있다는 점이다. 구어에의 접근은 공동체적 유대와 공감의 확대와 관련[22]된다. 그의 여러 소설을 연작으로 읽어 가면 당시 농민들이 자신들의 삶의 터전인 농촌에서 뿌리 뽑히거나 가정이 파괴되어 유랑하다 죽어가는 비참한 모습을 매우 정확하게 파악할 수 있다. 이처럼 김유정의 소설은 1930년대 식민 치하의 비참한 현실을 해학적인 방식으로 세밀하게 묘사해 준다는 독자성을 가지고 있으면서도 시대를 초월해 꾸준히 읽히고 다양한 장르로 재창조되는 보편성을 지니고 있다. 또한 최근에는 문화산업과 관련된 OSMU로서의 가치를 인정[23]받고 있어 문학 작품의 감상을 통한 내면화, 개인화를 이루는 데에도 유리하다.

차단된다는 경험적 사실을 반영하는 것이자 웃음으로써 슬픔을 해결하는 적극적인 방법이다. 더 나아가 삶의 다양성과 좌절을 인정하고 그 위에서 해야 할 행동을 생각하게 하는 인간적 측면의 고려가 기반을 이루고 있다. 이러한 웃음문화는 한국인의 독특한 언어문화이자 세계에 대한 인지체계로서의 성격을 지닌다(김대행, 『웃음으로 눈물 닦기』, 서울대 출판문화원, 2012(2005), 95∼97쪽).

22 전신재, 「김유정 문학 제대로 읽기」, 『당대비평』 제3집, 1998, 495쪽.

23 한명희, 「김유정 문학의 OSMU와 스토리텔링」, 『한국문예비평연구』 제27집, 한국현대문예비평학회, 2008, 474쪽.

3. '웃음문화'를 고려한 「봄·봄」의 교수-학습 방안

1) 읽기 전 활동 – 사전 지식 활용(브레인스토밍), 비교와 연상을 통한 접근

문학교육 현장에서 학습자들의 통합적,[24] 내적 동기를 이끌어 낼 수 있도록 하려면 즐거움을 유발할 수 있는 읽기 전략이 고려되어야 한다. 또한 다루어야 할 문학의 주제가 학습자의 현재적 상황과 연관성이 있도록 '다리 놓기'[25]가 필요하다. 「봄·봄」에 대한 수업의 경우 학습자들이 관심을 갖는 한국의 대중문화 가운데 웃음문화와 관련된 것을 화제로 삼아 웃음과 그 효과에 대해 각자의 경험을 이야기하게 한다. 이는 주어진 화제에 대해 집단적으로 토의하면서 브레인스토밍 활동을 하도록 유도하기 위한 것으로 창의적인 주제 접근을 가능하게 한다. 이와 같이 웃음에 대한 브레인스토밍이 활성화되었다면, 교사는 학습자의 내적 동기를 강화할 수 있도록 미리 제시한 자료를 감상하면서 학습자들의 반응과 관련해 웃음의 요소를 확인한 후 웃음문화와 관련된 내용 스키마를 형성해준다. 이를 바탕으로 학습자들이 집단 토의를 통해 각 자료의 특징을 비교, 대조할 수 있도록 돕고 동기화를 할 수 있도록 한다.

가령 「지혜로 호랑이를 잡은 토끼」의 경우 오만과 탐욕 때문에 어이없게 토끼의 술수에 속아 넘어가는 호랑이의 어리석음이 웃음을 자아낸다. 또한 세화(歲畵)로도 널리 사랑을 받았던 〈까치 호랑이〉 그림의 까치와 호랑이를 활용할 수도 있다. 길상적(吉祥的) 의미를 지니는 이 민

---

24 브라운(H. Douglas Brown), 신성철 역, 『외국어 교수·학습의 원리』, 한신문화사, 1998, 213~215쪽.
25 선주원, 『청소년 문학교육론』, 역락, 2008, 274쪽.

화에서 한국인에게 익숙한 호랑이의 경우 설화 속에 등장하는 익살스럽고 어리석은 호랑이에 대한 의식이 그림에 그대로 나타나는 것을 알 수 있다. 한편 학습자들에게 제시한 〈홍보가〉의 한 대목[26]에서도 해학적인 웃음이 유발된다. 이 장면은 흥부 가족의 정경을 묘사한 것으로 가난으로 인한 비참한 상황을, 웃기 위한 극심한 과장으로 변모시킨다. 이러한 언어적 수사는 슬픔이 웃음에 의해 차단된다는 지혜가 담긴 것으로 현실적인 기대와 너무도 어긋나는 결과가 만들어낸 불일치가 순수한 웃음을 일으킨다. 이처럼 판소리가 취하고 있는 웃음의 전략은 기본적으로 서사의 정지와 웃음 집어넣기'[27]로 집약된다. 판소리는 서사의 진행을 추구하기보다 서사 진행을 중단한 채 웃음과 울음을 통해 청중과의 동일체감을 도모하곤 한다. 이러한 '웃음 집어넣기' 전략은 이 대목에서도 알 수 있듯 언어의 재미와 과장적 표현이 열거를 통해 드러나고, 인물의 묘사와 일탈 행위를 통해 웃음을 유발한다. 우애를 저버린 놀부에 대한 원망과 극심한 고통이 있을 법한 대목에서 그런 정서에 함몰되기보다 정서적 이완을 겨냥한 웃음을 유발[28]하고 있는 것이다.

　교사는 학습자들이 그룹 토의를 통해 각 텍스트를 접하면서 느끼게 된 서로의 반응을 살피게 하고 민담과 민화 그리고 판소리 대목 간의 공통적인 특징으로 웃음을 이끌어 냄으로써 유머를 일으키는 요소[29]에

26　홍부의 집 형상을 묘사하는 대목(김석일 외,『판소리 한마당 한농선의 홍보가』, A&C, 2000).
27　정병현,「판소리의 웃음과 웃기기 전략」, 김유정탄생100주년기념사업추진위원회 편,『한국의 웃음문화』, 소명출판, 2008, 149쪽.
28　김대행,『웃음으로 눈물 닦기』, 서울대 출판문화원, 2012(2005), 57쪽.
29　유머를 일으키는 주된 6가지 기법은 윤태일의 정의를 활용한다. ① 언어유희(pun) : 두 가지로 해석될 수 있는 단어, 문장의 해학적 사용, ② 과소표현(understatement) : 어떤 것을 실제보다 더 적게 표현, 과장표현의 반대, ③ 익살 (joke) : 진지함 없이 하는 웃기는 말이나 행동, 몸개그, 유행어 등, ④ 골계(ludicrousness) : 웃을 만하거나 우스운, 어리석은, 엉뚱한, ⑤ 풍자 (satire) : 어리석음이나 악덕을 드러내기 위해 빈정거리거나 비꼼, ⑥ 반어 (irony): 실제로 의미하는 것과 반대로 표현함(윤태일,「유머광고에 나타난 한국 웃음문화의 특징과 전통성」, 김유정탄생100주년기념사업추진위원회 편, 앞의 책, 268쪽).

대해 생각해 보게 한다. 「지혜로 호랑이를 잡은 토끼」의 경우 토끼에게
속아 넘어가 도망치는 호랑이의 우스꽝스러운 모습에서 골계와 익살
이 두드러진다. 〈까치 호랑이〉의 경우 호랑이의 웃는 얼굴 표정은 맹수
로서의 위엄 대신 익살스럽고 과소 표현된 모습[30]을 느끼게 한다. 교사
는 텍스트의 시대적 배경과 관련된 정보를 스키마로 활성해 준다. 또한
학습자들이 바보스럽거나 익살스러운 호랑이의 행동이나 안면상 이면
에서 느껴지는 함축적 의미를 유추하고 분석해 낼 수 있도록 돕는다.
각 텍스트들이 보여주는 웃음은 냉소적이거나 신랄한 유머 혹은 공격
적 웃음과는 거리가 있다. 오히려 약자에 대한 따스한 포용을 느낄 수
있거나 익숙한 것에 대해 공감하면서 생기는 웃음이라 할 만하다. 이처
럼 웃음과 관련된 요소를 다음과 같은 관련성 차트에 기록[31]하게 함으
로써 각 텍스트의 특징을 관련지어 이해하고 중요한 개념들을 학습자
스스로 내면화할 수 있도록 돕는다.

〈표 1〉 세 텍스트 간의 관련성 차트

텍스트	주인공의 특징	언어 유희	과소 표현	익살	골계	풍자	반어
지혜로…	어리석음			√	√		
까치 호랑이							
홍보가							

또한 웃음을 유발하는 여러 요소들이 상호작용하여 각 텍스트의 의미
를 형성하고 주제를 표현하는 방식을 찾아보게 한다. 이와 같은 비교 활동

---

[30] 표정이 양식화, 정형화되어 있는 이면에서 느낄 수 있는 암시적인 해학성을 통해 조선의 반
상구조가 갖는 모순에 대처하는 비판적인 민중의식을 이해하게 된다. 이것은 풍자가 노골화
되는 것을 꺼리던 조선 특유의 화관에서 비롯된 비유적인 방법으로 볼 수 있다(손진태, 『한
국 민화에 대하여』, 역락, 2000, 28~45쪽).

[31] 블룸(Bloom)에 의하면 이러한 목록화는 말하기, 확인, 분류 등의 언어기능과 함께 대상을 이
해하는 지식 범주와 관련된 기술의 언어에 해당된다(Patrick R. Moran, 앞의 책, 57쪽).

은 블롬의 학습 단계 중 지식과 이해에 관련되며 파악된 대상을 더욱 체계화하고 풍요화하기 위한 것[32]으로 활발한 사고 활동을 촉발하게 된다.

2) 읽기 1, 읽기 후 활동(토론과 발표) – 해학적인 고전 텍스트를 활용한 접근

이번에는 바보 설화 중 「바보 사위담」을 읽고 웃음 유발의 방법 및 의미와 관련하여 토론하게 한다. 설화 속의 바보 주인공들은 대부분 공동체의 규범이나 질서를 위반하고 파괴하는 일탈적 행위를 한다. 이러한 이야기를 향유하는 청중들은 주인공에 대해 심리적 우월감을 느끼며 편하고 유쾌한 웃음을 기대하게 된다. 그리고 그러한 웃음의 이면에는 웃음의 대상이 되는 바보의 행위에 대한 기대 심리[33]가 들어 있다. 일반적으로 바보 설화의 서두는 구연자가 청중들을 고려해 바보 인물이 저지르는 우스운 행동의 원인과 결과를 예측하게 하고 그 사건이 지니는 사회적 의미가 무엇인지 암시[34]한다. 또한 희극적 분위기를 조성해 청중의 웃음이 쉽게 터지도록 하거나 특정 상황을 설정하여 인물의 바보짓이 집단의 특정한 관습 및 규범과 관련이 있음을 알려주는 기능을 한다.

교사는 학습자를 청중으로 삼아 민담의 구연 상황을 재연할 수도 있고 앞에서 언급한 민담의 내용과 형식을 스키마로 활성화할 수 있을 것이다. 「바보 사위담」에 해당되는 다음 민담의 경우 "바보가 장가를 가

---

32 김대행, 『문학교육 틀짜기』, 역락, 2006, 165쪽.
33 「바보 사위담」은 전통 사회의 혼인 풍속이 갖는 단면을 보여 주거나 유교적인 생활 방식의 부조리함을 잘 보여 준다. 즉 강력한 유교 윤리에 적응하지 못하고 혼례식이나 처가에서 혹은 재행(再行)길에서 실수를 연발하는 바보 사위의 일탈적 행위를 통해 억압된 사회체제를 제한된 범위에서나마 뒤틀어보려는 건강한 시도로 볼 수 있다(이강엽, 「바보설화 웃음의 층위」, 『한국민족문화연구』 제36집, 2011, 158쪽).
34 김복순, 『바보이야기와 웃음』, 한국학술정보, 2009, 11~12쪽.

니……"로 시작하여 갓 결혼한 새신랑이 처가에서 음식과 관련하여 실수를 하는 전형적인 「바보 사위담」[35]임을 알게 한다. 바보 사위담은 주로 사위의 신언서판(身言書判)과 관련하여 입사식 같은 형태의 시험과 실수가 반복된다. 외국인 학습자의 경우라면 가부장 중심의 전통 사회에서 사위는 처가 사람들에게 가족으로 인식되기보다 딸의 인생을 책임지는 어려운 손님과 같은 존재였음을 이해해야 의미 있는 읽기가 가능해진다. "사위는 백년 손님 며느리는 종신 식구"라는 말처럼 사위는 '남의 자식'이라는 인식이 있었기에 사위와 처부모는 체면 때문에라도 서로에 대한 부정적 감정을 표면화할 수는 없었지만 팽팽하게 대립하며 갈등하기 마련이었고 이러한 감정을 웃음 뒤에 숨겨 우회적인 방법으로 표출한 것이다. 따라서 이러한 배경지식을 활용하여 감추기 / 드러내기라는 반복적 구조 속에서 바보 사위의 바보짓이 일어나는 과정과 그 결과를 예측하며 읽을 수 있는 전략을 강화할 필요가 있다.

① 바보가 장가를 가니 처가에서 음식을 많이 차려주었는데 그중 나박김치가 맛있었다. ② 밤에 자다가 나박김치 생각이 나서 색시에게 물으니 부엌에 있다고 했다. ③ 부엌으로 가서 두 손을 김치 항아리에 넣고 가득 움켜쥐었더니 손이 빠지지 않았다. ④ 부엌(청)에서 잠자던 장인 머리(대머리)에 항아리를 내리쳤다. ⑤ 장인이 도적이 들었다고 소리치자 바보는 감나무 위로 숨었다. ⑥ 도적을 찾으려던 장모가 도둑이 보이지 않으니, 새 사위에게 줄 감을 따겠다고 감나무 위에 숨어 있는 바보의 불알을 올가미로 잡아당겼다. ⑦ 너무 아픈 바보가 똥오줌(물똥)을 쌌다. ⑧ 장모(장인)는 감이 너무 익어 터진 줄 알고 받아먹었다(받아먹고 감이 너무 골았다고 했다).[36]

---

[35] 바보사위담을 유형별로 나누면 재행담, 초야담, 예서담, 혼합담으로 분류할 수 있다. 인용한 이야기는 초야담에 속하는데 초야담은 보통 바보사위의 우행과 바보스러움이 두드러지며 신부 쪽의 입장에서 사위의 어리석고 모자란 모습을 골계적으로 표현하고 있다.

교사는 학습자들이 바보사위 민담에서 가장 우스운 펀치라인(punch line)을 찾아 반응을 표현할 수 있도록 펀치라인에 밑줄을 그어 보게 한다. 민담의 서사적 초점이 집중되는 펀치라인은 유쾌한 웃음을 유발할 뿐만 아니라 민담의 의미를 결정짓는 핵심적인 부분이다. 또한 민담을 읽어가며 경험한 인지적, 정서적 반응을 아래와 같은 작중인물 도표의 빈칸[37]을 채워 보게 한다. 바보 사위의 바보짓과 그로 인한 결과를 분석하여 기입한 후 통찰력이라 쓰인 칸에는 웃음의 특징을 적어보며 비판적 혹은 공감적 반응을 기록하게 한다. 이때 아래와 같은 질문을 중심으로 토론지를 구성하여 웃음의 대상과 웃음 유발자가 누구인지 생각하게 한다. 그리고 그 웃음의 특징을 민담의 숨겨진 의도 및 주제와 관련시켜 소그룹으로 토론하게 한 후 발표시킨다.

〈표 2〉 작중인물 도표의 예

배경	바보행위의 과정	결과(웃음의 대상)	통찰력
―혼인 첫날밤 처가 ―감나무 위	―음식에 대한 집착 ―똥오줌(물똥) 싸기	―항아리에 낀 손 ―똥오줌을 먹은 장모	―골계, 익살 ―해학, 아이러니

　　―질문 ① : 펀치라인을 기점으로 웃음의 대상이 어떻게 바뀌는가?

　　―질문 ② : 민담의 향유자들이 웃음거리로 삼았던 인물은 바보사위인가,
　　　　　　　 장인과 장모인가?

　　―질문 ③ : 대상을 웃음거리로 만들어 이루고자 한 것은 무엇이었을까?

　　―질문 ④ : 바보 사위의 우스꽝스러운 행동이 유발하는 웃음은 어떤 종류이

---

36 「愚郞」, 임석재, 『한국구전설화』 8권, 평민사, 1983, 365~366쪽.
37 Davies는 능동적인 읽기 활동을 위해 주요 부분 표시하기, 빈칸 채우기, 도표 만들거나 완성하기, 표 만들거나 완성하기, 글이나 도표 제목 붙이기, 글 순서 맞추기, 예측하기, 복습하기, 요약하기, 회상하기, 노트 필기하기, 짝활동, 소집단 활동 등을 제시하고 있다(F. Davies, *Introducing Reading*, London : Penguin, 1995).

며, 어떤 기능이 있는가?

─질문 ⑤ : 이 민담을 통해 즐기게 되는 웃음은 누구의 의식을 반영하는 것
인가?

─질문 ⑥ : 이러한 바보 민담의 문학적, 사회적 메시지는 무엇일까?

─질문 ⑦ : 바보민담의 바보는 현대적인 텍스트에 어떤 모습으로 계승되고
있는가?

이 토론은 읽기 전 활동에서 찾아 낸 웃음의 요소가, 널리 전승되어 온 바보 민담에서는 어떤 방식으로 이야기 구조를 이루어 주제를 형상 화하는지 이해할 수 있도록 계획한다. 그리고 학습자들이 이야기 속에 형상화된 갈등에 직면하면서 각자 느꼈던 경험은 무엇인지 그 반응을 분석, 비교함으로써 문학 텍스트에 대한 인지적 반응과 정서적 반응을 결합[38]하여 파악하도록 한다. 위의 두 민담에서 바보 사위들은 계략이 나 기지에 의해서가 아니라 지력이 부족하여 일반인의 예측을 벗어나 는 행위를 한다. 베르그송의 웃음 이론을 적용해보면 바보이기 때문에 문제 상황에서 융통성을 발휘하지 못하고 사태가 비약적으로 커지는 것을 막을 수 없으며, 타성을 벗어날 수 없는 것이다. 다시 말해 돌발 행 위, 아내가 시키는 대로 하기, 처음엔 하찮지만 걷잡을 수 없이 커지는 행위[39] 등이 웃음을 유발하는 요소가 된다. 이러한 토론 결과를 바탕으 로 김유정의 「봄·봄」 읽기를 시도해 볼 수 있다.

---

[38] 가시적 문화에서 비가시적 문화로 옮겨가는 단계에서는 해석의 언어가 활용된다. 이성적인 질 문과 해설(함축, 가정, 제안, 가설화, 일반화), 분석(범주화, 추론화, 구분), 인지기능(비교와 대 조, 결론, 예측, 가능성 토론)이 주요 언어 기능이다(Patrick R. Moran, 앞의 책, 58쪽).
[39] 베르그송, 김진성 역, 『웃음』, 종로서적, 1991, 18쪽.

3) 읽기 2, 읽기 후 활동 : 분석적, 비판적 사고 활동과 반응하기

(1) 시청각 자료를 활용한 읽기 전 활동(pre-reading)[40]

읽기 전 활동은 학습자가 텍스트의 의미를 원활하게 해석할 수 있도록 돕는 것을 목적으로 한다. 교사는 학습자가 자신의 경험과 지식을 충분히 활용하여 읽기를 시도하고 독서 지평을 넓혀갈 수 있도록 적극적인 참여와 반응을 유도해야 한다. 그러나 섣불리 작품의 특성이나 주제, 문체에 대한 사전 제시를 함으로써 학습자 스스로 작품을 읽고 감상과 해석을 할 수 있는 기회를 박탈[41]하는 일이 없도록 유의해야 한다.

① 시청각자료 활용하여 유추하기

학습자들이 드라마 〈봄·봄〉의 첫 장면[42] 시청과 함께 소설 「봄·봄」의 앞부분을 훑어 읽게 한다. 이 과정을 통해 작품의 배경이 되는 자연 공간과 제목 간의 상징적 연관성, 중심인물의 특성, 서술의 특성, 작품의 갈등 상황과 주제를 유추할 수 있는 실마리를 찾아 의미 지도를 그려 보게 한다. '봄·봄'이라는 제목이 상징하듯 이 작품은 봄이 갖는 원형 상징성과 계절의 순환성이 강하게 느껴진다. 주인공에게 투사된 자연 공간은 농경(農耕)행위가 갖는 생명력과 그 상징적 의미가 주인공의 성적 욕망을 자극[43]하여 '나'는 점순과의 성례를 더욱 갈망하게 된다.

---

40 최근의 언어 교육에서는 읽기가 역동적, 능동적 활동이 될 수 있도록 과정으로서의 읽기 수업 모델을 지향한다. 과정으로서의 읽기 수업에는 읽기 전 활동(pre-reading), 읽기 본 활동(while-reading), 읽은 후 활동(post-reading)의 단계로 구성된다.

41 유인순, 「〈봄·봄〉과 함께 하는 문학교실」, 『김유정을 찾아가는 길』, 솔과학, 2003, 301쪽.

42 〈봄·봄〉, EBS 〈문학산책〉, 2006.9.14. 이 드라마의 시작 장면에서는 봄 정취가 강하게 느껴지는 시골 풍경을 배경으로 점순과의 혼례를 치러 달라고 조르는 주인공과 검순의 키를 핑계로 억지를 부리는 봉필 사이의 우스꽝스러운 소동이 벌어진다.

43 유인순, 앞의 책, 319쪽.

그러나 성례에 대한 욕망이 커질수록 성례를 회피하려는 장인의 계략에 좌절하게 되어 불만 역시 커질 수밖에 없다. 이 작품은 이렇게 쌓인 불만을 터뜨리는 데서 시작하여 불만이 쌓여 간 원인을 '나'가 회상하며 풀어가는 서술 전략을 취하고 있다. 학습자들은 작품의 서두에서부터 고조된 갈등과 관련하여 작중인물 간의 대략적인 갈등 지도를 그려 보고 이야기의 진행 방향을 예상해 볼 수도 있다.

> 밭 가생이로 돌적마다 야릇한 꽃내가 물컥물컥 코를 찌르고 머리 우에서 벌들은 가끔 붕, 붕, 소리를 친다. 바위틈에서 샘물소리밖에 안 들리는 산골짜기니까 맑은 하눌의 봄볕은 이불속같이 따스하고 꼭 꿈 꾸는 것 같다. 나는 몸이 나른하고 몸살(을 아즉 모르지만 병)이 날랴구 그러는지 가슴이 울렁울렁하고 이랬다.[44]

딸의 장래를 담보로 경제적인 이득을 취하고 있는 장인과 장인의 부당한 대우에도 불구하고 점순을 아내로 얻기 위해 3년이 넘는 시간을 참아 내는 '나'의 순박함이 봄이라는 시간적 배경의 함축적인 의미와 함께 작품 속에 구조화된다. 문학적 상징에서 봄은 만물의 생성과 시작을 의미하는 원형 상징이자 여름을 향하고 있기에 갈등과 대립보다는 화해와 희망을 상징한다. 인용문에서 알 수 있듯 감각적으로 표현되는 봄 이미지는 '나'가 점순에 대한 사랑에 눈을 뜨게 되는 상징적인 봄이자 장인에 대한 불만으로 반란을 일으키는 갈등의 봄, 그리고 작품의 결말 부분에서 인물 간의 화해를 이루게 되는 계절임이 암시된다. 드라마의 시작과 끝에서도 생명이 충만한 봄 논의 상징적 풍경이 클로즈업된다.

---

[44] 「봄·봄」, 전신재 편, 『원본 김유정 전집』, 도서출판 강, 2012, 160쪽. 이하 인용문 말미의 쪽수는 이 책의 것임.

이것은 마치 '나'와 장인의 갈등이 재작년에도, 그리고 작년에도 있었고 올해도 마찬가지로 반복 순환되고 있음을 말해주는 것 같다. 또한 이러한 서사 구조는 실수의 반복과 연쇄를 통해 웃음의 효과를 극대화[45]하는 바보 사위담의 구조적 특징과도 유사하다.

혼인을 둘러싼 갈등 상황과 주인공 / 적대자의 구도를 짐작했다면 학습자들은 이러한 작중인물의 구체적인 삶의 모습과 갈등을 낳는 상황을 살펴보려 할 것이다. 또한 그들의 가치관이나 신념, 시대적인 영향 등 내적, 외적 요소들을 두루 고려하며 텍스트 읽기를 진행해 갈 것이다. 주인공과 적대자의 역할에 다른 인물이 놓일 수도 있으므로 갈등 양상 및 갈등의 해결 과정을 다양한 관점에서 생각하게 되고 자신의 생각을 뒷받침해 주는 근거를 찾기 위해 집중할 것이다. 이러한 사항을 중심으로 본 읽기에서 적극적인 읽기 활동이 이루어질 수 있도록 건너뛰며 읽기[46]를 시도해 볼 수 있다. 건너뛰며 읽기는 전체를 읽지 않고 중요한 몇 장면을 읽게 함으로써 전체 내용의 흐름을 파악하게 하는 전략이다.

② 새로운 어휘 학습하기

작품 읽기 과정에서 난이도가 높은 어휘가 등장할 때는 문맥을 통해 유추하는 것이 바람직하나 「봄·봄」의 경우 비속어와 방언, 호칭, 부사어, 문화 관련 어휘, 관용표현, 비언어적 의사소통 표현 등 낯선 어휘가 많이 등장하여 유창한 읽기를 방해하는 경우가 있다. 따라서 난이도가 높은 어휘 목록과 어휘장을 이루는 어휘군을 학습한 후 읽기 활동을 시도해 본다. 위의 표는 관용표현을 중심으로 어휘목록의 사례를 만들어

---

45 이강엽, 앞의 글, 166쪽.

46 강현화 외, 『한국어 이해교육론』, 형설출판사, 2009, 186쪽.

47 이 외에도 「봄·봄」에는 다양한 관용표현이 사용되고 있다. 뒤통수를 긁다, 글을 내다, 진땀을 내다, 눈을 크게 뜨다, 곁눈을 주다, 눈을 부릅뜨다, 눈에 눈물이 핑 돌다, 눈에서 불이 나

<표 3> 「봄·봄」에 나타나는 관용표현[48]의 예

	관용표현	의미	텍스트에서의 사용
눈	눈총을 쏘다	몹시 쏘아보거나 노려 봄	장인님은……몸을 바루 고치드니 **눈총을 몹시 쏘았다**
	눈을 부라리다	거만하게 굴거나 화를 냄	이 말에 장인님이 삿대질로 **눈을 부라리고**

본 것이다. 관용표현은 그 언어를 사용하는 사람들의 관습적 맥락과 관련되므로 그 구성 단어의 의미를 안다고 해도 파악하기가 어렵다. 그러므로 작품에서의 사용을 확인해 가며 인물의 특성 및 갈등 상황 속에서 그 의미를 유추해 볼 수 있게 한다. 문화 관련 어휘는 관점 문화[48]의 측면에서 전통 사회의 혼인 풍속, 1930년대 농촌의 일상 문화에 대한 어휘로 나누어 관련 사진과 함께 그 의미를 파악할 수 있도록 돕는다.

(2) 웃음문화의 문학적 표현과 반응을 고려한 읽기 본 활동(while-reading)

학습자들의 읽기 본 단계에서 중요한 것은 학습자의 메타 인지 활동[49]이다. 이것은 문학 작품 읽기의 경우에도 해당된다. 좋아하는 작가의 작품을 감상하며 즐길 수 있는 능숙한 독자가 되기 위해서는 학습자 스스로 자신의 읽기 과정을 인식하고 효과적인 독해를 할 수 있는 읽기 전략을 활용할 수 있어야 한다. 학습자들은 앞에서 학습한 내용을 배경 지식으로 삼아 하향식 전략을 활용할 수 있을 것이다. 독해 과정이나 독해 정도를 점검하기 위해서는 주로 예측한 내용과 읽기 과정에서 파

다, 낯짝만 붉히다, 얼굴이 빨개지다, 얼굴이 달아오르다, 입맛만 다시다 등.
48 Patrick R. Moran, 앞의 책, 101~124쪽.
49 강현화 외, 앞의 책, 187쪽.

악한 내용이 일치하는지 점검하고 예측이 틀렸다면 자신의 전략을 점검하고 조정하는 과정이 이루어져야 한다.

① 묵독을 통해 줄거리와 서사구조의 특징 파악하기

주인공 '나'의 독백으로 시작하는 「봄·봄」은 3년 7개월 동안 데릴사위라는 명분으로 머슴처럼 일하고 있는 상황을 형상화한다. '나'로 설정된 어리숙한 1인칭 화자가 장인 봉필과 싸운 경험을 투박한 입담처럼 풀어가는 서술구조를 취하고 있어 현실의 각박함 대신 해학적 효과가 강하게 풍겨난다. 이러한 효과는 마치 「바보 사위담」에서 바보 인물과의 거리를 좁히면서 인물에 대해 따스한 동정과 연민의 시각을 갖게 되는 것과 유사하다. '나'와 '장인'의 약속은 "점순이의 키가 자랄 때까지"라는 부정확한 시간 개념을 바탕으로 한 것이기 때문에 작품 속에서 갈등 관계를 형성하는 계기로 작용한다. 더욱이 점순의 키는 어머니를 닮아 쉽게 자라지 않고 있으며 장인은 이 사실을 이미 알고 '나'의 노동력을 착취하고 있는 것이다. 호칭만 '장인'일 뿐 성례는 기약이 없고 '나'는 사위대접도 못 받고 있다. 이러한 나'와 장인의 약속은 데릴사위를 빌미로 머슴의 노동력을 대가 없이 착취하는 억압 구조를 드러낸다. 1930년대의 사회 현실로 미루어볼 때 이들의 관계는 마름과 머슴 간의 불평등한 계약일 뿐이며 식민지 치하 농촌의 궁핍화와 구조적 모순, 변모되어 가는 인심과 비인간적인 횡포를 엿볼 수 있게 한다. 그러나 김유정은 이러한 참담한 현실을 고발하거나 비판하려는 의도에서 이 작품을 창작했다기보다 부조리한 삶 속에 스며있는 한스러운 심경과 고통을 웃음으로 풀어가려[50] 했다. 그러한 노력은 작가의 치밀한 의도와 예술

---

50 박남철, 「김유정 문학연구」, 한양대 박사논문, 1987, 68쪽.

<표 4> 서사구조의 흐름

시간	주인공의 행위	공간
ⓐ 3년 7개월	봉필의 데릴사위로 들어옴	봉필의 집
ⓑ 작년		
ⓒ 그저께		
ⓓ 어제		
ⓔ 어제		
ⓕ 어젯밤		
ⓖ 오늘 아침		
ⓗ 오늘 아침 이후	장인과의 싸움이 화해를 이루어 일터로 달려감	

적 형식을 거쳐 「봄·봄」의 해학적 특징을 이루어낸다. 이 작품의 특성을 충분히 파악하기 위해서는 김유정의 주된 관심이 밑바닥 인생을 살아가는 인물들에 대한 공감과 애정을 문학적으로 형상화하는 것이었음을 이해하고 그 구체적 표현 양상을 고려한 읽기가 이루어져야 한다. 따라서 교사는 먼저 학습자들이 서사의 흐름과 구조를 파악하며 작품을 묵독할 수 있도록 한다. 이때 위와 같은 도표를 활용하여 빈칸을 채워가는 활동을 시도해 볼 수 있다.

서사의 흐름에서 성례를 둘러싼 갈등이 표면화하는 핵심적인 사건은 주로 어제, 오늘에 걸쳐 발생한다. 또한 이러한 갈등을 촉발시킨 동기들은 그저께 있었던 점순의 자극임을 알 수 있다. 사위인 '나'의 성례 욕구와 장인의 노동력 충당이라는 서로 다른 목표가 대립되면서 같은 사건이 변형된 형태로 반복[51]되는 것이다. 「바보 사위담」의 구연 현장에서처럼 이와 같은 반복적인 구조에서는 이야기 자체보다 의사소통의 현장성에서 감지되는 공감과 반응 등의 정서적 측면이 중요해진다. 작품의 역전된 결말 부분 또한 흥미로운데, 일종의 의외의 결말로 상황의 아이러니 효과를 통해 이야기의 반전과 웃음을 유발한다. 따라서 학습자들

---

51 유인순, 앞의 책, 315쪽.

이 작품을 읽어 가면서 중요한 정보를 찾고 서사구조의 흐름을 분석적으로 이해할 수 있도록 다음과 같은 질문을 길잡이로 활용할 수 있을 것이다.

- 질문 ① : ⓐ~ⓗ의 시간 순서를 서술의 순서로 재배치하면 어떻게 되는가? 서술의 순서를 바꾸어 놓음으로써 어떤 효과가 있는가?
- 질문 ② : 1인칭 화자가 서술하는 현재 시점이 나타나는 지점을 모두 찾으면 어디인가?
- 질문 ③ : 나와 장인의 갈등이 고조되는 부분과 갈등의 절정은 어디인가?
- 질문 ④ : 갈등이 해결되는 지점과 결말은 어디인가? 이 때 느껴지는 감정은 무엇인가?
- 질문 ⑤ : 이 작품의 과거, 현재, 미래가 계절 및 사건과 어떻게 맞물리는가?

② 그룹별 낭독과 인물의 특성, 갈등관계 파악하기, 웃음의 요소와 펀치라인 찾기

「봄·봄」은 대화와 지문 모두에서 지식인의 문어(文語)가 아니라 농민의 구어(口語)가 주를 이룬다. 다른 작품도 마찬가지이지만 「봄·봄」역시 이야기판의 구연 상황과 이야기꾼의 발음을 그대로 옮겨놓은[52] 설화 채록본 같은 인상을 준다. 김유정은 자신의 초고에서 문장이나 장면을 길게 늘이거나 새로운 문장을 덧붙여 구연의 어투와 닮은 요설체(饒舌體)[53] 문장을 만들기도 했다. 「봄·봄」에서는 구연 상황의 첨가, 보충, 이견 제시 등 다양한 언어적 기능이 괄호 속에 처리되고 있어 흥미

---

[52] 전신재, 「김유정 소설과 이야기판」, 김유정기념사업회 편, 『한국의 이야기판 문화』, 소명출판, 2012, 437쪽.
[53] 위의 글, 441쪽.

<표 5> 주인공 '나'의 성격

언어적 표현	의미소	비언어적 표현	의미소
나는 장인님이 너무나 고마 워서 어느덧 눈물까지 났다	순박함	논둑에다 침을 퉤, 뱉는	장인에 대한 불만
하도 갑갑해서 자를 가지고 덤벼들어서 그 키를 한번 재 볼까 했다	바보스러움, 어리석음	배를 쓰다듬으면서 그대루 논둑으로 기어올랐다	불만, 거짓 배앓이
내 사실 참 장인님이 미워서 그런 것은 아니다	선한 성품	파리를 쫓는 척하고 허리를 굽으리며 어깨로 그 궁둥이를 콱 떼밀었다	은근한 보복
참말 난 일 안 해서 징역 가도 좋다 생각했다	우직함		

롭다. 「봄·봄」의 이러한 문체적 특징은 구어적인 낭독을 통해 더 효과적으로 감상할 수 있다. 그룹별로 주요 장면을 실감나게 낭독하며 여러 인물들의 성격, 인물 간 갈등, 갈등의 누적과 고조 및 해결 상황 등을 파악할 수 있도록 해 본다. 인물의 특성을 파악하기 위해서는 인물의 성격을 짐작할 수 있는 언어 표현과 비언어적 의사소통 행위를 찾아 그 의미를 추측해 보고 그룹별로 토론해 보게 한다. '나'의 인물 특성을 찾아본 예를 제시하면 위의 표와 같다.

「봄·봄」에는 관용표현이 있는 신체 언어와 행위로 나타나는 신체 언어[54]가 풍부하게 들어 있어 인물의 내면 심리와 갈등 관계를 파악하는 데 중요한 지표가 되어 준다. 학습자들이 작품을 낭독할 때 이 점에 유의하면 김유정의 문체에 담긴 좀 더 풍부한 의미를 파악하고 내면화할 수 있을 것이다.

A "제─미 키두!" 하고 논둑에다 침을 퉤, 뱉은다. 아무리 잘 봐야 내 겨드랑 (다른 사람보다 좀 크긴 하지만) 밑에서 넘을락말락 밤맞 요모양이다. 개돼

---

[54] 조현용은 한국어 교육에 필요한 신체언어 목록을 정리한 바 있다(조현용, 『한국어 교육의 실제』, 유씨엘INC, 2005, 153~162쪽).

지는 푹푹 크는데 왜 이리도 사람은 안 크는지, 한동안 머리가 아프도록 궁리도 해보았다. 아하 물동이를 자꾸 이니까 뼉따귀가 옴츠라드나부다. 하고 내가 넌즛넌즛이 그 물을 대신 길어도 주었다. (157쪽)

점순이 키가 자라면 결혼을 시켜준다는 장인과의 약속 때문에 3년 7개월 동안이나 사경도 못 받은 채 일만 하고 있는 상황 그 자체가 '나'의 어리석음을 드러낸다. 게다가 점순은 애초에 장모를 닮아 키가 크는 체질이 아니라는 걸 장인은 잘 알고 있는 반면 '나'는 장인의 그 계략을 눈치 채지 못하고 점순이의 키 클 궁리를 엉뚱한 데서 찾고 있다. 사고의 유연성이 부족한 까닭에 문제 해결 방법을 엉뚱한 데서 찾는 모습이 바보스럽고 어리석기만 한다. 침을 뱉는 행위는 못마땅하고 불만스러운 심리를 잘 드러내준다. 바보 사위담에서처럼 인물의 기계적인 경직성[55]이 강조되고 상황과 인물의 동시적인 효과로 인해 골계가 발생하는 펀치라인을 찾을 수 있다. 학습자들은 '나'의 심리묘사에 대해 느낀 반응을 서로 비교하거나 공유하며 낭독을 해 갈 수 있다.

B 구장님도 내 이야기를 자세히 듣드니 퍽 딱한 모양이었다. 하기야 구장님뿐만 아니라 누구든지 다 그럴게다. 길게 길러둔 새끼손톱으로 코를 후벼서 저리 탁 튀기며

"그럼 봉필씨! 얼른 성엘 시켜주구려. 그렇게까지 제가 하구싶다는 걸—"

하고 내 짐작대로 말했다. 그러나 이말에 장인님이 삿대질로 눈을 부라리고

"아 성례구뭐구 기집애년이 미처 자라야 할게 아닌가? 하니까 고만 멀쑤룩해서 입맛만 쩍쩍 다실뿐이 아닌가—

---

55   이강엽, 앞의 글, 107쪽.

"그것도 그래!"

"그래 거진 사년동안에도 안 자랐다니 그킨 은제 자라지유? 다 그만두구 사경내슈—"

"글세 이자식아! 내가 크질말라구 그랬니 왜 날보구떼냐?"

"빙모님은 참새만 한것이 그럼 어떻게 앨낫지유?"

(사실 장모님은 점순이보다도 귓배기하나가 적다)

장인님은 이말을 듣고 껄껄 웃드니(그러나 암만해두 돌 씹은 상이다) 코를 푸는척하고 날 은근히 골릴랴구 팔굼치로 옆 갈비께를 퍽 치는 것이다. 더럽다. 나두 종아리의 파리를 쫓는척하고 허리를 굽으리며 어깨로 그궁둥이를 콱 떼밀었다. (162쪽)

이 장면에서는 '나'가 점순의 키를 핑계하며 성례를 미루는 장인의 심보를 알아채고 오히려 구장 앞에서 장모를 망신 주고 있다. 장모의 키를 참새같이 작다고 맞받아치고는 그걸 다시 보충하는가하면 장인의 은근한 보복에 역시 반격을 가함으로써 바보스럽지만은 않은 모습을 보여준다. 웃음의 대상이 바뀌는 역전이 일어나는 것은 민담과 유사하지만「바보 사위담」의 바보들이 타인을 속이려는 의도적인 계략을 꾀하지 못하는 것과는 차이가 있다. 장인은 권위가 떨어져버려 겉으로는 웃고 있으나 불쾌한 심사를 얼굴 표정으로 드러낸다. 힘을 가진 강자가 오히려 우스꽝스러워짐으로써 웃음이 유발되는 것이다. 구장의 모습 또한 우스꽝스럽다. 앞에서 점잖은 척하는 인물로 묘사되었으나 이에 어울리지 않게 "코를 후벼 튀기는" 모습이나 장인의 위세에 눌려 금세 말을 바꾸는 등 불일치에서 비롯된 웃음이 인물을 희화화한다. 이런 인물 묘사를 통해 구장은 '나'가 겪는 일에 별 관심이 없는 교양 없는 인물이라는 것을 알게 되며 '나'의 노력이 결국 실패로 끝날 수밖에 없음을 예측하게 된다.

C 또 점순이도 미워하는 이까진 놈의 장인님 나곤 아무것도 안 되니까 막 떼려도 좋지만 사정 보아서 수염만 채고(제 원대로 했으니까 이때 점순이는 퍽 기뻤겠지) 저기까지 잘 들리도록

"이걸 까셀라부다!" 하고 소리를 쳤다.

장인님은 더 약이 바짝 올라서 잡은참 지게막대기로 내 어깨를 그냥 나려갈겼다. 정신이 다 아찔하다. 다시 고개를 들었을 때 그때엔 나도 온몸에 약이 올랐다. 이녀석이 장인님을, 하고 눈에서 불이 퍽 나서 그 아래밭 있는 넌 알로 그대로 떼밀어 굴려버렸다. 조금 있다가 장인님이 씩, 씩, 하고 한번 해볼려고 기어오르는 걸 얼른 또 떼밀어 굴러버렸다. (166쪽)

이 장면은 의도적인 웃음을 자아내기 위한 해학적인 언어 전략이 잘 드러난다. 장인을 때려주면 점순이가 좋아할 거라는 판단도 상식에서 벗어난 웃음거리이지만 '장인님'이라는 존칭어와 비속어 '놈'을 같이 사용하는 모순 속에서 장인에 대한 불편한 심정을 해학적으로 표현하고 있다. 점순이가 자신을 바보로 여길까봐 점순이 시키는 대로 더 과장된 행동을 하고 있다는 점에서는 바보 사위담의 '속고 속이기' 전략이 연상된다. '나'가 바보 사위담의 바보들처럼 좀 나아 보이려 애를 쓸수록 더 우스꽝스러운 해프닝이 벌어지고 만다. 이 역시 웃음을 유발하는 요소가 된다. 마름과 머슴, 장인과 데릴사위라는 신분 차이가 허물어지고, 신체적인 강함 / 약함, 젊음 / 늙음이라는 차이 또한 없어져 두 인물이 닮은꼴처럼 되어 가고 있으며 우스꽝스러운 행위의 반복 즉 이중화[56] 가 웃음을 유발한다.

---

56 쁘로쁘(Владимир Пропп), 정막래 역, 『희극성과 웃음』, 나남, 2010, 77쪽.

D "할아버지! 놔라, 놔, 놔, 놔라." 그래도 안 되니까

"애 점순아! 점순아!"

이 악장에 안에 있었든 장모님과 점순이가 헐레벌떡하고 단숨에 뛰어나왔다. 나의 생각에 장모님은 제남편이니까 역석을 할른지도 모른다. 그러나 점순이는 내편을 들어서 속으로 고수해서 하겠지 ― 대체 이게 웬속인지(지금까지도 난 영문을 모른다)아버질 혼내주기는 제가 내래놓고 이제와서는 달겨들며

"에그머니! 이 망할게 아버지 죽이네! 하고 내귀를 뒤로 잡어댕기며 마냥 우는것이 아니냐. (167~168쪽)

장인의 바짓가랑이를 잡아채는 등 그로테스크 리얼리즘의 신체 원리를 연상시키는 이 장면은 해학적인 웃음이 가득하다. 다급해진 장인은 '할아버지'를 외치고 장인과 '나'는 난투극을 벌인다. '나'는 자신의 편을 들어줄 줄 알았던 점순이 장인을 옹호하며 자신을 책망하자 당황하면서도 그 이유를 끝내 이해하지 못한다. '나'의 시각에서 볼 때 이러한 상황은 긴장된 기대가 무(無)로 바뀌어버리는 예측 불가능한 상황이고 독자의 입장에서는 주인공의 바보스러움에서 빚어지는 희극적인 상황에서 웃음이 터지게 된다. 또한 점순과 뭉태의 부추김에서 비롯된 주인공의 과도한 언행 때문에 기대했던 결혼이 더 꼬이게 될 것임을 예측할 수 있다.

(3) 내면화를 위한 읽기 후 활동(post-reading)

이 단계에서는 앞에서 읽은 작품에 대한 이해 정도를 점검하거나 추론적 이해나 비판적 읽기의 기회를 제공할 수 있다. 또한 읽은 내용을 바탕으로 텍스트에 나타나지 않은 것에 대한 해석이나 토론을 할 수 있다. 텍스트 내용에 대한 평가나 수사적 구조와 표현, 주제, 읽기 전략 등에 대해서도 집중적인 연습도 해 볼 수 있다. 여기에서는 「봄·봄」의 문학

적 특성을 더 학습하고 고전 텍스트와의 관련 속에서 웃음문화의 특징에 대해 분석적, 비판적 사고를 심화시킬 수 있는 활동을 제안해 본다.

① 역할극 또는 연극하기

본 읽기 과정에서 낭독한 주요 장면을 간단한 상황극 형식으로 바꾸고 인물에 해당하는 역할을 정해 역할극을 해 본다. 이러한 활동은 작품에 대한 이해도를 높이고 다시 장기 기억에 남아 선지식이 될 수 있을 뿐 아니라 학습자의 흥미와 참여도를 높일 수 있다.

② 작품 내용에 대해 토론하기

토론을 통해 작품의 내용을 서로의 생각이나 삶과 연결시킬 수 있으므로 작품에 대한 이해도를 높일 수 있다. 토론을 위해 다음과 같은 질문에 대해 생각해 보도록 하고 문학 텍스트 읽기와 반응의 공유를 촉진하는 전략을 사용할 수 있다.

-질문 ① : 작가의 개인적 배경이나 경험은 어떠한가?
-질문 ② : 작품의 특성과 관련된 작가의 목적이나 의도는 무엇인가?
　　　　　또한 작가가 의도한 독자층은 누구인가?
-질문 ③ : 작품의 주제에 대한 작가와 관점이 어떻게 드러나고 있는가?
-질문 ④ : 특정 집단에 대한 작가의 선호도가 보이는가?
-질문 ⑤ : 바보 사위담과 이 작품의 공통점과 차이점을 구별할 수 있는가?
-질문 ⑥ : 작품과 관련하여 한국의 웃음문화와 그 특징에 대해 이야기할 수 있는가?
-질문 ⑦ : 작가의 다른 작품 중 이 작품에서 느낀 즐거움과 감동을 찾아볼 수 있는 있는 것으로는 어떤 것이 있는가?

−질문 ⑧ : 다른 나라에도 이 작품과 비교될 만한 이야기가 있는가?

　　　　　　 어떤 점이 유사하고 다른가?

(4) 자기화를 위한 글쓰기

① 문학 반응 일지 쓰기

학습자들이 문학 텍스트에 형상화된 작중인물과 지속적으로 개인적인 소통을 할 수 있다면 자신의 읽기 능력에 좀 더 확신을 갖고 다양한 방법으로 문학 감상을 시도해 볼 것이다. 이를 위해 자유로운 형식과 문체로 개인적인 성찰[57]이 드러나는 문학 반응 일지를 써 볼 수 있다. 문학적 반응을 촉진할 수 있는 방법의 예[58]는 다음과 같다.

　−이 소설에서 가장 생각나는 작중인물의 이름은 ○○(이)다.

　−이 소설의 플롯은 ○○(이)기 때문에, 사실적인 / 비사실적인 것 같다.

　−나는 작가가 ○○한 이유가 궁금하다.

　−나는 ○○을(를) ○○ (이)라고 생각한다.

　−이 소설의 사건들 중에서 나에게 가장 중요한 것은 ○○(이)며 그 이유는 ○○(이)다.

　−이 소설은 내가 ○○을(를) 느끼게 만든다

　−이 소설의 내용이나 형식에서 내가 어떤 것을 바꿀 수 있다면 그 것은 ○○(이)며, ○○ 때문이다.

② 등장인물에게 편지 쓰기

---

[57] 반응 단계에서는 학습자에게로 초점이 옮겨지며 자기 인식을 위한 학습자의 감정, 의견, 가치관, 신념, 의문, 관심, 인식이 활동의 중심이 된다. 언어기능 역시 평가, 감정표현, 표현 및 질의 등을 위한 반응의 언어가 사용된다(Patrick R. Moran, 앞의 책, 60쪽).

[58] 선주원, 앞의 책, 368~371쪽 참조.

　학습자들의 흥미를 증진시키고 문학적 반응을 촉진할 수 있는 또 하나의 방법은 문학 텍스트에 제시된 주요 사건을 학습자 자신이 경험할 만한 사건과 관련시켜, 그 의미를 찾아보는 편지를 쓰게 하는 것이다. 이와 같은 편지 쓰기는 인물의 입장이 되어 볼 수 있는 기회가 될 뿐 아니라 학습자가 현재의 삶 속에서 겪는 문제 상황의 해결 방법이 무엇인지, 다양한 입장과 시각에서 어떤 행동을 취할 수 있는지, 그러한 행동의 가치는 무엇인지 성찰할 기회를 제공할 것이다.

4. 나오며

　외국인 독자를 대상으로 하는 문학 교육에서 김유정 소설이 갖는 가장 큰 매력은 웃음문화와 관련된 한국의 전통을 언어 문화를 통해 풍부하게 확인할 수 있다는 점이다. 민담과 민화, 판소리와의 관련성에서도 확인했듯이 김유정은 고통스러운 현실에 대한 인식을 해학적인 묘사로 형상화했으며, 그 과정에서 일어나는 긴장감을 어리석은 인물의 모자란 판단과 해결을 통해 웃음을 동반한 정서 이완으로 변이시키려 했다. 이러한 표현 방식은 고통 받는 하층민에 대한 작가의 따스한 애정과 공감, 그리고 웃음을 통한 삶의 의지를 깨닫게 해 준다는 점에서 소중하고 값진 것이다. 「봄·봄」은 이러한 특징이 잘 나타난 작품이며 이 작품을 감상하면서 느끼는 웃음문화와 그에 대한 반응을 살펴보는 과정은 위기와 곤궁함을 언어로 극복해내려 했던 한국인의 전통적 정서의 실재를 파악할 수 있는 좋은 기회가 될 수 있다. 그러나 외국인 학습자의 경우 이 작품의 단어와 표현, 사회문화적 배경 지식 등이 적극적인 읽기를 방해하는 변인으로 작용할 수 있다. 따라서 이 글에서는 활동 중심의 읽기 전략을 다양하게 활용함으로써 이러한 변인을 최소화하려 했다. 또한 학습자들이 지속적으로 김유정의 생생한 인물들과 의사소통하며 작품의 주제와 미학적 특성을 내면화, 자기화할 수 있도록 한국어 교사를 위한 실제적인 교수-학습 방안을 제시하였다. 이러한 방안을 더 구체화하여 김유정의 다른 작품들 역시 한국어교육 현장에 수용될 수 있기를 바란다.

참고문헌

1. 기본자료

〈봄·봄〉, EBS 문학산책, 2006.9.14.

김석일 외, 〈판소리 한마당 한농선의 흥보가〉, A&C, 2000.

임석재, 『한국구전설화』 8권, 평민사, 1983.

전신재 편, 『원본 김유정 전집』, 강, 2012.

2. 논문

강승혜, 「한국어 교사의 전문성」, 『국제한국어교육학』, 국제한국어교육학회, 2009.

김정애, 「문학 교육 방법론 연구-김유정 소설을 중심으로」, 건양대 석사논문, 2003.

김현실, 「김유정 문학의 전통성-고전 문학과의 비교를 통해서」, 『이화어문논집』 제6집, 이화
　　　　어문학회, 1983.

김혜영, 「한국어 교육에서 수준별 소설 텍스트 선정을 위한 연구」, 『독서연구』 제27호, 한국독
　　　　서학회, 2012.

박남철, 「김유정 문학연구」, 한양대 박사논문, 1987.

변신원, 「문학 속에 드러난 민족문화의 자취와 외국인에 대한 문학교육」, 『외국어로서의 한국
　　　　어 교육』 제25집, 연세대 언어연구교육원 한국어학당, 2001.

유홍주, 「해외 대학 한국어학과의 한국문학 교수 방안-헝가리 엘테대학교를 중심으로」, 『새
　　　　국어교육』 제91집, 한국국어교육학회, 2012.

안지원, 「김유정 소설 연구」, 아주대 석사논문, 2009.

이성희, 「영어권 고급 학습자를 위한 한국문학 교수, 학습의 실제-상호문화 능력신장과 개인
　　　　성장을 중심으로」, 『한국어 교육』 제21집, 국제한국어교육학회, 2010.

임재해, 「설화에 나타난 호랑이의 다중적 상징과 민중적 권력 인식」, 『실천민속학연구』 제19
　　　　집, 실천민속학회, 2012.

전신재, 「김유정 문학 제대로 읽기」, 『당대비평』 제3집, 당대, 1998.

정미숙, 「한국어문화교육에서의 비언어적 의사소통 표현연구」, 한국외대 석사논문, 2008.

조현용, 「한국어 교육의 실제」, 유씨엘INC, 2005.

최지현, 「영어권 한국어 교재 편찬에 활용되는 한국문학의 범위와 과제」, 『국어교육연구』 제 14집, 서울대 국어교육연구소, 2004.

한명희, 「김유정 문학의 OSMU와 스토리텔링」, 『한국문예비평연구』 제27집, 한국현대문예 비평학회, 2008.

황인교, 「한국어 교육과 한국문학」, 『이화어문논집』 제22집, 이화어문학회, 2004.

______, 「한국문화 및 한국문학교육 연구」, 『이중언어학』 제47호, 이중언어학회, 2011.

3. 단행본

강현화 외, 『한국어 이해교육론』, 형설출판사, 2009

김대행, 『문학교육 틀짜기』, 역락, 2000.

______, 『웃음으로 눈물 닦기』, 서울대 출판문화원, 2005.

김복순, 『바보 이야기와 웃음』, 한국학술정보, 2009.

김유정기념사업회 편, 『한국의 이야기판 문화』, 소명출판, 2012.

김유정탄생100주년기념사업추진위원회 편, 『한국의 웃음문화』, 소명출판, 2008.

김중섭, 『한국어교육의 이해』, 한국문화사, 2004.

선주원, 『청소년 문학교육론』, 역락, 2008.

손진태, 김헌선 외역, 『한국민화에 대하여』, 역락, 2000.

안휘준 · 정양모, 『한국의 미, 최고의 예술품을 찾아서』, 돌베개, 2007.

유인순, 『김유정을 찾아가는 길』, 솔과학, 2003.

윤병렬, 『한국 해학의 예술과 철학』, 아카넷, 2013.

조자용, 『민화걸작선』, 삼성미술문화재단, 1983.

Moran, Patrick R., 정동빈 외역, 『문화교육』, 경문사, 2004.

Bergson, Henri Louis, 김진성 역, 『웃음』, 종로서적, 1991.

Douglas, Brown H., 신성철 역, 『외국어 교수 · 학습의 원리』, 한신문화사, 1998.

쁘로쁘(Владимир Пропп), 정막래 역, 『희극성과 웃음』, 나남, 2010.

Davies, F., *Introducing Reading*, London : Penguin, 1995.

Lazar, Gillian, *Literature and Language Teaching*, Cambridge University Press, 2000.

J. Collie, & S. Slater, *Literature in the Language Classroom : A Resource Book of Idea and Activities*, Cambridge University Press, 1987.

제6부

/

김유정 소설과 스토리텔링

찬밥 식은밥[*]

'만무방' 후지(後誌)

우한용[**]

우아한 삶의 행복을 추구하는 잡지 『레벤엑스(Leben-X)』편집장 장한
식은 잡지가 신명을 다 잃어 내용이 지지부진한 게 걱정이었다. 사장한
테 신선한 아이디어를 낼 수 있는 사람을 충원하자고 제안했다. 사장은
당신 안목만 믿는다면서, 흔쾌히 오케이를 외쳤다.

편집사원을 모집한다는 인터넷 광고를 냈더니 자그마치 30여 명이
서류를 보내왔다. 서류는 이력서와 자기소개서 두 가지만 요구했다. 이
력서는 읽으나 마나 할 지경으로, 전문가한테 의뢰해서 작성한 것처럼
양식화되어 있었다. 가난한 집안에서 태어나 고생하면서 자란 사람이
대부분이었다. 또 하나 희한한 것은 효자가 어찌나 그리 많은지 훌륭한
부모 밑에서 도덕적으로 건실한 정신을 배웠다는 이야기를 똑같은 목

---

[*] 김유정학회 발표 소설(일시 : 2013.4.20(토요일), 장소: 강원대학교)
[**] http://wookong.snu.ac.kr

소리로 읊어댔다. 훌륭한 부모들은 매사가 긍정적이었다는 점도 약속이나 한 듯이 내세우는 덕목이었다. 장한식은 무엇을 위한 긍정인가 잠시 머리를 돌려 생각해보았다. 떠오르는 게 없었다.

잡지와 연관된 일이라면, 맡겨주는 대로 무어라도 성실하게 해낼 각오가 되어 있다는 다짐도 거의 같은 톤이었다. 하나같이 화려한 이력들을 가진 인재들이었다. 그러나 이면을 들여다보면 궁상을 떨고 있다는 느낌이 짙었다. 장한식은 어금니에 통증이 슬슬 일어나는 것을 느끼며 이력서를 넘겨보다가 담배를 빼어 물었다.

이력서들마다 학력을 부풀리려고 애썼다는 흔적이 완연했다. 가상한 일이었고, 한편 가긍(可矜)하다는 느낌이 들기도 했다. 대학은 물론 대학원에다가 해외 연수, 전문가 과정 수강 등을 줄줄 늘어놓았다. 그런 정도면 그 가방끈으로 그런대로 살것이지, 왜 이런 시시한 잡지사를 기웃거리는가 싶었다. 선진 일류 국가로 가는 대로행(大路行)의 군자들이 이렇게 지원해 온다는 것은, 수염 근사하게 기른 거지 군단이 몰려든다는 뜻이기도 했다. 가공할 만한 일이었다.

배창대라는 지원자는 이력서에 공란이 많았다. 공란 가운데 학력란이 고등학교 나온 데까지만 채워 넣고는 자기소개서를 참조하라고 써놓았다. 문면으로 보면 배창대라는 사람은 좀 뻔뻔해 보였다. 글 한 편 보내니 밥 먹을 자리를 꼭 만들어 달라는 간단한 내용이 글머리에 붙어 있었다. 원 제목은 '찬밥에 대한 사회문화적 해석'이라는 것이었다. 수필인지 잡문인지, 혹은 전기를 쓴 것인지 알기 어려운 글이었다.

지원자가 무얼 믿고 이렇게 뻣대고 나오는지 알기 어려웠다. 보내온 이력서를 대강 훑어보다가, 장한식은 고개를 갸웃했다. 이런 정도 위인이라면 같이 일을 해봄직 하다는 생각이 들었다. 같이 일을 하기보다는 인간적인 바탕이 궁금해서라도 만나보고 싶었다.

찬밥론이라? 제목은 좀 거슬렸다. 쓸모없는 지식에 대한 진지한 탐구라든지, 헛소리의 의미론이라든지 그런 제목을 단 글들이 연상되었기 때문이었다. 장한식은 통증이 밀고 올라오는 어금니를 지긋이 물고 배창대의 원고를 읽어 내려갔다.

오늘 한가하게 글을 쓸 수 있어서 정말로 행복합니다. 이 글은 밥을 구하는 자기소개서, 형식을 약간 달리한 이력서인 셈이지요. 하지만 득달같이 달려와 어디 자리를 하나 마련해 달라고 넥타이라도 붙들고 늘어지고 싶은 심정이었는데, 이런 구직 요청서를 쓸 기회를 주시니 행운의 여신이 나를 향해 미소를 짓는 모양입니다.

다른 친구들이라고 별거 있겠습니까. 재주 있고 배경 든든해서 대학에 일자리를 일찍 구한 다른 친구들은 강의다 연구다, 논문이다, 거기다가 학생들 데리고 술 퍼마시고 죽는 거 예방하느라고 주도(酒道)도 지도해야 하지요, 답사를 가네 엠티네 하면서 정신머리가 어지러워 글쓸 시간이 전무하다는데, 나는 이렇게 한가하다는 것이 가슴 떨리는 울림으로 다가옵니다. 돌아가신 아버지 말씀마따나 팔자 하나는 꼬부라지지 않고 쭉 뻗게 잘 타고난 모양입니다.

사월, 목련이 눈부시게 펑펑 터지는 계절을 직장에서 시달리지 않고 유유자적(悠悠自適)하게 시간을 보낸다는 것이 얼마나 큰 은혜입니까. 거기다가 나는 아직 굶어서 얼굴에 노랑꽃이 피는, 식민지 시대의 백성은 아니잖습니까. 분단된 지 60년, 지구상에 유일한 분단국가에 살고 있습니다만, 손재주라고는 못 하나 박을 줄 모르는 무지렁이가 굶어 죽지 않고 살아있다는 사실이 21세기의 기적만 같습니다.

그러나 생각해 보면, 몸을 팔아 살아야 한다는 고비에서는 좀 억울하기는 합니다. 몸을 팔아 산다니 이해가 얼른 안 가시지요? 다른 게 아니고, 우리동네 차밍백화점 주부교양대학에 나가 '독일로 가는 마음여행' 이라는 강좌에서 썰을 풀어 먹고살자니 염치가 없습니다. 그래도 명칭 이 교수고, 나는 교수 노릇을 해서 목구멍에 천신을 한다는 게 어딥니까. 거기 가면 한참 물이 올라 나긋나긋한 젊은 주부들부터, 파우더로 토닥토닥 볼터치만 해도 농익은 매력이 철철 넘치는 아줌마들과 농담하며 시간가는 줄 모르고 지냅니다만, 그렇게 해서 강사료 받는 게 몸 파는 짓 같아 그런 말이 입버릇이 되었습니다. 강의에 나갈 때마다, 언젠가 동생이 보내왔던 편지 한 구절이 떠오릅니다. "속물이나마 마냥 웃기기 위해 / 굶주린 어릿광대마냥 아양 떨고 / 남모를 눈물에 젖은 웃음도 팔아야 한다네" 하는 것이었는데, 보들레르의 시를 인용해서 자기 처지를 빗댄 내용이었습니다. 그 처지가 내 처지와 고스란히 빼닮았습니다. 그러다보니 논문과 작별한 지가 꽤 됩니다.

제 학력과 경력이 궁금하실 것 같은데, 전직 교수라고만 적어 놓아서 좀 켕기는 데가 있군요. 그러나 이렇게 나를 밝힐 계제가 자주 있는 것도 아니고 나중에 만나서 학력을 속였다든지 경력을 위조했다든지 하는 핀잔 듣지 않으려면, 여기다가는 적어 놓아야 할 것 같은 의무감을 느끼지 않을 수 없습니다. 오랜만에 내 글을 읽을 대상을 머릿속에 그리면서 글을 씁니다. 연애편지 쓰듯이 말입니다. 이제까지 없던 일입니다.

나는 이 글을 잘 쓰려고 무진 애를 먹었습니다. 헌데 글을 쓰려면 대상을, 즉 독자의 입지를 고려하라는 문장론의 금과옥조를 거슬렀습니다. 예쁘게 보일 턱이 없지요. 반면 생각해 보면 글을 쓰면서 독자를 고려하라는 조언은, 글 쓰는 이들의 머리에 먹물 들이붓는 일과 다름이 없습니다. 진정한 글은 자기 나름의 최선을 다하고, 자신의 한계를 돌파하기 위한 존재의 총체적 투구(鬪毆)이지 한갓진 장난질이 아닐진대 독자를 고려한답시고 자신의 글 수준을 조절한다면 독자를 무시하는 처사일 겁니다. 그래서 나는 용감하게 내 삶을 최상의 수준에서 털어놓고자 합니다.

아무튼 저는 서울에 있는 대한대학교 인간학부에서 공부했습니다. 인문대학이 있는데 인간학부를 만들어서 운영한 데는 이유가 선명했습니다. 인문대학은 잘 아시는 대로 언어, 역사, 철학 분야가 있고 그 아래 각기 세분된 전공이 자리잡았지요. 그런데 언어는 인간의 언어이고, 마찬가지로 역사는 인간의 역사이며, 철학은 인간의 존재에 대한 탐구라 해야 옳지 않습니까. 주체로서의 인간이 배제된 인문학이 허망하다는 판단을 한 분들이 인문학에 대한 치열한 반성을 하게 되었고, 주체로서의 인간이 구체적 상황에서 운용하는 언어, 인간이 주체가 되어 운용해온 시간의 궤적을 밝히고 해석하는 역사, 인간의 존재, 인간의 사유와 앎의 문제, 인간의 가치와 윤리 등을 따지는 철학 등을 연구하고 교육해야 한다는 기치아래 새로 설립한 대학이 그 인간학부였습니다. 저는 그 유명짜한 대한대학교에서 인간행위이론에 관심을 가지고 역강면려 학업을 닦았습니다.

우리들로서는 학문의 최첨단이요 학술적 최종 심급에 속하는 대학을 졸업하긴 했는데, 졸업을 하고 일자리를 구하려고 보니 그런 공부가, 취직의 좌표 가운데 어떤 상한에 자리가 잡혀야 하는지 알 도리가 없었습니다. 우리 같은 탁월한 재능을 가진 인재를 알아보지 못하는 우중들의 사회에서, 내 머리 둘 곳은 바이없었습니다. 그래서 산업예비군들이 모이는 대학원으로 벌벌 기어서 들어가는 풍조가 생겼고, 나 또한 그러한 시류를 좇아 몸을 움직였습니다.

대학원에서 공부를 한다고 가방 짊어지고 손에 책을 들고 읽으면서 걸어다니고 했는데, 비극은 돈이 없다는 데서 물길이 잡히는 것이었습니다. 학비가 호되게 비싸서 감당하기가 어려웠습니다. 대학원부터는 어디라도 자기부담이라야 한다는 원칙, 그 수익자부담 원칙에 따라 학비를 내야 했습니다. 그런데 이식위천이라고 먹어야 먹는 것은 물론 학비를 마련할 만한 구멍이 쥐눈만큼도 열려 있지 않았습니다.

어머니는, 나는 너희들이 천하에 없는 유일한 소망이다, 내 살아 있는 동안 내게 남은 재산은 모두 너희들 장래를 위해 쓰겠다, 그렇게 되뇌곤 했습니다. 그런데 어머니의 그런 각오라는 게 얼마나 하잘것없는 소망이었던가가 금방 드러나게 되었습니다. 아버지 때문에 까치 뱃바닥처럼 알뜰하게 쓸려나가고 바람만 허허한 길바닥에 나앉고 말았습니다. 맥락이 잘 안 서지요? 나의 아버지는 군인이었습니다. 월남전에 참여해서 무공을 세운 덕에 훈장을 타서 주렁주렁 목에 걸고 돌아왔습니다. 월남에서 돌아온 김상사처럼. 그런데 알고 보니 그 훈장이 고엽제를 들이마시느라고 마른 잎이 되어 떨어질 인생에 대한 조종을 울리는 포상이었습니다. 월남에서 돌아와 한 해가 미처 지나지 않아서 온몸이 진무는 병이 나타나는 바람에 전역을 하고 연금생활자가 되었습니다. 그 연금이라는 게 당신 병원 다니는 데 모두 쓸어 넣어도 모자랐습니다. 거기다가 어머니가 저승으로 껑충 뛰어 달아나자 연금마저 푸른 하늘 은하수 저쪽으로 날아가고 말았습니다. 우리는 하얀 쪽배에 실려 흔들렸습니다.

그 때가 대학원에서 석사를 마친 직후였습니다. 동생 배창성은 아직 학부과정에서 공부하는 중이었습니다. 아버지를 일찍 여의고 어머니마저 저승으로 갔으니 우리 형제는 동그마니 외톨이로 이 풍진세상에 던져진 꼴이 되었습니다. 하이데게 말로 존재의 피투성(被投性), 독일어로 게보르펜하이트이라고 하는 그 어려운 말이, 아 어느날 문득 피투성이가 된다는 뜻이로구나 하는 실감으로 뼈에 사무치게 다가왔습니다. 저는 타고나길 뼈가 연해서 별게 다 뼈에 사무칩니다.

한편 아버지 어머니 없으니 참 시원했습니다. 우선 손가락을 끓는 기름에 넣어도 아프지 않을 자식이라는 소리 안 들어 좋았고, 너는 에미가 죽은 다음에나 장가들려고 하느냐는 성화가 사라져 홀가분했습니다. 조국의 젊은이로서 자유를 수호해야 한다는 아어지의 선거구호를 안 들어 편했습니다. 그러나 앞으로 살아갈 일이 막막했습니다. 늙은이는 벽에 기대고 앉아만 있어도 한몫을 한다던 이야기가 사실 그대로였습니다. 하기야 대학원에서 석사 마치고, 또 대학생이면 제 앞길 자기가 가려서 터가야 마땅하지요. 그런데 그런 생활력을 아직 기르지 못한 채 고아가 된 것입니다. 환과고득(鰥寡孤獨) 가운데 고자가 된 것입니다.

석사과정을 졸업하자면 논문을 써야 했습니다. 석사논문은 까짓 거 독일어로 썼습니다. 논문 제목이 지금도 기억납니다. 「시간의식의 언어형식에 대한 현상학적 탐구(Eine phänomenologische Forschung über die Sprachform des Zeitbewusstseins)」라는 논문이었습니다. 학계의 주목을 받기 시작했고, 지도교수의 침튀기는 칭찬에 공연히 들떠서 학회 총무간사라는 직책으로 명함까지 떠억하니 박아 가지고 다니면서, 불철주야 분골쇄신 학회를 위해 몸바쳐서 일을 했습니다. 그러나 석사만 해가지고는 학회지에 단독논문을 발표할 기회가, 기다려도 기다려도 오지 않는 님처럼, 냉큼 다가오질 않았습니다. 해서 학회 블로그에 논문을 올리기 시작했습니다. 그 성과는 실로 대단했습니다. 인용회수가 날로 늘어나고, 어느 대학교수는 자기와 공동연구를 하자는 제안을 해오기도 했습니다.

내가 쓴 글을 고등학교 다니는 동생이 모조리 읽었습니다. 우리 형제는 아버지의 의도된 생산이었습니다. 그런 만큼 이름도 창대와 창성이지요. 둘이 크게 성공해서 '대성'하라고, 창대하고 창성하라고 이름까지 그렇게 달아 놓았습니다. 아무튼 내가 글을 써서 블로그에 올리는 걸 보고는 동생 녀석, 배창성이 같은 대학에 들어가기로 작정했습니다. 취직은 불문에 붙이고 입학이나 하고 본다는 불문과를 선택했습니다. 형제는 용감하였다, 뼈대 있는 집안의 형제다 하는 소리가 싫지 않았습니다. 우리 형제는 보불전쟁(普佛戰爭)을 하기라도 하듯이 열공에 열공을 거듭했습니다. 아버지의 대포를 잘 다루는 포병의 유전인자가 언어습득 유전인자로 돌연변이를 했던 모양입니다. 나폴레옹도 포병이었다지요?

동생 배창성은, 한국어 배우겠다는 일념으로 분단국가 무섭단 애기 한 마디 없이 프랑스에서 한국으로 날라 온 잔느라는 아가씨를 꼬셔서 차고 다녔습니다. 한불우호관계 가운데 상생의 언어교습을 했습니다. 동생 편에서 보자면 원어민을 독선생으로 모신 폭이었습니다. 잔느라는 이름이 암시하듯, 국적은 물론 불란서지요. 그런데 나이지리아 출신이라서 얼굴이 까맣게 반질반질 윤기가 도는 흑진주였습니다. 너 그러다가 피부를 바싹 구운 거 같은 애 만들면 어떻게 하려느냐고, 형다운 참견을 했다가 되레 동생한테 혼나는 맹추가 되고 말았습지다. 보들레르의 상상력을 부추긴 것은 검은 비너스 잔느 뒤발이 아니었느냐면서 대드는 바람에, 생무식꾼으로 전락하고 말았습니다. 보들레르를 홀딱 반하게 한 잔느 뒤발이란 여자를 타락한 천사라고 하는 걸 보면, 뒤발처럼 혼혈이라도 검은 여자가 위험한 존재라는 점은 틀림이 없을 겁니다. 그런데 한번은 보고서를 쓴 걸 보니까 「은유로서의 공간―계곡과 골짜기」라는 것이었는데, 못난 송아지 엉덩이에 뿔난다고, 여근곡 이야기를 풀어서 학점을 낚아내려는 속셈을 간파할 수 있었습니다. 그 여근곡이 아슬아슬하게도 잔느의 비너스언덕 밑에 자리잡은 거였습니다.

아무튼 공부는 하고 싶어 밸이 온통 뒤집힐 것 같고, 돈은 없어 미치겠고 해서, 돈 안 들이고 공부할 수 있는 데가 세상천지 어느 구석에 날 기다리는가 찾아 헤매다가 발견한 것이 독일이라는 나라였습니다. 칸트와 헤겔과 베토벤과 실러 같은 위대한 인간은 물론, 언어학자 겸 정치가였던 훔볼트라는 사람이 살았던 나라, 거기를 드디어 발견을 했던 것입니다. 그래서 석사과정의 내 연구의 주제인 언어형식과 의식의 문제를 제쳐두기로 했습니다. 훔볼트를 따라 언어적 실천과 언어에너지로 관심이 전환된 셈이지요. 독일 유학을 가겠다고 나섰을 때, 친구들은 피식피식 웃었습니다. 그러나 그것은 무지와 무감각에서 나오는 한숨과 같은 것이었습니다. 제게 독일은 그야말로 신천지였고, 희망봉 위에 우뚝 선 등대였습니다. 독일어가 한국에서는 홀대받는 제2외국어입니다만, 독일로 공부하러 가는 데 대단한 쓸모가 있었습니다. 히틀러의 지휘봉만큼이나 강력한 힘을 발휘했습니다.

형마저 떠나면 나는 어떻게 사느냐고 공포에 질려 벌벌 떠는 동생을 야멸차게 뿌리치고 분연히 일어섰습니다. 잔느라는 아가씨랑 애는 만들지 말고 잘 해 보라고 비웃으며 독일행을 단행했습니다. 한국에서 승산이 없으면 프랑스로 가 보라는 귀띔을 했습니다. 그게 내 발등을 찍을 우행이라는 것을 뒤에서야 알았는데, 그걸 알았을 때는 이미 사세가 기울어 되돌려놓을 가망이 가물치 콧구멍만큼도 없는 꼴이었습니다.

나는 독일로 떠나기 전에 동생에게 내 홈피에 올라 있는 자료를 모두 복사해서 주었습니다. 프랑스에서 문학을 공부하는 데도 도움이 될 것이라는 이야길 했지요. 동생은 독일어를 사전 없이 줄줄 읽었습니다. 비교문학을 하겠다고 나서는 아이였기 때문에 영어, 독어와 불어는 필수적으로 익혀야 한다는 거였지요. 거기다가 라틴어와 희랍어를 공부해 두라고 지도교수가 귀에 딱지가 앉을 만큼 틀어박았던 겁니다.

아무튼 홈페이지를 폐쇄하면서, 공고를 내 붙였습니다. 훔볼트의 언어사상을 비롯하여, 언어에네르기론, 언어의 주체로서 인간의 의식과 행동에 대한 고찰, 언어와 국어의 개념 갈등, 언어와 이데올로기, 한국어와 독일어의 시간표현 대비연구 같은 논문은 폐기하니 이미 다운받은 분들은 마음대로 이용하라고 공지를 했습니다. 몇몇 친구들은 너 참 통큰 지식나눔을 실행했다고, 칭찬을 마다하지 않았습니다.

독일 대학은 참으로 상아탑, 왈 투르 디봐르였습니다. 등록금은 등록하는 데 필요한 서류처리비용이었습니다. 이름과 실질이 상부하는 세상이었습니다. 교육기관이든지 개인이 자기 살기 위해 공부하겠다는 사람들 도와주는 기관인 것은 사실입니다. 개인의 발전이 나라의 반전 기초 아닙니까. 또 국민의 교육은 초등 고등을 떠나 국력을 길러 부국강병을 하는 초석이 아닙니까. 그러니 국가가 공부하겠다는 사람 도와주는 정책을 펴서 일호의 차질 없이 제까닥 시행해야 옳지요. 우습지도 않은 반값 등록금이라니요? 공부하는 학생 생활 일체를 국가가 감당(堪當)해야 하는 겁니다. 왜 군대에 가면 담배까지 공급하고, 여군들에게는 화장품대도 지급하지요? 대학생들에게 콘돔구입비 지급해서 안 될 게 뭐가 있어요? 대학생들의 성생활을 건전하게 하자면 그래야 하지 않을까요? 병들지 않은 성능력, 그게 국력이거든요.

콘돔 이야기가 나왔으니 말인데, 국가 차원에서 국민건강을 위해 널리 보급해야 한다는 필요성을 절절하게 체감하게 되었습니다. 저는 공연히 민감해서 몸으로 느끼기를 잘 하지요. 동생의 경우를 보니 그렇게 해야 한다는 게 경험적으로도 옳다 싶습니다. 프렌치키스만 알았지 콘돔도 쓸 줄 모르는, 밴댕이 같은 놈이었지요. 연유는 이렇습니다.

동생은 내가 독일서 공부하는 데 돈이 안 들어간다는 이야기를 편지로 써 보냈습니다. 현제간의 의리 배반하고 독일로 도망친 것이 원망스러웠던 모양입니다. 불란서는 독일 뺨칠 정도로 여건이 좋다면서, 득달같이 불란서로 튀었지 뭡니까. 그것도 나를 멍청이로 만든 잔느라는 여자 친구를 달고서 말이지요. 그런데 불란서에서 학위를 마칠 무렵해서는 흑진주에게 단물이 다 빠졌던지, 머리 노란 블롱딘느라는, 스위스

베르네 산골에서 왔다는 아가씨와 만나 돌아다녔는데, 이 여자가 에이즈 보균자였던 모양입니다. 스위스가 그렇게 헤벌떡 한 데가 있는 나라지요. 헌데 덜컥 에이즈에 걸린 겁니다. 그게 아 이제 다 살았다 하는 무서운 병이잖아요. 나보다 한결 똑똑한 친군데 개도 성깔이 좀 고약해서 남 꼬집기 잘하고 약올리기 선수이기도 합니다. 또 나보다 훨씬 언어에 대해 민감해서 맞춤법이니 문장이니 틀린 거 보고 못 사는 성질머리입니다. 그래서 '한국어오용사전' 같은 거 만들어 보라고 했더니, 좋은 아이디어라면서 언어오용의 국제비교를 시도해 보겠다고 의욕을 보이기도 했습니다. 그런 놈이 에이즈에 걸려요? 국가의 책임이 있습니다.

나는 독일서 죽기 아니면 까무러치기 식으로 공부했습니다. 공부하다 죽으나 빌빌대다가 죽으나 마찬가지 아닌가요. 공부는 그렇다 치고, 먹고사는 거는 어떻게 해결했느냐고요? 간단하지요. 남의집 유리창도 닦아 주고, 학교 식당에서 접시를 날라 주기도 하고, 이웃집 강아지 데리고 다니면서 운동을 시키기도 하고 하면서 밥을 벌었지요. 사람 사는데 조금만 바지런하면 밥이야 널려 있지요. 그런데 내 조국 한국에선 남는 밥 버릴 줄은 알아도 이웃 도와주는 걸 몰라 안타깝습니다.

젊은놈이 밥벌이하겠다면서 발발대고 돌아다니다 보면 별스런 일이 다 생기지요. 헌데 가끔은 수호천사가 나타나기도 하더라구요. 간호사로 독일에 일하러 갔다가 독일인을 만나 가정을 꾸렸던 아주머니가 남편이 세상을 뜨자 외롭게 여생을 보내고 있었지요. 이름도 고와서 임이랑(任伊琅)이라는 분이었는데, 남편은 민중의 광휘라던가(der im Volke Glänzende), 암튼 헤르베르트라는 독일인인데 애도 없이 둘이서만 살았대요. 남편이 교통사고로 죽자 남편이 남긴 재산을 고스란히 물려받았다는데, 속된 말로 돈 많은 과부였습니다. 학회 재정이 거덜이 날 무렵이면, 학회 임원을 맡은 박사님들 한다는, 소리가 회장님이 돈 많은 과부라도 꿰차야 학회 재정 해결하는 거 아니냐는 거였습니다. 한 나라의 학문 발전은 위해 분골쇄신 노력하는 학회를 국가에서 지원해야지, 돈많은 과수댁에 의존하다니 말이나 되는 소립니까.

결혼을 했냐고 묻길래 공부하느라고 아직 미혼이라고 했더니, 이제 칠십을 바라보는 이 노파가 내 손을 슬그머니 잡아끌면서, 누이 좋고 매부 좋고, 그렇게 살아볼 생각 없느냐는 거였습니다. 나는 한마디로, 나인! 아니라고 잘라 말했습니다. 멍청하긴, 임이랑 할머니는 늙은 고양이 같은 웃음을 흘리며 내게 다가와서, '십 년만, 십 년만,' 하고 귀에다 대고 속삭였습니다. 우연 치고는 참으로 묘한 우연이겠지만, 그날 저녁 내 컴퓨터가 해킹을 당했습니다. 박사논문이 거의 돼가는 무렵이었는데 내용을 몽땅 날리고 말았습니다. 나는 죄스럽게도 임이랑 할머니, 나의 정부를 의심하기 시작했습니다. 그 할머니를 나의 정부(情婦)라고 하는 데는 이유가 있지요. 마이네 프라우라고 이따금 부른 것이 화근이었습니다. 우리는 처, 마누라, 여편네, 부인, 내당 그렇게 분화된 명칭을 쓰는데 독일에서는 그 복잡한 걸 휘말아서 프라우란 말로 우겨대니까 그런 오해가 생기지요. 아무튼 임이랑 여사와는 적절한 관계를 유지하면서 논문 쓰는 데 들어가는 경제적 지원을 받았습니다. 이것도 일종의 표절 아닌가 싶습니다. 능력 안 닿는 일을 도모하는 것은 대개 절도행각과 연관되는 것 아니던가요. 혁명이 실패하면 진실은 남의 것이 되고 말지 않던가요.

박사논문은 훔볼트의 언어사상과 연관된 주제로 썼습니다. 제목까지 여기서 밝힐 필요는 없을 것 같습니다. 논문 제목은 내 컴퓨터 아이디 같은 거지요. 아무데나 내돌려 밝히면 위험이 따르지요. 아무튼 언어가 주체의 전면적인 자기실현과 연관되는 행동이기 때문에, 인간의 언어활동은 존재의 문제, 그 인간이 구축하는 세계의 문제 등과 필연적으로 관련을 맺을 수밖에 없다는 내용이었습니다. 그러다 보니 촘스키 류의 생성문법은 전제부터 틀렸다는 논지를 전개해야 했습니다. 유한한 언어자료로 무한한 문장을 생성할 수 있다는 주장은 책상물림, 백면서생의 공상에서나 가능하지 현실성이 없다고 비판했습니다. 어느 팔자 늘어진 작대기가 밥도 안 먹고 잠도 안 자고, 새끼도 안 만들고 말만 하다가 죽겠습니까. 컴피턴스니 퍼포먼스니 하는 따위를 누가 몰라요? 어떤 인간이 어떤 정황에서 하는 말인가, 그 인간의 절실한 요구가 무엇이고, 그 인간이 놓인 자리가 어디며, 어떤 역사의 골짜기를 헤집고 온 인간인가 하는 데 따라 그의 언어는 에너지로 충만할 수도 있고, 수사의 빈껍데기만 바람에 펄럭거릴 수도 있는 게 이치입니다. 물론 그의 업적을 모르는 바 아니지만, 허전한 시도지요. 그 허전함을 달래려고 작심하고서 미국정치 비판하는 거 아니겠습니까.

독일에 간 지 십 년만에 박사논문 달랑 하나 들고 내 사랑하는 조국이던가 고국이던가, 그 아 대-한민국으로 돌아왔습니다. 그런데 상황은 독일로 가던 때와 별로 달라진 게 없었습니다. 아니, 달라진 게 많았습니다. 대학이 소학(小學)을 하는 논문공장으로 바뀌어 부지런히 돌아가고 있었습니다. 대학이라는 데가 공산품을 생산하는 가내수공업의 공장지대로 변해 있었습니다. 독일에는, "기술이 할애비다" 하는 말이 있습니다(비 디 쿤스트 조 디 군스트(Wie die Kunst, so die Gunst)). 쿤스트를 예술이라고 농담(弄談)하던 말이 제 자리를 찾은 셈이지요. 밥 먹여주는 기술이 먼저지 예술이 그 앞에 나설 까닭이 없습니다. 자기가 쓴 논문이 예술이라고 할 때는 원고지에다가 아우라의 안개를 아슴푸레하니 뿜어 놓고, 눈 있는 자 볼 것이요 하는 식으로 엉너리를 쳤는데, 이제는 논문이 기술이니까 아우라 걷어내고 저울로 그 무게를 달아 평가하는 판이 되었던 것입니다. 평가를 한다는 것은 돈을 준다는 뜻이겠지요.

독일 가기 전에 홈페이지 폐쇄한 게 발등을 찍을 일이었습니다. 내 공산품의 총량을 되찾을 길이 없어진 겁니다. 답답한 것은 나는 박사논문 하나를 달랑 들고 왔으니 무게가 나갈 턱이 없지요. 내 존재는 우리 학계에서 질량을 상실하고 자취마저 아스무레 하니 풍화되어 가는 판이었습니다. 서류를 낼 만한 대학에서는 학위논문 외에 근년 3년간 500퍼센트 이상의 논문을 요구하는 것이었습니다. 한 해에 두 편은 공산품을 생산해야 목을 매달 수 있었지요.

달라진 게 또 있었습니다. 이른바 유희정신이 소실되었다는 점입니다. 호모 루덴스가 사라진 자리에 호모 파버들이 옹송그리고 앉아 논문 공작(論文工作)을 하느라고 내가 독일서 박사학위 따 가지고 왔다는데 술 한잔 하자는 친구가 없었습니다. 그래서 내가 아직 연락처 가지고 있는 친구들을 강제로 동원해서 폭탄주로 안겼더니, 배짱 좋다면서 입가심 독일 맥주는 왜 안 내느냐고 궁시렁대는 친구도 있었습니다. 자기 연구실에 처박히기로 작정을 하지 않으면 논문 생산에 막대한 차질을 가져오는데 무슨 초친맛으로 몰려다니면서 카페나 바에서 어슬렁대다가 승진 재임용에서 밀려나는 꼴을 당하려고 하겠습니까.

아, 하나 더 있습니다. 나라가 온통 논문 도둑들이 득실거리는 꼴이라니. 모골이 송연(悚然)해지고 혈관으로 얼음물이 쏼쏼 흘러내렸습니다. 정신을 가다듬고 제 박사논문 주제와 비스름한 글들이 국내에서 나온 게 없는지 자료를 뒤져봤습니다. 그다지 눈에 들어오는 게 없었습니다. 독일에서 공부한다고 국내 학계를 돌아볼 여유가 없었기 때문에 눈이 어두워졌던 모양인지도 모릅니다. 아무튼 문득 눈에 들어오는 큰 논문이 없었습니다. 후유 안도의 한숨을 내쉬고는 이마에 내비친 땀을 닦았습니다. 하긴 훔볼트가 열 살 되었을 때, 조선에서는 정조가 즉위했으니, 이 첨단의 언어과학 시대에 훔볼트는 충분히 낡은 인물이지요.

하늘이 무너질 리가 없지만, 하늘이 무너져도 솟아날 구멍이 있다 듯이, '한국언어문화대학'이라는 데서 시퉁터지고 새꼽맞게 서양언어를 전공한 교수를 모집한다는 공고가 났습니다. 모집이 초빙이나 같은 말이지요? 그 공고를 보고는 기회가 왔다, 라이너 마리아 릴케의 표현대로, "할아버지, 에스 이스트 짜이트(Herr, es ist Zeit)!"라고 외쳤습니다. 독일어 헤어라는 말을 들으면 할아버지가 생각납니다. 박사논문을 증빙자료로 서류를 꾸면서, 그놈의 어플라이라는 걸 했습니다.

할아버지 덕인지, 경천동지할 만한 일이 발생했습니다. 총장 면접이 있던 날, 총장 접견실 그 자리에서 총장각하께서 황공하게도 당장 발령을 내라는 것이었습니다. 교학처장이라는 사람이 거수경례를 할 듯 일어나서는 알았습니다, 그렇게 수행하겠습니다, 하고는 이틀이 지나 발령이 떨어졌지요. 아니 금방(金榜)에 이름을 올렸던 것이지요. 그런 걸일러 금의환향이라 하는 모양이라고, 지도교수 할아버지 힘이 이역에까지 미치는구나, 생각하니 눈자위가 수물거리면서 눈물이 빚지는 것이었습니다.

아, 그런데 내가 전직교수라고 쓸 수밖에 없이 나를 이끌어가는 일이 터진 겁니다. 교학처장의 전공이 언어학이라는 것을 생판 몰랐던 게 탈이었습니다. 더구나 그이가 그 어마딱딱한 노옴 촘스키 제자라는 겁니다. 못할 말로, 재수가 옴붙어서 사타구니에 진물이 날 판이었습니다. 잘못하다가는 크게 당한다 싶어 긴장을 하고 있는데, 생뚱맞게 신임교수 초청 골프 나들이를 하자는 것입니다. 독일서 공부하느라고 골프 못 배웠다고 했더니, 뱁새눈을 가느스름하게 뜨고는 빠딱하게 쳐다보면서 당신이 골프를 못 친다고 부킹도 못하겠느냐면서, 들은 바로는 통큰 남자라던데 쪼물스럽게 놀지 말라는 처장의 한마디가 혼을 빼고 말았습니다. 발령 받자마자 목이 뎅겅 잘릴까봐서, 영어로, "이츠 마이 플레져", 보들레르의 '돈에 팔리는 뮤즈'처럼 아양까지 떨어 놓았습니다. 그런데 적수공권, 돈이 어디 있겠습니까? 돌아가신 어머니 친구 가운데 짱짱한 과수댁이 있었는데, 거길 찾아가 손을 비볐지요. 정착금이 좀 모자란다는 핑계를 대고 돈을 빌려, 그 낯선 골프접대에 떨어 바쳤습니다. 대학에서 큰일할 양반이 골프 회원권 두어 개는 장만해 두라고, 처장이 내 짠한 속을 질렀습니다.

골프가 끝나고, 캐디한테 캐디피를 주라고 언질을 하는 교학처장을 곱지 않은 눈으로 쳐다봤습니다. 사실 그날 주머니가 비어 있었습니다. 그렇다고 캐디피 카드로 될까, 그렇게 물을 수도 없잖습니까. 총장이 재빨리 눈치를 채고는, 팁을 건네주어 아가씨를 저만큼 보내 놓고는 한다는 소리가 배창대 교수, 신임교수 연구비를 준비해 놓고 있습니다. 헌데 인문학하는 분들이 연구비 받으면 쓸 데가 없는 거 아닙니까? 책은 도서관에 있고, 밥이야 집에서 먹고, 내가 들으니 아직 싱글이고, 하니 학교 발전기금을 좀 생각해 보시지요, 그렇게 점잖게 나오는 거였습니다. 정말 신임교수 연구비가 나왔습니다. 거금 3천만원이 통장에 들어와 있었습니다. 야, 이거 땡이로구나 쾌재를 불렀지요. 대학 발전기금 이야기는 까맣게 잊어버리고, 그 3000만 원을 월세방에서 전세방으로 옮기는 데 끓어 넣었습니다.

당시 대학에서 서울 근교에 있는 카지노를 인수한다는 소문이 돌았습니다. 말이 소문이지 명약관화한 사실이었습니다. 학내에서 비교육적이라는 여론이 일기 시작했고, 교수들이 반대를 하고 나섰습니다. 카지노인수저지위원회가 투쟁본부로 재편성될 무렵이었습니다. 전에 홈페이지에 글 올리는 실력을 보았더니 대단하더라면서, 아무래도 언어를 다루는 사람이 글을 써야 할 게 아니냐면서, 선배 교수들이 투쟁 선언문을 쓰라는 것이었습니다. 그렇지, 대학이라는 데가 노름방에서 고리

뜯어 학생들 장학금 주겠다는 게 말이 안 되지. 그래서 카지노인수저지 투쟁선언문이라는 이상야릇한 글을 썼습니다. 그 때 총장이 하던 이야기가 떠올라 뒤통수를 쳤습니다. 아차 싶었습니다. 언론의 자유는 권위에 대한 도전으로 둔갑한다는 것을 비로소 알았습니다. 예전이나 지금이나 바른소리가 불효도 되고 막말이 되기도 하는 법이지 않던가요.

이첨저첨 교학처장을 자주 만나야 했습니다. 만날 때마다 훔볼트를 낡은 인간으로 실실 비웃었고, 나는 춈스키를 공박했습니다. 재수 옴붙은 놈은 뒤로 자빠져도 코가 깨진다는 격으로, 프랑스에서 나처럼 학위 하나 달랑 들고 돌아온 동생 배창성이 자기도 책을 하나 썼다고, 한 권을 들고 찾아왔습니다. 10년 가까이 못 만난 동생이라 반가웠습니다. 들고 온 책은 『한국어번역오류사전』이라는 것이었습니다. 내용이 영어 편, 독어 편, 불어 편으로 갈라져 있었습니다. 동생이 영독불 삼개국어는 거의 자유자재로 구사한다는 것을 아는 터라, 네가 정말 할 만한 일을 해냈구나, 동생이 기특하고 자랑스러워 어머니 대신 안아주고 싶었습니다. 대단한 일이지요. 얼마나 품이 많이 드는 작업입니까. 그리고 번역이라고 마구 휘둘러대는 현실에 맞서는 기개가 가상하지 않겠습니까. 아무튼 그 책을 '국어문화청' 우수도서로 추천해 달라는 것이었습니다. 헛총도 맞으면 사람이 죽는다는데 공개적으로 오류를 지적당하고, 씹히면 기분좋은 사람 없을 터인데 동생 앞날이 걱정스럽지 않을 수가요. 그 알바트로스처럼 날고기는 보들레르마저도 "남모를 눈물에 젖은 웃음도 팔아야 하리"(윤영애, 57)라고 시인의 팔자를 한탄했는데, 중뿔난 짓거리 아니가 하는 생각도 들었습니다.

우선 영어편을 펼쳐 보았습니다. 익숙한 이름이 눈에 들어왔습니다. 구형식, 우리 위대한 처장의 이름이었습니다. 언어학을 전공한 사람이 왜 그 까다로운 포크너의 작품을 번역했는지 알 길이 없었습니다. 아마 미국서 공부하는 중에 그도 목구멍이 포도청이라 옮겨 죽지 않으려고 한 짓일지도 모릅니다. 아무튼 동생 배창성은 조목조목 오류를 지적하여 샅샅이 파헤쳐 놓았습니다. 직접 언급하지는 않았지만 번역의 표절이라는 혐의를 두고 있는 게 분명했습니다.

몇 차례던가 편지로 전해온 바에 따르면, 동생 배창성은 보들레르에 심취하여 홀딱 반해 지냈습니다. 학위논문을 보들레르 시에 나타나는 심연(le gouffre)을 정신분석학적으로 연구하겠다고 하던 동생이었습니다. 그리고 사실 그런 논문을 썼습니다. 그런데 그 따위 책을 내서 형의 입장 난처하게 한다는 게 억울하고 원통하기보다는 웃음이 절로 흘러나왔습니다. 형제가 하는 꼴이 남의 흠결이나 파고드는 그 따위 책을 추천해달라는 동생 배창성의 행동이 불쾌했습니다. 불문학을 공부했고, 보들레르로 박사까지 받아온 동생이, 상상력이 고갈되어 천박한 고자질 꾼으로 돌아다니는 게 꼴사나웠던 것입니다. 모르지요, 에이즈 치료에 처박은 돈 때문에 시달리고 있는 건지도 모르지요. 에이즈에 걸렸다고 금방 죽어 넘어지기야 하겠나 하면서, 시들어가는 목숨을 즐기고 있었을까. 아무튼 남은 목숨 사는 데까지 살아야 한다는 성실성이라면, 피붙이 동생이 아니라도 이유 대지 말고 도와주어야 마땅하지요.

동생이 연구실에 와 있을 때, 오류번역가 구형식 처장이 구내전화로 총장실에서 만나자는 연락을 해 왔습니다. 까마귀 날자 배 떨어진다더니 구형식 처장이 문제를 제기할 것 같아 안절부절인 판에 전화를 해온 것입니다. 나는 일단 총장실로 올라갔습니다. 구형식 처장이 야들야들한 손을 내밀어 악수를 청했습니다. 나는 나도 모르게 허리를 꺾고 두 손으로 처장의 손을 받들어 악수를 했습니다. 속에 똬리를 틀고 들어앉은 두려움에서 자유로울 수가 있겠나요.

구형식 처장은, 훔볼트만큼 늙은 노인이 찾아와서 "배 교수를 찾습니다", 입가에 비릿한 미소를 띠면서 느긋하게, "한번 만나 보시지요" 하는 것이었습니다. 훔볼트만큼 늙은? 그런 생각을 하면서 총장 접견실로 들어갔습니다. 총장 접견실에는 머리가 하얗게 센 백발 노인이 한 분 터억하니 앉아 있었습니다. 노인은 점잖게 일어나서 반갑다고 인사를 하고는 내게 명함을 내밀었습니다. 이양반 성함이 이언행(李言行)이라고 했습니다. 세계언어비교학회총연맹 이사장이라는 직함이 달려 있었습니다. 나는 웃음을 참지 못하고 쿠쿠쿠 웃었습니다. 언행이면 스피치 액트일 터라서 그런 연상이 되었습니다. 자기가 소개하는 데 따르면 조선왕조 어떤 대군의 후손이랍니다. 그래서 그런지 말씀이 점잖고 조리가 탁탁 맞았습니다. 우리 외할아버지를 닮은 구석이 있어서 친밀감이 생기기도 했습니다. 외할아버지도 전주 이씨거든요. 왕족의 후예니 일을 해도 세계적으로, 글로발하게 해야 하는 모양입니다.

그런데 이 어른의 말씀에 따르면 내가 독일에서 쓴 논문은 자기가 낸 책을 독일어로 그대로 번역한 것이나 다름이 없다는 것이었습니다. 요새는 인터넷시대라 세계가 한 마을과 같은 터어 한국과 독일이 하나의 학문공동체 안에 들어가는 현실, 독일서 공부했다고 한국에서 나오는 책을 그대로 베끼면 쓰겠느냐고 준절히 꾸짖는 투로 나왔습니다. 사실과 추측을 혼동하면 안 되는 거 아니냐고 맞섰지만, 평생을 책으로 산 늙은이가 왜 책을 두고 거짓말을 하겠느냐며 하얀 눈썹을 부르르 떨기까지 하는 것이었습니다. 그러면서 젊은 학자를 매장하고 싶은 생각은 추호도 없으며, 다만 우리나라 학문풍토가 고쳐지는 걸 봐야 맘놓고 눈을 감을 수 있다는 말씀은 성자와 같은 분위기마저 풍겼습니다. 이언행 성자는 반들반들한 가죽가방에서 책을 하나 꺼내 놓았습니다.

표지가 금박으로 으리으리하게 장식이 되어 있었는데 천박한 느낌이 들었습니다. 마치 무슨 '처세비법' 같은 책을 연상하게 했습니다. 책이름이 『말씀과 인간의 얼』이라는 것이었습니다. 그러면서, 내가 험볼트의 글은 한 줄도 안 빼고 다 읽었지요, 그러느라고 머리가 이렇게 세었습니다. 이 책 가지고 가서 당신 논문이랑 비교해 보고, 당신의 앞날을 스스로 결단하기 바란다는 이야기를 아주 진중하게 하는 것이었습니다. 그 책을 받아드는 내 손이 한심하게 떨렸습니다. 옆에서 구형식 처장이 노인과 내 이야기를 녹음하면서 연신 빙글빙글 웃었습니다. 구형식 처장은 나를 배웅하면서, 배창성이 당신 동생이냐고 물었습니다. 역시 촘스키 사단의 정보력은 대단하다 싶었습니다. 남의 번역을 그렇게 공들여 읽고 비판하는 소통비평가가 있어야 번역 수준이 국제화될 거라면서, 기회가 되면 자기가 소주 한잔 사겠다고 하면서, 형제가 대단하다는 이야기를 거듭했습니다.

그날, 동생과 밤을 밝히며 논문을 들이 파면서 검토했습니다. 놀랍게도 노인의 말이 한 치도 틀리지 않고 맞아떨어지는 것이었습니다. 그런데 의문스러운 것은, 어떻게 된 셈인지 내가 독일 가기 전에 썼던 그 내용이 이언행 성인의 책에 그대로 들어 있고, 그 내용이 별로 수정되지 않은 채 박사학위논문에 문장만 변형되어 옮겨져 있다는 것이었습니다. 훔볼트를 험볼트라고 하던 게 자꾸 떠올라 머리를 어지럽혔습니다. 그리고 외할아버지를 닮은 그 양반이 혹시 외갓집 떨거지 가운데 누구 아닌가 하는 의문이 끊이지 않았지만, 텍스트를 비교해 보면 사실은 사실이라서 할 말이 없었습니다. 그런 걸 유구무언이라 하지요. 그날 동생한테 들은 말이 뼈를 후비고 들어왔습니다. '명색이 형이라는 게' 하는 한 마디 말이 그것입니다. 나는 뼈가 약해서 뼛속으로 뭔가 파고들기를 잘 하곤 합니다.

동생은 자기가 추천해 달라고 들고 왔던 책을 박박 찢어서 화장실에다 흩어놓고는 달아나듯이 나가버렸습니다. 동생이 떨구고 간 종이 쪽

지가 있어 펴 보았더니, 어느 병원에서 보낸 사체기증 거절 서한이었습니다. 에이즈 감염 환자는 사체를 기증할 자격도 없는 모양입니다. 밸이 뒤집힐 일이었습니다. 대가리 휘젓고 다닌 제 잘못이 없는 바 아니지만 동생이 에이즈환자라는 것은 눈앞이 아득하게, 나를 나락을 떨어지게 하는 일이었습니다. 그래서 앞에 콘돔 이야기를 잠시 했던 겁니다.

그 뒤로 일은 한 가닥 헛됨 없이 착착 진행되어, 나는 논문 표절 죄인이 되었습니다. 자위행위를 하다 들킨 여학교 선생 처지가 그럴 겁니다. 참담했습니다. 그렇게 교수직이 끝나서 전직 교수라고 썼던 것입니다. 그리고 깨달은 게 있다면 금의환향이 화냥년 되기와 직결된다는 점, 문화결핍의 올가미에 걸려드는 일이라는 점입니다.

제가 어수룩하기 짝이 없는 인간입니다. 전직 교수가 되어 가지고 정신을 수습해서 확인해 보았더니, 『말씀과 인간의 얼』이란 책은 출판된 바가 없고, 이언행이라는 인명은 다음, 네이버, 구글 어디에도 나오지 않았습니다. 구형식 처장에게 연락을 할까 하다가, 동생이 말리는 바람에 참았습니다. 또 '형이라는 게' 소리를 들을까 겁이 났던 겁니다.

진중히 묻건대, 저같은 사람에게 일자리 줄 수 있겠습니까? 동생이야 에이즈에 감염되었으니까 서서히 죽겠지요. 그러나 나는 나의 남은 목숨을 살아야 하는 게 소명입니다. 치욕스러워도 살아야 합니다. 다시 정중하게 진언하건대, 기사회생을 할 수 있게 일자릴 당부드립니다.

레벤엑스 편집장 장한식은 배창대의 「찬밥론」을 읽고 덮어 놓으면서, 어금니가 갑자기 쑤시고 아파오기 시작했다. 연유를 알 수 없는 통증이었다. 그런데 언제던가 한번은 느꼈음직한, 낯익은 통증이었다. 아물아물하는 기억을 더듬어 보았다.

친구집에 가서 술 한잔 하고 친구와 같이 잔 적이 있었다. 아내와 갈등을 해소하지 못하고 갈라선 친구는 혼자 자취생활을 하듯이 살고 있었다. 친구가 밥이라고 내놓았다. 전기밥솥에서 말라빠진 누룽지 쪼가리가 섞인 밥이었다. 안주 없는 술을 마신 뒤라서 속이 허전했다. 친구가 궁상떨며 자기 손으로 담았다는 김치를 쭉쭉 찢어서 와작거리며 먹는데 임플란트 한 것이 덜컥 빠졌다. 저런 내 금이빨, 혀로 굴려보다가 눈 끔적 감고 금이빨을 삼켜 버렸다. 30만원은 받을 수 있는 금덩어리였다. 눈물이 찔끔 비치고, 전등이 황금빛으로 어지러웠다.

그 다음날이었다. 삼켰던 금덩어리를 기어코 찾아야 하겠다고, 작심하고 나섰다. 마스크를 하고 화장실 바닥에 신문지를 편 다음 조심스레 일을 봤다. 일이 거의 끝나갈 때까지 항문에 아무 자극이 없었다. 그러다가 잔변이 남았던 것이 쭐금 빠져 나오면서 항문이 찢어지는 것처럼 아팠다. 신문지 바닥으로 피가 벌겋게 쏟아졌다. 황금 덩어리를 찾는데 그만한 대가야 치를 만하다는 생각을 하면서 황금빛 똥덩어리를 헤집어 '노다지'를 찾는데, 아래층에서 누가 올라와 문을 두드렸다. 나갈 수도 안 나갈 수도 없었다. 우리 화장실 천정에 피가 흘러나와요, 사람이 죽었어요? 주먹으로 문을 탕탕 두드리다가는 아예 발로 차는 모양이었다. 철문이 금방 무너질 것처럼 쿵쾅거렸다. 그러다가 잠시 조용해졌다.

바깥에서 119 구조대가 달려오는 모양이었다. 경적이 쉬지 않고 울렸다. 장한식은 머리가 휘둘렸다. 어찔했다. 황금 덩어리를 찾느라고 뒤적이던 똥덩이 위에 엉덩방아를 찧으며 주저앉고 말았다. 문을 두드리다가 안 열리니까, 손잡이를 망치로 깨느라고 아파트가 쩡쩡 울렸다. 식은밥을 먹다가 빠진 바로 그 이빨이 아파오기 시작한다는 기억이 편두통처럼 되살아났다.

따라지, 2014[*]

박정애

행복주공아파트 504동 201호 거실 화장실

아이쿠, 지린내야. 이놈의 변기통을 좀 고쳐놓으라고 골백 번은 얘기 했겠다, 망할 홍병권이 씨발놈아. 이 변기숙이가 생활비 벌고 집안일 도맡는 것도 모자라 변기까지 고쳐야 하냐? 화장실에서 부엌까지 다섯 걸음도 안 되는 좁아터진 집구석에서 애새끼들 키우며 화장실 문을 노상 닫아두고 살 수도 없지 않니? 가스레인지 앞에서 돌아치다 문득 이 독한 지린내를 맡을 때 내 맘이 어땠을 거 같니? 끓는 찌개 넘비를 확 네 면상에다 집어 던지고 싶더라. 그런 줄도 모르고, 숙아, 배그파 죽겠다, 언제 밥 되냐, 어쩌고저쩌고 나대기나 하지, 너란 놈은.

에그, 피비린내!

---

* 김유정의 단편소설 「따라지」에서 빌려온 제목. 김유정의 어휘도 군데군데 빌려 썼음을 밝힌다.

변기에 들이박히며 코가 깨졌는지 이마가 깨졌는지 어쩜 둘 다 깨졌는지 피가 한 사발쯤이나 쏟아졌다. 우악스런 발길이 기숙의 허구리와 잔등을 마구 짓밟았다.

개뿔, 이럴 줄 알았으면 마사지나 받지 말 걸. 생돈 5만 원이나 주고. 미영이년, 미친년, 쌍년, 안 가겠다는 사람을 왜 꼬드겨, 꼬드기길.

기숙은 저녁 설거지를 마치고 국으로 주말드라마나 볼 걸, 괜히 물소뿔 마사지를 받으러 갔다 온 게 이 모든 사달의 원인인 거 같아서 미영이가 너무 원망스러웠다. 마사지는 시원하기보단 아팠고 생각보다 오래 걸렸다. 또 오랜만에 만난 미영이 시간 가는 줄 모르고 제 시누이 흉을 보았다. 미영이 보험 하나를 들어줄 듯 말 듯 사람 애간장을 태우지만 않았으면 마사지숍을 나와 카페에서까지 그렇게나 오래 붙들려 있을 까닭이 없었을 것이고 식구들 다 깨어 있을 때 귀가했더라면 이런 봉변을 당할 일도 바이없었지 않나. 예준이, 예슬이가 숙제는 제대로 했는지 책가방은 챙겼는지 준비물은 없는지 이는 닦았는지 궁금하고 불안하여 신경이 곤두섰지만, 혹 미영이 제 얘기에 귀를 안 기울인다고 보험 들어주고픈 마음을 바꿔버릴까 봐 내내 휴대폰을 만지작거리면서도 집에 전화 한 통 못 건 기숙이었다.

그놈의 보험이 뭐라고. 그깟 돈 몇 푼이 뭐라고.

어쩌면 홍병권이란 백수 따라지와 결혼을 한 거부터가 잘못이었다. 전문대학 디자인과 졸업하고 조그만 광고회사에 다니던 시절, 내 사랑 기숙씨, 하며 따라다닌 남자 중에는 광고회사 선배도 있었고 중학교 체육선생도 있었다. 둘 다 어느 모로 보나 홍병권보다는 나은 축이었는데도 의리파 변기숙은 고등학교 때부터 십 년 넘게 사귄 의리를 들먹거리는 홍병권과 잠을 자버렸다. 두 달 거푸 저녁마다 꽃을 사들고 기다리던 그 체육선생이 이왕 기다리는 김에 한 달만 더 버텨주었더라면. 그

랬으면 내가 병권이놈 마누라가 되어 닭갈비 냄새에 십 년을 찌들어 살다 종당에 말아먹을 일도 없었을 것이고 실손보험 하나 팔아보겠다고 밤늦게까지 미영이년 찧고 까부는 뒷담화에 맞장구 쳐줄 일도 없었을 거 아닌가.

팔오금이 뒤로 꺾이면서 우지끈, 소리가 났다. 부러진 걸까.

아, 다 내 잘못이야. 부모님 돌아가셨을 때 묻지도 말고 따지지도 말고 서울로 튀었어야 했어. 고향이랍시고 주저앉아 고깃집을 합네 임대업을 합네 입때껏 비비적댄 게 화근이지. 내가 왜 도망가지 못했을까. 변기인, 그 녀석 때문이지. 내가 뒷바라지 잘해주면 대학교수는 못 돼도 보건소 공무원쯤은 돼줄 줄 알았잖아. 그 녀석이 요 모양 요 꼴로 나한테 얹혀살며 홍병권이보다도 더 나를 괴롭힐 줄이야. 아아.

너무 아파. 미칠 것 같아.

대체 이게 무슨 일이야? 내가 미친 건가? 무서운 꿈인가? 하지만 허벅지를 꼬집을 필요도 없이 생생한 이 아픔은? 눈과 입, 손목과 발목을 몇 겹으로 둘러친 테이프는? 눈살이라도 찌푸릴 수 있었으면. 신음소리라도 낼 수 있었으면. 무언가를 붙들거나 버둥거릴 수라도 있었으면.

그래도 귀에는 테이프가 없어서 소리는 들렸다. 퍼퍽, 쿵. 퍽.

설마 이 소리를 아무도 못 듣고 있는 건 아니겠지? 홍병권이 딴 건 몰라도 귀는 밝은데? 홍병권이 이미 죽었다는?

끈인지 철사인지 가느다란 무엇인가가 기숙의 목을 옥죄기 시작했다.

예준이, 예슬이도?

목보다도 명치 아래가 더 아팠다. 똥구멍이 제풀에 벌어지더니 뜨뜻미지근하고 물컹한 액체를 쏟아놓았다.

"으악, 구린내!"

"그년 똥냄새 한 번 지독하네."

"구두쇠 노랑이년 똥이 그렇지 뭐."

"야, 확실히 뒈졌는지 확인하고 얼른 행동 개시하자. 벌써 자정 넘었어."

행복주공아파트 504동 201호 안방 화장실

병권은 수증기로 뿌예진 거울 한 구석에 거무스름한 몽치 같은 그림자가 어른거리는 걸 곁눈으로 보면서도 오른손으로 이를 닦고 왼손으로 온몸에 비누질을 했다. 한낱 그림자 따위를 의심하여 정체를 알아보거나 하는 일이 귀찮았다. 지은 지 20년 넘은 서민아파트에 귀신이 나왔으면 나왔지 도둑이 들까 싶었고, 욕조 수도꼭지에서 뜨거운 물이 콸콸 쏟아지기도 했고, 거실에 켜놓은 텔레비전의 볼륨이 지나치게 크기도 했다. 왕복 네 시간 운전, 열 시간 산행의 후유증 또한 만만치 않았다. 살짝만 움직여도 종아리와 장딴지에 생긴 가래톳이 뻐근하니 아팠다.

인간 홍병권이도 다 늙었군, 하는 생각이 떠올랐다 사라졌고, 친구들과 놀고 싶을 텐데도 아비 등산을 따라가 준 중학생 아들이 불현듯 대견스러웠다.

대한민국 아비들 중에 중딩 아들놈하고 나만큼 잘 지내는 아비 있음 나와 보라 그래. 욕조가 좁아도 함께 씻자고 해야겠다. 녀석 등을 먼저 밀어주고 내 등도 밀어달래야지. 아비한테 고추 털 난 거 안 보여준다고 내빼려나? 덩치는 황소 같은 녀석이 웬 부끄럼은 그리 타는지.

입가에 미소가 번지면서 치약거품이 줄줄 흘러 내렸다.

변기숙이가 큰 체를 할 만하지. 아들을 못 낳았어, 딸을 못 낳았어, 돈을 못 벌어, 집안일을 못해? 손가락셈으로 따져 봐도 나보다야 낫지. 암, 낫고말고.

암만 그렇더라도 서방을 들들 볶아 마른반찬 만들어 먹을 일은 없지 않니, 기숙아. 청소해라, 빨래해라, 변기 고쳐 놔라……. 내가 청소해놓으면 더럽다고 어차피 네가 다시 하잖아. 빨래도 그렇지. 한꺼번에 세탁기에 때려 처넣고 돌리는 거면 나도 할 수 있어. 하지만 뭐는 삶고 뭐는 애벌빨래하고 뭐는 뒤집어 빨고 뭐는 망에 넣고 흰 빨래는 따로 빨고 어쩌고 하는 걸 내가 무슨 수로 기억하냐. 변기도, 내가 손대면 더 망가지는 거 알잖아. 그러게 돈 아까워하지 말고 애당초 사람을 부르라니까 왜 질질 끌면서 애꿎은 서방한테 가자미눈을 흘기고 귀 거친 소리를 늘어놓니. 칭찬은 고래도 춤추게 한다는데, 기숙이 너도 서방 칭찬하는 법 좀 배워라. 내가 그래도 뭐 사오라는 심부름 하나는 기똥차게 잘하잖아. 한밤중에라도 네가 뭐 사오라고 시키면 군말 없이 나갔다 오잖니. 그리고 대한민국 아빠치고 애들도 제법 챙기는 편이지. 너만 바쁜 체하지 마. 백수가 과로사한다고 이 홍병권이도 바쁘단다. 하루하루가 언제 가는지 모르게 후딱 가. 너 출근시키고 애들 학교 보낸 다음에 게임 한 판 하고 인터넷으로 뉴스 서핑하고 댓글 좀 달고 트위터랑 페이스북 한 바퀴 돌면 어느새 예슬이 학교 갔다 오거든. 예슬이 간식 먹여서 피아노 학원 보내고 설거지 쌓인 거 하고 나면 또 저녁이야. 예슬이, 예준이 저녁먹이고 예준이 수학학원 보내고 예슬이 숙제 봐주려면 드라마 한 편 마음 편히 볼 시간도 없어야. 물론 네가 해놓은 밥에 해놓은 반찬 차려주는 거지만, 우리 애들이 그 고사리손으로 직접 차려먹는다고 생각해 봐. 얼마나 불쌍하냐?

비눗갑에 비누를 내려놓으며 병권은 거울 속의 제 얼굴에 윙크를 보냈다. 수증기가 잔주름과 잡티를 가려준 덕에 십 년은 젊어 보였다.

기숙아, 너도 알다시피 내가 고등학생일 때 얼마나 꽃미남이었냐. 까놓고 너랑 나랑 얼굴 갖다대놓고 물어봐라. 누가 더 곱상한지. 말이야 바른 말이지 그때 네가 쳐놓은 그물에 덥석 걸려들지 않았음 나 지금쯤 탤렌트 돼서 잘나갈 수도 있어. 못나가도 강남 클럽에서 제비 노릇은 충분히 할 걸? 야, 변기숙이. 돈 못 번다고 서방한테 너무 그러는 거 아니다. 꽃 같은 총각을 낚아채 네 남자 만들었으면 네가 벌어 먹여 살리는 게 당연하지, 뭘 그걸 가지고 밤낮 유세를 떠냐? 나는 뭐 처가살이 하면서 쌓이고 맺힌 거 없었겠니? 하나뿐인 데릴사위 귀한 줄 모르던 네 부모! 그 걸쌈스런 노인네들이 나를 얼마나 괄시했는지 네가 아니? 마음보를 그리 못되게 쓰니까 끝이 안 좋은 거야. 알토란같이 모은 재산, 병원비로 거지반 탕진하고도 평균수명을 못 살지 않던?

이크, 장인님 귀신 나올라. 귀신은 남의 속생각도 다 읽겠지? 아까부터 뒤통수가 으스스한 게 어째…….

병권은 걸핏하면 국수방망이를 들고 덤비던 장인 생각이 나서 제풀에 어깨를 움찔했다. 그리고 세면대 수도꼭지를 돌려 칫솔을 먼저 씻어내고는 플라스틱 컵에 물을 받았다. 입에 물을 한 모금 머금고 올칵올칵 소리 내던 병권의 뇌리에, 장인이 불뚝성을 낼 때마다 장모고 기숙이고 간에 불문곡직 장인 역성만 들던 기억이 뾰루지처럼 올라왔다.

에라, 망할 놈의 집구석. 장모는 그렇다 치고 기숙이 너는 그러면 안 되는 거였어.

캑캑. 병권은 사레들린 기침을 쏟아내며 입 가신 물을 세면대에 뿜었다.

몽치가 움직인 것은 그때였다. 몽치는 잽싸게 병권의 뒤통수를 후려쳤다. 수도꼭지에 들이박힌 병권의 앞니가 악살박살이 났다. 코가 깨지고 입술이 터졌다.

우악스런 손길이 병권의 머리카락을 거머잡고 일으켜 세웠다. 병권은 손 주인을 확인하려고 눈을 부릅떴다. 그러나 병권은 거울에 비친, 여름철 납량특집 드라마에나 나올 것 같은 귀신 얼굴을 잠깐 보았을 뿐이다.

장인인가? 아, 씨발, 나잖아. 홍병권이, 인물 다 망가졌네.

욕조에서 물이 흘러넘치기 시작했다.

저거 빨리 잠가야 하는데? 화장실 물바다 되면, 변기숙이가 밤새도록 잔소리 할 텐데?

테이프로 눈과 입이 가려지고 손목과 발목을 묶인 채, 병권은 텔레비전 소리가 너무 시끄러운 거실로 끌려 나갔다. 문득 아들 생각이 났다. 아찔했다.

제발 아들만이라도 살려 주세요…….

그러나 테이프로 틀어 막힌 입에서는 끄응, 소리밖에 나오지 않았다.

가까운 데서 아들 냄새가 났다. 피지분비가 부쩍 활발해진 사춘기 소년이 내는 독특한 냄새였다. 아들이 끙끙거리는 소리도 들리는 듯했다.

예슬이는? 찍 소리 없이 자고 있어서 무사한가? 제발 …….

기숙이는? 어디 간 거야? 미영이 만나러 나갔나? 아, 제발 …….

너희 대체 누구니? 누구야, 이 새끼들아?

"이젠 마누라년밖에 안 남았다."

기숙아, 숙아, 미영이네서 자고 와라.

"몇 시냐?"

"열 시 오십 분. 일 시작할까?"

"안 돼. 마누라년이 눈치 까고 경찰 부르면 끝장이야."

"아무튼 열한 시 전에 끝났음 좋겠군."

행복주공아파트 504동 201호 현관 쪽 작은방

열한 살짜리 초등학생 예슬은 아빠가 오면 호두과자를 얻어먹을 생각으로 이를 닦지 않았다.

쳇, 여덟 시면 온다더니 아홉 시가 넘었잖아.

저녁을 걸렀지만 딱히 배가 고픈 것은 아니다. 그냥 아무도 없는 집이 조금 쓸쓸하고 무서울 뿐. 예슬은 그냥 이를 닦고 자버릴까 기다린 김에 계속 기다려볼까 고민하다가 일단 침대에 배를 깔고 엎드렸다. 습관적으로 스마트폰을 들었다.

카카오톡 가족 채팅방에서 이미 확인한 메시지를 또 읽었다.

사랑하는마마 : 엄마 좀 늦을 거야. 미안. 아빠 오면 밥 달라고 해. 냉장고에 빵도 있어. 전자레인지에 데워서 우유랑 먹어.

하늘만큼땅만큼사랑하는아빠 : 주말이라 고속도로가 너무 막히네. 여기 횡성휴게소. 아빠가 우리 딸 주려고 호두과자 샀거든! 기다려. 여덟 시 전에 도착할 거야.

사랑하는마마 : 착한 딸, 숙제 다 했지?

배고프다고, 무섭다고, 왜 어린애를 집에 혼자 놔두느냐고, 부모의 죄책감을 자극하는 얘기를 쓰고도 싶지만, 숙제를 안 했다는 사실이 버쩍 찔려 예슬은 대화방에서 나와 버렸다.

졸리다. 너무 놀았나?

아침에 친구 생일파티에 가서 먹고 놀고 네일숍과 노래방에도 다녀오느라 다리에 불풍이 났다. 네 시부터 일곱 시까지는 202호에서 영화 〈장고―본노의 추적자〉를 보았다. 영화는 엄청 잔인했지만, 재미있었다. 예슬은 엄마 몰래 그런 영화를 보여주는 타란티노가 좋았다. 게다가 타란티노는, 키가 좀 작아 그렇지, 꽤 잘생겼다.

훈남? 아냐. 훈남 플러스 미남! 킥킥.

타란티노 오빠가 얼른 유명해졌음 좋겠어. 애들한테 막 자랑하고 싸인 받아주고 하게.

예슬은 네이버에 들어가 쿠엔틴 타란티노를 검색해 보았다. 생긴 걸로만 보면, 타란티노 오빠가 타란티노 감독보다 나았다.

타란티노 오빠랑 나랑 몇 살 차이지? 어머, 나 좀 봐. 여태 오빠 나이도 몰랐네?

아, 졸려. 그냥 잘까?

이를 안 닦고 자면 까만 충치벌레들이 이를 갉아먹을 거니까 닦기는 닦아야 한다. 하지만 이를 닦으면 잠이 달아나서 아빠를 기다렸다가 호두과자를 먹을 거다. 그럼 이를 또 닦아야 한다. 얼마나 귀찮은 일인가.

예슬은 네이버 지식in에 "하루라도 이를 안 닦으면 충치가 생기나요"라는 질문을 올렸다. 들어간 김에 "자꾸 잡아당기면 코가 높아지나요"와 "귀 뚫을 때 많이 아픈가요", "얼굴 조막만 해지는 법"에 대한 답변들을 읽고 마음이 드는 의견을 추천했다. 그리고 아이돌 가수 팬카페에 들러 출석체크를 하고 오늘의 웹툰 서너 개를 보다가 스르르 잠이 들었다.

꿈도 없는 꿀잠을 이십 분쯤 잤을까. 예슬이 잠을 깼을 때, 예슬의 눈과 입에는 테이프가 감겨 있었고 웬 억센 손가락이 목통을 조이고 있었다.

중국인 첸이구나. 담배 엄청 피워대고 머리 냄새 지독한 아저씨…….

코가 예민한 예슬은 손가락 주인을 금세 알아챘다.

“더 눌러. 더 세게.”

이 목소리는? 타란티노 오빠?

예슬은 심심할 때면 현관문을 마주보고 선 앞집 202호에 놀러가 타란티노 옆에서 영화를 보곤 했다. 타란티노는 하루 종일 영화를 보았는데, 가끔씩 영화를 보다 말고 혼잣말을 하거나 소리를 질렀다. 그런 모습도 멋있다고, 목소리도 근사하다고, 예슬은 생각했다.

근데 오빠, 몇 살이에요?

“확실히 하라고. 코 밑에 손 대 봐.”

행복주공아파트 504동 202호, 거실 쪽 작은방

첸이 오른손 엄지와 검지로 입술 거스러미를 쥐어뜯었다. 뜯긴 자리에 핏방울이 맺혔지만, 첸은 신경 쓰지 않고 그때껏 떨던 다리를 더 심하게 떨었다.

“헤이, 타란티노. 죽는 소리 하지 마. 내가 더 힘들어. 영화는 돈만 생기면 언제든 만들 수 있잖아. 또 아니? 네 누나 아오리 쏭이 아오이 소라만큼 유명해져서 엄청난 부자 스폰서를 뜯어먹고 사는 날이 올 수도 있잖아.”

“흥, 내가 로또 당첨되는 날이 먼저 오겠다.”

타란티노가 코대답을 했다. 첸이 타란티노의 노트북 키보드에서 스페이스바를 찾아 눌렀다. 영화 〈마셰티〉의 주인공 마셰티가 사람 창자를 밧줄 삼아 병원을 탈출하다, 벽 한가운데에서 멈추었다.

"똑같은 장면을 몇 번 보냐?"

"너무 천재적인 아이디어니까. 첸, 사람 창자 길이가 거의 7미터라는 사실, 알고 있었니?" 첸이 입술 거스러미가 묻은 손으로 타란티노의 턱을 붙들어선 제 쪽으로 돌렸다. 첸의 눈빛이 짜장 절박했다.

"나 좀 봐. 나 좀 보라고. 당장 열흘 뒤에 귀국하는데, 학위도 못 땄지, 돈도 못 모았지. 중국에서 피 팔아 학비 대준 부모님이 나 학위 못 딴 거 알면 가만있지 않을 거야."

"가만있지 않으면?"

타란티노가 눈을 비비며 데퉁스레 말을 받았다. 며칠째 아오리에게 꼬집히고 들볶인 여파로 눈자위가 판다처럼 꺼먼 것이 거반 병객이었다.

아오리는 포르노영화 배우를 꿈꾸는, 남성 전용 마사지숍 종업원이다. 얼굴은 예쁘장한데, 키가 작고 가슴이 밋밋하다. 마사지숍의 가슴 큰 동료 하나가 포르노영화 조연으로 발탁된 뒤부터 암상이 돋쳐 타란티노만 봤다 하면 잡아먹으려 들었다.

이 절벽 가슴으론 숍에서도 맨 따라지밖에 못해. 영화배우는 꿈도 못 꾸지. 내가, 이 얼굴에, 가슴만 빵빵하게 키워봐. 아오리 소라보다 못난 게 뭐가 있니? 야, 이놈아, 누나가 뭐 팔아서 너 먹여 살리는 줄이나 알아? 아냐고? 그걸 알면 네놈이 장기를 떼어 팔아서라도 이 누나 유방확대 수술비를 마련해줘야지.

키는 어쩔 수 없다지만, 유방은 수술로 확대할 수 있다. 콩팥은 두 개다. 눈도 두 개…….

"장기를 몽땅 떼어서 팔아버릴 거야."

타란티노는 울가망한 기분으로 부르르 몸서리를 쳤다.

"설마."

"너네 아오리 누나는 말만 험하게 하지, 막상 너 없어졌을 때는 너무 울어서 눈이 벌게졌더라. 내 부모님은 안 그래. 냉정하고 무서워. 내가 등록금이랑 방세로 도박한 거 알면 정말로 나를 죽일 거야. 주인아줌마가 우리 부모님한테 전화해서 방세 밀린 거 다섯 달치 내라고 하면 나는 끝장이라고. 아, 진짜 어쩌란 말이냐. 죽는 수밖에 없는 거냐?"

타란티노는 노트북의 정지 화면을 꼬나봤다.

내가 살려면 남의 배에서 꺼낸 창자로 번지점프를 할 수도 있는 거야. 암. 그래야 내 인생의 주인공이지. 주인공은 머뭇거리지 않아. 주인공은 죽지 않아……

타란티노가 목소리를 낮췄다.

"있지, 우리나라엔 말이야. 죽을 마음 있으면 죽을 각오로 뭐든 해보라는 속담이 있어."

이게 속담 맞나? 에라, 속담이면 어떻고 아니면 어때. 중국놈이 뭘 알겠어?

타란티노의 입가에 걸린 실소를 유심히 바라보며 첸이 말했다.

"내 말이 그 말이야. 너, 그거 생각하는 거지? 주인집 로또! 아, 씨바. 로또도 맞았으면서 방세 따위를 달라고 지랄할 게 뭐야. 사날 안에 안 내면 중국 부모한테 전화를 걸 거라고? 너네 한국 부자들은 정말 쩨쩨해."

타란티노가 검지를 입술에 얹었다. 그리고 기인의 방 쪽을 곁눈질했다.

"쉿."

행복주공아파트 504동 202호, 현관 쪽 작은방

기인은 제 방 컴퓨터 앞에서 꼼짝도 않고 웹서핑에 열중했다. 기숙이 또 쳐들어와 북새를 놓을까 꾀꾀로 바깥 동정에 신경을 곤두세우기도 했지만, 웬만하면 의자에 엉덩이를 붙이고 앉아 평정심을 유지하려 애썼다.

고등학교 동창들의 인터넷카페 게시판에서 별로 친하지 않았던 한 동기 녀석이 토해놓은 넋두리가 기인의 눈길을 끌었다. 얘기인즉슨 사후에 형제간 재산분쟁이 벌어질까 지레 염려가 많았던 부모가 꽤 너른 시골 땅을 다 팔아 장남에게 사전 상속을 해버렸다. 조상 제사 모신다는 명분으로. 둘째이자 막내인 동기 녀석은 부모의 처사가 섭섭했지만, 어쩔 수 없다고 생각하고 체념했다. 그런데 형 부부가 두 자녀를 데리고 휴가를 떠났다가 교통사고를 당했다. 형은 119 구급차 안에서 죽었고 두 자녀는 병원에 도착하자마자 번차례로 죽었다. 맨 마지막에 형수가 중환자실에서 일주일을 버티다 죽었다. 그 일주일 사이에 형의 재산은 법적으로 두 자녀와 형수에게 갔다가 형수한테로 쏠렸고, 형수마저 죽자, 형수의 직계혈육, 그러니까 친정부모한테로 가버렸다. 친정부모는 딸이 죽어 슬픈 건 슬픈 거고 재산 상속은 법대로 하는 거라며 입을 싹 닦았다. 이제 동기 녀석은 물려받은 재산 한 푼 없이 조상 제사와 부모 봉양이라는 덤터기를 쓰고 말았다는 것이다.

동창회엔 한 번도 나가지 않았지만 카페 활동은 열심히 하는 편인 기인이 댓글을 남겼다.

모든 일에는 순서가 중요하지. 마인드 컨트롤을 잘해야겠다.

기인은 잠깐 마우스를 쥐고 있다가 댓글을 지웠다. 그리고 첸의 여자 친구 메이린의 페이스북 페이지로 들어갔다. 기인은 메이린의 아이디와 패스워드를 알고 있었다. 언젠가 메이린이 첸을 만나러 왔다가 기인의 컴퓨터를 사용했을 때 기인이 몰래 저장해두었던 것이다.

메이린은 페이스북 페이지에 물소뿔 마사지숍 할인 정보를 주로 올렸다. 아무한테나 친구 신청을 하고는 메시지, 댓글 따위로 마사지숍 홍보 문구를 전하기도 했다.

기숙의 친구 미영의 타임라인에는 수년째 앓고 있는 어깨 통증에 관한 애기가 많았다. 기인은 메이린의 이름으로 미영에게 메시지를 보냈다.

물소뿔 마사지 받아보세요.

물소뿔은 음양의 기운이 매우 조화로운 물건으로 인체의 경락과 기혈을 다스리고 독을 배출해줍니다. 고대 중국에서 전해 내려온 물소뿔 괄사건강법! 믿고 한 번만 해보세요.

1회 마사지에 5만원!

한가한 주말저녁에는 원 플러스 원 혜택까지! (한 명 비용으로 두 사람 마사지를 해드립니다.)

기인는, 첸과 타란티노에게도 메시지를 보냈다.

로또 당첨되면 제일 먼저 뭘 할 거 같니? 직장 관두기? 빚 갚기? 집 사기? 외제차 사기?

만약 직장도 없고 빚도 없으면? 낡은 서민아파트라도 두 채나 있으면?

정답 : 아무한테도 애기 안 하고 아들과 등산을 다닌다! 이걸 할까, 저걸 할까, 즐거운 고민을 해야 하니까 …… 돈다발은 집안 어딘가에 숨

겨놓고 말이지. ㅋㅋ

내 손에 피를 묻힐 필요는 없어. 난 돼지도 아니고 킬러도 아니야. 헬 퍼랄까? 사이토카인을 솔솔 뿌려 돼지나 킬러 들을 깨우기만 하면 되지. 병균을 투입할 필요도 없어. 병균은 도처에 떠도는 걸. 공기처럼. 물처럼. 먼지처럼. 온 세상이 오염돼 있다고 봐도 무방하지.

행복주공아파트 504동 202호, 현관 쪽 작은방

"야, 변기인, 오늘까지 방 비우라고 했어, 안 했어? 왜 사람 말을 귓등으로 들어?"

기숙이 황밤주먹을 허구리에 찌르고 목에 핏대를 올렸다.

"누나, 나한테 이러지 마. 나, 얌전히 방 안에만 처박혀 있잖아. 사고도 안 치고 카드도 안 긁고."

"어이구, 잘났다. 그래, 사고 안 치고 카드 안 긁으면 사람 축에 든다던? 사지육신 멀쩡한 남자새끼가 허구한 날 방구석에 들어앉아 키보드나 두드리고 있는데?"

기인은 누나 앞에만 서면 꾸물꾸물 움츠러드는 제 모습이 문득 부끄러웠다.

아, 씨발. 나도 이제 서른 넘은 인격체야. 언제까지 제 맘대로 쥐어박을 수 있는 꼬마 남동생인 줄 아나.

"매형도 집에서 놀잖아. 매형한테는 방 비우라고 안 하면서 왜 나만 닦달이야?"

말이 끝나기 무섭게 기숙이 주먹을 들어 기인의 등짝을 마구 후려쳤다.

"이 새끼가 가만있는 매형은 왜 들먹거리니? 매형이 예슬이, 예준이를 얼마나 잘 챙기는데! 매형 없었음, 내가 무슨 수로 천지 사방 싸다니며 돈벌이를 하니? 네놈새끼가 언제 예슬이, 예준이 기저귀 한 번 갈아줘봤니? 똥통 새끼가 입만 열면 똥을 싸고 있어."

똥통이라니. 맞아서 아픈 건 둘째 치고 똥통이란 말에 기인은 화통이 터졌다. 똥통은 변기인이라는 이름 탓에 유치원 다닐 때부터 들어온 별칭이다. 자동으로 안 좋은 기억들이 넝쿨째 따라 나왔다.

"아, 씨발, 자기 입에서 나는 똥냄새는 생각도 안 하지."

"뭐?"

기숙의 주먹이 이번에는 기인의 골통을 후렸다. 기인이 양손으로 머리를 감싼 채 방구석으로 몸을 피했다.

"잘못했어, 잘못했어. 누나. 좀 봐주라. 사날만 봐주라."

기숙이 코웃음을 쳤다.

"그놈의 사날은 석 달인지 삼 년인지……."

"까놓고 이 방이 누나 거, 아니잖아. 울 아버지, 어머니 살아계실 때부터 내가 쓰던 내 방이잖아."

"이 집, 누나 거 맞거든. 법적으로, 나는 집주인, 너는 세입자. 좋은 말 할 때 나가줄래?"

그러고 으르딱딱이는 기숙도 마음이 편치는 않았다. 엔간한 재산은 병원비로 다 쓴 부모가 알량한 서민아파트 두 채를 한몫에 큰딸 앞으로 상속해준 마음이 어떤 거였을지 기숙도 잘 알았다. 암팡진 맏딸이 철없는 어린 아우를 무던히 거둬 주리라 철석같이 믿었으리라.

이만하면 내 의무는 다하고도 남았어. 암, 내 속으로 낳은 자식새끼도 아니고.

사실이지 기인의 대학과 대학원 등록금, 공무원학원비에다 교통사고 합의금, 카드빚 갚아준 것만 다 합쳐도 아파트 한 채 값은 훌쩍 넘겼다. 중고등학교 보내고 먹이고 입히느라 든 돈까지는 쩨쩨해서 계산하기도 물렸다. 문제는 끝이 보이지 않는다는 거였다. 기인이 공무원 공부도 때려치우고 방 안에서만 뒹군 게 벌써 일 년, 독한 마음을 먹고 쫓아내지 않으면 영원히 사람 노릇하기는 그른 성싶었다. 빌어먹더라도 네 힘으로 한 번 살아봐라 싶었다.

기인이 마른 볼따구니에 비굴한 웃음을 물고 기숙을 올려다보았다.

"나도 매형처럼 애들이랑 놀아주고 집안일 거들면 안 될까? 으응?"

후우.

기숙은 곱다시 때려주고 싶은 마음을 심호흡으로 다스렸다. 기도 너무 막히니까 되레 막힌 둥 만 둥했다.

"매형이 부럽거들랑 너도 나가서 누나처럼 생활력 있는 여자를 물어, 응?"

행복주공아파트 504동 202호, 거실

기숙의 뒤에 섰던 뻐드렁니 양복쟁이가 제법 삿대질을 하며 고함을 질렀다.

"거 미리 좀 치워놓지! 그래야 오는 사람이 들어가질 않겠소? 나는 벌써 보증금하고 한 달치 방세를 낸 사람이야. 이거 일주일 중으로 안 치워놓으면 법적으로 해결을 볼 참이니까 그리 아오."

기숙이 기인을 향해 눈을 부라리고는, 얼자에게 눈웃음을 살살 치며 굽죄었다.

"제 동생이 좀 철없고 모자라요. 이해해 주세요. 야, 변기인, 똑바로 인사 못 드리니? 네 매형한테 6촌 형님 되시는 분이야."

기인이 엉거주춤 허리를 꺾자, 뻐드렁니가 배를 내밀며 입을 쩝쩝 다셨다.

"법원 앞 원룸이 젤로 속편한데, 제수씨 부탁이 하도 간절해서 계약한 거요. 적이나하면 하루라도 빨리 비워주시오."

기인이 귀만 안 틀어막았지 심드렁한 얼굴로 들은 체 만 체하는 반면, 기숙은 집주인 채신머리 따위 개나 물어가라는 듯 연신 굽실거렸다.

"아이고, 걱정 안 하셔도 돼요. 저놈은 믿지 마시고 저만 믿으셔요."

그러다 기인을 돌아볼 때는 표변하여 날쳤다.

"이 분, 법원 공무원이셔. 행여나 어떻게 모면해 볼까 꿈도 꾸지 마. 까불다 징역 사는 수가 있어."

뻐드렁니가 뒷짐을 진 채 집 안을 두리번거렸다. 어느 모로 봐도 법원보다는 정육점 쪽에 어울리는 외모였다. 체크무늬 양복도 남의 것을 빌려 입은 것처럼 어색하고 싼 티가 좔좔 흘렀다.

저 뻐드렁니가 보험 하나 들어준 모양이군.

기인이 혼잣속으로 비아냥거릴 때, 기숙은 쾌재를 불렀다.

얼씨구나. 이제야말로 임대업 제대로 해보겠네. 직장 확실하니 월세 또박또박 받을 테고 알음알음으로 보험 고객도 늘릴 수 있을 테지. 월세 안 내는 세입자들 잡도리하는 데도 법원 권세가 도움이 되지 않겠어?

"그럼, 제수씨만 믿고 가보겠수다."

"예, 예, 예. 저만 믿으세요."

기숙은 몇 번이나 절을 하며 뻐드렁니를 배웅했다.

요 인간들, 내가 그냥 갈 줄 알았지?

기숙이 돌아와 거실 쪽 작은방 문을 벌컥 열어젖히는 사품에, 문 뒤에 죽은 듯 숨어 동정을 살피던 첸의 엄지발가락이 문틈에 끼었다.

"으아아아아아아아악!"

첸이 오만상을 찌푸리며 펄펄 뛰는데도, 타란티노는 담배 연기로 고리를 만들며 열없이 헤실거렸다. 타란티노는 원래 아오리와 함께 안방을 빌렸지만, 아무리 친남매라도 남자이고 여자인지라 불편한 점이 많았던지 주로 첸 방에서 뒹굴었다.

그러면 첸이 못 내는 방세를 반이라도 제가 내야지. 방세도 안 내고 남의 방을 얻어 쓰면서, 방 주인이 아파 죽겠다는데 위로는커녕 실실 쪼개고 자빠져? 사람 같지 않은 종자들.

기숙은 동생서껀 요즘 젊은것들을 도무지 이해할 수 없다는 생각에 고개를 설레설레 저었다.

"야, 고만 뛰어, 첸. 아랫집 할머니 올라오겠다."

첸이 비명을 사리물며 기숙의 눈치를 살폈다.

"첸, 방세 다섯 달치 밀린 거 알아, 몰라?"

"알아요."

"사흘 안에 청산 안 하면 너네 집에 전화한다?"

첸이 부르르 떨었다.

제 말이 효과 있는 것 같아서 기숙은 기분이 좀 풀렸다. 사실은 일찌감치 첸의 중국 본가에 전화를 하고 싶었으나 중국어를 하나도 모르는 탓에 엄두를 내지 못했다.

이젠 뭐든지 똑똑한 뻐드렁니에게 물어보리라. 정 필요하면 중국사람 통역을 부를 수도 있지.

온 김에 안방을 들여다보니 화장품, 액세서리, 속옷, 가방, 모자, 책 따위가 발 디딜 데 없이 널브러져 있었다. 기숙은 이맛살을 찌푸리고 혀를 찼다.

무슨 계집애가 사내들보다 방을 더 더럽게 쓰니? 읽지도 않는 책은 뭐 하러 사 모은담, 분수없이. 우리 예준이 커서 너 같은 년 만날까 겁나는구나.

사람이 있었으면 잔소리를 퍼부었을 텐데 사람이 일 나가고 없으니 싱거워서 기숙은 안방 문을 얌전히 닫았다.

아오리는 세입자 중에서 유일하게 방세를 제 때 내는 폭이다. 그래도 지난달 방세는 밀렸다. 요즘 경기가 하도 안 좋아서 그렇다며 조금만 봐달라고 했다.

의리파 변기숙이가 그 정도를 못 봐주겠어? 아오리만 해도 아예 뒤둥그러진 인간은 아니야. 젊은 년이 살겠다고 버둥거리는 거 보면 장하기도 하고. 덜 돼먹은 남동생 꾸역꾸역 먹여 살리는 거 보면 내 생각도 나고.

기숙은 현관으로 나가다 말고 도로 첸의 방 앞에 섰다. 아오리를 불쌍히 여기는 마음이 커지자, 타란티노가 더욱 꼴사나워 보였다.

"야, 타란인지 티라논지! 담배를 피우려면 베란다 나가서 피워. 이 집이 무슨 너구리굴도 아니고. 그래, 담뱃값은 벌면서 담배 피우니?"

타란티노는 기숙의 말을 들었는지 못 들었는지 담배연기로 만든 고리만 하나씩하나씩 손가락으로 찔러서 터뜨리고 있었다.

어이쿠, 내 동생이나 남의 동생이나 염치는 보따리째 쏟아먹었나.

기숙은 말문이 막힌 채 신발이 가득한 현관으로 내려섰다.

:: 필자 소개

곽승숙(郭承淑, Kwak, Seung Sook) 한성대학교 국어국문학과를 졸업하고 고려대학교 대학원 국어국문학과에서 석사학위와 박사학위를 받았다. 현재 고려대학교 · 한성대학교 · 상명대학교 강사로 재직중이다. 주요 논문으로 「전후 귀향 모티프 소설 연구」, 「1970년대 신문연재소설의 여성 인물과 '연애' 양상 연구」, 「강신재 소설의 여성성 연구」, 「강신재, 오정희, 최윤 소설에 나타난 여성성 연구」, 공저로『사고와 표현』(역락, 2014) 등이 있다.

구자희(具滋喜, Koo, Za Hee) 경원대학교 국어국문학과를 졸업하고 동 대학원 국문학과에서 문학박사학위를 받았다. 서울대학교 인문대학 국어국문학과에서 박사후과정을 연수받았다.『한국 현대 생태담론과 이론 연구』로 학술진흥재단 우수도서로 추천받은 바 있으며, 현재 가천대학교 국어국문학과 강사로 재직중이다. 주요저서로는『한국 현대 생태담론과 이론연구』,『한국 현대소설과 에콜리즘』이 있고 주요 논문으로는 「이기영 소설연구」, 「방향전환기 계급소설 연구」, 「박경리 초기 단편 연구」, 「한국 생태소설에 나타나는 생태위기 양상의 사회생태론적 연구」, 「에코페미니즘 그 이론과 전망」, 「한국 현대 도시소설에 반영된 생태의식」 등 다수가 있다.

김승종(金昇宗, Kim, Seung Jong) 연세대학교 국어국문학과와 동 대학원을 졸업하고 문학박사학위를 받았다. 동학농민혁명을 소재로 한 역사소설을 연구하였으며,『한국 현대작가론』(전주대 출판부, 1998),『한국현대소설론』(문예연구사, 1998) 등을 출간하였다. 1993년부터 현재까지 전주대학교 한국어문학과에서 소설론과 작가론 등을 강의하고 있다.

박정애(朴正愛, Park, Jeong Ae) 1970년 경북 청도에서 태어났다. 1998년『문학사상』을 통해 등단, 장편소설『물의 말』로 2001년 한겨레문학상을 받았다. 저서로는『에덴의 서쪽』(문학사상사, 2000),『춤에 부치는 노래』(문학사상사, 2002),『죽죽선녀를 만나다』(문학사상사, 2004),『강빈, 새로운 조선을 꿈꾸는 여인』(예담출판사, 2006) 등이 있으며, 청소년 소설로『환절기』(우리교육, 2005),『다섯 장의 다이어리』(웅진주니어, 2009),『괴물 선이』(한겨레틴틴, 2013), 동화책으로『친구가 필요해』(웅진주니어, 2008),『사람 빌려주는 도서관』(좋은책어린이, 2012) 등이 있다. 현재 강원대학교 스토리텔링학과 교수로 재직 중이다.

박혜경(朴惠曤, Park, Hye Kyung) 가천대학교 대학원에서 석사와 박사학위를 받았다. 현재 가천대학교 · 한국교통대학교 강사로 재직중이다. 저서로는『오정희 문학 연구』가 있으며, 주요 논문으로는 「오정희 소설3 연구」, 「오정희 소설 연구─페미니즘을 중심으로」, 「오정희 초기소설에 나타난 성담론 연구」, 「오정희 초기소설에 나타난 사회현실인식 연구」 등이 있다.

송효섭(宋孝燮, Song, Hyo Sup) 서강대학교 국어국문학과를 졸업하고 동대학원에서 석사
와 박사학위를 받았다. 현재 서강대학교 국제인문학부 교수로 재직중이다. 주요논문으로
「기호학과 비교신화학」, 「아리랑의 기호학」, 「뮈토스에서 세미오시스로」 등이 있으며, 주요
저서로는『문화기호학』(아르케, 2000), 『설화의 기호학』(민음사, 1999), 『초월의 기호학』(소
나무, 2002), 『탈신화 시대의 신화들』(기파랑, 2005), 『해체의 설화학』(서강대 출판부, 2009),
『신화의 질서』(문학과지성사, 2012), 『인문학, 기호학을 말하다』(이숲, 2013) 등이 있다.

안미영(安美永, Ahn, Mi Young) 1970년 울산에서 태어났으며, 충북대 국문과를 졸업하고
경북대 대학원을 졸업했다. 2002년 동아일보 신춘문예 평론에 당선되었으며, 평론집으로
『낮은 목소리로 굽어보기』(시에, 2007)와 『소설, 의혹과 통찰의 수사학』(케포이북스, 2014)
이 있다. 연구서로는『이상과 그의 시대』(소명출판, 2003), 『전전세대의 전후인식』(역락,
2008), 『이태준, 근대문학을 향한 열망』(소명출판, 2009)이 있다. 현재 건국대학교 글로컬캠
퍼스 교양교육원 조교수로 재직중이다.

오은엽(吳恩葉, Oh, Eun Yeop) 이화여자대학교 국문과를 졸업하고 동 대학원 국문과에서
문학 석사학위와 박사학위를 받았다. 현재 목원대학교 교양교육원 조교수로 재직중이다.
대표논문으로 「이청준 소설의 공간 연구」, 「이청준 소설의 신화적 상상력과 공간」, 「이청
준 소설의 모성 은유와 열린 텍스트의 상상력」, 「Jean Toomer의 〈핏빛 불타는 달〉에 나타
난 달의 리듬감과 원형적 시간」, 「김동리 소설에 나타난 신화적 이미지와 공간―〈달〉,
〈늪〉, 〈진달래〉를 중심으로」, 「강신재 초기소설에 나타난 양공주의 형상화 연구」, 「김동리
소설의 변신 모티프 연구―신라 연작 소설을 중심으로」, 「이제하 초기 소설에 나타난 회화
이미지 연구」 등이 있으며, 공저로『1960년대 문학지평 탐구』(역락, 2011)가 있다.

우한용(禹漢鎔, Woo, Han Yong) 서울대학교 사범대학 국어교육과를 졸업하고 서울대학교
국어국문학 박사학위를 받았다. 국어국문학회 대표이사 · 한국현대소설학회 회장 · 한국
서사학회 회장을 역임하였으며, 2013년 현재 서울대학교 사범대학 국어교육과 명예교수로
재직 중이다. 주요 저서로『채만식소설담론의 시학』, 『한국현대소설담론연구』, 『문학교육
과 문화론』, 『소설장르의 역동학』, 『한국 근대문학교육사 연구』, 『창작교육론』 등이 있다.

윤현이(尹賢伊, Yoon, Hyeon yi) 강원대 국어교육과 박사과정을 수료했다. 현재 춘천기계
공고 교사로 재직중이다. 주요 논문으로 「탈향을 꿈구던 변방시인 이용악」, 「김유정 소설
에서 여성 인물이 겪는 수난의 양상과 그 의미」, 「춘향복식으로 읽어본 춘향전」 등이 있다.

이덕화(李德和, Lee, Duk Hwa) 연세대학교를 졸업하고, 동대학원 국어국문과에서 박사학
위를 받았다. 현재 평택대학교 교수로 재직중이다. 주요 논저로「김남천 연구」, 「박경리와
최명희, 두 여성적 글쓰기」, 「여성문학에 나타난 근대체험과 타자의식」, 「한말숙 작품에 나
타난 타자윤리학」, 「나 속의 '너', 너 속의 '나', 타자찾기」 등이 있다.

정현숙(鄭賢淑, Jung, Hyun Sook) 강원대학교 사범대학 국어교육과를 졸업하고, 이화여자대학교 대학원 국어국문학과에서 석사학위와 박사학위를 받았다. 현재 한림대학교 아시아문화연구소 연구교수로 재직중이다. 저서로『박태원문학연구』『한국 현대문학의 문체와 언어』가 있으며, 공저로『중국 조선족문학의 어제와 오늘』『현대소설의 언어와 현실』등이 있다.

최병우(崔炳宇, Choi, Byeong Woo) 서울대학교 국어교육과를 졸업하고 동 대학원 국어국문학과에서 문학석사와 문학박사학위를 받았다. 한중인문학회장을 역임했으며, 현재 강릉원주대학교 국어국문학과 교수로 재직중이다. 주요 저서로『문학교육론』(공저, 삼지원, 2012),『한국 근대 일인칭소설 연구』(한샘출판, 1995),『한국 현대소설의 미적 구조』(민지사, 1997),『한국 현대문학의 해석과 지평』(국학자료원, 1997),『다매체 시대의 한국문학 연구』(푸른사상, 2003),『리근전 소설 연구』(푸른사상, 2007),『조선족 소설의 틀과 결』(국학자료원, 2012),『이산과 이주 그리고 한국 현대소설』(푸른사상, 2013) 등이 있다.

표정옥(表正玉, Pyo, Jung Ok) 서강대학교 영어영문과를 졸업하고 동 대학원 국문과에서 석사학위와 박사학위를 받았다. 현재 숙명여자대학교 의사소통센터 조교수로 재직중이다. 주요 저서로,『문학과 게임』(한국학술정보, 2006),『현대문화와 신화』(연세대 출판부, 2006),『서사와 영상, 영상과 신화』(한국학술정보, 2007),『문화의 역동성과 신화』(열린길, 2009),『놀이와 축제의 신화성』(서강대 출판부, 2009),『창의력과 상상력을 키우는 신화여행』(대교출판, 2010),『그곳 축제에서 삼국유사를 만나다』(연세대 출판부, 2010),『양성성의 문화와 신화』(지식과교양, 2013),『삼국유사와 대화적 상상력』(세종출판사, 2013),『연등회의 종합적 고찰』(공저, 민속원, 2013) 등이 있다.

한승옥(韓承玉, Han, Seung Ok) 숭실대학교 국어국문과 교수·신문사주간·인문과학연구원장·인문대학장·한국현대소설학회장을 역임하였다. 현재 숭실대학교 국어국문학과 명예교수, 한국현대소설학회 명예회장을 맡고 있다. 저서로는『이광수 연구』(선일문화사, 1984),『한국현대장편소설연구』(민음사, 1989),『이광수장편소설연구』(박문사, 2009),『한국 전통문예론 연구』(지식과교양, 2011),『이광수 문학사전』(고려대 출판부, 2002) 등이 있으며 그외 논문도 다수가 있다.